Weltbild

Zum Buch:

Als Sara Linton, Gerichtsmedizinerin beim Georgia Bureau of Investigation, zu der leer stehenden Fabrikhalle gerufen wird, ahnt sie nicht, dass sowohl ihr Leben als auch das von Will Trent in akuter Gefahr ist. Die Leiche eines Ex-Cops wurde dort gefunden, aber auch blutige Spuren eines zweiten Opfers, die ins Nichts zu führen scheinen. Es beginnt ein Wettlauf gegen die Zeit, doch niemand weiß, wer auf der anderen Seite steht.

Zur Autorin:

Die internationale Nummer-1-Bestsellerautorin Karin Slaughter ist eine der weltweit populärsten und gefeiertsten Schriftstellerinnen. Ihre Bücher wurden in 33 Sprachen übersetzt und haben sich insgesamt über 30 Millionen Mal verkauft. Ihr Gesamtwerk beinhaltet die Grant County und Will Trent-Reihen, außerdem Cop Town – Stadt der Angst, das für den renommierten Edgar-Krimipreis nominiert wurde, sowie den psychologischen Thriller Pretty Girls. Karin Slaughter stammt aus Georgia und lebt zurzeit in Atlanta.

Karin Slaughter

Blutige Fesseln
Thriller

Aus dem amerikanischen Englisch von
Fred Kinzel

Die nordamerikanische Originalausgabe erschien 2016 unter dem Titel
The Kept Woman bei HarperCollins *Publishers*, New York.

Besuchen Sie uns im Internet:
www.weltbild.de

Genehmigte Lizenzausgabe für Weltbild GmbH & Co. KG,
Werner-von-Siemens-Straße 1, 86159 Augsburg
Copyright der Originalausgabe © 2016 by Karin Slaughter
Copyright der deutschsprachigen Ausgabe © 2016 by HarperCollins
in der HarperCollins Germany GmbH, Hamburg
Übersetzung: Fred Kinzel
Umschlaggestaltung: Alexandra Dohse – www.grafikkiosk.de, München
Umschlagmotiv: Arcangel Images (© Reilika Landen)
Gesamtherstellung: GGP Media GmbH, Pößneck
Printed in the EU

ISBN 978-3-96377-901-5

2024 2023 2022 2021
Die letzte Jahreszahl gibt die aktuelle Lizenzausgabe an.

Für meine Leser

PROLOG

Zum ersten Mal im Leben hielt sie ihre Tochter in den Armen.

Vor vielen Jahren hatte die Schwester im Krankenhaus sie gefragt, ob sie ihr Baby halten wolle, aber sie hatte es abgelehnt. So wie sie es auch abgelehnt hatte, dem kleinen Mädchen einen Namen zu geben. Oder die Papiere zu unterschreiben, um es freizugeben. Sie hatte sich nach allen Seiten abgesichert, wie sie es immer tat. Sie erinnerte sich daran, wie sie ihre Jeans hochgezerrt hatte, ehe sie das Krankenhaus verließ. Die Hose war noch feucht von der geplatzten Fruchtblase gewesen, und um die Mitte war sie weit wie ein Sack, wo sie zuvor stramm gesessen hatte. Sie hatte den überschüssigen Stoff mit der Hand zusammengerafft und festgehalten, als sie die Treppe zum Hinterausgang hinuntergegangen und dann ins Freie gerannt war, zu dem Jungen, der um die Ecke im Wagen wartete.

Es gab immer einen Jungen, der auf sie wartete, etwas von ihr erwartete, sich nach ihr verzehrte, sie hasste. Solange sie zurückdenken konnte, war es so gewesen. Als sie zehn war, hatte der Zuhälter ihrer Mutter ihr eine Mahlzeit als Gegenleistung für ihren Mund angeboten. Mit fünfzehn gab es einen Pflegevater, der gern Verletzungen zufügte. Mit dreiundzwanzig einen Soldaten, der Krieg gegen ihren Körper führte. Mit vierunddreißig einen Polizisten, der sie davon überzeugte, dass es keine Vergewaltigung war. Mit siebenunddreißig einen Polizisten, der ihr weismachte, er würde sie für immer lieben.

Für immer dauerte nie so lange, wie man dachte.

Sie berührte das Gesicht ihrer Tochter. Sanft diesmal, nicht wie zuvor.

So schön.

Die Haut war weich und faltenlos. Die Augen waren geschlossen, aber die Lider bebten leicht. Der Atem ging pfeifend.

Vorsichtig strich sie dem Mädchen das Haar hinters Ohr. Sie hätte das im Krankenhaus tun können, damals, vor vielen

Jahren. Eine gerunzelte Stirn glatt streichen. Zehn winzige Finger küssen, zehn winzige Zehen liebkosen.

Maniküre Fingernägel jetzt. Lange Zehen, strapaziert von Ballettstunden, durchtanzten Nächten und zahllosen anderen Ereignissen, die ihr aufregendes, mutterloses Leben ausgefüllt hatten.

Sie berührte die Lippen ihrer Tochter. Kalt. Das Mädchen verlor zu viel Blut. Der Messergriff, der aus ihrer Brust ragte, pulsierte im Takt des Herzschlags, manchmal wie ein Metronom, dann wieder stolpernd wie der große Zeiger einer Uhr, die bald stehen bleiben würde.

All die verlorenen Jahre.

Sie hätte ihre Tochter damals in der Klinik im Arm halten sollen. Nur dieses eine Mal. Sie hätte eine Erinnerung an ihre Berührung in dem Mädchen verankern müssen, damit es nicht zusammenzuckte und vor ihrer Hand zurückwich wie vor der Hand einer Fremden.

Sie *waren* Fremde.

Sie schüttelte den Kopf. Was sie alles verloren hatte und warum – das war ein Kaninchenbau, in den sie nicht steigen durfte. Sie musste daran denken, wie stark sie war, dass sie ein Mensch war, der sich nicht unterkriegen ließ. Sie war ihr Leben lang auf der Schneide einer Rasierklinge vor all dem fortgerannt, zu dem es die meisten Leute hinzog: ein Kind, ein Mann, ein Zuhause, eine Existenz.

Glück. Zufriedenheit. Liebe.

Jetzt begriff sie, dass ihr Fortrennen sie geradewegs an diesen dunklen Ort geführt hatte, wo sie ihre Tochter zum ersten Mal hielt – und zum letzten Mal, da das Mädchen in ihren Armen verblutete.

Vor der geschlossenen Tür war ein Scharren zu hören. In dem schmalen Streifen Licht am Boden sah sie den Schatten zweier Füße, die sich über den Boden schoben.

Der zukünftige Mörder ihrer Tochter?

Ihr eigener Mörder?

Die hölzerne Tür ratterte in dem Metallrahmen. Nur ein erleuchtetes Quadrat zeigte an, wo der Türgriff gewesen war.

Sie überlegte, was sie als Waffe benutzen konnte: die Stahlstifte in ihren High Heels, die sie ausgezogen hatte, als sie über die Straße gelaufen war. Das Messer, das in der Brust ihrer Tochter steckte.

Das Mädchen atmete noch. Die Messerklinge drückte gegen etwas Lebenswichtiges in ihrem Körperinnern und verhinderte, dass das Blut wie ein Sturzbach herausschoss. Deshalb war ihr Sterben eine so langsame und mühselige Angelegenheit.

Sie berührte das Messer für eine Sekunde, ehe sie die Hand behutsam wieder zurückzog.

Die Tür ratterte wieder. Ein Kratzen war zu hören, Metall auf Metall. Das Lichtquadrat wurde schmaler und verschwand, als ein Schraubenzieher in die Öffnung gerammt wurde.

Klick-klick-klick, wie das trockene Feuer einer ungeladenen Waffe.

Langsam ließ sie den Kopf ihrer Tochter zu Boden sinken. Sie drehte sich auf die Knie und biss sich auf die Unterlippe, als ihr ein heftiger Schmerz in die Rippen fuhr. Die Wunde an ihrer Seite brach auf, Blut lief an ihren Beinen hinab. Muskelkrämpfe setzten ein.

Sie kroch in dem dunklen Raum umher und achtete nicht auf den grobkörnigen Belag aus Holz- und Metallspänen, der sich in ihre Knie bohrte, nicht auf den stechenden Schmerz unterhalb der Rippen, den stetigen Blutfluss, der eine Spur hinter ihr bildete. Sie fand Schrauben und Nägel, und dann strich ihre Hand über etwas, das kalt, rund und aus Metall war. Sie hob den Gegenstand auf. Ihre Finger verrieten ihr in der Dunkelheit, was sie in der Hand hielt: den herausgebrochenen Türgriff. Massiv. Schwer. Der zehn Zentimeter lange Dorn ragte wie ein Eispickel heraus.

Das Türschloss klickte ein letztes Mal. Der Schraubenzieher fiel klappernd auf den Betonboden. Die Tür ging einen Spalt weit auf.

Sie kniff die Augen zum Schutz vor dem Licht zusammen und dachte daran, auf welche Arten sie Männer schon verletzt hatte. Einmal mit einer Schusswaffe. Einmal mit einer Nadel. Unzählige Male mit ihren Fäusten. Mit ihrem Mund. Mit ihren Zähnen. Mit ihrem Herzen.

Die Tür wurde vorsichtig noch einige Zentimeter weiter geöffnet. Die Mündung einer Waffe tauchte auf.

Sie hielt den Türgriff so, dass der Dorn zwischen ihren Fingern herausragte, und wartete darauf, dass der Mann hereinkam.

MONTAG

KAPITEL 1

Will Trent machte sich Sorgen um seinen Hund. Betty bekam eine Zahnreinigung, was sich nach einer irrsinnigen Geldverschwendung bei einem Haustier anhörte, aber nachdem der Tierarzt ihn über all die schrecklichen Auswirkungen mangelhafter Zahnhygiene bei Hunden aufgeklärt hatte, wäre Will bereit gewesen, sein Haus zu verkaufen, um dem armen Ding ein paar weitere kostbare Jahre zu ermöglichen.

Offenkundig war er nicht der einzige Idiot in Atlanta, der seinem Haustier eine bessere medizinische Versorgung ermöglichte, als viele Amerikaner sie bekamen. Er betrachtete die Warteschlange vor der Tür der Dutch Valley Animal Clinic. Eine störrische Dänische Dogge versperrte den Eingang, und einige Katzenbesitzer warfen einander wissende Blicke zu. Will wandte seinen Blick wieder zur Straße. Er wischte sich den Schweiß aus dem Nacken und wusste nicht, ob er wegen der großen Hitze schwitzte, die jetzt, Ende August, herrschte, oder wegen der schieren Panik, womöglich die falsche Entscheidung getroffen zu haben. Er hatte nie zuvor einen Hund besessen. Er war nie ganz allein für das Wohlergehen eines Tiers verantwortlich gewesen. Er legte die Hand auf die Brust. Noch immer meinte er dort Bettys Herzschlag zu spüren, schnell wie ein Tamburin, als er sie der Tierarzthelferin übergab.

Sollte er wieder hineingehen und sie retten?

Der schrille Ton einer Autohupe riss ihn aus seinen Überlegungen. Er sah es rot aufblitzen, als Faith Mitchell in ihrem Mini vorbeifuhr. Sie wendete in einem weiten Bogen und hielt dann neben Will. Er streckte die Hand nach dem Türgriff aus, aber sie kam ihm zuvor und stieß die Tür von innen auf.

»Beeilen Sie sich«, sagte sie, und ihre Stimme erhob sich über das Tosen der Klimaanlage, die auf eine arktische Temperatur eingestellt war. »Amanda hat bereits zwei SMS geschickt, wo zum Teufel wir bleiben.«

Will zögerte, ehe er in den winzigen Wagen stieg. Faith' Dienstwagen, ein Chevrolet Suburban, war in der Werkstatt. Auf der Rückbank des Mini war ein Babysitz festgeschnallt, womit Will auf dem Beifahrersitz rund achtzig Zentimeter blieben, auf denen er seine eins dreiundneunzig verstauen konnte.

Faith' Handy zirpte, als eine neue SMS eintraf. »Amanda.« Sie sprach den Namen wie einen Fluch aus, so wie es die meisten Leute taten. Deputy Director Amanda Wagner war die Vorgesetzte der beiden im Georgia Bureau of Investigation. Und sie war nicht für ihre Geduld bekannt.

Will warf sein Sakko auf die Rückbank, dann faltete er sich wie ein Burrito in den Wagen. Den Kopf hielt er schräg in die Aussparung für das geschlossene Sonnendach, was ihm ein paar zusätzliche Zentimeter einbrachte. Das Handschuhfach drückte gegen seine Schienbeine. Seine Knie berührten fast das Gesicht. Falls sie in einen Unfall gerieten, würde der Coroner Wills Nase von der Innenseite des Schädels kratzen müssen.

»Mord«, sagte Faith und löste die Bremse, bevor Will auch nur die Tür geschlossen hatte. »Männlich. Achtundfünfzig Jahre alt.«

»Nett«, sagte Will. Nur ein Polizeibeamter konnte am Tod eines Mitmenschen derart Gefallen finden. Zu seiner Verteidigung musste man sagen, dass er und Faith die letzten sieben Monate damit verbracht hatten, Felsblöcke sehr steile Hänge hinaufzurollen. Sie waren an eine Task Force ausgeliehen gewesen, die den Betrugsskandal an Atlantas öffentlichen Schulen untersuchte, und er hatte in der speziellen Hölle eines aufsehenerregenden Vergewaltigungsfalls festgesteckt.

»Der Anruf ging heute Morgen gegen fünf bei der Notrufzentrale ein«, sagte Faith. Sie strahlte geradezu freudige Erregung aus, als sie die Einzelheiten berichtete. »Ein nicht identifizierter männlicher Anrufer sagte, es gebe eine Leiche bei diesen aufgelassenen Lagerhäusern an der Chattahoochee. Viel Blut. Keine Mordwaffe.« Sie bremste vor einer roten Ampel ab.

»Sie teilen die Todesursache nicht über Funk mit, es muss also ziemlich übel sein.«

Im Wagen begann etwas zu piepen. Will tastete blind nach seinem Sicherheitsgurt. »Warum bearbeiten wir die Sache?« Das GBI konnte sich einen Fall nicht einfach unter den Nagel reißen. Sie mussten einen Befehl des Gouverneurs erhalten oder von der örtlichen Polizei um Hilfe gebeten werden. Die Polizei von Atlanta hatte jede Woche mit Mord zu tun. Im Allgemeinen baten sie nicht um Hilfe. Schon gar nicht die Polizei des Bundesstaats.

»Das Opfer ist ein Polizist aus Atlanta.« Faith griff nach seinem Gurt und schnallte ihn an, als wäre er eins ihrer Kinder. »Detective Dale Harding, im Ruhestand. Mal von ihm gehört?«

Will schüttelte den Kopf. »Und Sie?«

»Meine Mom kannte ihn. Hat aber nie mit ihm gearbeitet. Er machte Wirtschaftskriminalität. Nahm früh aus gesundheitlichen Gründen seinen Abschied, dann tauchte er in der privaten Sicherheitsbranche wieder auf. Hauptsächlich für Zuhälter und Geldeintreiber.« Faith war fünfzehn Jahre lang bei der Polizei von Atlanta gewesen, bevor sie Wills Partnerin geworden war. Ihre Mutter war als Captain in Ruhestand gegangen. Gemeinsam kannten die beiden praktisch jeden bei der Truppe. »Mom sagt, angesichts von Hardings Ruf ist er wahrscheinlich dem falschen Zuhälter auf die Zehen getreten oder hat seinen Buchmacher um seinen Anteil geprellt und eine mit den Baseballschläger übergebraten bekommen.«

Der Wagen fuhr mit einem Ruck an, als die Ampel umschaltete. Will spürte einen heftigen Stich in den Rippen, der von seiner Glock herrührte. Er versuchte, sein Gewicht zu verlagern. Trotz der eiskalten Klimaanlage klebte sein Hemd vor Schweiß bereits am Sitz, der Stoff löste sich zäh wie ein Pflaster von der Haut. Die Uhr am Armaturenbrett zeigte 7:38 Uhr. Er durfte nicht daran denken, wie drückend heiß es mittags sein würde.

Faith' Handy zirpte wieder, weil eine SMS kam. Und zirpte noch einmal. Und noch einmal. »Amanda«, stöhnte sie. »Warum trennt sie die Zeilen? Sie schickt drei einzelne Sätze in drei einzelnen Nachrichten. Komplett in Großbuchstaben. Alles, was recht ist.« Faith steuerte mit einer Hand und tippte mit der anderen eine SMS, was gefährlich und verboten war, aber Faith gehörte zu den Polizisten, die Übertretungen nur bei anderen Menschen wahrnahmen. »Wir brauchen noch etwa fünf Minuten, oder?«

»Wahrscheinlich eher zehn bei dem Verkehr.« Will streckte die Hand aus und griff ins Lenkrad, damit sie nicht auf dem Gehsteig landeten. »Wie ist die Adresse von dem Lagerhaus?«

Faith scrollte durch ihre Nachrichten. »Es ist eine Baustelle in der Nähe der Lagerhäuser. Beacon 380.«

Will biss die Zähne so fest zusammen, dass ihm ein Schmerz vom Kiefer in den Nacken schoss. »Das ist Marcus Rippys Nachtclub.«

Faith sah ihn überrascht an. »Machen Sie Witze?«

Will schüttelte den Kopf. Was Marcus Rippy betraf, war ihm nicht nach Witzen zumute. Der Mann war ein Basketballprofi, dem man vorwarf, eine Studentin unter Drogen gesetzt und vergewaltigt zu haben. Will hatte die letzten sieben Monate damit verbracht, eine ziemlich solide Anklage gegen das verlogene Arschloch zusammenzuzimmern, aber Rippy konnte zig Millionen Dollar für Anwälte, Experten und Medienspezialisten ausgeben, die alle dafür gesorgt hatten, dass der Fall nie vor Gericht ging.

»Wie kommt ein toter Expolizist in Marcus Rippys Nachtclub, keine zwei Wochen nachdem eine Vergewaltigungsanklage gegen Rippy fallen gelassen wurde?«, fragte Faith.

»Ich bin sicher, bis wir dort sind, werden Rippys Anwälte eine plausible Erklärung dafür parat haben.«

»Himmel!« Faith ließ ihr Handy in die Becherhalterung gleiten und legte beide Hände wieder aufs Lenkrad. Sie schwieg einen Moment, wahrscheinlich dachte sie über die in vielerlei Hinsicht üble Wendung nach, die diese Geschichte soeben genommen hatte. Dale Harding war ein Cop, aber er war ein mieser Cop gewesen. Die bittere Wahrheit über Mord in der großen Stadt war, dass sich die Verstorbenen selten als vorbildliche, aufrechte Bürger herausstellten. Nicht, dass irgendwer den Opfern die Schuld zuschieben wollte, aber häufig waren sie eben in Aktivitäten verwickelt – wie Zuhälter verärgern oder Buchmacher nicht bezahlen –, wo es nur folgerichtig war, dass sie früher oder später ermordet wurden.

Marcus Rippys Beteiligung änderte alles.

Faith verlangsamte das Tempo, da der morgendliche Verkehr immer zähflüssiger wurde. »Ich weiß, Sie haben gesagt, dass Sie nicht darüber reden wollen, wie und warum Ihr Fall in die Hosen ging, aber jetzt muss ich etwas darüber wissen.«

Will wollte immer noch nicht darüber reden. Rippy hatte sein Opfer über einen Zeitraum von fünf Stunden immer wieder angegriffen, mal geschlagen, mal bis zur Bewusstlosigkeit gewürgt. Als Will drei Tage später am Krankenbett der jungen Frau stand, konnte er die Male erkennen, wo Rippys Finger sich in ihren Hals gekrallt hatten, als würden sie einen Basketball halten. Im medizinischen Bericht waren weitere Verletzungen vermerkt, Schnitte, Risse, Einwirkung stumpfer Gewalt, Blutungen. Die Frau konnte kaum mehr als flüstern, aber sie hatte ihre Geschichte dennoch erzählt, und sie erzählte sie jedem, der ihr zuhörte, bis Rippys Anwälte sie zum Schweigen brachten.

»Will?«, fragte Faith.

»Er hat eine Frau vergewaltigt, und er hat sich dann freigekauft. Er wird es wieder tun. Wahrscheinlich ist es auch früher schon passiert. Aber all das spielt keine Rolle, weil er gut mit einem Basketball umgehen kann.«

»Wow, das ist ja eine Fülle an Informationen. Vielen Dank.«

Der Schmerz in Wills Kiefer wurde stärker. »Am Neujahrstag um zehn Uhr morgens wurde das Opfer von einem Dienstmädchen bewusstlos in Rippys Haus gefunden. Das Mädchen rief den Leiter von Rippys Sicherheitsdienst an, der wiederum Rippys Manager anrief, und der Manager rief dann Rippys Anwälte an, die das Opfer schließlich von einem privaten Rettungsdienst ins Piedmont Hospital bringen ließen. Zwei Stunden bevor das Opfer angeblich gefunden wurde, gegen acht Uhr morgens, hob Rippys Privatjet mit ihm und seiner gesamten Familie an Bord nach Miami ab. Er behauptet, der Urlaub sei schon lange geplant gewesen, aber der Flugplan wurde erst eine halbe Stunde vor dem Start eingereicht. Rippy sagte, er hätte keine Ahnung gehabt, dass sich das Opfer im Haus aufhielt. Er habe die Frau nie gesehen, nie mit ihr gesprochen, kenne ihren Namen gar nicht. Sie hätten eine große Silvesterparty gefeiert, mit ein paar Hundert Leuten, es sei ein ständiges Kommen und Gehen gewesen.«

»Es gab einen Facebook-Post von ...«, begann Faith.

»*Instagram*«, fiel ihr Will ins Wort, denn er hatte das Vergnügen gehabt, stundenlang das Internet nach Handyvideos von der Party durchzukämmen. »Ein Partyteilnehmer hatte ein GIF gepostet, auf dem das Opfer etwas lallt, bevor es sich in einen Eiskübel übergibt. Rippys Leute haben im Krankenhaus ein Drogenscreening machen lassen. Sie hatte Haschisch, Amphetamine und Alkohol im Blut.«

»Sie sagten, sie sei bewusstlos gewesen, als man sie ins Krankenhaus brachte. Hat sie denn eingewilligt, dass man Rippys Leuten ihren Drogentest zeigte?«

Will schüttelte den Kopf, denn es spielte keine Rolle. Rippys Team hatte jemanden im Krankenhauslabor bestochen und die Ergebnisse an die Presse durchsickern lassen.

»Sie müssen zugeben, dass er einen tollen Namen für einen Vergewaltiger hat. Rippy.« Faith verzog den Mund bei dem Gedanken. »Das Haus ist riesig, oder?«

»Siebzehnhundert Quadratmeter.« Will hatte den Grundriss des Hauses so oft studiert, dass er sich ihm eingeprägt hatte. »Es ist wie ein Hufeisen geformt, mit einem Swimmingpool in der Mitte. Die Familie wohnt im Haupttrakt, dem oberen Teil des Hufeisens. Die beiden Flügel beherbergen eine Reihe von Gästesuiten, es gibt ein Nagelstudio, ein Indoor-Basketballfeld, Massageraum, Fitnesszentrum, Privatkino, Spielzimmer für die beiden Kinder, einfach alles.«

»Also könnte logischerweise etwas Schlimmes in einem Teil des Hauses passieren, ohne dass es jemand im anderen Teil mitbekommt.«

»Ohne dass es zweihundert Leute mitbekommen? Ohne dass es die Dienstmädchen und Butler, die Jungs, die die Autos einparken, die Caterer und Köche und Barkeeper und was weiß ich wer mitbekommen?« Will hatte eine zweistündige Führung durch das Anwesen der Rippys vom Sicherheitschef der Familie erhalten. Auf der Außenseite des Hauses deckten Kameras jeden Quadratmeter ab. Es gab keine toten Winkel. Bewegungsmelder reagierten auf alles, was schwerer war als ein Blatt, das im Garten landete. Niemand konnte das Grundstück betreten oder verlassen, ohne dass es jemand erfuhr.

Außer in der Nacht des Überfalls. Es hatte ein schweres Unwetter gegeben. Der Strom fiel ständig aus. Die Generatoren waren auf dem neuesten Stand der Technik, aber aus irgendeinem Grund war die Aufzeichnungsanlage für die Überwachungskameras nicht mit dem Notstromaggregat verbunden.

»Okay, ich habe die Nachrichten gesehen«, sagte Faith. »Rippys Leute behaupteten, das Mädchen sei eine Verrückte, die nur abkassieren wollte.«

»Sie haben ihr Geld geboten. Sie hat abgelehnt.«

»Sie könnte natürlich auf ein höheres Angebot gehofft haben.« Faith trommelte mit den Fingern auf das Lenkrad. »Ist es denkbar, dass sie sich die Wunden selbst zugefügt hat?«

Das hatten Rippys Anwälte behauptet. Sie hatten sogar einen Experten gefunden, der bereit war zu bezeugen, dass die riesigen Fingerspuren an ihrem Hals, Rücken und Oberschenkeln von ihrer eigenen Hand stammten.

»Sie hatte diese Prellung hier ...« Will deutete auf seinen eigenen Rücken. »Wie ein Faustabdruck zwischen ihren Schulterblättern. Von einer großen Faust. Sie hatte eine massive Leberprellung. Die Ärzte verordneten ihr zwei Wochen Bettruhe.«

»Es gab ein Kondom mit Rippys Sperma ...«

»Das in einer Toilette im Flur gefunden wurde. Seine Frau sagte, sie hätten in dieser Nacht miteinander geschlafen.«

»Und er hinterlässt das benutzte Kondom in einer Toilette im Flur statt im Bad des Elternschlafzimmers?« Faith runzelte die Stirn. »War die DNA der Frau auf der Außenseite des Kondoms?«

»Das Kondom lag auf einem Fliesenboden, der kurz zuvor mit einem bleichehaltigen Reinigungsmittel gewischt worden war. Es gab nichts auf der Außenseite, was wir verwenden konnten.«

»Wurde irgendwelche DNA am Opfer gefunden?«

»Es gab einige nicht identifizierte Stränge, alle weiblich, wahrscheinlich aus ihrem Studentenwohnheim.«

»Hat das Opfer gesagt, von wem es zu der Party eingeladen wurde?«

»Sie kam mit einer Gruppe von Freunden aus dem College. Niemand von ihnen kann sich noch daran erinnern, wer ursprünglich die Einladung erhalten hat. Niemand von ihnen kannte Rippy persönlich. Oder zumindest gab niemand es zu. Und alle vier distanzierten sich umgehend von dem Opfer, als ich anfing, an ihre Türen zu klopfen.«

»Und das Opfer hat Rippy eindeutig identifiziert?«

»Sie stand vor der Toilette an. Das war, nachdem sie in den Eiskübel gekotzt hatte. Sie sagt, sie habe nur einen Drink gehabt, aber von dem sei ihr schlecht geworden, als habe etwas nicht mit ihm gestimmt. Rippy sprach sie an. Sie erkannte ihn sofort. Er war nett, er sagte, es gebe noch eine weitere Toilette im Gästeflügel. Sie folgte ihm. Es war ein langer Weg dorthin, und ihr war ein wenig schwindlig. Also legte er den Arm um sie und stützte sie. Er führte sie in die letzte Gästesuite am Ende des Flurs. Sie ging auf die Toilette. Als sie wieder herauskam, saß er nackt auf dem Bett.«

»Und dann?«

»Und dann wachte sie am nächsten Tag im Krankenhaus auf. Sie hatte eine schwere Gehirnerschütterung von Schlägen auf den Kopf. Sie war offenbar wiederholt gewürgt worden und hatte ein paar Mal das Bewusstsein verloren. Die Ärzte glauben, dass ihre Erinnerung an diese Nacht nie vollständig zurückkehren wird.«

»Hm.«

Will spürte das ganze Gewicht ihrer Skepsis in diesem Laut.

»Die Toilette, in der das Kondom gefunden wurde …?«, sagte Faith.

»Liegt sechs Türen von der Gästesuite entfernt, sie sind also auf dem Weg dorthin daran vorbeigekommen, und er ist auf dem Rückweg zur Party erneut daran vorbeigekommen. Es gibt Handyvideos, die ihn während der ganzen Nacht immer wieder irgendwo auf der Party zeigen, er muss also hin- und hergelaufen sein, um sich ein Alibi zu verschaffen. Außerdem stützt ihn sein halbes Team. Jameel Gordon, Andre Dupree, Reuben Figaroa. Die erschienen am nächsten Tag mit ihren Anwälten bei der Polizei und erzählten alle genau die gleiche Geschichte. Als das GBI schließlich den Fall übernahm, erklärte sich keiner von ihnen mehr zu einer erneuten Vernehmung bereit …«

»Typisch«, bemerkte Faith. »Rippy sagt, er habe das Opfer auf der Party nicht einmal gesehen?«

»Richtig.«

»Seine Frau hat sich ziemlich lautstark geäußert, oder?«

»Sie war das reinste Megafon.« LaDonna Rippy war in jede Talkshow und jede Nachrichtensendung gegangen, in der man sie reden ließ. »Sie hat alles bekräftigt, was ihr Mann sagte, auch dass sie das Opfer nicht auf der Party gesehen hat.«

»Hm.« Faith hörte sich noch skeptischer an.

»Und Leute, denen das Opfer an dem Abend auffiel, sagen, sie sei betrunken gewesen und über jeden Basketballspieler hergefallen, den sie in die Finger bekam«, ergänzte Will. »Was einleuchtend klingt, wenn man sich die Aufnahme anschaut, wie sie kotzt, und das Ergebnis des Drogentests dazunimmt. Aber dann liest man den medizinischen Befund, und man sieht, dass sie brutal vergewaltigt wurde, und sie selbst weiß noch, dass Rippy nackt auf diesem Bett saß, als sie aus dem Bad kam.«

»Soll ich Advocatus Diaboli spielen?«

Will nickte, obwohl er wusste, was kommen würde.

»Ich kann verstehen, woran es gescheitert ist. Aussage steht gegen Aussage, und im Zweifelsfall muss für Rippy entschieden werden, denn so will es die Verfassung. Unschuldsvermutung und so weiter, blabla. Und vergessen wir nicht, dass Rippy stinkreich ist. Würde er in einem Wohnwagen hausen, hätte sein Pflichtverteidiger fünf Jahre wegen Freiheitsberaubung für ihn herausgeholt, um ihn vor der Anklage wegen eines Sexualvergehens zu bewahren, und fertig.«

Will antwortete nicht, denn es gab nichts mehr zu sagen.

Faith umklammerte das Lenkrad. »Ich hasse Vergewaltigungsfälle. Wenn du einer Jury einen Mordfall präsentierst, fragt niemand, ob der Kerl wirklich tot ist oder ob er lügt, weil er Aufmerksamkeit provozieren will. Und was er überhaupt in diesem Teil der Stadt verloren hatte. Warum er getrunken hatte. Und was mit all den anderen Mördern ist, mit denen er sich früher getroffen hat.«

»Sie weckte kein Mitgefühl.« Es widerte Will an, dass das überhaupt eine Rolle spielte. »Chaotische Familienverhältnisse. Alleinerziehende drogensüchtige Mutter. Keine Ahnung, wer ihr Dad ist. Sie selbst hatte Drogenprobleme in der Highschool und fügte sich Schnittverletzungen zu. Sie war wegen schlechter Noten vom Rauswurf aus dem College bedroht. Sie traf sich ständig mit Männern und verbrachte viel Zeit auf Tinder und OkCupid, wie alle Leute in ihrem Alter. Rippys Anwälte fanden heraus, dass sie vor einigen Jahren eine Abtreibung gehabt hatte. Im Wesentlichen hat sie ihnen die Prozessstrategie geschrieben.«

»Es macht nicht viel Unterschied, ob man ein braves Mädchen ist oder ein böses, aber wenn man die Grenze einmal überschritten hat ...« Faith blies Luft aus den Backen. »Sie können sich nicht vorstellen, welchen Scheiß die Leute über mich erzählt haben, als ich mit Jeremy schwanger wurde. An dem einen Tag war ich noch ein hoffnungsvolles Highschool-Mädchen mit Bestnoten und am nächsten eine Teenagerversion von Mata Hari.«

»Sie wurden als Spionin erschossen?«

»Sie wissen, was ich meine. Ich war ein Paria. Jeremys Dad wurde zu Verwandten in den Norden geschickt. Mein Bruder hat mir noch immer nicht verziehen. Mein Dad wurde aus seiner Loge gedrängt. Er verlor massenhaft Kunden. Keine meiner Freundinnen redete noch mit mir. Ich musste die Schule verlassen.«

»Zumindest war es anders, als Sie Emma bekamen.«

»O ja, sicher. Als fünfunddreißigjähriger weiblicher Single mit einem zwanzigjährigen Sohn und einer einjährigen Tochter werden Sie pausenlos zu Ihren vorzüglichen Lebensentscheidungen beglückwünscht.« Sie wechselte das Thema. »Sie hatte einen Freund, oder? Das Opfer, meine ich.«

»Er hatte eine Woche vor dem Überfall mit ihr Schluss gemacht.«

»Du lieber Himmel, auch das noch.« Faith hatte genügend Vergewaltigungsfälle bearbeitet, um zu wissen, dass eine Klägerin mit einem Exfreund, den sie eifersüchtig machen wollte, der Traum eines jeden Strafverteidigers war.

»Er hat sich nach dem Überfall gut verhalten«, sagte Will, obwohl er kein Fan des Exfreunds war. »Blieb an ihrer Seite. Gab ihr Sicherheit. Oder hat es zumindest versucht.«

»Dale Hardings Name ist im Zuge der Ermittlungen nie aufgetaucht?«

Will schüttelte den Kopf.

Der Truck eines Nachrichtensenders brauste vorbei und wechselte für zwanzig Meter auf die Gegenfahrbahn, bevor er verbotswidrig abbog.

»Sieht so aus, als hätten die Mittagsnachrichten ihren Aufmacher«, sagte Faith.

»Denen geht es nicht um Nachrichten. Die wollen Klatsch.« Bis Rippys Fall abgelehnt worden war, hatte Will die GBI-Zentrale nicht verlassen können, ohne dass irgendein gut frisierter Reporter ihm eine Äußerung zu entlocken versuchte, die seine Karriere beendet hätte. Verglichen mit den Todesdrohungen und Hetzbeiträgen im Internet, die Rippys Fans gegen seine Anklägerin losließen, war er jedoch noch gut davongekommen.

»Ich denke, es könnte einfach Zufall sein«, sagte Faith. »Dass Harding tot in Rippys Club gefunden wurde.«

Will warf ihr einen zweifelnden Blick zu. Kein Polizist glaubte an Zufälle, schon gar nicht eine Polizistin wie Faith.

»Okay«, lenkte sie ein und folgte dem Wagen des Nachrichtensenders bei seinem verbotenen Manöver. »Wenigstens wissen wir jetzt, warum Amanda vier SMS geschickt hat.« Ihr Telefon zirpte. »Fünf.« Faith griff nach dem Handy. Ihr Daumen glitt über das Display, während sie scharf abbog. »Jeremy hat endlich ein Update seiner Facebook-Seite gemacht.«

Will griff wieder ins Lenkrad, während sie eine Nachricht an ihren Sohn tippte, der die Sommermonate ohne College dazu nutzte, mit drei Freunden quer durchs Land zu fahren, anscheinend mit dem einzigen Ziel, seiner Mutter Sorgen zu bereiten.

Unterm Schreiben beklagte Faith murmelnd die Dummheit von Kids im Allgemeinen und ihres Sohnes im Besonderen. »Sieht dieses Mädchen für Sie wie achtzehn aus?«

Will warf einen Blick auf ein Foto von Jeremy, der sehr nah neben einer spärlich bekleideten Blondine stand. Das hoffnungsfrohe Grinsen auf seinem Gesicht zerriss einem das Herz. Jeremy war ein dürrer, nerdiger Junge, der an der Georgia Tech Physik studierte. Die Blondine spielte so eindeutig nicht in seiner Liga, dass er ebenso gut eine Zuckermelone hätte sein können. »Ich wäre eher wegen der Haschpfeife auf dem Boden besorgt.«

»Ach du Scheiße.« Faith sah aus, als würde sie das Handy am liebsten aus dem Fenster werfen. »Der soll mal beten, dass seine Großmutter das nicht sieht.«

Will sah zu, wie Faith das Foto an ihre Mutter weiterleitete, um sicherzustellen, dass genau das geschah.

Er deutete zur nächsten Kreuzung. »Das ist die Chattahoochee.«

Faith fluchte immer noch über das Foto, als sie abbog. »Als Mutter eines Sohnes schaue ich auf dieses Bild und denke: ›Schwängere sie bloß nicht.‹ Dann sehe ich es mir als Mutter einer Tochter an und denke: ›Bekiff dich nicht mit einem Typen, den du gerade erst kennengelernt hast, weil seine Freunde dich vergewaltigen und tot in einem Hotelschrank liegen lassen könnten.‹«

Will schüttelte den Kopf. Jeremy war ein anständiger Junge mit anständigen Freunden. »Er ist zwanzig. Sie müssen sich irgendwann dazu durchringen, ihm zu vertrauen.«

»Nein, muss ich nicht.« Sie ließ das Handy wieder in den Becherhalter fallen. »Nicht, solange ich diejenige bin, von der er Essen, Kleidung, ein Dach über dem Kopf, eine Krankenversicherung, ein iPhone, Videospiele, Taschengeld, Benzingeld …«

Will blendete die Litanei der zahlreichen Dinge aus, die Faith ihrem armen Sohn gegebenenfalls vorenthalten würde. Sofort schwenkten seine Gedanken wieder zu Marcus Rippy. Das blasierte Gesicht des Basketballspielers, als er mit verschränkten Armen schweigend auf seinem Stuhl lümmelte. Die hasserfüllten Blicke seiner Frau bei jeder Frage, die Will stellte. Sein arroganter Manager und seine aalglatten Anwälte, die alle so austauschbar waren wie die Schurken bei James Bond.

Keisha Miscavage, Rippys Anklägerin.

Sie war eine zähe junge Frau, kampflustig, selbst von ihrem Krankenhausbett aus. Ihr heiseres Flüstern war durchsetzt von Flüchen und Schimpfwörtern, und sie hatte permanent die Augen zusammengekniffen, als würde sie Will befragen statt andersherum. »Sie brauchen kein Mitleid mit mir zu haben«, hatte sie gesagt. »Machen Sie einfach Ihren Scheißjob.«

Will musste zugeben, wenn auch nur sich selbst gegenüber, dass er eine Schwäche für feindselige Frauen hatte. Es brachte ihn fast um, dass er Keisha so elend enttäuscht hatte. Er konnte nicht einmal mehr beim Basketball zusehen, geschweige denn es selbst spielen. Jedes Mal, wenn seine Hand einen Ball berührte, hätte er ihn am liebsten Marcus Rippy in den Rachen gestopft.

»Heilige Scheiße.« Faith hielt einige Meter hinter einem Sendewagen. »Die halbe Polizei von Atlanta ist hier.«

Will ließ den Blick über den Parkplatz schweifen. Faith' Einschätzung schien ziemlich zutreffend: Es wimmelte hier von Menschen. Ein Sattelzug schaffte Beleuchtung heran. Der Bus der Spurensicherung. Das mobile Labor der forensischen Abteilung. Streifenwagen und zivile Polizeifahrzeuge waren wie Mikado-Stäbchen kreuz und quer über den Platz verteilt. Gelbes Absperrband zog sich um ein schwelendes, ausgebranntes Auto mitten in einem Ring aus Wasser, das auf dem sengend heißen Asphalt verdampfte. Techniker wuselten umher und platzierten nummerierte gelbe Markierungen neben allem, was möglicherweise ein Beweisstück war.

»Ich wette, ich weiß, wer den Leichenfund gemeldet hat«, sagte Faith.

Will riet. »Ein Drogensüchtiger. Leute, die hier feiern wollten. Ausreißer.« Er betrachtete das gewölbeartige Gebäude vor ihnen: Marcus Rippys zukünftiger Nachtclub. Die Bauarbeiten waren vor einem halben Jahr ausgesetzt worden, als es so aussah, dass der Vorwurf der Vergewaltigung an ihm hängen bleiben würde. Die Gussbetonwände waren rau und verwittert und im unteren Teil von mehreren Schichten Graffiti verdunkelt. Unkraut hatte sich durch die Risse rund um das Fundament gearbeitet. Es gab zwei riesige Fenster, hoch oben in zwei entgegengesetzten Ecken auf der Straßenseite des Gebäudes. Das Glas war dunkel getönt.

Will beneidete die Spurensicherer nicht um ihren Job, die jedes Kondom, jede Spritze und jede Crackpfeife inventarisieren mussten. Unmöglich zu schätzen, wie viele Fingerabdrücke und Schuhabdrücke es im Gebäude gab. Zerbrochene Leuchthalsbänder und Partyschnuller wiesen darauf hin, dass diverse Raves hier getobt hatten.

»Was ist mit dem Club passiert?«, fragte Faith.

»Die Investoren haben den Bau gestoppt, bis Rippys Probleme gelöst sind.«

»Wissen Sie, ob sie jetzt schon wieder grünes Licht gegeben haben?«

Will murmelte eine Verwünschung, nicht wegen der Frage, sondern weil seine Chefin, die Hände in die Hüften gestemmt, vor dem Gebäude stand. Amanda sah auf ihre Uhr, dann starrte sie die beiden an, dann sah sie wieder auf ihre Uhr.

Faith fügte noch einen Fluch zu Wills hinzu und stieg aus, während Will noch blind nach dem runden Türgriff tastete, der etwa den Umfang eines M&M hatte. Endlich sprang die Tür auf, und sofort strömte heiße Luft in den Wagen. Atlanta erlebte das Ende des heißesten und feuchtesten Sommers seit Beginn der Wetteraufzeichnungen. Ins Freie zu gehen war ungefähr so, als würde man ins Maul eines gähnenden Hundes spazieren.

Will schälte sich aus dem Auto und versuchte, die Polizisten zu ignorieren, die ein paar Meter entfernt standen und ihm zusahen. Er konnte nicht hören, was sie sagten, aber bestimmt schlossen sie Wetten darüber ab, wie viele Clowns noch aus dem winzigen Gefährt klettern würden.

Glücklicherweise wurde Amandas Aufmerksamkeit inzwischen von einem der CSI-Leute in Anspruch genommen. Charlie Reed war leicht an seinem gezwirbelten Schnauzbart und einem Körperbau wie Popeye erkennbar. Will hielt nach weiteren bekannten Gesichtern Ausschau.

»Mitchell, stimmt's?«

Will drehte sich um und sah sich einem bemerkenswert gut aussehenden Mann gegenüber. Der Typ hatte dunkles gewelltes Haar und ein Grübchen im Kinn, und er musterte Faith mit dem Blick eines Aufreißerkönigs im Studentenwohnheim.

»Hallo.« Faith' Stimme klang seltsam hoch. »Kennen wir uns?«

»Bisher hatte ich nicht das Vergnügen.« Der Mann fuhr sich mit den Fingern durch das jungenhafte, lockere Haar. »Sie sehen wie Ihre Mom aus. Ich habe mit ihr gearbeitet, als ich noch eine Uniform trug. Ich bin Collier. Das ist mein Partner Ng.«

Ng nickte kaum merklich, um zum Ausdruck zu bringen, wie cool er war. Er trug das Haar militärisch kurz geschoren und hatte eine dunkle Pilotenbrille auf. Wie sein Partner trug er Jeans und ein schwarzes T-Shirt mit dem Aufdruck APD POLICE – ganz im Kontrast zu Will, der wie der Oberkellner in einem alten italienischen Steakrestaurant aussah.

»Trent«, sagte Will und straffte die Schultern, denn zumindest hatte er den Größenvorteil auf seiner Seite. »Was liegt vor?«

»Ein Haufen Scheiße.« Ng starrte aus dem Fenster, statt Will anzusehen. »Wie ich höre, ist Rippy bereits auf dem Weg nach Miami.«

»Waren Sie schon drin?«, fragte Faith.

»Nicht oben.«

Faith wartete auf mehr, dann versuchte sie es noch einmal. »Können wir mit den Beamten reden, die die Leiche gefunden haben?«

Ng tat so, als hätte er Schwierigkeiten, sich zu erinnern. »Weißt du ihre Namen noch, Bro?«

Collier schüttelte den Kopf. »Sind mir total entfallen.«

Faith war nicht mehr so hingerissen. »He, *21 Jump Street*, sollen wir gehen, damit ihr beiden euch gegenseitig einen runterholen könnt?«

Ng lachte, rückte aber nicht mit weiteren Informationen heraus.

»Herrgott noch mal«, sagte Faith. »Sie kennen meine Mom, Collier. Unsere Chefin hier ist ihre frühere Partnerin. Was glauben Sie, wird sie sagen, wenn wir sie bitten müssen, uns auf den aktuellen Stand zu bringen?«

Collier seufzte müde. Er rieb sich den Nacken und blickte ins Leere. Im Sonnenlicht blitzten silberne Strähnen in seinem Haar auf, er hatte tiefe Falten um die Augen. Vermutlich war er Mitte vierzig und damit ein paar Jahre älter als Will, weshalb sich dieser aus irgendeinem Grund besser fühlte.

»Also gut«, gab Collier schließlich nach, aber nicht, ohne sich ein weiteres Mal durchs Haar zu fahren. »Die Zentrale bekommt einen anonymen Tipp, dass es hier eine Leiche gibt. Zwanzig Minuten später trifft ein Streifenwagen mit zwei Mann Besatzung ein. Sie durchkämmen das Gebäude und finden die männliche Leiche in einem der Räume im Obergeschoss. Ein Stich in den Hals. Ein echtes Blutbad. Einer von ihnen erkennt Harding von den Chorproben – Trinker, Spieler, Weiberheld, ein typischer Bulle vom alten Schlag. Ihre Mom kennt bestimmt ein paar Geschichten.«

»Wir haben gerade einen Fall von häuslicher Gewalt bearbeitet, als der Anruf kam«, sagte Ng. »Ziemlich brutale Scheiße. Die Braut wird tagelang operiert werden müssen. Bei Vollmond drehen immer alle durch.«

Faith ging nicht auf seine Kriegsgeschichte ein. »Wie ist Harding oder wer immer in das Gebäude gekommen?«

»Anscheinend mit einem Bolzenschneider.« Collier zuckte

die Achseln. »Das Vorhängeschloss war glatt durchgeschnitten, was einige Muskelkraft erfordert, wir haben es also wahrscheinlich mit einem Mann zu tun.«

»Haben Sie den Bolzenschneider gefunden?«

»Nein.«

»Was war mit dem Auto?«

»Als wir hier ankamen, hat es eine Hitze wie Tschernobyl abgestrahlt. Wir haben die Feuerwehr gerufen. Sie sagen, dass ein Brandbeschleuniger benutzt wurde. Der Benzintank ist explodiert.«

»Niemand hat ein brennendes Fahrzeug gemeldet?«

»Ja, es ist schockierend«, sagte Ng. »Man würde nicht meinen, dass die ganzen Junkies und Huren, die in diesen Lagerhäusern herumhängen, einen auf Kitty Genovese[*] machen.«

»Aha, da kennt sich einer aus mit Großstadtlegenden«, sagte Faith.

Will ließ den Blick über die leer stehenden Lagerhäuser schweifen – je eines links und rechts von Rippys Club. Eine Tafel warb für gemischtfunktionale Gebäude, die hier bald entstehen sollten, aber das ausgeblichene Werbeschild ließ darauf schließen, dass »bald« längst vorüber war. Die Gebäude waren jeweils vier Stockwerke hoch und mindestens einen Block tief. Roter Ziegel von der vorletzten Jahrhundertwende. Gotische Bogenfenster mit Buntglas, das vor langer Zeit herausgebrochen war.

Er drehte sich um. Auf der anderen Straßenseite stand ein ähnliches Backsteingebäude, dieses war jedoch mindestens zehn Stockwerke hoch, vielleicht mehr, wenn es ein Tiefgeschoss gab. Gelbe Schilder auf den mit Ketten versperrten Türen wiesen darauf hin, dass das Gebäude zum Abriss vorgesehen war. Die drei Bauwerke waren mächtige Relikte aus Atlantas

---

[*] Der Mordfall Kitty Genovese wurde durch die Untätigkeit der Nachbarn bekannt. Die Frau wurde 1964 in der Nähe ihres Zuhauses in Queens/NY erstochen. (Anm. d. Red.)

industrieller Vergangenheit. Wenn Rippys Investoren jetzt, da der Vergewaltigungsfall vom Tisch war, zugeschlagen hatten, konnte das Projekt ihnen Millionen, wenn nicht Milliarden von Dollar einbringen.

»Konnten Sie das Fahrzeug identifizieren?«

»Weißer Kia Sorento, Baujahr 2016, auf einen gewissen Vernon Dale Harding zugelassen. Die Feuerwehr sagt, der Wagen hat wahrscheinlich seit vier, fünf Stunden gebrannt.«

»Jemand hat also Harding getötet und sein Auto angezündet, und dann hat jemand anderer oder vielleicht auch derselbe Kerl es fünf Stunden später der Notrufzentrale gemeldet.«

Will blickte zum Nachtclub. »Warum hier?«

Faith schüttelte den Kopf. »Warum wir?«

Ng verstand nicht, dass es eine rhetorische Frage war. Er deutete auf das Gebäude. »Das hier sollte eine Art Nachtclub werden. Unten wie ein Atrium in einem Einkaufszentrum die Tanzfläche, oben auf der Galerie VIP-Räume. Ich dachte, dass vielleicht eine Bande im Spiel ist, die hier mitten in dieser Scheißgegend einen Drogentreff aufzieht, deshalb habe ich meine Süße im Revier angerufen, sie hat ein bisschen nachgeforscht und ist auf Rippys Namen gestoßen. Ich denk mir, *ach du Scheiße*, und reiche die Sache an meinen Boss weiter, der ruft dann höflichkeitshalber bei Ihrer Schreckschraube hier an, und zehn Minuten später ist sie da und schleift uns an den Eiern durch den Ring.«

Alle sahen zu Amanda. Charlie Reed war fort, eine gertenschlanke Rothaarige war an seine Stelle getreten. Sie steckte ihr Haar hoch, während sie mit Amanda sprach.

Ng pfiff leise durch die Zähne. »Himmel noch mal. Schau dir diese kleine Pfadfinderin an. Ob die wohl hält, was sie verspricht?«

Collier grinste. »Ich sag dir morgen früh Bescheid.«

Faith warf einen Blick auf Wills geballte Fäuste. »Das reicht jetzt, Jungs.«

Collier konnte nicht aufhören zu grinsen. »Wir machen doch nur Spaß, Officer.« Er zwinkerte ihr zu. »Aber Sie sollten wissen, dass ich bei den Pfadfindern rausgeflogen bin, weil ich ein paar Brownies vernascht habe.«

Ng lachte schallend, und Faith verdrehte die Augen, als sie sich zum Gehen wandte.

»Red«, sagte Will zu den Detectives. »Alle nennen sie Red. Sie ist von der Spurensicherung, aber sie mischt sich gern ein, also habt ein Auge auf sie.«

»Ist sie mit jemandem zusammen?«, fragte Collier.

Will zuckte die Achseln. »Spielt das eine Rolle?«

»Nicht die geringste.« Collier sprach mit der absoluten Gewissheit eines Mannes, der nie von einer Frau zurückgewiesen wurde. Er salutierte Will großspurig. »Danke für die Info, Kumpel.«

Will zwang sich, die Fäuste zu lockern, als er auf Amanda zuging. Faith war auf dem Weg ins Gebäude, wahrscheinlich um der Hitze zu entkommen. Die rothaarige Frau trug sich am Tor in eine Liste ein. Als sie Will sah, lächelte sie, und er lächelte zurück, denn sie hieß nicht Red, sondern Sara Linton, und sie war keine Kriminaltechnikerin, sondern die Gerichtsmedizinerin, und es ging Collier und Ng einen Scheißdreck an, was sie hielt oder nicht hielt, denn vor drei Stunden hatte sie noch unter Will im Bett gelegen und ihm so viele schmutzige Dinge ins Ohr geflüstert, dass er nicht mal mehr schlucken konnte.

Amanda sah nicht von ihrem BlackBerry auf, als sich Will näherte. Und es kümmerte sie auch nicht, als er wartend vor ihr stand, denn sie ließ ihn meistens warten. Einen Kopf größer als sie, war er bestens vertraut mit dem Wirbel an ihrem Oberkopf, wo sich ihr schwarzgrau meliertes Haar zu einem Helm legte.

»Sie sind spät dran, Agent Trent«, sagte sie schließlich.

»Ja, Ma'am. Wird nicht wieder vorkommen.«

Sie kniff die Augen zusammen, weil sie an seiner Entschuldigung zweifelte. »Dieser Geruch in der Luft kommt von der

Kacke, die am Dampfen ist. Ich habe bereits mit dem Bürgermeister, dem Gouverneur und zwei Staatsanwälten telefoniert, die sich weigern, hier herauszukommen, weil sie ihre Gesichter nicht in einem Bericht über einen weiteren Fall sehen wollen, in den Marcus Rippy verstrickt ist.« Sie sah wieder auf ihr Handy. Das BlackBerry war ihre mobile Kommandozentrale, die Verbindung mit ihrem riesigen Netz von Kontakten, von denen nur einige offizieller Natur waren.

»Drei weitere Übertragungswagen sind auf dem Weg hierher, einer von einem landesweiten Sender. Ich habe mehr als dreißig E-Mails von Reportern, die um eine Stellungnahme bitten. Rippys Anwälte haben bereits angerufen und gesagt, sie würden alle Fragen beantworten, und jeder Hinweis darauf, dass wir Rippy zu Unrecht ins Visier nehmen, könnte zu einem Prozess wegen Polizeischikane führen. Sie wollen sich sogar erst morgen mit mir treffen. Zu beschäftigt, sagen sie.«

»Genau wie beim letzten Mal.« Will war genau eine Zusammenkunft mit Marcus Rippy eingeräumt worden, in deren Verlauf der Mann fast nur geschwiegen hatte. Faith hatte recht. Zu den ärgerlichen Dingen bei Menschen mit Geld gehörte, dass sie ihre verfassungsmäßigen Rechte kannten.

»Sind wir offiziell zuständig oder ist es die Polizei von Atlanta?«, fragte er Amanda.

»Glauben Sie, ich würde hier stehen, wenn ich nicht offiziell zuständig wäre?«

Will warf einen Blick zurück zu Collier und Ng. »Weiß Captain Grübchen das?«

»Finden Sie ihn süß?«

»Na ja, ich würde nicht sagen …«

Amanda marschierte bereits auf das Gebäude zu, und Will musste laufen, um sie einzuholen. Sie hatte den flinken Gang eines Shetlandponys.

Die beiden trugen sich bei dem uniformierten Beamten ein, der für den Zugang zum Tatort zuständig war. Doch Amanda ging nicht ins Gebäude, sondern zwang Will, in der prallen Sonne vor dem Bau stehen zu bleiben.

»Ich kannte Hardings Vater, als ich bei der Polizei anfing«, sagte sie. »Der alte Harding war ein Streifenbeamter, der sein Geld für Huren und Hunderennen ausgab. Er starb 1985 an einem Aneurysma. Hat seinem Sohn die Spielsucht vermacht. Dale ist aus gesundheitlichen Gründen vorzeitig in Ruhestand gegangen. Anfang des Jahres ließ er sich seine Pension auszahlen.«

»Was waren das für gesundheitliche Gründe?«

»HIPAA«, sagte sie und bezog sich auf das Gesetz, das die Vertraulichkeit von Patientendaten gewährleistete. »Ich versuche, über inoffizielle Kanäle an die Information zu kommen, aber das ist eine ungute Geschichte, Will. Harding war ein schlechter Cop, aber jetzt ist er ein toter Cop, und seine Leiche liegt in einem Gebäude, das einem Prominenten gehört, den wir nicht wegen Vergewaltigung vor Gericht bringen konnten.«

»Wissen wir, ob es eine Verbindung zwischen Harding und Rippy gibt?«

»Ich wünschte, ich hätte einen Detective, der das herausfindet.« Sie machte auf dem Absatz kehrt und marschierte in das Gebäude. Der elektrische Strom war noch abgeschaltet. Im Innern war es klamm und wie in einer Höhle, die getönten Fenster verliehen dem Ort eine gespenstische Atmosphäre. Will und Amanda streiften sich Schuhschützer über. Plötzlich sprangen die Generatoren an. Xenon-Scheinwerfer flammten auf und leuchteten jeden Quadratmeter des Gebäudes aus. Will kniff unwillkürlich die Augen zusammen.

Es gab ein wildes Klicken, als Taschenlampen ausgeschaltet und weggepackt wurden. Als sich Wills Augen an das Licht gewöhnt hatten, sah er genau das vor sich, was er erwartet hatte: Müll, Kondome und Spritzen, einen leeren Einkaufswagen, Gartenstühle, schmutzige Matratzen – aus irgendeinem Grund gab es immer schmutzige Matratzen – und mehr leere Bierdosen und Schnapsflaschen, als man zählen konnte. Die Wände waren mit bunten Graffiti übersät, die mindestens so hoch hinaufreichten, wie man mit einer Sprühdose kam, wenn man den Arm ausstreckte. Will erkannte einige Banden-Tags – die Suernos, Bloods, Crips –, aber hauptsächlich waren es Namen in Blasen mit Herzen, Friedenswimpel und einige riesige, gut ausgestattete Einhörner mit Regenbogenaugen. Typische Raver-Kunst. Das Tolle an Ecstasy war, dass es einen total glücklich machte, bis das Herz stehen blieb.

Ng hatte den Grundriss ziemlich korrekt beschrieben. Das Gebäude hatte eine Galerie, die sich wie in einer Shopping Mall zum Erdgeschoss öffnete. Rund um diese Galerie lief ein provisorisches Geländer aus Holz, doch es gab Lücken, wo ein unvorsichtiger Mensch in Gefahr geraten konnte. Das Hauptgeschoss war riesig, vielfach abgestuft, mit halbhohen Betonwänden, die abgeschirmte Sitzbereiche kennzeichneten, und einer großen, offenen Fläche zum Tanzen. Was vermutlich einmal die Bar werden sollte, zog sich in einem Bogen um die Rückseite des Baus. Zwei prächtige geschwungene Treppen führten ins Obergeschoss in mindestens zwölf Metern Höhe. Die an die Wände geschmiegten Betonstufen wirkten wie die Fangzähne einer Kobra, die im Begriff stand, auf die Tanzfläche hinabzustoßen.

Eine ältere Frau mit gelbem Schutzhelm näherte sich Amanda. Sie hatte einen weiteren Helm in der Hand, den sie Amanda gab; die reichte ihn sofort an Will weiter, der ihn wiederum auf dem Boden deponierte.

Die Frau legte ohne Einleitung los. »Auf dem Parkplatz wurde gefunden: eine leere, durchsichtige Plastiktüte mit einem Etikett aus Papier auf der Innenseite. Besagte Tüte enthielt früher eine braune Leinenplane, die am Tatort nicht aufzufinden war. Die Plane misst einen Meter zehn auf einen Meter achtzig und ist überall erhältlich.« Sie unterbrach ihre Leier, um Luft zu holen. »Außerdem wurde gefunden: eine geringfügig benutzte Rolle schwarzes Klebeband, äußere Plastikhülle fehlt. Der Wetterbericht verzeichnet eine Regenflut vor sechsunddreißig Stunden in dieser Gegend. Das Papieretikett auf der Verpackung der Plane und die Ränder des Klebebands lassen nicht erkennen, dass sie besagtem Wetterereignis ausgesetzt waren.«

»Nun, damit hätten wir zumindest ein Zeitfenster«, sagte Amanda. »Irgendwann über das Wochenende.«

»Leinenplane«, wiederholte Will nachdenklich. »So etwas benutzen Maler.«

»Korrekt«, bestätigte die Frau. »Weder im Gebäude noch außerhalb wurden Farbe oder Malerwerkzeuge gefunden. Die Treppen«, fuhr sie fort, »gehören beide zum Tatort und werden noch bearbeitet. Bisher gefunden: Gegenstände aus einer Damenhandtasche, etwas, das nach Papiertüchern aussieht, eher Klopapier, keine Taschentücher.« Sie zeigte zu einer Hebebühne. »Die werden Sie benutzen müssen, um nach oben zu gelangen. Wir haben jemanden angefordert, der sie bedienen kann. Er wird in fünfundzwanzig Minuten hier sein.«

»Wollen Sie mich verscheißern?« Collier hatte sich lautlos der Gruppe genähert. »Wir können nicht die Treppen benutzen?« Er beäugte die Hebebühne misstrauisch, ein hydraulischer Apparat, der eine Plattform senkrecht nach oben fuhr, eine Art wackeliger Freiluftaufzug mit nichts als einem dürftigen Geländer, das einen vor einem Sturz in den sicheren Tod bewahren sollte.

Amanda wandte sich an Will: »Wissen Sie, wie man dieses Ding bedient?«

»Ich kann es herausfinden.« Das Gerät war bereits am Stromnetz. Will fand den Schlüssel im Kasten für die Notbatterie versteckt. Er drückte mit der Spitze des Schlüssels auf den winzigen Reset-Knopf. Die Hebebühne ruckte kurz nach oben und nach unten, und sie waren im Geschäft.

Will hielt sich am Geländer fest und stieg die zwei Stufen neben dem Motor hinauf. Amanda streckte die Hand aus, um sich von ihm hinaufhelfen zu lassen. Ihre Bewegungen wirkten mühelos, was hauptsächlich daran lag, dass Will die ganze Arbeit machte. Sie war leicht, leichter als ein Boxsack.

Beide drehten sich um und warteten auf Collier. Er warf einen Blick zu den fangzahnartigen Treppen.

Amanda klopfte auf ihre Uhr. »Sie haben zwei Sekunden, Detective.«

Collier holte tief Luft. Er hob den gelben Schutzhelm vom Boden auf, schnallte ihn sich auf den Kopf und kletterte wie ein verängstigtes Affenbaby auf die Plattform hinauf.

Will drehte den Schlüssel, um den Motor zu starten. Tatsächlich hatte er während seines Studiums auf dem Bau gejobbt und konnte so ziemlich jede Maschine auf einer Baustelle bedienen. Trotzdem ließ er die Plattform ein wenig ruckeln, weil es ihm Spaß machte zu sehen, wie sich Collier mit weiß hervortretenden Knöcheln am Geländer festkrallte.

Der Motor gab ein Knirschen von sich, als sie Fahrt aufnahmen. Sara war auf der Treppe und half einem der Spurensicherer beim Einsammeln der Beweise. Sie trug Kakihosen und ein eng anliegendes marineblaues GBI-T-Shirt, das ihr in jeder Hinsicht schmeichelte. Das Haar war noch nach hinten gekämmt, aber ein paar Strähnen hatten sich gelöst. Sie trug ihre Brille, und Will gefiel es, wie sie mit Brille aussah.

Will war seit achtzehn Monaten mit Sara Linton zusammen, was ungefähr siebzehn Monate und sechsundzwanzig Tage länger war als jede andere Phase anhaltenden Glücks in seinem Leben. Er wohnte praktisch bei ihr. Ihre Hunde vertrugen sich. Er mochte ihre Schwester. Er verstand ihre Mutter. Er hatte Angst vor ihrem Vater. Sie hatte sich dem GBI offiziell vor zwei Wochen angeschlossen. Dies war ihr erster gemeinsamer Fall, es war ihm peinlich, wie aufgeregt er war, sie zu sehen.

Und deshalb zwang sich Will wegzusehen, denn an einem schauerlichen Tatort seine Freundin anzumachen – so fingen wahrscheinlich Serienmörderkarrieren an.

Oder vielleicht würde es auch nur ein einfacher Mord werden, denn Collier hatte beschlossen, sich von seiner Höhenangst abzulenken, indem er auf Saras Hintern starrte, während sie sich bückte, um dem Spurensicherer zu helfen.

Will verlagerte sein Gewicht, und die Plattform schaukelte. Collier gab ein Geräusch von sich, das irgendwo zwischen einem Röcheln und einem Aufjaulen lag.

Amanda lächelte Will an, was nicht oft vorkam. »Mein erster Einsatz galt einem Kerl, der von einem hohen Gerüst gefallen war. Das war noch bevor es all diese albernen Sicherheitsbestimmungen gab. Für den Coroner blieb nicht viel übrig. Wir spülten sein Hirn mit dem Schlauch vom Gehsteig in den Rinnstein.«

Collier beugte sich vor, sodass er sich den Schweiß auf seinem Gesicht am Ärmel abwischen konnte, ohne das Geländer loszulassen.

Die Hebebühne schaukelte – diesmal ohne Wills Zutun –, als die Plattform einige Zentimeter unterhalb des Rands der Galerie stoppte. Das hölzerne Geländer war zur Seite gezogen worden. Gleich gegenüber waren brusthoch schimmlige Rigipsplatten gestapelt. Die dicke Staubschicht auf den Eimern mit Fugenmasse ließ darauf schließen, dass sie hier lagen, seit die Bautätigkeit vor sechs Monaten eingestellt worden war. Graffiti tropften träge von Wänden und Baumaterial. Zwei weitere der allgegenwärtigen regenbogenäugigen Einhörner standen am Ende jeder Treppe Wache.

Schwere Holztüren säumten die Wände, und Will nahm an, dass dahinter die VIP-Räume lagen. Das maßgeschneiderte Mahagoni war in einem kräftigen Espressoton gefärbt, aber die Graffitikünstler hatten ihr Möglichstes getan, um den ursprünglichen Anstrich zu übermalen. Gelbe, nummerierte Markierungen sprenkelten die gesamte Galerie, von einer Treppe zur anderen. Mehrere Kriminaltechniker in Schutzanzügen fotografierten und sammelten Beweismaterial. Einige der VIP-Räume wurden mit Luminol eingesprüht, einer Chemikalie, die Körperflüssigkeiten unter Schwarzlicht in einem gespenstischen Blau leuchten ließ.

Will wollte lieber gar nicht daran denken, was sie hier an Körperflüssigkeiten finden würden.

Faith stand am anderen Ende der Galerie, sie hatte den Kopf in den Nacken gelegt und trank aus einer Wasserflasche. Sie trug einen weißen Schutzanzug mit offenem Reißverschluss. Offenbar hatte sie sich als Kriminaltechnikerin ausgegeben, um über die Treppe nach oben zum Tatort zu gelangen, ohne auf die Hebebühne warten zu müssen. Vor ihr türmten sich verschlossene Beweismittelbeutel neben ordentlich gestapelten Kartons mit Handschuhen, leeren Beuteln und Schutzkleidung. Das Tatzimmer war ein paar Meter entfernt, die Tür nach außen geöffnet. Licht blinkte wie ein Stroboskop, als die Fotografen Lage und Zustand der Leiche dokumentierten. Amanda, Will und Collier würden erst hineindürfen, wenn jeder Quadratzentimeter erfasst war.

Amanda holte ihr Handy hervor und las ihre neuen Nachrichten, während sie sich dem Tatort näherte. »CNN ist da. Ich werde den Gouverneur und den Bürgermeister auf den neuesten Stand bringen müssen. Will, Sie übernehmen hier, während ich Händchen halte. Collier, Sie müssen für mich herausfinden, ob Harding Angehörige hatte. Meiner Erinnerung nach gab es eine Tante väterlicherseits.«

»Ja, Ma'am.« Collier streifte mit der Schulter an der Wand entlang, als er in einigem Abstand folgte.

»Nehmen Sie endlich diesen Helm ab. Sie sehen aus wie einer von den Village People.« Sie blickte wieder auf ihr Telefon. Offensichtlich war eine neue Information hereingekommen. »Harding hat vier Exfrauen. Zwei von ihnen sind immer noch bei der Polizei, beide im Archiv. Spüren Sie die beiden auf und stellen Sie fest, ob es einen Zuhälter oder Buchmacher gibt, dessen Name wiederholt aufgetaucht ist.«

Collier legte den Helm ab und stolperte ihr rasch hinterher. »Glauben Sie, seine Exfrauen haben noch mit ihm geredet?«

»Diese Frage kommt ausgerechnet von Ihnen?« Ihre Worte trafen offenbar ins Schwarze, denn Collier nickte hastig. Sie ließ das Handy in ihre Tasche gleiten. »Faith, kannst du für mich zusammenfassen?«

»Türgriff in den Hals.« Faith zeigte seitlich auf ihren eigenen Hals. »Es ist dieselbe Art Türgriff wie alle anderen hier oben, wir können also davon ausgehen, dass der Täter ihn nicht als Mordwerkzeug mitgebracht hat. Beim Wagen wurde eine G43 gefunden. Sie funktioniert nicht mehr, aber mindestens eine Kugel wurde abgefeuert. Charlie lässt die Seriennummer gerade durch die Datenbank laufen.«

»Das ist die neue Glock«, sagte Collier. »Wie sieht sie aus?«

»Leicht, schlank. Der Griff ist rau, aber sie lässt sich großartig verdeckt tragen.«

Collier stellte eine weitere Frage nach der Waffe, die speziell für die Polizei hergestellt wurde, doch Will hörte nicht zu. Die Waffe würde diesen Fall nicht lösen.

Er ging um einige markierte blutige Schuhabdrücke herum und bückte sich, um den Verschlussmechanismus der Tür genauer zu studieren. Das Schließblech war rechtwinklig, etwa acht auf fünfzehn Zentimeter groß und an die Tür geschraubt. Es war gegossen, mit poliertem Messing verkleidet und mit einem R in Schreibschrift in der Mitte des aufwendigen reliefartigen Designs verziert. Rippys Logo. Will hatte es überall im Haus des Mannes gesehen. Er spähte mit zusammengekniffenen Augen auf den Riegel, auf den langen Metallzylinder, der die Tür geschlossen hielt oder, wenn er gedreht wurde, sie zu öffnen erlaubte. Er sah Kratzer um das hohle Quadrat, in dem der Dorn des Türgriffs stecken sollte. Und dann blickte er auf den Boden und sah den langen Schraubenzieher mit dem nummerierten gelben Schildchen daneben.

Jemand war in diesem Raum eingeschlossen gewesen, und jemand anderer hatte sich mithilfe des Schraubenziehers Zugang verschafft.

Will trat einen Schritt zurück, um den Mordschauplatz zu überblicken. Der Fotograf stieg über die Leiche, darauf bedacht, nicht in dem Blut auszurutschen.

Und es gab eine Menge Blut.

Es war bis an die Decke gespritzt, verklebte die Wände und glänzte auf dem beinahe schwarzen Durcheinander wettstreitender Graffiti. Es überschwemmte den Boden, als hätte jemand einen Hahn an Hardings Halsschlagader geöffnet und ihn auslaufen lassen. Das Licht spiegelte sich in der dunklen, geronnenen Flüssigkeit. Will schmeckte Metall im Mund, da Sauerstoff auf Eisen traf. Darunter nahm er einen Hauch von Pisse wahr, was aus irgendeinem Grund in ihm mehr Mitleid für den Mann weckte als der Türgriff, der wie bei Frankensteins Monster aus seinem feisten Hals ragte.

Bei der Polizeiarbeit gab es nicht viel Würde im Tod.

Dale Hardings Leiche lag in der Mitte des Raums, der etwa fünf Meter im Quadrat maß und eine gewölbte Decke hatte. Harding lag flach auf dem Rücken, ein dicker, kahler Mann in einem billigen glänzenden Anzug, den er um die stattliche Mitte nicht mehr hatte schließen können, eher wie ein Cop aus der Generation seines Vaters. Das Hemd war auf einer Seite aus der Hose gerutscht, die rot und blau gestreifte Krawatte lag gespreizt auf seinem Bauch wie die Beine eines Hürdenläufers. Der Hosenbund war umgestülpt. Das Armband der *TAG-Heuer*-Uhr hatte sich am Handgelenk in eine Aderpresse verwandelt, weil der Körper von den diversen Säften des Verfalls anschwoll. Ein goldener Diamantring steckte am kleinen Finger. Schwarze Anzugsocken spannten sich um die wächsernen, gelblichen Knöchel. Hardings Mund stand offen, die

Augen waren geschlossen. Er hatte offenbar eine Art Ekzem, denn die trockene Haut um Mund und Nase sah aus, als wäre sie mit Zucker bestreut.

Seltsamerweise war auf der Vorderseite seines Körpers nur ein Spritzer Blut zu sehen, als hätte ein Maler mit einem Pinsel in seine Richtung geschnippt. Es gab ein paar Tropfen auf seinem Gesicht, aber sonst nichts, besonders nicht dort, wo man es erwarten würde, nämlich um seinen zu engen Hemdkragen herum.

»Das hier wurde auf der Treppe gefunden.«

Will drehte sich wieder um.

Faith hielt den Beweismittelbeutel in die Höhe, damit er und Amanda die Beschriftungen auf den Gegenständen darin lesen konnten. »Make-up von *Bare Minerals*. *MAC*-Kosmetik. Lidschatten in hellen Brauntönen. Espressobraune Wimperntusche. Schokofarbener Eyeliner. Grundierung und Puder sind mittelhell.«

»Also wahrscheinlich von einer weißhäutigen Frau«, sagte Amanda.

»Es gibt außerdem eine Tube Lippenbalsam. *La Mer.*«

»Von einer *reichen* weißhäutigen Frau«, ergänzte Amanda. Will kannte die Marke, aber nur, weil auch Sara sie benutzte. Er hatte zufällig den Kassenzettel gesehen und fast einen Herzanfall bekommen. Der Lippenbalsam kostete mehr als ein Gramm Heroin.

»Wir können also davon ausgehen, dass eine Frau hier bei Harding war«, sagte Amanda.

»Und jetzt ist sie es nicht mehr«, ergänzte Faith. »Türdorn in den Hals rammen, das könnte eine Frau getan haben.«

»Wo ist die Handtasche?«, fragte Amanda.

»Im Zimmer. Sie sieht zerfetzt aus, als wäre sie irgendwo hängen geblieben.«

»Und nur das Make-up ist herausgefallen?«

Faith nahm die anderen Beweismittelbeutel in die Hand und zählte ihren Inhalt auf: »Ein Autoschlüssel, Chevy, Modell unbekannt, kein Schlüsselanhänger. Eine Haarbürste mit langen braunen Haaren in den Borsten – die gehen so schnell wie möglich ins Labor. Eine Dose Pfefferminzbonbons. Verschiedene Münzen mit Fusseln von der Handtasche. Ein Päckchen Taschentücher. Ein Plastiketui für Kontaktlinsen. Ein Lippenpflegestift der Marke *Chapstick*, das *La Mer* für Arme.«

»Keine Brieftasche?«

Faith schüttelte den Kopf. »Der Fotograf sagt, er hat auch keine in der Handtasche gesehen, aber wir prüfen das noch einmal nach, wenn er fertig ist.«

»Wir haben es also mit einem toten Polizisten und einer verschwundenen Frau zu tun«, sagte Amanda. Sie las Wills Gesichtsausdruck. »*Sie* hat das Haus nicht verlassen. Ich habe vor einer Stunde mit ihr gesprochen und bei dem Deputy des Sheriffs nachgefragt, der vor ihrem Haus parkt.«

Keisha Miscavage, die Frau, die Marcus Rippy der Vergewaltigung beschuldigte. Ihr Name war nicht an die Presse gegeben worden, aber niemand blieb in Zeiten des Internets anonym. Keisha war vor drei Monaten gezwungen gewesen, sich zu verstecken, und sie wurde wegen ernst zu nehmender Todesdrohungen von mehreren Rippy-Fans immer noch rund um die Uhr von der Polizei bewacht.

»Was ist mit den ganzen Banden-Tags?«, fragte Collier. »Ich zähle zwei hier oben und mindestens vier da unten. Wir sollten die Banden-Task-Force darauf ansetzen, damit sie sich ein paar von den Typen vorknöpft.«

»Sollen wir uns die Einhörner auch vorknöpfen?«, fragte Faith.

Amanda schüttelte den Kopf. »Es geht um die Frau. Nehmen wir an, dass sie sich in diesem Raum befand. Nehmen wir weiter an, dass sie etwas mit der Tötung des Opfers zu tun hatte, falls man Harding als das Opfer bezeichnen kann.« Sie sah auf den Inhalt der Handtasche hinunter. »Eine weiße, einigermaßen gut situierte Frau, die mitten in der Nacht einen schmierigen Cop in einer üblen Gegend trifft. Warum? Was hatte sie hier verloren?«

»Vielleicht war sie ein Callgirl«, sagte Collier, »und er konnte oder wollte sie nicht bezahlen. Da ist sie wütend geworden.«

»Merkwürdiger Treffpunkt, um sich einen blasen zu lassen«, konterte Faith.

»Das ist eine kleine Plane«, sagte Will, denn Amanda verbrachte ihre Wochenenden für gewöhnlich nicht in Baumärkten. »Standardgrößen wären etwa eins fünfzig auf zwei Meter oder eins achtzig auf drei fünfzig, aber die Verpackung draußen auf dem Parkplatz war von einer Plane von einem Meter zehn auf einen Meter achtzig. Harding hat einen Bauchumfang von mindestens einem Meter und ist rund eins achtzig groß.«

Amanda sah ihn an. »Was wollen Sie mir damit sagen?«

»Wenn der Täter die Plane mitgebracht hat, um eine Leiche zu entsorgen, dann eine, die wesentlich kleiner war als Harding.«

»Die Plane ist für eine Frauengröße«, sagte Faith. »Na toll.«

Amanda nickte. »Harding hat die Frau hier getroffen, um sie zu töten, aber es gelang ihr, die Oberhand zu gewinnen.«

»Sie ist verwundet.« Sara kam die Treppe herauf. Sie hatte die Brille am Kragen ihres T-Shirts eingehängt und wischte sich mit dem Handrücken den Schweiß von der Stirn. »Blutige nackte Fußabdrücke führen die linke Treppe hinauf. Wahrscheinlich die einer Frau, Schuhgröße siebenunddreißig oder achtunddreißig. Sie setzte die Füße schwer auf, was vermuten lässt, dass sie gelaufen ist.« Sie zeigte zur Treppe zurück. »Auf der zweiten Stufe von oben ist eine Stelle, wo sie offenbar gefallen ist und sich den Kopf angeschlagen hat, wahrscheinlich am Schädeldach. Wir haben lange braune Haare in dem Blutfleck gefunden, ähnlich denen in der Haarbürste.« Sie zeigte zu der anderen Treppe. »Rechts gibt es weitere Fußabdrücke von einer Person, die geht, und passive Spritzer, sie bilden eine Spur zum Notausgang auf der Seite des Gebäudes und enden dort auf der Metalltreppe. Passive Spritzer deuten auf eine nässende Wunde hin.«

»Hinauf*gerannt* und hinunter*gegangen*?«, fragte Amanda.

»Möglich.« Sara zuckte die Achseln. »Dieses Gebäude haben Hunderte Leute betreten und verlassen. Irgendwer könnte die Fußabdrücke vor einer Woche hinterlassen haben und jemand anderer die Tropfen letzte Nacht. Wir müssen für jede Probe eine DNA-Sequenzierung machen, bevor wir mit Sicherheit sagen können, was zu wem gehört.«

Amanda blickte finster drein. DNA-Tests konnten Wochen dauern. Sie bevorzugte wissenschaftliche Sofortlösungen.

»Fertig.« Der Fotograf zog seinen Schutzanzug aus. Seine Kleidung war durchgeschwitzt, und sein Haar sah aus, als wäre es auf den Kopf gemalt. »Der Raum gehört jetzt Ihnen«, sagte er zu Amanda. »Ich lasse die Bilder sofort bearbeiten und hochladen, wenn ich in der Zentrale bin.«

Sie nickte. »Danke.«

Sara zog ein frisches Paar Handschuhe aus ihrer Gesäßtasche. »Diese Schuhabdrücke hier«, sie deutete auf den Boden, der aussah, als gehörte er in ein Arthur-Murray-Tanzstudio, »die sind von den ersten Beamten vor Ort. Zwei Paar. Einer war im Raum, wahrscheinlich um sich das Gesicht des Opfers anzusehen. Die Spuren für beide sind fast identisch. *Haix Black Eagles.* Polizeischuhe.«

Collier schnaubte verärgert. »In ihrer Aussage steht, dass sie den Raum nicht betreten haben.«

»Vielleicht sollten Sie noch mal mit ihnen reden.« Sara zog sich ein frisches Paar Schuhschoner über. »Da ist eine Menge Blut. Sie haben das Opfer erkannt, er war ein Polizeikollege. Das ...«

»Moment mal, Red.« Collier hob den Arm wie ein Verkehrspolizist. »Meinen Sie nicht, Sie sollten auf den Gerichtsmediziner warten, bevor Sie einfach da reinlatschen?«

So ein Blick, wie Sara ihn jetzt Collier zuwarf, hatte einmal die beiden elendsten Stunden in Wills Leben angekündigt. »*Ich* bin die Gerichtsmedizinerin, und ich würde es vorziehen, dass Sie mich Sara oder Dr. Linton nennen.«

Faith stieß ein bellendes Lachen aus, das durch das ganze Gebäude hallte.

Sara stützte sich an der Wand ab, als sie den Raum betrat. Eine leichte Wellenbewegung breitete sich über die Blutlache aus. Sie hob die Handtasche in der Ecke auf: Der Riemen war gerissen, in der Seite klaffte ein langer Schnitt. Die Tasche war aus schwarzem, strukturiertem Leder mit schweren Messingreißverschlüssen, Schnallen und einem Vorhängeschloss – die Art von Accessoire, die sehr teuer oder sehr billig sein konnte.

»Ich sehe keine Brieftasche.« Sara hielt einen goldfarbenen Lippenstift in der Hand. »*Sisley*, die Farbe heißt *Rose Cashmere*. Ich habe den gleichen zu Hause.« Sie runzelte die Stirn. »Komisch, das Gold ist an der Seite abgekratzt, genau wie bei meinem. Muss ein Fabrikationsfehler sein.« Sara ließ den Lippenstift wieder in die Handtasche gleiten. Sie wog sie in der Hand und prüfte das Gewicht. »Fühlt sich nicht nach *Dolce & Gabbana* an.«

»Nein.« Amanda spähte in die Tasche. »Die ist gefälscht. Sehen Sie die Nähte?«

»Auch das Und-Zeichen ist in der falschen Schriftart.« Faith breitete eine Plastikfolie auf dem Boden aus, damit sie noch gründlicher Inventur machen konnten. »Warum sollte man sich eine gefälschte *D&G* kaufen, wenn man sich Kosmetik von *Sisley* und *La Mer* leisten kann?«

»Eine Handtasche für zweitausendfünfhundert Dollar und ein Lippenstift für sechzig?«, fragte Amanda.

»Den Lippenstift kann man leicht mitgehen lassen, die Handtasche nicht.«

»Vielleicht ist es eine Probe. Der Kratzer könnte von dem Aufkleber stammen.«

Will versuchte, Collier einen verschwörerischen Blick zuzuwerfen – »Männliche Männer wie wir haben keine Ahnung, wovon die Mädels da reden« –, aber Colliers Augen sagten ihm bereits etwas ganz anderes: »Ich würde dir am liebsten eine in die Fresse ballern.«

Sara ging in den Raum zurück. Dies war ihre erste Gelegenheit, den Tatort ernsthaft zu untersuchen. Will hatte schon früher Gelegenheit gehabt, diese Seite an ihr zu erleben, aber noch nie, wenn sie in offizieller Funktion zugange war. Sie ließ sich Zeit, den Raum zu erkunden, studierte schweigend die Blutspritzer, den Sprühnebel an der Decke. Die Graffiti erleichterten ihr die Arbeit nicht gerade. An manchen Stellen waren die Wände beinahe schwarz vor übereinandergesprühten Logos und Tags. Sie ging an alles ganz nah heran und setzte ihre Brille auf, um zwischen Sprühfarbe und Blutspuren unterscheiden zu können. Sie wanderte zweimal um den ganzen Raum herum, immer eng an den Wänden entlang, ehe sie mit der Untersuchung der Leiche begann.

Sie konnte nicht im Blut knien, deshalb ging sie neben Hardings umfangreicher Taille in die Hocke. Sie durchsuchte die vorderen Hosentaschen und reichte Faith einen geschmolzenen Schokoriegel, ein geöffnetes Päckchen Kaudragees, ein Bündel Geldscheine, das von einem grünen Gummiband zusammengehalten wurde, und einige lose Münzen. Als Nächstes sah sie in Hardings Sakkotaschen nach. In der Brusttasche steckte ein zusammengelegtes Blatt Papier. Sara faltete es auseinander. »Ein Tippschein für eine Rennwette. Online abgegeben.«

»Hunde?«, riet Amanda.

»Pferde.« Sara gab Faith den Schein, die ihn neben den anderen Gegenständen auf der Plastikfolie ablegte.

»Keine Handys«, bemerkte Faith. »Harding hat keines bei sich, in der Handtasche ist ebenfalls keines, und auch im Gebäude wurde nirgendwo eines gefunden.«

Sara tastete die Leiche ab, um festzustellen, ob sie in der Kleidung etwas übersehen hatte. Sie zog Hardings Augenlider hoch. Mit beiden Händen zwang sie dann seinen Kiefer auseinander, damit sie in den Mund schauen konnte. Sie knöpfte sein Hemd und die Hose auf. Sie studierte jeden Zentimeter seines aufgeblähten Bauchs. Sie schob die aufgeknöpften Hemdmanschetten zurück und betrachtete seine Unterarme. Sie hob seine Beine an und zog ihm die Socken von den Füßen.

Schließlich sagte sie: »Die Leichenflecken lassen darauf schließen, dass der Körper nicht bewegt wurde, er ist also hier gestorben, in dieser Position, auf dem Rücken. Ich werde die Umgebungstemperatur und die Lebertemperatur brauchen, aber die Totenstarre ist voll ausgebildet, was bedeutet, dass er seit mehr als vier, aber weniger als acht Stunden tot ist.«

»Wir können also von einer Zeitspanne zwischen Sonntagabend und Montagmorgen ausgehen«, sagte Faith. »Die Feuerwehr schätzt, der Wagen wurde vor vier bis fünf Stunden in Brand gesetzt, womit wir bei etwa drei Uhr morgens wären. Der Notruf ging um fünf Uhr morgens ein.«

»Verzeihung, aber kann ich dazu eine Frage stellen?« Collier leckte deutlich noch immer seine Wunden, aber ebenso deutlich wollte er seine Nützlichkeit unter Beweis stellen. »Er hat Schimmel um Mund und Nase. Würde es nicht wesentlich länger dauern, bis der sich bildet?«

»Das würde es, aber es ist kein Schimmel«, erklärte Sara. »Können Sie mir helfen, ihn auf die Seite zu drehen? Ich will nicht, dass er nach vorn kippt.«

Collier zog zwei Schuhschoner aus der Schachtel. Er grinste Sara an, als er sie über die alten zog, die er bereits beim Betreten des Gebäudes übergestreift hatte. »Ich heiße übrigens Holden. Wie in dem Roman. Meine Eltern hofften auf einen entfremdeten, rebellischen Einzelgänger.«

Sara lächelte über den blöden Witz, aber Will hätte sich am liebsten die Kugel gegeben.

Collier grinste immer weiter, nahm die Handschuhe, die Sara ihm hinhielt, und dehnte demonstrativ die Finger mit seinen kindergroßen Händen. »Wie wollen Sie es machen?«

»Auf drei.« Sara zählte. Collier ächzte, als er Hardings Schultern anhob und ihn auf die Seite zu drehen versuchte. Der Körper war steif und in der Mitte geknickt wie ein Scharnier. Bei der Gewichtsverlagerung würde Harding mit dem Gesicht nach unten in eine Blutlache fallen, deshalb musste Collier die Ellbogen gegen seine Knie stemmen, um die Leiche halbwegs auf der Seite zu halten.

Sara streifte Harding Sakko und Hemd ab, damit sie den Rücken untersuchen konnte. Will nahm an, sie suchte nach Einstichen. Sie drückte die behandschuhten Finger in die Haut und fand keine offenen Wunden. Von dem dunklen Blut auf dem Boden sah Harding aus, als hätte man ihn in eine Pfanne mit Motoröl getaucht.

»Geht's noch ein bisschen?«, fragte sie Collier.

»Sicher«, quetschte er hervor. Will sah, wie die Adern an seinem Hals hervortraten – Harding wog mindestens einhundertzwanzig Kilo, vielleicht mehr. Colliers Arme zitterten von der Anstrengung.

Sara zog erneut ein frisches Paar Handschuhe an. Dann griff sie in Hardings Gesäßtasche und holte eine dicke Nylonbrieftasche hervor. Der Klettverschluss gab ein lautes Reißgeräusch von sich, als sie ihn öffnete. Sie zählte laut ihre Fundstücke auf: »Losabschnitte, Quittungen von Fast-Food-Imbissen, Wettscheine, zwei verschiedene Fotos einer nackten Blondine – mit freundlicher Genehmigung von *BackDoorMan.com.* Einige Visitenkarten.« Sie sah Collier an. »Sie können ihn wieder ablegen, aber seien Sie vorsichtig.«

Collier stöhnte, als er die Leiche auf den Rücken sinken ließ.

»Die hier werden Sie sehen wollen.« Sara gab Faith eine der Visitenkarten. Will erkannte das farbige Logo, er hatte es zahllose Male auf Dokumenten gesehen, die ihnen Marcus Rippys Sportagentur ausgehändigt hatte.

»Heilige Scheiße«, murmelte Faith. »Kip Kilpatrick. Er ist Rippys Manager, oder? Ich habe ihn im Fernsehen gesehen.«

Will sah Amanda an, doch sie hielt die Augen geschlossen, als wünschte sie, sie könnte den Namen des Mannes aus ihrem Gedächtnis tilgen. Will ging es genauso. Kip Kilpatrick war Marcus Rippys Manager, Chefanwalt, bester Freund und Mädchen für alles. Es gab keinerlei Beweise, aber Will war sich sicher, dass Kilpatrick seine Schläger eingesetzt hatte, um zwei Zeugen der Silvesterparty zu bestechen und einen dritten durch Drohungen zum Schweigen zu bringen.

»Ich mache die Sache nur ungern schlimmer«, sagte Sara, »aber der Dorn des Türgriffs hat Hardings Halsschlagadern und Drosselvenen verfehlt. Und seine Speiseröhre. Er hat so ziemlich alles verfehlt, was zählt. Es gibt kein Blut in seinem Mund oder seiner Nase. Eine kleine Blutung von dem Dorn gibt es, ein Rinnsal, das an seinem Hals getrocknet ist. Er weist keine anderen nennenswerten Verletzungen auf. Dieses Blut hier, oder jedenfalls dieses viele Blut, stammt nicht von ihm.«

»Was?« Amanda klang eher verärgert als schockiert. »Sind Sie sicher?«

»Absolut. Seine Kleidung hat Blut vom Boden aufgesaugt, und der Blutspritzer auf seinem Hemd stammt eindeutig von jemand anderem. Seine wichtigen Arterien sind intakt. Es gibt keine signifikanten Wunden an seinem Kopf oder Rumpf und auch nicht an den Armen oder Beinen. Das Blut, das Sie in diesem Raum sehen, stammt nicht von Dale Harding.«

Will war überrascht, und dann kam er sich dumm vor, weil er überrascht war. Sara hatte den Tatort besser gelesen als er.

»Wessen Blut ist es dann?«, fragte Faith. »Miss *La Mer*?«

»Sieht so aus.« Sara stand vorsichtig auf, um nicht das Gleichgewicht zu verlieren.

Amanda versuchte, die Information zu verarbeiten. »Unsere verschwundene Frau hat sich den Kopf an der Treppe angeschlagen, dann hat sie ihre blutigen Fußspuren hinterlassen, als sie quer über die Galerie rannte, und wie ging es dann weiter?«

»In diesem Raum gab es einen heftigen Kampf zwischen zwei Personen. An der Decke sind Hochgeschwindigkeitsspritzer, was darauf schließen lässt, dass eine Arterie perforiert wurde, und, wie gesagt, es war nicht Hardings.« Sara ging zur Ecke auf der anderen Zimmerseite. »Wir werden alternierende Lichtquellen brauchen, weil die Graffiti so dunkel sind, aber sehen Sie diesen Abdruck an der Wand hier? Er stammt von der Hand einer Person, und diese Hand war blutig. Umriss und Spannweite sind klein, eher eine Frauenhand.«

Will hatte die verschmierte Blutspur bereits bemerkt, aber nicht wahrgenommen, dass sie in einem sichtbaren Handabdruck endete. Der Abdruck erinnerte ihn an die fingerförmigen Blutergüsse an Keisha Miscavages Hals.

»Es gab letzte Nacht keine ungeklärten Schießereien«, sagte Amanda. »Handelt es sich also um Stichwunden?«

Sara zuckte die Achseln. »Kann sein.«

»Kann sein«, wiederholte Amanda ironisch. »Wunderbar. Ich lasse in den Krankenhäusern Bescheid sagen, sie sollen die Augen offen halten, weil möglicherweise jemand mit einer ungeklärten Stichwunde und einer ernsthaften Kopfverletzung eingeliefert wird.«

»Das kann ich machen.« Collier begann, in sein Handy zu tippen. »Ich habe einen Kumpel, der in dem Revier am Grady Hospital arbeitet. Er kann sofort in der Notaufnahme nachfragen.«

»Wir werden das Atlanta Medical und das Piedmont ebenfalls brauchen.«

Collier nickte, während er tippte.

»Lassen Sie uns kurz noch mal einen Schritt zurückgehen, Sara«, sagte Faith. »Der Türgriff hat Harding also nicht getötet, aber er *ist* offensichtlich tot. Was also ist passiert?«

»›Passiert‹ ist seine ungesunde Lebensweise. Er ist krankhaft fettleibig. Er ist ungewöhnlich aufgedunsen. Seine Augen zeigen Symptome einer Bindehautentzündung. Ich vermute, er hat ein vergrößertes Herz und Bluthochdruck. An seinem Bauch und an den Oberschenkeln gibt es Einstiche von Spritzen, die darauf hinweisen, dass er ein von Insulin abhängiger Diabetiker war. Seine Ernährung bestand aus Fast Food und Kaubonbons. Er hat sich nicht seinem Zustand entsprechend verhalten.«

Collier schaute skeptisch drein. »Dann ist Harding also praktischerweise mitten in einem Kampf auf Leben und Tod in ein diabetisches Koma gefallen?«

»Ganz so einfach ist es nicht.« Sara zeigte auf den Bereich um ihren eigenen Mund. »Sie dachten, Sie hätten Schimmel in Hardings Gesicht gesehen, aber Schimmel wächst üblicherweise in Form eines Rasens oder eines Klumpens. So wie bei Brot, wenn es schlecht wird. Meine erste Vermutung war ein seborrhoisches Ekzem, aber jetzt bin ich mir ziemlich sicher, dass es urämischer Frost ist.«

»Mir war, als hätte ich Urin gerochen«, warf Will ein.

»Gut erfasst.« Sara gab Collier eine Tüte für seine Handschuhe und Schuhschoner. »Harnstoff ist eines der Gifte, das eigentlich in den Nieren aus dem Blut gefiltert werden soll. Arbeiten die Nieren aus irgendeinem Grund jedoch nicht richtig – und Diabetes und Bluthochdruck sind gute Gründe dafür –, versucht der Körper, den Harnstoff über den Schweiß abzusondern. Der Schweiß verdunstet, der Harnstoff kristallisiert, und das führt zu sogenanntem urämischem Frost.«

Collier nickte, als hätte er es verstanden. »Wie lange dauert das?«

»Nicht lange. Er war chronisch nierenkrank im Endstadium. Irgendwann wurde er dagegen behandelt. Er hat einen Gefäßzugang für die Dialyse im Arm. Urämischer Frost ist sehr selten, aber er verrät uns, dass Harding, aus welchem Grund auch immer, mit der Dialyse aufgehört hat, wahrscheinlich in den letzten sieben bis zehn Tagen.«

»Großer Gott«, sagte Faith. »Ist das hier nun ein Mord oder nicht?«

»Anscheinend haben die beiden versucht, sich gegenseitig umzubringen, und wahrscheinlich ist es beiden gelungen«, sagte Amanda. Sie wandte sich an Sara. »Konzentrieren wir uns auf die verschwundene Frau. Sie sagten, in diesem Raum habe ein heftiger Kampf getobt, den Harding offenbar verlor, aber erst nachdem es ihm gelungen war, seiner Gegnerin beträchtlichen Schaden zuzufügen, wie das Blut beweist. Könnte die Frau angesichts ihrer Verletzungen hier rausspaziert und selbst weggefahren sein?« Sie fügte noch hinzu: »Kein Vielleicht oder Eventuell, Dr. Linton. Sie sprechen hier nicht vor Gericht.«

Trotzdem hielt sich Sara bedeckt. »Fangen wir mit dem Aufschlag auf der Treppe an. Wenn es der Kopf der Vermissten war, hat sie einen ziemlich harten Schlag abbekommen. Wahrscheinlich hat sie eine Schädelfraktur erlitten, zumindest aber mit Sicherheit eine Gehirnerschütterung.« Sara ließ ihren Blick durch das Zimmer gleiten. »Das Ausmaß des Blutverlusts ist die eigentliche Gefahr. Ich würde schätzen, dass es etwas über zwei Liter sind, vielleicht also ein Verlust von dreißig bis fünfunddreißig Prozent. Das ist eine Blutung an der Grenze zu Kategorie drei. Außer dass die Blutung unbedingt gestoppt werden muss, wird sie Flüssigkeiten brauchen, wahrscheinlich eine Transfusion.«

»Könnte sein, dass sie die Plane benutzt hat«, sagte Will. »Um die Blutung zu stoppen. Die Plane fehlt. Auf dem Parkplatz wurde außerdem eine Rolle Klebeband gefunden.«

»Möglich«, stimmte Sara zu. »Aber überlegen wir einmal, welcher Art die Verletzung ist. Wenn das Blut aus dem Hals oder dem Kopf käme, wäre sie schon tot. Es kann nicht aus dem Körperinneren sein, denn dann würde das Blut im Bauch verbleiben. Damit bleiben also die Gliedmaßen. Eine klaffende Wunde in der Leiste käme infrage. Die Frau wäre wahrscheinlich noch in der Lage zu gehen, wenn auch nur mit Mühe. Das Gleiche gilt für die Innenseite der Knöchel. Sie könnte sich immer noch hier herausschleppen oder -kriechen. Dann wäre da noch diese Alternative ...« Sara hielt die Arme mit den Handflächen nach vorn in die Höhe, um ihr Gesicht zu schützen. »Ein waagrechter Schnitt in die Speichen- oder Ellenarterien, dann schlägt sie mit den Armen, und das Blut spritzt im Raum umher wie aus einem Gartenschlauch.« Sie sah wieder zu Harding. »In diesem Fall würde ich allerdings auch mehr Blut an ihm erwarten.«

»Danke für diese Litanei der Möglichkeiten, Doktor«, sagte Amanda. »Wie viel Zeit haben wir, um die Frau zu finden?«

Sara steckte den Seitenhieb tapfer weg. »Keine dieser Verletzungen kann unbehandelt bleiben, selbst wenn es ihr gelingen sollte, die Blutung zu stillen. In Anbetracht des vier- bis fünfstündigen Zeitfensters für den Todeszeitpunkt Hardings und der Menge des Blutverlusts würde ich sagen, sie hat ohne ärztliche Hilfe vielleicht noch zwei, drei Stunden, bis ihre Organe versagen.«

»Sie arbeiten weiter an dem Toten, wir suchen die Lebende.« Amanda wandte sich an Will und Faith. »Die Uhr tickt. Es hat oberste Priorität für uns, diese Frau aufzuspüren, damit sie ärztlich versorgt werden kann, und dann herauszufinden, was zum Teufel sie überhaupt hier getrieben hat.«

»Was ist mit *BackDoorMan.com*?«, fragte Collier. »Kommt damit Rippy ins Spiel?«

»Das dürfte eher Hardings sexuelle Vorliebe sein«, sagte Will. »Rippy hat sein eigenes Beuteschema.«

»Dunkles Haar, große Klappe, umwerfende Figur?«, soufflierte Faith.

»Seine Frau ist blond«, sagte Collier.

Faith verdrehte die Augen. »*Ich* bin blond. Seine Frau ist gefärbt.«

»Ihr könnt über Haarfarben diskutieren, wenn wir die Frau gefunden haben«, blaffte Amanda. Sie wandte sich an Collier: »Lassen Sie Ihren Partner die Vermisstenmeldungen der letzten achtundvierzig Stunden durcharbeiten. Weiblich, jung, Rippys Typ.« Collier nickte, aber sie war noch nicht fertig. »Ich brauche mindestens zehn uniformierte Beamte, die sowohl die Lagerhäuser als auch das Bürogebäude durchkämmen sollen. Lassen Sie einen Baustatiker kommen, das Gebäude macht einen etwas zweifelhaften Eindruck. Ich will, dass jedes einzelne Stockwerk genau abgesucht wird, nicht nur mal ein Blick hineingeworfen. Ich will, dass die Leute in jeden Winkel schauen und jeden Stein umdrehen. Unsere Opfer-Schrägstrich-Mörderin könnte vor unserer Nase verbluten beziehungsweise sich verstecken. Das wäre eine Schlagzeile, die keiner von uns morgen früh in der Zeitung lesen will.«

Dann nahm sie sich Faith vor. »Fahr zu Hardings Wohnung. Ich habe den Durchsuchungsbeschluss unterschrieben vorliegen, bis du dort bist. Harding bezeichnete sich als Privatdetektiv. Es ist gut möglich, dass er Nachforschungen über eine Frau angestellt hat, vielleicht für Rippy. Sie könnte ein weiteres Opfer sein, oder sie könnte ihn erpresst haben, oder beides. Harding wird eine Akte haben, Fotos, Aufzeichnungen, hoffentlich eine Adresse von ihr.«

Sie zeigte auf Will. »Fahren Sie mit ihr. Harding lebt bestimmt nicht in einem Villenviertel. Es wird Schnapsläden, Geldverleiher, Striplokale in der Nachbarschaft geben. Wahrscheinlich verkaufen sie Prepaid-Handys. Gleichen Sie die Seriennummern mit möglichen Aufnahmen von Überwachungssystemen ab, vielleicht können wir Harding eine Telefonnummer zuordnen. Dann gleichen Sie die Nummern mit allen ab, die eine Verbindung zu Kip Kilpatrick oder Marcus Rippy aufweisen.«

Rundum ertönte es im Chor: »Jawohl, Ma'am.«

Will hörte Metall an Beton kratzen. Die Hebebühne hatte Charlie Reed ins Obergeschoss befördert. Seine Miene war grimmig, als er auf die anderen zuging.

»Spucken Sie's aus, Charlie«, sagte Amanda. »Wir befinden uns bereits in einem Rennen gegen die Zeit.«

Charlie spielte an seinem Handy herum. »Ich habe die Informationen, was die Glock 43 angeht, bekommen.«

»Und?«

Charlies Blick klebte förmlich an Amanda. »Vielleicht sollten wir ...«

»Ich sagte, spucken Sie's aus.«

Er holte tief Luft. »Sie ist auf Angie Polaski registriert.«

Wills Brust schien plötzlich zu eng, und er schmeckte Magensäure auf der Zunge.

Dunkles Haar. Große Klappe. Umwerfende Figur.

Seine Wangen brannten. Man starrte ihn an. Wartete auf seine Reaktion. Eine Schweißperle lief ihm ins Auge. Er sah zur Decke hinauf, weil er sich nicht traute, anderswo hinzuschauen.

Es war Collier, der das Schweigen schließlich mit einer Frage brach. »Was kriege ich hier eigentlich nicht mit?« Niemand antwortete, deshalb fragte er weiter: »Wer ist Angie Polaski?«

Sara musste sich räuspern, ehe sie sprechen konnte. »Angie Polaski ist Wills Frau.«

KAPITEL 2

Sara sah, wie Will sich an der Wand abstützte. Sie wusste, sie sollte etwas tun, ihn trösten, ihm sagen, dass alles gut werden würde, aber sie stand nur da und kämpfte gegen das übliche Aufflammen von Wut, das jede Erwähnung seiner unberechenbaren, hassenswerten Frau in ihr auslöste.

Angie Polaski war wie ein Moskito in und aus Wills Leben geschwirrt, seit er elf Jahre alt war. Sie waren zusammen im Atlanta Children's Home aufgewachsen, hatten beide Missbrauch, Vernachlässigung, Verlassenwerden und Misshandlung überlebt. Nicht alles davon war dem staatlichen Pflegesystem zur Last zu legen. Die Schmerzen, die Will während seines Heranwachsens erlitten hatte, waren nicht mit den Qualen zu vergleichen, die ihm Angie bereitet hatte. Und immer noch bereitete, denn es ergab eine Art grausamen Sinn, dass sie alle hier in diesem Gebäude versammelt waren, wo Angies jüngstes Opfer in einer Lache aus gerinnendem Blut lag.

Dale Harding war ein Kollateralschaden. Angies Hauptziel war immer Will gewesen. Nur um ihn war es immer gegangen. War das nun endlich ihr Ende?

»Es kann nicht ...« Will hielt inne. Sein Blick schweifte suchend durch den Raum. »Sie kann nicht ...«

Sara bemühte sich, ihren Zorn zu unterdrücken. Das hier war mehr als einer von Angies üblichen unreifen Versuchen, Aufmerksamkeit zu erhalten. Sie sah, wie Will zum selben Schluss gelangte: der heftige Kampf, die lebensbedrohliche Verletzung, der See aus Blut.

Verwundet. Gefährlich. Verzweifelt.

Angie.

»Sie ...« Will hielt wieder inne. »Vielleicht ist sie ...« Er sank gegen die Wand. Sein Atem ging unregelmäßig. »O Gott. Himmel ...« Er presste die Hand auf den Mund. »Sie kann nicht ...« Seine Stimme brach. »Sie ist es.«

»Das wissen wir nicht.« Sara versuchte, beruhigend zu klingen. Sie rief sich in Erinnerung, dass es hier nicht um Angie ging. Es ging um Will. Ihn so leiden zu sehen, das war, als würde man ihr ein Messer in der Brust umdrehen. »Ihre Waffe könnte gestohlen worden sein, oder ...«

»Sie ist es.« Er kehrte ihnen den Rücken zu und entfernte sich einige Schritte, aber zuvor sah Sara noch seinen gequälten Gesichtsausdruck. Ihre eigene Hilflosigkeit überwältigte sie. Angie war der Mensch, den sie beide unbedingt loswerden wollten, aber nicht so. Zumindest hätte Sara es niemals laut gesagt. Sie hatte jedoch immer gewusst, dass Angie nicht lautlos abtreten würde. Selbst im Tod – oder dem Tod nahe – hatte sie noch einen Weg gefunden, Will mit sich hinabzuziehen.

»Charlie, was für eine Adresse steht auf der Zulassung der Waffe?«, fragte Amanda.

»Dieselbe wie in ihrem Führerschein.« Charlie schaute auf das Display seines Handys. »98 ...«

»Baker Street«, unterbrach Will, ohne sich umzudrehen. »Das ist ihre alte Adresse. Was ist mit der Telefonnummer?«

Charlie las eine Nummer ab, und Will schüttelte den Kopf. »Abgestellt.«

»Wissen Sie, wo sie ist?«, wollte Amanda von Will wissen.

Er verneinte.

»Wann haben Sie sie zuletzt gesehen?«

Will zögerte einen Moment, bevor er antwortete. »Am Samstag.«

Sara spürte, wie das Messer in ihrer Brust ein weiteres Mal heftig umgedreht wurde. »Samstag?«

Sie hatten die Nacht bei ihm zu Hause verbracht. Sie hatten sich geliebt. Zweimal. Dann hatte Will zu Sara gesagt, er wolle laufen gehen, und hatte sich heimlich mit seiner Frau getroffen.

Sara brachte die Worte kaum über die Lippen. »Du hast sie vor zwei Tagen gesehen?«

Will sagte nichts.

Amanda stieß einen Seufzer aus, sie klang aufgebracht. »Haben Sie eine Telefonnummer? Einen Arbeitsplatz? Irgendeine Möglichkeit, mit ihr Kontakt aufzunehmen?«

Er schüttelte auf jede Frage den Kopf.

Sara starrte auf seinen Rücken, auf die breiten Schultern, um die sie die Arme geschlungen hatte. Auf seinen Hals, den sie geküsst hatte. Sein dichtes, aschblondes Haar, durch das sie mit den Fingern gefahren war. Tränen traten ihr in die Augen. Hatte er Angie schon die ganze Zeit getroffen? All die Abende, an denen er lange arbeiten musste? All die Meetings am frühen Morgen? All die zweistündigen Dauerläufe und spontanen Basketballspiele?

»Okay.« Amanda klatschte in die Hände, um sich Gehör zu verschaffen, und hob die Stimme, damit sie überall zu verstehen war. »Alle Kollegen von der Spurensicherung machen jetzt fünfzehn Minuten Pause. Trinkt etwas. Setzt euch in einen klimatisierten Raum.«

Mit einem dankbaren Aufstöhnen machten sich die weiß gekleideten Kriminaltechniker auf den Weg zu den Ausgängen. Wahrscheinlich würden sie zu tratschen anfangen, sobald sie im Freien waren.

Sara wischte sich die Augen, bevor die Tränen zu fließen begannen. Sie war bei der Arbeit. Sie musste sich auf das konzentrieren, was vor ihr lag, worüber sie Kontrolle hatte. »Wir können im mobilen Labor eine Blutgruppenbestimmung machen. Das Ergebnis liegt praktisch sofort vor.« Sie versuchte vergeblich, den Kloß in ihrem Hals zu schlucken. »Es ist natürlich keine DNA, aber wir könnten Angie über die Blutgruppe ausschließen. Oder eben nicht, je nachdem, welche sie hat.« Sie musste erneut innehalten, um zu schlucken. Sie wusste selbst nicht, ob sie sich verständlich ausdrückte. »Wir können einen vagen Hergang rekonstruieren. Stimmt die Blutgruppe von dem Spritzer auf der Treppe mit den blutigen Fußabdrücken überein, die zu dem Raum führen? Stimmen diese Proben mit der Blutgruppe im Raum selbst überein? Ist es dieselbe Blutgruppe wie bei dem Blut, das aus der Arterie geschossen ist? Wie das von dem Handabdruck?« Sara presste die Lippen aufeinander. Wie oft würde sie noch das Wort *Blutgruppe* sagen? Man könnte direkt ein Spiel daraus machen. »Ich brauche natürlich Angies Blutgruppe. Und wir werden alles mithilfe von DNA untermauern müssen. Aber die Blutgruppe kann uns schon das eine oder andere Detail verraten.«

Amanda nickte knapp. »Tun Sie es. Angie war zehn Jahre lang Polizistin. Ich kann die Blutgruppe ihrer Personalakte entnehmen.« Sie klang untypisch nervös. »Faith, häng dich ans Telefon. Wir brauchen eine aktuelle Adresse, Telefonnummer, Arbeitgeber, was immer du finden kannst. Collier, die Befehle für Sie und Ng haben sich nicht verändert. Ich möchte, dass Sie Teams rekrutieren, um die Lager …«

»Ich übernehme das.« Will wollte sich auf den Weg zur Hebebühne machen, aber Amanda krallte ihre Hand in seinen Arm und hielt ihn auf.

»Sie bleiben hier.« Er versuchte, sich zu befreien, aber sie bohrte ihre Fingernägel in seinen Hemdärmel. »Dies ist ein Befehl.«

»Sie könnte …«

»Ich weiß, was sie könnte, aber Sie bleiben hier und beantworten meine Fragen. Ist das klar?«

Collier hüstelte mit der Hand vorm Mund, als würde die Lehrerin einen Schüler ausschimpfen. Faith schlug ihm auf den Arm, damit er aufhörte.

»Charlie, bringen Sie Faith und Collier nach unten, dann kommen Sie wieder zu mir herauf.«

Faith drückte rasch Saras Hand, als sie an ihr vorbeiging. Die beiden hatten eine Regel: dass sie nie über Will sprachen, oder höchstens ganz allgemein. Noch nie hatte Sara diese Regel so dringend brechen wollen wie jetzt.

»Amanda.« Will wartete nicht, bis die Zuhörer fort waren. »Ich kann nicht einfach …«

Amanda reckte den Zeigefinger in die Höhe, um ihn zum Schweigen zu bringen. Wenigstens einem Menschen war es nicht egal, ob Sara gedemütigt wurde. *Wieder* gedemütigt wurde.

Samstag.

Vor zwei Tagen.

Sie hatte keine Ahnung gehabt, dass Will ihr etwas verheimlichte. Was hatte sie noch alles nicht mitbekommen? Sara versuchte, die letzten Wochen Revue passieren zu lassen. Will hatte sich nicht merkwürdig benommen. Wenn überhaupt, war er noch aufmerksamer, fast romantisch gewesen, aber das konnte natürlich das deutlichste Zeichen überhaupt gewesen sein.

»Amanda«, versuchte Will es noch einmal, die Stimme gesenkt in dem Bemühen, vernünftig zu klingen. »Sie haben gehört, was Sara gesagt hat. Angie könnte verbluten. Sie könnte nur noch wenige Stunden haben, bis sie …« Seine Worte verloren sich. Alle wussten, was geschehen würde, wenn Angie keine Hilfe bekam. »Ich muss nach ihr suchen. Ich bin der Einzige, der weiß, an welchen Orten sie sich verstecken würde.«

Amanda sah Will mit ihrem stahlharten Blick an. »Ich schwöre bei meinem Leben, Wilbur, wenn Sie einen Schritt von dieser Galerie machen, lasse ich Sie in Handschellen legen, bevor Sie zur Tür raus sind.«

Seine Augen brannten vor Hass. »Das verzeihe ich Ihnen nie.«

Amanda zog demonstrativ ihr Handy hervor. »Setzen Sie es mit auf die Liste.«

Will drehte ihr den Rücken zu. Sein Blick übersprang Sara. Statt mit ihr zu sprechen oder auch nur anzuerkennen, was mit ihr gerade geschah, ging er zur Treppe zurück. Sara rechnete fast damit, dass er trotz Amandas Drohung nach unten gehen würde, aber er machte wieder kehrt und lief wie ein gefangener Leopard auf der Galerie auf und ab. Er biss die Zähne so fest zusammen, dass Sara sehen konnte, wie seine Kiefermuskeln arbeiteten. Seine Fäuste waren geballt. Er blieb wieder vor der

Treppe stehen, schüttelte den Kopf, murmelte leise etwas vor sich hin.

Sara konnte das Wort von seinen Lippen ablesen. Keine Entschuldigung, keine Erklärung.

Angie.

Er liebte Angie nicht. Zumindest nicht als Ehemann. Zumindest nicht, wenn das stimmte, was er Sara erzählt hatte. Seit fast einem ganzen Jahr suchte Will nach seiner Frau, um die Scheidung einzureichen. Ihre Ehe war ohnehin ein Schwindel, sie waren sie buchstäblich wegen einer Mutprobe eingegangen. Will hatte Sara versprochen, alles zu tun, was er konnte, um diese Ehe zu beenden. Sie hatte sich nie gefragt, wieso ein Special Agent des Georgia Bureau of Investigation nicht in der Lage war, eine Frau zu finden, von der sich jetzt herausstellte, dass er sie noch vor zwei Tagen gesehen hatte.

Hatte er sie in einem Restaurant getroffen? In einem Hotel? Sara standen schon wieder die Tränen in den Augen. War er die ganze Zeit über mit Angie zusammen gewesen? Hatte er Sara zum Narren gehalten?

»Also gut.« Amanda hatte gewartet, bis die Hebebühne unten ankam. »Samstag. Wo haben Sie Angie gesehen?«

Langsam drehte sich Will um. Er verschränkte die Arme und blickte über Amandas Kopf hinweg ins Leere. »Vor meinem Haus. Sie parkte in der Straße.« Er hielt inne, und Sara hoffte, er wusste noch, was sie getan hatten, bevor er das Haus verließ, denn es würde nie wieder geschehen. »Ich wollte gerade laufen gehen, und da sah ich ihren Wagen. Es ist ein Chevrolet Monte Carlo SS, Jahrgang '88, schwarz mit ...«

»Roten Streifen. Ich habe ihn bereits zur Fahndung in fünf Bundesstaaten ausgeschrieben.« Amanda stellte Will die Frage, die Sara auf der Seele brannte. »Warum war sie bei Ihrem Haus?«

Er schüttelte den Kopf. »Ich weiß es nicht. Sie hat mich gesehen, dann ist sie in den Wagen gestiegen und ...«

»Sie hat nicht mit Ihnen gesprochen?«

»Nein.«

»Sie ist nicht ins Haus gegangen?«

»Nein.« Er riss sich zusammen. »Nicht, dass ich wüsste. Aber sie sperrt sich manchmal selbst auf.«

Sara sah zu dem Beweismittelbeutel, den Faith auf den Boden gelegt hatte.

Der Lippenstift.

Rose Cashmere von *Sisley*, mit einem Kratzer an der Außenhülle. Es gab keinen Fabrikationsfehler. Das war Saras Lippenstift. Sie hatte ihn letzten Monat bei Will liegen lassen. In seinem Badezimmer. Auf dem Waschbeckenrand. Sie waren abends zum Essen ausgegangen, und als sie später nach dem Stift gesucht hatte, hatte sie ihn nirgendwo finden können.

In Angies Handtasche. In ihrer Hand. Auf ihrem Mund.

Sara wurde übel.

»Sie wissen wirklich nicht, warum sie vor Ihrem Haus geparkt hat?«, fragte Amanda.

Will schüttelte den Kopf. »Nein.«

Sara fand mühsam ihre Stimme wieder. »Hat sie wieder eine Nachricht an meinem Wagen hinterlassen?«

»Nein«, sagte Will, aber wie hätte Sara ihm trauen können? Sie waren nach seinem Morgenlauf zum Frühstücken gegangen. Sie hatten den Tag zusammen auf der Couch verbracht, später Pizza bestellt und herumgealbert, und er hätte tausend Gelegenheiten gehabt, ihr zu sagen, dass die Frau, die er seit einem Jahr aufzuspüren versuchte, an eben diesem Morgen vor seinem Haus geparkt hatte. Sara wäre darüber sicher nicht wütend geworden, sie hätte sich vielleicht geärgert, aber nicht über Will. Sie gab ihm nie die Schuld, wenn Angie Mist baute. Und er wusste das, denn Angie hatte ihnen beiden schon unzählige Male Probleme bereitet.

Will konnte ihr den Vorfall also nur aus einem einzigen Grund verheimlicht haben: weil mehr an der Geschichte dran war. Zum Beispiel, dass Angie in seinem Haus gewesen war.

Zum Beispiel, dass sie Saras Lippenstift gestohlen hatte. Was vermisste Sara eigentlich noch alles? Einige Haarkämme. Einen Flakon Parfüm. Sara dachte bisher, sie hätte die Sachen durch den ständigen Wechsel zwischen ihrer Wohnung und Wills Haus selbst verlegt. Nie wäre sie auf die Idee gekommen, dass Angie sie bestahl.

Und dass Will es wusste.

»Gehen wir es noch mal zusammen durch«, sagte Amanda. »Sie kommen aus Ihrer Haustür. Sie sehen Angie in ihrem geparkten Wagen sitzen.«

»Danebenstehen.« Will sprach vorsichtig, als müsste er erst genau überlegen, ehe er sich äußerte. »Sie sah mich und wusste, dass auch ich sie gesehen hatte, aber sie stieg in ihren Wagen und…« Er warf einen Blick auf die Beweismittelbeutel. Der Zündschlüssel für den Chevy. Einer von der altmodischen Sorte, der für einen '88er Monte Carlo passen konnte.

»Ich lief dem Auto nach, aber sie fuhr davon.«

Sara versuchte, das Bild auszublenden, wie Will Angie auf der Straße nachjagte.

Amanda wandte sich an Sara. »Nach welcher Nachricht haben Sie vorhin gefragt?«

Sie zuckte die Achseln, als bedeutete es nichts, aber es bedeutete viel. »Manchmal hinterlässt sie Nachrichten an meinem Wagen. Sie lauten so, wie man es erwarten würde.«

»In letzter Zeit?«

»Die letzte vor drei Wochen.« Sara hatte ihre letzte Schicht als Kinderärztin am Grady Hospital absolviert. Ein Vierjähriger hatte eine Tüte Crystal Meth mit Süßigkeiten verwechselt. Der Junge war mit Herzstillstand eingeliefert worden. Sie hatte stundenlang versucht, ihn zu retten. Aber es hatte nicht funktioniert. Und dann war sie zu ihrem Wagen gegangen, und auf ihrer Windschutzscheibe standen die Worte SCHEISS HURE, mit Eyeliner geschrieben.

Es gab keinen Zweifel, dass die Botschaft von Wills Frau

stammte. Angie hatte eine zerstückelte Schreibschrift, bei der das E wie eine seitenverkehrte Drei aussah und das I an eine auf dem Kopf stehende Eins erinnerte. Die beiden Buchstaben tauchten selbstverständlich in jeder ihrer Nachrichten auf. Begonnen hatte das Ganze vor einem Jahr, am Morgen nach der ersten gemeinsamen Nacht, die Will in Saras Wohnung verbracht hatte.

»Für Sie hinterlässt Angie nie Nachrichten?«, wollte Amanda von Will wissen.

Will rieb sich das Kinn. »Das würde sie nicht tun.«

Sara blickte zu Boden. Er kannte sie so gut …

»Okay.« Amanda klang noch nervöser als zuvor. »Ich gebe Ihnen beiden fünf Minuten zum Reden, dann sind Sie wieder bei der Arbeit.«

»Nein!« Will schrie es beinahe heraus. »Ich muss nach Angie suchen. Sie müssen mich nach ihr suchen lassen!«

»Und was passiert, wenn Sie ihre Leiche finden, Will? Ihre Exfrau, von der Sie sich scheiden lassen wollten, damit Sie mit Ihrer neuen Freundin zusammen sein können? Und die für den Tatort zuständige Gerichtsmedizinerin ist zufällig besagte neue Freundin? Und Ihre Partnerin und Ihre Chefin arbeiten ebenfalls an dem Fall? Wie wird das in der Presse dargestellt werden? Muss ich es Ihnen wirklich erklären?«

Wills Gesichtsausdruck verriet Sara, dass er an nichts davon gedacht hatte.

Amanda fuhr fort. »Ihre Frau hat einen Polizisten ermordet – oder Ihrer Freundin zufolge nicht ermordet –, der auf Kip Kilpatricks Gehaltsliste stand, in Diensten von Marcus Rippy, den Sie in den letzten sieben Monaten mit einer unhaltbaren Vergewaltigungsanklage schikaniert haben. Und, ach ja: Die Ehefrau hat im Übrigen auch Ihrer Freundin nachgestellt.« Sie stemmte die Hände in die Hüften. »Habe ich es in etwa richtig dargestellt?«

»Ich will sie nur finden.«

»Ich weiß, dass Sie das wollen, aber Sie müssen mich die Sache managen lassen. Fünf Minuten«, sagte Amanda an Sara gewandt. Ihre flachen Absätze klackten über den Boden, als sie zur Hebebühne ging. Sara hatte nicht einmal gehört, dass Charlie sie wieder nach oben gefahren hatte.

Will öffnete den Mund, um etwas zu sagen, aber Sara hielt ihn davon ab.

»Hier entlang«, murmelte sie und gab ihm zu verstehen, dass sie das Mordzimmer verlassen sollten. Egal, wie Dale Harding gelebt hatte, im Tod hatte er ein wenig Respekt verdient.

Will schlurfte in seinen Schuhschonern über den Boden. Er ließ die Schultern hängen, was ihm das Aussehen eines Kindes verlieh, das gleich eine Standpauke bekommt. Er blieb hinter einem Stapel Rigipsplatten stehen und rieb sich mit beiden Händen jede Art von Mimik aus dem Gesicht.

Sara baute sich vor ihm auf. Sie wartete darauf, dass er etwas sagte – irgendetwas. Dass es ihm leidtat, weil er gelogen hatte, dass er traurig oder wütend war. Dass er sie liebte und dass sie das hier zusammen durchstehen würden ... oder dass er sie nie wiedersehen wollte.

Er sagte nichts.

Er starrte an ihr vorbei auf die Stelle, an der die Hebebühne wieder auftauchen würde. Seine Fäuste waren noch immer geballt, sein Körper angespannt, bereit, in der Sekunde loszusprinten, in der die Plattform in Sicht kam.

»Ich halte dich hier nicht zurück.« Sara spürte, wie ihr die Worte im Hals stecken bleiben wollten. Sie neigte dazu, leise zu werden, wenn sie wütend war, und konnte die Stimme nun kaum über ein Flüstern erheben. »Du kannst da hinübergehen und dort warten. Ich habe jede Menge Arbeit.«

Will rührte sich nicht. Sie wussten beide, dass Charlie erst wiederkommen würde, wenn ihre fünf Minuten um waren. »Was soll ich sagen, was erwartest du von mir?«

Saras Herz hämmerte, ihr Mund war trocken. Er klang zornig. Er hatte kein Recht, zornig zu sein! »Warum hast du mir nicht erzählt, dass du sie gesehen hast?«

»Ich wollte dich nicht aufregen.«

»Wenn jemand das sagt, meint er normalerweise, dass er nicht den Mumm hatte, ehrlich zu sein.«

Er lachte auf, und das veränderte etwas in ihr. Noch nie hätte sie ihm so gern ins Gesicht geschlagen.

»Schau mich an.«

Sein Widerwille war mit Händen zu greifen, aber schließlich wandte er ihr doch den Blick zu.

»Du weißt, dass sie meinen Lippenstift genommen hat. Dass sie meine Sachen durchwühlt hat.« Sara fühlte wieder Tränen aufsteigen, diesmal aber aus Wut. Alles schien sich von dem Lippenstift her aufzulösen, denn Angie war nicht der Mensch, der nach nur einer Übertretung aufhörte. Sara dachte an all die persönlichen Dinge, die sie in Wills Haus zurückgelassen hatte. Bei der Vorstellung, wie Angie sie fand, sie anfasste, wurde ihr schlecht vor Zorn. »Glaubst du, sie ist auch in meine Wohnung eingebrochen?«

»Ich weiß es nicht.« Mit angewinkelten Unterarmen, die Handflächen nach oben gedreht, wollte er andeuten, nichts von alldem wäre sein Problem. »Was soll ich ...«

»Halt den Mund.« Sara presste die Worte hervor. »Sie ist meine Sachen durchgegangen. Unsere Sachen.«

Will rieb sich über die Wange und schaute hinüber zum Rand der Galerie.

»Du hast letztes Jahr die Schlösser an deinen Türen ausgewechselt.« Das zumindest stimmte, wie Sara wusste. Er hatte ihr einen neuen Schlüssel gegeben, und sie hatte die neuen Schlösser selbst gesehen. »Hast du ihr auch einen Schlüssel überlassen?«

Er schüttelte den Kopf.

»Seit wann weißt du, dass sie in dein Haus einbricht?«

Er zuckte die Achseln.

»Hast du vor, mir zu antworten?«

»Du hast gesagt, ich soll den Mund halten.«

Sara schmeckte Galle im Mund. Sie hatte ihren Laptop bei Will gelassen. Das Gerät enthielt ihr gesamtes Leben – Patientenakten, E-Mails, ihr Adressbuch, ihren Kalender, Fotos. Hatte Angie ihr Passwort herausbekommen? Hatte sie Saras Reisetasche durchwühlt? Hatte sie Saras Sachen getragen? Was hatte sie sonst noch gestohlen?

»Hör zu«, sagte Will. »Ich weiß nicht einmal sicher, ob sie im Haus war. Es lagen nur manchmal Dinge nicht an ihrem gewohnten Platz. Das kannst aber auch du gewesen sein. Oder ich. Oder ...«

»Im Ernst? Das hast du gedacht?« Will war von Natur aus ordentlich. Er legte immer alles an seinen Platz zurück, und Sara achtete darauf, es genauso zu halten, wenn sie bei ihm war. »Warum hast du die Schlösser nicht erneut ausgewechselt?«

»Wozu? Denkst du, es ist so einfach, sie zu stoppen? Denkst du, ich könnte sie tatsächlich unter Kontrolle halten?« Er klang verwundert über die Frage, und vielleicht war er es sogar, denn so eigensinnig Will sein konnte, so stark er auch war, Angie war immer diejenige gewesen, die die Bedingungen in ihrer Beziehung diktiert hatte. Sie war wie eine ältere Schwester, die ihn beschützen wollte. Wie eine perverse Geliebte, die Sex einsetzte, um ihn zu beherrschen. Wie eine hasserfüllte Ehefrau, die nicht verheiratet sein, ihn aber auch nicht gehen lassen wollte. Angie liebte ihn. Sie hasste ihn. Sie brauchte ihn. Sie verschwand, manchmal tagelang, manchmal wochen- oder monatelang, mehr als einmal ein ganzes Jahr. Dass sie jedes Mal zurückkam, war fast drei Jahrzehnte lang die einzige Konstante in Wills Leben gewesen.

»Hast du wirklich nach ihr gesucht?«, fragte Sara.

»Ich habe dir die Scheidungspapiere gezeigt.«

»Ist das ein Ja?«

In seinen Augen blitzte Wut auf. »Ja.«

»Hast du sie früher schon gesehen, ohne es mir zu sagen?« Sie schmeckte bittere Angst. »Warst du mit ihr zusammen?«

Sein weiß glühender Zorn verriet, dass er ihr das Recht absprach, diese Frage zu stellen. »Nein, Sara. Ich habe sie nicht hinter deinem Rücken gefickt.«

Sagte er die Wahrheit? Konnte sie seinen Worten trauen? Sara hatte ihr Leben für diesen Mann auf den Kopf gestellt. Sie hatte ihr Bauchgefühl unterdrückt. Sie hatte ihre moralischen Grundsätze gebrochen. Sie hatte diesen Job angenommen. Sie hatte sich vor den Augen aller ihrer Arbeitskollegen komplett zum Narren gemacht. Ganz zu schweigen davon, was ihre Familie denken würde, denn sie konnte diese Ungeheuerlichkeit unmöglich vor ihnen verbergen, wenn sie nicht wie eine noch schlimmere Lügnerin als Will dastehen wollte.

»Glaubst du, sie ist noch am Leben?«, fragte er.

»Ich weiß es nicht.« Es war die Wahrheit, und sie hatte den Vorteil einer grausamen Ungewissheit auf ihrer Seite.

Will sah auf seine Uhr. Er zählte tatsächlich die Minuten und wartete auf den Augenblick, in dem die Plattform wieder nach oben fuhr, damit er auf sein weißes Pferd springen und Angie einmal mehr retten konnte.

Sie hatten sich gestern Häuser angeschaut, am Tag, nachdem er seine Frau gesehen hatte. Sie waren spazieren gewesen, und sie hatten gescherzt, ohne Kaufabsicht klimatisierte Häuser zu besichtigen, sei eine tolle Methode, um der Hitze zu entfliehen. Sara hatte sich dabei ertappt, wie sie sich vorstellte, abends die Treppe herunterzukommen, um Will zur Begrüßung zu küssen, oder im Garten Blumen zu pflanzen, während Will den Rasen mähte. Stattdessen hätte sie lieber überlegen sollen, mit welchem Schloss sie ihre verdammte Nachttischschublade sicherte.

»Lieber Himmel.« Sara legte beide Hände vors Gesicht. Am liebsten hätte sie sich mit Lauge abgewaschen.

»Sie wird nicht aufgeben.« Will zupfte an einer Augenbraue herum, eine nervöse Angewohnheit, die Sara schon bei ihrer ersten Begegnung aufgefallen war. »Angie wird nicht aufgeben. Selbst wenn sie verletzt ist.«

Sara antwortete nicht, aber sie gab ihm insgeheim recht. Angie war eine Küchenschabe. Sie verursachte Krankheit, wo immer sie sich aufhielt, und sie war unzerstörbar.

»Ihr Auto ist nicht hier«, sagte Will. »Nur ihr Schlüssel. Aber sie könnte einen zweiten haben.« Er ließ von der Augenbraue ab. »Sie war Polizistin. Und sie war das taffste Mädchen im Heim. Härter als die Jungs. Manchmal sogar härter als ich. Sie kann auf sich aufpassen. Sie hat ihre Leute, ein Netzwerk, die würden ihr helfen, wenn sie in Schwierigkeiten ist. Wenn sie verletzt ist.«

Jedes Wort war wie ein Dolch.

»Oder?«, fragte Will. »Wenn jemand das überleben kann, dann ist es Angie, nicht wahr?«

Sara schüttelte den Kopf. Sie konnte diese Unterhaltung so nicht führen. »Was erwartest du jetzt von mir, Will? Dass ich dir Mut zuspreche? Dich tröste? Dir sage, es ist in Ordnung, dass du mich getäuscht hast, dass du wusstest, sie verletzt meine – unsere – Privatsphäre, und es trotzdem hast geschehen lassen?« Sara presste die Hand auf den Mund, denn es wäre jetzt nicht hilfreich, wenn sie sich schrill anhörte. »Ich weiß, dass es tief in dir immer Gefühle für sie geben wird. Sie war fast dreißig Jahre lang ein wichtiger Teil deines Lebens. Ich akzeptiere das. Ich verstehe, dass aufgrund von allem, was ihr zusammen durchgemacht und überlebt habt, eine Verbindung zwischen euch besteht. Aber du und ich, wir sind zusammen. Zumindest dachte ich das. Du musst ehrlich zu mir sein.«

Will schüttelte den Kopf, als wäre das Ganze einfach nur ein Missverständnis. »Ich *bin* ehrlich. Sie parkte in unserer Straße. Wir haben nicht miteinander gesprochen. Ich hätte es dir vielleicht sagen sollen.«

Sara schluckte schwer an dem *vielleicht*.

Wieder sah er zu der Stelle, wo die Hebebühne auftauchen sollte. »Es sind schon mehr als fünf Minuten.«

»Will.« Das wenige, das ihr an Stolz noch geblieben war, verflüchtigte sich. »Bitte sag mir einfach, was ich tun soll. Bitte.« Sara griff nach seiner Hand, bevor sie sich zurückhalten konnte. Sie ertrug das Gefühl nicht, dass er ihr entglitt. »Soll ich dir Zeit lassen? Wenn es das ist, was du brauchst, dann sag es mir einfach.«

Er sah auf ihre Hände hinunter.

»Sprich mit mir. Bitte.«

Sein Daumen strich über ihre Finger. Überlegte er, wie er sie verlassen konnte? Gab es noch mehr Dinge, die er ihr nicht gestanden hatte?

Sie spürte, wie ihr Herz zu beben begann. »Wenn du allein mit dieser Geschichte fertigwerden musst, dann sag es mir. Ich halte es aus. Nur sag mir, was ich tun soll.«

Er streichelte weiter ihre Hand. Sara dachte daran, wie Will sie zum ersten Mal so berührt hatte, es war im Tiefgeschoss des Krankenhauses gewesen. Das Gefühl von seiner Haut an ihrer hatte eine Explosion in ihrem Körper ausgelöst. Sie hatte Herzflattern gehabt, genau wie jetzt. Nur, dass sie damals voller Hoffnung gewesen war. Jetzt wurde sie von Angst überflutet.

»Will?«

Er räusperte sich. Sein Griff wurde fester. Sie hielt den Atem an, während sie seiner Worte harrte, und fragte sich, ob dies das Ende ihrer Beziehung war oder nur ein weiterer riesiger Berg, den sie überwinden mussten.

»Kannst du Betty abholen?«, fragte er dann.

Saras Verstand konnte die Bitte nicht gleich verarbeiten. »Was?«

»Sie ist beim Tierarzt und ...« Er holte tief Luft und hielt weiter ihre Hand fest. »Ich weiß nicht, wie spät es bei mir werden wird. Kannst du sie abholen?«

Sara öffnete den Mund, schloss ihn und öffnete ihn wieder.

»Sie sagten, sie würde ...« Er hielt inne. Sie sah seinen Adamsapfel hüpfen, als er schluckte. »Sie sagten, ich soll um fünf kommen, aber vielleicht kannst du anrufen und nachfragen, ob du sie früher abholen kannst, denn es hieß, sie würde bis Mittag fertig sein, aber die Narkose …«

»Ja.« Sara wusste nicht, was sie sonst hätte sagen sollen. »Ich kümmere mich um sie.«

Er atmete lange und langsam aus, als wäre die Klärung der Frage, was mit Betty geschehen sollte, der schwierigste Teil dieser Unterhaltung gewesen. »Danke.«

Charlie Reed kam mit übertrieben lauten Schritten die Treppe herauf, damit er auch ja bemerkt wurde. In jeder Hand trug er eine schwer aussehende Tasche.

»Die Treppe ist freigegeben«, sagte er. »Es ist also nicht mehr notwendig, den Todesfallenaufzug zu benutzen.« Sein Lächeln unter dem gezwirbelten Schnauzer wirkte gezwungen. »Will, Amanda wartet im Auto.«

Will löste seine Hand aus Saras. Er stürmte an Charlie vorbei und die Treppe hinunter. Sara blickte ihm hinterher und wusste nicht, was gerade geschehen war oder was sie davon halten sollte. Sie presste die Hand auf die Brust, um sich zu vergewissern, dass ihr Herz noch schlug. Es hämmerte so schnell, als wäre sie gerade erst einen Marathon gelaufen.

»Du meine Güte.« Charlie war jetzt oben bei ihr angekommen. Er ließ beide Taschen fallen und ging händeringend auf Sara zu. »Ich überlege gerade, wie ich die Situation noch etwas peinlicher gestalten könnte. Soll ich die Hose ausziehen? Oder zu singen anfangen?«

Sara versuchte zu lachen, aber es klang wie ein Schluchzen. »Tut mir leid.«

»Entschuldigen Sie sich nicht bei mir.« Charlies freundliches Lächeln war aufrichtig. Er zog eine Flasche Wasser aus einer der zahlreichen Taschen seiner Cargohose. »Die müssen Sie jetzt leer trinken. Hier drin hat es eine Million Grad.«

Sara zwang sich zu einem Lächeln, weil er sich solche Mühe gab.

»Option eins«, begann Charlie, »schon tagsüber trinken. Hat seine Vor- und Nachteile.«

Sara fielen nur die Vorteile ein. Sie hatte seit mehr als einem Jahr keinen Alkohol mehr getrunken. Will hasste den Geschmack. »Und Option zwei?«

Er deutete auf das Gebäude, das immer noch ein aktiver Tatort war.

»Das mit dem Trinken ist verlockend«, sagte Sara und meinte es genau so. »Aber reden wir darüber, was jetzt zu tun ist. Hardings Leiche kann abtransportiert werden. Wir werden mindestens vier Leute brauchen.«

»Ich habe sechs angefordert, wegen der Treppe. Voraussichtliche Ankunftszeit in vierzig Minuten.«

Sara sah auf ihre Uhr. Ihr Blick war verschwommen, sie konnte die Uhrzeit nur raten. »Sie werden ein paar Stunden für die Vorbereitung brauchen. Ich beginne mit der Obduktion nach der Mittagspause.« Bettys Tierarzt würde den Hund nicht vor fünf entlassen, erst recht nicht, wenn Sara ihn holte. Der Mann hatte einen Minderwertigkeitskomplex, weil er kein Menschendoktor war. »Ich würde sagen, die Blutgruppenbestimmung steht auf meiner Liste ganz oben. Wissen wir Angies Blutgruppe schon?«

»Amanda sagt, sie schickt Ihnen eine SMS, sobald sie sie in Erfahrung gebracht hat. In der Zwischenzeit habe ich einen der Spurensicherer gebeten, Blutproben zu sammeln. Er dürfte etwa eine halbe Stunde dafür brauchen. Wie Sie sehen, sind die Wände praktisch schwarz von Graffiti, deshalb habe ich ihn angewiesen, einfach zu sammeln, was sichtbar ist, und seine Beschriftungen sorgfältig zu überprüfen. Er ist langsam, aber gründlich.« Charlie hielt inne, um Luft zu holen. »Bis dahin könnten Sie mir helfen, die Schwarzlichtscheinwerfer aufzubauen und die Luminolreaktionen zu fotografieren, oder Sie setzen sich in den kühlen CSI-Transporter und warten auf die Proben.«

Sara sehnte sich danach, allein im Transporter zu sein, aber sie sagte: »Ich helfe Ihnen.« Sie trank einen Schluck Wasser, und sofort rebellierte ihr Magen gegen die kalte Flüssigkeit. Das war wegen des Lippenstifts. Sie bekam die Vorstellung nicht aus dem Kopf, wie Angie in Wills Badezimmer vor dem Spiegel stand, Saras Make-up ausprobierte und mitnahm, was immer sie wollte. So machte es Angie Polaski. Sie nahm sich Dinge, die anderen Leuten gehörten.

»Alles in Ordnung?«, fragte Charlie.

»Absolut.« Sara schraubte den Verschluss wieder auf die Flasche. »Was ist noch zu tun?«, fragte sie Charlie.

»Wir katalogisieren immer noch die Beweise. Das dürfte drei, vielleicht vier Tage dauern. Hardings Wagen ist ausreichend abgekühlt, um daran arbeiten zu können, aber ich bezweifle, dass wir viel finden werden. Von der Karre ist praktisch nichts übrig.« Er drehte sich um, als ein Kriminaltechniker die Treppe heraufkam. Der junge Mann war mit einem Schutzanzug ohne Kapuze bekleidet und trug ein Haarnetz, unter dem sein Pferdeschwanz wie ein Pfeil aus dem Hinterkopf ragte. Seitlich am Hals war eine Tätowierung zu sehen, ein üppig verziertes, blaurotes Kreuz. An seinem Kinn wuchs ein kümmerliches Ziegenbärtchen, und beide Augenbrauen waren gepierct.

»Gary Quintana«, stellte Charlie vor. »Er ist direkt nach Abschluss seiner Ausbildung zu uns gekommen. Superintelligent, will wirklich etwas lernen. Lassen Sie sich von seinem verrückten Aussehen nicht täuschen. Er nimmt gerettete Katzen in Pflege. Und er ist Veganer.«

Sara lächelte und nickte, als wäre sie Charlies Worten tatsächlich gefolgt. Ihr schlug das Herz bis zum Hals, und ihr Magen war übersäuert. Sie betete, dass ihr nicht übel wurde.

Charlie rieb sich die Hände. »So, ich habe meine ganze tolle Kameraausrüstung, die Scheinwerfer und …«

»Es tut mir leid«, fiel Sara ihm ins Wort. Sie legte die Hand auf die Brust, weil sie sicher war, dass Charlie sonst ihr Herz schlagen sah. »Ist es okay, wenn ich mir noch einen Moment Zeit lasse?«

»Ganz und gar nicht. Ich fange im ersten Raum mit dem Aufbau an. Stoßen Sie einfach zu uns, wenn sie so weit sind.«

Sara brachte kaum ein »Danke« heraus. Sie ging zu der Treppe auf der anderen Seite der Galerie. Als sie an dem Raum vorbeikam, in dem Dale Harding gestorben war, kam sie sich vor, als hätte sie die schlimmste Sünde begangen, weil sie ihr Leben vor die Hunde gehen ließ, während der Mann da drin tot dalag. Sie blieb vor dem Graffiti-Einhorn am Beginn der Treppe stehen. Ihr Magen schlingerte wie ein Schiff in der Weite des Ozeans. Sara schloss die Augen und wartete, bis die Übelkeit vorüberging. Dann holte sie ihr Handy hervor, denn es lieferte den einzigen gesellschaftlich akzeptierten Vorwand, um schweigend und mit gesenktem Kopf dazustehen.

Es gab eine SMS von ihrer Schwester. Tessa war Missionarin in Südafrika, und sie hatte ein Foto geschickt, auf dem ihre Tochter zusammen mit einigen einheimischen Kindern eine Sandburg baute.

Sara rief die Tastatur auf. Sie tippte ANGIE IST WIEDER DA, schickte die SMS aber nicht ab, sondern starrte auf die Worte. Dann löschte sie die letzten beiden und schrieb: ANGIE IST VIELLEICHT TOT. Ihr Daumen verharrte über *Senden*, aber sie durfte die Taste nicht drücken.

Sara hatte bei mehreren Mordprozessen ausgesagt, wo Telefondaten ins Spiel kamen. Sie sah sich im Zeugenstand einer Jury erklären, warum ihre kleine Schwester mit einem Smiley auf die Nachricht geantwortet hatte, dass Wills Frau möglicherweise tot war. Sie löschte die nicht abgeschickte SMS und betrachtete das Foto ihrer Nichte, bis ihr Magen sich beruhigt hatte und sie nicht mehr das Gefühl hatte, sie müsste sich die Treppe hinunterstürzen.

Sara hatte die verkorkste Beziehung zwischen Will und Angie nie ganz verstanden. Sie hatte sie als eines der Dinge zu akzeptieren gelernt, die man tolerierte, wenn man jemanden liebte, wie etwa den Tick, dass er sich weigerte, Gemüse zu essen, oder dass er absolut keinen Blick dafür hatte, wenn die Klopapierrolle aufgebraucht war. Angie war eine Sucht. Sie war eine Krankheit.

Alle Menschen hatten eine Vergangenheit.

Sara war schon einmal verheiratet gewesen. Sie hatte innig und unwiderruflich einen Mann geliebt und hätte mit Freuden den Rest ihres Lebens mit ihm verbracht. Aber er war gestorben, und sie hatte sich gezwungen weiterzugehen. Irgendwann. Langsam. Sie hatte die kleine Stadt verlassen, in der sie aufgewachsen war. Hatte ihre Familie verlassen. Sie hatte alles zurückgelassen, was sie je gekannt hatte, und war nach Atlanta gezogen, um von vorn zu beginnen. Und dann war Will gekommen.

War es Liebe auf den ersten Blick gewesen? Will zu begegnen war mehr wie ein Erwachen gewesen. Sara war damals seit drei Jahren Witwe. Sie arbeitete Doppelschichten im Grady Hospital, fuhr nach Hause, dann wieder zur Arbeit. Das war ihr Leben. Und dann war Will in die Notaufnahme spaziert. Sara hatte gespürt, dass sich in ihrem Innern etwas regte, wie eine Winterblume, die den Kopf aus dem Schnee streckt. Er sah gut aus. Er war klug. Er war witzig. Er war außerdem sehr, sehr kompliziert. Will hätte selbst als Erster zugegeben, dass er ein Übermaß an seelischem Ballast mit sich herumschleppte. Und Angie war nur ein Teil davon.

In ihrem Berufsleben hatte Sara die meiste Zeit entweder als Kinderärztin oder als Gerichtsmedizinerin gearbeitet. Bei beiden Tätigkeiten hatte sie gesehen, auf wie viele abscheuliche Arten Menschen ihre Wut an Kindern ausließen. Doch erst seit sie Will kannte, hatte sie wirklich verstanden, was geschah, wenn diese misshandelten Kinder erwachsen wurden. Wills Narben waren emotionaler wie körperlicher Art. Er traute Menschen nicht – zumindest nicht ausreichend. Ihn dazu zu bringen, dass er über seine Gefühle redete, war wie Zähneziehen. Tatsächlich hatte man immer, wenn man ihn dazu bewegen wollte, über etwas wirklich Wichtiges zu sprechen, den Eindruck, als müsste man die *Titanic* durch Treibsand ziehen. An einem Schnürsenkel.

Sie waren drei Monate zusammen gewesen, ehe er die Narben an seinem Körper überhaupt ansprach. Fast ein Jahr verging, bis er Sara einige der Ursachen offenlegte, jedoch ohne ins Detail zu gehen und ohne die Gefühle dahinter zur Sprache zu bringen. Sie hatte gelernt, keine Fragen zu stellen. Sie hatte mit der Hand über seinen Rücken gestrichen und so getan, als wäre der perfekt quadratische Abdruck einer Gürtelschnalle nicht vorhanden. Sie küsste ihn auf den Mund und ignorierte die Narbe, wo seine Lippe gespalten worden war. Sie schenkte ihm nur langärmlige Hemden, denn sie wusste, dass er niemanden sehen lassen wollte, wie er seinen Unterarm früher mit einer Rasierklinge bearbeitet hatte.

Für Angie.

Er hatte versucht, sich für Angie zu töten. Nicht weil sie ihn zurückgewiesen hatte, sondern weil sie als Kinder beide bei einem Pflegevater untergebracht waren, der seine Finger nicht von Angie lassen konnte. Aber sie hatte schon ein paar Mal falschen Alarm geschlagen. Sie war nicht die Sorte Mädchen, dem die Polizei zuhörte. Mit vierzehn hatte sie bereits ein Vorstrafenregister. Also hatte Will eine Rasierklinge genommen und sich den Unterarm mit einem fünfzehn Zentimeter langen Schnitt geöffnet, weil er wusste, eine Einlieferung in die Notaufnahme war das Einzige, was Jugendamt und Polizei nicht ignorieren konnten.

Es war nicht das erste und nicht das letzte Mal gewesen, dass er sein Leben für Angie Polaski riskiert hatte. Will hatte Jahre gebraucht, um die Macht zu brechen, die sie über ihn hatte. Aber hatte er sie wirklich gebrochen? War er nur verständlicherweise aufgewühlt, weil ein Mensch, den er fast sein ganzes Leben lang gekannt hatte, wahrscheinlich tot war?

Ob sie wollte oder nicht, Sara kam immer wieder auf den Lippenstift zurück. Das war alles, worauf sie sich konzentrieren konnte, denn die zusätzlichen Verletzungen, für die dieser Lippenstift stand, waren zu viel für sie. Will wusste, dass Angie in sein Haus einbrach. Er konnte sein Leben für sie hingeben, aber er konnte sich nicht dazu aufraffen, Saras Privatsphäre zu schützen.

Sie schüttelte den Kopf. Wenigstens wusste sie nun, wo sie auf seiner Prioritätenliste stand: direkt hinter Betty.

Sara steckte ihr Handy wieder in die Tasche und zog die Brille vom Kragen des Shirts. Die Gläser waren verschmiert. Es war unerträglich heiß in dem Gebäude. Alles war feucht von Schweiß. Sie fand ein Papiertuch in ihrer Tasche und säuberte die Brille gründlich.

Ein Gutes hatte es, dass sie Betty abholte: Will würde früher oder später vorbeikommen und sie bei ihr abholen müssen. Was lächerlich war. Warum hatte ihm Sara so viel Macht über sich eingeräumt? Sie war eine erwachsene Frau. Sie sollte sich nicht so vorkommen, als würde sie auf die Antwort eines Jungen warten, dem sie in der Schule einen Zettel in den Spind gesteckt hatte.

Sara probierte die Brille aus. Sie kniff die Augen wegen eines Flecks zusammen und wollte eben zu fluchen anfangen, weil sie schon wieder ein Paar Gläser ruiniert hatte, als sie erkannte, dass der Schmutzfleck gar nicht auf der Brille war. Er war auf dem Graffiti-Einhorn dahinter.

Sie setzte die Brille richtig auf und sah genauer nach. Das Einhorn war lebensgroß, wenn man annahm, dass Einhörner so groß waren wie Pferde. Es hatte den Kopf geneigt und lugte die Treppe hinab. Die Regenbogenaugen waren etwa in Saras Schulterhöhe. In der Mitte der grünen und blauen Ringe der Iris war ein Loch, etwa in der Größe eines Zehn-Cent-Stücks. Kleine Stückchen vom grauen Beton waren abgebröckelt, es war das, was Sara für einen Fleck auf ihrem Brillenglas gehalten hatte. Sie sah auf den Boden hinunter. Betonstaub bedeckte Zigarettenkippen und Crackpfeifen. Der Staub war erst kürzlich von der Wand gerieselt.

»Charlie?«, rief sie.

Er streckte den Kopf aus einem der Räume. »Ja?«

»Könnten Sie mit Ihrer Kamera und einer Pinzette hierherkommen?«

»Das ist der interessanteste Vorschlag, den ich die ganze Woche gehört habe.« Er ging in den Raum zurück und kam mit seiner Kamera in der einen Hand und einem Spurensicherungskoffer in der anderen wieder heraus.

Sie zeigte auf das Auge des Einhorns. »Da.«

Charlie schauderte. »Zwei Dinge, die ich immer schon gruselig fand, sind Einhörner und Augäpfel.« Er holte ein Vergrößerungsglas aus dem Koffer und beugte sich vor, um besser zu sehen. »Ach, verstehe. Ausgezeichneter Fang.«

Sara stand daneben, als Charlie das durchbohrte Auge fotografierte. Er benutzte ein kleines Metalllineal, um die Größenordnung zu dokumentieren. Genauso verfuhr er bei dem Betonstaub unterhalb des Einhorns, dann wechselte er das Objektiv für einen weiteren Winkel. Als er schließlich alles abgelichtet hatte, reichte er Sara eine nadelfeine Pinzette. »Ich überlasse Ihnen die Ehre.«

Sara war sich der Tatsache bewusst, dass sie mehr Schaden als Nutzen bewirken konnte, wenn sie sich nicht Zeit ließ. Aber sie wusste auch, dass sie beim Mikado-Spielen nie verloren hatte. Sie legte den Handballen direkt unterhalb des Einhornauges auf. Dann öffnete sie die Pinzette gerade so weit, dass sie die Wände des Lochs in der Iris nicht berührte. Langsam führte sie das Instrument ein, bis sie etwas Hartes spürte. Statt die Pinzette zu öffnen, schloss sie sie fest, weil sie überzeugt war, etwas zu fassen zu bekommen. Sie behielt recht. Die Spitze der Pinzette erwischte den abgeflachten Rand eines Hohlmantelgeschosses.

»Nur Einhörnern gibt man den Gnadenschuss«, witzelte Charlie.

Sara lächelte. ».38er Spezial?«

»Sieht so aus«, sagte Charlie. »Aus der Glock 43 wurde kein Schuss abgegeben. Im Magazin und in der Kammer steckten 9-mm-American-Eagle, Vollmantelgeschosse.« Charlie strich sich nachdenklich über den Schnäuzer. »Die hier könnte von einem Revolver stammen.«

»Möglich«, stimmte Sara zu. Ein Polizist in Dale Hardings Alter würde vielleicht einen Revolver einer 9-mm-Pistole vorziehen. »Sie haben keine weitere Waffe gefunden?«

»Vielleicht ist sie in seinem Wagen geschmolzen. Ich sage den Kriminaltechnikern, sie sollen danach suchen.«

Sara schnupperte an der verbrauchten Patrone und nahm die Geruchsnoten von Sägemehl, Grafit und Nitroglyzerin wahr. »Riecht, als wäre sie erst vor Kurzem abgefeuert worden.«

Charlie roch ebenfalls daran. »Glaube ich auch. Kein Blut allerdings.«

»Die Kugel war vermutlich so heiß, dass sie jede Blutung kauterisiert hat, als sie den Körper durchschlug, aber es könnte mikroskopische Spuren geben.«

»Kastle-Meyer-Test?«

Sara schüttelte den Kopf. Dieser Vortest auf Blutspuren war für seine falschen positiven Ergebnisse bekannt. »Wir sollten das Labor eine Spülung machen lassen. Ich möchte mir nicht anhören müssen, dass wir die einzige verwertbare Probe benutzt haben, und sie können keinen DNA-Test machen.«

»Ausgezeichnetes Argument.« Charlie blickte auf den Boden. »Ich bin kein Arzt, aber wenn die Kugel etwas Großes wie eine Arterie getroffen hätte, müssten wir hier doch irgendwo Blut sehen können.«

»Stimmt.« Sara fischte einen kleinen Beweismittelbeutel aus dem Spurensicherungskoffer. Charlie übernahm die Beschriftung, weil seine Handschrift lesbarer war.

»Nur damit Sie es wissen: Amanda hat Eilverfahren bei allem, einschließlich der DNA, genehmigt.«

»Vierundzwanzig Stunden ist besser als zwei Monate.« Sara studierte das Einschussloch im Auge des Einhorns. »Sieht dieses Loch für Sie eher oval aus?«

»Ich habe darauf geachtet, als ich die Bilder machte. Wir lassen die Computerfuzzis eine Darstellung anfertigen, Flugbahn, Geschwindigkeit, Winkel berechnen. Ich sage wegen des Eilverfahrens Bescheid. In ein paar Tagen müssten wir Ergebnisse haben.«

Sara nahm einen Filzstift aus dem Koffer und schob ihn in das Loch. Das Ende mit der Verschlusskappe war leicht in Richtung Galerie geneigt. »Haben Sie zwei Wasserwaagen und eine Schnur?«

Charlie lachte. »Sie sind mir ja ein richtiger MacGyver.«

Sara wartete, bis Charlie eine Rolle Schnur aus einer der großen Taschen gefischt hatte. Er band sie ans Ende des Filzstifts. Dann zog er sein Handy aus der Tasche und holte eine Wasserwaagen-App auf den Schirm.

»Ah, gute Idee.« Sara holte ihr eigenes Handy hervor und wischte durch ihre Apps, bis sie die Wasserwaage ebenfalls gefunden hatte. »Bis zur anderen Seite der Galerie sind es wie viele Meter?«

»Achtundzwanzig.«

»Ein durch die Luft fliegendes Projektil ist den Kräften des Luftwiderstands, des Winds und der Schwerkraft ausgesetzt«, sagte Sara.

»Wind gibt es hier drin keinen. Luftwiderstand ist auf diese Distanz zu vernachlässigen.«

»Bleibt die Schwerkraft.« Sara platzierte ihr Handy über den Filzstift. Die App zeigte eine altmodische Wasserwaage mit einer digitalen Zahl unter der Luftblase. »Ich habe siebenkommasechs Grad.« Sie legte das Handy für eine zweite Ablesung seitlich an den Stift. Die Zahl sprang pausenlos auf und ab. »Sagen wir zweiunddreißig.«

»Fantastisch.« Charlie begann, rückwärts zu gehen und dabei die Schnur abzurollen, die er straff gespannt hielt. Gelegentlich blieb er stehen und sah auf seinem Handy nach, ob die Winkel noch stimmten. Solange die Winkel übereinstimmten, würde die Schnur in etwa den Punkt anzeigen, an dem die Kugel die Mündung der Waffe verlassen hatte.

Charlie sah beim Gehen ständig hinter sich und wich gelben Markierungen aus. Seine Hand befand sich zu weit oben, als dass man vernünftigerweise annehmen durfte, eine durchschnittlich große Person würde einen Schuss aus dieser Höhe abfeuern. Er kam an dem Mordzimmer vorbei, an dem Stapel mit den Rigipsplatten. Seine Hand ging immer ein wenig tiefer. Er blieb erst stehen, als er das obere Ende der Treppe erreicht hatte.

»Warten Sie«, sagte Sara und überprüfte die Wasserwaage auf ihrem Handy. »Sie ziehen zu weit nach links.«

»Ich habe eine Theorie.« Charlie stieg eine Stufe nach unten, dann noch eine. Er blickte zu Sara zurück. Die Hand mit der Schnurrolle sank tiefer, dann noch tiefer. Sara hielt den Stift stabil. Die Schnur hatte sich von der Galerie entfernt und spannte sich wie ein Artistenseil über den Abgrund, bis Charlies Hand an seinem Fußknöchel war. Mithilfe der Wasserwaage nahm er eine Korrektur vor. Seine Hand ging nach hinten, bis sie dicht an der Wand lag. Er überprüfte ein letztes Mal die Winkel. »Weiter geht es nicht, so wie die Dinge liegen.«

Sara studierte den Weg der Schnur. Charlies Theorie war so gut wie jede andere. Wer immer die Waffe abgefeuert hatte, musste irgendwo auf der Treppe gestanden haben. Oder eben nicht gestanden. Charlies Hand war tief unten, vielleicht zehn Zentimeter über der Trittfläche. Zwei Stufen weiter unten war die Stelle, wo sich die Frau – wahrscheinlich Angie – den Kopf aufgeschlagen hatte.

»Sie haben hier um die Waffe gekämpft«, sagte Sara.

»Angie und Harding.« Charlie griff ihren Gedankengang auf. »Angie hat eine Waffe. Sie läuft die Treppe hinauf. Harding packt sie, sie knallt mit dem Hinterkopf auf die Stufe und sieht Sterne. Er greift nach der Waffe. Vielleicht löst sich ein Schuss, als er ihren Handrücken auf den Beton schlägt.«

»Angie ist Rechtshänderin.« Es störte Sara gewaltig, dass sie das wusste. »Wenn sie auf dem Rücken lag, müsste sie die Waffe in der linken Hand gehalten haben, damit Ihre Theorie aufgeht, und das bedeutet, die Kugel wäre auf der anderen Seite der Treppe, nicht hier.«

»Sie könnte sich seitlich gedreht haben.«

Sara zuckte die Achseln, denn angesichts der Tatsache, dass sie eine Rolle Schnur und eine kostenlose Wasserwaagen-App benutzten, gab es nicht viele Gewissheiten.

»Denken wir darüber nach.« Charlie begann, die Schnur wieder aufzuwickeln. »Angie flieht vor Harding, sie hat den Revolver in der Hand, weil ihre Glock aus irgendeinem Grund draußen auf dem Parkplatz geblieben ist. Sie hat fast das obere Ende der Treppe erreicht. Harding erwischt sie. Ein Schuss fällt. Angie kann sich befreien. Sie läuft in den Raum. Schließt die Tür. Fortsetzung folgt.« Er reckte den Zeigefinger in die Höhe. »Das Problem ist: Wieso geht die Waffe los? Eine Polizistin würde den Finger nicht am Abzug haben, während sie die Treppe hinaufrennt. Cops werden bis zum Erbrechen darauf gedrillt, den Finger am Bügel zu halten, bis sie wirklich schießen wollen. Das vergisst man nicht wieder, nur weil man die Dienstmarke abgibt.«

»Und die Fußabdrücke stören mich«, sagte Sara. »Warum waren ihre Füße schon blutig, als sie die Treppe hinauflief?«

»Keine Schuhe«, vermutete Charlie. »Da unten liegen massenhaft Glasscherben, teilweise voller Blut. Dabei fällt mir ein, dass wir eine kleine Menge getrocknetes Blut auf dem Boden im Erdgeschoss gefunden haben. Sieht nach üblem Nasenbluten aus.«

»Das könnte zu dem Drogenzubehör passen, aber wir sollten trotzdem eine Probe davon nehmen.«

»Verzeihung, Sir.« Gary, der Katzenretter und Kriminaltechniker, kam hinter Charlie die Treppe herauf. »Ich konnte es nicht vermeiden, Ihre Unterhaltung mit anzuhören, und ich habe über den Kampf um die Waffe nachgedacht. Wenn die Frau bei dem Gerangel zum Beispiel zur Seite gedreht war, würde die Mündung der Waffe dann nicht eher nach oben, zur Decke, weisen?« Er versuchte, die Pose nachzuahmen, und streckte die Hände in die Luft wie einst Farah Fawcett in einer Fernsehserie, die schon Jahre vor seiner Geburt ausgelaufen war.

»Eher so«, sagte Charlie und nahm eine andere Pose ein. »Und dann könnte die Waffe dahin zeigen ...« Er neigte die Hand. »Ich sehe aus wie die *Heisman Trophy* für den Footballspieler des Jahres, habe ich recht?«

Saras Lachen war diesmal aufrichtig, denn sie sahen beide lächerlich aus. »Vielleicht sollten wir die Computerspezialisten holen.«

Gary hob eine Schale mit Glasröhrchen auf. »Ich habe überall, wo ich Blut sah, eine Probe genommen. Außerdem habe ich auch das kleine Rinnsal Blut an Hardings Hals abgetupft. Dr. Linton, würde es Ihnen etwas ausmachen, wenn ich bei der Blutgruppenbestimmung dabei bin? Ich habe noch nie gesehen, wie es gemacht wird.«

Sara kam sich plötzlich uralt vor. Von wegen Farah Fawcett. Gary hatte wahrscheinlich noch Windeln getragen, als O. J. Simpsons Anwälte ganz Amerika über DNA aufklärten. »Aber gern.«

Gary sprang die Treppe hinunter, Sara folgte in einem vorsichtigeren Tempo. Sie versuchte, nicht daran zu denken, wie sie zu Will hinübergeschaut hatte, als er die Hebebühne bediente. Wie er absurderweise wegen Collier schäumte, als würde Sara einem anderen Mann auch nur Auskunft geben, wie spät es war.

»Was wissen Sie über Blutgruppen?«, fragte sie Gary.

»Es gibt vier Hauptgruppen«, antwortete er. »A, B, AB und 0.«

»Richtig. Mehr oder weniger alle Menschen gehören einer dieser Gruppen an. Die Gruppen basieren auf erblich bedingten Antigenen, die mit roten Blutkörperchen verbunden sind. Der Blutgruppentest ermittelt, ob das Antigen vorhanden ist oder nicht, und zwar mithilfe eines Reagenzes, das verklumpt, wenn es mit dem Blut in Berührung kommt.«

»Ja, Ma'am.« Gary schaute ratlos drein. »Danke.«

Sie versuchte es noch einmal. »Im Wesentlichen tropfen Sie Blut auf eine vorbereitete Karte, mischen es durch, und dann wissen Sie die Blutgruppe.«

Er nahm das Clipboard, das ihm der Polizist am Eingang hinhielt, und trug sich aus. »Das ist cool.«

Er öffnete ihr die Tür. Sara wurde vom plötzlichen Einfall des Sonnenlichts geblendet, deshalb konnte sie nicht sagen, ob Gary wirklich interessiert war oder nur höflich sein wollte. Sie kritzelte ihre Unterschrift unter seine. Ihre Augen brauchten eine Weile, um sich an das Licht zu gewöhnen, während sie über den Parkplatz gingen. Gary nahm sein Haarnetz ab und zog das Gummiband um seinen Pferdeschwanz straffer. Er hatte den Reißverschluss seines Schutzanzugs bereits geöffnet und die Ärmel des dunkelblauen GBI-T-Shirts bis zu den Schultern aufgerollt. Es gab noch mehr Tätowierungen auf seinen Armen, und er trug eine breite, goldene Halskette mit einem Medaillon, das das Sonnenlicht wie ein Spiegel reflektierte.

Sara ließ den Blick über den Parkplatz und die benachbarten Gebäude schweifen und machte sich vor, dass sie nicht nach Will oder gar Amanda Ausschau hielt, war aber dennoch enttäuscht, als sie keinen der beiden entdeckte. Sie checkte ihr Handy, ob Amanda ihr Angies Blutgruppe schon gesimst hatte. Das war jedoch nicht der Fall, was merkwürdig war: Amanda war normalerweise schnell. Sara berührte das Telefonsymbol. Es wäre ein guter Grund für einen Anruf. Sie könnte Amanda nach den Angaben in Angies Personalakte fragen und sich dann beiläufig erkundigen, ob sich sonst etwas Wichtiges tat, wie zum Beispiel, dass Will Angie gefunden hatte und sie den ganzen Weg zum Krankenhaus in seinen Armen trug.

Sara ließ das Handy wieder in die Tasche gleiten.

Sie blickte auf, um den Kopf jedoch sofort wieder zu senken. Die Sonne schien ihr direkt in die Augen. Wenn sie sich noch richtig daran erinnerte, was sie bei den Pfadfinderinnen gelernt hatte, musste es gegen zehn Uhr sein. Das Sonnenlicht war so unbarmherzig, dass es ihr die Tränen in die Augen trieb. Sie musste den Blick auch noch gesenkt halten, als sie an Hardings ausgebranntem Kia vorbeiging. Der Wagen wurde von zwei Kriminaltechnikern gerade gründlich untersucht, sie krochen mit Vergrößerungsgläsern in den Händen auf Knien umher. Die verkohlte Karosserie war erst geringfügig abgekühlt, Sara konnte die Hitze spüren, die von dem Metall abstrahlte.

Das mobile Labor der forensischen Abteilung war in einem konfiszierten Luxusbus eingerichtet worden; der frühere Besitzer hatte eine Betrugsmasche zulasten der staatlichen Krankenversicherung Medicare aufgezogen. Anstelle der herausgerissenen Sitze gab es nun einen langen Arbeitstisch mit Batterien von Computern sowie Lagerraum für verschiedene Sammelbehälter und Beweismittelbeutel. Vor allem aber hatte man die Klimaanlage im Bus intakt gelassen. Sara wäre vor Erleichterung fast in die Knie gegangen, als die kühle Luft auf ihre Haut traf.

Gary stellte die Schale mit den Proben auf den Tisch. Er zog einen Stuhl für Sara heran, dann einen für sich. Sie gab sich alle Mühe, nicht auf seine Halskette zu starren. Auf dem Medaillon stand SLAM.

»Kann man mit diesem Test auch das Geschlecht oder die Rasse ermitteln?«

Sie wischte sich mit einem Papierhandtuch den Schweiß von Hals und Gesicht. »Für die Geschlechtsbestimmung bräuchte man einen DNA-Test, um das Vorhandensein oder Fehlen eines Y-Chromosoms festzustellen.« Sie begann, die Fächer und Schubladen nach den vertrauten EldonCards zur Blutgruppenbestimmung abzusuchen, die sie bei Amazon bestellt hatte, weil sie dort billiger waren als bei ihrem Lieferanten vor Ort. »Was die Rasse angeht, können Sie sich zum Teil auf Statistiken stützen, aber es ist auf keinen Fall zuverlässig. Bei Weißen gibt einen relativ hohen Anteil von Blutgruppe A. Bei Latinos einen hohen Anteil von Gruppe 0, und bei Asiaten und Afroamerikanern finden sich viele mit Blutgruppe B.«

»Was ist mit gemischtrassigen Menschen?«

Sie überlegte, ob er die Frage wegen Angie stellte. Sie hatte mediterrane Züge – olivfarbene Haut, üppiges braunes Haar und eine kurvenreiche Figur. Bei der einzigen Gelegenheit, als Sara neben Angie gestanden hatte, war sie sich vorgekommen wie das sprichwörtliche linkische, rothaarige Stiefkind.

»Bei Gemischtrassigen ist es ein bisschen komplizierter. Die Blutgruppen von Eltern und Kindern stimmen nicht immer überein, aber ihre Allele diktieren die Blutgruppe. Eltern mit Gruppe AB und 0 können ein Kind mit Gruppe A oder B haben, aber keines mit 0 oder AB. Eltern mit zweimal 0 können nur ein Kind mit Gruppe 0 haben, nichts anderes.«

»Wow.« Gary kratzte sich am Kinn. »Was sie uns in Kriminalistik über Blut beigebracht haben, hatte hauptsächlich mit DNA zu tun. Proben sammeln, bearbeiten. Das hier geht über meinen Verstand.«

Sara war sich nicht sicher, ob er aufrichtig war oder nicht. Nerds hatten es heutzutage sehr viel leichter als früher. Sie selbst war in Garys Alter aufgefallen wie ein entzündetes Fingerglied.

»Ich mache die erste Bestimmung«, schlug sie vor. »Sie machen die zweite. Wenn ich mich überzeugt habe, dass Sie den Bogen raus haben, können Sie den Rest übernehmen.«

»Cool.« Er lächelte sie an. »Danke, Dr. Linton.«

»Sara.« Sie schlitzte die Metallfolie der Bestimmungskarte auf. »Das ist die Testkarte.« Sie zeigte ihm die weiße Karteikarte mit schwarzem Aufdruck. Oben waren vier Kreise oder Brunnen angeordnet, mit je einem Klecks Reagenz darin. Unter den

Kreisen standen die Beschriftungen: Anti-A, Anti-B, Anti-D und ein Kontrollkreis.

»Anti-D?«, fragte Gary.

»D testet auf den Rhesusfaktor.« Sara ersparte ihm einen weiteren langen Vortrag. »Die Anwesenheit oder Abwesenheit von Rhesus liefert das ›positiv‹ oder ›negativ‹ nach der Blutgruppe. Wenn Sie also eine Verklumpung des Bluts im A-Kreis sehen und eine Verklumpung in D, dann bedeutet das, Ihre getestete Blutgruppe ist A positiv. Wenn im D-Kreis nichts verklumpt, ist sie A negativ.«

»Rhesus?«

Sie streifte Handschuhe über. »Benannt nach den Rhesusaffen, denn die wurden ursprünglich zur Erzeugung des Antiserums für die Bestimmung von Blutproben verwendet.«

»Oh«, sagte Gary. »Die armen Affen.«

Sara legte einige saubere Papiertücher aus und leerte das Testpäckchen auf die Arbeitsfläche. Alkoholtupfer und Lanzette ließ sie beiseite, denn sie testeten keine lebende Person. Sie trennte die vier Eldon-Stäbchen – im Grunde nur Q-Tips aus Plastik – und die winzige Flasche Leitungswasser, die in der Testausrüstung enthalten war. »Schreiben Sie auf die Karte, woher die erste Probe stammt«, wies sie Gary an.

Gary holte einen Stift aus seiner Tasche und schrieb LINKE TREPPE ZWEI AUFSCHLAGSTELLE, dann die Adresse des Gebäudes, das Datum und die Uhrzeit. Sein goldenes Medaillon schlug leicht gegen den Arbeitstisch. Sara nahm an, dass er noch nicht Amandas Bekanntschaft gemacht hatte – sie hatte Will einmal mit einem Lineal in den Nacken geschlagen, weil sein Haar nicht die vorgeschriebenen zwei Zentimeter über dem Kragen endete.

Sara setzte ihre Brille auf und legte die Karte flach auf die Papiertücher. Dann drückte sie einen stecknadelkopfgroßen Tropfen Wasser auf die vier verschiedenen Reagenzien in jedem Kreis. Gary öffnete eines der Probenröhrchen, das einen

Gewebeklumpen, wahrscheinlich Kopfhaut, enthielt. Sara entnahm mit einer Pipette ein wenig Blut und tupfte es auf das Kontrollfeld. Mit dem Eldon-Stäbchen verrührte sie Blut und Reagenz innerhalb des aufgedruckten Kreises.

»Würde es jetzt bereits verklumpen?«, fragte Gary.

»Nicht im Kontrollfeld«, antwortete Sara. »Dort sollte es immer glatt aussehen.« Sie tropfte weiteres Blut in den ersten, mit Anti-A beschrifteten Kreis und verrührte es mit einem frischen Stäbchen. Dann tat sie das Gleiche bei Anti-B und Anti-D. »Als Nächstes«, erklärte sie Gary, »stellen Sie die Karte aufrecht und halten sie für zehn Sekunden, dann zehn Sekunden lang auf den Kopf drehen und so weiter, bis die Karte eine volle Umdrehung gemacht hat, um das Blut mit dem Reagenz zu mischen.«

»Sieht aus, als würde B verklumpen«, meinte Gary.

Er hatte recht. Im B-Kreis waren flickenartige rote Klumpen.

»Im D-Kreis verklumpt nichts«, sagte Gary. »Das heißt, die Probe ist B negativ, richtig?«

»Korrekt«, sagte Sara. »Gut gemacht.«

»Kennen wir die Blutgruppe von Mrs. Trent?«

Der Name traf Sara wie ein Schlag gegen den Kehlkopf. »Sie nennt sich Polaski.«

»Oh, Verzeihung. Mein Fehler.«

»Ich habe die Information über ihre Blutgruppe noch nicht bekommen.« Sara sah auf ihrem Handy nach, um sich zu vergewissern, dass keine SMS von Amanda eingegangen war. Wieder fragte sie sich, ob vielleicht etwas vorgefallen war. Will neigte dazu, Amanda recht zu geben und dann loszuziehen und das zu tun, was er wollte. Früher hatte Sara das attraktiv gefunden.

»Ist Mrs. Polaskis DNA in der Kartei aus der Zeit, in der sie Polizistin war?«

Sara hätte ihm antworten können, dass sie wahrscheinlich eine intakte Probe an ihrem eigenen Lippenstift finden würden, aber stattdessen sagte sie: »Das ist unwahrscheinlich, es sei denn, sie mussten sie irgendwann an einem Tatort ausschließen.

Sie hat früher bei der Sitte gearbeitet, vermutlich war es also nie nötig.« Sara zwang sich, mit ihren Gedanken bei der vorliegenden Aufgabe zu bleiben. »DNA ist der Goldstandard, aber die Blutgruppe ist ein wichtiger Befund. B negativ findet sich nur bei zwei Prozent der Weißen, bei einem Prozent der Afroamerikaner und bei weniger als einem halben Prozent der Angehörigen anderer ethnischer Gruppen.«

»Wow. Danke. Das ist eine echt irre Wissenschaft, Dr. Linton.« Gary holte den Stift hervor und füllte unaufgefordert bereits die nächste Karte aus. Er schrieb ordentliche Großbuchstaben, die mühelos in die vorgesehenen Kästchen passten. LINKE TREPPE BLUTIGER FUSSABDRUCK A.

»Zuerst also das Wasser, ja?«, fragte er.

»Nur einen winzigen Tropfen.« Sie schwieg, während Gary die nächste Probe bearbeitete. Er lernte wirklich schnell. Als er das Blut mischte, hielt er die Begrenzung durch die Kreise sogar präziser ein als sie. Er begann, die Karte zu drehen und jeweils zehn Sekunden lang zu halten. Wie schon zuvor klumpte das Blut bei B negativ.

»Bestimmen Sie jetzt die Probe von Hardings Hals«, forderte sie ihn auf.

Gary hatte einen Tupfer verwendet, weil es nicht viel Blut gab. Er musste die Wattespitze in winzige Stücke schneiden und das Blut dann mit Wasser herauslösen. Dann ging er die vorgeschriebenen Schritte mit der Karte durch. Diesmal verklumpte nur der Kreis für D.

»Habe ich etwas falsch gemacht?«, fragte er.

»Er ist 0 positiv, die häufigste Blutgruppe bei Weißen, aber worauf es ankommt, ist, dass wir Harding damit definitiv ausschließen können, was den Fußabdruck und den Blutfleck auf der Treppe angeht.« Sie reichte ihm ein neues Set. »Versuchen wir es mit der Blutprobe aus dem Raum, in dem Harding gestorben ist.«

Es klopfte laut an der Tür, und beide zuckten bei dem Geräusch zusammen.

»Du meine Güte.« Charlie hielt seine Kamera hoch, als er in den Transporter stieg und sich zu Boden sinken ließ. »Ich dachte, ich gehe gleich in Flammen auf in diesem Raum da drin.« Er schloss die Augen und atmete die kühle Luft ein.

Gary begann schon mit der nächsten Probe. Sara reichte Charlie ein Papierhandtuch, damit er sich das Gesicht abwischen konnte. Er war vollkommen nass geschwitzt. Sie würden ein paar Ventilatoren in das Gebäude schaffen müssen, ehe sie weitermachten. Es war August – selbst nach Sonnenuntergang würde die Temperatur nur um wenige Grad fallen.

»Okay.« Charlie warf das Papier in den Mülleimer. »In dem anderen Raum habe ich das Luminol aktiviert.«

Sara nickte. Luminol reagierte mit Schwarzlicht, das die Enzyme im Blut ätherisch blau leuchten ließ. Die Reaktion hielt nur einige Sekunden an und trat nur einmal auf, weshalb es wichtig war, den Prozess mit einer Kamera festzuhalten.

»Und, war etwas Interessantes dabei?«, fragte Sara.

»O ja! Ich hab's hier drin.« Charlie schaltete das Display auf der Rückseite der Kamera ein und begann, durch die Bilder zu springen. »Übrigens habe ich einen blutigen Sprühnebel auf dem Graffiti-Einhorn entdeckt, was bedeuten könnte, dass die Kugel durch jemanden hindurchgegangen ist.«

»Viel Sprühnebel oder nur ein bisschen?«

»Eher wie beim Niesen.«

»Das reicht dann wohl nicht für einen Test mit der Eldon-Karte. Wir werden auf die DNA warten müssen.« Gary zuliebe fügte sie an: »Auf Blut ist kein Zeitstempel. Könnte genauso gut sein, dass auf einer Drogenparty vor drei Monaten jemand etwas Blut an die Wand geniest hat.«

»Ich möchte nicht wissen, was dieses Einhorn schon alles gesehen hat«, sagte Charlie. Er scrollte mit dem Daumen durch die Bilder in der Kamera. Rorschachmuster aus leuchtend blauen Spritzern blitzten im Display auf.

»Dr. Linton?« Gary hielt ihr die Karte hin, die er soeben

bearbeitet hatte. »Ebenfalls B negativ.«

»Haben Sie zufällig eine Probe aus dem zweiten Raum nach der linken Treppe genommen?«, wollte Charlie von ihm wissen.

»Ja, Sir.« Gary sah bei seinen Röhrchen nach. »Ich habe ein wenig Blut auf dem Boden gefunden, in der hinteren rechten Ecke. Und ich habe die Beschriftung doppelt und dreifach überprüft, bevor ich zum nächsten Fund weitergegangen bin, genau wie Sie es mir gesagt haben.«

»Guter Junge«, sagte Charlie. »Bestimmen Sie die Probe bitte für mich.«

Gary wartete, bis ihm Sara mit einem Nicken ihr Einverständnis gab.

»Was ist los?«, fragte sie Charlie. »Haben Sie etwas gefunden?«

»Oh, ich habe tatsächlich etwas gefunden.«

Sara liebte es nicht, wenn jemand es so spannend machte, aber sie ließ Charlie seinen Spaß. Meist war Forensik der am wenigsten glamouröse Teil der Polizeiarbeit. Es war beileibe nicht so wie im Fernsehen, wo makellos gekleidete, attraktive CSI-Leute sich Hinweise aus den Fingern saugten, mit Waffen herumfuchtelten, Übeltäter verhörten und sie am Ende ins Kittchen beförderten. Fünfzig Prozent von Charlies Arbeit bestand aus Papierkram, und bei den anderen fünfzig Prozent starrte er entweder durch eine Kamera oder in ein Mikroskop. Wahrscheinlich hatte er ein ungewöhnliches Spritzmuster an der Decke gefunden oder den Heiligen Gral der Forensik: einen in frischem Blut hinterlassenen, verwertbaren Fingerabdruck.

»Da ist es.« Charlie klang triumphierend. Er hielt Sara die Kamera hin, damit sie es selbst ansehen konnte.

Das Display zeigte die vertraute Chemilumineszenz – helles, leuchtendes Blau vor dem dunklen, mit Graffiti übersätem Hintergrund, fast wie eine Röntgenaufnahme. Statt eines ungewöhnlichen Blutmusters oder eines deutlichen Fingerabdrucks waren jedoch zwei mit Blut geschriebene Worte erkennbar: HILF MIR.

»Dr. Linton?« Gary hatte die Testkarte fertig. »B negativ, wie die beiden anderen.«

Charlie stellte noch einmal klar: »Gary, Sie sind sicher, dass Sie dieses Blut im zweiten Raum entnommen haben – dort, wo ich diese Nachricht entdeckt habe?«

»Ja, Sir. Absolut sicher.«

»Sara?« Charlie wartete. »Haben Sie Angies Blutgruppe schon von Amanda bekommen?«

Sie war zu keiner Antwort fähig. Sie konnte die Augen nicht von der leuchtenden Abbildung auf dem Kameradisplay wenden. Die beiden Worte in der vertrauten zerstückelten Schreibschrift schienen wie Strahlung in ihr Gehirn zu dringen.

Beide Is sahen wie auf dem Kopf stehende Einsen aus.

Amanda öffnete die Hecktür und streckte die Hand aus, damit Charlie ihr in den Transporter half. Gary stand sofort auf, um ihr seinen Platz zu überlassen. Amanda musterte seine Tätowierungen und seine Goldkette und setzte eine finstere Miene auf. »Junger Mann, Sie warten draußen auf mich.«

Gary gehorchte sofort und schloss die Tür leise hinter sich.

Amanda setzte sich auf den frei gewordenen Stuhl. »Will durchsucht das Bürogebäude auf der anderen Straßenseite«, sagte sie an Sara gewandt. Ihr Tonfall war vorwurfsvoll, als hätte Sara ihn aufhalten können. »Der Statiker sagt, die ganze verdammte Bude steht kurz davor einzustürzen, aber Will wollte nicht hören. Ich kann niemanden hinter ihm hineinschicken, ohne ein Verfahren zu riskieren, falls das Gebäude zusammenkracht.«

Sara gab Amanda die Kamera.

»Was ist das?« Amanda starrte auf das Display. Lange musterte sie die zwei Worte. »Erkennen Sie die Handschrift?«

Sara nickte. Sie hatte im Lauf des letzten Jahres so viele gehässige Nachrichten erhalten, dass sie Angies Handschrift beinahe besser kannte als ihre eigene.

»Lassen Sie uns fürs Erste sicherstellen, dass niemand außer uns dreien von dieser Botschaft erfährt«, sagte Amanda. »Will braucht keinen weiteren Grund, um auszuticken.«

»Ja, Ma'am«, sagte Charlie.

Sara war zu keiner Antwort fähig.

»Das Archiv hat mir endlich Angies Personalakte geschickt.« Amanda legte die Kamera in den Schoß und ließ die Schultern sinken. Plötzlich wirkte sie müde und älter als vierundsechzig. »Bitte sagen Sie mir, dass Sie kein Blut mit der Gruppe B negativ gefunden haben.«

KAPITEL 3

Die Eingangstüren zu dem Bürogebäude waren mit Ketten verschlossen, aber Junkies hatten die Bretter vor einem der Fenster abmontiert. Die Tür zum Tiefgeschoss und die zu den Aufzugschächten waren eine andere Geschichte. Dort hatte man das Metall an den Türrahmen geschweißt. Das hatte die Party aber nicht weiter gestört. Die Eingangshalle war übersät von zerbrochenen Flaschen und Trümmern zerstörter Möbel. Das Gebäude war so alt, dass es noch aus Holz statt aus Beton errichtet worden war. Es war ein Wunder, dass es noch nicht niedergebrannt war. Auf den Asbestfliesen der Böden waren Feuerstellen angezündet worden, und der Rauch hatte die ebenfalls mit Asbest verkleideten Decken geschwärzt. An den Wänden waren Urinflecken. Alles, was von Wert war, hatte man vor langer Zeit weggeschafft oder zerstört. Selbst die Kupferdrähte waren aus den Wänden gerissen worden.

Das Gebäude war zehn Stockwerke hoch und nahezu perfekt quadratisch. Will sah, dass jedes Stockwerk in zwanzig Büros aufgeteilt war, zehn auf jeder Seite, mit einem lang gestreckten, nur von Trennwänden unterteilten offenen Bürobereich in der Mitte und zwei Toiletten auf der Rückseite. Der Grundriss erinnerte weniger an ein Labyrinth als an eine Zeichnung von M. C. Escher. In einigen Räumen gab es behelfsmäßige Treppen aus gestapelten Kisten und Schreibtischen, die zu vermoderten Löchern in den Decken führten. Diese kleineren Räume, die zum Teil hinter verschlossenen Türen lagen, musste Will durchsuchen, nachdem er mit dem Stockwerk darunter fertig war. Will fühlte sich wie eine Flipperkugel, die von einer Seite des Gebäudes zur anderen prallte, ein paar knarrende, gestapelte Kisten hinauf, einen wackeligen Schreibtischturm wieder hinunter. Er hebelte Schränke auf, hob umgestürzte Bücherregale an und trat Papierstapel um, die seit Jahrzehnten vor sich hin faulten.

Angie.

Er musste Angie finden.

Amanda hatte fast eine Stunde von Wills Leben vergeudet und ihn vor dem Büro des Gouverneurs warten lassen, während sie den Mann über das wenige in Kenntnis setzte, was sie in der Mordsache Dale Harding bisher wussten. Will hatte sich währenddessen einzureden versucht, dass sie recht hatte. Er durfte nicht nach Angie suchen. Er durfte nicht derjenige sein, der sie fand. Die Presse würde sich in der Geschichte verbeißen, und es würde nicht nur das Ende von Wills Berufslaufbahn bedeuten, er würde sich wahrscheinlich sogar in einer Gefängniszelle wiederfinden. Überdies konnte er Amandas Leben ruinieren. Das von Faith. Von Sara. Der Schaden wäre nicht wiedergutzumachen.

Es sei denn, er fand Angie lebend. Es sei denn, sie konnte erzählen, was wirklich in Rippys Club passiert war.

An diesem Punkt seiner Überlegungen war Will aus dem Regierungssitz spaziert und hatte sich ein Taxi gerufen.

Seitdem waren vierzig Minuten vergangen. Wenn Sara recht behielt, wenn Angie nur mehr wenige Stunden blieben, dann kam er vielleicht schon zu spät.

Aber er konnte nicht aufhören zu suchen.

Will stieß die letzte Tür zum letzten Büro im zweiten Stock auf. An den Fenstern waren keine Bretter, Sonnenlicht durchflutete den kleinen Raum. Will schob einen Schreibtisch von der Wand fort. Eine Ratte flitzte heraus, und Will machte einen Satz rückwärts, bei dem sein Fuß durch eine verfaulte Bodendiele krachte. Er spürte, wie die Haut an seiner Wade sich wie ein Reißverschluss öffnete. Rasch zog er den Fuß wieder aus dem Loch und betete, dass er sich keine Infektion durch eine verirrte Spritze oder Glasscherbe geholt hatte. Seine Hose war zerrissen, Blut lief in seinen Schuh. Gegen beides konnte er im Moment nichts tun.

Am Ende des Flurs war eine Treppe. Die Betonstufen zogen sich wie ein Rückgrat in dem Gebäude nach oben, auf jedem

Absatz strömte Licht durch zerbrochene Fenster und blendete Will. Er packte den Handlauf und schwang sich die nächste Treppenflucht hinauf. Oben angekommen, knickte er beinahe in den Knien ein. Sein Bein war vielleicht doch schlimmer verletzt, als er zunächst gedacht hatte. Er spürte, wie sich das Blut im Fersenbereich seines Schuhs sammelte. Seine Socken machten ein schmatzendes Geräusch, als er zum nächsten Stockwerk hinaufstieg.

»Hey.« Collier erwartete ihn. Er hatte den gelben Schutzhelm wieder auf und lehnte an einem Türstock, die Arme vor der Brust verschränkt. »Ende Gelände, Kumpel. Du musst hier raus.«

»Hau ab«, sagte Will.

»Deine Chefin hat sich ins Hemd gemacht, als ich ihr erzählt habe, dass du hier bist.« Collier grinste. »Schätze, sie legt gleich noch mal nach, wenn sie erfährt, dass ich ebenfalls hier drin bin.«

Collier rührte sich nicht, deshalb stieß ihn Will zur Seite.

»Komm schon, Mann. Hier ist es nicht sicher.« Collier musste traben, um mit Wills langen Schritten mitzuhalten. »Ich bin für die Suchteams verantwortlich. Wenn du durch eine Decke krachst und dir den Hals brichst, wird es mir angekreidet.«

»Ich bin schon durch den Boden gebrochen.« Will marschierte den Flur entlang und betrat das erste Büro. Schäbiger Teppich. Zerbrochene Stühle. Rostiger Metallschreibtisch.

Collier folgte ihm, blieb im Eingang stehen und sah zu, wie Will den Raum durchsuchte. »Was soll das, Kumpel?«

Will sah die Ecke einer Matratze, die mit Zeitungen bedeckt war. Darunter konnte er den Umriss einer Gestalt ausmachen. Er stieß die Zeitungen mit dem Fuß beiseite und hielt dabei den Atem an, bis er sah, dass die Gestalt eine Decke war und nicht Angie.

»Du spinnst ja total, Mann«, sagte Collier.

Will drehte sich um. Collier blockierte immer noch den Eingang.

»Wo ist dein Partner?«, fragte Will.

»Ng steckt bis zum Hals in Vermisstenmeldungen, außerdem wartet er darauf, dass unser Fall von häuslicher Gewalt von gestern Abend aus dem OP-Saal kommt. Er wird tagelang keine Sonne sehen.«

»Warum gehst du nicht und hilfst ihm?«

»Weil ich *dir* helfe.«

»Tust du nicht.« Will baute sich in voller Größe vor ihm auf. »Hau ab, oder ich mach dir Beine.«

»Ist es wegen deiner Freundin vorhin? Oder Geliebten oder was immer?« Collier grinste höhnisch. »Hör zu, Kumpel, du hättest mir sagen sollen, dass du mit ihr zusammen bist. Nimm es wie ein Mann.«

»Du hast recht.« Will holte aus und versetzte ihm einen Fausthieb seitlich an den Kopf – nicht nur für Sara, sondern auch dafür, dass er ein Arschloch war und dass er im Weg stand.

Colliers Hände gingen eine Sekunde zu spät nach oben. Der Schlag war härter, als Will beabsichtigt hatte, oder vielleicht war Collier auch nur einer dieser Typen, die nichts einstecken konnten. Er verdrehte die Augen, und sein Mund öffnete und schloss sich wie bei einem Fisch, der nach Luft schnappt. Dann fiel er um wie ein Sack Kartoffeln und war schon bewusstlos, bevor er auf dem Boden auftraf.

Will erlebte fünf Sekunden reinster Freude, bis er wieder zur Vernunft kam. Er sah auf seine Hand hinab, erschrocken über seinen plötzlichen Gewaltausbruch. Er beugte und streckte die Finger. Die Haut war an zwei Knöcheln aufgeplatzt, Rinnsale von Blut liefen bis zum Handgelenk hinunter. Einen Moment lang überlegte er tatsächlich, ob die Hand etwa aus eigenem Antrieb gehandelt hatte, aus einer Besessenheit heraus, über die er keine Gewalt hatte. Das war nicht er. Er ging nicht einfach hin und schlug Leute, nicht einmal Leute wie Collier, die es verdienten.

Das war Angies wahre Macht über Will: Sie förderte seine schlechtesten Seiten zutage.

Will zog sein Hemd aus der Hose, wischte sich damit das Blut von der Hand und steckte das Hemd dann wieder zurück. Er bückte sich, brachte Collier in eine Sitzposition und lehnte ihn an den Türstock. Dann setzte er seine Suche nach Angie fort.

Ein weiteres Büro. Ein weiterer Schreibtisch. Ein weiteres umgekipptes Bücherbord. Ein Einkaufswagen mit einer alten IBM-Selectric-Schreibmaschine. Er drehte sich um. Neben der Tür war ein Metallschrank. In allen Büros schien es so einen zu geben. Einen Meter achtzig hoch, einen Meter breit. Fünfzig Zentimeter tief. Im Gegensatz zu den anderen war die Tür hier jedoch geschlossen.

Will wischte sich die schweißnassen Hände am Hemd ab, legte die Finger um den Griff und versuchte, ihn zu drehen. Das Schloss war von Rost blockiert. Er versuchte es mit beiden Händen und hob den Schrank praktisch vom Boden weg. Es gab einen lauten Knall, dann ging die Tür quietschend auf.

Leer.

Es war gut möglich, dass sie sich in einem Schrank versteckte. Angie liebte dunkle Orte. Orte, wo sie dich sehen konnte, aber du sie nicht. Der Keller im Kinderheim war ihr bevorzugter Rückzugsort gewesen. Jemand hatte einen Futon hinuntergeschleift und auf den kalten Ziegelboden gelegt. Die Kids rauchten dort unten. Taten auch andere Dinge. Mrs. Flannigan, die Dame, die das Heim leitete, schaffte die Treppe nicht mehr. Ihre Knie waren alt, und sie schleppte zu viel Gewicht mit sich herum. Sie hatte keine Ahnung, was dort unten vor sich ging. Oder vielleicht wusste sie es auch. Vielleicht verstand sie, dass körperliche Wohltaten alles waren, was sie einander zu bieten hatten.

Will holte sein Taschentuch hervor und wischte sich den Nacken.

Er würde nie vergessen, wie er mit Angie dort unten im Keller war. Sein erstes Mal. Er zitterte nicht, er bebte vor Aufregung und Angst und Bammel, er würde alles falsch machen oder zu schnell oder verkehrt herum, und sie würde ihn auslachen, und er würde sich umbringen müssen.

Angie war drei Jahre älter als Will. Sie hatte viele Sachen mit vielen Jungs angestellt, einige andere Sachen mit vielen Männern, und es war nicht immer ihre Entscheidung gewesen. Aber Tatsache war, dass sie wusste, was sie tat, und er wusste es nicht.

Allein die Berührung ihrer Hände ließ ihn erschauern. Er war unbeholfen. Er konnte sich plötzlich nicht erinnern, wie er zum Beispiel seine Hose aufknöpfen musste. Bis dahin war Will in seinem Leben nur von Leuten berührt worden, die ihm entweder wehtaten oder ihn wieder zusammenflickten. Er konnte nichts dagegen tun: Er fing zu weinen an, richtig zu weinen. Nicht wie die heißen Tränen, die ihm übers Gesicht strömten, als er sich die Nase brach oder mit einer Rasierklinge den Arm aufschnitt.

Ein lautes, demütigendes Schluchzen.

Angie hatte ihn nicht ausgelacht. Sie hatte ihn gehalten, ihre Arme um seinen Rücken, ihre Beine um seine geschlungen. Will hatte nicht gewusst, was er mit seinen Händen anfangen sollte. Er war noch nie umarmt worden. Er war nie einem anderen Menschen körperlich nahe gewesen. Sie waren stundenlang unten in dem Keller geblieben, Angie hatte ihn in den Armen gehalten, ihn geküsst, ihm gezeigt, was er tun musste. Sie hatte versprochen, Will nie mehr gehen zu lassen, doch in Wahrheit war zwischen ihnen nichts mehr wie vorher. Sie konnte ihn nie wieder ansehen, ohne ihn so gebrochen wie damals wahrzunehmen.

Es vergingen fast dreißig Jahre, ehe Will sich das nächste Mal einer Frau wieder so nah fühlte.

»Trent!« Collier wippte am Ende des Flurs wie ein Wackeldackel hin und her. Er zuckte zusammen, als er sein Ohr berührte. Blut lief ihm seitlich am Kopf herunter.

Will steckte sein Taschentuch wieder ein. Er stieß eine weitere Tür auf, durchsuchte den nächsten Raum.

Angie, dachte er unaufhörlich. *Wo versteckst du dich nur?*

Es hatte keinen Sinn, nach ihr zu rufen, denn sie wollte sicher nicht gefunden werden. Angie war ein wildes Tier. Sie zeigte keine Schwäche. Sie verkroch sich, um ihre Wunden im Geheimen zu lecken. Will hatte immer gewusst, sie würde irgendwohin verschwinden und allein sterben, wenn ihre Zeit gekommen war. So wie die Frau, die sie großgezogen hatte.

Oder zumindest versucht hatte, sie großzuziehen.

Angie war noch ein Kind gewesen, als Deidre Polaski sich ihre letzte, doch nicht ganz tödliche Überdosis Heroin spritzte. Die Frau hatte die nächsten vierunddreißig Jahre im vegetativen Koma in einem staatlichen Hospiz verbracht. Angie hatte einmal zu Will gesagt, sie wisse nicht, was schlimmer gewesen sei – mit Deidres Macker zu leben oder im Kinderheim.

»Trent!« Collier stützte sich an der Wand ab. Speichel lief aus seinem Mund. »Himmelherrgott! Mit was hast du vorhin zugedroschen? Einem Vorschlaghammer?«

Will kämpfte gegen seine Gewissensbisse und zwang sich dazu, sich nicht zu entschuldigen. Er stieß die nächste Tür auf. Sein Magen zog sich zusammen, als sein Blick über das glitt, was von der Toilette übrig war. Der Boden war durchgefault. Kloschüssel, Waschbecken und Rohre waren auf die darunterliegende Ebene gekracht.

Auf der anderen Seite des Lochs im Boden befand sich ein weiterer Metallschrank mit geschlossenen Türen. Konnte Angie da drin sein? Würde sie an der Wand entlang auf die andere Seite des Raums kriechen, damit sie sich einschließen und auf den Tod warten konnte?

»Du gehst da nicht rein«, sagte Collier. Er stand hinter Will, die Hand über das blutende Ohr gelegt. »Im Ernst, Mann. Du wirst dir den Hals brechen.«

Will holte sein Taschentuch heraus und gab es ihm.

Collier zischte einen Fluch, als er den Stoff ans Ohr drückte. »Dieser Schrank ist dreißig Zentimeter breit, Kumpel. Wie schmal ist die Tussi?«

»Sie könnte hineinpassen.«

»Im Sitzen?«

Will stellte sich vor, wie Angie in dem Schrank saß: die Augen geschlossen, lauschend.

»Okay«, sagte Collier. »Die Braut ist verwundet, ja? Richtig ernsthaft. Sie hat all die anderen Räume zur Auswahl, aber sie geht in diesen hier, in den mit dem riesigen Loch im Boden. Wie soll sie überhaupt dort hinüberkommen?«

Da war was dran. Angie war nicht sportlich. Sie hasste Schweiß.

Will machte kehrt und ging in die Toilette auf der anderen Seite des Flurs.

Wieder lehnte sich Collier mit verschränkten Armen an den Türstock und beobachtete ihn. »Sie haben mir gesagt, dass du ein stures Arschloch bist.«

Will trat eine Kabinentür auf.

»Ich schätze mal, du hast die Hucke vollgekriegt von der guten Frau Doktor, was?«

»Halt den Mund.« Sara hatte vor ein paar Stunden etwas Ähnliches zu ihm gesagt. Er hatte sie noch nie so wütend erlebt.

»Was ist dein Geheimnis, Mann?«, wollte Collier wissen. »Ich meine, nichts für ungut, aber Brad Pitt bist du ja nicht gerade.«

Will packte ihn am Hemd und schob ihn zur Seite.

Angie war nicht auf diesem Stockwerk. Blieben noch sechs weitere. Will ging zur Treppe und stieg zur nächsten Etage hinauf. Ging er die Sache falsch an? Hätte er im obersten Stockwerk anfangen sollen statt unten? Gab es einen Dachboden in dem Gebäude? Eine Chefetage mit Panoramablick?

Taktisch gesehen war höheres Gelände immer vorteilhaft. Das Bürogebäude hier stand genau gegenüber von Rippys

Club. Angie hätte den Polizeieinsatz die ganze Zeit beobachten können. Sie hätte sehen können, wie die Streifenwagen vorfuhren, die Feuerwehr, die Fahrzeuge der Spurensicherung, die Detectives, und alle zerbrachen sich den Kopf, was zum Teufel hier vorging, während sich Angie oben im zehnten Stock kaputtlachte.

Oder verblutete.

Will ging am vierten Stock vorbei, am fünften. Bis er eine große Acht an der Wand des nächsten Absatzes sah, war er völlig außer Puste. Er blieb stehen und stützte die Hände auf die Knie, um wieder zu Atem zu kommen. Die Hitze setzte ihm zu. Schweiß fiel von seinem Gesicht auf den Boden. Seine Lungen ächzten. Seine Oberschenkelmuskeln schmerzten. Blut tropfte auf seine Schuhe. Die Wunden an seinen Handknöcheln waren wieder aufgeplatzt.

Machte er einen Fehler?

Angie würde diese Treppe nicht einmal an einem guten Tag hinaufsteigen, geschweige denn mit einer lebensbedrohlichen Verletzung. Sie hasste körperliche Anstrengung.

Will setzte sich auf die Stufen. Er rieb sich das Gesicht und schüttelte den Schweiß von den Händen. Konnte er sicher sein, dass Angie überhaupt in dem Gebäude war? Und wo war ihr Auto? Sollte Will nicht lieber herauszufinden versuchen, wo sie wohnte, statt sein Leben in einem dem Zusammenbruch geweihten Gebäude aufs Spiel zu setzen?

Und was war mit Sara?

»Heilige Mutter Gottes.« Collier war eine Treppenflucht tiefer stehen geblieben. Er schnaufte wie eine Lokomotive. »Ich glaube, mein Ohr muss genäht werden.«

Will lehnte den Kopf gegen die Wand. Hatte er Sara verloren? Hatte Angie mit diesem letzten Gewaltakt zustande gebracht, was ihr seit einem Jahr nicht gelungen war?

Betty war seine einzige Rettung. Zu Beginn ihrer Beziehung hatte Sara immer angeboten, auf Betty aufzupassen, wenn Will länger arbeiten musste. Erst dachte er, sie wollte auf diese Weise etwas über seine Fälle erfahren, aber dann hatte er langsam begriffen, dass sie den Hund als Vorwand benutzte, um Will in ihre Wohnung zu locken. Es hatte lange gedauert, bis er endlich akzeptieren konnte, dass eine Frau wie Sara etwas mit ihm zu tun haben wollte.

Sie hätte sich nicht bereit erklärt, Betty abzuholen, wenn sie jetzt alles beenden wollte.

Oder?

»Trent!« Collier war wie eine Schallplatte mit einem Sprung. Er schlurfte noch ein Stück die Treppe herauf. »Was soll das alles, Kumpel? Denkst du, sie versteckt sich unter einer Schreibmaschine?«

Will sah zu ihm hinunter. »Warum bist du hier?«

»Es schien eine gute Idee zu sein, als ich draußen stand. Warum bist *du* hier? Was ist dein Vorwand?« Collier wirkte aufrichtig interessiert. »Mann, du weißt, dass sie nicht in diesem Gebäude ist.«

Will starrte zur Decke hinauf. Die Graffiti starrten zurück.

Ja, warum war er hier?

Vielleicht müsste die Frage eher lauten: Wo sonst sollte er sein? Es gab keine Hinweise, denen er nachgehen konnte. Keine anderen Spuren. Er hatte keine Ahnung, wo Angie wohnte. Wo sie arbeitete. Warum sie in Rippys Gebäude gewesen war. Wie sie in einen Vergewaltigungsfall geraten war, für den Will einen Mann, den er verachtete, nicht vor Gericht bringen konnte.

Nun, die Antwort auf die letzte Frage kannte er vielleicht. Angie mischte sich immer in Wills Angelegenheiten. Sie ging heimlich, still und leise vor, wie eine Katze, die ihrer Beute nachstellt, und dann ließ sie das arme tote Geschöpf als Trophäe vor Wills Tür zurück, sodass er sich überlegen musste, was er mit dem Kadaver machen sollte.

Es gab so viele namenlose Gräber in Wills Vergangenheit, dass er aufgehört hatte, sie zu zählen.

»Ich habe mich umgehört wegen deiner Frau«, sagte Collier. Er lehnte sich gegen die Wand und verschränkte die Arme wieder. Die gute Nachricht war, dass das Blut um sein Ohr zu trocknen anfing. Die schlechte Nachricht war, dass Wills Taschentuch damit an seiner Haut klebte.

»Und?«, erwiderte Will, obwohl er sich denken konnte, was Collier herausgefunden hatte. Angie vögelte durch die Gegend. Häufig und wahllos. Sie war die schlimmste Sorte Polizist. Man konnte sich im Ernstfall nicht auf sie verlassen. Sie war eine Einzelgängerin. Sie hatte Todessehnsucht.

Collier drückte es unerwartet diplomatisch aus. »Hört sich an, als wäre sie ein echtes Miststück.«

Will konnte nicht widersprechen.

»Ich kannte auch solche Frauen. Man hat viel Spaß mit ihnen.« Collier hielt immer noch Abstand. Er wollte nicht wieder geschlagen werden. »Die Sache ist nur die, dass sie immer jemanden in der Hinterhand haben.«

Will hatte das Gleiche zu Sara gesagt, aber aus Colliers Mund klang es beschissen.

»Glaubst du wirklich, sie ist auf die andere Straßenseite in diese Bruchbude gelaufen?« Collier rutschte an der Wand nach unten, um sich auf die Treppe zu setzen. Er war noch immer außer Atem. »Hör zu, ich habe die Braut nie kennengelernt, aber ich habe eine Menge Bräute wie sie gekannt.« Er sah zu Will hinauf, wahrscheinlich um sich zu vergewissern, dass der nicht die Treppe herunterkam. »Nichts für ungut, Kumpel, aber sie haben immer einen Plan B. Du weißt, was ich meine?«

Will wusste, was er meinte. Angie hatte immer einen Typen, bei dem sie unterkriechen konnte. Dieser Typ war nicht immer Will gewesen. Sie hatte verschiedene Männer zu verschiedenen Zeiten in ihrem Leben benutzt. Wenn Will gerade nicht an der Reihe war, ging er zur Arbeit, fliese sein Bad neu, schraubte an seinem Wagen herum und redete sich die ganze Zeit ein, dass er nicht darauf wartete, dass sie in sein Leben zurückkehrte. Fürchtete sich davor. Konnte es kaum erwarten. Litt.

»Ich stelle es mir so vor«, fuhr Collier fort. »Gestern Abend ist alles schiefgegangen, sie war verletzt, also hat sie ihr Handy rausgeholt – das wir nicht finden können – und einen Kerl angerufen, und der kam angebraust, um ihr zu helfen.«

»Was, wenn Harding der Kerl war?«

»Du glaubst, sie hatte nur einen?«

Will holte tief Luft und hielt sie an, so lange er konnte.

»Gehen wir jetzt?«, fragte Collier.

Will rappelte sich auf. Vor Hitze und Erschöpfung sah er Sterne. Er blieb einen Moment lang ruhig stehen und blinzelte den Schweiß aus den Augen. Dann drehte er sich um und stieg weiter nach oben.

»Großer Gott«, murmelte Collier. Die Sohlen seiner Schuhe schleiften wie Sandpapier über die Stufen. »Wenn du mich fragst, solltest du diese Treppe runterrennen und der guten alten Red sagen, dass es dir verdammt noch mal leidtut.«

Collier hatte recht. Will schuldete Sara eine Entschuldigung. Er schuldete ihr mehr als das. Aber er musste weitermachen, denn innezuhalten und nachzudenken, was er hier tat und warum er es tat, war ein Faden, an dem er nicht ziehen durfte, weil sich dann das ganze Knäuel aufgelöst hätte.

»Das ist eine wirklich gut aussehende Freundin, die du da hast«, sagte Collier.

»Halt den Mund.«

»Ich mein ja nur, Kumpel. Simple Feststellung.«

Vor sich, am Ende der Treppe, sah Will eine Neun, die das nächste Stockwerk kennzeichnete. Er stieg weiter. Die Hitze nahm mit jeder Stufe zu. Er stützte sich an der Wand ab und ging die Liste im Kopf noch einmal durch: Er wusste nicht, wo Angie wohnte. Er wusste nicht, wo sie arbeitete. Er wusste nicht, wer ihre Freunde waren. Falls sie Freunde hatte. Falls sie Freunde haben wollte. Mehr als die Hälfte seines Lebens hatte sich seine ganze Existenz nur um sie gedreht, und er wusste nicht das Geringste von ihr.

»Wenn du ein Prime-Rib-Steak zu Hause hast, läufst du nicht für ein Happy Meal zu *McDonald's*.« Collier lachte. »Oder wenigstens nicht so, dass es das Steak mitkriegt. Denn, Scheiße Mann, hin und wieder haben wir eben alle Lust auf einen fettigen Cheeseburger, stimmt's?«

Will bog bei der Neun um die Ecke. Er sah zum nächsten Absatz hinauf.

Sein Herz blieb stehen.

Der Fuß einer Frau.

Nackt. Schmutzig.

Blutige Schnitte kreuz und quer über den Sohlen.

»Angie?« Er flüsterte das Wort, denn er hatte Angst, sie könnte verschwinden, wenn er es lauter sagte.

»Was flüsterst du da?«, fragte Collier.

Will stolperte die Treppe hinauf. Er konnte kaum sein eigenes Gewicht tragen. Als er oben ankam, war er auf allen vieren.

Angie lag mit dem Gesicht nach unten auf dem Boden. Das lange braune Haar wild zerzaust. Beine gespreizt. Ein Arm unter dem Körper, der andere über dem Kopf. Sie trug ein weißes Kleid, das er schon an ihr gesehen hatte. Baumwolle, durchsichtig, weshalb sie den schwarzen BH darunter trug. Das Kleid war an ihren Beinen hochgerutscht, und man konnte ein passendes schwarzes Höschen erkennen.

Blut breitete sich strahlenförmig unter ihrem reglosen Körper aus und umgab sie wie eine Aureole.

Will legte die Hand an ihren Knöchel. Die Haut war kalt. Er fühlte keinen Puls.

Er ließ den Kopf sinken und schloss die Augen, um die Tränen aufzuhalten.

Collier war hinter ihm. »Ich gebe es durch.«

»Nein.« Will brauchte eine Minute. Er wollte das Funkgespräch nicht hören. Er wollte seine Hand nicht von Angies Bein nehmen. Sie war dünner als beim letzten Mal, wo er sie gesehen hatte – nicht am Samstag, da hatte er nur einen kurzen Blick auf sie erhascht, sondern vor etwa sechzehn Monaten. Es war das letzte Mal gewesen, dass sie zusammen waren. Deidre war endlich gestorben, ganz allein in dem Pflegeheim, denn Angie besuchte sie nicht mehr. Will hatte gerade an einem Fall gearbeitet, als es passierte. Er war sofort nach Atlanta zurückgefahren, um bei Angie zu sein. Sara war damals bereits auf der Bildfläche erschienen, wie ein verschwommener Fleck am Rand, der etwas bedeuten konnte oder auch nicht, je nachdem, wie sich die Dinge entwickelten.

Will hatte sich gesagt, dass er Angie eine letzte Chance schuldete, aber sie hatte in dem Moment, als sie ihm in die Augen sah, verstanden, dass all das Bedrückende zwischen ihnen, die Last gemeinsam durchgestandener Schrecken, endlich von seinen Schultern genommen war.

Will räusperte sich. »Ich möchte ihr Gesicht sehen.«

Collier öffnete den Mund, aber er sagte nicht, was er eigentlich hätte sagen müssen – dass sie die Leiche nämlich in der ursprünglichen Position liegen lassen sollten, dass sie Amanda, die Spurensicherung und alle anderen rufen sollten, die sich wie Aasgeier auf Angie Polaskis leblosen Körper stürzen würden.

Stattdessen kam Collier die Treppe herauf und ging an Angies Kopfende. Er machte sich nicht die Mühe, Handschuhe anzuziehen, ehe er die Hände unter ihre schmalen Schultern schob. »Auf drei«, sagte er.

Will musste sich zu jeder Bewegung zwingen. Auf die Knie zu gehen. Die Händen um Angies Knöchel zu schließen. Ihre Haut war glatt. Sie rasierte sich jeden Tag die Beine. Sie hasste es, wenn man ihre Füße berührte. Sie mochte frische Milch im Kaffee. Sie schwärmte für die kleinen Parfümproben in den Zeitschriften. Sie tanzte gern. Sie liebte Streit, Chaos und alles, was er nicht ausstehen konnte. Aber sie passte auf Will auf. Sie liebte ihn wie einen Bruder. Seine Geliebte. Sein Erzfeind. Sie hasste ihn, weil er sie verlassen hatte. Sie wollte ihn nicht mehr. Sie konnte ihn nicht loslassen. Sie würde ihn nie, nie wieder so in den Armen halten wie damals in diesem Keller vom Kinderheim.

Collier zählte. »Drei.«

Wortlos hoben sie den Körper an und drehten ihn auf den Rücken. Sie war nicht steif. Der Arm über ihrem Kopf schlug aus und legte sich über ihr Gesicht, als könnte sie der Tatsache nicht in die Augen sehen, dass sie gestorben war.

Ihre geschwollenen Lippen waren rissig. Ihr Kinn war von dunklem Blut verschmiert. Ein weißes Pulver sprenkelte ihr Haar und ihr Gesicht.

Wills Hände zitterten, als er die Hand ausstreckte, um den Arm wegzuziehen. Da war Blut – nicht nur aus ihrem Mund und ihrer Nase, sondern aus Einstichen von Spritzen. An ihrem Hals. Zwischen den schmutzigen Fingern. An ihren Armen.

Wills Herz begann zu schlagen wie ein Presslufthammer. Ihm schwindelte. Seine Finger berührten ihre kühle Haut. Ihr Gesicht. Er musste ihr ganzes Gesicht sehen.

Der Arm bewegte sich.

»Warst du das?«, fragte Collier.

Ohne Hilfe glitt der Arm der Frau von ihrem Gesicht und fiel schlaff auf den Boden.

Ihr Mund öffnete sich, dann die wässrigen Augen.

Sie starrte Will an.

Er starrte zurück.

Es war nicht Angie.

KAPITEL 4

Faith saß vor Hardings Doppelhaushälfte in ihrem Wagen und gönnte sich eine Pause von der unbarmherzigen Hitze. Sie schwitzte sich sozusagen die Eier ab, wie ihr Sohn es in einem Facebook-Post formuliert hatte, was potenzielle Arbeitgeber garantiert früher oder später entdecken würden.

Vielleicht konnte er dann bei seiner Großmutter wohnen. Faith hatte ein Smiley mit Sonnenbrille als Reaktion bekommen, als sie Evelyn das Foto von Jeremy mit der Bong gemailt hatte. Das war fraglos eine radikale Abkehr von den früheren Erziehungsmethoden ihrer Mutter, die eins zu eins aus dem *Monatsmagazin für Faschisten* hätten stammen können. Andererseits wäre Jeremy wohl gar nicht auf der Welt, wenn es eine Erfolg versprechende Strategie wäre, sich zum Privat-Mussolini seines Nachwuchses zu machen.

Sie nahm einen tiefen Zug aus ihrer Wasserflasche und betrachtete Dale Hardings Hälfte eines gepflegten Bungalows, der sich in eine ausgedehnte, mit Toren gesicherte Wohnanlage schmiegte.

Etwas passte hier nicht zusammen.

Und Faith hasste es, wenn nichts zusammenpasste.

Nachdem sie bei der Recherche nach einer Kontaktinformation für Angie Polaski nur gegen Wände gelaufen war, hatte Faith den restlichen Morgen und den halben Nachmittag damit verbracht, Dale Hardings Wohnsitz ausfindig zu machen. Zwei Spuren, die sie in die zwielichtigeren Viertel von East Atlanta führten, hatten sich als Sackgassen erwiesen. Verschiedene Nachbarn und Besitzer von Bruchbuden hatten ihr mitgeteilt, Harding sei ein Arschloch und schulde ihnen Geld. Niemand wirkte überrascht oder traurig bei der Nachricht von seinem vorzeitigen Ableben. Mehrere Leute brachten ihr Bedauern zum Ausdruck, dass sie nicht hatten dabei sein können.

Wie von Amanda vorausgesagt, gab es Schnapsläden, Striptease-Schuppen, Geldverleiher und alle möglichen miesen Spelunken, wo man sich vorstellen konnte, einem Schleimscheißer wie Harding zu begegnen, und tatsächlich erkannten viele Angestellte in diesen Läden das Foto des Toten, aber niemand konnte sich erinnern, Dale im letzten halben Jahr gesehen zu haben. Es war überall die gleiche Geschichte, die Faith zu hören bekam: Dale war jeden Tag an der Theke herumgehangen – bis vor einem halben Jahr. Er hatte jeden Tag Ein-Dollar-Scheine in Stringtangas geschoben – bis vor einem halben Jahr. Er hatte jeden Tag Zigaretten und Whiskey für drei Dollar den Liter gekauft – bis vor einem halben Jahr.

Niemand konnte ihr sagen, was vor einem halben Jahr geschehen war.

Sie wollte schon aufgeben, als sie einer Stripperin über den Weg lief, die erzählte, Harding habe ihrem Jungen hundert Dollar versprochen, wenn er ihm half, ein paar Kisten bei seinem Umzug zu schleppen. Faith hätte das ruhige kleine Doppelhaus in North Atlanta nie gefunden, wenn Harding den Jungen nicht übers Ohr gehauen hätte.

All das ergab Sinn, von den Bruchbuden in East Atlanta über die Stripperinnen bis hin zu dem Umstand, dass Harding einen Fünfzehnjährigen um seinen versprochenen Lohn prellte. Was keinen Sinn ergab, war der Ort, den Harding schließlich sein Zuhause nannte.

Er hatte nicht so sehr in Eleganz gelebt als vielmehr in einer Vorhölle. Der Webseite zufolge war das Mesa Arms eine *»aktive Ruhestandsgemeinschaft für die Generation 55 plus!«*. Faith war begeistert gewesen von den modernen Grundrissen. Alles war in Kursivschrift mit vielen Ausrufezeichen gehalten, als wäre es noch nicht aufregend genug, in einer Gemeinschaft zu wohnen, die Besuch von Kindern unter achtzehn für maximal drei Tage am Stück erlaubte.

Wellnessbäder!

Schlafzimmer im Erdgeschoss!
Parkett in allen Räumen!
Zentrales Staubsaugsystem!

Der Ort war ein Traum für Babyboomer, wenn man in der Größenordnung von einer halben Million Dollar träumen konnte. Grüne Rasenflächen. Sanft ansteigende Gehwege. Reizende Bungalows im Handwerkerstil, fächerartig auf mit Bäumen gesäumten Sackgassen verteilt. Es gab ein Clubhaus, ein Fitnessstudio, einen Pool und einen Tennisplatz, der im Moment von zwei sportlichen Senioren bespielt wurde, obwohl die Temperatur inzwischen an die vierzig Grad heranreichte.

Faith wischte sich mit dem Ärmel von Wills Sakko den Nacken. Das Thermometer hätte ebenso gut HÖLLE anzeigen können.

Sie trank das Wasser aus und warf die leere Flasche auf den Rücksitz. Sie überlegte, ob Harding vielleicht eine reiche ältere Dame aufgetan hatte, aber wenn, dann musste sie schon sehr, sehr niedrige Ansprüche haben. Doch möglich war es. Vor den Fenstern zur Straße hingen Vorhänge in Zuckerwatte-Rosa, und es gab drei Zwerge und ein Keramikhäschen im Vorgarten, alle mit rosa Jäckchen bekleidet, die zu groß oder zu klein waren. Es wollte alles nicht recht zu Hardings Wettscheinen und Nacktfotos von *BackDoorMan.com* passen.

Wenn man bedachte, dass sich Harding seine Pensionsansprüche für die Zeit auszahlen ließ, die ihm noch blieb, fand Faith es sonderbar, dass er sich das Mesa Arms als Ort zum Sterben ausgesucht hatte. Darüber hinaus war es merkwürdig, dass man es ihm überhaupt gestattet hatte. Allein die geforderten zwölfhundert Dollar monatlicher Beitrag für die Hausbesitzervereinigung schienen weit außerhalb der Möglichkeiten eines Mannes zu liegen, der sich seine Pension mit einem satten Abschlag hatte auszahlen lassen.

Andererseits hatte Harding gewusst, dass er nicht lange genug leben würde, um von der vollen Rentenleistung zu profitieren; vielleicht war er also klüger, als sie es ihm zutraute. Besser im Mesa Arms sterben als in einem staatlichen Pflegeheim.

War es Ironie oder einfach nur Scheißpech, dass er dann mit einem Türgriff im Hals in einem leer stehenden Nachtclub abkratzte?

Und nicht in irgendeinem Nachtclub, sondern in Marcus Rippys Club.

Der zeitliche Zusammenhang war ihr natürlich nicht entgangen. Marcus Rippy war vor sieben Monaten der Vergewaltigung beschuldigt worden. Ungefähr einen Monat später hatte Hardings Glückssträhne begonnen. Dann war Angie Polaski noch irgendwie zwischen die Fronten geraten. Hatte man sie in den Club geschickt, um Harding umzulegen, oder hatte man Harding geschickt, um sie umzulegen?

Faith konnte sich noch keinen Reim darauf machen, aber sie wusste, es gab einen.

Sie wühlte auf dem Rücksitz nach der Wasserflasche, ohne die ihre Mutter sie heute Morgen nicht aus dem Haus gehen lassen wollte. Die Flasche köchelte seit halb sieben im Wagen vor sich hin. Die warme Flüssigkeit lief ihr wie Speiseöl die Kehle hinunter, aber Atlanta hatte einen Smogalarm der höchsten Warnstufe ausgerufen, und sie konnte es sich nicht leisten zu dehydrieren.

Sie hatte ihre Zeit nicht nur in Striptease-Clubs und Schnapsläden vergeudet. Eine gute Stunde lang war sie im Mesa Arms herumgelaufen und hatte an Türen geklopft, die nie geöffnet wurden, und durch Fenster gespäht, die gut ausgestattete, aber menschenleere Heime zeigten. Das Schild am Büro der Hausverwaltung verkündete, man werde ab vierzehn Uhr wieder zur Verfügung stehen, aber es war bereits später. Die hitzeresistenten Tennisspieler waren vor zehn Minuten aufgetaucht. Faith hatte sich bereits zu den Plätzen aufgemacht, als ein Schwindelgefühl sie zwang, in den Wagen zurückzukehren. Sie hatte ihren Blutzucker bei dröhnender Klimaanlage gemessen, denn Saras Standpauke wegen unzureichenden Umgangs mit Diabetes hatte gesessen.

Arme Sara.

»Okay«, murmelte Faith und wappnete sich für eine Rückkehr in die Hitze. Sie stellte den Motor ab, doch bevor sie die Tür öffnen konnte, trällerte ihr Handy. Sie startete den Motor sofort wieder, damit sie im klimatisierten Wagen sitzen konnte. »Mitchell.«

Es war Amanda. »Will hat eine noch nicht identifizierte Frau in dem Bürogebäude auf der anderen Straßenseite gefunden. Junkie. Obdachlos. Überdosis durch eine Riesentüte voll Koks. Sieht nach Selbsttötungsabsicht aus. Ihre Nase und Kehle sind komplett zerstört. Sie ist im Grady. Operation sollte in zwei Stunden sein. Sieh zu, was du bei Hardings Haus erreichen kannst, und dann fahr zu ihr ins Krankenhaus und warte, bis sie aufwacht. Ich verwette meinen Augapfel darauf, dass sie etwas gesehen hat.«

Faith wiederholte lautlos alles im Kopf, um sich einen Reim auf die Informationen zu machen. »Wissen wir, warum sie sich töten wollte?«

»Sie ist ein Junkie«, sagte Amanda, als wäre das als Erklärung so gut wie jede andere. »Ich habe deine SMS mit Hardings Adresse erhalten. Der Durchsuchungsbeschluss wird dem Verwalter der Anlage gerade zugestellt.«

»Da ist niemand. Ich habe die Notfallnummer gerufen, ich habe an Türen geklopft. Anscheinend ist so gut wie niemand zu Hause, was seltsam ist, da es sich um eine Art Altersruhesitz handelt. Es ist eigentlich ganz hübsch hier. Hübscher, als es sich Harding leisten konnte, würde ich meinen.«

»Die Anlage gehört einer Scheinfirma. Wir versuchen gerade, die wahren Eigentümer aufzuspüren, aber wir wissen, dass Kilpatrick eine Menge teurer Immobilien besitzt, die er weit unter Marktwert verpachtet.«

»Clever.« Das musste Faith Rippys Mittelsmann lassen: Der Bursche wusste, wie man eine rechtsverbindliche finanzielle Verstrickung umging. »Keine üble Methode, ein bisschen Geld zu verstecken«, sagte sie zu Amanda. »Harding wohnt für einen nominellen Betrag in einem Paradies für Alte und taucht auf diese Weise nicht auf Kilpatricks offizieller Gehaltsliste auf.«

»Zufällig hat Harding den Wagen vor sechs Monaten nagelneu gekauft und bar bezahlt.«

»Harding hat vor sechs Monaten viele ganz neue Dinge getan, für die man Geld braucht.«

»Sag mir, dass du eine Spur hast.«

»Noch nicht.« Faith hielt sich bedeckt, um keine falschen Hoffnungen zu wecken. »Ich meine, ich weiß nicht, was ich habe, außer meinem Gefühl, dass hier etwas nicht zusammenpasst.«

Amanda seufzte, aber es sprach für sie, dass sie ihren Leuten nie einen Vorwurf machte, wenn die auf ihren Instinkt hörten. »Collier hat die Rückmeldungen von den Krankenhäusern bekommen. Alle aktuellen Stichverletzungen sind geklärt. Zweimal häusliche Gewalt, ein Streit in einer Kneipe, und in einem Fall hat sich die Frau die Wunde selbst zugefügt. Sie sagt, sie ist beim Kochen abgerutscht.«

Die Zahl der nicht gemeldeten Stichwunden konnte Faith nicht überraschen. Dafür war sie zu lange im Geschäft. »Ich müsste die Aufstellungen von Hardings Bankkonten und Telefonverbindungen in der nächsten Stunde haben. Sobald sie im Maileingang sind, fange ich an, alles durchzuarbeiten. In der Zwischenzeit werde ich wohl mal die Tennisspieler auf dem Platz unterbrechen. Sie sind bis jetzt die einzigen Menschen, die ich hier gesehen habe.«

»Angies Blut ist überall am Tatort.«

Faith biss sich auf die Unterlippe. Die Sache wurde wirklich immer schlimmer. »Wie hat Will die Neuigkeit aufgenommen?«

»Er weiß es noch nicht. Und dabei bleibt es. Warte.« Das Telefon klickte, als Amanda einen anderen Anruf annahm.

Faith zupfte an den Nähten am Lederlenkrad. Sie dachte an Will, an seine tief bestürzte Miene, als Charlie sagte, die Waffe sei auf Angie registriert. Das Einzige, was noch schlimmer war als sein Gesichtsausdruck, war der von Sara. Amanda hatte alle weggeschickt, damit die beiden für kurze Zeit ungestört sein konnten, aber es hatte eine lange Schlange an der Tür gegeben, wo sich alle austragen mussten, und so hatte Faith das Gespräch zwischen Will und Sara in groben Zügen mitbekommen.

Sara war eine bessere Frau als Faith. Hätte Faith herausgefunden, dass die Ex ihres Liebsten ihre Sachen durchwühlte – und nicht nur durchwühlte, sondern stahl –, sie hätte verdammt noch mal sein Haus niedergebrannt.

»Faith?« Amanda war wieder in der Leitung. »Hast du etwas von Will gehört?«

»Ja, klar, wir haben ein langes Gespräch über seine Gefühle geführt, während er mir Zöpfe flocht.«

»Ich bin nicht in der Stimmung für deine Späße.« Eine untypische Besorgnis hatte sich in Amandas Tonfall geschlichen. Wills kranke *Blumen der Nacht*-Beziehung mit Angie verblasste fast im Vergleich zu dem Gruselkabinett, das zwischen ihm und Amanda ablief. Amanda war für Will das, was einer Mutter am nächsten kam – was hieß, dass man ständig in der Angst lebte, die eigene Mutter könnte einen im Schlaf ersticken.

»Will ist gegangen, nachdem er die Unbekannte gefunden hat«, sagte Amanda. »Er ist einfach verschwunden. Ich habe keine Ahnung, wo er steckt. Er ist nicht zu Hause. Er geht an keines seiner Telefone.«

Faith wusste, dass er keinen Wagen am Tatort gehabt hatte. »Hat Sara ihn mitgenommen?«

»Sie war bereits fort, als die Frau gefunden wurde.«

»Was ein Segen ist, würde ich meinen.«

»Ja, sicher, aber er arbeitet bestimmt schon an einer neuen Methode, wie er die Sache verpfuschen kann.«

Davon war Faith leider gleichermaßen überzeugt. »Glaubst du, dass Angie tot ist?«

»Das können wir nur hoffen.« Amanda klang, als meinte sie es ernst. »Ich habe Collier losgeschickt, damit er dir bei der Durchsuchung von Hardings Haus hilft.«

»Ich brauche seine Hilfe nicht.«

»Das ist mir egal. Warte noch einmal kurz.« Amandas Stimme klang gedämpft, als sie einem Untergebenen einen Befehl zubellte. Dann wandte sie sich wieder Faith zu. »Es ist mir gelungen, eine Unterredung mit Kip Kilpatricks Team heute um vier Uhr Nachmittag zu erzwingen. Sieh zu, dass Collier bei Harding in die Gänge kommt, dann fährst du zum Krankenhaus hinüber. Ich will nicht, dass du zu viel Zeit mit ihm verbringst.«

Faith spürte, wie sich ihre Nackenhaare aufstellten. »Was soll das denn heißen?«

»Es soll heißen, dass er dein Typ ist.«

Faith war so verblüfft, dass sie nicht einmal lachte. »Fährt er einen Sechzigtausend-Dollar-Truck und lebt im Wohnwagen seiner Mutter?«

Sie hörte Amanda glucksen, ehe die Verbindung abbrach.

Faith starrte auf das Telefon in ihrer Hand. Es gab nicht viel, was dafür sprach, seine Taufpatin als Chefin zu haben. Tatsächlich sprach eine Menge dagegen.

Sie stellte die Weckerfunktion auf ihrem Handy auf eine Stunde ein. Nach ihrer Erfahrung waren die Ärzte im Grady immer schneller, als sie ankündigten, und Faith wollte am Bett der Unbekannten stehen, wenn diese schließlich zu sich kam. Man bekam nur eine Chance, eine Zeugin zu überraschen, und angesichts der Tatsache, wie dicht dieser Fall an ihr persönliches Umfeld geriet, wollte sie es auf keinen Fall vermasseln.

Sie legte die Hand an den Zündschlüssel, stellte den Motor jedoch nicht aus. Die Klimaanlage war zu kostbar, um sie auch nur eine Sekunde zu früh abzuschalten. Sie schaute zu dem Tennisplatz, der jenseits eines Hügels und ein Stück einen Hang hinauf lag. Dann zu Hardings Eingangstür, die beträchtlich näher war. In dem pflegeleichten Vorgarten gab es einen Stein, der nach einer Attrappe aussah und wahrscheinlich einen Reserveschlüssel enthielt. Der Durchsuchungsbeschluss steckte sicher im Faxgerät des Verwalterbüros. Sie konnte einfach loslegen.

Faith stieg gerade aus ihrem Wagen, als Collier in einem schwarzen Dodge Charger vorfuhr. Ein Song von Aerosmith drang aus den geschlossenen Fenstern. Auf dem Armaturenbrett klebte die Plastikfigur eines halb nackten, mit einem Baströckchen bekleideten Hulamädchens. Colliers Räder schlitterten über den Asphalt, als er bremste, den Rückwärtsgang einlegte und neben Faith' Mini parkte.

Er musterte sie kurz von Kopf bis Fuß, als er aus dem Auto stieg, so wie er es am Morgen bereits getan hatte. Anscheinend gefiel ihm, was er sah, obwohl sie ihre GBI-Kluft trug – dunkelblaues T-Shirt, Kakihose und ein Oberschenkelhalfter, da die Uniform schon unvorteilhaft genug war, selbst wenn man nicht zusätzlich fünf Zentimeter Glock an die Hüfte packte.

»Was ist das?« Sie zeigte auf die beiden runden Pflaster am oberen Rand seines rechten Ohrs. In der Ohrmuschel sah man noch getrocknetes Blut.

»Beim Rasieren geschnitten.«

»Mit einer Machete?«

»Mein EpiLady ist kaputt.« Er warf einen Blick auf den Rücksitz von Faith' Wagen, mit dem Babysitz darin und den verstreuten Frühstückskringeln.

Sie legte alles offen. »Ich habe eine Einjährige und einen zwanzig Jahre alten Sohn.«

»Äh, ja. Sie waren fünfzehn Jahre lang bei der Polizei von Atlanta, bevor sie das sinkende Schiff verließen. Nie verheiratet. Einen Abschluss am Technik-College. Ihre Mom war Polizistin, ihr Dad Versicherungsagent, er ruhe in Frieden. Sie wohnen zwei Straßen von Ihrer Mom entfernt in einem Haus, das Ihre Großmutter Ihnen vermacht hat, weshalb Sie von einem Beamtengehalt in einer so hübschen Wohngegend leben können.« Er schob seine Sonnenbrille auf die Stirn. »Kommen Sie, Mitchell. Sie kennen das doch: Polizisten tratschen wie die Schulmädchen. Ich weiß bereits alles über Sie.«

Faith machte sich auf den Weg zur Haustür.

»Ich selbst bin das zweitälteste von neun Kindern.«

»Du meine Güte«, murmelte Faith und dachte an seine arme Mutter.

»Mein Dad ist pensionierter Polizist. Zwei Brüder sind beim APD, zwei andere bei der Polizei von Fulton County, ein weiterer in McDonough. Ich habe eine Schwester, die bei der Feuerwehr ist, aber wir reden nicht über sie.«

Faith hob die Steinattrappe auf, nur um festzustellen, dass es doch ein echter Stein war.

»Jetzt mal ehrlich, Mitchell.« Collier war wie ein Welpe, der sie ständig in die Fersen zwickte. »Ich weiß, Sie haben sich nach mir erkundigt. Was hat Ihre Mom gesagt?«

Faith stellte eine begründete Vermutung an. »Dass Sie eingebildet sind und zu Fehlern neigen.«

Er grinste. »Ich wusste, sie würde sich an mich erinnern.«

Faith kam ein Gedanke: »Wohin haben Sie Will gebracht?«

Er hörte auf zu grinsen. »Wie bitte?«

»Will ist verschwunden, nachdem er die Unbekannte in dem Bürogebäude gefunden hatte. Wohin haben Sie ihn gefahren?«

»Hm, erstklassige Detektivarbeit, Partner. Aber er hat sie nicht gefunden. Na ja, er hat sie zwar gefunden, aber ich war dabei. Also könnte man sagen, wir haben sie beide gefunden.«

»Ich bin nicht Ihre Partnerin.« Faith kniete nieder und studierte die Steine. Alle sahen wie Attrappen aus. »Bekomme ich eine Antwort?«

»Ich habe ihn zu sich nach Hause gefahren.« Collier schob die Hände in die Taschen. »Fragen Sie mich nicht, wieso, denn ich kann es Ihnen nicht sagen. Meine Schwester meint, *ich* hätte der Feuerwehrmann werden sollen, denn ich bin der Vollidiot, der in das brennende Gebäude rennt, statt davor wegzulaufen.«

»Wissen Sie, warum sich die Unbekannte töten wollte?«

Er zuckte die Achseln. »Sie ist ein Junkie.«

Faith hob einen verdächtig glanzlos aussehenden Stein auf – es war die echte Attrappe. Sie schob die Plastikabdeckung beiseite und erwartete, den Haustürschlüssel in der Vertiefung vorzufinden.

Leer.

»Hat Ihre Mom Ihnen erzählt, dass ich in der Highschool beim Ringen einen Unfall hatte?«, fragte Collier. Er lehnte mit verschränkten Armen am Türpfosten. »Hodentorsion.«

Faith warf den leeren Stein in den Garten zurück.

»Wirklich tragisch.« Er fuhr sich mit den Fingern durchs Haar und blickte ins Leere. »Ich werde nie Kinder haben können.« Er blinzelte ihr zu, denn so sah es das Drehbuch offenbar vor. »Hat mich nicht daran gehindert, es zu versuchen.«

»Hallo?« Eine Frau in Flip-Flops und gelbem Hemdblusenkleid kam den Gehweg entlang. Das lange graue Haar fiel ihr auf die Schultern, sie sah aus wie ein Hippie. Sie hielt einen Stapel Papiere in der Hand und trug einen Spiral-Schlüsselanhänger am Handgelenk. »Sind Sie die Dame von der Polizei, die angerufen hat?«

»Ja, Ma'am.« Faith zog ihren Ausweis aus der Tasche. »Ich bin Special Agent Faith Mitchell, das ist …«

»Ach, Sie müssen mir nichts zeigen, meine Liebe. Euch beiden sieht man die Polizisten sogar von hinten an.«

Faith steckte ihren Ausweis wieder weg.

»Wenn ich ehrlich bin, überrascht es mich nicht, dass dem guten Dale etwas Schlimmes zugestoßen ist«, sagte die Frau. »Er war keiner, der sich Freunde machte.« Ihre Schlappen schnalzten über den Gehweg. Sie schlug mit der Faust an Hardings Tür.

Die Schlüssel an dem Anhänger um ihr Handgelenk klirrten. »Hallo?« Sie schlug noch einmal an die Tür. »Hallo?«

»Hat er denn hier mit jemandem zusammengewohnt?«, fragte Faith.

»Ach so, nein. Tut mir leid. Die Macht der Gewohnheit. Ich sehe oft nach, ob jemand wohlauf ist, und ich betrete nie ein Haus, ohne vorher zu klopfen.« Sie streckte die Hand aus. »Ich bin übrigens Violet Nelson. Die Verwalterin der Anlage. Tut mir leid, dass ich Sie warten ließ. Ich wurde in der Bibliothek aufgehalten.«

»Hatten Sie mit der Vermietung der Doppelhaushälfte an Harding zu tun?«

»Dafür ist der Eigentümer zuständig, und das ist den Unterlagen zufolge ein Unternehmen mit Sitz in Delaware. Wegen der Steuervergünstigungen, nehme ich an.« Sie suchte die ordentlichen, farbcodierten Etiketten an ihrem Schlüsselring ab. »Äh, ich bräuchte meine Brille. Hat jemand von Ihnen beiden …?«

Faith sah Collier an, denn er war sehr viel näher an dem Alter, eine Lesebrille zu brauchen als sie.

Er lächelte sie augenzwinkernd an. »Ich bin jünger, als ich aussehe.«

»Es wird Sie früh genug treffen, Sie beide.« Violet lachte, aber es war nicht komisch. Sie ging weiter ihre Schlüssel durch, es waren mindestens fünfzig. Faith bot keine Hilfe an, denn Violet machte den Eindruck, als würde sie ganz gern ein bisschen plaudern. »Ich sperre die Tür auf, und Sie beide können sich umsehen, solange Sie wollen. Werfen Sie den Schlüssel einfach wieder in den Schlitz an meiner Bürotür, wenn Sie gehen.«

Faith wechselte einen Blick mit Collier, denn das war nicht die übliche Vorgehensweise einer Hausverwalterin. Andererseits arbeiteten die meisten Verwalter, mit denen sie zu tun hatten, hinter vergitterten Fenstern oder kugelsicherem Glas.

»Ich habe an ein paar Türen von Nachbarn geklopft«, sagte Faith. »Sieht nicht so aus, als wäre irgendwer zu Hause.«

»An den Wochenenden ist mehr los.« Violet versuchte, einen Schlüssel ins Schloss zu stecken. »Niemand geht heutzutage mehr wirklich in den Ruhestand. Alle haben Teilzeitjobs. Ein paar von den Glücklicheren machen ehrenamtliche Arbeit. Ab um vier finden sich die meisten von uns dann unten im Clubhaus zur Cocktailstunde ein.«

Faith würde bewusstlos umkippen, wenn sie sich um vier Uhr nachmittags einen Drink genehmigte. »Kannten Sie Dale Harding?«, fragte sie.

»Ich kannte ihn gut genug.« Violet schien nicht glücklich darüber zu sein. »Er ist mir tierisch auf die Nerven gegangen, das kann ich Ihnen verraten.«

Faith ließ die Hand kreisen, um anzuzeigen, dass die Frau ruhig mehr verraten durfte.

»Sagen wir einfach, er war nicht der sauberste Mensch auf Erden.«

»Frauen? Schnaps?«, tippte Collier.

»Müll«, sagte sie. »Und ich meine es wörtlich – Dinge, die weggeworfen gehören, aber nicht weggeworfen werden. Ich würde ihn keinen Messie nennen, das nicht. Es war eher so, dass er zu faul war, zur Mülltonne zu gehen. Es gab Beschwerden über den Geruch, hauptsächlich von Barbara, dem alten Mädchen von nebenan. Verdorbene Lebensmittel, sagte sie, der Gestank davon würde einfach durch die Wände in ihre Haushälfte ziehen. Ich habe es selbst gerochen. Widerlich. Ich habe rund zehn Briefe an die Firma in Delaware geschrieben, aber ohne Erfolg. Wir beraten uns seit Monaten mit den Anwälten des Hauseigentümerverbands, was man unternehmen könnte.«

»Wie schrecklich«, sagte Faith und dachte, dass sich normale Menschen nie bewusst machten, wie bemerkenswert ähnlich verdorbenes Essen und eine verwesende Leiche rochen. »Was noch?«

»Sie haben sich pausenlos gezankt.« Violet probierte einen anderen Schlüssel. »Barb und Dale. Na ja, Dale hatte mit allen Leuten Streit, aber besonders mit Barb. Sie gingen einander einfach gegen den Strich.« Sie rammte einen weiteren Schlüssel erfolglos ins Schloss. »Ich musste ein paar Mal eingreifen, wenn es zu hitzig wurde. Ich spreche nur ungern schlecht von Toten, aber Dale war …« Sie rang nach dem richtigen Wort.

»Ein Arschloch?«, schlug Faith vor, denn das schien der Begriff zu sein, auf den sich alle einigen konnten.

»Ein Arschloch, ja«, stimmte Violet zu. »Wenn das jetzt wie bei *Inspector Barnaby* wäre und Sie mich fragen, ob Dale Feinde hatte, würde die Antwort lauten: Er hat getan, was er nur konnte, um sich welche zu machen.« Sie zeigte zu den Fenstern. »Diese grässlichen Vorhänge sind ein gutes Beispiel. Die Satzung legt eindeutig fest, dass Vorhänge weiß zu sein haben. Als ich ihm einen Brief wegen der rosa Dinger geschickt habe, hat er auf gefälschtem Briefpapier einer erfundenen Anwaltskanzlei geantwortet, ich würde ihn wegen seiner Homosexualität diskriminieren.« Sie verdrehte die Augen. »Als ob ein schwuler Mann seines Alters rosa Polyestervorhänge kaufen würde.«

Faith sah, wie sie einen weiteren Schlüssel probierte. Sie ging den gesamten Ring durch. »Noch mal zu Barbara, der direkten Nachbarin. Sie sagten, es wurde hitzig?«

»Er hat gegen sie gestichelt. Ohne Grund. Hat sie einfach ständig provoziert.«

»Wie zum Beispiel?«

Violet wedelte mit der Hand in Richtung Vorgarten. »Das waren ihre Zwerge, und ihr Enkel hat ihr dieses Häschen geschenkt. Wir alle wussten das. Sie hat ihnen passende Jäckchen angezogen, je nach Festtag. Rot am Valentinstag. Karierte am Veteranentag.« Sie zuckte die Achseln. »Jedem das Seine. Aber eines Tages kommt Barb zu mir und sagt, dass etwas höchst Merkwürdiges passiert sei. Alle Zwerge und das Häschen seien aus ihrem Garten verschwunden. Wir verdächtigten die Kinder, denn manche der Enkelkinder hier sind fast schon jugendliche Straftäter. Veranlagung lässt sich nicht unterdrücken, wie es immer heißt. Aber dann stellte Dale zwei Tage später die Zwerge und das Häschen in seinem Vorgarten auf, und sie trugen rosa Jacken. Und nicht einmal welche, die passten.« Sie versuchte wieder einen Schlüssel. »Tatsächlich waren es vier Zwerge, aber einem hatte er das Gesicht schwarz angemalt, was nach den Statuten der Hausbesitzer ausdrücklich verboten ist.« Sie senkte die Stimme. »Wenn wir diese Regel nicht hätten, wäre hier alles voller rassistischem Tand.«

So viel zum Seniorenparadies. »Hatte Harding regelmäßige Besucher?«

»Hab nie auch nur einen gesehen.«

»Hatte er einen festen Tagesablauf?«, fragte Collier.

»Er war überwiegend zu Hause, was extrem ärgerlich war, kann ich Ihnen sagen. So hatte er Zeit, sich mit den Leuten anzulegen. Obwohl er stinkfaul war, wurde es ihm nicht zu viel, zwei Straßen weit zu laufen und ein Enkelkind anzubrüllen, das sich ein bisschen zu laut im Pool vergnügte.«

»Wann ist er eingezogen?«

Violet versuchte schon wieder einen Schlüssel. »Vor einem halben Jahr vielleicht? Ich habe die Unterlagen irgendwo. Geben Sie mir Ihre Mailadresse, dann schicke ich Ihnen eine PDF-Datei. Er ist mit seinen HOA-Gebühren im Rückstand.« Sie hatte endlich den richtigen Schlüssel gefunden. »Das ist die Hausbesitzer-«

Collier stoppte ihre Hand auf dem Türgriff.

Faith hatte ihre Glock in den Händen, bevor sie ganz verarbeitet hatte, was los war.

Aus dem Haus kam ein Geräusch.

Ein Rascheln, als bemühte sich jemand, leise zu sein.

Faith blickte zu dem falschen Stein. Er hatte keinen Schlüssel enthalten. Wozu brauchte man eine solche Attrappe, wenn man keinen Schlüssel darin aufbewahrte?

Es sei denn, jemand hatte ihn bereits an sich genommen, um ins Haus zu gelangen.

Collier legte den Zeigefinger auf die Lippen, ehe Violet eine Erklärung verlangen konnte. Er machte ihr Zeichen, sich zurückzuziehen, immer noch ein Stückchen weiter, bis sie auf der anderen Seite seines Wagens stand.

Das Geräusch ertönte wieder. Lauter diesmal.

Collier holte sein Handy hervor und forderte im Flüsterton Verstärkung an, dann bedeutete er Faith, die Führung zu übernehmen.

Das hieß, fünfzig Jahre Feminismus würden ihr am Ende wahrscheinlich einen Bauchschuss einbringen.

Sie klopfte mit dem Zeigefinger seitlich an die Glock, direkt über dem Abzug, denn sie wurden darauf trainiert, ihren Finger dort zu lassen, bis sie die Entscheidung getroffen hatten zu feuern. Sie dachte an ihre kugelsichere Weste im Wagen. An den Kindersitz für ihre geliebte Tochter. An die Wasserflasche, die ihre fürsorgliche Mutter ihr am Morgen mitgegeben hatte. Das Foto ihres wunderbaren Sohns in ihrem Handy.

Dann hob sie den Fuß und trat die Tür ein.

»Polizei!«, brüllte sie aus vollem Hals.

Sie schwenkte mit der Waffe hin und her und checkte dabei den Raum. Küche. Tisch. Couch. Sessel. Unordnung. Chaos. Alle ihre Sinne außer einem waren ausgeschaltet. Ihr Blick verengte sich auf Türen und Fenster, suchte nach Händen, die eine Waffe hielten. Collier überprüfte die Garderobe. Leer. Er drückte seinen Rücken an ihren und schlug an ihr Bein. Sie rückten im Gleichschritt vor und drehten unablässig den Kopf.

Sie erinnerte sich an die Website des Mesa Arms. Harding lebte in der Hausvariante *Tahoe*. Offenes Konzept. Zwei Schlafzimmer. Ein Badezimmer.

Türöffnung.

Separate Gästetoilette!

Türöffnung.

Gut ausgestatteter Waschraum, optional mit Einbauschränken!

Ecke.

Faith baute sich hinter der Ecke auf, falls jemand mit einer Schrotflinte im Flur stand. Wenn sie niemanden sah, konnte sie ebenfalls von niemandem gesehen werden. Ohne bewussten Gedanken rutschte der Zeigefinger von der Seite der Waffe zum Abzug. Sie zwang sich, ihn wieder an den Lauf zu legen, um sich diese Extrasekunde Verzögerung zu verschaffen, falls ein Kind oder eine schwerhörige ältere Person am anderen Ende des Flurs stand.

Jetzt oder nie.

Langsam, Zentimeter für Zentimeter, schob sie den Oberkörper vor und lugte um die Ecke.

Nichts.

Faith ging weiter durch den Flur voran.

Türöffnung.

Zentrales Badezimmer mit ebenerdiger Dusche und Komfort-Toilettensitz!

Geschlossene Türen.

Lichtdurchflutete Schlafzimmer für Sie und Ihren Gast!

Die Schlafzimmer lagen links und rechts des Flurs und nahmen zusammen den hinteren Teil des Hauses ein.

Faith überließ Collier den Raum rechts. Wieder stellte sie sich schräg an die Wand und sicherte ihn und die andere geschlossene Tür. Beinahe schmerzhaft langsam streckte er die Hand aus und drehte den Türknopf. Die Tür ging auf. Er schlug sie mit Schwung gegen die Wand, für den Fall, dass jemand hinter ihr stand. Rosa Vorhänge an einem Erkerfenster zum Garten. Eine Luftmatratze auf dem Boden. Ein offener Vorhang, wo die Schranktür sein sollte.

Leer.

Collier bezog im Flur gegenüber der zweiten Tür Stellung und nickte ihr zu.

Faith trat die Tür mit solcher Wucht auf, dass das Schloss im Rigips stecken blieb. Weitere Fenster mit rosa Vorhängen.

Noch eine Matratze auf dem Boden, diesmal mit Sprungfedern, schmutzige Laken. Ein Pappkarton als Nachttisch. Von der Decke hängende Kabel. Eine Lampe. Der Schrank hatte eine Tür, und an der Tür befand sich ein Schloss.

Faith zwang sich zu atmen, denn sie hatte die Luft so lange angehalten, dass sie ohnmächtig zu werden drohte. Ihre Lungen wollten sich nur halb füllen. Ihr Herz schlug wie eine Stoppuhr. Schweiß tropfte von ihren Händen, als sie den Griff um die Glock mit Mühe lockerte, damit der Rückstoß ihr nicht das Handgelenk brach, falls sie feuern musste. Collier stand mit dem Rücken zur Wand und nahm den Schrank ins Visier. Faith näherte sich ihm vorsichtig und versuchte, den Film zu ignorieren, der pausenlos in ihrem Kopf ablief: Die Schranktür geht auf, ein Gewehr kommt zum Vorschein, ihre Brust wird in Fetzen gerissen.

Behutsam löste sie nun die Hand von der Glock. Die Knochen in ihren Fingern fühlten sich an, als würden sie aneinanderkleben. Ihre Schulter zwickte, als sie den Arm sinken ließ. Sie streckte die Hand nach dem eiförmigen Türgriff aus. Ihre Haut registrierte das kalte Metall. Sie drehte am Griff.

Abgesperrt.

Faith klappte den Mund auf und atmete ein.

Geräumiger begehbarer Schrank!

Die Türangeln waren außen. Man konnte die Tür also nicht eintreten.

Sie warf einen Blick auf Collier. Er war immer noch angespannt, aber er sah nicht zu ihr, sondern in Richtung Flur. Seine Brust hob sich mit jedem flachen Atemzug. Seine Glock war zur Decke gerichtet.

Zum Dachboden.

Optionaler Stauraum für Ihre kostbaren Erinnerungsstücke!

Eine Schnur baumelte von einer Falttreppe zum Dachboden in den Flur.

Faith schüttelte den Kopf. Auf keinen Fall würde sie mit

nur einer Person als Rückendeckung in diesen Speicher hinaufsteigen.

Ein Geräusch.

Ein Scharren, es klang schwerer diesmal, als würde sich jemand langsam über den Dachboden bewegen.

Collier kehrte in geduckter Haltung in den Flur zurück. Faith tat es ihm nach und blieb in der Tür stehen. Er sah sie an. Sie nickte, obwohl alles in ihr schrie, dass es böse ausgehen würde. Collier richtete sich auf und ergriff die Kordel, die von der Falttreppe hing. Die Federn quietschten so laut, dass Faith' Herz vor Schreck beinahe explodierte. Collier zog die Treppe mit einer Hand aus, mit der anderen hielt er die Glock zur Luke hinauf gerichtet.

Beide standen vollkommen reglos da und warteten darauf, dass sich der andere bewegte.

Es ging nicht um Angst. Die hatten sie beide gleichermaßen. Es ging darum, darauf zu vertrauen, dass einem jemand den Rücken freihielt, während man den Kopf wie ein Präriehund in ungesichertes Gelände streckte.

Faith murmelte lautlos einen Fluch und holte ihr Smartphone hervor. Besser, sie schossen ihr die Hand weg als das Gesicht. Sie scrollte sich zur Videofunktion durch und machte das Blitzlicht an, damit die Spurensicherung später eine gut sichtbare Erklärung für die beiden toten Polizisten im Flur haben würde.

Sie zwang ihr Gehirn, die Starre in ihren Beinmuskeln zu lösen, damit sie die Treppe hinaufsteigen konnte. Sie hatte den Fuß gerade vom Boden gehoben, als Collier ihr das Handy entriss. Er warf ihr einen Blick zu, als wäre sie die Verrückte von ihnen beiden. Dann setzte er seinen schwarzen Sneaker auf die erste Stufe der Leiter. Die Federn ächzten unter seinem Gewicht. Er stieg auf die zweite Stufe.

Faith sah den Film wieder ablaufen, diesmal mit Collier in der Hauptrolle: Ein Gewehr kommt zum Vorschein, seine Brust wird in Fetzen gerissen.

Collier blieb auf der zweiten Stufe stehen. Er hatte beide Hände auf Brusthöhe, eine hielt seine Glock, die andere ihr Smartphone. Er lauschte nach dem Geräusch, um festzustellen, aus welcher Richtung es kam, denn er würde nur eine Chance haben, mit dem Kameralicht in den dunklen Dachboden zu leuchten. Faith konnte ihm nicht helfen, die Richtung zu ermitteln, denn alles, was sie hörte, war das Rauschen von Blut in ihren Ohren. Sie sperrte den Mund weit auf, um mehr Luft zu bekommen. Ihre Zunge fühlte sich wie Watte an. Sie konnte ihre Angst schmecken, wie verdorbenes Fleisch, Schweiß und Säure.

Collier schaute zu ihr zurück. Sie nickte. Beide starrten zur schwarzen Weite des Dachbodens hinauf. Er zog den Kopf ein, hob die Hand und benutzte das Handy als digitales Periskop. Beide sahen auf den Schirm. Ein Bild blitzte auf.

Faith' Magen machte einen Satz.

Collier stieß leise ein lang gezogenes »Schei-ße« aus.

Eine Ratte von der Größe einer Hauskatze blickte ihnen vom Handybildschirm entgegen, ihre Knopfaugen leuchteten rot im Licht. Sie saß auf den Hinterbacken, und ihre Kiefer mahlten beim Kauen. Sie hielt etwas in den Krallen, was alles noch schrecklicher machte, denn Faith wollte sich nicht vorstellen, dass eine Ratte Pfoten hatte, die zupacken konnten.

Collier schwenkte das Handy um dreihundertsechzig Grad über den Dachboden, ehe er seine Glock wegsteckte. Er zoomte mit der freien Hand auf die Ratte, dann an ihr vorbei. Zwei Kartons für Akten standen an der Trennwand des Doppelhauses. Sie ruhten unsicher auf einzelnen Deckenträgern, denn der Boden des Speichers reichte nicht so weit. Eine geöffnete Packung verwesendes Rinderhack stand näher bei der Treppe. Weiße Maden bewegten sich über seine Oberfläche wie Wellen auf dem Ozean. Fliegen schwirrten umher. Sie sahen, wie die Ratte die Vorderpfoten ausstreckte und die Schale mit dem Fleisch einige Zentimeter von der Treppe wegzog. Faith hatte das Gefühl, als entstünde das Geräusch, mit dem sie über den Boden rutschte, direkt in ihrem Kopf.

Die Ratte beäugte sie misstrauisch, während sie mit ihren schmalen Krallen ein Stück Fleisch abriss. Sie zog das faule Fleisch an ihre Brust, hüpfte ein Stück fort und kaute dann mit gesenktem Kopf, ohne die Eindringlinge aus den Augen zu lassen.

»Okay.« Collier stieg die Treppe hinunter und gab Faith das Handy zurück. »Ich werde mich jetzt übergeben.«

Sie dachte, dass er nur einen Witz machte, denn es schien ihm gut zu gehen, aber schon zwei Sekunden später war er im Badezimmer und kotzte sich die Seele aus dem Leib.

»Vergessen Sie nicht, die Verstärkung abzusagen«, rief Faith.

Collier würgte zur Bestätigung.

Sie fuhr mit der Hand über den staubigen Türpfosten des begehbaren Schranks. Kein Schlüssel. Sie holte einen Kugelschreiber aus einer Tasche ihrer Cargohose und stocherte in dem Karton herum, den Harding als Nachttisch benutzt hatte. Sie sah auf den Fensterbrettern und über der Tür zum Flur nach. Kein Schlüssel.

Collier hörte sich an, als wäre er fertig im Bad, aber dann erbrach er sich noch einmal so laut, dass es ihr in den Ohren wehtat. Faith schauderte, nicht wegen des Geräuschs, sondern weil die Luke zum Dachboden noch offen stand. Sie konnte sich vorstellen, wie sich die Ratte die Treppe herunterkämpfte und sich dabei mit den winzigen, daumenlosen Pfoten an dem schmalen Schutzgeländer festhielt. Faith drückte sich mit dem Rücken zur Wand an der offenen Treppe vorbei und wartete, bis sie wohlbehalten im Wohnzimmer war, ehe sie das Video auf ihrem Handy noch einmal abspielte.

Die Ratte war graublau, mit runden Ohren und einem dicken, schmutzig weißen Schwanz in der Farbe einer Tamponschnur. Das Geschöpf schaute direkt in die Kamera, sein Maul arbeitete. Das Video hatte zwar keinen Ton, aber Faith hätte geschworen, ein Schmatzen zu hören. Ein Streifen Blut war zu sehen, wo die Ratte die Schale mit dem Hackfleisch von der Treppe fort- und zu etwas hingezerrt hatte, das Faith nicht erkennen konnte. Wahrscheinlich ein riesiges Nest.

Sie bekam am ganzen Körper Gänsehaut bei dem Gedanken.

Faith drückte wieder auf PLAY. Ein Pop-up-Bilderbuch fiel ihr ein, das jemand ihrer Tochter zu Weihnachten geschenkt hatte. Emma hatte sichtlich Angst gehabt vor der facettenäugigen Stubenfliege, die aus dem Mittelblatt sprang, aber sie konnte es nicht lassen, das Buch immer wieder aufzuklappen und loszukreischen. Faith ging es genauso, als sie das Video noch einmal anschaute. Sie ekelte sich, aber sie konnte nicht wegsehen.

Die Toilettenspülung rauschte. Collier wischte sich mit dem Handrücken über den Mund, als er zu ihr ins Wohnzimmer kam. »So«, sagte er und bürstete ein Fleckchen Erbrochenes von seinem Hemd. »Eine Ratte als Einbruchssicherung?«

Faith zwang sich, den Blick von ihrem Handy zu nehmen. Die einzige Antwort, die ihr einfiel, war das, was sie den ganzen Tag über Dale Harding gehört hatte. »Was für ein Arschloch.«

»Konnten Sie sehen, ob diese Karteikisten beschriftet waren?«

Faith hielt ihm das Telefon hin, damit er es selbst überprüfen konnte.

»Oh-oh.« Er streckte den Zeigefinger in die Höhe, als bräuchte er einen Moment, um sich zu entscheiden. »Okay, es ist vorbei.«

»Sicher?« Sein Gesicht hatte die Farbe eines Briefumschlags.

»Nein.« Er ging zur Küchenspüle und drehte den Wasserhahn auf. Er musste einen Stapel Geschirr beiseiteräumen, damit er den Kopf unter den Hahn halten konnte. Dann gurgelte er und spuckte in die Spüle aus, was widerlich war, aber ihr Instinkt sagte Faith, dass Harding schlimmere Dinge in dieser Spüle getan hatte.

»Officers?«

Faith hatte Violet völlig vergessen.

»Du lieber Himmel, hier drin riecht es nach Ammoniak und Müll.« Die Frau stand in der Haustür und hielt sich die Nase zu. »Ist alles in Ordnung?«

»Da oben auf dem Dachboden ist eine Ratte«, sagte Collier. »Eine sehr große. Vielleicht trächtig.«

»Ist sie grau mit weißen Ohren?«

Faith zeigte ihr das Videostandbild auf ihrem Handy.

»Da soll mich doch der Teufel holen.« Violet schüttelte den Kopf. »Barbaras Enkel hat letztes Wochenende seine Ratte mitgebracht. Er hat Stein und Bein geschworen, dass er den Deckel wieder auf den Käfig gesetzt hat. Sie haben das blöde Vieh überall gesucht.«

»Ich bin mir ziemlich sicher, dass das kein Haustier ist.« Collier verscheuchte eine Fliege. »Ich meine, sie ist riesig. Unnatürlich groß.«

»Ich kann Ihnen die Suchanzeige geben, die Barb am Schwarzen Brett aufgehängt hat.«

Collier machte den Mund zu und schüttelte den Kopf.

Faith dachte an die Packung Hackfleisch bei der Dachbodentreppe. »War die Ratte in Barbaras Haus, als sie verschwand?«

»Nein. Der Junge hatte den Käfig für etwa eine halbe Stunde auf ihre überdachte Veranda gestellt. Anscheinend mögen die Viecher frische Luft. Als er zurückkam, war der Deckel aufgeklappt und die Ratte verschwunden.« Violet runzelte die Stirn, als sie das Zimmer in Augenschein nahm. »Wahrscheinlich war der Rattenkäfig gemütlicher eingerichtet.«

»Ist Barb viel zu Hause?«, fragte Faith.

»Jetzt, da Sie es sagen – normalerweise ja. Sie wird untröstlich sein, weil sie das alles hier verpasst hat. Bisschen eine Wichtigtuerin.«

Faith liebte Wichtigtuer. Sie gab Violet ihre Visitenkarte. »Könnten Sie Barbara bitten, mich anzurufen? Ich möchte mir ein allgemeines Bild von Harding machen.«

»Ich weiß nicht, ob sie Ihnen viel mehr sagen kann, als was für ein Scheusal er war.«

»Sie würden sich wundern, was sich die Leute alles merken.«

Violet steckte die Karte unter den BH-Träger. »Wie ich vorhin schon sagte, werfen Sie den Schlüssel einfach bei mir im Büro ein, wenn Sie fertig sind.«

Dann watschelte sie in ihren Flip-Flops davon.

»Ein Haustier.« Collier verscheuchte eine weitere Fliege. »Das erklärt, warum sie keine Angst vor uns hatte.«

»Ich will trotzdem, dass sie stirbt. Am besten sofort. Durch Feuer.«

»Suchen Sie nach einem Schlüssel«, sagte Faith. »Wir müssen in diesem Schrank nachsehen.«

»Wir müssen das Veterinäramt rufen«, entgegnete Collier. »Der Bursche hat eine Ratte auf seinem Dachboden gehalten. Wer weiß, was in diesem Schrank ist.«

Faith hatte nicht die Absicht, auf das Veterinäramt zu warten. Sie ließ den Blick über das verdreckte Wohnzimmer und die Küche schweifen und überlegte, wo jemand wie Harding einen Schlüssel verstecken würde. Aber nichts sprang ihr ins Auge, nur ein überwältigender Ekel machte sich in ihr breit. Harding hauste in erbärmlichen Verhältnissen. Überall in dem offenen Wohn-, Ess- und Küchenbereich standen Styroporschalen und -becher herum. Die feucht aussehende braune Velourscouch und der angeschlagene Kaffeetisch quollen über vor *Kentucky Fried Chicken*-Verpackungen. Abgenagte Hühnerbeine mit grünem Schimmel, Tassen voll Cola mit einer dicken weißen Haut auf der Oberfläche, Plastikbesteck, an dem Reste von Kartoffelbrei klebten.

Dann war da der Geruch, der Faith plötzlich wie ein Hammer auf den Nasenrücken traf. Nicht nur Ammoniak, sondern Fäulnis, wahrscheinlich von Dale Hardings schlechten Gewohnheiten, wenn Saras Einschätzung seiner letzten Tage zutraf. Faith hatte den Gestank nicht bemerkt, als sie die Tür aufbrachen. Adrenalin hat die Eigenheit, die Konzentration auf Prioritäten zu erzwingen, und ihre Hauptsorge war gewesen, nicht getötet zu werden. Jetzt, da ihre Angst abgeklungen war, funktionierten alle ihre Sinne wieder und wurden sofort von dem Gestank attackiert.

Und von Fliegen, denn mindestens zwei Dutzend davon hatte der ganze Müll bereits angelockt.

»In dieser Hitze können Maden nach acht bis zwanzig Stunden schlüpfen«, sagte Faith. »Sie brauchen drei bis fünf Tage, um sich zu verpuppen.«

Collier lachte schallend. »Tut mir leid, aber ›verpuppen‹ ist ein komisches Wort.«

»Was ich sagen will, ist, es kommt hin, dass das Fleisch an diesem Wochenende auf den Dachboden gestellt wurde, wahrscheinlich um die Ratte zu füttern. Oder dafür zu sorgen, dass sie oben bleibt.« Faith öffnete eines der Fenster, damit der Gestank abzog. Dann stieß sie auch noch das Fliegengitter auf, damit die Insekten hinauskonnten.

Collier rülpste laut und fragte dann: »Haben Sie Pfefferminzdrops dabei?«

»Nein.«

Faith wandte sich von Collier ab. Sie dachte an die Pfefferminzpackung in ihrem Wagen und wie angenehm es wäre, nach draußen zu gehen und fünf Minuten Pause von Hardings widerlichem Haus zu machen. Ihr Geruchssinn war definitiv zurückgekehrt. Die beißenden Ausdünstungen schmerzten an Gaumen und Nasenwänden. Sie hätte ihre gesamten Ersparnisse darauf verwettet, dass das verfaulende Fleisch auf dem Dachboden nichts war im Vergleich zu dem, was sich unter den feucht aussehenden Zeitungsstapeln verbarg, die überall auf dem Boden herumlagen. Violet hatte recht. Der ganze Müll war reiner Faulheit geschuldet. Wenn Harding gerade eine Schale Nudeln mit Käse gegessen hatte, als er zur Tür hereinkam, ließ er sie einfach an Ort und Stelle fallen und ging weiter.

»Es ist verrückt, oder?« Collier sah Faith aufmerksam zu. »Wie es einem den Geruchssinn nimmt, wenn man vor Angst halb durchdreht.«

»Wie können Sie das nicht riechen?« Faith öffnete noch ein Fenster. Sie hatte keine Lust, sich mit diesem Blödmann zu verbünden. »Wo ist der Fernseher?«

Collier fuhr mit dem Zeigefinger über einen niedrigen Konsolentisch und teilte den Staub darauf wie Moses das Rote Meer. »Hier stand mal einer, aber er ist weg. Sieht aus, als wäre er groß gewesen.«

»Kein Computer.« Faith öffnete eine Schublade in dem Tisch neben der Couch. Sie stocherte mithilfe des Kugelschreibers in den Lieferservice-Speisekarten herum. »Kein iPad. Kein Laptop.« Sie öffnete eine weitere Schublade. Noch mehr Mist. Kein Schlüssel zu dem Schrank.

»Harding scheint mir der Papiertyp zu sein«, sagte Collier.

Faith hustete, als eine neue Gestankvariante in ihre Nase drang. Sie stieß noch ein Fenster auf. »Neben dem Bett im Schlafzimmer waren Ladekabel.«

»Kombiniere, die waren für seine Handys.« Collier hatte die Arme wieder verschränkt. Er stand mit gespreizten Beinen da, wahrscheinlich weil er früher in seiner Zeit als Streifenpolizist daran gewöhnt war, fünfzig Pfund Ausrüstung an den Hüften herumzuschleppen. »Diese Sache mit Ihnen und Trent«, sagte er. »Ist das eine Arbeitsbeziehung, oder läuft da mehr?«

Faith sah, wie ein Streifenwagen hinter ihrem Mini hielt. Wahrscheinlich waren sie schon unterwegs gewesen, als Collier die Verstärkung gecancelt hatte, und hatten beschlossen, trotzdem vorbeizuschauen. Die beiden Männer sahen jung und eifrig aus. Sie starrten mit gereckten Hälsen zum Haus herauf.

»Wir kommen allein klar«, rief Faith aus dem Fenster.

Der Fahrer stellte die Automatik trotzdem auf Parken.

»Machen wir das Beste draus«, sagte Collier. »Wir schicken einen von den Jungs auf den Dachboden, damit er die Kisten holt, sagen nichts von der Ratte und sehen zu, was passiert.«

»Zwei Wochen Tollwutimpfungen, das wird passieren.« Genau darauf hatte Harding nach Faith' Überzeugung gehofft, als er die Kisten zusammen mit der Packung Hackfleisch und der gestohlenen Ratte auf dem Dachboden verstaute. Nur eine weitere Variante, wie der Typ sein eigenes Leben als Klopapier benutzte, um sich den Hintern damit abzuwischen. Harding wusste, dass er nur noch Wochen zu leben hatte, egal, ob er von fremder Hand oder als Folge seines Lebenswandels umkam. Er wusste außerdem, dass irgendwer das Haus würde ausräumen müssen, und dem Betreffenden würde dabei wahrscheinlich eine Ratte ins Gesicht springen.

Faith ging zur Haustür hinaus, und sofort schnitt ihr die Sonne in die Augäpfel. Sie wusste nicht, ob es Tränen waren, die ihr übers Gesicht strömten, oder Blut, und es war ihr auch egal. Harding war Polizist gewesen. Er wusste, was man riskierte, wenn man seine Waffe zog und in ein Haus eindrang. Und er hatte ihnen trotzdem eine Falle gestellt.

Sie schirmte die Augen jetzt mit der Hand ab. Die Streifenbeamten standen mit gesenkten Köpfen neben ihrem Wagen und starrten auf ihre Handys.

»Geben Sie mir Ihr Montiereisen«, sagte sie zum Fahrer.

»Mein Montiereisen?« fragte er.

Faith beugte sich in den Wagen und ließ den Kofferraumdeckel aufspringen. Das Montiereisen war in einer Halterung auf der Innenseite des hinteren Kotflügels befestigt. Sie wog die lange, schwere Metallstange in der Hand. Sie war L-förmig, mit einer Steckhülse an einem Ende, um die Radmuttern zu lockern.

Perfekt.

Collier sah vom Fenster aus zu, wie sie ins Haus zurückging. Faith nahm einen Stuhl von der billigen Esszimmergarnitur und schleifte ihn den Flur entlang. Collier folgte ihr. »Was tun Sie?«, fragte er.

»Ich schlage dieses Arschloch.« Sie stellte sich auf den Stuhl und schwang das Montiereisen gegen die Decke. Das Ende mit der Steckhülse blieb im Rigips hängen. Sie stieß die Stange tiefer hinein, drehte sie und zog nach unten. Ein Stück der Decke brach heraus und fiel zu Boden. Sie holte erneut mit dem Eisen aus und dachte an die Website des Mesa Arms, die für die energiesparenden Neuerungen der Anlage warb, etwa den Sprühschaum im Dachboden, der es ermögliche, die Decke aufzubrechen, ohne dass rosa Isoliermaterial auf einen herabregnete.

Faith ließ das Eisen fallen, zufrieden, dass ihre Schätzung gestimmt hatte. Die beiden Karteikästen waren nur eine Armlänge entfernt. Sie musste nur die Fliegen verscheuchen, um an sie heranzukommen.

»Lady«, rief einer der uniformierten Beamten aus dem Flur. »Sie wissen schon, dass es eine Treppe gibt?«

»Da ist eine Ratte«, klärte ihn Collier auf. »Sieht aus wie Godzillas Bruder.«

»Sie meinen Rodan?«

»Chibi, Mann. Rodan war ein Ersatz. Chibi war vom selben Blut.«

»Goro«, sagte Faith, denn sie hatte drei Jahre lang samstags Godzilla-Filme geschaut, als Jeremy eine entsprechende Phase durchmachte. »Collier, helfen Sie mir mit diesen Kisten.«

»Sie hat recht«, sagte Collier. »Das Vieh hat definitiv wie Gorosaurus ausgesehen.« Er bleckte die Zähne und krümmte seine Hände zu Klauen. »Als hätte sie es auf Blut abgesehen.«

Faith ließ die erste Box auf seinen Kopf fallen.

Ärgerlicherweise gelang es Collier, sie zu fangen. Er stellte sie auf den Boden und wartete darauf, dass Faith die zweite herunterreichte.

»Brauchen Sie uns noch, Mann?«, fragte der Streifenbeamte. Collier schüttelte den Kopf. »Nein danke, Kumpel.«

»Der Schrank«, erinnerte ihn Faith.

»Ach ja, richtig.« Collier winkte den beiden Polizisten, ihm in das andere Zimmer zu folgen. Faith stieg mit dem schweren zweiten Karteikasten mühsam von dem Stuhl und stellte ihn neben dem ersten auf dem Boden ab. Aus dem anderen Zimmer hörte sie eine Diskussion darüber, wie man am besten Stifte aus Türangeln zog, als hätten sie noch nie einen Hammer und einen Schlitzschraubendreher gesehen.

Faith klopfte sich den Staub von den Armen und fuhr sich mit den Fingern durchs Haar. Der Gestank von dem faulen Fleisch auf dem Dachboden war so beißend, dass sie die Schlafzimmerfenster öffnen musste. Und die Gitter aufstoßen, denn die Fliegen waren inzwischen in ganzen Schwärmen im Raum. Die Decke herunterzureißen war wahrscheinlich nicht ihre beste Idee gewesen, aber das logische Denken kam ihr oft abhanden, wenn sie wütend war, und sie war *richtig* wütend auf Dale Harding.

Faith hatte beim GBI gegen etliche miese Polizisten ermittelt, und sie hatten alle etwas gemein: Sie hielten sich immer noch für anständige Kerle. Diebstahl, Vergewaltigung, Mord, Erpressung, Zuhälterei – es spielte keine Rolle. Sie glaubten immer noch, die Verbrechen, die sie begangen hatten, dienten einem höheren Zweck. Sie sorgten für ihre Familien. Sie schützten ihre Brüder in Uniform. Sie hatten einen Fehler gemacht. Sie würden es nie wieder tun. Es war ärgerlich, wie sie sich alle glichen in ihrem Beharren darauf, dass sie im Wesentlichen doch gute Menschen wären.

Harding dagegen hatte sein Verderbtheit nicht nur angenommen. Er hatte sie anderen aufgezwungen.

Und jetzt musste sie noch mehr von seinem Scheißdreck durchsehen.

Faith zog den Stuhl ans Fenster, dann stieß sie die Kästen mit dem Fuß hinterher und setzte sich. Sie versuchte, nicht daran zu denken, warum sich der Deckel auf der ersten Box feucht anfühlte, aber ihr Verstand ließ sich nicht davon abhalten, die nützliche Tatsache zu zitieren, dass Ratten, wohin sie auch gehen, eine Urinmarkierung hinterlassen.

Sie schüttelte sich und vertiefte sich dann in die ordentlich beschrifteten Akten.

Dale Harding war Privatdetektiv gewesen, und die erste Kiste enthielt die Sorte glamouröser Arbeit, die Privatdetektive auf der ganzen Welt verrichten: Fotos von fremdgehenden Ehepartnern in billigen Motels, Fotos von fremdgehenden Ehepartnern in parkenden Autos, Fotos von fremdgehenden Ehepartnern in schmalen Gassen, an Tankstellen und in einem Spielhaus für Kinder in einem Garten.

Harding hatte peinlich genau Buch geführt. Quittungen für Benzin, Mahlzeiten und Fotoabzüge waren zu Spesenabrechnungen zusammengeheftet. Tägliche Einträge folgten den Aktivitäten seiner Beschattungsobjekte. Er schrieb in winzigen Blockbuchstaben, und seine Rechtschreibung war genau so, wie man es von jemandem erwartet, der wahrscheinlich direkt nach der Highschool auf die Polizeiakademie gegangen war. Das hatte Faith zwar auch getan, aber wenigstens kannte sie den Unterschied zwischen »mehr« und »Meer«.

Collier stand in der Tür. »Der Schrank ist überprüft.«

»Wahrscheinlich hätten Sie das dem Sprengstoffkommando überlassen sollen.«

Zum ersten Mal ließ er etwas anderes als großspurige Selbstsicherheit erkennen, als ihnen beiden bewusst wurde, dass das nicht unbedingt nur ein Scherz war, wenn man sich Hardings Charakter vor Augen hielt.

»Irgendwann stand einmal etwas in diesem Schrank«, sagte er. »Im Teppichboden ist ein Abdruck. Rund, wie von einem Zwanziglitereimer.«

Faith stand auf, um selbst nachzusehen. Die beiden Uniformierten hielten wieder die Köpfe gesenkt und beschäftigten sich mit ihren Handys. Sie hätte Collier wahrscheinlich vor ihren Augen mit dem Montiereisen erschlagen können, und sie hätten es nicht bemerkt.

Die Schranktür lehnte an der Wand. Faith leuchtete den

rund zwei Quadratmeter großen begehbaren Schrank mit der Taschenlampenfunktion ihres Handys aus. Es war genau, wie Collier gesagt hatte: In der hinteren Ecke war ein kreisförmiger Abdruck in dem braunen Teppichboden zu sehen. Sie inspizierte den Rest des Schranks. Die Kleiderstangen waren entfernt worden. Kabel hingen lose herab, wo es Lampen geben sollte. Die weißen Wände waren am unteren Rand abgestoßen. Ein Geruch von ungeklärtem Abwasser hing in dem kleinen Raum.

»So was kennen wir«, sagte Collier. »Drogenkuriere kommen mit Heroinpäckchen im Körper von Mexiko herauf, scheißen alles in einen Eimer, nehmen ihr Geld und fliegen gleich zurück für die nächste Tour.«

»Glauben Sie nicht, dass an einem Ort wie diesem, wo sie rassistische Gartenzwerge ausdrücklich verbieten müssen, die Telefonleitungen zur Polizei heiß laufen würden, wenn eine Bande Mexikaner bei Harding ein und aus spazieren würde?« Sie wandte sich an die Beamten. »Drehen Sie die Tür herum.«

»Wir müssen los. Die Zentrale hat angerufen.« Keiner der beiden sah von seinem Handy auf, als sie den Raum verließen.

Collier wirkte beeindruckt. »Klasse Typen, was?«

Faith fasste die Tür an beiden Rändern. Natürlich war sie aus massivem Holz. Sie kippte sie auf eine Ecke und schwenkte sie herum. Im letzten Moment entglitt sie ihr, krachte mit der oberen Ecke in die Wand und hinterließ ein klaffendes Loch. Faith trat einen Schritt zurück, um alles zu begutachten. Tief unten am Holz waren Kratzspuren. Sie überprüfte noch einmal die Angeln und vergewisserte sich, dass sie auf die Innenseite der Tür blickte.

»Die Ratte?«, meinte Collier.

Faith machte ein Foto von den Kratzern. »Wir müssen die Spurensicherung holen.«

»Meine Leute oder Ihre?«

»Meine.« Faith schickte das Foto an Charlie Reed, der sich wahrscheinlich aufgeschlossen für einen Szenenwechsel zeigen würde, nachdem er seit sieben Stunden in Marcus Rippys Nachtclub schuftete. Sie schrieb eine SMS mit der Adresse und bat ihn, sich als Erstes den Schrank vorzunehmen. Sie war keine Wissenschaftlerin, aber ein Zwanziglitereimer und eine abgesperrte Schranktür mit Kratzspuren an der Innenseite hatten wahrscheinlich zu bedeuten, dass jemand in dem Schrank gefangen gehalten worden war.

Oder es war wieder nur irgendein Quatsch, mit dem Harding ihre Zeit vergeudete.

»Die Schranktür war verschlossen, als wir hier eintrafen«, sagte Collier. »Wozu sperrt er die Tür ab, wenn nichts drin ist?«

»Warum hat Harding überhaupt irgendwas getan?« Faith ging in das andere Schlafzimmer zurück. Sie setzte sich auf den Stuhl und begann, die Akten über die fremdgehenden Ehepartner wieder in die Kiste zu räumen. Collier lümmelte einmal mehr am Türrahmen. »Hier drin ist nichts«, sagte sie. »Zumindest nichts, was man hinter einer Ratte verstecken würde.«

»Egal, was Violet sagt, das Vieh hat trächtig ausgesehen.« Collier setzte sich auf die Matratze, die gab ein Furzgeräusch von sich. Er sah Faith mit exakt dem Blick an, den sie in diesem Moment von ihm erwartete. Er stieß den Deckel der zweiten Box auf. Sie enthielt keine Aktenordner, nur einen Stapel Papiere mit vielen Nacktfotos obenauf.

Collier nahm die Bilder. Die Papiere gab er Faith, die sie rasch durchblätterte. Aufnahmeformulare für Krankenhäuser. Haftbefehle. Anordnungen für Entzugsmaßnahmen. Vorstrafenregister. Alles betraf ein und dieselbe Person: Delilah Jean Palmer, zweiundzwanzig, aktuelle Adresse war das Cheshire Motor Inn, bekannt dafür, dass sich viele Prostituierte dort herumtrieben. Es waren keine Angehörigen aufgeführt. Palmer stand von Geburt an unter staatlicher Vormundschaft.

Sie war außerdem derzeit Model bei *BackDoorMan.com*. Palmers jüngstes Polizeifoto zeigte dieselbe Frau wie auf den erotischen Bildern, die Sara in Dale Hardings Brieftasche gefunden hatte. Ihr Haar hatte auf jedem Foto eine andere Farbe, mal platinblond, mal sein natürliches Braun, dann wieder rot oder sogar rosa.

»Sie ist es.« Collier beugte sich vor, seine Schulter drückte gegen Faith' Arm. Er zeigte ihr einen größeren Abzug der Brieftaschenbilder: Delilah Palmer über eine Küchentheke gebeugt, der Kopf zurück zur Kamera gedreht, der Mund geöffnet, was wohl sexuelle Erregung ausdrücken sollte. »Ich tippe darauf, dass sie nicht von Natur aus blond ist. Sehen Sie, ich lerne schnell, Mitchell. Sie sollten mich behalten.«

Faith wusste, dass die Computerabteilung des GBI bereits Nachforschungen über *BackDoorMan.com* anstellte, dennoch sagte sie zu Collier: »Was halten Sie davon, wenn Sie sich die Website einmal ansehen?«

»Gute Idee.« Er holte sein Handy hervor. Mit ein wenig Glück würde er die nächste Stunde damit vertun, Pornos anzuschauen, und Faith konnte ungestört arbeiten.

Es war also mehr oder weniger wie in allen Beziehungen, die Faith in ihrem Leben gehabt hatte.

Sie widmete sich wieder den Dokumenten, um sie genauer durchzusehen. Sie erkannte, dass sie Delilahs Jugendstrafakte in den Händen hielt, was merkwürdig war, weil Jugendstrafakten normalerweise unter Verschluss blieben. Palmers erste Verhaftung war im Alter von zehn Jahren gewesen, weil sie Oxycodon-Pillen in der John-Wesley-Dobbs-Grundschule in East Atlanta verkauft hatte. Faith hatte einige Zeit in der Dobbs zugebracht, als sie an einem Korruptionsfall in der Schulverwaltung von Atlanta gearbeitet hatte, wo es um weitverbreiteten Betrug bei standardisierten Prüfungen gegangen war.

Faith betrachtete Palmers erstes Polizeifoto von vor zwölf Jahren. Die Hände des Mädchens waren so klein, dass sie die Tafel mit ihrem Namen nicht gerade halten konnte. Ihr Kopf reichte nicht mal bis zur ersten Zeile des an die Wand gemalten Lineals. Sie hatte Schorf im Gesicht, und das kurze braune Haar war ungewaschen. Die dunklen Ringe unter den Augen kamen von Schlafmangel oder von unzureichender Ernährung. Oder davon, dass sie nirgendwo hingehörte.

Delilah war sicherlich ein Sonderfall an der Dobbs gewesen, und das nicht nur, weil sie schon in so jungen Jahren mit dem Dealen angefangen hatte. Als Faith letzten Monat ihre Unterlagen für das Korruptionsverfahren vorbereitete, hatte sie der Staatsanwaltschaft erklären müssen, dass ihr kein Fehler in ihrer Tabelle unterlaufen war: Dobbs hatte im Jahr 2012 nicht etwa fünf Prozent weiße Schüler gehabt, sondern tatsächlich genau fünf weiße Schüler. Wäre es andersherum gewesen, hätte die Stadt dieses Ausmaß an Korruption nie und nimmer so lange geduldet.

Faith blätterte in den Papieren weiter zu Delilahs nächster Verhaftung. Weitere Oxy-Verkäufe im Alter von zwölf und dann wieder mit fünfzehn. Mit sechzehn hatte Delilah die Schule verlassen und dealte mit Heroin. Das war der übliche Weg, wenn man sich Oxy nicht mehr leisten konnte. Eine einzige Oxy-Pille konnte je nach Marktlage sechzig bis hundert Dollar kosten. Für das gleiche Geld bekam man genügend Heroin, um tagelang high zu bleiben.

Sie blätterte weiter zu den Anklageprotokollen. Bewährung. Weisungen und Auflagen. Erneut Bewährung. Entzug.

Trotz ihrer Vorgeschichte hatte Delilah Palmer nie mehr als eine Nacht im Gefängnis verbracht.

Ihre erste Verhaftung wegen Prostitution kam am Ende ihres sechzehnten Lebensjahrs. Es gab vier weitere Verhaftungen wegen Ansprechens von Männern und zwei, weil sie Gras beziehungsweise Heroin verkauft hatte. Alle brachten ihr eine kostenlose Übernachtung im Gefängnis von Fulton County.

Faith überflog die Namen der Beamten, die die Verhaftungen vorgenommen hatten. Manche waren ihr bekannt. Die meisten waren aus Zone 6, was einleuchtete, denn Kriminelle waren wie alle anderen Menschen: Sie neigten dazu, in ihrem eigenen Kiez zu bleiben.

Dale Harding hatte ebenfalls in Zone 6 gearbeitet. Er hatte offenbar den größten Teil ihres Lebens ein Auge auf Delilah Palmer gehabt. Faith vermutete, wenn man zwischen den Zeilen las, würde man feststellen, dass er jede Gefälligkeit eingefordert hatte, die er nur einfordern konnte, damit das Mädchen nicht für längere Zeit ins Gefängnis musste.

»Erzählen Sie mir, was Sie haben, oder muss ich raten?«, sagte Collier.

»Sie riechen nach Kotze.«

»Ich habe mich gerade übergeben. Haben Sie mich nicht im Bad gehört? Es gab sogar ein Echo.«

Sie reichte ihm Delilah Palmers Strafregister. »Zwei Schlafzimmer, zwei Betten. Jemand hat hier bei Harding gewohnt.«

»Sie glauben, es war diese Palmer?« Er runzelte die Stirn. »Sie macht nicht viel her, aber was Besseres als Harding hätte sie jederzeit haben können.«

Faith dachte an den verschlossenen Schrank, den Eimer, den Kloakengeruch. Vielleicht hatte Harding seinen privaten Entzug mit ihr durchgeführt. Ein kalter Entzug in einem Schrank war verdammt viel billiger als die fünfzehntausend Dollar für eine Klinikbehandlung. Zum wiederholten Mal. Das würde auch den grauenhaften Zustand der Wohnung erklären. Es sah weiß Gott danach aus, als hätte ein Junkie hier gehaust.

»Haben Sie die da gesehen?« Collier wies mit dem Kinn auf eine Zahnschiene, die auf dem Boden lag. »Alle meine Schwestern haben solche Stabilisierungsdinger getragen, nachdem die Zahnspange draußen war. Sie sahen alle ein bisschen unterschiedlich aus, aber sie waren ebenso klein wie die hier. Was ich damit sagen will: Von der Größe her gehört die Zahnschiene hier garantiert einem Mädchen.«

Faith verstand nicht, warum er so viele Worte brauchte, um einen einzigen Sachverhalt zu formulieren. »Was ist mit der Website?«

»Nichts, was mir ins Auge gesprungen wäre.« Er lachte. »Ich selbst bin mehr für den Frontalangriff als für die Hintertür.«

Faith taten allmählich die Augen weh vom ständigen Rollen.

»Wissen Sie was, Mitchell? Schon als wir uns zum ersten Mal begegnet sind, dachte ich, dass wir früher oder später in einem Schlafzimmer zusammen Pornos gucken würden.«

Faith machte Anstalten aufzustehen.

»Warten Sie.« Er nahm einen Stapel Fotos aus der Kiste. »Sehen Sie sich die hier an. Delilah modelt schon eine ganze Weile. Bei den Bildern für *BackDoorMan.com* würde ich sagen, etwa seit sie sechzehn war. Für die früheren Aufnahmen gibt es keine Website oder irgendetwas, womit sie zu identifizieren wäre, aber ich würde sie da eher auf zwölf, vielleicht dreizehn schätzen.«

Faith legte die Fotos neben die Polizeifotos von Delilahs diversen Festnahmen. Colliers Schätzung lag um ein paar Jahre daneben. Faith konnte das Alter des Mädchens auf den Bildern eindeutig bis zu ihrer ersten Verhaftung mit zehn Jahren zurückverfolgen. Die illegale Aufnahme war herzzerreißend. Delilah war mit einem Spitzenhöschen und einem BH bekleidet, der irgendwie am Rücken festgetapt sein musste, damit er ihr nicht auf die Füße rutschte. Sie hatte noch keine Taille, keine Kurven, nichts als ein bisschen Babyspeck, den das Heroin schließlich aufzehren würde. Faith blickte in ihre stumpfen, leblosen Augen. Alles an dem Mädchen roch nach Verwahrlosung.

Warum war Harding, der sich allem Anschein nach einen Scheiß um irgendwen oder irgendwas scherte, so an diesem im Stich gelassenen Mädchen interessiert? Was bedeutete es ihm?

»Und jetzt, Kemo Sabe?«

»Ich bin sofort wieder da.« Faith stand auf und ging in die Küche. Und schon wieder folgte ihr Collier. Er war wie ein Kind, immer zwischen ihren Füßen. Sie sehnte sich nach Wills ruhiger Selbstversorgung. »Wir können ohne Weiteres länger als zwei Sekunden getrennt sein.«

»Wie soll ich dann wissen, was Sie treiben?«

Sie öffnete die Tür des Gefrierschranks. Eiscreme und Alkohol füllten die Fächer, aber auch ein Eineinhalb-Liter-Gefrierbeutel mit einem Stapel Papiere darin steckte ganz hinten. Gefrierbrand hatte ihn mit einer Packung Fischstäbchen verschmolzen. Faith musste die Packung an die Wand der Truhe schlagen, um den Beutel loszulösen.

Chronisch oder im Endstadium kranken Menschen wurde geraten, wichtige Dokumente wie etwa eine Patientenverfügung im Gefrierschrank aufzubewahren, damit die Sanitäter sie leicht fanden. Obwohl er ein so schrecklicher Mensch war, hatte Harding es fertiggebracht, dieser Empfehlung zu folgen. Nur, dass seine Verfügung ausdrücklich besagte, alle erdenklichen Maßnahmen zu ergreifen, um sein Leben zu erhalten.

»Du lieber Himmel«, sagte Collier, der natürlich über Faith' Schulter mitlas. »Der Kerl hat sein Todesurteil schon auf dem Tisch, aber er will trotzdem, dass ihn die Sanitäter so lange wie möglich am Leben halten?«

»Das wurde vor zwei Jahren ausgefüllt. Vielleicht hat er es vergessen.« Faith fand die Kontaktinformation auf der zweiten Seite.

Nächste Angehörige: Delilah Jean Palmer.

Verwandtschaftsstatus: Tochter.

»Sie war sein Kind«, sagte Collier, weil er vergaß, dass Faith Augen im Kopf hatte. »In ihrer Strafakte wird sie als Vollwaise geführt.«

Es gab drei Telefonnummern neben Delilahs Namen, von denen zwei durchgestrichen waren. Alle waren jeweils in einer anderen Kugelschreiberfarbe geschrieben. Faith wählte die jüngste Nummer von Hardings Festnetzapparat an und hörte eine Durchsage der Telefongesellschaft, dass es unter dieser Nummer keinen Anschluss mehr gab.

Nur um sicherzugehen, versuchte sie es unter den beiden anderen Nummern.

Kein Anschluss.

Collier holte sein Handy hervor. »Soll ich ein bisschen zaubern?«

»Bitte sehr.«

Collier machte Anstalten, ihr ins Schlafzimmer zu folgen, aber sie streckte die Hand aus, um ihn zu stoppen. »Wir müssen nicht alles zusammen machen.«

»Was, wenn die Ratte zurückkommt? Mit ihren Babys?«

»Schreien Sie einfach sehr laut.«

Sie ging wieder den Flur entlang und warf einen Blick zur Dachbodentreppe, denn die Ratte war immer noch dort oben und brachte vielleicht gerade Drillinge zur Welt, denn heute war genau so ein Tag. Gott sei Dank hatte Faith noch ein paar Öffnungen in die Decke gemacht, für den Fall, dass das Vieh sein Territorium ausweiten wollte.

Sie setzte sich auf den Stuhl und zwang sich, die Bilder von Delilah noch einmal anzusehen.

Wenn man einmal außer Betracht ließ, wie widerlich es war, dass ein Vater Bilder seiner nackten zwölfjährigen Tochter aufbewahrte, auf denen sie sich über ein hölzernes Steckenpferd beugt – mit dem Mädchen stimmte etwas nicht. Faith konnte nicht artikulieren, was diese Fotos von den Hunderten ähnlicher Fotos unterschied, die sie im Lauf ihres Berufslebens gesehen hatte, aber da war etwas.

Ausbeutung hatte ein gemeinsames Thema: Elend. Delilahs Augen waren glasig, wahrscheinlich von dem Heroin, das man ihr entweder gegeben oder vorenthalten hatte, damit sie vor der Kamera posierte. Ihre Schenkel waren gerötet, weil jemand grob mit ihr umgesprungen war. Eine Schicht Make-up verbarg nur dürftig die Blutergüsse an ihrem Hals. Sie hatte Lippenstift an den Zähnen. Nichts davon war neu oder sonderlich überraschend.

Es war das gleiche Gefühl, das Faith schon den ganzen Tag gehabt hatte: Etwas passte nicht zusammen.

Und Faith hasste es, wenn etwas nicht passte.

»Komisch, das mit den Fotos, oder?« Collier drückte sich schon wieder an der Tür herum.

»Sie meinen, dass manche Väter Schulbilder ihrer Kinder aufbewahren und Harding nur Nacktfotos?«

»Nein, ich meine, warum hat er keine Videos? Porno ist der einzige Grund für das Internet. Es hat die Nacktfoto-Industrie ruiniert. Selbst der *Playboy* hat schon den Geist aufgegeben.«

»Sie fragen sich, warum Harding Nacktfotos seiner Tochter angeschaut hat statt Nacktvideos?«

»Mehr oder weniger. Scheiße.« Er fuhr sich mit der Hand an den Hals. »Ich glaube, ich habe eine Fliege verschluckt.«

»Versuchen Sie es mal mit Mundhalten.«

»Haha.« Er setzte sich wieder auf die Matratze, und wieder gab sie dieses Geräusch von sich. Und wieder sah er Faith an. »Ich habe meine Süße im Archiv gebeten, den Background von der kleinen Delilah zu checken. Dann wissen wir, was sie in letzter Zeit so getrieben hat. Jetzt, wo Harding tot ist, wird sie ziemlich schnell im Gefängnis landen, und dann ist niemand mehr da, der sie wieder rausholt.«

»Sie könnte etwas wissen«, sagte Faith. »Wir müssen herausfinden, was Harding in der letzten Woche seines Lebens getrieben hat. Das wird uns mehr darüber verraten, wie er in Rippys Nachtclub endete.« Sie versuchte zu formulieren, was sie störte. »War er pädophil oder nur ein schlechter Vater?«

»Ich tippe auf beides.«

»Er muss sein Sparschwein für die Kleine geknackt haben.« Die Währung eines Polizisten war, zu wissen, wen man anrufen musste, und außerdem zu wissen, dass man dann tat, was verlangt wurde, ohne Fragen zu stellen, wenn diese Person ihrerseits anrief. »Das ist nicht so, wie wenn man einen Streifenpolizisten bittet, den Strafzettel wegen Geschwindigkeitsüberschreitung verschwinden zu lassen. Hier geht es um Gefälligkeiten auf einer ganz anderen Ebene, Lieutenants, Bewährungsbeamte, Richter sogar. Ausgeschlossen, dass er sich für all das revanchieren konnte. Er arbeitete im Bereich Wirtschaftskriminalität. Er hatte nicht diese Art Beziehungen. Es gab wahrscheinlich niemanden mehr bei der Polizei, der seine Anrufe beantwortete.«

»Harding hat keinen Computer oder Drucker«, bemerkte Collier.

Faith überprüfte die Papierstärke der Abzüge. »Diese Fotos wurden nicht in einem Labor gemacht, sondern privat.«

»Sie meinen, irgendwer hat sie für ihn ausgedruckt?«

»Aber wozu? Erpressung?« Sie dachte an Hardings plötzlichen Geldregen vor einem halben Jahr. Er war in das Mesa Arms eingezogen. Er hatte sich ein neues Auto gekauft. »Es muss andersherum gewesen sein. Harding ist derjenige, der zu Kohle gekommen ist. Ich hätte gute Lust, bei der staatlichen Lotterie anzurufen, ob sein Name auftaucht.«

Colliers Handy gab Laut. Er wischte über den Schirm. »Dateianhang.« Er wartete auf den Download. »O Mann, das wird ja immer besser!« Er hielt Faith das Handy hin. Auf dem Display war das PDF einer Heiratsurkunde zu sehen.

Faith kniff die Augen zusammen, um die Worte zu entziffern. Sie musste sie zweimal lesen, bevor sie es glauben konnte.

Vor fünfeinhalb Monaten war die Ehe zwischen Vernon Dale Harding und Delilah Jean Palmer geschlossen worden. Es war seine fünfte Heirat und ihre erste.

Faith schlug die Hand vor den Mund, dann überlegte sie es sich anders.

»Verdammt«, sagte Collier. »Der Kerl hat seine eigene Tochter geheiratet.«

»Das kann nicht stimmen.«

»Sie sehen es doch. Beglaubigt und alles.«

»Er hat sie vor zwei Jahren als seine Tochter eingetragen. Sie haben es auf den Formularen gesehen.«

Collier schien weniger verwirrt zu sein als sie. »Patientenverfügungen sind keine offiziellen Dokumente. Zumindest nicht, bis jemand sie findet und ins Krankenhaus bringt.«

Faith konnte ihre Verwirrung nicht abschütteln. Sie hätte die Papiere am liebsten noch einmal überprüft, aber sie wusste, sie hatte alles richtig gelesen. »Wie konnte das überhaupt gehen? Man kann niemanden heiraten, mit dem man verwandt ist. Man muss einen Antrag ausfüllen. Es wird geprüft, ob …«

»Sie wurde immer als Waise geführt. Harding hatte wahrscheinlich nie elterliche Rechte. Dann können sie so viel Hintergrundchecks machen, wie sie wollen. Die Verwandtschaftsbeziehung taucht nicht auf.«

Faith hatte die pornografischen Fotos aus den Händen fallen lassen. Sie sah auf die verstreuten Bilder hinunter und bemühte sich, nicht daran zu denken, warum Dale Harding sie all die Jahre aufbewahrt hatte. »Lieber Himmel, das arme Mädchen hatte wirklich nie eine Chance.«

»Er hat nicht mit ihr geschlafen.« Collier ließ Faith' Protest nicht aufkommen. »Nicht in letzter Zeit zumindest. Im Bad war kein Viagra, und angesichts des Gesundheitszustands von dem Kerl wird da nicht mehr viel gelaufen sein.«

»Wir müssen dieses Mädchen finden.« Faith begann, eine SMS an Amanda zu tippen, damit sie einen Fahndungsaufruf herausgab. »Sie ist dem Gesetz nach Hardings Frau. Harding wurde tot, eventuell ermordet, in einem Raum voller Blut gefunden. Wäre ich sein Mörder, würde ich nach Personen suchen, denen er sich möglicherweise anvertraut hat. Ob sie nun seine Frau oder seine Tochter ist, sie muss etwas wissen. Allein aufgrund der Tatsache, dass sie bei ihm wohnte.«

»Ist Ihnen aufgefallen, dass sie nicht hier ist?« Colliers Stimmung hatte sich verändert. Er kapierte es jetzt. »Der Fernseher ist weg. Es gibt keinen Computer. Vielleicht hat sie erfahren, dass er tot ist, und wusste, sie würde selbst ins Fadenkreuz geraten, also hat sie sein Zeug verkauft und sich aus dem Staub gemacht.«

»Violet, die Verwalterin, hat Delilah nie getroffen. Dann die verrückte Geschichte mit dem Schrank. Warum sollte man ein Mädchen vor der ganzen Nachbarschaft verstecken? Dafür muss es einen guten Grund gegeben haben.«

»Sie ist eine Hure, also kennt sie sich auf der Straße aus«, sagte Collier. »Wahrscheinlich hat sie Harding ebenso ausgenutzt wie er sie. Vielleicht ist er wegen ihr gestorben. Ich kann es mir gut vorstellen – die Kleine legt sich mit dem falschen Typ an, Harding stürzt herbei, um sie zu beschützen, und kriegt als Belohnung einen Türgriff in den Hals.«

»So oder so ist sie in Gefahr«, stellte Faith fest. »Hat das Archiv Ihnen ihre letzte bekannte Adresse genannt?«

Collier sah in seinem Handy nach. »Renaissance Suites an der I-20. Meine Süße hat bereits den Manager angerufen und ihm ein Foto von Delilahs letzter Verhaftung geschickt. Er sagt, er weiß nicht das Geringste.«

Faith hörte ihr Telefon zirpen und las die SMS. »Amanda hat den Fahndungsaufruf für Delilah herausgegeben. Sie müssen Ihre Kanäle bei der Polizei von Atlanta nach Informationen über das Mädchen anzapfen. Klopfen Sie an jede Tür von jedem Gebäude, in dem sie je gewohnt hat. Arbeiten Sie ihre Strafakte durch, schauen Sie an ihrer Schule vorbei oder was Ihnen sonst einfällt, um herauszufinden, wer ihre Freunde waren.«

Collier hatte einen seltsamen Ausdruck im Gesicht. »Sonst noch was, Chefin?«

»Ja, sie wurde wegen Prostitution verhaftet, also wird sie einen Zuhälter haben. Finden Sie ihn. Reden Sie mit ihm. Schleppen Sie ihn aufs Revier, wenn es sein muss.« Der Wecker an Faith' Handy ging los. Sie begann, die Akten und Fotos wieder in die Kisten zu stopfen. »Wir müssen Delilah finden, bevor jemand anderer es tut.«

»Was steht bei Ihnen an, während ich mir die Hacken ablaufe?«, fragte Collier.

»Ich muss ins Krankenhaus und mit der unidentifizierten Frau reden, die Will gefunden hat. Könnte sein, dass sie letzte Nacht etwas gesehen hat.«

»Äh, genau genommen haben *wir* sie gefunden, Will und ich.«

Faith wuchtete die Kisten hoch. Sie waren schwerer, als sie gedacht hatte. »Bis ich im Grady bin, müsste ich die Informationen zu Hardings Konten und Telefonverbindungen haben. Ich werde diese Akten durchgehen und einen Quervergleich …«

»Warten Sie.« Collier lief ihr schon wieder hinterher. »Ihre Unbekannte – sie kennt mich. Wahrscheinlich wird sie eher mit einem vertrauten Gesicht reden wollen.«

Faith blieb stehen. Collier prallte von hinten auf sie. »Charlie Reed, unser CSI-Mann, wird jede Minute hier sein. Warten Sie auf ihn, dann machen Sie sich auf die Suche nach Delilah. Wenn sie irgendwo da draußen ist, müssen wir mit ihr reden. Wenn Angie und Harding aus einem bestimmten Grund getötet wurden, kennt sie diesen Grund vielleicht, und das könnte sie ebenfalls das Leben kosten.«

»Sie glauben wirklich, dass sie in Gefahr ist?«

»Sie nicht?«

»Sie sind keine große Feministin, was?« Collier grinste, offenbar hatte sie schockiert dreingeschaut. »Wäre doch möglich, dass Delilah diejenige war, die es auf die beiden abgesehen hatte. Angie und Harding. Haben Sie daran mal gedacht? Auch Frauen sind nämlich zu einem Mord fähig, Partner.«

»Wenn Sie mich noch einmal Partner nennen, werden Sie sehr genau herausfinden, wozu Frauen fähig sind.«

Ausnahmsweise nahm Collier sie ernst. »Ich setze Ng schon mal darauf an, und sobald Ihr CSI-Mann hier ist, machen wir dann zu zweit weiter. Soll ich Sie später anrufen?«

»Wenn Sie Delilah finden oder wichtige Informationen haben, unbedingt.«

»Was, wenn ich noch ein bisschen Pornos mit Ihnen schauen will?«

Faith stieß die Haustür mit der Schulter auf. Sie hielt den Kopf gesenkt, damit ihre Augäpfel nicht Feuer fingen. Beim Wagen balancierte sie die Kisten auf einem Knie und fummelte am Türgriff herum, bis alles beinahe zu Boden fiel. Schließlich gelang es ihr, den Griff mit der Spitze des kleinen Fingers aufschnappen zu lassen und mit der Schuhspitze die Tür aufzuhebeln. Sie ließ die Kisten auf den Beifahrersitz fallen und setzte sich dann ans Steuer. Währenddessen stand Collier die ganze Zeit in der offenen Haustür und dachte nicht daran, ihr seine Hilfe anzubieten. Er wich ihr nicht von der Pelle, wenn sie ihn nicht brauchen konnte, und rührte keinen Finger, wenn sie ihn gebraucht hätte.

»Verdammt noch mal«, murmelte Faith.

Amanda hatte recht.

Er war genau ihr Typ.

KAPITEL 5

Will stand in der Eingangshalle des glitzernden Bürogebäudes mit der Adresse Tower Place 100. Der neunundzwanzigstöckige Wolkenkratzer gehörte zum Tower-Place-Komplex an der Ecke von Piedmont und Peachtree Road und war nur teilweise für die Dichte an Jaguars und Maseratis verantwortlich, die das schicke Buckhead rund um die Uhr verstopften.

Er hatte weniger geplant hierherzukommen, als dass er den Brotkrumen gefolgt war, die Angie für ihn ausgestreut hatte. Als Erstes war er nach Hause gefahren, um sich umzuziehen und einige Dokumente aus seinem Safe zu holen, dann war er zu Angies Bank gefahren, was ihn anschließend zu einem Laden führte, in dem sie ihr Postfach unterhielt, und das wiederum hatte ihn zu diesem Bürogebäude gebracht, wo er auffiel wie ein Tölpel vom Land, denn er hatte auf Anzug und Krawatte, die er sonst immer trug, verzichtet und etwas Bequemeres angezogen. Er wäre nicht einmal als IT-Milliardär durchgegangen. Seine Jeans waren von *Lucky*, nicht von *Armani*. Sein langärmliges Polohemd hatte Sara in einem Laden gekauft, von dem er noch nie gehört hatte. Auf seinen alten Laufschuhen waren Spritzer von der himmelblauen Farbe seines Badezimmers.

Er hatte die Wände zuletzt in einer helleren Farbe gestrichen, weil ihm eines Morgens klar geworden war, dass die Schokoladen- und dunklen Brauntöne in seinem Haus zu maskulin für Sara waren.

Sara.

Will spürte, wie sich seine Brust in einem tiefen, beruhigenden Atemzug hob und senkte. Allein ihren Namen zu denken hatte ein wenig von seiner Beklemmung entweichen lassen. Er gestattete sich die Erinnerung daran, wie gut es sich anfühlte, mitten in der Nacht aufzuwachen und festzustellen, dass Sara halb auf ihm lag. Sie passte zu ihm wie das letzte Teil eines komplizierten Puzzles. Er hatte noch nie jemanden wie sie gekannt.

Manchmal weckte sie ihn, nur um mit ihm zusammen zu sein. Ihre Hände auf ihm. Ihre Lust auf ihn. Angie hatte ihn nie auf diese Weise gewollt.

Aber wieso war er dann hier?

Will blickte auf das dicke graue Kuvert in seinen Händen. In der Ecke war das bunte Logo von Kip Kilpatricks Managementfirma aufgedruckt. Angies Name stand über der Nummer für ein Postfach. Das Postfach war in einem UPS-Laden in Midtown eingerichtet worden. Eigentlich waren zwei Kuverts in dem Postfach gewesen, aber das mit dem farbigen Logo hatte Will zuerst gesehen, und sein Herz war stehen geblieben wie ein Zug, der in eine Ziegelmauer rast.

Er war reglos im Vorraum des Ladens gestanden, hatte auf das Kuvert gestarrt, ohne es anzurühren, und versucht, seinen Schock zu überwinden. Damit gab es eine konkrete Verbindung zwischen Angie und Kip Kilpatrick und damit auch zu Marcus Rippy. Er hätte sofort Amanda anrufen müssen, sie hätten ein Spurensicherungsteam wegen Fingerabdrücken kommen lassen und die Bilder der Überwachungskameras auswerten müssen. Aber Will hatte nichts dergleichen getan, denn Amanda würde unter anderem wissen wollen, wie er überhaupt an die Nummer des Postfachs gelangt war.

Angies Bank hatte Will Kopien ihrer Bankauszüge mit ihrer Postadresse darauf ausgehändigt. Er hatte der Filialleiterin seine Heiratsurkunde angeboten, um zu beweisen, dass er nach dem Gesetz immer noch mit Angie verheiratet war. Die Frau hatte sie aber gar nicht sehen wollen. Alles, was sie brauchte, war sein Führerschein. Auf Wills Namen war nach wie vor eine Vollmacht für Angies Girokonto eingetragen, so wie seit zwanzig Jahren schon.

Er hatte Sara nichts von dem Konto gesagt.

Angies letzter Bankauszug hatte einen ungewöhnlich hohen Saldo ausgewiesen. Sie hatte immer von einem Gehaltsscheck zum nächsten gelebt. Will war der Sparer von ihnen beiden, der immer Angst hatte, dass ihm das Geld ausgehen könnte und er wieder auf der Straße leben müsste. Angie gab Geld aus, sobald sie welches in der Tasche hatte. Sie hatte zu Will gesagt, sie würde ohnehin jung sterben, also könne sie genauso gut jetzt ihren Spaß haben.

War sie jung gestorben? Galt dreiundvierzig noch als mittelalt?

Das Zeitfenster von zwei, drei Stunden, um Angie noch lebend zu finden, hatte sich längst geschlossen. Sara war eine gute Ärztin. Sie konnte einen Tatort lesen, und sie wusste, wie viel Blut in einem Körper sein sollte. Dennoch konnte Will nicht akzeptieren, dass Angie tot sein sollte. Er war nicht der Typ für kosmische Zeichen, aber er wusste, wenn ihr etwas wirklich Schlimmes zugestoßen wäre, würde er es in seinem Innersten spüren.

Will faltete das Kuvert in der Mitte, dann stopfte er es in seine Gesäßtasche, während er zu der Batterie von Aufzügen ging. Er ließ zwei aus, bis ihm klar wurde, dass er unmöglich auf einen warten konnte, der nicht schon rappelvoll mit Leuten aus der Tiefgarage war. Er sah auf seine Uhr. Um halb vier sollten Büroangestellte sehnsüchtig zur Tür schauen, weil sie nach Hause gehen wollten, und nicht von einer späten Mittagspause zurückkommen. In dem Aufzug, in den er sich schließlich quetschte, hing der Dunst von Alkohol und Zigaretten. Knöpfe wurden gedrückt. Will blickte auf das Tastenfeld. Sie würden auf nahezu jedem Stockwerk halten.

Er war nur einmal in Kip Kilpatricks Büro gewesen, und zwar während der kurzen und nichtssagenden Befragung von Marcus Rippy. Will erinnerte sich an die opulente Ausstattung der Büroetage, denn der Ort war bewusst darauf ausgerichtet, dass er einem im Gedächtnis blieb.

110 Sports Management nahm die oberen beiden Stockwerke des Gebäudes ein, anscheinend damit sie ein schickes, gläsernes Treppenhaus bauen konnten, das die beiden Ebenen verband. Überall an den Wänden sah man lebensgroße Fathead-Aufkleber von Spielern, die Basketbälle versenkten, ans Netz stürmten oder spielentscheidende Touchdowns warfen. Trikots mit bekannten Nummern hingen in Glasrahmen vor dem Besprechungsraum ebenso wie Fotos früherer Vorstandsvorsitzender der Firma, was angemessen war, denn Sport war ein Milliarden-Dollar-Geschäft. Überirdische Athletik allein brachte noch nicht genug ein. Man brauchte Lifestyle-Marken, Werbeverträge für Sportschuhe und seine eigene Modekollektion, um zu beweisen, dass man es wirklich geschafft hatte.

Im Hintergrund all dieser Milliardengeschäfte war außerdem ein Team von Anwälten, Managern, Agenten und Vermittlern nötig, die alle ihren Anteil erhielten. Was wunderbar war, aber auch Probleme schuf. *Coca-Cola* war ebenfalls eine Milliarden-Dollar-Industrie, aber es gab jede Menge Coladosen und Abfüllbetriebe, die immer mehr davon herstellen konnten. Wenn eine Dose Cola explodierte, konnte man sich einfach eine neue aus dem Kühlschrank holen. Wenn dagegen ein Sportler von der Polizei angehalten wurde, weil er mit einhundertsechzig Sachen über die Interstate bretterte und dabei Kokain schnupfte, während eine Nutte auf dem Beifahrersitz ihm einen blies, brach das gesamte Geschäft in der Sekunde zusammen, in der die Klatsch-Website *TMZ* das Polizeifoto postete.

Es gab nur eine Serena Williams. Es gab nur einen Peyton Manning. Und es gab nur einen Marcus Rippy.

Will verbannte das Bild aus seinem Kopf, das ihm in den Sinn kam, wenn er an Rippy dachte. Es war keines der vielen Bilder des Sportlers neben seinem Dreihunderttausend-Dollar-Auto, an Bord seines Privatflugzeugs oder mit der Hand auf dem Kopf seines reinrassigen Alaskan Huskys. Sondern das von ihm zu Hause bei seiner Familie, wo er den glücklichen und liebevollen Vater spielte, während Keisha Miscavage, die Frau, die Rippy brutal vergewaltigt hatte, rund um die Uhr bewacht werden musste, weil sie Morddrohungen von seinen Fans erhielt.

Ein Wort des Spielers hätte die Typen aufhalten können. Eine Zeile in einem Interview oder ein Post auf seinem *Twitter*-Account hätte es Keisha Miscavage ermöglicht, nach Hause zu gehen und ihr Leben langsam wieder aufzunehmen.

Andererseits machte es Rippy wahrscheinlich an, zu wissen, dass sie weiter eingesperrt war.

Eine Glocke läutete. Fünfter Stock. Die Fahrstuhltür ging auf. Ein paar Leute stiegen aus. Will stand mit dem Rücken an die Wand gepresst. Er legte die Hand an den Hals, weil ihm eine Sekunde zu spät einfiel, dass er keine Krawatte trug.

Nachdem Collier ihn zu Hause abgesetzt hatte, war Will davon ausgegangen, dass er beurlaubt, wenn nicht sogar regelrecht gefeuert war. Er wusste noch, wie er gedacht hatte, dass Männer, die arbeitslos waren, nicht Anzug und Krawatte tragen mussten. Es brachte gewissermaßen Arbeitslosigkeit symbolisch auf den Punkt. Jetzt bedauerte er seine Kleiderwahl, aber als er vor einigen Stunden von zu Hause aufgebrochen war, hatte er angenommen, er würde Spuren von Angie hinterherjagen und nicht Kip Kilpatrick gegenübertreten.

Der Aufzug hielt im zwölften Stock. Die Hälfte der Leute stieg aus, niemand stieg mehr zu. Will lehnte weiter an der Wand. Der Fahrstuhl stoppte zwei Stockwerke höher. Eine Person stieg ein und eine Etage höher wieder aus. Ab dem fünfzehnten Stock war Will dann endlich allein. Er sah die Anzeige aufblitzen, während der Aufzug so schnell nach oben raste, dass er den Druck auf den Ohren spürte.

Bei jeder neuen Zahl dachte er: *Angie, Angie, Angie.*

Machte er sich selbst etwas vor? War sie wirklich tot?

Will hatte oft schon Todesnachrichten überbracht, hatte sich gewappnet, ehe er an eine Tür klopfte, war die Schulter zum Anlehnen gewesen oder hatte sich als Gegenüber angeboten, das man anschreien konnte, wenn er einer Mutter, einem Vater, einem Ehepartner oder Kind mitteilte, dass ihre Liebsten nie mehr nach Hause kommen würden.

Wie fühlte es sich an, auf der anderen Seite zu stehen? Würde Will in einer Stunde, einem Tag, einer Woche einen Anruf erhalten? Würde man ihm mitteilen, ein Streifenwagen habe hinter Angies Monte Carlo gehalten und sie leblos über dem Lenkrad vorgefunden?

Will würde sie identifizieren müssen. Er würde ihr Gesicht sehen müssen, ehe er glaubte, dass sie tot war. Wie würde sie nach all der Zeit in der unbarmherzigen Sommerhitze aussehen? Aufgedunsen, nicht mehr erkennbar? Er hatte solche Leichen gesehen. Sie würden sie über die DNA identifizieren müssen, aber selbst dann würde Wills Verstand weiter mit sich im Widerstreit liegen, ob dieses angeschwollene, verfärbte Gesicht seiner Frau gehörte oder ob es Angie gelungen war, den Tod zu betrügen, so wie sie immer alle betrog.

Sie war nicht totzukriegen. Sie konnte immer noch irgendwo da draußen sein. Collier hatte recht: Angie hatte immer einen Kerl in petto. Vielleicht war einer dieser Kerle Arzt. Vielleicht genas sie gerade, zu schwach, um zum Telefon zu greifen und Will Bescheid zu geben, dass sie noch lebte.

Nicht, dass sie ihn jemals anrufen würde, solange Sara da war.

Will presste seine Finger auf die Augen.

Der Aufzug hielt im neunundzwanzigsten Stock. Die Tür ging auf. Alle Oberflächen leuchteten in weißem Marmor. Eine umwerfend gut aussehende, modelhaft dünne Blondine sah von ihrem Computer am Empfangstisch auf. Will erkannte sie vom letzten Mal, aber er war überzeugt, dass sie sich nicht an ihn erinnerte.

Er täuschte sich.

»Agent Trent.« Ihr Lächeln schmolz zu einem Strich. »Nehmen Sie Platz. Mr. Kilpatrick ist noch in seiner Besprechung. Er wird in fünf bis zehn Minuten bei Ihnen sein.«

Kip Kilpatrick war clever, aber er war kein Hellseher. Soweit Will informiert war, traf sich Amanda morgen in aller Frühe mit Marcus Rippys Agent beziehungsweise Anwalt. Bis vor einer halben Stunde hatte Will selbst nicht gewusst, dass er hierherkommen würde. Oder vielleicht rechnete Kilpatrick weniger mit Wills Auftauchen, als dass er darauf wartete. Es klang logisch. Marcus Rippy war Kilpatricks größter Klient, seine einzige Dose Cola. Der aalglatte Agent hatte bereits eine Vergewaltigungsanklage vereitelt. Eine Leiche in Rippys Nachtclub zu erklären war im Vergleich dazu ein Kinderspiel.

»Da drüben.« Die Frau zeigte zu einem Sitzbereich.

Will folgte ihrer Anweisung und durchquerte die Lobby, die so viele Quadratmeter hatte wie sein ganzes Haus. Eine Milchglastür führte zu den Büros und eine zu einer Toilette, aber davon abgesehen war die Eingangshalle vollkommen abgetrennt von den Geschäftsräumen.

An dem kargen Dekor hätte man nicht erkannt, dass man vor einer der führenden Sportagenturen im Land stand. Will nahm an, das war Absicht. Kein Klient in spe wollte in der Lobby sitzen und auf das lächelnde Gesicht seines Rivalen auf dem Platz blicken. Und wenn umgekehrt dein Stern am Sinken war, wolltest du nicht sehen, wie das Bild eines angesagten jungen Wilden deinen Platz an der Wand einnahm.

Will ließ sich in einen der bequemen Sessel neben einer endlosen Reihe raumhoher Fenster sinken. Alles in der Lobby war aus Chrom und dunkelblauem Leder. Der Blick erstreckte sich bis nach Downtown hinunter. Die hellgrauen Wände waren wie mit einer Tapete über und über mit dem *110%*-Logo in Glanzlack bedruckt. Es gab ein Schild, das letztes Mal nicht da gewesen war: riesige, mit Blattgold verzierte Buchstaben, auf eine dünne Metallplatte montiert, die größer war als Will.

Will studierte die Buchstaben. Es gab drei Zeilen Text, jede fast einen halben Meter hoch. Er sah die Lettern wie Seerosen darauf herumschwimmen. Ein M kreuzte sich mit einem A, ein E verwandelte sich in ein Y.

Will hatte immer schon Schwierigkeiten beim Lesen gehabt. Er war kein Analphabet, er *konnte* lesen, aber es brauchte Zeit, und es half, wenn die Worte gedruckt oder ordentlich geschrieben waren. Das Problem plagte ihn seit seiner Kindheit. Er hatte mit knapper Not den Highschoolabschluss geschafft. Die meisten Lehrer hatten unterstellt, dass er faul oder dumm oder beides war. Auf dem College hatte ein Professor dann von Legasthenie gesprochen. Es war eine Diagnose, die er für sich behielt, denn die Leute gingen davon aus, wer langsam las, der war auch langsam im Kopf.

Sara war der erste Mensch in Wills Leben, der seine Leseschwäche nicht wie eine Behinderung behandelte.

Man.

Age.

Ment.

Lautlos las Will die drei Worte ein zweites und dann noch ein drittes Mal von dem Schild ab.

Er hörte, wie eine Toilettenspülung betätigt wurde, dann lief ein Wasserhahn, und anschließend blies ein Händetrockner. Die Toilettentür ging auf. Eine ältere, gut gekleidete Schwarze kam heraus. Sie stützte sich schwer auf einen Stock, als sie zu der Sitzgruppe ging.

Die Empfangsdame knipste ein Lächeln an. »Laslo wird sofort bei Ihnen sein, Mrs. Lindsay.«

Will stand auf, denn er war von einer Frau großgezogen worden, die alt genug war, um seine Großmutter zu sein, und Mrs. Flannigan hatte ihnen Umgangsformen beigebracht, die eher zur Weltkriegsgeneration passten.

Mrs. Lindsay schien die Geste zu schätzen. Sie lächelte freundlich, als sie auf der Couch gegenüber von Will Platz nahm. »Ist draußen immer noch so eine Affenhitze?«, fragte sie.

Er setzte sich wieder. »Ja, Ma'am.«

»Gott steh uns bei.« Sie lächelte ihn wieder an, dann nahm sie eine Zeitschrift zur Hand. *Sports Illustrated.* Marcus Rippy war auf dem Titelblatt, er dribbelte mit einem Basketball. Will blickte aus dem Fenster, denn das Gesicht des Mannes zu sehen weckte den Wunsch in ihm, seinen Sessel durch den Raum zu schleudern.

Mrs. Lindsay riss eine Abonnementkarte aus der Zeitschrift und fächelte sich Luft zu.

Will schlug die Beine übereinander und lehnte sich in dem Sessel zurück. Seine Wade schmerzte. Am Bein seiner Jeans war ein Blutfleck zu sehen. Er hatte das Gefühl, als wäre ein Ewigkeit vergangen, seit er in dem zum Abriss bestimmten Bürogebäude mit dem Fuß durch den morschen Boden gebrochen war. Zu Hause hatte er Verbandmull um die blutende Wade gewickelt, was das Problem aber offenbar nicht gelöst hatte.

Er schaute auf seine Uhr und ignorierte das verkrustete Blut auf seinen Handknöcheln. Er checkte sein Handy, das voller Drohnachrichten von Amanda war. Es war vollkommen still im Raum, man hörte nur gelegentlich Mrs. Lindsay eine Seite umblättern oder die Empfangsdame mit ihren langen Fingernägeln auf der Tastatur klappern. *Tack, tack. Tack.* Sie war alles andere als geübt. Will konnte nicht anders, als das Mantra von vorhin im Aufzug zu wiederholen.

Angie. Angie. Angie.

Sie verschwand ständig. Monate vergingen, manchmal ein ganzes Jahr, und eines Tages dann aß Will an der Küchenspüle gerade sein Abendessen oder lag auf der Couch und sah fern, und Angie öffnete mit ihrem Schlüssel die Haustür und benahm sich, als wäre sie nur kurz weg gewesen.

Sie sagte immer: »Ich bin's, Baby. Hast du mich vermisst?«

Genauso war es jetzt auch. Sie war verschwunden, und sie würde wiederkommen, weil sie früher oder später immer wiederkam.

Will stellte die Beine nebeneinander, beugte sich vor und hielt seine Hände zwischen den Knien umklammert. Er drehte den billigen Ehering am Finger. Er hatte den Goldring für fünfundzwanzig Dollar in einem Pfandleihhaus gekauft, weil er für die Filialleiterin der Bank legal verheiratet aussehen wollte. Will hätte sich das Geld sparen können, die Frau hatte kaum einen Blick auf seinen Ausweis geworfen, ehe sie ihn Angies gesamtes finanzielles Leben einsehen ließ.

Er zupfte an dem Ring, und das Gold blätterte ab. Immerhin war er hübscher als der, den Angie ihm geschenkt hatte.

Will ließ die Hände sinken. Er wäre gern aufgestanden und herumgelaufen, aber er spürte instinktiv, dass das der Empfangsdame nicht gefallen würde. Und Mrs. Lindsay wohl ebenso wenig. Nichts war schlimmer, als jemandem zusehen zu müssen, der auf und ab rannte, außerdem verriet es überdeutlich, dass man nervös war, und Kip Kilpatrick brauchte das nicht zu wissen.

Sollte er nervös sein? Will saß am längeren Hebel. Zumindest dachte er das, aber Kilpatrick hatte ihn schon einmal überrumpelt.

Will griff nach einer Zeitschrift. Er erkannte das Logo des *Robb Reports*. Auf dem Cover war ein Bentley Bentayga SUV. Will blätterte zum Artikel. Zahlen waren nie ein Problem für ihn gewesen. Er fand die Angaben zu dem Wagen und fuhr mit dem Zeigefinger unter dem Text entlang. Die Worte waren leichter zu entziffern für ihn, da er sie aus anderen Autozeitschriften kannte. Denn Will liebte Autos. Twin-Turbo 6,0 Liter W12. 600 PS und 900 Newtonmeter Drehmoment. Höchstgeschwindigkeit 301 km/h. Die Fotos vom Innenraum zeigten feinste Ledersitze und edelste Chromarmaturen.

Will fuhr einen siebenunddreißig Jahre alten Porsche 911, aber der Wagen war kein Klassiker. Sein erstes Fortbewegungsmittel war ein Kawasaki-Geländemotorrad gewesen, ein nettes Gefährt, wenn man verschwitzt oder patschnass vom Regen bei der Arbeit erscheinen durfte. Eines Tages hatte Will dann eine ausgebrannte Karosserie in einem brachliegenden Feld nicht weit von seinem Haus gesehen. Er hatte ein paar Obdachlose dafür bezahlt, dass sie ihm halfen, in seine Garage zu tragen, was von dem Porsche noch übrig war. Nach einem halben Jahr konnte man den Wagen wieder fahren, aber Geldmangel und ein abschreckender technischer Bauplan führten dazu, dass Will beinahe zehn Jahre brauchte, um ihn vollständig zu restaurieren.

Sara hatte ihn an Weihnachten zu einer Probefahrt mit einem nagelneuen Porsche 911 mitgenommen. Der Ausflug zu dem Autohändler war eine Überraschung gewesen. Will war sich in dem Showroom wie ein Eindringling vorgekommen, aber Sara hatte sich wie zu Hause gefühlt. Sie war an Reichtum gewöhnt. Ihre Wohnung war ein Penthouse, das mehr als eine Million Dollar kostete. Ihr BMW X5 war mit allen Schikanen ausgestattet. Sara besaß jenes Selbstbewusstsein, das dem Wissen entsprang, sich alles leisten zu können, was sie haben wollte. So wie sie sich auch am Vortag bei der Besichtigung dieser Häuser in den großzügigen, offenen Räumen umgesehen und insgeheim überlegt hatte, was sie alles ändern würde, damit es mehr ihrem Geschmack entsprach, ohne zu bemerken, dass Wills Hände zitterten, als er das Faltblatt hielt und die Nullen vor dem Komma zählte.

Wills Sozialversicherungsnummer war von einem Pflegevater gestohlen worden, als er sechs Jahre alt war. Er fand es heraus, als er zwanzig war und sein erstes Bankkonto eröffnen wollte. Seine Kreditwürdigkeit war im Eimer. Er hatte alles bar bezahlen müssen, bis er achtundzwanzig wurde, und auch dann bekam er nur eine Bankkarte für sein Girokonto. Selbst sein Haus hatte er bar bezahlt. Er hatte es bei einer Zwangsversteigerung auf der Treppe des Gerichtsgebäudes gekauft. Die ersten drei Jahre hatte er mit einer Flinte neben dem Bett geschlafen, weil ständig Crackjunkies auftauchten, die hofften, ein wenig Stoff von der Bande erbeuten zu können, die vorher dort gehaust hatte.

Will bekam noch immer keine Kreditkarte. Aufgrund seiner strikten Bargeldpolitik war seine Bonität von negativ zu nicht existent übergegangen. Er tauchte buchstäblich bei keiner einzigen Wirtschaftsauskunftei auf. Wenn Sara dachte, sie würden sich zusammen ein Haus kaufen können, sollte sie lieber bereit sein, ihr Eine-Million-Dollar-Penthouse gegen einen Schuhkarton zu tauschen. Nachdem er Amandas Nachrichten den ganzen Tag schon ignoriert hatte, hatte Will inzwischen vermutlich nicht einmal mehr einen Job.

»Sind Sie Basketballspieler?«

Will sah von seiner Zeitschrift auf. Mrs. Lindsay sprach mit ihm.

»Nein, Ma'am«, sagte er, und da es theoretisch wohl immer noch stimmte, fügte er an: »Ich bin Special Agent beim Georgia Bureau of Investigation.«

»Na, wenn das nicht interessant ist!« Sie spielte mit der Perlenkette an ihrem Hals. »Das GBI ist also die Polizei des Bundesstaats?«

»Nein. Wir sind eine in ganz Georgia tätige Behörde, die Unterstützung bei strafrechtlichen Ermittlungen, kriminaltechnische Labordienste und computergestützte Informationen für die Strafjustiz anbietet.«

»Eine Art FBI, aber für den Bundesstaat?«

Sie hatte es schneller erfasst als die meisten Leute. »Ja, Ma'am. Genau.«

»Alle Arten von Fällen?«

»Ja, Ma'am. Alle Arten.«

»Wie interessant.« Sie begann, in ihrer Handtasche zu wühlen. »Sind Sie dienstlich hier? Ich hoffe, niemand ist in Schwierigkeiten?«

Will schüttelte den Kopf. »Nein, nur ein paar Routinefragen.«

»Wie ist Ihr vollständiger Name, bitte?«

»Will Trent.«

»Will Trent. Ein Mann mit zwei Vornamen.« Sie holte ein kleines Notizbuch mit einem Kirchenfenstermotiv auf dem Plastikeinband hervor.

Will zückte seine Brieftasche und fischte eine seiner Visitenkarten heraus. »Das bin ich.«

Sie studierte die Karte. »Will Trent, Special Agent, Georgia Bureau of Investigation.« Sie lächelte ihn an, als sie die Karte in ihr Notizbuch steckte und beides in der Handtasche verstaute. »Ich erinnere mich gern an Leute, die ich kennenlerne. Wie lange sind Sie schon verheiratet?«

Will sah auf den Ring aus der Pfandleihe an seinem Finger. War er Witwer? Wie nannte man sich, wenn eine Frau starb, mit der man nicht mehr verheiratet sein wollte?

»Tut mir leid«, entschuldigte sich Mrs. Lindsay. »Ich bin zu neugierig. Meine Tochter sagt immer, ich bin neugieriger, als mir guttut.«

»Nein, Ma'am, das ist schon in Ordnung. Ich bin selbst ein bisschen neugierig.«

»Das will ich hoffen angesichts Ihres Berufs.« Sie lachte, deshalb lachte Will ebenfalls. »Ich war einundfünfzig Jahre lang mit einem wunderbaren Mann verheiratet«, sagte sie.

»Sie waren eine Kindsbraut?«

Sie lachte wieder. »Sehr freundlich, Special Agent Trent, aber nein. Mein Mann ist vor drei Jahren gestorben.«

Will spürte einen Kloß im Hals. »Und Sie haben eine Tochter?«

»Ja.« Das war alles, was sie sagte. Sie hielt ihre Handtasche im Schoß umklammert und lächelte ihn an. Er lächelte zurück.

Und dann sah er, dass ihre Unterlippe zu zittern begann und ihre Augen feucht waren.

Will warf einen Blick auf die Empfangsdame, die immer noch auf ihrem Computer tippte.

Er senkte die Stimme. »Ist alles in Ordnung?«

»Oh, ja.« Sie ließ beim Lächeln die Zähne sehen, aber die Lippe wollte nicht aufhören zu zittern. »Alles ist bestens.«

Will bemerkte, dass die Empfangsdame nicht mehr tippte. Sie hatte das Telefon am Ohr. Mrs. Lindsays Lippe zitterte immer noch. Ihr machte eindeutig etwas zu schaffen.

Er bemühte sich um einen lockeren Plauderton. »Wohnen Sie hier in der Gegend?«

»Nur ein Stück die Straße hinauf.«

»Buckhead«, sagte Will. »Meine Chefin wohnt weiter unten, in einem dieser Stadthäuser nicht weit von Peachtree Battle.«

»Das ist eine hübsche Gegend. Ich lebe in dem älteren Gebäude an der Kurve, gegenüber von den Kirchen.«

»Jesus Junction«, sagte Will.

»Der Herr ist überall.«

Will war nicht religiös, aber er meinte: »Gut, wenn es jemanden gibt, der auf einen achtet.«

»Sie haben ja so recht. Ich kann mich wirklich glücklich preisen.«

Will fühlte sich, als wäre er in einer Plasmakugel eingeschlossen und elektrische Funken sausten zwischen ihm und Mrs. Lindsay hin und her. Sic sahen einander mindestens zehn weitere Sekunden lang an, ehe die Tür hinter dem Empfangstisch aufging.

»Miss Lindsay?« Ein rundköpfiger Schlägertyp mit einem eng sitzenden schwarzen T-Shirt und noch engerer schwarzer Hose stand in dem offenen Eingang. Sein Bostoner Akzent war so breit wie sein Hals. »Dann wollen wir Sie mal zurückbringen, meine Gute.«

Mrs. Lindsay umklammerte ihren Stock und stand auf, deshalb stand Will ebenfalls auf. »War nett, Sie kennenzulernen.«

»Sie auch.« Sie streckte ihm die Hand entgegen, und er schüttelte sie. Ihre Haut war klamm. Sie biss sich auf die Unterlippe, damit das Zittern aufhörte. Dann ging sie auf ihren Stock gestützt hinaus, ohne sich noch einmal umzudrehen.

Der Schlägertyp warf Will mit den Augen ein »Leck mich« zu, bevor er die Tür hinter sich schloss. Will vermutete, das war Laslo, den das Mädchen am Empfang vorhin erwähnt hatte, und er vermutete außerdem, dass Laslo für Kip Kilpatrick arbeitete. Hinter jedem Mittelsmann gab es einen Widerling, der es kaum erwarten konnte, sich die Hände schmutzig zu machen. Laslo schien der Typ zu sein, der von Haus aus schmutzig war.

»Mr. Kilpatrick wird noch fünf bis zehn Minuten brauchen«, sagte die Empfangsdame.

»Noch einmal.« Sie schaute verwirrt drein, deshalb erklärte Will es ihr. »Noch einmal fünf bis zehn Minuten, denn das Gleiche sagten Sie bereits vor fünf bis zehn Minuten, deshalb …«

Sie begann wieder, auf ihrer Tastatur zu klappern.

Will schob die Hände in die Taschen. Er sah zur Couch, weil er dachte, Mrs. Lindsay könnte etwas für ihn zurückgelassen haben. Eine Brotkrume vielleicht.

Nichts.

Er ging zur Toilettentür, machte kehrt und ging zurück in Richtung Getränkeschild. Er hatte recht gehabt, was das Auf- und-ab-Laufen betraf. Die Empfangsdame warf ihm wiederholt verärgerte Blicke zu, während sie tippte. Er fragte sich, ob sie ein Update ihrer Facebook-Seite durchführte. Was genau war eigentlich die Aufgabe einer Empfangsangestellten, wenn sie nicht dafür zuständig war, ans Telefon zu gehen? Will dachte darüber nach, während er hin- und herlief, denn über die anderen Dinge nachzudenken hielt er nicht aus. Er war auf seiner sechsten Runde, als ein lauter Glockenton die Stille zerriss.

Die Fahrstuhltür ging auf. Amanda trat heraus.

Ihr Gesichtsausdruck wechselte flott von Überraschung über Zorn zu ihrer normalen Maske von Gleichgültigkeit. »Sie sind zu früh dran«, sagte sie nur, als hätte sie nicht einen Mordsschrecken bekommen, ihn hier im Empfangsbereich stehen zu sehen. Sie wandte sich an die Angestellte. »Können Sie feststellen, wie lange Mr. Kilpatrick noch brauchen wird?«

Das Mädchen griff zum Telefon. Ihre Fingernägel spießten die Tasten auf.

»Danke.« Amandas Ton war höflich, aber ihre Schuhe verrieten sie: Die Absätze hackten wie Messer in den Marmorboden. Sie nahm in dem Sessel Platz, den Will frei gemacht hatte. Ihre

Füße reichten nicht bis zum Boden. Sie schwankte ein bisschen bei dem Versuch, im Gleichgewicht zu bleiben. Will hatte Amanda nie ganz hinten auf einem Sessel sitzen sehen, aber das Problem war, dass dieser Sessel für Leute mit den langen Beinen von Basketballspielern gedacht war. Kein Wunder, dass sich Will so wohl darin gefühlt hatte.

»Tut mir leid, dass ich zu früh dran war«, sagte er.

Sie hob den *Robb Report* auf. »Ich glaube, ohne Eier sind Sie mir lieber.«

Die Empfangsdame legte klappernd den Telefonhörer auf. »Mr. Kilpatrick sagt, er braucht noch fünf bis zehn Minuten.« Sie sah Will an. »*Noch einmal.*«

»Danke.« Amanda blickte mit einem plötzlichen Interesse für Luxusuhren in die Zeitschrift.

Will nahm an, er konnte Amanda nicht noch mehr gegen sich aufbringen, als er es bereits getan hatte, und fing wieder an, zwischen der Toilette und dem Schild hin- und herzulaufen. Er dachte an das zweite Kuvert, das er in Angies Postfach gefunden hatte. Weiß, unscheinbar, schockierender noch als das erste. Es war keine Briefmarke darauf. Angie hatte es für ihn hinterlassen, und Will hatte es in seinen Wagen gelegt. Das Kilpatrick-Kuvert war ein Beweismittel. Das zweite ging niemanden etwas an.

»Haben Sie etwas gefunden?«, fragte er Amanda. Sie sah ihn verständnislos an. »Am Tatort.«

Amanda wandte sich an die Empfangsangestellte. »Entschuldigen Sie?« Sie wartete, bis das Mädchen aufblickte. »Als ich das letzte Mal hier war, habe ich einen wunderbaren Pfefferminztee bekommen. Wären Sie so freundlich, mir wieder einen zu machen? Mit Honig?«

Die Empfangsdame zwang sich zu einem Lächeln, klatschte die Hände auf den Schreibtisch und rollte mit dem Stuhl zurück, damit sie aufstehen konnte. Sie öffnete die Tür zu den Büros und schloss sie lautstark hinter sich.

»Hinsetzen«, sagte Amanda zu Will.

Er ließ sich auf der Couch nieder.

»Bis das Mädchen zurück ist, haben Sie Zeit, mir zu erklären, warum ich Sie nicht auf der Stelle feuern sollte.«

Will fiel kein guter Grund ein, deshalb entschied er sich, seine Karten auf den Tisch zu legen. Er zog das Kuvert von »110« aus der Gesäßtasche und warf es auf die Glasplatte des Couchtischchens.

Amanda rührte es nicht an. Sie las die Absenderadresse, es war die des Büros, in dem sie gerade saßen. Wie in der Lobby war das *110%*-Logo als Muster über das ganze Kuvert gedruckt. Anstatt zu fragen, was sich in dem Kuvert befand, fragte Amanda: »Wie sind Sie an die Nummer von Angies Postfach gekommen?«

»Ich bin zur Bank gegangen, dort bin ich als Bevollmächtigter für ihr Girokonto eingetragen. Das Postfach ist in einem UPS-Laden in der …«

»Spring Street.« Sie warf ihm einen vernichtenden Blick zu. »Ihr Handy gehört dem GBI, Will. Ich könnte Sie bis aufs Klo verfolgen, wenn ich es wollte.« Sie bedeutete ihm fortzufahren. »Sie sind also in den Laden gegangen, und?«

Will verdaute erst einmal die Information über Amandas Überwachungsmöglichkeiten. »Ich habe dem Geschäftsführer den Bankauszug mit unseren Namen darauf gezeigt und meinen Führerschein, und er hat mir Zugang zum Postfach gewährt.« Er ließ die hundert Dollar aus, die den Besitzer gewechselt hatten, und die versteckten Drohungen mit der Betrugsabteilung des GBI, aber etwas an dem Blick, mit dem Amanda ihn ansah, sagte ihm, dass sie es auch so wusste.

Sie betrachtete wieder das Kuvert, rührte es aber noch immer nicht an. »Wen haben Sie geschlagen?«

Will sah auf die Abschürfungen an seinen Handknöcheln. »Jemanden, der es wahrscheinlich nicht verdient hat.«

»Wird er Probleme machen?«

Will glaubte nicht, dass Collier der Typ dafür war. »Nein.«

»Sie müssen diesen Ehering abnehmen, bevor Sie Sara treffen. Und ich würde ihr lieber nicht erzählen, dass Sie noch auf Angies Bankkonto geführt werden, denn sie könnte sich fragen, warum Sie dieses Postfach binnen zwei Stunden finden konnten, während Sie in den letzten eineinhalb Jahren nicht in der Lage waren, eine einzige verwertbare Spur zu Angie zu entdecken.«

Will hörte keine Frage, deshalb gab er keine Antwort.

»Warum werden Sie noch auf ihrem Bankkonto geführt?«

»Weil sie manchmal Geld braucht.« Er sah aus dem Fenster. Die Wahrheit war, dass er nicht wusste, weshalb er nicht schon früher versucht hatte, Angie über die Bankauszüge aufzuspüren. »Sie schickt mir gelegentlich eine SMS, dass sie Hilfe braucht.«

»Heißt das, Sie haben Ihre Telefonnummer?«

»Die letzte SMS kam vor dreizehn Monaten wegen ein paar Hundert Dollar.« Es waren genau genommen fünfhundert gewesen, aber Will wollte auch nicht zu viel erzählen. »Die Telefonnummer, die Charlie gefunden hat, ist dieselbe wie die, von der sie die SMS geschickt hat. Sie wurde inzwischen stillgelegt. Und es ist dieselbe Nummer wie auf dem Bankauszug«, fügte er an.

Amanda nahm endlich das Kuvert zur Hand. Sie zog den Scheck über fünftausend Dollar heraus, ausgestellt von Kip Kilpatricks privatem Konto – der Beweis, dass Angie für Kilpatrick gearbeitet hatte. Amanda ließ die Hand in den Schoß sinken. »Deshalb musste sie sich kein Geld mehr von Ihnen borgen. Falls man es borgen nennen kann. Ich vermute, Sie hat Ihnen nie etwas zurückbezahlt.«

Wieder ließ er die nicht gestellte Frage unbeantwortet. »In den letzten drei Monaten sind alle zwei Wochen fünftausend Dollar auf Angies Konto eingegangen, dieselbe Summe wie auf dem Scheck. Sie hat für Kip Kilpatrick gearbeitet.«

»Und aus welchem Grund, glauben Sie, hat Kilpatrick ihr zehntausend Dollar im Monat von seinem Privatkonto bezahlt?«

Will zuckte die Achseln, aber er konnte sich viele unerlaubte Dinge vorstellen, die Angie tun würde. Sie hatte ein Problem mit Tablettenabhängigkeit, die seit ihrer Kindheit immer wieder einmal aufflammte. Es machte ihr nichts aus, Böses zu tun oder wegzusehen, wenn andere Leute es für sie taten. Sie hatte es auch mit legalen Unternehmungen versucht, deshalb wählte Will zunächst die kleinste ihrer Sünden. »Sie war als Privatdetektivin für den Staat Georgia zugelassen. Vielleicht hat Kilpatrick sie Nachforschungen anstellen lassen, Hintergrundchecks von potenziellen Klienten. Und als sie noch Polizistin war, hat sie in Teilzeit in der privaten Sicherheitsbranche gearbeitet. Vielleicht hat sie auch einen Securityjob für ihn gemacht.« Er stellte noch einmal die Frage von gerade eben: »Was haben Sie am Tatort gefunden?«

Amanda ging auch diesmal nicht darauf ein. »Sagen Sie mir, aus welchem Grund Sie mich nicht vor einer halben Stunde angerufen haben, als Sie diesen Scheck fanden.«

Will sah auf seine Hände hinunter. Er drehte wieder an dem Ehering. Er wusste nicht, warum er so an ihm hing. Der Ring bedeutete etwa so viel wie der, den Angie ihm im Gerichtsgebäude an den Finger gesteckt hatte.

»Das Blut in dem Raum ist B negativ, was eine sehr seltene Blutgruppe ist«, sagte Amanda. »Angie ist B negativ. Das ist alles, was ich für Sie habe.«

»Das gesamte Blut war B negativ?«

»Das allermeiste davon, ja. Die große Menge.«

Will hörte Saras Worte in seinem Kopf widerhallen.

Die Menge des Blutverlusts ist die eigentliche Gefahr.

»Unsere Unbekannte ist noch im OP. Wir haben eine Spur zu einem Mädchen namens Delilah Palmer. Je von ihr gehört?«

Will schüttelte den Kopf.

»Weiß, zweiundzwanzig. Acht Festnahmen wegen Prostitution und Drogen. Harding war ihr Schutzengel. Sie ist schon eine ganze Weile dabei.«

»Angie hat bei der Sitte gearbeitet, als sie Polizistin war.«

»Tatsächlich?« Amanda mimte übertriebene Verblüffung. »Wir fahnden mit Hochdruck nach ihr. Diese Delilah Palmer weiß wahrscheinlich, warum Dale und Angie getötet wurden, und damit ist sie entweder unsere Hauptverdächtige oder unser nächstes Opfer.«

Will drehte und drehte an dem Ring. Er zwang sich, nicht auf seine Uhr zu sehen, nachzurechnen, wie viele Stunden vergangen waren, seit Sara gesagt hatte, dass Angie nicht mehr viel Zeit blieb.

Sie würde zurückkommen. Angie kam immer zurück. Genau so würde er diese Sache durchstehen. Er würde sich verhalten wie bei jedem anderen Untertauchen von Angie, und ein Jahr würde vergehen, zwei Jahre, und Will würde einen Weg finden zu akzeptieren, dass er zugesehen hatte, wie Amanda vorgab, eine Zeitschrift zu lesen, während Angie sich irgendwo verkrochen hatte, um einsam zu sterben. So, wie sie es immer vorhergesagt hatte. So, wie Will es sich gewünscht hatte, weil er wollte, dass mit Sara alles einfacher wäre.

Er sah aus dem Fenster. Er versuchte zu schlucken. Er spürte diese vertraute Enge in seiner Brust. Das Letzte, was er zu Angie gesagt hatte, war, dass er sie nicht mehr liebte.

Dann war er zu Sara zurückgekehrt.

Amanda legte ihre Zeitschrift beiseite. Sie stand auf. Sie ging um den Kaffeetisch herum und setzte sich auf den Rand der Couch. Sie glättete ihren Rock. Sie blickte auf die Wand vor ihr. Ihre Schulter berührte Wills, und er musste seine ganze Kraft aufbieten, um sich nicht an sie zu lehnen.

»Sie wissen, dass meine Mutter sich in unserem Garten erhängt hat, als ich ein Kind war«, sagte sie.

Will blickte auf. Sie hatte es im Ton einer sachlichen Feststellung gesagt, aber die Wahrheit war, dass Will es nicht gewusst hatte.

Amanda fuhr fort. »Jedes Mal, wenn ich das Geschirr gespült habe, blickte ich aus dem Fenster zu diesem Baum und dachte: Kein Mensch wird mich je wieder dazu bringen, dass ich mich so fühle.«

Will fragte nicht, was sie mit »so« meinte.

»Und dann kam Kenny daher. Faith hat Ihnen sicher von ihrem Onkel erzählt, oder?«

Will nickte. Kenny Mitchell war ein Pilot im Ruhestand, der Testflieger bei der NASA gewesen war.

»Kenny war ein eiskalter Hund, wie wir früher sagten.« Sie lächelte ihr geheimes Lächeln. »Ich verstand nicht, warum er mich ausgewählt hatte. Ich war so ein reizloses, albernes Mädchen. Sehr naiv. Eifrig bemüht, meinem Vater zu gefallen. Hab mich nicht getraut, den Mund aufzumachen.«

Will konnte sich nicht vorstellen, dass Amanda irgendetwas von alldem gewesen war.

»Kenny war wie eine Droge. Erst auf die aufregende Art, dann auf die schlimme. Die Art, die Ihre Unbekannte dazu gebracht hat, sich ungefähr fünfzig Gramm in die Nase zu ziehen.« Amandas Tonfall drückte aus, dass sie nicht übertrieb. »Ich habe mich für ihn erniedrigt. Ich tat Dinge, von denen ich nie, nie im Leben gedacht hätte, dass ich sie tun könnte.«

Will warf einen Blick zu der geschlossenen Bürotür. Wie lange dauerte es eigentlich, bis Teewasser kochte?

»Das Bitterste dabei war, dass ich es tief in meinem Innern wusste«, fuhr Amanda fort. »Ich wusste, er würde mich nicht heiraten. Ich wusste, ich würde nie Kinder mit ihm haben.« Sie hielt inne. »Ich sah es einem Täter auf fünfzig Meter Entfernung an, wenn er log, aber ich glaubte bereitwillig jedes Wort, das aus Kennys Mund kam. Ich hatte so viele Jahre meines Lebens in ihn investiert, dass ich meinen Irrtum nicht eingestehen konnte. Ich hatte entsetzliche Angst, wie ein Trottel dazustehen.«

Will lehnte sich zurück. Wenn sie dachte, genauso wäre es bei ihm und Angie, dann täuschte sie sich. Will wusste von Anfang an, dass Angie die Falsche für ihn war. Und was das mit dem Trottel anging – alle Welt wusste, dass sie ihn betrog.

Betrogen hatte.

»Kenny und ich waren fast acht Jahre lang zusammen gewesen, als ich Roger traf.« Ihre Stimme wurde weicher, als sie seinen Namen aussprach. »Ich erspare Ihnen die Einzelheiten, sagen wir einfach, er stach mir ins Auge. Er wollte mir gern alles geben, was ich bei Kenny vermisste, aber ich sagte Nein, denn ich hatte nicht gelernt, mit einem Mann zusammen zu sein, der auch mit mir zusammen sein wollte.« Das Weiche an ihr war wieder verschwunden. »Ich war süchtig nach Kennys Unzuverlässigkeit, nach diesem bohrenden kleinen Zweifel in meinen Eingeweiden, ob ich ohne ihn überleben könnte. Ich dachte, ich könnte den Schmerz heilen, den er in sich trug. Ich brauchte lange, bis ich erkannte, dass der Schmerz in mir war.«

Will rieb sich das Kinn. Das traf schon eher ins Schwarze.

Amanda drehte sich zu ihm herum, ihre Hand ruhte auf der Lehne der Couch. »Wir hatten dieses Kätzchen, als ich klein war, es hieß Buttons. Es zerkratzte immer die Couch, deshalb kaufte mir mein Vater eine Wasserpistole und sagte, ich solle jedes Mal auf es zielen, wenn es der Couch zu nahe kam. Und ich weiß noch, als ich das Kätzchen zum ersten Mal anspritzte, kam es in seiner Panik zu mir gelaufen, um sich trösten zu lassen. Es klammerte sich an mich, und ich streichelte es, bis es sich beruhigt hatte. So war ich, was Kenny anging. Und so waren Sie bei Angie.« Amanda sprach es voller Überzeugung aus. »Das ist der Fluch des mutterlosen Kindes. Wir suchen Trost bei genau den Menschen, die uns wehtun.«

Ihre Worte fuhren wie ein Rasiermesser in ihn.

»Ich glaube, Sie haben nie in Angies Bankauszügen nachgesehen, weil Sie Angst hatten, sie könnte das Konto gekündigt und so ihre letzte Verbindung zu Ihnen gelöst haben.«

Will sah auf seine Hände hinab, auf die Abschürfung, wo er Collier geschlagen hatte, auf den falschen Ring, der für seine vorgetäuschte Ehe stand.

»Habe ich recht?«

Er zuckte die Achseln, aber er wusste natürlich, dass sie recht hatte.

Angie hatte ihm einen Brief hinterlassen. Er war in diesem zweiten Kuvert in ihrem Postfach gewesen. Außen stand Wills Name in Großbuchstaben darauf, damit er ihn leichter lesen konnte. Der Brief in dem Kuvert war eine andere Geschichte. Angie hatte den Brief absichtlich in ihrer kleinen, abgehackten Schreibschrift geschrieben, weil sie wusste, Will würde nicht in der Lage sein, ihn zu entziffern. Er würde jemanden bitten müssen, ihm den Brief vorzulesen.

Sara?

Er räusperte sich. »Was hat Sie schließlich dazu gebracht, Kenny zu verlassen?«

»Glauben Sie, ich hätte je aufgegeben?« Sie lachte tief aus dem Bauch heraus. »O nein, Kenny hat mich verlassen. Für einen Mann.«

Will sah überrascht auf.

»Ich wusste, dass er schwul war. So naiv war ich denn doch nicht.« Sie zuckte mit den Achseln. »Es waren die Siebziger. Alle dachten, Schwule könnten sich ändern.«

Will bemühte sich, den Schock zu verdauen. »War es zu spät für Roger?«

»Es war rund ein halbes Jahrhundert zu spät. Er wünschte sich ein Heimchen am Herd, und ich wollte beruflich Karriere machen.« Sie sah auf ihre Uhr, dann zu der geschlossenen Tür. »Wenigstens weiß ich dank ihm, was ein Orgasmus ist.«

Will vergrub den Kopf in den Händen und betete um spontane Selbstentzündung.

»Ach, hören Sie doch auf.« Amanda stand auf, um anzudeuten, dass die Phase der Mitteilsamkeit vorüber war. »Ich kenne

Sie seit mehr Jahren, als ich zugeben würde, Wilbur, und Sie waren immer ein Vollidiot, was Ihr Privatleben angeht. Vermasseln Sie die Sache mit Sara nicht. Sie ist zu gut für Sie, und Sie sollten lieber einen Weg finden, sie zu halten, bevor sie es merkt.«

Sie nahm seine Hand und zog ihm den Ring vom Finger.

Er sah sie zum Schreibtisch stapfen und den Ring in den Abfalleimer werfen. Das Metall klirrte hell, wie wenn der Hammer nach Runde eins an die Glocke schlägt. »Und erzählen Sie Faith nichts von alldem. Sie hat keine Ahnung, dass ihr Onkel schwul ist.«

Die Tür ging auf, und die Empfangsdame sagte: »Mr. Kilpatrick wird Sie jetzt empfangen.«

»Danke.« Amanda wartete darauf, dass Will aufstand und ihr folgte.

Will legte die Hände auf die Knie und stemmte sich von der Couch hoch. Die Dinge, die ihm Amanda eben erzählt hatte, machten ihn schwindelig, aber er zwang sich, das Karussell in seinem Kopf zu stoppen und alles beiseitezuschieben. Nichts von dem, was sie gesagt hatte, spielte eine Rolle. Angie war nicht tot. Sie war irgendwo anders, dort, wo sie immer hinging, und eines Tages würde seine Haustür aufgehen, und er würde die vertrauten Worte hören.

»Ich bin's, Baby. Hast du mich vermisst?«

Ein lauter Kampfschrei riss Will aus seinen Gedanken. Zwei junge Typen in flotten Anzügen klatschten einander ab, um irgendetwas zu feiern, was die Agentur betraf. Die Stille in der Eingangshalle war mit einem Mal dahin. Telefone läuteten. Sekretärinnen murmelten in ihre Headsets. Die schwebende Glastreppe war voller Leute, die aussahen, als wären sie einer Zeitschrift entstiegen. Eine riesige LED-Anzeige zählte die Millionen auf, die das Unternehmen für seine Sportler bisher in diesem Jahr verdient hatte.

Bis auf die schwindelerregend hohe Zahl hatte sich nicht viel verändert in den vier Monaten, seit Will zuletzt hier gewesen war. Die lebensgroßen Aufkleber waren immer noch an den Wänden. Vor jeder Bürotür saß immer noch eine schöne junge Frau an einem Schreibtisch. Es gab immer noch Fotos von Sportagenten, die neben ihren Stars standen, während diese Verträge über viele Millionen Dollar Honorar unterschrieben.

Die säuerliche Empfangsdame übergab sie an eine weitere Blondine, diese war ein paar Jahre älter und hatte wahrscheinlich Business Management in Harvard studiert, denn heiße Blondinen waren in Büros wie diesem nicht mehr nur zum Vorzeigen da.

»Ich stelle Ihren Pfefferminztee in den Konferenzraum«, sagte die neue Blondine zu Amanda, »aber Kip will zuerst mit Ihnen sprechen.«

Will wurde bewusst, dass er vergessen hatte, sich bei Amanda zu erkundigen, was sie hier zu erreichen hoffte. Natürlich war es eigentlich normal, mit dem Eigentümer zu reden, wenn eine Leiche in einem Gebäude gefunden wurde, aber Kilpatrick machte den Job nicht erst seit gestern. Es war ausgeschlossen, dass er ihnen erlauben würde, Marcus Rippy zu befragen, auch nicht inoffiziell.

Jetzt war es zu spät, Amanda zu fragen. Die Blondine klopfte an die Bürotür und ließ sie ein.

Kip Kilpatrick saß an einem mächtigen Glastisch in der Mitte seines lichtdurchfluteten Eckbüros. Die Decke erhob sich sechs Meter über ihm. Die matten Marmorplatten auf dem Boden wurden von schweren, mit Seide durchwirkten Wollteppichen unterbrochen. Die Sessel und Sofas im Sitzbereich waren für Riesen konstruiert. Kilpatrick war kein Riese. Seine kleinen Füße mit den handgefertigten Lederschuhen ruhten auf dem Rand des Tischs. Er lag halb in seinem Sessel und warf einen Basketball mit beiden Händen in die Luft, während er in das Bluetooth-Headset sprach, das an seinem Ohr steckte, denn er hätte nicht abstoßend genug ausgesehen, wenn er in ein normales Telefon sprechen würde.

Kilpatrick hatte noch andere Klienten – einen weit oben in der Weltrangliste platzierten Tennisspieler, eine Fußballerin, die mitgeholfen hatte, die Weltmeisterschaft für das US-Team zu gewinnen –, aber sein Büro machte deutlich, wer der wahre Superstar war. Es war nicht nur das den Regeln der NBA entsprechende Marcus-Rippy-Backboard, das hoch oben an der Wand befestigt war. Sie hätten ebenso gut in einem Marcus-Rippy-Museum stehen können. Kilpatrick hatte hier gerahmte Trikots, die bis in Rippys Jugendspielerzeit zurückreichten. Signierte Basketbälle säumten den Fenstersims. Zwei Rippy-Wackelfiguren standen auf der linken und rechten Ecke seines Schreibtischs. Meisterschaftstrophäen befanden sich auf einem eigens angefertigten Wandboard mit einem Strahler, der jeden Quadratzentimeter Gold in Licht tauchte. Es gab sogar ein Paar in Bronze gegossene Basketballschuhe Größe vierzehn, die Rippy getragen hatte, als er seinem Collegeteam half, die Endrunde der Final Four zu gewinnen.

Will hatte immer angenommen, dass Kilpatrick ein gescheiterter Spieler wäre. Er war nicht allzu klein, aber eben nicht groß genug, einer dieser Typen, die um das Team herumschleimten und sich mit den Spielern anzufreunden versuchten, während diese sie wie Fußabtreter behandelten. Der einzige Unterschied war jetzt, dass er wenigstens dafür bezahlt wurde.

»Achtung!«, sagte Kilpatrick und warf den Ball zu Will.

Will ließ ihn an seiner Brust abprallen und über den Boden hüpfen. Das Geräusch hallte in dem kalten Büro wider. Alle sahen zu, wie der Ball in eine Ecke rollte.

»Sie spielen wohl nicht?«, fragte Kilpatrick.

Will sagte nichts.

»Sind wir uns schon einmal begegnet?«

Will hatte Kilpatrick und seine Leute sieben Monate lang wegen der Ermittlungen im Fall Rippy gepiesackt. Sie hatten wahrscheinlich eine Dartscheibe mit seinem Gesicht darauf im

Pausenraum. Trotzdem, wenn Kilpatrick so tun wollte, als wären sie sich nie begegnet, war das für Will in Ordnung.

»Keine Ahnung«, sagte er.

»Ich auch nicht.« Kilpatrick stieß beim Aufstehen an den Glastisch, und die Wackelfiguren nickten. »Miss Wagner, ich kann nicht behaupten, dass ich mich freue, Sie wiederzusehen.«

Amanda sagte nicht, dass das Gefühl auf Gegenseitigkeit beruhte. »Danke, dass Sie unser Treffen vorverlegt haben. Ich bin mir sicher, wir alle wollen diese Geschichte so schnell wie möglich aufklären.«

»Absolut.« Kilpatrick öffnete einen kleinen Kühlschrank voller Fläschchen mit *Bankshot*, einem Energydrink, der wie Hustensirup schmeckte. Er drehte die Verschlusskappe ab, trank einen Schluck und ließ ihn im Mund umherschwappen, bevor er ihn schluckte. »Was war ›diese Geschichte‹ gleich wieder?«

»›Diese Geschichte‹ ist die Mordermittlung, die zurzeit in Marcus Rippys Nachtclub stattfindet.« Als er nicht reagierte, fuhr Amanda fort. »Wie ich am Telefon schon sagte, brauche ich Informationen zu dem Projekt.«

Kilpatrick leerte den Drink jetzt in einem Zug. Will warf einen Blick zu Amanda. Sie war ungewöhnlich geduldig.

»Ahh.« Kilpatrick warf die leere Flasche in den Abfalleimer. »Was ich Ihnen auf der Stelle sagen kann, ist, dass ich von diesem Harding noch nie gehört habe.«

»Der Name *Triangle-O Holdings Limited* sagt Ihnen also nichts?«

»Nein.« Kilpatrick hob den Basketball vom Boden auf. »Nie davon gehört.«

Will hatte keine Ahnung, wohin Amanda mit ihren Fragen steuerte, aber ihr zuliebe erklärte er es Kilpatrick. »Die Triangle Offense wurde von Michael Jordans Chicago Bulls unter Coach Phil Jackson berühmt gemacht.«

»Jordan, hm?« Kilpatrick lächelte, während er den Ball in der Hand hielt. »Ich glaube, von dem Burschen habe ich schon gehört. Eine Art sehr alter Marcus Rippy.«

»Dale Harding hat in einem sehr hübschen Haus gewohnt, das *Triangle-O Holdings* gehörte«, sagte Amanda.

Kilpatrick warf den Ball zum Korb. Er prallte an das Backboard, und er nahm den Rebound für einen zweiten Versuch auf. »Direkt in den Korb«, sagte er, als könnte er nicht einfach hingehen und das Netz mit den Fingerspitzen berühren.

»*Triangle-O* ist in Delaware auf ein Unternehmen eingetragen, das auf St. Martin eingetragen ist, dann auf St. Lucia, bis zurück zu einer Gesellschaft mit Sitz in Kopenhagen.«

Will fühlte ein Kribbeln. Die Bautafeln vor Rippys Nachtclub hatten eine dänische Flagge im Logo.

Amanda war dieses Detail offenbar ebenfalls aufgefallen, aber früher und als es ihrem Zweck dienlicher war. »Ich lasse das Außenministerium gerade eine offizielle Anfrage stellen, was den Vorstand und die Aktionäre dieser Gesellschaft betrifft. Sie könnten die Sache sehr vereinfachen, wenn Sie es mir einfach sagen.«

»Keine Ahnung.« Kilpatrick versuchte, den Ball auf der Spitze des Zeigefingers rotieren zu lassen. »Ich wünschte, ich könnte Ihnen helfen.«

»Sie könnten uns mit Marcus Rippy sprechen lassen.«

Er stieß ein Lachen aus, das wie ein Husten klang. »Vergessen Sie es.«

Will warf erneut einen verstohlenen Blick zu Amanda und fragte sich, was sie im Schilde führte. Sie wusste offenbar, dass der Versuch, an Rippy heranzukommen, keineswegs schon gescheitert war.

»Was ist mit dem Namen Angie Polaski?«, fragte sie.

Kilpatrick schaffte es endlich, den Ball auf der Fingerspitze rotieren zu lassen. »Was ist damit?«

»Haben Sie je von ihr gehört?«

»Sicher.« Er schlug an den Ball, damit er sich schneller drehte.

»In welchem Zusammenhang?«

»Äh, sagen wir einfach, sie hat einen Service bereitgestellt.«

»Hintergrundchecks? Security?«

»Mösen.« Kilpatricks Gesichtsausdruck weckte in Will den Wunsch, ihm eine zu schallern, dass er aus dem Fenster flog. »Sie hat Mädchen für einige meiner Partys besorgt. Es gab keine speziellen Erwartungen an sie. Ich habe nur darum gebeten, dass sie über Erfahrung verfügen sollten.« Er hielt inne und ergänzte dann: »Im Konversation-Machen, meine ich. Wie gesagt, sexuell wurde nichts von ihnen erwartet. Sie waren erwachsen. Sie wurden für ihre Gesellschaft bezahlt. Alles andere war ihre eigene Entscheidung.«

»Entscheidung«, wiederholte Will, denn er wusste mit Bestimmtheit, dass Marcus Rippy Frauen bevorzugte, die nicht wirklich eine Wahl hatten.

Amanda fasste es zusammen: »Sie sagen also, dass Angie Polaski *Escort*-Mädchen für Ihre Partys besorgt hat?«

Kilpatrick nickte, die Augen auf den rotierenden Ball gerichtet.

Will musste zugeben, dass etwas dran sein konnte. Angie hatte es geliebt, bei der Sitte zu arbeiten. Sie hatte sich immer wohl dabei gefühlt, wenn sie sich auf dem schmalen Grat zwischen Polizistin und Verbrecherin bewegte. Sie kannte außerdem eine ganze Reihe von Prostituierten, und sie hatte nie ein Problem mit Frauen gehabt, die ihr Geld auf diese Art verdienten.

»Meine Klienten sind Prominente, die stark im Fokus der Öffentlichkeit stehen«, sagte Kilpatrick. »Manchmal wünschen sie sich ein wenig diskrete Gesellschaft. Es ist schwierig für sie, Frauen kennenzulernen.«

»Sie meinen, andere als ihre Ehefrauen?«, fragte Amanda.

Will dachte an die Mädchen, die Angie kannte. Es waren heruntergekommene Stricherinnen, Junkies, manche zahnlos, alle verzweifelt, keine mehr als ein paar Jahre von einer Gefängniszelle oder einem frühen Grab entfernt. Will konnte sich vielleicht noch vorstellen, dass Angie ein paar Mädchen verkuppelte und sich einredete, sie würde ihnen damit einen Gefallen tun, aber die Mädchen, die sie kannte, gehörten sicher nicht zu der Art von Frauen, die Kilpatricks Klienten zu treffen wünschten.

»Das wollten Sie also wissen?«, fragte Kilpatrick. »Was Polaski für mich getan hat?«

»Haben Sie ihre aktuelle Adresse?«

»Postfach.« Er griff zum Telefon, tippte ein paar Ziffern ein und sagte: »Mein Büro.« Er legte das Telefon auf. »Mein Mitarbeiter Laslo kann Ihnen die Einzelheiten sagen.«

Laslo wieder. Will hatte recht mit seiner Annahme, dass der kugelköpfige Schläger aus Boston ein zusätzliches Paar schmutziger Hände war.

»Wie haben Sie Miss Polaski kennengelernt?«, fragte Amanda.

Kilpatrick zuckte die Schultern. »Wie man solche Leute eben kennenlernt – sie sind einfach da. Sie wissen, was man sucht, und bieten an, sich darum zu kümmern, wenn man genug dafür hinblättert. Ganz einfach.«

»Wie zum Beispiel Zeugen in einem Vergewaltigungsprozess zu schmieren«, sagte Will.

Kilpatrick sah ihn jetzt an. Eine Art Schnauben kam aus seiner Nase. »O ja, jetzt weiß ich wieder, wer Sie sind.«

»Wie sieht es mit einer Telefonnummer aus?«, fragte Amanda.

»Laslo wird sie wissen. Ich habe mit Hilfskräften nichts zu tun.«

»Klar«, sagte Will. »Sie schicken Ihnen nur die Schecks von Ihrem Privatkonto.«

Amanda warf Will einen vernichtenden Blick zu. »Wir haben einen auf Angie Polaski ausgestellten Scheck gefunden«, sagte sie zu Kilpatrick. »Zulasten Ihres privaten Bankkontos.«

»Die Agentur zahlt nur für Drinks und Essen. Alles andere geht auf unsere eigene Rechnung«, erklärte er. »In unserer Steuererklärung nennen wir es Geschäftsfeldentwicklung.«

»Lassen Sie uns von einem anderen Geschäftsfeld reden, das sie gerade entwickeln«, sagte Amanda. »Ich meine das, in dem wir heute Morgen eine Leiche gefunden haben.«

Er begann, den Ball wieder auf der Fingerspitze zu drehen. »Dazu werden Sie alles aus erster Hand erfahren.«

Es klopfte an der Tür. Laslo kam herein. »Sie sind fertig, Boss.«

Kilpatrick dribbelte mit dem Basketball quer durch das Büro. »Gib diesen Leuten Polaskis Kontaktdaten. Sie sind von der Polizei. Sie suchen nach ihr.«

»Wer hätte das gedacht?« Laslo schnappte sich den Ball und warf ihn in Richtung Korb.

Kilpatrick machte Anstalten, sich den Rebound zu holen.

Amanda angelte sich den Ball und legte ihn in den nächstbesten Sessel. »Wir sind bereit, wenn Sie es sind, Mr. Kilpatrick.«

Er schielte zu dem Ball, überlegte es sich jedoch anders. »Hier entlang«, sagte er und deutete zum Flur. »Nächste Woche ist der erste Spatenstich für das Projekt anberaumt. Wir nennen es den All-Star Complex.«

»Wir?«, fragte Amanda.

»Ja, das haben wir Ihnen zu verdanken.« Kilpatrick führte sie an einer Reihe geschlossener Bürotüren vorbei. »Das war das Komische an Ihrem durchgeknallten Vergewaltigungsvorwurf gegen Marcus. Die anderen Investoren haben nach jemandem gesucht, der für ihn einspringt, und dann wurde uns klar, dass wir uns eine viel größere Chance entgehen ließen.«

»Will heißen?«

»Wir haben die Investmentidee einigen unserer Spitzenklienten unterbreitet. Denn wir haben erkannt, dass wir den Komplex zu einer Life-Work-Anlage ausbauen könnten.«

»Also wie Atlantic Station, nur in einer Gegend, die immer schon mehr unter Kriminalität gelitten hat«, sagte Amanda.

Will lächelte. An dem, was sie sagte, war etwas dran. Atlantic Station war der Stadt als ein Traumprojekt angepriesen worden, das die Steuern in einer Gegend, die bisher als Schandfleck galt, nur so sprudeln lassen würde. Wie bei den meisten Träumen kam es zu einem harten Erwachen in der Wirklichkeit in Form eines steilen Anstiegs von sexuellen Übergriffen, Raubüberfällen, Autoaufbrüchen und Vandalismus. Irgendwann befestigte eine Bande unternehmungslustiger Gangster sogar eine Kette an einem Geldautomaten und riss ihn mithilfe eines Trucks aus der Wand.

Kilpatrick hatte den Verweis auf Atlantic Station offenbar schon öfter gehört. »Das waren Wachstumsschmerzen. So etwas kommt vor. Die ganze Sache hat eine völlig andere Richtung genommen, wie Sie sicher wissen. Außerdem hatten die Projektentwickler nicht den Vorteil, dass acht der großartigsten Sportler aller Zeiten bereitstanden, um für das Unterfangen zu werben und sicherzustellen, dass es zu einem Erfolg wird.« Er fuchtelte mit den Armen wie ein Marktschreier. »Überlegen Sie mal. Marcus Rippy allein hat mehr als zehn Millionen *Facebook*-Follower. Über *Twitter* und *Instagram* erreicht er doppelt so viele Leute. Ein Post von ihm über einen coolen Club oder einen hippen Laden, und die Bude brummt. Er ist ein Trendsetter.«

Kilpatrick bog um die Ecke. Vor ihnen lag ein riesiger Konferenzraum mit gläsernen Wänden und einem Tisch, der fünfzig Leuten Platz bot. Will zwang sich, nicht angewidert die Nase zu rümpfen, als er die vier Anwälte bemerkte, die sich bereits im Raum befanden. Kilpatrick musste sie in der Minute hinzugezogen haben, in der Amanda ein Treffen verlangt hatte.

Will kannte sie alle noch von der Vergewaltigungssache gegen Rippy. Die austauschbaren Bond-Schurken: zwei alte Männer mit jeweils einer höchst attraktiven, todschick gekleideten Frau in den Dreißigern an ihrer Seite. Kilpatrick stellte alle vor, aber Will hatte sich ihre Bond-Namen bereits beim letzten Mal ausgedacht. Auric Goldfinger saß am Kopfende des Tischs, seine an ein Kressebeet erinnernden blonden Haarbüschel und der starke deutsche Akzent hatten ihm den Namen eingebracht. Natürlich hieß sein blondes Nebengeräusch Pussy Galore. Dann war da Dr. Julius No, ein Mann, der aus irgendeinem Grund seine Hände immer unter dem Tisch behielt. Neben ihm Rosa Klebb, nicht etwa so benannt wegen ihres Aussehens, das fantastisch war, sondern weil ihre spitzen, hochhackigen Schuhe den Eindruck machten, als könnten sie Messer mit vergifteten Spitzen enthalten.

Goldfinger ergriff das Wort. »Deputy Director, Agent Trent, danke, dass Sie gekommen sind. Bitte nehmen Sie Platz.« Er deutete zu einem Stuhl mit einer Tasse Tee davor, zwei Sitze von Rosa Klebb entfernt.

Will zog zwei Stühle am entgegengesetzten Ende des Tischs heraus, etwa eine halbe Meile von dem Bond-Quartett entfernt, denn er wusste, so würde es Amanda halten wollen. Sie sah Will kurz an, als sie sich setzten, ihr Blick ging zu seinem nackten Hals, und er hatte den Eindruck, dass sie schwer verstimmt war, weil er nicht Anzug und Krawatte trug.

Will ärgerte sich ebenfalls. Er hätte wenigstens seine Pistole an der Hüfte tragen können. Er konnte diesen Leuten nicht unbewaffnet entgegentreten. Für weniger als dreitausend Dollar die Stunde standen die morgens erst gar nicht auf. Pro Person. Die Gesamtrechnung für dieses Treffen war vermutlich höher als das, was Will am Monatsende nach Hause brachte.

Er sah Kilpatrick an, aber der hatte offensichtlich nicht mehr das Sagen. Er saß zusammengesunken in seinem Sessel und drehte eine ungeöffnete Flasche rotes *Bankshot* in den Händen.

»So.« Amanda entschied sich, auf ein subtiles Vorgehen zu verzichten. »Ich würde gern wissen, wieso vier Anwälte nötig sind, um eine simple Frage zu beantworten.«

Goldfinger lächelte. »Es ist keine simple Frage, Deputy Director. Sie haben um Angaben zu der Liegenschaft gebeten, in der das Opfer gefunden wurde. Wir sind einfach hier, um Ihnen die Situation im größeren Zusammenhang zu schildern.«

»Nach meiner Erfahrung gibt es immer einen größeren Zusammenhang, wenn es um Mord geht«, sagte Amanda. »Aber noch einmal, es hat noch nie so vieler Anwälte bedurft, um ihn mir darzulegen.«

Will beobachtete die vier aufmerksam. Niemand sprach. Niemand rührte sich. Trotz ihrer Frage schien es Amanda nicht zu missfallen, dass sie sich den Anwälten gegenübersah. Hätte man Will um seine Meinung gefragt, er hätte darauf getippt, dass sie es irgendwie eingefädelt hatte, sie alle hier zu versammeln.

Die Frage war nur, warum.

Amanda legte den Teebeutel beiseite und trank von ihrem Pfefferminztee.

Schließlich sah Goldfinger zu Dr. No, der wiederum Rosa Klebb zunickte.

Klebb stand auf. Sie stapelte einige Ordner zusammen. Dann ging sie um den Konferenztisch herum, der etwa den Umfang eines Mammutbaums hatte. Will konnte ihre Strumpfhose an dem engen Rock scheuern hören. Er sah auf ihre extrem hohen Absätze hinunter. Die Sohlen der Pumps waren rot, denn sie konnten ein Männerherz stehen bleiben lassen. Sara besaß ein Paar von demselben Designer. Ihm gefielen sie an Sara ungleich besser.

»Dies ist ein Informationspaket zu dem Projekt«, erklärte Goldfinger. »Es ist die gleiche Präsentation, die wir letzten Monat dem Bürgermeister und dem Gouverneur vorgelegt haben.«

Amanda hatte wahrscheinlich schon von dem Projekt gehört. Sie hatte heute Morgen mit dem Bürgermeister gesprochen und gerade den Gouverneur im Kapitol unterrichtet, als Will ihr entwischt war. Mit dieser Information rückte sie aber nicht freiwillig heraus. Stattdessen warf sie einen Blick auf die Mappe, in deren Mitte ein großes Sternenlogo prangte. Sie gab ihre Mappe Will. Der legte sie auf seine und schob beide zur Seite.

Dr. No beugte sich vor, seine Hände steckten immer noch unter dem Tisch. »Wir müssen Sie bitten, diese Informationen vertraulich zu behandeln. Bis zur offiziellen Ankündigung gibt es eine Veröffentlichungssperre. Sie können die Einzelheiten zu dem Projekt in der Mappe nachlesen.«

Amanda wartete.

Goldfinger begann zu erklären. »Im All-Star Complex wird es ein Kino mit sechzehn Sälen geben, ein dreißigstöckiges Hotel, eine zwanzigstöckige Anlage mit Eigentumswohnungen, einen Biomarkt, eine Einkaufsmeile mit Edelboutiquen und Filialgeschäften, exklusive Stadthäuser, einen Nachtclub nur für Mitglieder und natürlich einen originalgroßen Basketballplatz neben dem, was wir All-Star Experience nennen: ein interaktives Museum, das alles zeigt, was am Basketball der NCAA so wunderbar ist.«

»Wie wird das alles finanziert?«, fragte Amanda.

»Wir haben mehrere private Investoren, deren Namen ich zu diesem Zeitpunkt nicht publik machen darf.«

»Und ausländische Investoren?«

Goldfinger lächelte. »Ein Projekt dieser Größenordnung benötigt viele, viele Investoren, von denen einige hinter den Kulissen bleiben wollen.«

»Einschließlich Ihnen selbst?«

Er lächelte eine Nicht-Antwort.

»Das Bauunternehmen heißt *LK Totalbyg A/S* und hat seinen Sitz in Dänemark.«

»Das ist richtig. Wie Sie wissen, ist Atlanta eine weltoffene Stadt. Wir haben bei internationalen Investoren angefragt. Alle Beteiligten profitieren davon.«

Will dachte an die Leute, die tatsächlich in Atlanta lebten und die investieren würden, ob sie wollten oder nicht. Die Vergünstigungen, die die Regierung für diese Art von Projekten gewährte, waren phänomenal. Städtisch finanzierte Projektanleihen, jahrzehntelange Steuerstundungen, neue Straßen, neue

Infrastruktur, neue Ampeln und Polizisten, damit die Gegend sicher blieb – im Wesentlichen all das harte, kalte Geld, das den Reichen solche Projekte immer ermöglichte. Die sangen dafür das Loblied des privaten Unternehmertums und sprachen davon, wie sie es aus eigener Kraft zu etwas gebracht hatten.

Der amerikanische Traum.

»Deputy Director.« Dr. No beugte sich vor, als läge zwischen ihm und Amanda nicht eine endlose Fläche Hartholz. »Wie sowohl der Bürgermeister als auch der Gouverneur wiederholt zum Ausdruck gebracht haben, sind die Stadt und der Bundesstaat überaus begeistert von dem Projekt. Die Nähe zum Georgia Dome, zur Georgia Tech, zum Centennial Village und zum SunTrust Park bedeutet, dass der Komplex zu einem Mekka für Touristen werden wird.«

Will dachte, dass die Chattahoochee Avenue ein bisschen weit außerhalb der City lag, um ein Mekka für irgendetwas zu werden, aber er musste davon ausgehen, dass diese Leute auf den Stadtplan gesehen hatten.

»Wir hoffen, dass die Basketball Experience mit der College Football Hall of Fame im Zentrum konkurrieren kann. Ich muss Ihnen nicht sagen, was es für die wirtschaftlichen Möglichkeiten der Stadt hieße, wenn wir bei der Austragung der College-Basketball-Finalserie im Frühjahr häufiger zum Zug kämen.«

»Klingt beeindruckend.« Amanda musste sich mit Sport nicht auskennen, um zu verstehen, dass es ein großes Geschäft war. Sie sah erwartungsvoll zum anderen Tischende. »Und?«

Dr. No nahm den Faden auf. »Und wir hoffen, Sie verstehen, dass das ein heikles Unterfangen ist.«

Pussy Galore schaltete sich ein. »Mit der technischen Seite bei der Errichtung eines so eindrucksvollen Komplexes ist es nicht getan. Wir haben sehr viel Zeit und Mühe auf das Ereignis verwendet, mit dem wir das Projekt öffentlich ankündigen werden. Man bekommt nur eine Gelegenheit, diesen ersten, großen

Knalleffekt zu erzeugen. Alle unsere All-Star-Investoren werden dabei sein. Wir fliegen Reporter aus New York, Chicago und Los Angeles ein. Wir haben Suiten und Restaurants gebucht. Wir haben eine gewaltige, zweitägige Party geplant, die im ersten Spatenstich auf dem Gelände gipfelt. Wir haben die Presse heißgemacht. Es ist äußerst wichtig, dass das alles nicht durch anhaltende Zweifel an einem der Investoren torpediert wird.«

»Oder am Standort«, ergänzte Goldfinger.

»Falls Sie sich Sorgen machen, wir könnten Ihren Klienten erneut der Vergewaltigung bezichtigen, so kann ich Sie beruhigen«, sagte Amanda und lächelte. »Dies ist ein Mordfall, wenn wir also irgendwelche Vorwürfe erheben, wird es wegen Mordes sein.«

Alle Luft entwich aus dem Raum.

Goldfinger lächelte, und dann ging das Lächeln in ein lautes Lachen über.

Dr. No stimmte ein, er hatte die Hände immer noch unter dem Tisch, sodass er aussah wie ein Lemming, der in einen Mixer geraten war.

»Für wann ist diese Party geplant?«, fragte Amanda.

»Kommendes Wochenende.«

»Aha«, sagte sie, als hätte sie es nun endlich begriffen, aber Will hätte sein Leben darauf verwettet, dass sie von der Grundsteinlegung gewusst hatte, bevor sie durch diese Tür gegangen war. Der Bürgermeister und der Gouverneur würden sie wohl beide noch massiver bedrängt haben als die Anwälte, ihre Ermittlungen zügig abzuschließen, damit das Projekt auf den Weg gebracht werden konnte. Die Stadt brauchte die Jobs. Der Staat brauchte das Geld.

»Die Tatsache bleibt bestehen, dass ein Toter in dem Nachtclub gefunden wurde«, sagte Amanda. »Wir haben einen ausgedehnten Tatort zu bearbeiten. Selbst mit Überstunden wird es mindestens bis Samstag dauern, um alle Spuren zu katalogisieren und zu fotografieren.«

Nicht zum ersten Mal bewunderte Will, wie ausgezeichnet Amanda lügen konnte, denn es würde auf keinen Fall so lange dauern, bis sie den Tatort freigeben konnten. Sie verfolgte eine längerfristige Strategie, er sah nur nicht, wohin sie führen sollte.

»Und genau da liegt das Problem«, sagte Goldfinger. »Samstag ist ein bisschen schwierig für uns.«

»Nicht nur ein bisschen«, sagte Pussy Galore. »Wir haben der *LA Times* versprochen, dass sie vorab einen Blick in den Club werfen dürfen. Sie sind für Freitagmorgen eingeplant. Sie wollen eine Art Vorher-Nachher-Geschichte mit Marcus machen, ein paar Fotos von ihm hinter der Bar schießen, vielleicht auf der Galerie, später wird es dann die gleichen Fotos noch einmal geben, wenn der Club fertiggestellt ist.«

»Können Sie das nicht verschieben?«, fragte Amanda.

Pussy zog die Nase kraus. »Bei dem Wort ›verschieben‹ werden Journalisten hellhörig. Wir müssten mit einer Menge schlechter Presse rechnen.«

»Ich war heute Morgen in diesem Club«, sagte Amanda. »Es sah mehr wie eine Crackhöhle aus als wie die Hauptattraktion eines Zweikommaacht-Milliarden-Dollar-Projekts.«

Niemandem schien aufzufallen, dass sie die Investitionssumme parat hatte.

»Heute Morgen sollte eine Reinigungsfirma damit anfangen, den Club vorzeigbarer zu machen. Natürlich zu einer Zeit, als Ihre Spurensicherung längst da war«, sagte Pussy Galore. »Aber trotzdem brauchen wir wenigstens zwei Tage Arbeit unter Hochdruck, um den Laden auf Vordermann zu bringen.«

»Ihnen ist klar, dass die Presse bereits Wind von dem Mord bekommen hat?«, fragte Amanda. »Die wissen, dass eine Leiche in dem Club gefunden wurde.«

»Ja, sie wissen, dass eine Leiche gefunden wurde«, sagte Galore. »Sie wissen aber nicht, dass der Mann nicht nur ein Penner war.«

»Sowohl das GBI als auch die Polizei von Atlanta waren vor Ort. Die Medien werden annehmen, dass wir nicht so viel Aufwand betreiben würden, um den Tod eines Landstreichers aufzuklären.« Sie lächelte die Anwälte an. »Natürlich ist jeder Tod eine Tragödie, aber die örtliche Polizei bittet unter solchen Umständen normalerweise nicht den Bundesstaat um Hilfe.«

»Dann ist es eben ein Drogendeal, der ein böses Ende genommen hat, oder zwei Obdachlose, die sich um eine Flasche gestritten haben«, schlug Pussy vor. »Das würde nur einen weiteren positiven Aspekt des All-Star-Projekts betonen, nämlich dass eine zu Kriminalität neigende Gegend in eine sichere, saubere, familienfreundliche Nachbarschaft verwandelt wird.«

»Aber er war kein Landstreicher. Er war ein Detective des APD im Ruhestand.«

Darauf hatte niemand eine Antwort.

»Es tut mir leid, Leute«, sagte Amanda. »Ich verstehe Ihr Dilemma, aber ich kann eine Mordermittlung nicht wegen Ihres Spatenstichs überstürzt durchziehen. Ich muss an die Familie des Opfers denken. Der Detective hatte eine Frau. Sie ist erst zweiundzwanzig Jahre alt.«

Will hatte Mühe, sich seine Überraschung nicht anmerken zu lassen. Aufgrund des Alters musste er annehmen, dass die Ehefrau Delilah Palmer war. Er hatte keine Ahnung, warum Amanda ihm dieses Detail vorenthalten hatte. Es machte einen großen Unterschied, ob Harding Delilahs Beschützer oder ihr Mann gewesen war. Ehefrauen wussten viele Dinge. Sie hatten Zugang zu Informationen. Wenn Harding zur Zielscheibe geworden war, weil er zu viel wusste, dann würde Delilah die Nächste auf der Liste sein.

»Harding und das Mädchen waren erst seit einigen Monaten verheiratet«, fuhr Amanda fort. »Ich musste ihr bereits mitteilen, dass sie Witwe ist. Soll ich jetzt noch einmal hinfahren und ihr erklären, dass der Tod ihres Mannes leider hinter einem Pressetermin zurückstehen muss?« Amanda schüttelte den Kopf, als machte der bloße Gedanke sie traurig. »Und apropos Presse: Mrs. Harding ist extrem fotogen. Blond, blaue Augen, sehr hübsch. Die Presse wird sich um sie reißen.«

»Nein, nein«, rief Dr. No. »Das alles wollen wir natürlich nicht, Deputy Director. Wir versuchen, Ihre Ermittlungen nicht zu behindern.« Er warf Goldfinger einen scharfen Blick zu, denn natürlich versuchten sie, die Ermittlungen sehr wohl zu behindern.

Und Amanda dürfte das bereits gewusst haben, deshalb fragte sich Will erneut, worauf sie es abgesehen hatte.

»Deputy Director«, begann Goldfinger, »wir möchten Sie nur bitten, alles zu tun, was Sie können, um die Sache zu beschleunigen.« Er streckte einen Finger hoch. »Nicht beschleunigen im Sinn von überstürzen, so natürlich nicht. Sagen wir einfach, es wäre nett, wenn Sie den Fall zügig behandelten.«

Sie nickte. »Natürlich. Ich werde tun, was ich kann. Aber ich kann meine Leute nicht bis Samstag draußen haben. Ein Tag hat einfach nicht so viele Stunden.«

»Gibt es etwas, das wir tun können, um den Ablauf zu beschleunigen?«, fragte Dr. No.

Will spürte, wie ein unsichtbarer Ruck durch Amanda ging. Dr. Nos Frage war genau das, worauf sie gewartet hatte.

»Nun ja, vielleicht …« Sie brach ab. »Nein, egal. Wir werden tun, was wir können.« Sie machte Anstalten aufzustehen. »Danke, dass Sie sich die Zeit genommen haben.«

»Bitte.« Goldfinger bedeutete ihr, sitzen zu bleiben. »Was können wir tun?«

Sie ließ sich wieder auf den Stuhl sinken und seufzte schwer. »Ich fürchte, es läuft alles auf Marcus Rippy hinaus.«

»Scheiße, nein!«, brauste Kilpatrick sofort auf. »Sie reden nicht mit Marcus! Kommt nicht infrage, verdammt noch mal!«

Amanda wandte sich an Goldfinger. »Betrachten Sie es von meinem Standpunkt. Ein hochdekorierter, allseits geachteter

Ex-Detective wird ermordet in einem Gebäude gefunden, das sich noch im Bau befindet. Im Zuge einer normalen Ermittlung würde ich als Erstes mit dem Eigentümer des Gebäudes sprechen, um ihn als Verdächtigen auszuschließen und um eine Liste von Leuten zu erbitten, die Zugang zu dem Gebäude haben.«

»Ich kann Ihnen so eine Scheißliste geben«, zischte Kilpatrick. »Dafür müssen Sie nicht mit Marcus sprechen.«

»Ich fürchte, das muss ich wohl.« Sie zuckte hilflos die Achseln. »Ich brauche nur ein paar Augenblicke seiner Zeit und das Versprechen, dass er ein offenes und ehrliches Gespräch mit uns führt. Es würde viel dazu beitragen, seinen beschädigten Ruf wiederherzustellen, wenn man sehen könnte, dass er bei einer polizeilichen Ermittlung behilflich ist. Mit einer offiziellen Aussage.«

»Offizielle Aussage? Wollen Sie mich verarschen, verdammt?« Kilpatrick war jetzt aufgesprungen. Er sprach zu Goldfinger: »Man kann in diesem Staat fünf bis zehn Jahre bekommen, wenn man gegenüber der Polizei lügt.«

»Worüber beabsichtigt Ihr Klient denn zu lügen?«, fragte Amanda.

Kilpatrick beachtete sie nicht und redete weiter auf Goldfinger ein. »Diese verdammte Spinne versucht, Marcus eine Falle zu …«

»Kip«, sagte Dr. No, und Kilpatricks Mund klappte zu wie der einer Forelle.

»Vielleicht sollten wir beide uns unter vier Augen unterhalten«, sagte Goldfinger zu Amanda.

Die drei anderen Anwälte standen gleichzeitig auf. Amanda berührte Wills Arm, um ihn zu entlassen. Er machte sich auf den Weg zur Tür.

Kilpatrick warf die Hände in die Luft. »Das ist Blödsinn, Mann. Blödsinn!« Das Trio der Anwälte hatte sich bereits zerstreut. Will beobachtete Kilpatrick vom Flur aus. Er sagte noch zweimal »Blödsinn«, bevor er den Raum verließ. Er versuchte, die Glastür zuzuschlagen, aber sie schloss sich pneumatisch gesteuert.

Wie von Zauberhand tauchte Laslo neben Will auf. Kilpatrick zielte mit dem Zeigefinger auf die beiden, er war rot im Gesicht, fuchsteufelswild. »Bring das Arschloch in die Eingangshalle, dann komm in mein Büro. Pronto.« Kilpatrick boxte an die Wand. Der Rigips gab nach, brach aber nicht. Er trat dagegen, was die gleiche Wirkung hatte, dann stapfte er davon.

»He, Arschloch.« Laslo zeigte in Richtung Eingangshalle. »Hier entlang.«

»Laslo.« Will nutzte den Größenunterschied zwischen ihnen aus und sah über den Kopf des Kerls hinweg. Er hatte nicht vor, ohne Amanda hier hinauszugehen, und etwas an dem Schläger ging ihm gegen den Strich. »Haben Sie einen Nachnamen?«

»Ja, er lautet Fickdichselbst, und jetzt Abmarsch!«

»Laslo Fickdichselbst.« Will rührte sich nicht. »Haben Sie eine Karte?«

»Du kannst einen gewaltigen Arschtritt haben, wenn du dich nicht in Bewegung setzt, Freundchen.«

Will begann zu kichern. Er schob die Hände in die Taschen, als hätte er den ganzen Tag Zeit.

»Was zum Teufel gibt es hier zu lachen?«

Will konnte den Teufel in sich nicht bändigen, der diesen Kerl reizen wollte. Er dachte an die alte Dame aus dem Empfangsbereich und wie ihre Unterlippe gezittert hatte. War das wegen Laslo gewesen? Wegen Kip Kilpatrick? Will spürte instinktiv, dass es da etwas gab.

»Mrs. Lindsay hat mich gewarnt, dass Sie ein unberechenbarer Typ sind«, sagte er.

Laslos Miene verfinsterte sich, was hieß, dass Will einen Nerv getroffen hatte. Will fragte sich, wie das Vorstrafenregister des Burschen daheim in Boston wohl aussah. Es war sicher nicht von Pappe. Laslo hatte Gefängnistätowierungen am Hals und sah aus wie ein Mann, der eine Tracht Prügel beziehen und den Kampf trotzdem gewinnen konnte.

»Bleib von der alten Dame weg, oder ich mach dich fertig«, warnte Laslo.

»Vergiss nicht, eine Leiter mitzubringen.«

»Glaub ja nicht, nur weil du ein Bulle bist, mach ich dich nicht alle.« Laslo stemmte die Hände in die Hüften, was nach Wills Ansicht für einen Mann nur angemessen war, wenn er als Zuschauer am Spielfeldrand stand. Laslos enges Hemd klaffte auseinander. Der Stoff wurde so extrem gedehnt, er hätte sich die Reinigung sparen und es gleich aufmalen können. Laslo funkelte Will zornig an und fragte: »Was glotzt du so, Schwuchtel?«

»Das ist ein hübsches Hemd. Gibt es das auch für Erwachsene?«

Die Tür zum Konferenzraum ging auf.

»Ich danke Ihnen vielmals«, rief Amanda Goldfinger zu. Dann lächelte sie Will an, ein triumphierendes Funkeln in den Augen. Marcus Rippy war wichtig, aber nicht so wichtig wie ein Zweikommaacht-Milliarden-Dollar-Geschäft, von dem alle ein Stück abhaben wollten.

Amanda sah Will an. »Fertig?«

Laslo stieß den Daumen in Richtung Flur. »Da lang.«

»Danke, Mr. Zivcovik.« Amanda ging voran und fragte Laslo: »Haben Sie die Telefonnummer von Miss Polaski gefunden?«

Er nahm den Blick nicht von Will, als er ihr einen gefalteten Zettel gab.

Amanda warf einen Blick darauf und gab ihn an Will weiter.

Es war die Nummer ohne Anschluss, die überall angegeben war.

Laslo riss die Tür zur Lobby auf. »Kann ich sonst noch was für Ihnen tun?« Er nahm zusätzlich zu seinem Bostoner Akzent noch einen bauerntölpelhaften Tonfall an, was klang, als würde er gerade von einem Schlaganfall genesen.

»Junger Mann«, sagte Amanda, »sicher leben Sie lange genug hier unten, um zu wissen, dass ›tun für‹ den Akkusativ regiert.«

Es war als Schlussbemerkung gedacht, aber Will hatte noch eine Frage an Laslo. »Kannten Sie Angie?«

»Polaski?« Ein Grinsen breitete sich auf seinem runden Gesicht aus. »Sicher kannte ich sie.« Er blinzelte Will wissend zu. »Sie hatte eine Fotze wie eine Boa constrictor.«

»Hatte?«, fragte Amanda.

Er schlug ihnen die Tür vor der Nase zu.

KAPITEL 6

Faith saß in einem unbequemen Plastikstuhl gegenüber der Schwesternstation in der Notaufnahme des Grady Hospital. Bewaffnete Wachen standen an beiden Enden des Flurs. Die Station war voll. Das Grady war Atlantas einziges öffentliches Krankenhaus, ein voll ausgestattetes Traumazentrum, das die meisten schweren Fälle aufnahm, die es in der Stadt gab. Zu jedem beliebigen Zeitpunkt war mindestens ein Viertel aller Patienten mit Handschellen ans Bett gefesselt.

Sie warf einen Blick auf das Whiteboard hinter dem Schalter. Olivia, die diensthabende Schwester, aktualisierte gerade den Status eines der Patienten. Das Grady nahm viele Opfer auf, für die es zunächst keinen Namen gab – Jane Doe genannt, wenn sie weiblich, und John Doe, wenn sie männlich waren –, aber Faith interessierte sich nur für ihre potenzielle Zeugin, »Jane Doe 2«. Ihr Zustand wurde noch als kritisch bezeichnet. Die Operation der Drogensüchtigen hatte vier Stunden länger gedauert als geplant. Sie hatten ihre Nase und ihren Rachen neu aufbauen müssen. Es war so viel Blut ersetzt worden, dass man die Frau praktisch einer Schnellentgiftung vom Kokain unterzogen hatte. Und jetzt war sie mit Morphium vollgepumpt. Sie würde noch mindestens für eine weitere Stunde nicht ansprechbar sein.

Wenigstens hatte Faith ihre Zeit nicht vergeudet. Sie hatte Dale Hardings Finanzunterlagen und Telefonverbindungen in Angriff genommen. Nicht, dass sie einer Lösung des Falls oder einer Spur, der sie folgen konnte, damit näher gekommen wäre. Hardings Anrufe waren ausschließlich Bestellungen von Pizza oder chinesischem Fast Food gewesen, er musste für geschäftliche Dinge also ein Prepaid-Handy benutzt haben. Und was seine Bankunterlagen anging, brauchte man keine kriminalistische Ausbildung, um die Zahlen zu interpretieren. Hardings Girokonto wies weniger als einhundert Dollar Guthaben aus, und diese Zahl hatte im letzten halben Jahr nicht sehr geschwankt, weil er alles mit einer goldenen MasterCard bezahlt hatte, von seinen Tortillas im Taco Bell bis zu den Stützstrümpfen, damit das Blut in seinen Beinen weiter zirkulierte. Insgesamt war die Karte in den letzten sechs Monaten mit sechsundvierzigtausend Dollar und ein bisschen Kleingeld belastet worden. Harding hatte aufgehört, die Rechnung zu begleichen, und Faith nahm an, dass es mit Vorsatz geschehen war. Er ging nicht mehr zur Dialyse und hatte damit praktisch sein Todesurteil unterschrieben. Offenbar beabsichtigte er, vor seinem Abgang noch möglichst viele Leute übers Ohr zu hauen.

Die Frage war, ob Delilah Palmer zu diesen Leuten gehört hatte. Faith konnte nicht aufhören, an die Pornobilder zu denken, an den leblosen Ausdruck in den Augen des Mädchens. Selbst mit zehn Jahren schien sich Delilah bereits damit abgefunden zu haben, dass es ihr Schicksal war, von jedem Mann benutzt zu werden, der ihr über den Weg lief. Und vor allem von Dale Harding. Einem Polizisten. Ihrem Vater womöglich. Dem einen Menschen, dem sie hätte vertrauen sollen, doch der bewahrte widerliche Bilder von ihr auf dem Speicher auf und heiratete sie, weil ... ja, warum?

Delilah musste der Schlüssel sowohl für den Mord an Harding wie auch an Angie sein. Faith glaubte nicht an Colliers feministische Version, dass das Mädchen hinter dem Tod der beiden steckte. Harding hatte sich immer um Delilah gekümmert. Sie hatte mit Sicherheit gewusst, dass ihm nicht mehr viel Zeit blieb. Wozu den Kerl ermorden, wenn sie nur noch ein paar Tage zu warten brauchte, bis sie auf seinem Grab tanzen konnte?

Faith konnte sich viele Menschen vorstellen, die Angie Polaski tot sehen wollten, deshalb konzentrierte sie sich weiter auf Harding. Er war ein Spieler. Er ging Risiken ein. Er war vor seinem Tod wahrscheinlich ein letztes Risiko eingegangen, eines, bei dem viel heraussprang, was bedeutete, dass Delilah, seine rechtmäßige Ehefrau, die Nutznießerin war. Es sei denn, an der Sache war etwas illegal, wofür einiges sprach. Und was außerdem erklären würde, warum Delilah in Lebensgefahr schwebte.

Und Faith hatte diesem schwachsinnigen Collier die Aufgabe anvertraut, sie zu finden.

Sie scrollte durch die sechzehn SMS, die Collier ihr geschickt hatte, seit sie sich im Mesa Arms getrennt hatten. War er im persönlichen Gespräch schon übermäßig redselig, so hatten seine schriftlichen Äußerungen wahres Bibelformat. Er würzte seine SMS mit so vielen nutzlosen Informationen über das Wetter, die Lieder im Radio und seine Ernährungsgewohnheiten, dass Faith das Bedürfnis verspürte, die eigentliche Information in Stichpunkten herauszudestillieren, bevor ihr der Schädel barst.

Sie griff in eine Tasche ihrer Cargohose und zog Spiralnotizbuch und Kugelschreiber hervor. Sie blätterte eine neue Seite auf und schrieb an den oberen Rand vier Namen: PALMER – HARDING – POLASKI – RIPPY.

Sie klopfte mit dem Stift auf die leeren Spalten unter den Namen. Verbindungen – das war es, was sie brauchte. Delilah war mit Dale Harding verheiratet und möglicherweise seine Tochter. Harding arbeitete für Rippy. Angie arbeitete Amanda zufolge für Kilpatrick, was bedeutete, dass sie in Wahrheit auch für Rippy arbeitete.

Faith klopfte wieder mit dem Kugelschreiber auf das Papier. Angie kannte Harding wahrscheinlich von früher. Schlechte Polizisten hielten zusammen. Sie redeten sich ein, sie seien Außenseiter, weil sie die Einzigen waren, die den Job beherrschten, aber die Wahrheit war, dass gute Polizisten nichts mit ihnen zu tun haben wollten.

Faith blätterte zur nächsten Seite und schrieb FRAGEN oben hin.

Warum haben sich Angie und Harding in Rippys Club getroffen?

Was weiß Delilah?

Wer konnte Harding töten wollen?

Wer konnte Angie töten wollen?

Wenn Harding und Angie sich von früher kannten, war es denkbar, dass einer den anderen wegen eines Jobs bei Kilpatrick kontaktierte. Harding war vor sechs Monaten in das Mesa Arms eingezogen, deshalb konnte Faith vernünftigerweise davon ausgehen, dass er damals für Kilpatrick zu arbeiten begonnen hatte. Auf Angies Bankkonto waren seit vier Monaten große Schecks eingegangen, sie hatte also mindestens seit dieser Zeit auch für Kilpatrick gearbeitet.

Faith blätterte zur ersten Seite zurück.

Alle Pfeile deuteten auf Marcus Rippy.

Ihr Telefon summte. Eine weitere umfangreiche SMS von Collier. Faith übersprang einen Bericht über die Magenverstimmung, die er von einem Hotdog in einer Tankstelle bekommen hatte, und schöpfte an Inhalt ab, was sie konnte. Am Samstag, dem Tag vor dem Mord, hatte Delilah Palmer einen schwarzen Ford Fusion von einer *Hertz*-Filiale in der Howell Mill Road gemietet. Von der Transaktion existierten keine Überwachungsbilder. Sie hatte ihre *VISA*-Karte benutzt. Collier hatte den Mietwagen zur Fahndung ausgeschrieben. Er hatte außerdem seine Drogenkurier-Theorie wiederholt und darauf hingewiesen, dass Dealer Autos mieteten, weil sie wussten, dass die Polizei ihre eigenen Fahrzeuge beschlagnahmte, wenn sie sie für ihre Geschäfte benutzten und dabei erwischt wurden.

Faith klopfte wieder mit ihrem Stift auf das Notizbuch. Sie glaubte an Colliers Drogenaspekt nicht. Wer nur einen Hammer als Werkzeug hatte, versuchte eben, jedes Problem als Nagel zu sehen.

Delilah hatte den Wagen am Samstag angemietet, nicht am Sonntag oder Montag, sie hatte ihn also organisiert, bevor Harding ermordet wurde. Theoretisch könnte sie also schon vorher gewusst haben, dass Harding in Gefahr war und dass sie eine Fluchtmöglichkeit brauchen würde. Aber sie hatte den Wagen mit ihrer eigenen Kreditkarte gebucht und ihren eigenen Führerschein vorgelegt. Delilah hatte jahrelange Straßenerfahrung. Sie war zu gewitzt, um unter ihrem eigenen Namen ein Fluchtfahrzeug zu organisieren.

Faith' Handy vibrierte wieder. Eine weitere SMS von Collier, zum Glück kurz diesmal.

Mädels sagen, Souza hat vor 6 Monaten Überdosis erwischt. Sackgasse. Sack wie Leichensack, capito?

Faith musste in ihren Textnachrichten zurückscrollen, um sich in Erinnerung zu rufen, wer Souza war. Die entsprechende Nachricht war vor zwei Stunden eingegangen. Einigen von Colliers Quellen in Zone 6 zufolge war Virginia Souza eine weitere Hure, für die Harding einige Gefälligkeiten eingefordert hatte. Sie hatte in Delilahs Viertel gearbeitet und war offenbar ziemlich gewalttätig, da sie zweimal wegen tätlichen Angriffs auf eine Minderjährige angeklagt gewesen war. Faith fragte sich, ob diese Minderjährige Delilah Palmer gewesen sein konnte.

Sie las die SMS zu Ende. Collier schloss mit der Ankündigung, er werde mit den jüngeren Huren reden, die vielleicht einen Hinweis darauf hatten, wo sich Delilah Palmer aufhielt. Vielleicht redete er aber auch nur mit jungen Huren, weil er Collier war. Er verabschiedete sich mit einer Reihe von auberginenförmigen Emojis, die Jeremys *Facebook*-Seite zufolge für Penisse standen.

Faith wandte sich wieder ihrem Notizbuch zu. Viele Pfeile, die auf Rippy zeigen. Viele Fragen. Keine Antworten. Sie hätte Collier hier im Krankenhaus vor sich hin faulen lassen sollen, während sie nach Delilah Palmer suchte. Das war das Problem bei Mordfällen: Man wusste nie, welche Spur einen zur Lösung führte und welche einen in einem schwarzen Loch landen ließ. Faith hatte allmählich den Eindruck, dass sie Collier die gute Spur überlassen hatte. Sie würde sich vom Dach dieses Gebäudes stürzen, wenn er am Ende vor lauter Dusel auf ihren Übeltäter stieß.

Ihr Handy vibrierte wieder. Sie hatte keine Lust auf eine weitere Abhandlung aus Colliers *Tagebuch eines Detectives*, aber Ignoranz war ein Luxus, den sie sich nicht leisten konnte. Sie sah auf die Anzeige am Schirm: ANRUF VON WATANABE, B.

Faith stand auf und ging auf den Flur hinaus, um ungestört zu sein. »Mitchell.«

»Ist dort Special Agent Faith Mitchell?«, fragte eine Frau.

»Ja.«

»Hier ist Barbara Watanabe. Violet sagte, Sie wollten mich sprechen?«

Faith hatte Hardings Nachbarin beinahe vergessen. »Ah, danke, dass Sie anrufen. Ich wollte Sie fragen, ob Sie mir etwas über Dale Harding erzählen können.«

»Oh, ich könnte Ihnen die Ohren volljammern«, sagte sie, und genau das tat sie dann auch und beklagte sich über den Geruch aus seinem Haus, darüber, wie er manchmal seinen Wagen mit den Rädern im Gras abstellte, über seine unflätige Ausdrucksweise, die Lautstärke seines Fernsehers und Radios ...

Faith folgte der Frau, so gut es ging. Barbara war noch wortreicher als Collier. Sie hatte so eine Art, etwas zu sagen, sich dann zu widersprechen, auf ihre erste Aussage zurückzukommen, um sie sogleich wieder aufzuweichen, und nachdem sie den fünften dieser rhetorischen Knoten geschlungen hatte, begann Faith zu verstehen, warum Harding sie so gehasst hatte.

»Und von der Musik fange ich besser gar nicht an.«

Faith hörte zu, wie sie von Hardings Musik anfing. Ein und dasselbe Rap-Album von früh bis spät. Ihr Enkel sagte, es sei Jay Z., etwas, das sich *Black Album* nannte. Faith kannte es, ihr Sohn hatte es lautstark hinter der verschlossenen Tür seines Zimmers gespielt, weil es der perfekte Hintergrundsound für seine vorzeitige Aufnahme an einer der prestigeträchtigsten Universitäten des Landes war.

Faith klinkte sich wieder in Barbaras Wortschwall ein und wartete auf eine Chance, zu Wort zu kommen. Schließlich musste die Frau eine Pause machen, um Luft zu holen.

»Hatte er Besucher?«

»Nein«, sagte Barb, dann: »Ja. Ich meine, ich glaube, ja. Er könnte *eine* Besucherin gehabt haben.«

Faith bedeckte die Augen mit der Hand. »Ich spüre eine gewisse Unsicherheit.«

»Na ja, das stimmt. Ich bin unsicher.«

Sie musste Colliers Drogentheorie ins Spiel bringen. »Haben Sie Leute kommen und gehen sehen? Ich meine, viele Leute und solche, die aussahen, als passten sie nicht in die Wohngegend?«

»Nein, nichts dergleichen. Dann hätte ich die Polizei gerufen. Es war nur so, dass ich irgendwann dachte, da drüben könnte noch jemand sein, eine zweite Person.«

»Wann dachten Sie das?«

»Vor Kurzem. Gut, nein, das stimmt nicht. Letzten Monat.«

»Sie dachten, dass letzten Monat jemand bei Dale zu Besuch war?«

»Ja. Das heißt, vielleicht dort wohnte? Besuch ist vielleicht nicht das richtige Wort.«

Faith knirschte mit den Zähnen.

»Was ich sagen will, ist, es könnte sein, dass noch jemand da drüben gewohnt hat. Glaube ich. Wenn Dale fort war. Es war ja so, dass er nach seinem Einzug zunächst tagsüber meistens nicht da war, aber später war er immer da. Da fingen dann die Probleme an. Als er da war. Was gemein klingt, aber so war es nun mal.«

Faith bemühte sich, all die Informationen zu verarbeiten. »Als Dale vor sechs Monaten einzog, war er also nie zu Hause, aber dann ist Ihnen letzten Monat aufgefallen, dass sich das geändert hat?«

»Genau.«

Und etwa zu dieser Zeit hörten Sie Geräusche von nebenan, die darauf schließen ließen, dass möglicherweise noch jemand außer Dale dort wohnte.«

»Ja.«

Faith wartete auf das widersprechende Nein, aber es kam nicht.

»Ich habe Geräusche gehört, verstehen Sie?« Barbara hielt inne, ehe sie wieder ausweichend wurde. »Nicht Geräusche an sich. Ich meine, sie hätten aus dem Fernseher kommen können. Aber wer sieht fern und lässt gleichzeitig ein Rap-Album laufen?« Sofort kam die Kehrtwendung. »Andererseits könnte es natürlich Leute geben, die das tun.«

»Wäre möglich«, sagte Faith. Vor allem, wenn sie laute Geräusche überdecken wollen, wie etwa einen Junkie, der an die Schranktür hämmert, weil er herausgelassen werden will. »Haben Sie je ein Schlagen gehört?«, fragte sie.

»Schlagen?«

»Als würde jemand an eine Wand oder eine Tür hämmern?«

»Na ja ...« Sie ließ sich Zeit, um über die Frage nachzudenken.

Faith rief sich den Grundriss eines Tahoe-Bungalows im Mesa Arms vor Augen. Das Gästezimmer lag an der gemeinsamen Wand der Doppelhaushälfte. Das große Schlafzimmer ging nach außen, wodurch der Raum mehr Fenster hatte, aber auch mehr Ungestörtheit bot.

Geräumiger Schlafzimmerschrank, ideal, um Frauen gefangen zu halten!

»Ich denke, man könnte sagen, dass das Geräusch wie ein Hammer klang«, sagte Barbara.

»Wie ein Hammer, der auf etwas schlägt?«

»Ja, aber wiederholt. Vielleicht hat er Bilder aufgehängt.« Sie hielt inne. »Nein, das wären eine Menge Bilder gewesen. Nicht, dass es ständig gewesen wäre – das Geräusch –, aber es war lange genug. Es könnte sein, dass er Möbel zusammengebaut hat. Mein Sohn macht das für mich. Aber nur, wenn er Zeit dazu findet. Meine Schwiegertochter, wissen Sie ... Aber bei Dale waren die Exkremente das eigentliche Problem.«

Faith war fassungslos. »Wie bitte?«

»Exkremente. Sie wissen schon ...« Sie senkte die Stimme. »Kacke.«

»Kot?«

»Menschlicher.«

Faith musste die beiden Worte zusammen wiederholen. »Menschlicher Kot?«

»Ja. Im Garten.« Sie seufzte. »Dale hat nämlich diese Eimer jeden Abend ausgespült, und erst dachte ich, dass er Malerarbeiten im Haus macht, was plausibel klang, denn dabei würde man Musik hören, nicht?«

Faith fuchtelte mit der Hand. »Ja, sicher.«

»Ich nahm also an, er würde seine Wände anmalen, und in keiner sehr hübschen Farbe dazu, aber dann ist mein Enkel eines Tages in den Garten gegangen, um Zweige für Mr. Nihm, seine Ratte, zu suchen. Ihre Zähne wachsen nämlich unaufhörlich, wissen Sie. Ach!« Sie klang aufgeregt. »Vielen Dank übrigens, dass Sie ihn gefunden haben. Für dieses Verbrechen war ich bei meiner Schwiegertochter Persona non grata. Sie führt Buch, das können Sie mir glauben. Ich meine, ich war selbst kein großer Fan meiner eigenen Schwiegermutter, aber man reißt sich einfach zusammen, oder? Das nennt sich Respekt.«

Faith versuchte, Barbara wieder auf das Thema zu lenken. »Lassen Sie uns auf die Exkremente zurückkommen.« Ein Satz, von dem sie nicht gedacht hatte, dass sie ihn je aussprechen würde. »Sie haben also gesehen, wie Dale jeden Abend den Eimer gereinigt hat?«

»Ja.«

»Und wann fing das an?«

»Vor zwei Wochen? Nein.« Sie ruderte zurück. »Vor zehn Tagen. Ich würde sagen, vor zehn Tagen.«

»Ein großer Eimer, nicht einer, wie man ihm zum Bodenwischen benutzen würde?«

»Richtig. Für Farbe. Oder vielleicht Lösungsmittel, aber die Größe von Farbeimern.«

»Und eines Tages ist Ihr Enkel in den Garten gegangen, und er hat etwas gefunden? Etwas gerochen?«

»Ja. Nein. Beides. Er hat etwas gerochen, und dann ist er hingegangen. Es war eine Art Schleim, ja? Was es auch war, er hatte es überall an seinem Schuh.«

Die Ratte musste begeistert gewesen sein.

»Ich musste die Schuhsohle mit dem Schlauch abspritzen. Es war widerlich. Und seine Mutter war wütend auf mich. Gut, sie ist meine Schwiegertochter, und ich weiß, ich muss mich an ihre Regeln halten, aber ehrlich gesagt …«

»Haben Sie Dale nach den Exkrementen gefragt?«

»Ach wo. Mit Dale konnte ich über rein gar nichts reden. Das war sinnlos. Er hat mich immer nur beschimpft und einfach stehen lassen.«

Faith verstand, wieso. »Haben Sie je ein anderes Auto als Dales weißen Kia vor seinem Haus gesehen?«

»Nicht dass ich mich erinnerte.« Sie ließ eine untypische Bestimmtheit erkennen. »Nein, ich bin mir sicher, dass ich nie eines gesehen habe.«

»Sind Sie viel zu Hause?« Faith bemühte sich, behutsam aufzutreten, denn häufig strapazierten selbst Leute, die es gut meinten, die Wahrheit ein wenig. »Ich frage, weil Sie heute Nachmittag nicht zu Hause waren.«

»Ich mache in letzter Zeit mehr ehrenamtliche Arbeit im YMCA. Ich falte Handtücher, halte alles in Ordnung. Ich bin ein sehr reinlicher Mensch, wissen Sie, deshalb hatte ich solche Probleme mit Dale. Ich mag es nicht, wenn es unordentlich ist. Es gibt keinen Grund, etwas nicht aufzuheben und dorthin zu räumen, wo es hingehört, oder?«

»Ja.« Faith legte die Hand wieder über die Augen. Die Frau

ließ keine Gelegenheit aus, vom Thema abzuschweifen. »Sie haben also Ihr ehrenamtliches Engagement verstärkt, um von Dale wegzukommen?«

»Richtig. Am Anfang war die ehrenamtliche Arbeit nur eine Möglichkeit, für ein paar Stunden aus dem Haus zu kommen. Und um Menschen zu helfen. Natürlich, um Menschen zu helfen. Aber dann wurde es meine einzige Atempause von dem Lärm. Und dem Gestank. Sie haben den Gestank gerochen, oder? Ich konnte nicht den ganzen Tag damit leben. Es war unerträglich.«

Faith fragte sich, ob Harding es nicht die ganze Zeit darauf angelegt hatte, Barbara aus dem Haus zu ekeln. Wenn er Delilah tatsächlich für einen kalten Entzug im Schrank eingesperrt hatte, wollte er sicher dafür sorgen, dass niemand ihr Schreien hörte und die Polizei rief.

»Wann haben Sie angefangen, mehr Zeit außer Haus zu verbringen?«, fragte Faith.

»Letzte Woche.«

»Also vor sieben Tagen?«

»Ja.«

Was bedeutete, dass es Dale nach drei Tagen unbarmherziger Folter gelungen war, sie aus dem Haus zu treiben.

»Ich hab einfach aufgegeben«, sagte Barbara. »Es wurde immer schlimmer. Der Geruch. Der Lärm. Ich habe es nicht mehr ausgehalten, und ich bin nicht der Typ, der sich schnell beschwert. Violet kann es Ihnen bestätigen.«

Faith hatte das Gefühl, dass Violet nichts dergleichen tun würde. »Nun, es tut mir sehr leid, dass Sie das alles durchmachen mussten, Mrs. Watanabe. Vielen Dank, dass Sie mich angerufen haben. Wenn Ihnen noch etwas einfällt …«

»Es ist traurig«, unterbrach Barbara. »Als er einzog, hielt ich ihn einfach nur für einen einsamen, alten Junggesellen. Er hatte offensichtlich gesundheitliche Probleme. Er schien nicht sehr glücklich zu sein. Und ich dachte: Dies ist ein guter Platz für ihn. Wir sind eine Gemeinschaft hier. Wir haben alle unsere Besonderheiten. Wie Violet sagen würde, sind manche von uns rechts von Dschingis Khan, und der Rest ist links von Pluto, aber wir kümmern uns umeinander, verstehen Sie?«

Faith spürte, wie ihr Handy vibrierte. »Ja, Ma'am. Es machte einen netten Eindruck. Ich muss jetzt …«

»Wenn man ein bestimmtes Alter erreicht hat, lernt man, an den Schrullen und Eigenarten von Menschen vorbeizusehen.« Sie seufzte schwer. »Aber wissen Sie was, meine Liebe? An menschlicher Kacke in seinem Garten kann man nicht vorbeisehen.«

»Äh, okay.« Faith' Handy vibrierte wieder. Es war eine SMS von Will. »Danke, Ma'am. Rufen Sie mich an, wenn Ihnen noch etwas einfällt.«

Faith unterbrach die Verbindung, bevor Barbara ein weiteres Bonmot von sich geben konnte. Sie öffnete Wills SMS. Er hatte ihr ein Foto vom Haupteingang des Grady geschickt, was seine Art war, ihr mitzuteilen, dass er im Krankenhaus war und nach ihr suchte. Faith schickte ein Emoji von einem Speiseteller und einem lächelnden Misthaufen zurück, was hieß, sie würde ihn im Food-Court treffen.

Sie sah auf der Patiententafel nach, als sie an der Schwesternstation vorbeikam. *Jane Doe 2* war immer noch in kritischem Zustand. Faith machte sich nicht die Mühe, die Schwestern nach dem neuesten Stand zu fragen. Sie hatten ihre Karte, und sie hatten versprochen, sofort eine SMS zu schicken, wenn die Patientin klar genug war, um sprechen zu können.

Faith stieg die Treppe hinunter. Sie klopfte auf die Taschen ihrer Cargohose, um sich zu vergewissern, dass ihr Blutzuckertest noch da war. Sie hatte noch zwei Insulinpens übrig. Einen dritten hatte sie vor einer halben Stunde benutzt, sie musste also etwas essen. Das Problem war, dass das Grady nur Fast-Food-Restaurants zu bieten hatte. Das war eine tolle Sache für die neue Kardiologie des Krankenhauses, aber es war furchtbar, wenn man seine Diabetes im Griff zu behalten versuchte. Nicht, dass ihr im Augenblick danach zumute gewesen wäre, etwas im Griff zu behalten. Faith sehnte sich nach den Zeiten, in denen sie sich besinnungslos vollfressen konnte, um ihren Stress zu vergessen.

Will war schneller gewesen als sie. Er saß an einem ruhigen Tisch im hinteren Teil des Gastrobereichs. Sie erkannte ihn nicht gleich, weil er Jeans trug und ein schönes, langärmliges Polohemd, das offenbar Sara in seine Garderobe geschmuggelt hatte. Er war ein ziemlich gut aussehender Mann, aber er hatte die Gewohnheit, nicht aufzufallen, was ihn von allen anderen Polizisten unterschied, die sie je kennengelernt hatte.

»Ist das in Ordnung?«, fragte Will.

Er meinte den Salat, den er für sie bestellt hatte. Faith blickte auf die verwelkten Salatblätter und die weißen Streifen Hühnerfleisch, die wie die Finger einer Leiche aussahen. Auf Wills Tablett gab es zwei Cheeseburger, ein große Portion Pommes, ein großes Frosty-Dessert und eine Cola.

»Sieht gut aus.« Faith setzte sich und kämpfte gegen das Bedürfnis an, ihren Kiefer auszuhängen und alles auf seinem Tablett zu verschlingen. »Danke.«

»Amanda hat für morgen eine offizielle Vernehmung von Rippy angesetzt«, sagte er.

»Ich weiß. Sie hat mich über alles auf dem Laufenden gehalten.«

»Alles?«

»Ich weiß von Ihrem gemeinsamen Bankkonto mit Angie. Und ich bin wie Amanda der Ansicht, dass Sie Sara nichts davon sagen sollten.«

Will antwortete nicht. Er war nie ein Freund unerbetener Ratschläge gewesen. »Ich habe Laslo Zivcoviks Vorstrafenregister aus Boston bekommen. Ein paar Vergehen wie Trinken in der Öffentlichkeit oder Geschwindigkeitsüberschreitung, ein tätlicher Angriff auf eine Frau und eine Verurteilung wegen

Totschlags bei einer Auseinandersetzung in einer Kneipe. Er hat achtundzwanzig Mal auf einen Mann eingestochen und ihn dann verbluten lassen. Saß zehn Jahre im Schwerverbrecherknast ab.«

»Totschlag?«, fragte Faith. »Er muss einen guten Anwalt gehabt haben.«

»Ich vermute, er gehörte zur Mafia oder hat für eine Bostoner Version von Kip Kilpatrick gearbeitet.«

»Stört es Sie, was er über Angie gesagt hat?«

»Ich bin eher besorgt darüber, dass er weiß, wie sich die Vagina einer Schlange anfühlt.«

Faith starrte ihn an.

Er zuckte mit den Achseln. »Das ist, wie wenn man mit einem Alkoholiker lebt. Man ist nicht überrascht, wenn einem jemand erzählt, dass er in der Kneipe ist.«

Faith war jahrelang mit einem Alkoholiker zusammen gewesen. Angst zu haben, dein Partner könnte an seinem eigenen Erbrochenen ersticken oder jemanden unter Alkoholeinfluss totfahren, war nicht das Gleiche wie zu wissen, dass er da draußen war und alles fickte, was ihm über den Weg lief.

Darüber hätte sie natürlich außerdem besorgt sein sollen, wie sich nachträglich herausgestellt hatte.

»Ich habe da diese Frau bei Kilpatrick getroffen«, sagte Will. »Mrs. Lindsay. Eine ältere Afroamerikanerin, sehr gepflegte Erscheinung, mit einer Perlenkette um den Hals. Wahrscheinlich in den Siebzigern. Sie hat mir einiges über sich verraten. Mein Eindruck war, es ging ihr nicht sehr gut.«

»Vielleicht ist sie die Mutter eines Spielers, die sich Sorgen macht, dass ihr Sohn nicht mehr weiß, was er tut.«

»Sie hat von einer Tochter gesprochen, aber nur am Rande. Nicht wie man von seinem Kind sprechen würde, wenn es auf diesem Niveau spielen könnte.«

Wills Bauchgefühl stellte das von Faith in den Schatten. »Was beunruhigt Sie an ihr?«, fragte sie.

»Ihre Lippe hat gezittert.« Er berührte seine eigene Unterlippe. »Sie wirkte nervös. Aufgewühlt.«

»Sie wusste, dass Sie Polizist sind?«

»Ja.«

»Hat sie ihren Vornamen gesagt?«

»Nein, aber sie hat erzählt, dass sie in dieser Wohnanlage an der Jesus Junction wohnt.«

»Das ist schon ziemlich konkret.«

»Nicht konkret genug. Ich habe bei der Hausverwaltung angerufen. Es gibt keine Mrs. Lindsay.«

Faith fand es interessant, dass er sich die Mühe gemacht hatte, dort anzurufen. »Eine Frau in diesem Alter wird Mitglied einer Kirche sein. Sie sollten es bei den Methodisten in der Arden Road versuchen.«

Er nickte.

»Wen hat sie in der Agentur aufgesucht?«

»Kilpatrick, nehme ich an. Laslo hat sie abgeholt. Er nannte sie Miss Lindsay.«

Das brachte Faith auf einen Gedanken. Eine Frau dieses Alters mit »Miss« anzusprechen, war einfach grob respektlos. Es sei denn, es verhielt sich ganz anders. »Lindsay könnte ihr Vorname sein. Eine ältere Südstaatenfrau wie sie könnte durchaus respektvoll Miss genannt werden, wie in ›Driving Miss Daisy‹.«

»Daran hatte ich nicht gedacht.« Will zuckte die Achseln. »Wahrscheinlich steckt gar nichts dahinter.«

»Es ist mehr, als ich habe. Sie sollten morgen früh ein paar Anrufe machen.« Faith merkte, dass es klang, als wollte sie ihn nur sinnvoll beschäftigen, um ihn von Angies Fall fernzuhalten, deshalb versuchte sie, ihm die Aufgabe besser zu verkaufen. »Harding liegt tot in Rippys Club. Angie arbeitet für Kilpatrick. Laslo ist Kilpatricks Bulldogge. Miss Lindsay taucht ein paar Stunden nach dem Mord auf. Laslo bringt sie wahrscheinlich ins Büro zu Kilpatrick. Sie wissen, worauf ich hinauswill: Es gibt keine Zufälle.«

»Sie war nicht in seinem Büro«, sagte Will. »Mrs. Lindsay. Ich habe sie jedenfalls nirgendwo gesehen. Sie könnte unten gewesen sein. Sie könnte jemand anderen besucht haben.«

»Oder sie könnten sie vor Ihnen versteckt haben.«

»Ja, vielleicht.« Er widmete sich seinem Dessert. »Erzählen Sie mir von Ihrem Tag.«

»Es war wie Whac-A-Mole ohne Hammer zu spielen.« Faith stocherte in ihrem Salat herum, während sie berichtete, was sie über Hardings Leben herausgefunden hatte – die Auseinandersetzungen mit Barbara Watanabe, die Ratte, der Geruch, die Exkremente, die Nacktfotos von Delilah Palmer und die Heiratsurkunde.

Der letzte Punkt weckte Wills Interesse. »Er trägt sie als seine Tochter ein, und zwei Jahre später ist sie seine Frau?«

»Ja.«

»Und es ist dieselbe junge Frau wie auf dem Nacktfoto in seiner Brieftasche?«

»Er hat Nacktbilder von ihr, die bis in ihre Grundschulzeit zurückreichen.«

Will stellte sein Dessertschüsselchen ab. »Harding war pädophil?«

»Ja. Vielleicht.« Sie klang wie Barb Watanabe. »Was mich stört, ist Folgendes: Pädophile haben meist favorisierte Altersgruppen. Der eine mag sie, bevor sie Teenager sind. Andere bevorzugen sie während oder nach der Pubertät. Ich weiß, dass es vorkommt, aber es ist sehr selten, dass Pädophile bei einem Opfer bleiben, während es altert.«

»Es ist selten, dass sie bei einem Opfer bleiben, Punkt. Bei einem Kerl in Hardings Alter gibt es vermutlich Hunderte von Opfern. Sie haben keine weiteren Bilder gefunden?«

Faith schüttelte den Kopf, während sie ein gummiartiges Stück Huhn hinunterwürgte. »Es gab ein zweites Mädchen, für das Harding Gefälligkeiten einforderte: Virginia Souza. Er hatte keine Bilder von ihr, und in seinen Unterlagen findet sich nichts über sie. Sie ist tot. Vor sechs Monaten an einer Überdosis gestorben.«

»Die magischen sechs Monate«, sagte Will. »Glauben Sie, Harding hat Delilah in seinem Haus gefangen gehalten, um sie von den Drogen wegzukriegen?«

»In seinem Schrank eingesperrt, mit nichts als einem Eimer, in den sie pissen konnte.« Faith kam ein Gedanke. »Vielleicht hatte er Angie da drin eingesperrt.«

»Niemals. Sie hätte sich mit bloßen Händen durch den Rigips gearbeitet und ihn dann umgebracht.«

Faith wusste, dass er es nicht im übertragenen Sinn meinte. »Collier glaubt, Harding hat Drogenkuriere beschäftigt.«

Will sah sie skeptisch an. »Mexikanische Kartelle benutzen keine Türgriffe, um eine Botschaft zu überbringen.«

Sie lachte, vor allem, weil er Collier wie einen Idioten aussehen ließ. »Okay, nehmen wir also an, Delilah war die einzige Frau, die Harding in seinem Schrank gefangen gehalten hat. Warum hat er sie eingesperrt?«

»Weil sie ihm etwas bedeutet hat.« Will hob die Hand, um ihre Proteste zu unterbinden. »Harding ging bewusst nicht mehr zur Dialyse. Er wusste, er würde sterben, und zwar bald. Er hatte vor, buchstäblich den Rest seines Lebens damit zu verbringen, sie zu entgiften.«

»Vielleicht hat er sich verantwortlich gefühlt, weil er ihr Leben versaut hat.« Sie dachte an die Zahnschiene neben dem Bett im Gästezimmer. »Jemand hat ihr außerdem eine kieferorthopädische Behandlung spendiert. Sie trug nachts eine Spange.«

»Wir könnten Colliers Partner darauf ansetzen. Er soll die Kieferorthopäden in der Gegend anrufen und überprüfen, ob sie Patientin bei einem von ihnen war.«

Faith griff nach ihrem Handy und begann zu tippen. »Ich lasse es über Amanda laufen«, sagte sie, verband es jedoch mit dem Vorschlag, Collier und Ng sollten die Scheißarbeit zusammen machen.

Will wartete, bis sie die SMS abgeschickt hatte. »Sie sagten, Palmers erste Verhaftung erfolgte, weil sie Oxy gedealt hat. Woher, glauben Sie, bekam sie die Tabletten?«

Faith dachte über die Frage nach. »Sie hat in Zone 6 gelebt und ist dort zur Grundschule gegangen. Aderrall, Concerta, Ritalin – das sind so die Sachen, die normalerweise dort in Umlauf sind. ADS-/ADHS-Medikamente. Valium und Percocet tauchen in der Mittelschule auf. Oxy ist eher an der Highschool ein Thema, mehr eine Droge weißer Vorortbewohner.«

»Wer hat also Delilah mit dem Oxy versorgt, das sie mit zehn Jahren verkauft hat?«

»Harding war bei der Abteilung für Wirtschaftskriminalität. Er hatte keinen Zugang zu Drogen.« Faith überlegte. Ihre Mutter hatte das Rauschgiftdezernat in Zone 6 geleitet. Die Beweismittelkammer sah immer aus wie eine Apotheke. »Harding könnte jemanden gekannt haben, der Zugang hatte. Vielleicht hat er einen tablettensüchtigen Polizisten ausfindig gemacht und unter Druck gesetzt, die Beute zu teilen.«

»Zone 6?«

Sie nickte.

Wills Haltung veränderte sich.

»Kennen Sie jemanden, der in Zone 6 gearbeitet hat, ein Medikamentenproblem hatte und möglicherweise mit Harding in Verbindung war?«

»O ja«, sagte er und musste nicht erst aussprechen, dass er Angie meinte. »Sie kümmert sich um solche Kinder. Wenigstens hat sie es früher getan.«

»Kinder wie Delilah?« Faith drehte es den Magen um. Es war eine Sache, dass Angie andere Frauen für Luxuspartys verkuppelte, aber junge Waisenmädchen auszubeuten war völlig inakzeptabel.

»Angie hat bei der Sitte gearbeitet«, sagte Will. »Die ganz Jungen – die hat sie gewissermaßen unter ihre Fittiche genommen.«

»Und hat ihnen Tabletten zu verkaufen gegeben?«

Will rieb sich das Kinn. »Angie weiß, wie es einem in einer solchen Lage geht, und wie es ist, wenn niemand auf einen aufpasst.«

»Jetzt komme ich nicht mehr mit«, sagte Faith. »Ich sehe nicht, was mitfühlend daran sein soll, wenn man eine Zehnjährige in eine Drogendealerin verwandelt.«

»Was ist schlimmer: Oxy zu verkaufen oder Sex?«

»Das sind die beiden einzigen Möglichkeiten?«

»Für solche Kinder, die im System festhängen? Die fünf Mal im Jahr Schule und Pflegefamilie wechseln und nie wissen, wo sie in der nächsten Nacht schlafen werden?« Sein Tonfall war nachdrücklich. »Ja, das ist die Wahl, die sie haben.«

Die mütterliche Seite in Faith wollte widersprechen. Die zynische Seite, die seit fünfzehn Jahren Polizistin war, verstand die Logik. Solche Kinder lebten nicht das Leben, das sie leben wollten. Sie überlebten das Leben, das sie hatten.

»Wie viele Strippen musste Harding ziehen, damit Delilah keinen Ärger bekam?«

»Mehr als ein Puppenspieler.«

»Wer hat die Gefälligkeiten erwiesen?«

»So funktioniert das nicht mit solchen Gefälligkeiten. Man redet nicht darüber. Das ist gewissermaßen der Sinn des Ganzen.« Faith hörte ihre Stimme durch den Food-Court hallen. Sie klang aufgebracht, und vielleicht war sie es. Sicher, Kinder wie Delilah Palmer hatten es schwer, aber ihnen bei einem erfolgreichen Einstieg in die kriminelle Unterwelt behilflich zu sein war keine Lösung. »Großer Gott, Will. Glauben Sie wirklich, Angie hat kleinen Mädchen Tabletten zum Verkaufen gegeben?«

Will trommelte mit den Fingern auf den Tisch und blickte an ihr vorbei, was vermutlich eine der ärgerlichsten unter seinen immer wiederkehrenden Taktiken war.

Faith spießte ein Stück Hähnchen auf. Die Spannung wegen Angies schlimmer guter Taten saß wie eine dritte Person mit ihnen am Tisch. Faith vergaß manchmal, wie hart Wills Leben gewesen war, und daran trug er ganz allein die Schuld. Oberflächlich betrachtet wirkte er wie ein normaler Mensch. Und dann bemerkte man die Narben in seinem Gesicht. Oder dass er nie die Ärmel aufrollte, auch in der größten Hitze nicht. Er sprach nie davon. Tatsächlich sprach er überhaupt nie über etwas. Wie zum Beispiel, dass die Haut an seinen Knöcheln aufgeplatzt war, weil er offenbar vor Kurzem jemandem einen Fausthieb verpasst hatte. Wie zum Beispiel, dass seine Frau wahrscheinlich tot war. Oder dass er das Herz seiner Freundin gebrochen hatte.

»Faith?« Will wartete, bis sie aufblickte. Er bemühte sich zu lächeln. »Ich glaube, ich muss diese Ratte sehen.«

Sie ließ die Luft in einem langen Atemzug entweichen und merkte jetzt erst, dass sie sie angehalten hatte. Dann suchte sie das Video in ihrem Handy und schob Will das Gerät über den Tisch. »Collier hat sich übergeben. Gewaltig. Sozusagen der Vater des Erbrechens.«

Will lachte anerkennend. Er spielte das Video ab. Zweimal. Faith konnte Colliers panisches Hecheln durch die Lautsprecher hören. Es wurde mit jedem Mal besser. Schließlich legte Will das Handy beiseite. »Das ist eine Russian Blue.«

»Die Ratte?«

»Ich habe einmal eine Razzia in einer Zoohandlung gemacht. Der Typ hat durch den Hintereingang exotische Tier verkauft, aber vorn im Laden war alles voller Ratten. Ich musste sie für Amanda katalogisieren.« Er schob ihr das Telefon über den Tisch. »Dale könnte Angie aufs Korn genommen haben, weil er Delilah schützen wollte. Den ganzen Saustall aufräumen, bevor er den Löffel abgibt.«

Sie zuckte die Achseln, aber die Theorie klang einleuchtend.

»Wenn es einen Drogenaspekt gibt, bekommt die Sache eine neue Dimension«, sagte Will.

»Sie meinen, wir müssen es Amanda sagen?«

Er nickte.

»Verdammt«, murmelte Faith. »Collier wollte diesen Banden-Tags an den Wänden im Club nachgehen. Ich bring mich um, wenn er recht hatte.«

»Wir sollten keine vorschnellen Schlüsse ziehen«, sagte Will. »Es ist eine Theorie, mehr nicht. Wir wissen nicht, was Angie getrieben hat.«

»Nur dass sie zehn Riesen im Monat von Kilpatrick bekam.«

»Vielleicht hat sie ihn mit Drogen versorgt.«

»Das würde ich glauben, wenn es Wachstumshormone und Steroide wären.«

»Dafür bräuchte er Angie nicht. Er hat sicher Ärzte, die ihm legal Rezepte ausstellen.« Will lehnte sich zurück. »Nehmen wir an, wir finden Delilah, und sie hat nie von Angie gehört. Was dann?«

»Dann erzählt sie uns, was zum Teufel da läuft.« Faith ließ Will keine Zeit, ihr ins Gesicht zu lachen, denn sie wussten beide, dass das äußerst unwahrscheinlich war. Mädchen wie Delilah sprachen nicht mit Polizisten. Sie warteten, bis man sie laufen lassen musste, dann verschwanden sie.

Faith holte ihr Notizbuch heraus. Will konnte ihr Gekritzel nicht lesen, aber sie zeigte auf die Überschriften. »Palmer war mit Harding verheiratet und möglicherweise verwandt. Harding hat in einem Haus gewohnt, das einem Unternehmen gehört, das sich wahrscheinlich zu Kip Kilpatrick zurückverfolgen lässt. Angie hat für Kip Kilpatrick gearbeitet. Harding hat vor sechs Monaten den Jackpot geknackt. Angies Zahltage fingen vor vier Monaten an.« Sie zeigte auf den letzten Namen. »Sie lassen sich alle mit Rippy in Verbindung bringen.«

Will nahm das Notizbuch und studierte die Namen. Faith sah, wie sich seine Augen bewegten, aber sie ahnte nicht, wie schnell er alles erfasste. Sie wusste, er tat sich leichter mit Worten, die er schon gesehen hatte, aber auf dem Papier standen neue Namen.

Will legte das Notizbuch beiseite. »Was halten Sie davon, wenn wir auf der Stelle einen Fall konstruierten?«, fragte er. »Palmer ist, aus welchen Gründen auch immer, unauffindbar. Rippy ist wie Teflon. Die einzigen zwei Leute, über die wir Bescheid wissen, sind Harding und Angie. Sie waren beide am selben Ort, in dem Club. Einer von ihnen ist dort gestorben. Die andere ist wegen etwas gestorben, das dort passiert ist. *Wahrscheinlich gestorben.*«

Faith ließ das »wahrscheinlich« unkommentiert.

»Diese Pfeile zu Rippy sehen auf dem Papier gut aus«, fuhr Will fort, »aber in Wirklichkeit haben wir gar keine direkte Verbindung, denn sie gehen alle hier durch.« Er tippte mit dem Zeigefinger auf Kilpatricks Namen. »Er ist der Mittelsmann, das was zwischen Rippy und allen andern steht. Nehmen wir an, wir können durch ein Wunder eine solide Mordanklage zusammenzimmern, mit Beweisen und allem Drum und Dran, und der Richter stellt uns einen Haftbefehl aus. Dann wird es nicht Rippy sein, den wir anklagen. Es wird Kilpatrick sein. Denn dafür bezahlt ihn Rippy. Und wenn Sie denken, wir können eine Anklage wegen Verschwörung konstruieren, sind Sie eine Träumerin. Harding ist tot. Angie ist wahrscheinlich tot. Rippy kommt ungeschoren davon wie immer.«

Sie konnte nicht akzeptieren, dass er recht hatte, auch wenn jedes einzelne Wort absolut logisch klang. »*Jane Doe* könnte etwas gesehen haben. Sie war in dem Bürogebäude auf der anderen Straßenseite, sie hatte einen Blick aus der Vogelperspektive.« Faith schaute auf ihrem Handy nach, wie spät es war. »Sie müsste bald aus ihrer Morphiumbetäubung erwachen. Dann können wir mit ihr reden.«

Will sah nicht sehr hoffnungsvoll aus.

Faith klappte das Notizbuch zu. Sie konnte es nicht mehr sehen. »Warum, glauben Sie, hat sie versucht, sich zu töten?«

»Vielleicht war sie einsam?« Er legte den Arm über die Lehne des leeren Stuhls neben ihm. »Es ist hart, obdachlos zu sein. Du weißt nicht, wem du trauen kannst. Du schläfst nie richtig. Es gibt niemanden, mit dem du reden kannst.«

Faith wurde bewusst, dass Will der erste Mensch war, der die Frage tatsächlich zu beantworten versuchte. »Wie viel Koks hatte sie?«

»Ich schätze, rund zwei Unzen, knapp sechzig Gramm.«

»Du lieber Himmel. Das ist Koks im Wert von fast dreitausend Dollar. Woher zum Teufel hatte sie das?«

»Wir können sie fragen, wenn sie wach ist.« Er legte seine Hand auf die Brust und zuckte schmerzerfüllt zusammen. »Mir ist, als hätte ich einen Herzinfarkt.«

Panik erfasste Faith. Sie wollte aufstehen, aber er hielt sie zurück.

»Nicht wirklich. Nur diese Enge.« Er rieb sich die Brust. »Es ist fast wie ein Zittern. Haben Sie das manchmal, dass Ihr Herz in der Brust zittert?«

Faith hatte es ständig. »Hört sich nach Stress an.«

»Sara hat mir ein Bild von Betty geschickt. Sie lag in ihrem Bett, auf Saras Platz. Das ist gut, oder?«

Faith nickte, aber sie hatte keine Ahnung. Will hatte seine eigene Art, mit Menschen zu kommunizieren.

»Ich habe im Internet nachgesehen«, sagte er. »Dieser Lippenstift kostet sechzig Dollar.«

Faith verschluckte sich fast an einem Stück Salat. Das Teuerste, was sie je auf ihr Gesicht getan hatte, war ein Club-Steak, nachdem ein Täter ihr einen Schlag aufs Auge verpasst hatte.

»Die Farben haben alle gleich ausgesehen für mich. Können Sie die Produktnummer im Beweismittelverzeichnis für mich heraussuchen?«

»Will.« Faith legte ihre Gabel beiseite. »Sara ist der Lippenstift egal.«

Er schüttelte den Kopf, als hätte sie keine Ahnung. »Sie war sehr, sehr wütend deswegen.«

»Will, hören Sie mir zu. Es geht nicht um das Geld. Es geht darum, dass Angie ihn gestohlen hat.«

»So ist Angie eben.« Er schien es für eine ausreichende Erklärung zu halten. »Als wir aufwuchsen, besaß niemand von uns etwas. Wenn du etwas gesehen hast, das du haben wolltest, hast du es genommen. Andernfalls gehörte dir nie etwas. Vor allem nichts Hübsches.«

Faith suchte nach einem Weg, es ihm begreiflich zu machen. »Was, wenn einer von Saras Exfreunden in Ihre Wohnung einbrechen und das T-Shirt stehlen würde, in dem Sie schlafen?«

»Hätte es nicht mehr Sinn, wenn er Saras Shirt stehlen würde?«

Faith stöhnte. Männer hatten es so leicht. Wenn sie wütend aufeinander waren, kämpften sie. Frauen fügten sich selbst Schnitte zu oder entwickelten Essstörungen.

»Erinnern Sie sich noch an diesen Selbstmord letztes Jahr im Frauengefängnis?«

»Alexis Rodriguez. Sie hat sich die Pulsadern aufgeschnitten.«

»Richtig. Und als wir die anderen Insassen fragten, warum sie es getan hatte, sagten sie, dass Mädchen ihre Sachen gestohlen hätten. Nicht nur ihren Lohn. Sie legt einen Stift beiseite, und im nächsten Moment ist er weg. Sie zieht ihre Socken aus, und sie sind verschwunden. Sie haben sogar ihren Müll gestohlen. Warum, denken Sie, haben die das getan?«

Er zuckte die Achseln. »Aus Gemeinheit.«

»Um ihr klarzumachen, dass ihr nichts gehörte. Egal wie wichtig oder unbedeutend – sie konnten ihr alles jederzeit wegnehmen, und sie konnte nichts dagegen tun.«

Er schaute skeptisch.

»Warum sonst sollte Angie diese Nachrichten an Saras Wagen hinterlassen?«

»Weil sie wütend war.«

»Natürlich war sie wütend, aber sie hat ein Psychospiel mit Sara getrieben.«

Will zappelte auf seinem Stuhl herum. Er verstand es immer noch nicht.

»Angie war ein Tyrann, Will. Und sie wollte Sara zu verstehen geben, dass sie Sie jederzeit zurückholen könnte, wenn sie es wollte. Deshalb hat sie den Lippenstift gestohlen. Deshalb hat sie die Nachrichten hinterlassen. Sie hat ihr Revier markiert.« Faith musste es aussprechen, was jetzt noch kam: »Und Sie haben es zugelassen.«

Will lehnte sich zurück. Er stand nicht auf und ging. Er sagte nicht, sie solle sich um ihre eigenen Angelegenheiten kümmern. Er rieb sich das Kinn. Er sah zu dem Abfalleimer neben der Tür.

Faith wartete. Und wartete. Sie versuchte, ihren Salat aufzuessen. Sie sah auf ihrem Handy nach, ob sie neue Nachrichten hatte.

»Sie hat mir einen Brief hinterlassen«, sagte Will. »Angie, meine ich.«

Faith wartete weiter.

»Amanda weiß es nicht. Jedenfalls glaube ich, dass sie es nicht weiß. Er war in dem Postfach von Angie.« Er blickte auf seine Hände. »Sie hat meinen Namen in Druckschrift draufgeschrieben, aber der Brief selbst ist in Schreibschrift verfasst.«

Faith wusste, dass es Will schwerfiel, Schreibschrift zu lesen. Angie wusste es sicher ebenfalls, was sie nach Faith' Ansicht nur zu einem noch größeren Miststück machte.

»Ich kann ihn Sara nicht zu lesen geben«, sagte er. »Diesen Brief.«

»Nein, das können Sie nicht.«

»Es ist das, was sie wollte. Dass Sara ihn mir laut vorlesen muss.«

»Richtig.«

»Also ...?«

Faith musste schlucken. Er hatte sie noch nie gebeten, ihm etwas vorzulesen. Darauf war er immer stolz gewesen. Er schrieb ihre Berichte, wenn er an der Reihe war. Er war der einzige

Mann, mit dem sie je gearbeitet hatte, der nicht versuchte, sie zu seiner Privatsekretärin zu machen.

»Also gut«, sagte Faith.

Er griff in seine Tasche und zog ein gefaltetes Blatt Papier von einem Notizblock heraus. Der Rand war ausgefranst, wo es aus der Spirale gerissen worden war. Er entfaltete das Blatt und strich es auf dem Tisch glatt. Zornige Worte füllten die Seite, überschritten die Randbegrenzungen, ergossen sich bis auf die Rückseite. Manches war unterstrichen. Der Kugelschreiber hatte sogar durch das Papier gestoßen.

Faith konnte das Wort Sara erkennen und krümmte sich innerlich. »Sind Sie sicher ...?«

Will sagte nichts. Er wartete nur.

Faith wusste nicht, was sie anderes tun sollte, als den Brief zu sich herumzudrehen und zu lesen anzufangen. »Hallo, Baby. Wenn dir das jemand vorliest, bin ich tot.«

Will stützte den Kopf in die Hände.

»Ich hoffe, es ist Sara, denn ich will, dass diese F-«, Faith verfluchte Angie lautlos, »... ich will, dass diese Fotze weiß, dass du sie nie, nie so lieben wirst, wie du mich liebst.« Sie sah zu Will. Er hatte immer noch den Kopf in den Händen vergraben.

Faith blickte wieder auf den Brief hinunter.

»Erinnerst du dich an den Keller? Ich will, dass du deiner teuren Sara von dem Keller erzählst, denn das erklärt alles. Dann wird sie verstehen, dass du sie nur fickst, weil sie ein armseliger Ersatz für mich ist. Du hast sie in allem belogen.« Faith kniff die Augen zusammen, um die nächsten Worte des Gekritzels zu entziffern. »Du magst sie, weil sie keine Gefahr darstellt, und weil sie ...« Faith brach ab. Ihre Augen waren ein paar Worte vorausgesprungen. »Will, ich glaube nicht ...«

»Bitte.« Seine Stimme klang gedämpft durch die Hände. »Wenn Sie es mir nicht vorlesen, werde ich es nie erfahren.«

Faith räusperte sich. Ihr Gesicht brannte, weil es ihr so peinlich war. Weil es ihr für Sara peinlich war. »Du magst sie, weil sie keine Gefahr darstellt und weil sie dir einen bläst, und du siehst sie nie ausspucken, denn das gehört zu ihrer Masche. Sie ist nicht ohne Grund dein Schoßhund.« Faith ließ den Blick vorauswandern und betete, dass es nicht noch schlimmer wurde.

Es wurde schlimmer.

»Notgeile Schlampen wie Sara brauchen ihren weißen Lattenzaun und die Kinder im Garten. Wie wäre das, einen Haufen kleine Monster mit deinen kaputten Genen zu haben? Zurückgebliebene Loser wie du, die ihren eigenen Scheißnamen nicht lesen können?«

Faith musste wieder unterbrechen, diesmal um ihre Wut zu zügeln.

Sie fuhr fort. »Frag dich selbst, ob du jemals dein Leben für sie riskieren würdest. Sara Linton ist eine langweilige Kuh. Deshalb kannst du mich nicht loslassen. Deshalb hast du diesen Scheißbrief gefunden. Sie wird dich nie so erregen, wie ich es tue. Du wirst sie nie so wollen, wie du mich willst. Sie wird nie verstehen, wer du wirklich bist. Der einzige Mensch auf Erden, der dich je hatte, war ich, und jetzt bin ich tot, und du hast keinen Finger gerührt, damit das nicht passiert.« Faith war sichtlich erleichtert, als sie die letzte Zeile las. »In Liebe, Angie.«

Will hielt immer noch den Kopf in den Händen vergraben.

Faith faltete das Blatt wieder zu einem Quadrat. Der Brief war ein Beweisstück. Angie hatte vermutet, dass sie sterben würde, und das hieß, ihre Ermordung war vorsätzlich geschehen. Faith spielte es in Gedanken durch. Falls sie den Mörder erwischten, würde es eine Gerichtsverhandlung geben. Der Brief an Will würde öffentlich einsehbar sein. Es war Angies letzter Schlag gegen Sara. Es würde ein K. o.-Schlag sein.

»Sie müssen das vernichten«, sagte Faith.

Will blickte auf. Seine Augen glänzten im Licht von der Decke.

Faith riss den Brief entzwei. Dann riss sie ihn noch einmal durch und noch einmal, bis Angies hasserfüllte Worte in tausend Fetzen gerissen waren.

»Glauben Sie, sie ist tot?«, fragte Will.

»Ja. Sie haben das Blut gesehen. Sie haben gelesen, was Angie geschrieben hat: dass sie wusste, sie würde bald sterben.« Faith schob die Papierschnipsel zu einem Haufen zusammen. »Erzählen Sie Sara nichts von dem Brief. Er wird sonst alles zerstören. Genau das, was Angie wollte.«

Er begann, sich wieder die Brust zu reiben. Sein Gesicht war blass.

Faith versuchte, sich an die Anzeichen eines Herzinfarkts zu erinnern. »Schmerzt Ihr Arm?«

»Ich fühle mich wie taub«, sagte er und schien so überrascht wie Faith zu sein, dass er immerhin das eingestand. »Wie steht man so etwas durch?«

»Ich weiß es nicht.« Faith verteilte die Papierfetzen mit dem Zeigefinger und schob sie dann wieder zu einem Haufen zusammen. »Als mein Dad starb, stand mein Leben Kopf.« Sie fühlte, wie ihr die Tränen in die Augen stiegen, denn selbst fünfzehn Jahre hatten nicht genügt, um über den Verlust hinwegzukommen. »Am Tag der Beerdigung glaubte ich nicht, dass ich es schaffen würde. Jeremy war völlig am Ende. Mein Dad hatte zu Hause gearbeitet, die beiden standen sich extrem nahe.« Faith holte tief Luft. »Wir kommen also zur Beerdigung, und Jeremy bricht total zusammen. Hat geheult, wie ich es nicht mehr erlebt hatte, seit er ein Baby war. Er wollte mich nicht loslassen, ich musste ihn die ganze Zeit halten.«

Sie sah Will an. »Ich weiß noch, wie ich auf den Stufen der Kapelle stand und etwas *Klick* in mir machte, und ich dachte: Okay, du bist die Mom. Sei stark für dein Kind und kümmere dich um dich selbst, wenn du allein bist, dann schaffst du das.« Faith lächelte, aber die Wahrheit war, dass sie nie allein war. Wenn sie Glück hatte, blieben ihr am Morgen dreißig Minuten, bis Emma aufwachte, und dann fing das Telefon zu läuten an, sie musste sich fertig machen, um zur Arbeit zu gehen, und die ganze Welt stürzte auf sie ein. »Man steht solche Dinge durch, weil man keine Wahl hat. Man steht auf. Man zieht sich an. Man geht zur Arbeit, und man schafft es einfach.«

»Verleugnung«, sagte Will. »Davon habe ich schon gehört.«

»Es hat mich zu der Frau gemacht, die ich heute bin.«

Er trommelte mit den Fingern auf den Tisch. Er studierte sie auf diese Art, wie er es immer tat, wenn er herauszufinden versuchte, was nicht passte. »Delilah Palmer – Sie machen sich Sorgen, weil Sie Collier die gute Spur überlassen haben.«

Ihn raten zu hören, was nicht stimmte, ließ sie selbst erkennen, was nicht stimmte. »Es ist nicht, weil ich die Festnahme machen will. Ich meine, ja verdammt, natürlich will ich sie machen. Aber Collier hat etwas an sich ...«

»Ich traue ihm auch nicht.«

Faith' Handy zirpte. Die Schwester hatte ihr endlich eine SMS geschickt. »Ach du Scheiße.« Faith musste die Nachricht zweimal lesen, ehe sie sie glauben konnte. »*Jane Doe* wird noch einmal operiert. Falls sie durchkommt, werde ich frühestens morgen Vormittag mit ihr reden können.«

Will lachte, aber nicht, weil es komisch war. »Und jetzt?«

»Ich fahre nach Hause.« Faith fegte die Papierschnipsel in ihre Handfläche und gab sie Will. »Spülen Sie die in der Toilette runter und dann reden Sie mit Sara.«

KAPITEL 7

Sara lag auf der Couch, Betty auf dem Kissen bei ihr. Der kleine Hund hatte es geschafft, seinen gesamten Körper um Saras Kopf zu wickeln. Ihre beiden Greyhounds, Bob und Billy, hatten sich über ihre Beine drapiert.

Sie hatte den Abend an ihrem Esszimmertisch mit einer Recherche über urämischen Frost begonnen und Kräutertee dazu getrunken. Dann war sie zu einem Glas Wein an der Küchentheke übergegangen, während sie einen Artikel für eine Zeitschrift redigierte. Danach hatte sie sich in der Wohnung umgesehen und beschlossen, dass sie geputzt werden musste. Sara putzte immer, wenn sie aufgebracht war, aber dies war eine der seltenen Gelegenheiten, da sie tatsächlich zu sehr aus dem Häuschen war, um sauber zu machen. Und so war sie schließlich auf der Couch gelandet, wo sie unter Hunden begraben einen Scotch trank.

Sie nippte an ihrem Drink und schaute in den Laptop, der auf einem Kissen auf ihrem Bauch ruhte. Wie schon den ganzen Abend hatten sich ihre niedrigeren Dämonen durchgesetzt. Sie hatte mit einer Dokumentation über Peggy Guggenheim begonnen und schaute am Ende Buffy die Vampirjägerin. Oder versuchte es wenigstens. Die Handlung war nicht allzu kompliziert – natürlich würde Buffy einen Vampir jagen –, aber mit dem Alkohol und ihren anderen Problemen konnte sich Sara nicht konzentrieren.

Will hatte nicht angerufen. Sie hatte keine SMS von ihm bekommen, nicht einmal, als sie ihm ein Bild von Betty geschickt hatte. Er hatte den ganzen Tag damit verbracht, nach Angie zu suchen, und selbst jetzt, da Angie beinahe sicher tot war, hatte er sich nicht die Mühe gemacht, sich bei Sara zu melden.

Wäre Sara der Typ gewesen, der Entscheidungen erzwang, dann hätte sie Wills Mangel an Kommunikation als Antwort aufgefasst.

Sie hielt den Computer an. Sie nahm die Brille ab. Sie schloss die Augen.

Sara wanderte in Gedanken zurück zum Samstagmorgen, wobei sie den Teil ausließ, wo Will Angie gesehen hatte. Am Freitagabend hatten sie beschlossen, die Nacht bei Will zu verbringen, weil er einen eingezäunten Garten und eine Hundeklappe in der Küchentür hatte, was bedeutete, die Tiere konnten sich um sich selbst kümmern, während die Menschen ausschliefen.

Sara war um vier Uhr dreißig aufgewacht. Der Fluch der Bereitschaftsärztin. Ihr Gehirn wollte nicht lange genug abschalten, dass sie wieder einschlafen konnte. Sie überlegte, ein wenig zu arbeiten oder ihre Schwester anzurufen, aber am Ende hatte sie nur Will beim Schlafen zugesehen, was zu den albernen Dingen gehörte, die man eigentlich nur im Kino sah.

Er lag auf dem Rücken, den Kopf zur Seite gedreht. Ein schmaler Streifen Licht fiel unter der Jalousie durch und spielte über sein Gesicht. Sie hatte seine Wange gestreichelt. Die Rauheit seiner Haut hatte ein Interesse an weiterer Erforschung entfacht. Sie ließ ihre Finger über seine Brust wandern. Statt sie noch weiter hinunterwandern zu lassen, legte sie die Handfläche auf sein Herz und fühlte die gleichmäßigen Schläge.

Woran sie sich von diesem Morgen erinnerte, war dies: die überwältigende Freude des Besitzens. Sein Herz gehörte ihr. Sein Geist. Sein Körper. Seine Seele. Sie waren erst seit einem Jahr zusammen, aber mit jedem Tag, der verging, liebte sie ihn mehr. Ihre Beziehung zu Will war eine der bedeutungsvollsten Verbindungen, die sie in ihrem Leben gehabt hatte.

Dabei war es mitnichten so, dass Sara furchtbar viele Beziehungen hinter sich gehabt hätte. Ihr erster Freund, Steve Mann, hatte all die Begeisterung hervorgerufen, die einem dritten Posaunisten in der Big Band der Highschool möglich ist. Mason James, den sie während des Medizinstudiums kennengelernt hatte, war mehr in sich selbst verliebt gewesen, als es sich eine Frau je erhoffen durfte. Als Sara ihn ihrer Familie vorstellte, hatte ihre Mutter gespottet: »Dieser Mann trägt die Nase so hoch, dass es ihm hineinregnet.«

Und dann hatte es Jeffrey Tolliver gegeben, ihren Mann.

Sara öffnete die Augen.

Sie trank noch einen Schluck von ihrem Drink, der inzwischen mehr Wasser als Scotch enthielt. Sie sah auf die Uhr. Zu spät, um ihre Schwester anzurufen. Sara wollte mit jemandem sprechen, sich durch die gewaltige Explosion arbeiten, die ihr Leben erschüttert hatte, und Tessa war der einzige sichere Hafen. Faith musste sich auf Wills Seite schlagen, weil sie seine Partnerin war und ihre bedingungslose Loyalität das war, was sie beide zu ihrer Sicherheit brauchten. Ihre Mutter anzurufen war keine Option. Das Erste, was Cathy Linton über die Lippen kommen würde, wäre ein großes »Ich hab's dir doch gleich gesagt«.

Und ihre Mutter hatte es ihr weiß Gott gesagt. Viele Male. Unzählige Male. Fang nichts mit einem verheirateten Mann an. Verlieb dich nicht in einen verheirateten Mann. Bilde dir nicht ein, dass du einem verheirateten Mann trauen kannst. Sara hatte gedacht, dass es in der Geschichte zwischen ihr und Will mehr Nuancen gab, als ihre Mutter wahrnahm, aber jetzt kamen ihr Zweifel. Noch schlimmer als »Ich hab's dir doch gleich gesagt« waren die Worte: »Ja, Mutter, du hattest recht.«

Sara sah wieder auf die Uhr. Noch nicht einmal eine Minute war vergangen. Sie wog ab, was es bedeuten würde, ihre Schwester aufzuwecken. Tessa lebte in Südafrika, und auf ihrer Seite der Weltkugel war es zwei Uhr morgens. Sie würde einen gewaltigen Schreck bekommen, wenn das Telefon so früh läutete. Außerdem wusste Sara genau, wie das Gespräch laufen würde. Tessas erste Worte würden lauten: »Zeig ihm, wie du dich fühlst.«

Was sie meinte, war, dass Sara vor Will zusammenbrechen sollte, ihn sehen lassen sollte, dass sie ein psychisches Wrack war und nicht ohne ihn leben konnte. Was eine Lüge wäre, denn Sara konnte ohne Will leben. Sie wäre todunglücklich, am Boden zerstört, aber sie könnte es schaffen. Der Verlust ihres Mannes hatte sie zumindest diese Lektion gelehrt.

Aber Tessa würde nicht zulassen, dass sich Sara hinter Jeffreys Tod versteckte. Sie würde wahrscheinlich etwas in der Art sagen, wie: Sara sei dabei, auf einem hohen Ross in einen einsamen Sonnenuntergang zu reiten. Worauf Sara sie daran erinnern würde, dass zu den Dingen, die Will an ihr mochte, ihre Stärke gehörte. Tessa würde entgegnen, sie verwechsle Stärke mit Starrsinn, und dann würde Sara das tun, was sie immer tat: auf den in der Familie sogenannten Bambi-Zwischenfall anspielen. Als die Schwestern den Film zum ersten Mal sahen, hatte Tessa hemmungslos geweint. Sara hatte sich mit einer gemurmelten Entschuldigung, sie müsse noch für eine Rechtschreibprobe lernen, verabschiedet, weil sie nicht wollte, dass jemand sie weinen sah.

Tessas abschließendes Argument würde in einem Ton vorgebracht werden, der an die Mutter erinnerte: »Nur ein Narr glaubt, andere zum Narren halten zu können.«

Sara hatte jedoch eine Karriere darauf aufgebaut, anderen Leuten etwas vorzumachen. Ein Elternteil mit einem kranken Kind brauchte am Allerwenigsten eine Ärztin, die nicht aufhören konnte zu flennen. Und ein verängstigter Patient will seine Ärztin nicht an seinem Bett zusammenbrechen sehen. Es wäre nichts damit gewonnen, sich vor Will in ein Häufchen Elend zu verwandeln, sondern es wäre nur eine billige Methode, einen Streit zu gewinnen. Er würde sie trösten, und sie würde sich schrecklich fühlen, weil sie ihn manipuliert hatte. Und am Morgen danach hätte sich nichts geändert.

Er würde immer noch seine Frau lieben.

Sara trank von ihrem Scotch und behielt ihn kurz im Mund, ehe sie schluckte.

War das die Wahrheit? Liebte Will Angie wirklich so, wie ein Ehemann seine Frau liebte? Er hatte Sara verschwiegen, dass er Angie am Samstag gesehen hatte. Er log wahrscheinlich auch über andere Dinge. Der Tod brachte es mit sich, dass Gefühle sich fokussierten. Vielleicht hatte der Verlust von Angie Will erkennen lassen, dass er Sara doch nicht wollte.

Es gab keinen Grund für ihn, anzurufen oder eine SMS zu schicken, wenn nichts mehr zu sagen war.

Die Hunde wurden unruhig. Bob sprang von der Couch. Billy folgte. Sara hörte ein leises Klopfen und sah zur Tür, als könnte das erklären, wie jemand in das Gebäude gekommen war, ohne die Sprechanlage zu benutzen. Sara wohnte im Penthouse. Sie hatte nur einen Nachbarn auf ihrer Etage, Abel Conford, der den ganzen Monat im Urlaub war.

Es klopfte noch einmal leise. Die Hunde trabten gemächlich zur Tür. Betty blieb auf dem Kissen liegen. Sie gähnte.

Sara stellte ihren Laptop auf den Kaffeetisch und zwang sich aufzustehen. Und nicht wütend zu werden, denn die Hunde bellten nur aus dem Grund nicht: weil sie den Mann kannten, der vor der Tür stand.

Sie hatte Will letztes Jahr einen Schlüssel überlassen. In der ersten Woche danach war es süß gewesen, dass er trotzdem immer noch klopfte. Inzwischen war es nur noch ärgerlich.

Sara öffnete die Tür. Da stand Will, die Hände in den Taschen, in Jeans und dem grauen Polohemd von *Ermenegildo Zegna*, das sie unter seine T-Shirts von *GAP* geschmuggelt hatte.

Er sah den Laptop. »Du guckst ohne mich *Buffy*?«

Sara ließ die Tür offen stehen und ging zurück in den Raum, um ihr Glas zu holen. Das Loft war offen konzipiert, Wohnzimmer, Esszimmer und Küche waren ein großer Raum. Sara war froh, dass sie ein bisschen Abstand zwischen sie beide legen konnte. Sie setzte sich auf die Couch. Betty stand von ihrem Kissen auf, streckte sich und gähnte wieder, ging aber nicht zu Will.

Er blieb ebenfalls auf Abstand zu Betty. Und zu Sara. Er lehnte mit dem Rücken an der Küchentheke. »War alles okay?«, fragte er. »Beim Tierarzt?«

»Ja.«

Die Haut an den Knöcheln von Wills Zeige- und Mittelfinger war aufgeplatzt, aber Sara fragte nicht nach der Verletzung. Sie trank noch einen Schluck aus ihrem Glas.

»Da ist ein Mädchen aufgetaucht«, sagte er. »Sie könnte wissen, was Harding wusste. Was zu seinem Tod führte. Das bringt sie selbst in Lebensgefahr.«

Sara täuschte Interesse vor. »Die Unbekannte, die du in dem Bürogebäude gefunden hast?«

»Nein. Ein anderes Mädchen. Hardings Frau. Oder Tochter. Vielleicht. Wir wissen es nicht.«

Sara trank ihren Scotch.

»Ich habe mich verletzt.« Doch er hielt nicht die Hand in die Höhe, sondern drehte sich um und zeigte ihr seine rechte Wade. Ein dunkler Blutfleck war auf der Hose zu sehen. »Ich bin durch ein paar Bodendielen eingebrochen.« Er wartete. »Da sind Splitter drin.«

»Wenn es vor mehr als sechs Stunden passiert ist, dann ist es zu spät, um es zu nähen.«

Will wartete.

Sara wartete ebenfalls. Sie hatte nicht vor, es ihm leicht zu machen. Wenn er mit ihr Schluss machen wollte, sollte er es wie ein Mann tun.

»Hast du schon viel gehabt?«, fragte er. »Zu trinken, meine ich?«

»Nicht annähernd genug.« Sara stand von der Couch auf und ging auf dem Weg zur Küche an Will vorbei. Ihrem Magen würde ein zweiter Whiskey nach dem Glas Wein zuvor nicht gefallen, aber sie schenkte sich trotzdem einen ein.

Will stand auf der anderen Seite der Theke und sah ihr zu, wie sie sich nachschenkte. Er hatte eine körperliche Aversion gegen Alkohol. Er straffte die Schultern. Er hob das Kinn. Sara wusste nicht, ob er es überhaupt bemerkte. Sie musste annehmen, dass es mit den Betrunkenen zu tun hatte, die ihn als Kind missbraucht hatten, dass sein Muskelgedächtnis darauf reagierte.

Wie bei den meisten Dingen aus seiner Vergangenheit sprach Will nicht darüber.

»Willst du einen?«, fragte sie.

Er nickte. »Okay.«

Sara hatte ihn schon einmal Alkohol trinken sehen, aber das war unter Zwang geschehen. Sie hatte ihm gewaltsam eine winzige Menge Scotch einflößen müssen, weil er nicht aufhören konnte zu husten.

»Hast du Gin?«, fragte er.

Sie bückte sich, um in dem Schränkchen nachzusehen, das sie seit Monaten nicht geöffnet hatte. Staub bedeckte die Folien über den Weinkorken. Ganz hinten war eine volle Flasche Gin, aber irgendetwas sagte ihr, dass Gin Angies Getränk gewesen war, und Sara hatte nicht vor, in ihrer Küche auf die tote Ehefrau ihres Freundes zu trinken.

Sie richtete sich auf. »Kein Gin. Im Kühlschrank ist Wein, oder du kannst Scotch haben.«

»Ist es das, was ich letztes Mal hatte?«

Sie nahm ein Glas aus dem Schrank und schenkte ihm einen Doppelten ein. Als er keine Anstalten machte, das Glas zu nehmen, schob sie es ihm über die Theke. Er nahm es immer noch nicht.

»Amanda sagte, ich soll es dir nicht erzählen, aber es gab eine Nachricht von Angie«, sagte Sara.

Alle Farbe wich aus seinem Gesicht. »Woher …?«

»Du wusstest es bereits?«

Er öffnete den Mund wieder, aber kein Laut kam über seine Lippen.

»Ich bin froh, dass es heraus ist. Ich wollte nicht lügen oder so tun, als wusste ich nichts. Dann wäre ich die schlimmste Sorte Heuchlerin.«

»Wie …« Er zögerte. »Woher weiß es Amanda?«

»Sie leitet die Ermittlung, Will. Es ist ihre Aufgabe, alles zu wissen.«

Er legte die Hände flach auf die Theke. Er sah sie nicht an. Sara dachte an den Moment im Bus der Spurensicherung, an Charlies unbändige Freude, als er ihr das leuchtende HILF MIR an der Wand gezeigt hatte. Angies Verletzungen waren schwer, sogar lebensbedrohlich gewesen, aber sie hatte sich die Zeit genommen, die Worte mit ihrem eigenen Blut zu schreiben, weil sie wusste, dass Will sie zu sehen bekommen würde. Dass Sara sie zu sehen bekommen würde. Dass alle wissen würden, sie würde ihn nie aus ihren Klauen lassen. Sie hätte ebenso gut schreiben können: LECK MICH, SARA LINTON.

»Hast du sie gelesen?«, fragte Will. »Die Nachricht?«

»Ja. Ich war diejenige, die ihre Handschrift erkannt hat.«

Will blickte weiter auf seine Hände. »Es tut mir leid.«

»Weshalb? Du hast es immer gesagt: Du hast keine Kontrolle über sie.«

»Was sie geschrieben hat ...« Seine Stimme verlor sich. Er klang geistesabwesend. »Es bedeutet nichts. Nicht für mich.«

Sara glaubte ihm nicht. Die Tatsache von Angies Tod war noch nicht in sein Bewusstsein gedrungen. »Es hat ihr etwas bedeutet. Es ist wahrscheinlich das Letzte, was sie vor ihrem Tod geschrieben hat.«

Er hob das Scotchglas. Er kippte den Drink hinunter, und dann hustete er beinahe alles wieder aus.

Sara riss ein Papierhandtuch von der Rolle und gab es ihm.

Seine Augen tränten. Er wischte die Schweinerei von der Theke. Er schwitzte. Er sah erschüttert aus. Und das aus gutem Grund. Angie war tot. Sie hatte ihn um Hilfe gebeten. Er hatte sie nicht retten können, nicht diesmal, als es wirklich darauf ankam. Dreißig Jahre seines Lebens waren mit ihr verschwunden. Er stand wahrscheinlich unter Schock. Alkohol war das Letzte, was er jetzt brauchte.

Sara nahm ihm den Drink weg und schüttete in den Abfluss, was noch davon übrig war. »Warte in deinem Badezimmer auf mich.« Sie ließ ihm keine Zeit für eine Antwort. Sie hob ihre Brille von der Couch auf und ging über den Flur zu ihrem Arbeitszimmer. Sie zog ihre Arzttasche aus dem Schrank, dann drehte sie sich um.

Sie wollte den Raum nicht verlassen.

Sie stand neben ihrem Schreibtisch, hielt die Tasche fest und zwang sich zur Ruhe.

Es gab keine Möglichkeit, die Sache zu reparieren. Sie konnte ihre Beziehung nicht zusammenflicken, wie sie sein Bein zusammenflicken konnte. Um das Problem herumzureden zögerte das Unvermeidliche nur hinaus. Und doch brachte sie es nicht fertig, ihn zur Rede zu stellen. Sie war wie gelähmt vor Angst. Was würde passieren, wenn sie tatsächlich über die Dinge sprachen, die geschehen waren, und darüber, wie es nun weitergehen sollte? Sara konnte sich die Zukunft nicht vorstellen. Vor ihr lag nur eine leere, unbekannte Weite. Alles, was sie tun konnte, war, in ihrem dunklen Arbeitszimmer zu stehen und dem Blut in ihren Ohren beim Rauschen zuzuhören. Sie zählte bis fünfzig, dann bis hundert, und dann zwang sie sich loszugehen.

Der Flur kam ihr so lang vor wie noch nie. Eher eine anstrengende Reise als ein Spaziergang durch die Wohnung. Wills Bad war das Bad des Gästezimmers. Sara hatte zum Wohle ihrer Beziehung einen getrennten Bereich für Will bestimmt. Als sie schließlich um die Ecke kam, wartete er in der Tür auf sie.

»Zieh deine Hose aus«, sagte sie.

Will sah sie nur an.

»Das ist einfacher, als wenn ich versuche, deine Jeans aufzukrempeln.« Sie leerte den Inhalt ihrer Tasche ins Waschbecken und legte dann die Instrumente bereit, die sie brauchen würde. »Zieh die Hose und die Socken aus und stell dich in die Wanne. Ich muss die Wunde säubern.«

Will gehorchte und stöhnte leise, als er die Jeans von seinem Bein löste. Er hatte durch den Verband geblutet – der kaum mehr war als ein überdimensioniertes Pflaster. Er stellte sich in die Wanne.

»Nimm den Verband ab.« Sara suchte nach einem Paar Latexhandschuhe, dann überlegte sie es sich anders. Falls Angie Will eine Krankheit angehängt hatte, dann war Sara sowieso schon infiziert. Sie setzte ihre Brille auf. »Dreh dich zur Seite.«

Will drehte sich. Das Bein sah schlimmer aus, als sie erwartet hatte. Das waren mehr als nur ein paar Splitter. Er hatte eine tiefe, sechs Zentimeter lange Fleischwunde seitlich an der Wade. Schmutz war mit dem Blut verkrustet. Zum Nähen war es zu spät: Sie würde nur eine Infektion mit einnähen.

»Hast du die Wunde ausgewaschen?«, fragte sie.

»Ich habe es in der Dusche versucht, aber es hat wehgetan.«

»Das wird jetzt noch mehr wehtun.« Sara packte die Flasche Desinfektionslösung aus. Sie klappte den Toilettendeckel zu, damit sie darauf sitzen konnte. Sie warnte ihn nicht vor, ehe sie einen gleichmäßigen Strahl kaltes Antiseptikum direkt in die Wunde spritzte.

Will packte die Stange des Duschvorhangs und riss sie beinahe aus der Wand. Er zischte durch die Zähne.

»Okay?«, fragte sie.

»Mhm.«

Sara schwemmte ein Schmutzpartikel mit dem Strahl aus der Wunde. Seine Versuche, die Wunde zu säubern, hatten nicht viel gebracht. Verklebte Blutklumpen tropften in die weiße Porzellanwanne. Will erhob sich auf die Zehenspitzen. Seine Hände umklammerten die Vorhangstange und den Duschkopf. Er biss die Zähne zusammen. So viel zum Hippokratischen Eid. Sara hatte sich von einer fürsorglichen Ärztin in ein aggressives Miststück verwandelt. Sie stellte die Flasche beiseite. Wills Bein zitterte. »Willst du eine Betäubung?«

Er schüttelte den Kopf. Sein Hemd war nach oben gerutscht. Er hielt den Atem an. Sie konnte jeden einzelnen seiner angespannten Bauchmuskeln sehen.

Sara drückte die Last des schlechten Gewissens. »Es tut mir leid. Ich will dir nicht wehtun. Ich meine, natürlich wollte ich es, aber ...«

»Ist schon gut.«

»Nein, es ist nicht gut, Will. Es ist nicht gut.«

Ihre Worte hallten durchs Badezimmer. Sie klang zornig. Sie war zornig. Beide wussten, dass Sara nicht von seinem Bein sprach.

»Ich weiß, warum Angie deinen Lippenstift gestohlen hat«, sagte er schließlich.

Sara wartete.

»Sie wollte dich tyrannisieren. Ich hätte sie aufhalten müssen.«

»Aber wie?« Sara wollte es ehrlich wissen. »Es ist wie mit der Nachricht, die sie an der Wand im Club für dich hinterlassen hat. Sie wusste, Charlie oder sonst irgendwer würde sie mit Luminol behandeln. Sie wusste, dass ich sie zu sehen bekommen würde. Dass sie zu einem offiziellen Beweismittel werden würde. Sie tut, was sie will.«

»Die Wand.« Will nickte, als erklärte das alles. »Ja.«

»Ja«, stimmte Sara zu, und damit waren sie wieder genau dort, wo sie angefangen hatten.

Sie befeuchtete ein Stück Gaze unter dem Wasserhahn der Wanne und wischte damit die Desinfektionslösung vom Bein. Will ließ den Fuß schließlich wieder auf die Ferse sinken. Sie schöpfte warmes Wasser über sein Bein und rieb die Flecken ab. Sie hatte eine echte Sauerei angerichtet. Selbst auf dem Handtuch, mit dem sie ihn trocken tupfte, waren noch gelblich braune Streifen von dem Antiseptikum zu sehen.

»Das Schlimmste ist vorbei«, sagte Sara. »Aber ich kann dich immer noch örtlich betäuben. Ein paar von den Splittern sitzen tief.«

»Es geht schon.«

Sara holte eine Taschenlampe aus der Schublade und kramte

die Pinzette aus ihrer Tasche. Es gab mehrere winzige schwarze Splitter direkt unter der Haut. Dazu zählte sie drei, die tiefer saßen und größer waren. Sie mussten ihm bei jedem Schritt einen Stich versetzt haben.

Sie faltete das Handtuch und kniete sich auf den Fliesenboden, um dichter an die Splitter heranzureichen.

Will zuckte schon, bevor sie ihn berührte.

»Versuch, den Muskel zu entspannen.«

»Ich versuche es ja.«

Sie erneuerte ihr Angebot. »Ich habe Lidocain hier. Es ist nur ein winziger Stich.«

»Nein, es geht.« Die Art, wie er sich an die Vorhangstange klammerte, sagte etwas anderes.

Dieses Mal versuchte Sara, sanft zu sein. In ihrem Praktikum als Kinderärztin hatte sie stundenlang an Pfirsichen geübt, um eine Naht möglichst sanft zu setzen. Dennoch ließ sich ein wenig Schmerz nicht vermeiden. Will blieb stoisch, selbst als sie einen Splitter von der Größe eines Zahnstochers aus der offenen Wunde holte.

»Es tut mir leid«, wiederholte sie, denn sie hasste den Gedanken, ihm wehzutun. Zumindest jetzt. »Der hier sitzt richtig tief.«

»Schon gut.« Er gestattete sich einen Atemzug, aber nur damit er sprechen konnte. »Mach aber schnell.«

Sara versuchte, sich zu beeilen, aber es machte die Sache nicht leichter, dass Wills Wade hart wie Beton war. Sie erinnerte sich, wie sie ihn zum ersten Mal in einer kurzen Laufhose gesehen hatte. Ihr war ganz heiß geworden beim Anblick seiner schlanken, muskulösen Beine. Er lief acht Kilometer am Tag, fünfmal die Woche. Meistens legte er einen Abstecher zur örtlichen Highschool ein, wo er die Treppen des Sportstadions hinauf und wieder hinunter spurtete. In Florenz gab es Skulpturen, die weit weniger definierte Muskeln hatten.

»Sara?«

Sie sah zu ihm hoch.

»Ich hätte bessere Schlösser für die Türen besorgen können. Eine Alarmanlage installieren. Es tut mir leid, dass ich das alles nicht getan habe. Es war respektlos dir gegenüber.«

Sara arbeitete vorsichtig den letzten Splitter heraus. Jetzt, da er darüber redete, wollte sie das Gespräch nicht führen. Sie hockte sich auf die Fersen, legte die Pinzette beiseite und hängte ihre Brille am Kragen des T-Shirts ein. Will stand in seinen Boxershorts vor ihr, den Arm immer noch über den Kopf gestreckt. Der Alkohol in ihrem Blut legte den Gedanken an einen einfachen Weg nahe, diese Nacht zu überstehen.

»Alle Leute erzählen mir, wie es ist, jemanden zu verlieren«, sagte Will.

Sara griff nach einem Verband und nach frischer Gaze.

»Faith hat mir davon erzählt, wie ihr Dad gestorben ist. Amanda hat mir von ihrer Mutter erzählt. Wusstest du, dass sie sich erhängt hat?«

Sara schüttelte den Kopf und wickelte den Verband um Wills Bein.

»Ich werde mir einfach sagen, dass Angie dort ist, wo sie immer hingeht, wenn sie mich verlässt. Wo immer das ist.«

Sara stand auf und wusch sich die Hände.

Will zog seine Jeans wieder an. »Ich glaube, wenn ich das schaffe, komme ich klar. Ich sage mir einfach, sie ist nicht wirklich tot. Auf diese Weise spielt es keine Rolle, wenn sie nicht zurückkommt. Es wird einfach wie all die anderen Male sein.«

Sara drehte den Wasserhahn zu. Ein Zittern lief durch ihre Hand – oder vielmehr ein Vibrieren, das sich durch den ganzen Körper fortsetzte, als wäre eine Stimmgabel an ihre Nerven angelegt worden.

»Willst du wissen, wie es war, als mein Mann starb?«, fragte sie.

Er knöpfte gerade seine Jeans zu und blickte auf. Sara hatte ihm die Geschichte erzählt, aber ohne die Einzelheiten.

»Es fühlte sich an, als hätte jemand in meine Brust gegriffen und mir das Herz herausgerissen.«

Wills Miene blieb ausdruckslos. Er hatte wirklich keine Ahnung, was Angies Tod mit ihm anstellen würde.

»Ich fühlte mich hohl«, sagte Sara. »Als wäre nichts mehr in mir. Ich wollte mich umbringen. Ich habe tatsächlich versucht, mich umzubringen. Wusstest du das?«

Will starrte sie verblüfft an. Sie hatte ihm von den Tabletten erzählt, aber nicht von ihren Absichten. »Du hast gesagt, es war ein Unfall.«

»Ich bin Ärztin, Will. Ich weiß, was ich tue. Ambien. Hydrocodon. Tylenol.« Die Tränen begannen zu fließen. Jetzt, da die Worte kamen, waren sie nicht mehr aufzuhalten. »Meine Mutter hat mich gefunden. Sie rief einen Rettungswagen, ich wurde ins Krankenhaus gebracht, und Menschen, mit denen ich arbeitete, Menschen, die ich seit meiner Kindheit kannte, mussten mir den Magen auspumpen, damit ich nicht sterbe.« Sie hatte die Fäuste geballt. Sie wollte ihn packen und ihn schütteln und ihm begreiflich machen, dass ein Todesfall nicht zu den Dingen gehörte, bei denen man so tun konnte, als wäre nichts geschehen. »Ich habe sie angefleht, mich gehen zu lassen. Ich wollte sterben. Ich habe ihn geliebt. Er war mein Leben. Er war der Mittelpunkt meines Universums, und als er fort war, war alles vorbei. Ich hatte nichts mehr.«

Will zog seine Sneaker an. Er hörte zu, aber er verstand nicht, worauf sie hinauswollte.

»Angie ist tot. Brutal ermordet.« Er zuckte nicht bei ihren Worten. Wenn vor vier Jahren jemand das Gleiche über Jeffrey gesagt hätte, wäre Sara in die Knie gegangen. »Sie war dreißig Jahre lang der wichtigste Mensch in deinem Leben. Du kannst dir nicht einfach einreden, sie ist in Urlaub gefahren und wird sonnengebräunt vom Strand zurückkommen. So funktioniert das nicht, wenn man jemanden verliert. Du siehst die geliebte Person an Straßenecken. Du hörst sie im Raum nebenan. Du möchtest die ganze Zeit schlafen, damit du von ihr träumen kannst. Du willst deine Sachen und deine Bettlaken nicht waschen, damit du weiterhin daran riechen kannst. Ich habe das drei Jahre lang mitgemacht, Will. Drei Jahre lang jeden einzelnen Tag. Ich habe nicht gelebt. Ich habe nur mechanisch mein Programm abgespult. Ich wollte genauso tot sein wie er, bis ...«

Sara fing sich im letzten Moment.

»Bis was?«

Ihre Hand fuhr an die Kehle. Sie fühlte sich, als würde sie auf einer Klippe balancieren.

Er wiederholte: »Bis *was*?«

»Bis genügend Zeit vergangen war.« Der Pulsschlag an ihrem Hals hüpfte unter ihren Fingern. Sie war wütend. Sie fürchtete sich. Sie war atemlos von ihrer Tirade, und sie war ein Feigling, weil sie ihm nicht genau sagte, was ihrem Leben eine Wende gegeben hatte.

Sie konnte es einfach nicht.

»Du wirst Zeit brauchen, um zu trauern«, sagte sie. Was sie eigentlich meinte, war: *Du wirst Zeit ohne mich brauchen, und ich glaube nicht, dass mein Herz es aushält.*

Will legte sorgfältig seine Socken aufeinander und faltete sie. »Ich weiß, du kannst mich nie so lieben, wie du ihn geliebt hast.«

Sara fühlte sich überrumpelt. »Das ist nicht fair.«

»Vielleicht.« Er steckte seine Socken in die Gesäßtasche. »Ich glaube, ich sollte lieber gehen.«

»Ja, das glaube ich auch.« Die Worte kamen ungefiltert aus ihrem Mund. Sara hörte ihre Stimme. Sie wusste nur nicht, warum sie es gesagt hatte.

Will wartete, bis sie ihm Platz machte, damit er an ihr vorbeikonnte.

Sie folgte ihm ins Wohnzimmer. Ihr Gleichgewicht war dahin, alles hatte sich verschoben, aber sie kam nicht dahinter, wie es geschehen war.

»Ich weiß nicht, ob ich noch einen Job habe.« Er sprach mit ihr, als hätte sich nichts verändert. »Und selbst wenn, wird Amanda mich nicht einmal mehr in die Nähe dieses Falls lassen. Faith geht zusammen mit Collier der Palmer-Spur nach.« Er hob Betty auf. »Ich werde wahrscheinlich mit einem Haufen Papierkram an den Schreibtisch verbannt.«

Sara bemühte sich um Haltung. »Ich werde die toxikologischen Ergebnisse für Harding wohl erst in einer Woche haben.«

»Spielt wahrscheinlich keine Rolle.« Er nahm Bettys Leine vom Haken und befestigte sie am Halsband. »Okay, bis später.«

Er schloss die Tür hinter sich.

Sara stützte sich an der Wand ab, um nicht umzukippen. Ihr Herz hämmerte im Brustkorb. Sie fühlte sich benommen.

Was zum Teufel war da gerade passiert?

Warum war er gegangen?

Warum hatte sie ihn nur gehen lassen?

Sie lehnte sich mit dem Rücken an die Wand und ließ sich daran hinuntergleiten. Sie sah auf ihre Uhr. Es war immer noch zu spät, um Tessa anzurufen. Sara wusste nicht einmal, was sie sagen sollte. Alles war so schnell eskaliert. Hatte Will eine Art mentalen Zusammenbruch?

Oder sie selbst?

Sie hatte zu viel über Jeffrey gesagt. Sara hatte sich mit Erinnerungen an ihren Mann immer auf einem schmalen Grat bewegt. Sie wollte ihre gemeinsame Zeit nicht verleugnen, aber sie wollte sie Will auch nicht unter die Nase reiben. Glaubte Will wirklich, dass sie ihm hatte sagen wollen, sie könne nicht über den Verlust ihres Mannes hinwegkommen? Vor vier Jahren hätte Sara es für die Wahrheit gehalten.

Bis sie Will kennenlernte.

Das war es gewesen, was sie vorhin im Bad nicht hatte aussprechen können: dass Will alles verändert hatte. Dass er der Grund war, warum sie wieder leben wollte. Dass er alles für sie war und der Gedanke, ihn zu verlieren, ihr schreckliche Angst machte. Die Scham über ihre Feigheit war ebenso groß wie ihre Reue. Sie hatte Angst gehabt, weil es keinen Sinn zu haben schien, ihm ihre Liebe zu gestehen, wenn er einfach gehen würde.

Sara legte den Kopf an die Wand und starrte in den dunklen Himmel draußen. Sie hatte zu viel mit dem Tod zu tun gehabt, um an so etwas wie Engel zu glauben, aber wenn es in einem Leben nach dem Tod Teufel gab, dann war Angie Polaski jetzt da draußen und kicherte wie eine Hexe.

Genau das war es, was Sara endlich in Bewegung setzte. Nicht Liebe oder Bedürfnis, nicht einmal Verzweiflung, sondern die absolute Gewissheit, dass sie Angie nicht gewinnen lassen würde.

Sara rappelte sich auf und griff nach ihrer Handtasche. Die Hunde regten sich, weil sie auf einen Spaziergang hofften, aber sie schob sie beiseite, als sie die Wohnung verließ. Sie machte sich nicht einmal die Mühe abzusperren. Sie drückte den Knopf für den Aufzug. Sie drückte noch einmal. Sie hob den Kopf zu der beleuchteten Anzeige. Der Aufzug hing in der Eingangshalle fest. Sie wandte sich zur Treppe.

Will stand neben ihrer Tür.

Betty saß zu seinen Füßen.

»Was ist los?«, fragte er.

Eine idiotischere Frage hätte er nicht stellen können. »Ich dachte, du seist gegangen.«

»Ich dachte, du willst, dass ich gehe.«

»Das habe ich nur gesagt, weil du es gesagt hast.« Sie schüttelte den Kopf. »Ich weiß, das klingt dumm. Es ist dumm. War dumm.« Sie hätte gern die Hand nach ihm ausgestreckt. Ihn umarmt. Die letzten zehn Minuten ungeschehen gemacht. »Warum bist du noch hier?«

»Dies ist ein freies Land.«

»Will, bitte.«

Er zuckte die Achseln und sah auf seinen Hund hinunter. »Ich bin keiner, der so schnell geht, Sara. Das müsstest du inzwischen wissen.«

»Du wolltest einfach die ganze Nacht hier draußen warten?«

»Ich wusste, du würdest noch mit den Hunden rausmüssen, bevor du zu Bett gehst.«

Eine Glocke klingelte. Die Aufzugtüren öffneten sich.

Sara stand wie angewurzelt. Sie merkte, dass ihre Nerven schon wieder vibrierten. Sie stand erneut auf der Klippe, und ihre Füße ragten über den Rand. Dann holte sie tief Luft. »Ich liebe dich nicht weniger als ihn, Will. Ich liebe dich anders. Ich liebe dich …« Sie konnte es nicht beschreiben. Es gab keine Worte. »Ich liebe dich.«

Er nickte, aber sie hätte nicht sagen können, ob er es verstanden hatte.

»Wir müssen darüber reden«, sagte sie.

»Nein.« Er streckte die Hand nach ihr aus und legte sie an ihre Wange. Seine Berührung war wie Balsam. Er strich ihr über die Stirn. Er wischte ihre Tränen fort. Er streichelte ihre Wange. Ihr stockte der Atem, als sein Daumen über ihre Lippen strich.

»Willst du, dass ich aufhöre?«, fragte er.

»Ich will, dass du das mit deinem Mund machst.«

Er drückte seine Lippen sanft auf ihre. Sara erwiderte den Kuss. Da war keine Leidenschaft, nur das überwältigende Bedürfnis nach Wiedervereinigung. Will zog sie an sich, und Sara vergrub ihr Gesicht in seiner Halsbeuge. Sie schlang die Arme um seine Mitte und konnte spüren, wie sich seine Anspannung löste. Sie standen vor ihrer offenen Wohnungstür und klammerten sich aneinander, bis Saras Handy läutete.

Und noch einmal läutete.

Und noch einmal.

Will löste sich zuerst.

Widerstrebend hob Sara ihre Handtasche vom Boden auf.

Sie wussten beide, dass Amanda Schnellfeuer-SMS verschickte, so wie sie beide wussten, dass es nur einen Grund geben konnte, warum sie Sara nach acht Uhr abends zu erreichen versuchte.

Sie fand ihr Handy. Sie wischte über den Schirm.

AMANDA: BRAUCHE SIE SOFORT ANGIES WAGEN GEFUNDEN 1885 SOMERSET

AMANDA: LEICHENSPÜRHUND HAT DUFTSPUR IN KOFFERRAUM ENTDECKT

AMANDA: SAGEN SIE WILL NICHTS

Sara sagte es ihm.

KAPITEL 8

Will saß neben Sara in ihrem BMW. Sie war stark für ihn. Schweigsam, aber stark. Sie hatten nur noch logistische Fragen geklärt, seit sie Amandas SMS gelesen hatten.

Weißt du, wo das ist? Soll ich fahren?

Sara bog in die Spring Street. Es war Nacht geworden, und die Beleuchtung am Armaturenbrett warf helles Licht auf ihr Gesicht. Will hielt ihre Hand so fest umklammert, wie er konnte, ohne ihr die Finger zu brechen. Er fühlte sich immer noch wie taub, bis auf die Stellen, wo er sehr wohl etwas spürte. Ein Elefant stand auf seiner Brust. Der Schmerz schnürte ihm die Luft ab. Sein Arm schmerzte, vielleicht auch nur, weil ihn Faith vorhin danach gefragt hatte. Oder vielleicht geriet er gerade vollkommen aus der Spur, schließlich prophezeiten ihm alle schon die ganze Zeit, dass genau das passieren würde.

Leichenspürhunde waren darauf trainiert, Verwesungsgeruch zu wittern. Sie hatten den Geruch in Angies Kofferraum entdeckt. Und deshalb dachten alle, dass Angie tot war.

Stimmte es? War Angie tot?

Der wichtigste Mensch in seinem Leben, dreißig Jahre lang?

Angie war dreißig Jahre lang der *einzige* Mensch in seinem Leben gewesen.

Das war die einzige unbestreitbare Tatsache.

Will versuchte, sich jenen Moment vor vielen Jahren in dem Keller zu vergegenwärtigen, als Angie ihn in den Armen gehalten, ihn getröstet hatte. Nichts. Er versuchte, sich an dieses eine Mal zu erinnern, als sie zusammen in Urlaub gefahren waren. Sie hatten über den Weg gestritten. Sie hatten darüber gestritten, wo sie essen sollten. Sie hatten darüber gestritten, wer streitsüchtiger war.

»*Du Volltrottel*«, war das Letzte, was sie an jenem Abend zu ihm gesagt hatte, und am nächsten Morgen war sie fort gewesen.

Es war schrecklich, mit Angie zu leben. Ständig zerbrach sie etwas, lieh sich etwas, legte sein Zeug nie dorthin zurück, wo es hingehörte. Wills Verstand mühte sich um eine einzige angenehme Erinnerung, aber alles, was er sah, war statisches Rauschen, das schwarz-weiße Flimmern, das es früher im Fernsehen gab, wenn das Programm des Senders zu Ende war.

Sara drückte seine Hand. Er sah auf ihre verschränkten Finger. Zu den Dingen, die ihm zuerst an Sara aufgefallen waren, hatten ihre langen, eleganten Finger gehört. Vielleicht hatte es mit ihrem Beruf zu tun oder es lag einfach daran, dass alles an Sara schön war.

Er betrachtete ihr Gesicht. Ihr scharf geschnittenes Kinn. Ihre Stupsnase. Ihr langes kastanienbraunes Haar, das an ihrem Hinterkopf zu einem Knoten zusammengesteckt war.

Normalerweise trug sie ihr Haar nach der Arbeit offen. Will wusste, sie tat es ihm zuliebe, und dass es sie wahnsinnig machte, wenn ihr die Haare in die Augen hingen. Sie strich sie pausenlos zurück, und er sagte nie, sie solle es zusammenstecken, denn er war egoistisch.

Jede Beziehung, ob eine Liebesbeziehung oder eine andere, beinhaltete ein gewisses Maß an Egoismus. Es ging hin und her, je nachdem, wer stärker oder bedürftiger war. Amanda saugte Egoismus wie ein Schwamm auf. Faith trennte sich zu leicht davon. Angie griff dir in den Rachen und packte deinen Egoismus, und dann trat sie dir obendrein in die Eier, weil du dachtest, dass dir welcher zustand.

Will hatte immer gedacht, zwischen ihm und Sara würde ein emotionales Gleichgewicht herrschen, aber war es nun so, dass er allen Egoismus für sich allein beanspruchte? Er hatte sie hinsichtlich der Begegnung mit Angie am letzten Samstag belogen. Er hatte sie belogen, was den Brief anging, den Angie in ihrem Postfach für ihn hinterlassen hatte. Er hatte sie über das gemeinsame Bankkonto von ihm und Angie belogen. Er hatte ihr verschwiegen, dass er nicht alles getan hatte, was er konnte, um sie zu finden.

Angie. Angie. Angie.

Sie war jetzt tot. Vielleicht. Höchstwahrscheinlich. Er konnte einen neuen Anfang machen. Zum ersten Mal seit dreißig Jahren existierte Wills Vertraute und Peinigerin, seine Quelle der Kraft und seine Quelle des Schmerzes, nicht mehr.

Er erschauerte.

Sara fuhr die Klimaanlage herunter. »Alles okay?«

»Ja.« Er blickte aus dem Fenster, damit sie sein Gesicht nicht sehen konnte. Der Elefant auf seiner Brust verlagerte das Gewicht. Will konnte beinahe spüren, wie sich seine Rippen unter dem Druck bogen. Vor seinen Augen flimmerte es. Er öffnete den Mund und versuchte, seine Lungen mit Luft zu füllen.

Sie waren in Midtown. Die hellen Lichter draußen schmerzten in seinen Augen. Seine Ohren klingelten vom lauten Gebläse der Klimaanlage. Unterhalb dieses Geräuschs war Musik. Leise Frauenstimmen, die zu einer Steelguitar sangen. Sara machte das Radio nie aus, sie stellte es höchstens leiser.

Sie ließ seine Hand los, damit sie den Blinker setzen konnte. Die Adresse 1885 Somerset lag vor ihnen. Es war kein Wohnblock, sondern ein einzelnes Haus, ein weitläufiges Anwesen im englischen Tudorstil. Der Rasen fiel zur Straße hin ab, ordentlich gemähtes Gras und gepflegte Blumenbeete führten zu der steinernen Treppe.

Angies Wagen war vor einem Bestattungsinstitut gefunden worden.

Sara fuhr auf den Parkplatz.

Ein alter Pick-up mit einem gelben Labrador auf dem Beifahrersitz verließ gerade den Schauplatz. Ein Streifenwagen stand auf dem Rasen. Der Beamte saß am Lenkrad und tippte in seinen Laptop auf dem Armaturenbrett. Will erkannte Amandas Suburban sowie Faith' roten Mini. Charlie Reed war mit seinem weißen Van da, aber aus irgendeinem Grund saß er auf dem Fahrersitz, statt an Angies Wagen zu arbeiten. Der schwarze Dodge Charger gehörte Collier und Ng. Das GBI war nach wie vor zuständig, aber Angies Wagen war im Stadtgebiet von Atlanta gefunden worden, und noch lief eine Mordermittlung.

Die beiden Detectives saßen genau so auf der Kühlerhaube, wie sie es heute Morgen vor Rippys Club getan hatten. Ng hatte immer noch seine Sonnenbrille auf. Er hob das Kinn zum Gruß, als Will ausstieg. Collier winkte, aber Amanda musste ihnen den strikten Befehl erteilt haben, Abstand zu halten, denn keiner der beiden näherte sich ihm.

Angies Monte Carlo SS stand auf einem Behindertenparkplatz vor dem Gebäude. Sie parkte immer auf Behindertenparkplätzen. Gelbes Absperrband war in einem weiten Kreis um den Wagen gezogen. Der Kofferraum stand offen. Selbst aus zwanzig Metern Entfernung konnte Will den widerlich süßen Geruch des Todes wahrnehmen. Oder vielleicht war es wie mit den Schmerzen in seinem Arm. Er roch nur deshalb Tod, weil ihm jemand die Idee eingegeben hatte.

Amanda kam aus einer Seitentür. Untypischerweise hatte sie ihr BlackBerry nicht in der Hand. Sie hätte Will inzwischen wegen vieler Dinge anschreien können, aber sie tat es nicht. »Eine Streife hat Angies Wagen vor einer Stunde hier entdeckt. Das Bestattungsinstitut schließt um sechs, aber ein Praktikant schläft hier, falls nachts jemand anruft.«

»Ein Praktikant?« Will versuchte, die Frage zu stellen, die ein Polizist stellen würde.

»Er macht eine Ausbildung zum Bestatter.« Amanda verschränkte die Arme. »Er hat gerade eine Leiche von einem Pflegeheim abgeholt, als die Streife Angies Wagen fand. Faith redet in der Kapelle mit ihm.«

Will betrachtete das Haus. Vermutlich war das große, zweistöckige Gebilde am Ende die Kapelle.

»Der Streifenbeamte hat einen Geruch wahrgenommen«, sagte Amanda. »Er ließ den Kofferraum aufspringen und dann den Leichenspürhund kommen, und der schlug sofort auf den Geruch an.«

Will betrachtete den Wagen wieder. Schief eingeparkt. Hastig verlassen. Die Fenster standen offen. Ein Bild tauchte kurz vor seinen Augen auf: Angie zusammengesunken über dem Lenkrad. Er blinzelte, und es war fort.

»Will?«, sagte Sara.

Er sah sie an.

»Warum reibst du deine Brust?«

Will war nicht bewusst gewesen, dass er sich die Brust rieb. Er hörte sofort auf damit. Zu Amanda sagte er: »In der Spring Street und der Peachtree Street sind Kennzeichen-Scanner.«

Sie nickte. Über die ganze Stadt verteilt folgten Scanner dem Verkehr und forschten nach Nummernschildern von gestohlenen oder verdächtigen Fahrzeugen. »Die Daten werden bereits zur Analyse an die Computerabteilung geschickt.«

Will blickte auf die Straße hinaus. Somerset und Spring Street war eine belebte Ecke. Midtown wurde massiv überwacht. An jeder wichtigen Kreuzung gab es eine Kamera.

»Wir haben Bildmaterial des Verkehrsministeriums und der Polizei von Atlanta angefordert. Wir kämmen es durch, sobald es vorliegt. Suchteams sind unterwegs.«

Will sagte, was sie bereits wusste. »Jemand hat den Wagen hier abgestellt. Der oder die Betreffende musste irgendwie von hier wegkommen …«

»Ich lasse alle verfügbaren Kräfte nach Delilah Palmer suchen.«

Will hatte Dale Hardings Frau oder Tochter oder beides ganz vergessen. Palmer war eine junge Prostituierte mit einem Drogenproblem. Sie war im staatlichen Fürsorgesystem aufgewachsen. Der einzige Elternteil, das sie je gekannt hatte, hatte sie ausgebeutet. Sie hätte Angie vor zwanzig Jahren sein können, nur dass Angie es fertiggebracht hatte, sich aus dem Sumpf zu befreien. Oder es zumindest so aussehen zu lassen. Will war sich nicht so sicher, ob sie tatsächlich etwas hinter sich gelassen hatte.

Saras Hand drückte in sein Kreuz. »Alles in Ordnung?«

Will ging auf den Wagen zu. Der Geruch wurde beim Näherkommen stechender. Man brauchte keinen Spürhund, um zu wissen, dass hier etwas Schlimmes passiert war. Er blieb am Absperrband stehen. Der Kofferraum von Angies Wagen war mit einem kratzigen anthrazitfarbenen Teppich ausgekleidet, den er für sie gekauft hatte. Er hatte stundenlang über den Kofferraum gebeugt daran gearbeitet, ihn fugenlos einzupassen und festzukleben.

Amanda leuchtete mit einer Maglite-Taschenlampe in den Kofferraum. Ein dunkler Fleck war in dem Teppich, nicht ganz in der Mitte. Der einzige Gegenstand im Kofferraum war eine rote Plastikflasche mit Getriebeöl.

Will kniete nieder und untersuchte das Pflaster unter dem Wagen. Das Getriebe war undicht. Der Wagen gehörte jetzt wahrscheinlich ihm. Er würde ihn reparieren müssen, bevor er ihn verkaufte.

»Will?« Sara legte die Hand auf seine Schulter. Sie kniete sich neben ihn. »Schau mich an.«

Er sah sie an.

»Ich denke, wir sollten gehen. Hier ist nichts.«

Will stand auf, aber er ging nicht, sondern inspizierte jetzt die Fahrerseite des Wagens. Die Tür stand weit offen. Eine halb leere Flasche Tequila lag im Fußraum. Ein Joint im Aschenbecher. Bonbonpapier. Kaugummi. Angie hatte eine Schwäche für Süßes.

»So hat der Streifenbeamte alles vorgefunden?«, fragte er Amanda.

Sie nickte.

Die offene Tür musste wie ein Signal auf jeden wirken, der vorbeifuhr, und das hieß, der Wagen sollte eher schnell gefunden werden. Will nahm Amandas Taschenlampe und leuchtete in das Auto. Das Innenausstattung war hellgrau. Der Hebel für die manuelle Gangschaltung ragte zwischen den Sitzen aus dem Boden. Er sah Blut auf dem Lenkrad. Blut auf dem Fahrersitz. Blut auf dem weißen Kreis auf dem Schaltknüppel. Es war eine Billard-Acht. Angie hatte sie in einer Motorzeitschrift entdeckt. Das war noch vor dem Internet gewesen. Will hatte drei verschiedene Läden aufgesucht, bis er einen Adapter fand, mit dem er die Kugel als Schaltknüppel auf das Gestänge schrauben konnte.

Er richtete die Lampe auf den Rücksitz. Noch mehr Blut, beinahe schwarz, weil es den ganzen Tag in der Sonne gebacken hatte. Eine verschmierte Spur nicht weit vom Türgriff. Zu klein für einen Handabdruck. Vielleicht eine geschlossene Faust, die an die Tür geschlagen hatte. Vielleicht ein verzweifelter letzter Versuch zu fliehen. Jemand hatte blutend auf dem Rücksitz gelegen. Und jemand anderer hatte geblutet oder war voller Blut gewesen, als er oder sie den Wagen fuhr.

»Zwei Leichen und der Fahrer?«, fragte er Amanda.

Amanda hatte offenbar schon darüber nachgedacht. »Sie könnte vom Rücksitz in den Kofferraum verfrachtet worden sein.«

»Noch blutend?«, fragte er und meinte: noch lebend.

»Schwerkraft«, sagte Sara. »Wenn es eine Brustwunde war und sie lag auf der Seite, könnte eine solche Menge Blut unter Umständen post mortem ausgetreten sein.«

»Sie?«, fragte Will. »Was ist mit Delilah Palmer?«

»Ich habe jemanden im Grady ihre Blutgruppe heraussuchen lassen. Sie war letztes Jahr wegen einer Überdosis dort. Sie ist 0 positiv. Angie war B negativ.« Amandas Hand lag auf seinem Arm. Sie hatte ihm Gelegenheit geben wollen, sich alles allein zusammenzureimen, sie hatte Charlie in seinem Van gelassen und Collier und Ng zurückgepfiffen, aber nun würde sie ihn mit der Wahrheit konfrontieren. »Ich weiß, es ist schwer zu akzeptieren, Wilbur, aber alles weist auf Angie hin.« Sie erklärte es ihm. »Angies Blutgruppe war überall am Tatort. Wir haben ihre Handtasche gefunden, ihre Waffe. Dies hier ist ihr Auto. Charlie hat die Blutgruppe bereits für mich bestimmt. Rücksitz, Fahrersitz und Kofferraum sind alle B negativ. Wir lassen die DNA-Analyse im Eilverfahren machen, aber wenn man bedenkt, wie selten die Blutgruppe ist, erscheint es äußerst unwahrscheinlich, dass es nicht Angie ist. Und es ist verdammt viel Blut, Will. Zu viel Blut, als dass sie davongekommen sein könnte.«

Will dachte über ihre Worte nach. Der Fleck im Kofferraum war in etwa dort, wo man es bei einer Brustwunde erwarten würde. An der Wand des Raums, in dem Dale Harding gestorben war, hatte man Spritzer gefunden, die aus einer Arterie stammen mussten. Arterien waren im Herz. Das Herz war in der Brust.

Will versuchte, sich ein wahrscheinliches Szenario auszumalen. Angie verblutend auf dem Rücksitz. Der Fahrer irgendein Kerl, den sie angerufen hatte, denn sie hatte immer einen Kerl, den sie anrufen konnte. Er hatte verzweifelt versucht, Hilfe für sie zu organisieren, bis er erkannt hatte, dass es zu spät war. Und dann hatte er sie in den Kofferraum verfrachtet, denn er konnte nicht mit einer Toten auf dem Rücksitz in der Stadt herumfahren. Er hatte bis Sonnenuntergang gewartet und sie dann hierhergebracht.

»Der Geschäftsführer ist unterwegs.« Faith kam einen beleuchteten Fußweg herunter. Sie hatte ein offenes spiralgebundenes Notizbuch in der Hand. Sie sah Will an, und dann sah sie ihn noch einmal an.

»Und?«, fragte Amanda.

Faith trug ihre Aufzeichnungen vor. »Da drin wartet Ray Belcamino, zwanzig, männlich, weiß. Keine Vorstrafen. Macht eine Ausbildung zum Bestatter an der Gupton-Jones School. Er hat sich um etwa 17.15 Uhr für eine Schicht bis 5.30 Uhr eingestempelt. Seinem Dienstbogen zufolge hat er das Gelände dreimal verlassen, um 18.43 Uhr ist er zum Piedmont Hospital gefahren, um 19.02 Uhr zum Sunrise Nursing Home, und dann gab es noch einen falschen Alarm um 20.22 Uhr.« Sie blickte auf. »Anscheinend spielen sich Praktikanten untereinander gern Streiche, indem sie falsche Todesfälle melden.«

»Natürlich«, sagte Amanda.

»Alle drei Mal hat Belcamino den Wirtschaftseingang neben der Kapelle, der ist hinter dem Zaun, benutzt. Dort ist ein Lastenaufzug, der ins Tiefgeschoss hinunterfährt. Er konnte den Parkplatz wegen des Zauns nicht sehen. Er ist jedes Mal von Westen gekommen, sodass er nicht an dem Parkplatz vorbeifuhr und der Wagen ihm nicht aufgefallen ist.«

»Überwachungskameras?«, fragte Amanda.

»Sechs Stück, aber sie sind alle auf die Türen und Fenster gerichtet, nicht auf den Parkplatz.«

»Haben Sie in der Mülltonne nachgesehen?«, fragte Will.

»Als Erstes. Nichts.«

»Hat sich jemand an einer der Türen zu schaffen gemacht?«

»Nein, und es gibt eine Alarmanlage. Alle Türen und Fenster sind dort angeschlossen.«

»Wie kommt man in den Aufzug?«

»Es gibt ein Tastenfeld.«

»Kann man es von der anderen Seite des Zauns sehen?«, fragte Will.

»Ja. Und es schaltet auch die Alarmanlage ab.«

»Worauf wollen Sie hinaus?«, fragte Amanda.

»Warum fährt man ein Auto mit einer Leiche im Kofferraum zu einem Bestattungsinstitut?«

Alle wandten den Kopf zu dem Gebäude.

»Ich gehe«, sagte Faith. »Wartet hier.«

Will wartete nicht. Er rannte auch nicht, aber seine Schritte waren zweimal so lang wie die von Faith. Er erreichte die Kapelle vor ihr und öffnete auch die Tür vor ihr. Er marschierte vor ihr an den Sitzbänken vorbei, stieg auf das Podium und fand die Tür, die in den hinteren Teil des Bestattungsinstituts führte.

Hinter den Kulissen war alles abgenutzt und zweckmäßig. Abgehängte Decke, sich lösendes Linoleum. Ein langer Flur lief die gesamte Rückseite des Gebäudes entlang. Zwei riesige Aufzugtüren standen an einem Ende Wache. Will wusste, dass es zur Außenseite hin wahrscheinlich genau dieselben Türen gab und dass hier die Leichen in das Tiefgeschoss transportiert wurden. Er schlug die Richtung zu den Aufzügen ein, weil er annahm, dass es dort auch eine Treppe gab. Faith war direkt hinter ihm. Sie lief, um ihn einzuholen, deshalb lief Will ebenfalls, damit sie es nicht schaffte.

Die Eisentreppe war alt und quietschte. Seine Schritte ließen das Geländer erzittern. Unten gab es eine Schwingtür. Will stieß sie auf und fand sich in einem kleinen Büro wieder, es war mehr wie ein Vorraum. Hinter einem Schreibtisch aus Holz gab es eine weitere Doppeltür, und an dem Schreibtisch saß ein junger Mann, bei dem es sich nur um Ray Belcamino handeln konnte.

Der Junge sprang auf. Sein iPad fiel klappernd zu Boden. Will versuchte, die Doppeltür zu öffnen. Abgesperrt. Keine Fenster. »Wie viele Leichen haben Sie hier unten?«

Belcaminos Blick huschte zu Faith, die gerade durch die Tür kam.

Sie war außer Atem. »Ich brauche Ihre Einträge. Wir müssen allen Leichen einen Namen zuordnen.«

Der Junge blickte erschrocken drein. »Fehlt denn eine?«

Will hätte ihn am liebsten am Kragen gepackt und geschüttelt. »Wir müssen wissen, wie viele es sind.«

»Sieben«, sagte Belcamino. »Nein, acht. Acht.« Er hob das iPad auf und begann auf den Schirm zu klopfen. »Die beiden von heute Nacht, drei weitere, die im Lauf der Woche reingekommen sind, eine wird gerade hergerichtet, zwei warten auf die Einäscherung.«

Faith nahm ihm das iPad aus der Hand. Sie sah die Liste durch. »Ich kenne keinen der Namen«, sagte sie zu Will.

»Welche Namen?« Belcamino hatte zu schwitzen begonnen. Entweder er wusste etwas, oder er vermutete etwas. »Was ist los?«

Will stieß ihn an die Wand. »Mit wem arbeitest du zusammen?«

»Mit niemandem!« Seine Stimme überschlug sich vor Panik. »Hier! Ich arbeite hier!«

Die Schwingtür flog auf. Amanda, dann Sara, dann Charlie drängten in den kleinen Vorraum.

Amanda wandte sich an Belcamino. »Wo bewahren Sie die Leichen auf?«

»Da ist ein Drücker.« Sein Blick glitt eilig zum Schreibtisch. Will ließ ihn los. Er griff unter die Schreibtischplatte und fand den Knopf. Die hintere Schwingtür öffnete sich.

Hellgrün gefliese Wände. Dunkelgrünes Linoleum. Chemikaliengerüche. Grelles Licht. Niedrige Decke. Etwa die Größe eines Schulklassenzimmers. Im vorderen Teil des Raums lag eine Leiche. Ein älterer Mann. Runzlige Haut. Weiße Haarbüschel. Ein Tuch bedeckte seine Genitalien. Schläuche ragten aus seinem Hals und verbanden ihn mit einem Apparat an einem Kanister.

Der Kühlraum war im hinteren Teil. Eine breite Edelstahltür mit einem verstärkten Glasfenster. Amanda war bereits dort. Ihre Hand schwebte über einem grünen, beleuchteten Knopf, um die Tür zu öffnen.

Will durchquerte den Raum. Das war das zweite Mal heute, dass er dachte, er würde im nächsten Moment vor Angies Leiche stehen. Sein Sehvermögen war geschärft. Sein Gehör fing jedes Geräusch auf.

Die Tür zum Kühlraum ließ ein schweres Klicken hören. Kalte Luft strömte durch den schmalen Spalt. Ein Automatikarm öffnete die Tür im Zeitlupentempo. Will hatte einmal in einem Lebensmittelladen gearbeitet. Der Raum, in dem sie die Tiefkühlprodukte aufbewahrten, war diesem hier nicht unähnlich gewesen. Regale auf beiden Seiten. Sechs Fächer, gleichmäßig vom Boden bis zur Decke verteilt. Etwa fünf Meter tief und drei Meter hoch. Statt Säcken mit Erbsen enthielten die Regalfächer schwarze Leichensäcke.

Vier auf einer Seite. Vier auf der anderen.

»Scheiße.« Belcamino riss ein Clipboard von der Wand. Er rannte in den Kühlraum. Er verglich die Namensschilder auf den Leichensäcken mit seiner Liste. Bei der letzten Leiche hielt er inne. »Hier ist kein Zettel dran.«

Will machte Anstalten, in den Raum zu gehen. Sara hielt ihn am Handgelenk zurück. »Du weißt, du darfst nicht derjenige sein, der sie findet.«

Er hatte sie gefunden. Er war darauf gekommen, warum der Wagen vor dem Bestattungsinstitut stand. Er hatte sie in den Keller geführt. Er konnte jetzt nicht aufhören. Der Leichensack war drei Meter entfernt. Die Regale waren eng. Angies Nase war nur gut eine Handbreit von der Leiche über ihr entfernt. Sie litt unter Klaustrophobie. Sie hatte Angst vor engen Räumen.

»Will.« Saras Hand glitt an seinem Arm hinauf. »Du musst Charlie das machen lassen, okay? Er muss fotografieren. Der Sack darf wegen Fingerabdrücken nicht angefasst werden. Auf dem Boden könnte es Spurenmaterial geben. Wir müssen das korrekt machen, sonst werden wir nie herausfinden können, warum sie hier abgeladen wurde.«

Er wusste, das stimmte alles, aber er war zu keiner Bewegung fähig.

»Komm.« Sie zog an seinem Arm.

Er machte einen Schritt rückwärts. Dann noch einen.

Charlie öffnete seine Tasche. Er zog ein Paar Schuhschützer über, dann Handschuhe. Er legte eine neue Chipkarte in seine Kamera ein. Er überprüfte die Batterien und programmierte Datum und Uhrzeit.

Er begann außerhalb des Kühlraums und arbeitete sich langsam nach innen vor. Er fotografierte den Leichensack aus jedem Winkel, kniete nieder, beugte sich über die anderen Leichen. Er zeigte den Maßstab mithilfe seines Lineals an. Er hinterließ beschriftete Karten auf Dingen, die von Interesse waren. Es fühlte sich an, als wäre eine Stunde vergangen, bis er schließlich zu Belcamino sagte: »Holen Sie eine Bahre. Hier drin ist es zu eng. Wir müssen sie anderswo hinbringen, damit wir den Leichensack öffnen können.«

Belcamino verschwand in einen anderen Raum und kam mit einer fahrbaren Trage wieder. Ein weißes Laken lag gefaltet in der Mitte. Er richtete die Räder geradeaus und schob die Bahre die kleine Rampe zum Kühlraum hinauf.

Charlie gab ihm ein paar Handschuhe.

Belcamino hatte erkennbar Erfahrung darin, eine Leiche allein zu bewegen. Er wuchtete den schwarzen Sack auf die Bahre, als wäre es ein aufgerollter Teppich. Will wandte den Blick ab, denn er würde zuschlagen, wenn er dem Jungen noch eine Sekunde länger zusehen musste.

Er hörte, wie die Bahre hinausgerollt wurde und die Tür des Kühlraums sich mit einem dumpfen Laut schloss.

»Danke, Mr. Belcamino«, sagte Amanda. »Sie können oben warten.«

Belcamino verließ widerspruchslos den Raum.

Charlie machte weitere Fotos. Er zog sich eine Trittleiter heran, die an der Wand stand, und fotografierte den Leichensack von oben. Wieder dokumentierte er den Maßstab mithilfe des Lineals.

Will starrte auf die Umrisse des schwarzen Sacks. Er wurde nicht schlau daraus. Und dann begriff er, dass die Leiche auf der Seite lag. Wer immer sie aus dem Kofferraum gehoben hatte, hatte sie in genau der Position belassen, in der sie gestorben war.

Angie schlief immer auf der Seite, nahe bei ihm, aber ohne ihn zu berühren. Manchmal kitzelte ihr Atem ihn nachts am Ohr, und er musste sich umdrehen, damit er schlafen konnte.

»Faith?« Charlie hielt ihr ein zusätzliches Paar Handschuhe hin. Die Finger baumelten für einen Moment in der Luft, bevor Faith die Handschuhe schließlich nahm.

Ihre Hände schwitzten offenbar. Sie hatte Mühe, die Handschuhe überzustreifen. Sie biss die Zähne zusammen. Sie hasste

Leichen. Sie hasste es, im Leichenschauhaus zu sein. Sie hasste Autopsien.

Sie streckte die Hand zum Reißverschluss aus und zog ihn auf.

Es war ein Geräusch, als würde etwas entzweigehen. Die Leiche lag von ihnen abgewandt. Will sah dunkles Haar. Braun, dieselbe Farbe wie Angies. Die nackte Schulter der Frau wurde entblößt. Die Wölbung des Rückgrats. Die Rundung der Hüfte. Die Beine waren angewinkelt. Die Hände steckten zwischen den Knien. Die Zehen waren eingerollt, die Füße sichelförmig gekrümmt.

Faith würgte. Der Geruch war scheußlich, faulig. Die Leiche hatte stundenlang in der brütenden Hitze im Kofferraum gelegen. Hohe Temperatur beschleunigte die Verwesung. Der menschliche Körper bestand aus der gleichen Art von Gewebe wie der anderer Säugetiere. Als Reaktion auf Hitze wurde bei beiden Flüssigkeit freigesetzt.

Charlie zog den Sack auseinander. Ein durch Cholesterin rosa gefärbtes Rinnsal Blut plätscherte auf den Boden.

Faith würgte wieder. Sie legte den Handrücken unter die Nase und schloss die Augen. Sie stand auf der anderen Seite der Bahre. Sie hatte das Gesicht gesehen. Sie schüttelte den Kopf. »Ich kann nicht sagen, ob sie es ist. Sie wurde …«

»Geschlagen«, sagte Charlie.

Will blickte auf ihren Rücken; er war voller Flecken, die wie Ruß aussahen. Das gleiche Muster fand sich an ihren Beinen. Auf den Sohlen ihrer Füße.

»Bleiche«, sagte Sara. Der Geruch strömte aus dem Leichensack.

»Sie wurde jedoch nicht sauber geschrubbt. Es sieht aus, als hätte man die Bleiche einfach über sie geschüttet.«

»Ihre Kleider sind fort«, bemerkte Amanda. »Jemand war wegen Spurenmaterials besorgt.«

»Sie war noch anderswo als in dem Wagen«, sagte Faith.

»Ihr Gesicht sieht aus, als wäre es mit einem Baseballschläger bearbeitet worden.« Charlie untersuchte sie oberflächlich. »Quetschungen und Risswunden an Gesicht und Hals. Kratzer von Fingernägeln. Es sieht aus, als wären Knochen gebrochen.« Er ging in die Knie und zoomte mit der Kamera auf Kopf, Hals, Rumpf. »Eine Vielzahl von Stichwunden.« Er sah Will an. »Hat sie irgendwelche Identifizierungsmerkmale? Tätowierungen?«

Will schüttelte den Kopf.

Dann fiel es ihm ein.

Es war, als hätte jemand die Schnellrücklauftaste für sein Leben gedrückt. Will löste sich von Sara. Er ging um die Bahre herum, schob Charlie zur Seite. Er betrachtete die Leiche, die tiefschwarzen Schwellungen, die Wunden, die fleckige Haut. Und da war es: ein einzelnes Muttermal auf ihrer Brust. War es an derselben Stelle? Warum konnte er sich nicht erinnern, wo genau das Muttermal sein sollte?

Er ging auf die Knie und blickte in ihr Gesicht.

Aufgequollen. Unkenntlich.

Ihr Kopf war fast auf die doppelte Größe angeschwollen, schwarze und rote Male liefen kreuz und quer über ihr Gesicht. Aus ihren Lippen sickerte Flüssigkeit. Ihre Nase war zur Seite gebogen. Es war eher eine Halloween-Maske als ein Gesicht.

War es Angie?

Fühlte es sich an wie Angie?

Das taube Gefühl in Will war nie wirklich verschwunden. Er empfand nichts, wenn er diese Frau ansah. Er bemerkte die Dinge, die er bei jedem anderen Fall auch bemerken würde. Häusliche Gewalt mit Todesfolge. Körperverletzung. Tätlicher Angriff. Mund offen. Zähne eingeschlagen. Lippen gesprungen und geschwollen wie eine zu reife Frucht. Ihre Augenlider waren dick und hatten die Konsistenz von nassem Brot. Blaue Venen und rote Arterien zeichneten sich durch die fast durchsichtige Haut ab. Ihre Wange war mit einem sehr scharfen Messer oder Rasiermesser aufgeschlitzt worden, und die Haut hing in einem großen Fetzen herunter. Es erinnerte fast an eine aufgeschlagene Buchseite. Er konnte das Gewebe darunter sehen, die Sehnen, einen bloßen weißen Knochen.

Er blickte auf ihre Hände. Sie waren zwischen ihren angewinkelten Knien geballt. Die Hitze hatte ihre Finger gekrümmt. Verwesung hatte die Haut aufplatzen lassen. Durchsichtige Flüssigkeit sickerte aus den Fingerknöcheln. Der Ring an ihrem Finger war aufgebrochen.

Angies Ehering.

Grünes Plastik mit einer hellgelben Sonnenblume. Will hatte drei Vierteldollarmünzen in einem Kaugummiautomaten versenkt, bis der Ring herausgekommen war. Die Mutprobe hatte gelautet, dass Angie ihn heiraten würde, wenn er weniger als einen Dollar verbrauchte. Sie machte nie einen Rückzieher bei solchen Mutproben. Sie hatte ihn geheiratet. Sie hatte zehn Tage durchgehalten, bis er von der Arbeit nach Hause gekommen war und festgestellt hatte, dass alle ihre Sachen weg waren.

Will öffnete den Mund, atmete ein und aus.

»Will?«, fragte Amanda.

Will schüttelte den Kopf. Das stimmte nicht. Jemand hatte dieser Frau den Ring untergeschoben. Er würde es instinktiv wissen, wenn das Angie wäre. Er stand auf. »Sie ist es nicht«, sagte er.

»Was ist mit dem Ring?«, fragte Faith.

Will schüttelte nur immer wieder den Kopf. Weitere Blicke wurden gewechselt. Sie glaubten natürlich, dass er es nur nicht wahrhaben wollte, aber sie täuschten sich. Als er draußen das Auto mit dem vielen Blut gesehen und sich angehört hatte, wie Amanda sämtliche Indizien aufzählte, mochte er vielleicht kurz gedacht haben, es könnte Angie sein, aber jetzt, da er sich in einem Raum mit dieser Leiche, mit dieser Fremden, befand, war er überzeugt, dass sie noch lebte.

Es war nicht so, wie Sara es beschrieben hatte. Er hatte dieses hohle Gefühl nicht. Er nahm kein Fehlen des Herzens wahr.

»Ich habe einen mobilen Fingerabdruck-Scanner«, sagte Charlie.

»Ihre Fingerkuppen sind rissig. Es wird schwer sein, einen Abdruck zu nehmen.«

»Wir können es trotzdem versuchen, aber wir werden nach oben gehen müssen, um ein Signal zu bekommen.«

»Die Leichenstarre ist vollständig ausgebildet.«

Will blickte noch einmal in das Gesicht der Frau. Es war, wie wenn er zu lesen versuchte. Er konnte Teile sehen, aber nicht das Ganze. Die Augenlider waren verklebt. Die Lippe war aufgeplatzt. Der Kiefermuskel trat hervor, ein Strang wie das Stahlseil einer Hängebrücke. Totenstarre. Das Gerinnen von Muskelproteinen. Es fing in den Augenlidern, am Hals, am Kiefer an. Alle Muskeln im Körper wurden starr und fixierten den Leichnam in der Stellung, in der er sich befand.

»Das heißt, dass sie seit drei, vier Stunden tot ist?«, fragte Faith.

»Länger«, sagte Sara, aber sie sagte nicht, wie viel länger.

»Wie sollen wir Fingerabdrücke nehmen, wenn sie die Fäuste geballt hat?«, fragte Amanda.

»Man wird ihr die Finger brechen müssen.«

»Wäre es nicht einfacher, wenn sie auf dem Rücken liegen würde?«

»Ich werde Hilfe brauchen, um sie umzudrehen.«

Will entfernte sich und ging auf die andere Seite des Raums. Der alte Mann lag noch auf seiner Bahre. Will versuchte, aus den Apparaten schlau zu werden. Gelbe Flüssigkeit schwappte in dem Kanister umher. Aus dem Boden kam ein orangefarbener Schlauch. Eine Art Pumpe arbeitete. Er hörte den Motor, das Zischen eines Blasebalgs, der Luft bewegte. Eine Flüssigkeit wurde hinausgedrückt. Eine andere wurde hineingedrückt. Die Flüssigkeit lief durch eine dicke Nadel. Ein zweiter Schlauch hing vom Tisch herunter und ruhte auf dem rostigen Rand eines Ablaufs im Boden.

Krch.

Als würde man einen Zweig brechen.

Krch.

Will drehte ihnen weiter den Rücken zu. Er wollte nicht wissen, wer die Finger aufbrach.

Krch.

»Okay«, sagte Charlie. »Ich glaube, das reicht.«

»Ihre Finger sehen furchtbar aus«, sagte Sara. »Ich glaube nicht, dass der Scanner in der Lage sein wird, Rillen zu erkennen.«

»Versuchen Sie es«, sagte Amanda.

Man hörte ein Rascheln, ein Klicken, drei Piepser in schneller Folge. Der mobile Fingerabdruck-Scanner. Biometrik. Ein Spritzguss-Eingabegerät mit einem 30-Pin-Adapter für ein iPhone. Auf dem Gerät war ein silbernes Feld, und dieses Feld scannte den Fingerabdruck. Eine App auf dem Smartphone verarbeitete den Scan dann in ein hochauflösendes Bild und übermittelte die Daten dann an die Live-Scan-Server des GBI, wo der Abdruck mit den Hunderttausenden von gespeicherten Abdrücken verglichen wurde.

Alles, was man brauchte, war das Eingabegerät und ein Smartphone mit einer Netzverbindung.

Charlie hielt beides in der Hand, als er in Richtung Vorraum ging. »Es ist unsicher wegen der stark beschädigten Finger, aber vielleicht kriegen wir ja doch einen Treffer«, sagte er zu Will.

Will wusste nicht, warum diese Information ausdrücklich an ihn gerichtet wurde. Er sah auf seine Uhr. Gewaltverbrechen erreichten meist gegen zehn Uhr abends einen Spitzenwert. Die Server bearbeiteten vermutlich Tausende von Anfragen. Selbst an einem ruhigen Tag dauerte es zwischen fünf Minuten und vierundzwanzig Stunden, bis die Ergebnisse eintrafen, und dann verlangte das GBI, dass die Abdrücke von einer Gruppe von Menschen noch einmal bewertet werden mussten, und diese Gruppe musste einen Konsens darüber herstellen, ob die vom Computer gefundene Übereinstimmung ein gerichtlich verwertbares Maß an Gewissheit erreichte.

»Sara?«, sagte Faith.

Etwas an ihrem Tonfall veranlasste Will, sich umzudrehen.

Faith stand am Fußende der Bahre. Die Füße der toten Frau verharrten in ihrer Erstarrung über dem Tisch. Durch die Hände zwischen den Knien waren die Beine etwas gespreizt, und Faith hatte einen ungehinderten Blick auf das, was zwischen ihnen lag.

Vergewaltigung, dachte Will. Die Frau, die nicht Angie sein konnte, war nicht nur gewürgt, geschlagen und mit einem Messer verletzt worden. Sara würde ihm gleich mitteilen, dass sie außerdem vergewaltigt worden war.

»Will?« Sara wartete, bis er sie ansah. »Hat Angie irgendwann ein Kind zur Welt gebracht?«

Er verstand die Frage nicht.

»Diese Frau hier hat eine Dammschnittnarbe«, erklärte Sara.

Will hatte das Wort noch nie gehört. »Von einem tätlichen Angriff?«

»Von einer Geburt.«

Er schüttelte den Kopf. Angie war einmal schwanger gewesen, aber nicht von Will. »Sie hat vor acht Jahren abtreiben lassen.«

»Davon bekommt man diese Narbe nicht«, sagte Faith.

»Es ist ein chirurgischer Einschnitt im Perineum, der während einer vaginalen Geburt vorgenommen wird«, erläuterte Sara.

Faith übersetzte: »Sie schneiden dich da unten auf, damit das Baby herauskann, ohne dich aufzureißen.«

Will verstand immer noch nicht. Es war wie beim Blick in das Gesicht der Toten. Er erkannte die Worte, aber nicht den Sinn.

»Hast du ein Engegefühl in der Brust?«, fragte Sara.

Will sah nach unten. Er rieb sich wieder die Brust.

»Er hat sich vorhin schon nicht wohlgefühlt«, sagte Faith.

»Ihr irrt euch«, sagte Will. »Ich glaube nicht, dass sie es ist.«

Sara stieß ihn rückwärts. Die Doppeltür ging auf und fiel wieder zu. Sie waren in dem Vorraum. Will saß an dem Schreibtisch, und alle drei schwebten über ihm wie in seiner schlimmsten Sorte Albtraum.

»Jetzt atme bitte ein paar Mal tief durch«, sagte Sara.

»Ich habe Xanax«, sagte Amanda. Eine emaillierte Pillendose lag in ihrer Hand. Pink, mit Rosen auf dem Deckel. Es war so ein Gegenstand, wie ihn alte Damen für ihr Riechsalz verwendeten.

»Leg dir das unter die Zunge«, sagte Sara.

Will gehorchte, ohne nachzudenken. Die Tablette schmeckte bitter. Er spürte, wie sie unter seiner Zunge zerfiel. Speichel füllte seinen Mund. Er musste schlucken.

»Es wird ein paar Minuten dauern.« Sara begann, ihm über den Rücken zu streichen, als wäre er ein Kind im Krankenhaus. Es gefiel Will nicht. Er hasste es, wenn man so einen Wirbel um ihn machte.

Er beugte sich vor, steckte den Kopf zwischen die Knie und tat, als sei ihm schwindlig. Sara strich ihm weiter über den Rücken. Er spuckte die Tablette in die Handfläche.

»Immer schön weiteratmen.« Saras Finger gingen zu seinem Handgelenk. Sie fühlte ihm den Puls. »Alles okay.«

Will setzte sich auf.

Sara folgte jeder seiner Bewegungen. Amanda hatte noch die offene Pillendose in der Hand. Faith war verschwunden.

»Okay?«, fragte Sara.

»Ich glaube nicht, dass sie es ist«, sagte Will noch einmal, aber wenn überhaupt, ließ ihn die Wiederholung eher daran zweifeln, ob es wirklich stimmte. »Sie hatte nie ein Kind.«

»Doch, sie hatte eines«, sagte Amanda. Will sah, wie sich ihr Mund bewegte. Ihr Lippenstift war verschmiert. »Vor siebenundzwanzig Jahren ist Angie von ihrem Pflegeplatz verschwunden. Drei Monate später tauchte sie in einer Klinik auf.

Sie hatte Wehen. Sie brachte ein Mädchen zur Welt und verschwand danach aus dem Krankenhaus, bevor der Sozialdienst eintraf.«

Die Neuigkeit hätte Will wie ein Blitzschlag treffen müssen, aber in Bezug auf Angie konnte ihn nichts mehr überraschen.

»Wie alt war sie da?«, fragte Sara.

»Sechzehn.«

1989.

Will saß in dieser Zeit im Waisenhaus fest. Niemand wollte einen Jungen im Teenageralter um sich haben, vor allem nicht einen, der größer war als alle seine Lehrer. Angie wohnte bei einem Paar, das seinen Lebensunterhalt damit bestritt, Kinder in Pflege zu nehmen. Sie pferchten immer zwischen acht und fünfzehn Kinder in ein Vierbettzimmer.

»Wie haben Sie das herausgefunden?«, fragte Will.

»Auf die gleiche Weise, wie ich immer alles herausfinde.«

Amandas Stimme klang hart. Sie sprachen nie über die Tatsache, dass sie Wills Weg seit seiner Kindheit begleitet hatte, dass sie sein ganzes Leben lang die unsichtbare Hand gewesen war, die ihn wieder auf Kurs brachte, wenn er vom Weg abkam. Hatte sie Angie ebenfalls gesteuert, sie von Will fortgelenkt?

»Was haben Sie unternommen?«, fragte er.

»Ich habe gar nichts unternommen.« Amanda ließ die Pillendose jetzt in ihre Tasche fallen. »Angie ist verschwunden. Sie hat ihr Kind im Stich gelassen. Das alles sollte Sie eigentlich nicht überraschen.«

»Hat das Baby überlebt?«, fragte Sara.

»Ja. Ich habe aber nie herausgefunden, was aus ihm geworden ist. Seine Spur verlor sich im System.«

Ihr Antrag auf eine Heiratserlaubnis.

Angie hatte das Formular ausgefüllt. Sie waren vor dem Standesamt gesessen. Der Sonnenblumenring steckte bereits an ihrem Finger. Angie hatte die Fragen laut vorgelesen. *Über sechzehn? Klar. Schon einmal verheiratet gewesen? Nicht dass ich wüsste. Name des Vaters? Wer zum Teufel weiß das schon. Name der Mutter? Spielt keine Rolle. Mit der Person verwandt, die man ehelichen will – hoppla!* Ihr Stift kratzte über das Papier, als sie die Antworten eintrug. *Kinder? Ich doch nicht.* Sie hatte ihr tiefes, heiseres Lachen hören lassen. *Jedenfalls nicht dass ich wüsste ...*

»Die Tochter wurde im Januar geboren«, sagte Amanda. »Sie wäre jetzt also siebenundzwanzig. Delilah Palmer ist zweiundzwanzig.«

Sara räusperte sich. »Wissen Sie, wer der Vater ist?«

»Es ist nicht Will«, sagte Amanda.

Will fragte sich, ob das stimmte. Damals im Keller hatten sie kein Kondom benutzt. Angie nahm die Pille nicht. Andererseits war Will nicht der einzige Junge gewesen, mit dem sie in den Keller ging.

Saras Finger waren wieder an seinem Handgelenk. »Dein Puls ist noch schwach.«

Will entzog ihr seine Hand, stand auf und sah zu der geschlossenen Schwingtür hinüber. Er musste die Leiche nicht noch einmal sehen, um die Wahrheit zu kennen.

Der Sonnenblumenring. Das Auto. Das Blut.

Ihr Ring. Ihr Auto. Ihr Blut.

Ihr Baby.

Angie würde ein Baby im Stich lassen. Aus einem unerklärlichen Grund akzeptierte Will das mehr als alles andere als Beweis. Angie war weder fähig, sich jeden einzelnen Tag ihres Lebens um etwas zu kümmern, noch verspürte sie den Wunsch dazu. Das eigene Überleben und nicht Mitgefühl war immer ihr Leitprinzip gewesen. Will hatte es letzten Samstag erlebt, und er konnte sich mühelos vorstellen, dass es vor siebenundzwanzig Jahren nicht anders gewesen war. Angie war ins Krankenhaus gefahren. Sie hatte das Kind bekommen. Sie war so schnell es ging wieder verschwunden.

Und jetzt war sie tot.

»Können wir nach Hause fahren?«, fragte er Sara.

»Ja.« Sie drückte ihm die Schlüssel in die Hand. »Warte im Wagen auf mich. Ich bin sofort da.«

Amanda tippte etwas in ihr BlackBerry. »Ich sage Faith, sie soll bei ihm warten.«

Will begriff, dass ein Gespräch zwischen Amanda und Sara stattfinden würde und dass er der Gegenstand dieses Gesprächs sein würde, aber er war nicht in der Verfassung, sich dagegen zu wehren. Seine Brust war immer noch wie in einen Schraubstock eingezwängt. In seinem Magen lag ein großer Stein.

Er stieg die Treppe hinauf und steckte dabei die Hand in die Tasche, um sie sauber zu wischen. Was von der Tablette übrig war, war zu Kreide geschmolzen. Ein wenig von dem Xanax war jedoch in seine Blutbahn gelangt. Er war benommen, als er am Ende des Flurs ankam. In seinem Mund war es sandig. Er probierte drei Türen, bis er die Kapelle fand. Das Licht war aus, aber mit den großen Fenstern und dem Lichtschein von Downtown waren die Bankreihen leicht zu sehen.

Er blickte zu der gewölbten Decke hinauf. Riesige Kronleuchter hingen wie Schmuck daran. Grauer Teppich bedeckte den Gang zwischen den Bankreihen. Das Podium war niedrig, an der Seite stand ein Rednerpult. Will nahm an, die Kapelle war überkonfessionell, wie eine Kapelle an einem solchen Ort zu sein hatte. Er war zweimal mit Sara in der Kirche gewesen, einmal zu Ostern und einmal zu Weihnachten. Sie war nicht religiös, aber sie liebte das Prunkvolle. Will erinnerte sich an seine Verblüffung, als er sie mit der Gemeinde mitsingen hörte. Sie kannte alle Texte auswendig.

Angie verabscheute Religion. Sie war eines dieser arroganten Arschlöcher, die alle Gläubigen für Irre hielten. Sie war im Kofferraum ihres Wagens hierhergefahren worden. Sie war nach unten in den Kühlraum getragen worden. Ihr Ehering war noch an ihrem Finger. Hatte sie noch gelebt, als ihr der Ring angesteckt wurde? Hatte sie die Person, die bei ihr war, gebeten, dafür zu sorgen, dass sie ihn noch im Tod trug?

Will fühlte ein Brennen in seiner Brust. Er rieb sich die Haut wund. Was waren die Symptome einer Panikattacke? Er wollte Sara nicht fragen, denn sie würde ihm wahrscheinlich nur eine weitere Tablette in den Mund stecken.

Warum hatte sie das überhaupt getan? Sie wusste, er hasste alles, was stärker war als Aspirin. Doch noch mehr hasste er es, dass sie ihn so außer Fassung erlebt hatte. Er hatte sich benommen wie ein erbarmungswürdiges Kind. Wahrscheinlich würde sie nie wieder mit ihm schlafen wollen.

Will setzte sich auf die Stufen des Podiums und fischte sein Handy aus der Gesäßtasche. Statt Panikattacke zu googeln, legte er sich rücklings auf den Teppich. Er sah zu den funkelnden Kristallen des Kronleuchters hinauf. Das Gewicht auf seiner Brust wurde leichter. Seine Lungen füllten sich mit Sauerstoff. Er schwebte. Das war das Xanax. Will mochte es nicht. Es kam nie etwas Gutes dabei heraus, wenn man die Kontrolle über sich verlor.

Delilah Palmer. Sie konnte in Rippys Club gewesen sein, als Harding starb. Sie hatte vielleicht versucht, Angie zu retten. Womöglich hatte sie Angies Leiche hierhergefahren und dann den Anruf mit dem falschen Alarm gemacht, damit Belcamino wegfuhr. Und hatte ihn beobachtet, wie er den Code für den Aufzug eingab. Eine Fahrt in den Keller hinunter. Eine Fahrt wieder herauf. Sie lässt Angies Wagen hier. Sie geht zu Fuß zu ihrem Mietwagen, ohne sich noch einmal umzudrehen.

Will konnte die Augen nicht offen halten. Sein Kopf lag dort, wo bei einer Bestattungsfeier vermutlich der Sarg stand. Er würde Angies Begräbnis planen müssen. Es wäre einfacher, es hier zu organisieren. Sie wollte sicher verbrannt werden. Belcamino konnte sich darum kümmern – er konnte es auf sein Formular setzen, dass er sie zur Einäscherung vorbereiten musste.

Wer würde zu der Bestattung kommen? Amanda und Faith, denn sie würden sich dazu verpflichtet fühlen. Sara? Er konnte sie nicht bitten, aber sie würde es wahrscheinlich von sich aus tun. Was war mit ihren Eltern? Es waren brave Leute vom Land. Cathy würde wahrscheinlich einen Eintopf machen. Oder doch nicht? Will wusste, dass Saras Mutter ihm nicht traute. Damit lag sie nicht falsch. Er hatte Sara nichts von Samstag gesagt. Er hatte ihr viele Dinge nicht gesagt.

Polizisten würden zu der Bestattung kommen. Das tat man, wenn ein Kollege starb, egal, ob es ein guter oder ein schlechter Polizist gewesen war oder einer im Ruhestand. Liebhaber würden teilnehmen – eine Menge von ihnen. Alte Freunde – nicht so viele. Feinde, vielleicht. Der Vater ihres Kindes. Vielleicht sogar das Kind. Siebenundzwanzig Jahre alt. Zornig. Im Stich gelassen. Antworten fordernd, die Will nicht hatte.

Er spürte, wie sich seine Augenlider entspannten. Sein Gesicht. Seine Schultern. Eine unheimliche Stille legte sich über ihn.

Er war in einer Kapelle. Es war mitten in der Nacht. Angie war tot. Das war der Moment, in dem er es fühlen musste: den überwältigenden Verlust, die Leere, die Sara beschrieben hatte. Sie war so wütend auf ihn gewesen, weil er nicht niedergedrückter war. Vielleicht war etwas in ihm entzweigegangen. Vielleicht war das Angies letzte Rache: Sie hatte Will die Fähigkeit genommen, etwas zu empfinden.

Das Smartphone vibrierte in seiner Hand – wahrscheinlich suchte Faith nach ihm. Er meldete sich. »Ich bin in der Kapelle.«

»Tatsächlich?« Es war nicht Faith. Eine andere Frau, eine dunkle, kühle Stimme.

Will sah auf das Display. Die Nummer des Anrufers war unterdrückt. »Wer ist da?«

»Ich bin's, Baby.« Angie lachte ihr tiefes, heiseres Lachen. »Hast du mich vermisst?«

EINE WOCHE ZUVOR

MONTAG, 19.22 UHR

Angie Polaski stand vom Schreibtisch auf und schloss ihre Bürotür. Trotzdem drangen gedämpfte Stimmen zu ihr durch, ein Arschloch von Sportagent prahlte gegenüber einem anderen Arschloch von Sportagent, und es ging natürlich um Geld. Sie behielt die Hand am Türknopf, würgte ihn förmlich. Sie hasste diesen Laden mit seinen dummen, reichen Jungs. Sie hasste die perfekten Sekretärinnen. Sie hasste die Bilder an der Wand. Sie hasste die Sportler, auf denen die Firma gründete.

Sie würde morgen früh noch dastehen, wenn sie alles aufzählte, was sie hasste.

Sie setzte sich wieder an ihren Schreibtisch, starrte auf den Bildschirm ihres Laptops und hatte das Gefühl, als würde Feuer aus ihren Augen schießen. Wenn dieser verdammte Computer nicht so teuer gewesen wäre, hätte sie ihn auf den Boden geworfen und mit dem Absatz zertreten.

Sie hat seine Vergangenheit. Ich habe ihn.

Angie überprüfte das Datum der E-Mail, die Sara an ihre Schwester geschrieben hatte. Vor acht Monaten. Nach Angies Berechnung hatte Sara Will erst seit vier Monaten gevögelt, als sie diese Worte schrieb. Ziemlich arrogant von ihr zu glauben, dass sie sich Will einfach so nehmen konnte.

Angie ging zum Beginn des Absatzes zurück, um ihn noch einmal von vorn zu lesen.

Ich hätte nie gedacht, dass ich noch einmal solche Gefühle für einen Mann haben könnte.

Sara klang weniger wie eine Ärztin als vielmehr wie ein alberner Teenager. Was sie nur angemessen fand, denn Sara Linton war genau die Sorte von affektiert lächelndem, ahnungslosem Wesen, das man als Heldin in Jugendbüchern fand – das Mädchen im Roman, das übellaunig aus dem regenüberströmten Fenster blickte und sich nicht entscheiden konnte, ob es mit dem Vampir oder dem Werwolf ausgehen sollte. In der Zwischenzeit wurde das sogenannte böse Mädchen, das Mädchen, mit dem man auf Partys seinen Spaß hatte und dem man den besten Fick seines Lebens verdankte, in die Ecke gestellt und musste, kurz bevor ihm der Pflock ins Herz gerammt wurde, noch einsehen, wie falsch es gewesen war, ein böses Mädchen zu sein.

Ich habe ihn.
Angie knallte den Laptop zu.

Sie hätte Saras Laptop nicht hacken sollen. Nicht weil es falsch war – Scheiß drauf –, sondern weil es eine Qual war zu lesen, wie sich Sara langsam in Will verliebte.

Es gab buchstäblich Hunderte von E-Mails aus den letzten eineinhalb Jahren. Sara schrieb ihrer jüngeren Schwester vier oder fünf Mal in der Woche. Tessa schrieb ebenso oft zurück. Sie tauschten sich in ermüdender Ausführlichkeit über ihr Leben aus. Sie beschwerten sich über ihre Mutter. Sie machten Witze über ihren zerstreuten Vater. Tessa tratschte über die Leute, die in Kackstadt wohnten, oder wo zum Teufel sie Entwicklungshelferin war. Sara erzählte von ihren Patienten im Krankenhaus, von den Klamotten, die sie für Will gekauft hatte, dass sie ein neues Parfüm für Will ausprobiert hatte und dass sie wegen Will eine befreundete Ärztin bitten musste, ihr ein Rezept auszustellen.

Wenn schon aus keinem anderen Grund, dann verabscheute Angie Sara allein deshalb, weil sie ihretwegen den Ausdruck *Flitterwochen-Blasenentzündung* googeln musste.

Angie hatte den klebrigen, liebestollen Schwachsinn nicht lange ertragen. Sie hatte die E-Mails nur noch grob überflogen und nach Hinweisen gesucht, dass sich der Neuwagengeruch allmählich abnutzte. Will war weit entfernt davon, perfekt zu sein. Er hatte die Gewohnheit, alles aufzuheben, was man irgendwo hinlegte, und es wegzuräumen, obwohl man es noch benutzen wollte. Er musste sofort alles reparieren, was kaputtging, egal um welche Tageszeit. Er säuberte seine Zähne zu oft mit Zahnseide. Er ließ immer genau ein Blatt Toilettenpapier an der Rolle, weil er zu geizig war, es zu verschwenden.

Letzte Nacht war einfach vollkommen, hatte Sara vor einem Monat geschrieben. *Mein Gott, dieser Mann.*

Angie stand auf und ging ans Fenster. Sie sah auf die Peachtree hinunter. Abendlicher Berufsverkehr. Autos schoben sich die verstopfte Straße entlang. Sie spürte einen Schmerz in den Händen und stellte fest, dass sie die Fingernägel in die Handflächen grub.

Fühlte sich so Eifersucht an?

Angie hatte nicht erwartet, dass Sara bleiben würde. Frauen wie sie mochten keine schwierigen und chaotischen Dinge, und Angie hatte wiederholt klargemacht, dass Wills Leben schwierig und chaotisch war. Was sie nicht vorausgesehen hatte, war, dass Will um Sara kämpfen würde. Angie hatte angenommen, die andere Frau sei ein Leichtgewicht; sie dachte, Will habe sich genötigt gesehen, es mit ihr zu versuchen, aber er würde es auf keinen Fall genießen. So wie damals, als Angie ihn dazu überredet hatte, ein Paar Sandalen zu kaufen.

Dann hatte sie die beiden im Baumarkt gesehen.

Es war zu Beginn des Frühjahrs gewesen, also vielleicht vor fünf Monaten. Angie war in dem Laden gewesen, um Glühbirnen zu kaufen. Will und Sara waren hereinspaziert und sich gegenseitig so in den Arsch gekrochen, dass sie Angie nicht bemerkten, die keine drei Meter entfernt stand. Sie hielten Händchen und schwangen die Arme in hohem Bogen vor und zurück. Angie war ihnen zur Gartenabteilung gefolgt. Sie war im angrenzenden Gang gestanden und hatte zugehört, wie sie sich über Mulch unterhielten, denn so langweilig war ihr Leben nun mal.

Sara hatte angeboten, einen Einkaufswagen zu holen, aber Will hatte den Sack aufgehoben und über seine Schulter geworfen.

»Ach, wie stark du doch bist, Baby«, hatte Sara gesagt.

Angie hatte erwartet, dass Will nun antworten würde, sie solle verdammt noch mal nicht so einen Stuss reden, aber Fehlanzeige. Er hatte gelacht. Er hatte ihr den Arm um die Taille gelegt. Sara hatte wie ein Hund die Nase an seinem Hals gerieben. Sie waren weitergeschlurft, um sich nach Blumen umzusehen, und Angie hatte jede einzelne Glühbirne in ihrem Korb zerbrochen.

»Polaski?« Dale Harding stand in der Tür. Sein Anzug war zerknittert. Sein Hemd spannte über dem Bauch. Sie empfand den Ekel, den sie immer in Dales Nähe empfand – nicht wegen seines Gewichts oder seiner Schlampigkeit, auch nicht deshalb, weil er seine eigene Tochter verkauft hatte, um seine Spielsucht zu finanzieren, sondern weil Angie ihn nie so sehr hassen konnte, wie sie ihn gern gehasst hätte.

»Die Party fängt gleich an«, sagte er.

»Deine Augen sind gelb.«

Er zuckte die Achseln. »So ist das eben.«

Dale war dabei, einen Abgang zu machen. Sie wussten es beide. Sie sprachen nicht darüber. »Wie geht es Dee?«

»Gut. Sie ist raus aus dem Schrank.«

Beide grinsten über die Doppeldeutigkeit. Delilah war aus ihrer letzten Entzugseinrichtung abgehauen, deshalb hatte Dale beschlossen, sie am schnellsten clean zu bekommen, wenn er sie in seinem Schrank einsperrte.

»Ich habe einen Arzt an der Hand, der ihr ein legales Rezept für das Buprenorphin ausstellt«, sagte er.

»Gut«, sagte Angie. Die Ersatzdroge war das Einzige, was Delilah vom Heroin fernhielt. Wegen der staatlichen Vorschriften war es schwer zu beschaffen. Angie hatte es über einen Dealer besorgt, dem sie nicht ganz traute, und darauf gebaut, dass Dale bald sterben werde und sie aufhören konnte, seiner nichtsnutzigen Junkie-Tochter beizustehen. Oder Junkie-Frau. Egal.

»Hast du mit diesem Anwalt gesprochen?«

»Ja, aber ich ...«

Seine Antwort wurde durch laute Jubelrufe unterbrochen. Champagnerkorken knallten. Rap-Musik hämmerte aus sämtlichen Lautsprechern im Büro. Die Party hatte angefangen.

Sie wussten beide, dass Kip Kilpatrick sie erwartete. Dale trat zur Seite, damit Angie vorausgehen konnte. Sie strich ihren Rock im Gehen glatt. Ihre hohen Absätze brachten sie um, aber der Teufel sollte sie holen, wenn sie es den jungen Ludern im Büro nicht zeigen würde. Sie waren alle so ahnungslos. Wenn Angie sich auf der Toilette über das Waschbecken beugen musste, um ihren Eyeliner vor dem Spiegel nachzuziehen, schauten sie verwirrt aus ihren faltenlosen Gesichtern und verzogen ihre Schmollmünder. Es machte keine Freude, ihnen zu sagen, dass sie eines Tages ebenfalls dreiundvierzig sein würden, denn wenn dieser Tag kam, würde sie selbst schon in einem Pflegeheim sein.

Oder tot.

Vielleicht machte Dale es richtig. Es war viel einfacher, unter seinen eigenen Bedingungen abzutreten. Ohne seine nutzlose Tochter hätte er es wahrscheinlich schon sehr viel früher getan. Kinderlos zu leben hatte schon etwas für sich.

»Da ist ja meine Kleine.« Kip Kilpatrick stand am oberen Ende der schwebenden Glastreppe. Wie üblich hatte er einen Basketball in den Händen. Der Kerl konnte ohne das verdammte Ding nirgendwohin gehen. »Ich brauche dich anschließend. In meinem Büro.«

»Wir werden sehen.« Angie strich an ihm vorbei. Sie suchte nach einem bekannten Gesicht im Raum. Von den großen Namen war noch keiner eingetroffen. Es waren hauptsächlich Typen in den Zwanzigern in schmal geschnittenen Anzügen, die Champagner für dreihundert Dollar die Flasche tranken, als wäre es Wasser.

Sie sah ein großes Architektenmodell unter dem LED-Schild. Um genau das ging es bei der Party. Die letzten Teile des All-Star-Geschäfts waren endlich unter Dach und Fach.

Heute in zwei Wochen würde der erste Spatenstich erfolgen. Angie sah auf das Modell in der Glasvitrine hinunter. In Lofts umgewandelte Lagerhäuser. Freiluft-Shoppingmeile. Feinkostladen. Kino. Bauernmarkt. Schicke Restaurants. Marcus Rippys aufgegebener Nachtclub.

Jetzt nicht mehr aufgegeben. Das Team würde in einer Woche anfangen, den Laden herzurichten. Der Club war das Kernstück des All-Star Complex, eines fast drei Milliarden Dollar teuren Projekts, in das alle großen Stars der Agentur investiert hatten. Und ein paar von den kleinen Stars ebenfalls. Kilpatrick war mit zehn Millionen dabei. Zwei andere Agenten mit halb so viel. Dann war da noch das Team der Anwälte, ein internationaler Tross von Blutegeln, die jeden Cent wert waren, den sie kosteten, soweit Angie das feststellen konnte.

Will hatte vor einem Monat versucht, die Anwälte zu knacken, und den Kürzeren gezogen. Angie hatte ihm die Daumen gedrückt. Das hatte sie tatsächlich. Er war ihnen an dem absurd großen Konferenztisch gegenübergesessen und hatte getan, was er konnte, um so etwas wie eine Antwort zu bekommen. Marcus und LaDonna Rippy waren beinahe nebensächlich gewesen. Jedes Mal, wenn Will den Mund aufmachte, sah Marcus zu den Anwälten, und die Anwälte drechselten eine Antwort in irgendeinem schön klingenden Kauderwelsch, das nur Marsbewohner oder Politiker verstehen konnten.

Angie hatte die ganze Sache in ihrem Büro im darunterliegenden Stockwerk beobachtet. Will hatte keine Ahnung, dass alles aufgezeichnet wurde. Und todsicher hatte er nicht gewusst, dass sie in der Nähe war. Auf ihrem Bildschirm sah sie ihn immer frustrierter werden, während die Anwälte ein Hindernis nach dem anderen auftürmten. Angie konnte nichts weiter tun, als den Kopf zu schütteln. Der Arme. Er stellte Marcus seine Fragen, dabei hätte er mit LaDonna reden sollen.

»Hallo, Puppe.« Laslo lehnte an einem Schreibtisch, ein Champagnerglas in der Hand. Er trug seine übliche enge schwarze Hose und ein Hemd. Der Look war nicht übel. Er hatte einen scharfen Körper. Und außerdem ein fieses Näschen für Mode. Er warf einen Blick auf ihre Schuhe. »Wie viel?«

»Fünfzig«, sagte sie verärgert, weil er bemerkt hatte, dass es Fälschungen waren. Dank ihres Jobs hatte sie endlich genug Geld auf der Bank, um sich das Original leisten zu können, aber die waren nicht so bequem wie die nachgemachten, und sie konnte nur eine gewisse Zeit in ihnen herumstehen, bevor sie Rückenschmerzen bekam.

»Wir haben später noch was vor«, sagte er.

»Kip hat mich bereits vorgewarnt.«

Laslo trank aus seinem Champagnerglas. Die beiden sahen zu, wie Kip den Basketball in die Luft warf. Kips Blick war auf die Tür zur Eingangshalle gerichtet. Er war wie ein liebeskrankes Schulmädchen. Wie Sara Linton, die darauf wartete, dass Will nach Hause kam.

Mein Herz hüpft jedes Mal in der Brust, wenn ich seinen Schlüssel in der Tür höre.

»Hallo!« Laslo schnippte mit den Fingern. »Jemand zu Hause?«

Sie nahm sein Glas und trank es leer. »Was will Kip?«

Laslo legte den Finger auf die Lippen und ging.

»Ma'am?« Ein gut aussehender Kellner hielt ihr ein Tablett mit Champagnergläsern hin.

Angie war verdammt noch mal nicht alt genug, um eine Ma'am zu sein. Sie schnappte sich ein Glas und ging durch die Menge der Rotznasen und frechen Bengeln, aus denen das Team von *110 Sports Management* bestand, zur anderen Seite des Raums.

Vor fünf Monaten hatte sie Dale Harding wegen eines Jobs angehauen. Er hatte arschlochmäßig wie immer reagiert, aber Angie konnte ebenfalls ein Arschloch sein, wenn es sein musste. Sie hatte ihm erzählt, dass sie Geld brauchte, um ihren Dealer zu bezahlen. Er hatte ihr geglaubt, denn Dales Leben war voller

Dealer und Buchmacher, die Zinsen mit den Fäusten eintrieben. Angie hatte nie ein Dealer-Problem gehabt. Was sie hatte, war ein Kip-Kilpatrick-Problem. Sie brauchte einen Zugang zum inneren Zirkel des Agenten, und Dale besaß das nötige Verständnis dafür, welche Art von Sachverstand Angie einbringen konnte.

Viele von Kips Klienten kamen von der Straße. Sie vermissten die Mädchen, mit denen sie sich früher vergnügt hatten. Angie kannte diese Mädchen. Sie verstand, wie ihre Lebensgewohnheiten sie aufrieben. Sich mit der Crackpfeife oder der Nadel ein bisschen zurückhalten, sich ein wenig aufstylen und sich von einem reichen Basketballspieler rannehmen lassen, das setzte ihrem Körper sehr viel weniger zu, als sich das Geld jeden einzelnen Tag auf dem Rücksitz von zwanzig verschiedenen Autos zu verdienen. Und wenn ein bisschen was für Angie dabei abfiel, umso besser.

Das hatte sich als der leichtere Teil herausgestellt. Kips innerer Zirkel war eine härtere Nuss. Der Agent hatte Angie nicht an sich herangelassen. Er hatte Laslo. Er hatte Harding. Er brauchte keine Braut, die für ihn Schädel einschlug. Alles hatte sich an dem Tag geändert, an dem Angie einer schlecht gelaunten LaDonna Rippy über den Weg lief.

Die Besprechung war ein glücklicher Zufall. Angie saß gegenüber von Kip an dem großen Glastisch, den er als Schreibtisch benutzte. Sie besprachen die Entschädigung für ein Mädchen, mit dem einer von Kips Spielern ein bisschen grob umgesprungen war. Die Diskussion war so gut wie abgeschlossen gewesen, als LaDonna zur Tür hereingestürmt war. Rippys Frau war eine Amazone, die Sorte Frau, die sich nicht scheute, die geladene Waffe zu ziehen, die sie in ihrer Handtasche bei sich trug. Sie war wütend wegen irgendetwas, an das sich Angie nicht mehr erinnerte. LaDonna wurde wegen vieler Dinge wütend. Angie hatte eine Lösung vorgeschlagen, LaDonna war deutlich weniger aufgebracht abgezogen, und

Kip hatte Angie auf der Stelle gefragt, ob sie an einem dauerhaften Job interessiert sei.

Angie wollte nichts Dauerhaftes, aber sie wusste, dass Marcus Rippy einer Vergewaltigung beschuldigt wurde, und sie wusste, dass Will den Fall bearbeitete.

Apropos Liebesgeschichte: Sara konnte ihn vielleicht loben, weil er einen blöden Sack Erde hochhob, aber sie konnte ihm nicht einen Beweis auf dem Silberteller präsentieren, der seinen Fall knackte.

Das war zumindest Angies ursprünglicher Plan gewesen. Sie hatte ehrlich vorgehabt, Will zu helfen. Dann hatte sie gesehen, wie viel lukrativer es wäre, wenn sie half, den Fall zu beerdigen. Davon, dass sie sich um Will kümmerte, wurde sie nicht satt. Und ein paar Zeugen zu bestechen war nichts, was sie nicht schon gemacht hätte. Wenn Angie nicht dazu bereit gewesen wäre, hätte es Harding übernommen, und wenn Harding es nicht getan hätte, wäre Laslo eingesprungen. So gesehen war es Angies patriotische Pflicht gewesen, dafür zu sorgen, dass der Job an eine Frau ging.

Die Gespräche im Raum begannen zu verstummen. Marcus Rippy war eingetroffen. LaDonna war an seiner Seite. Ihr langes blondes Haar fiel in festen Locken über ihre Schultern. Sie hatte sich offenbar heute morgen Botox spritzen lassen, denn winzige rote Punkte zeichneten sich durch den hellen Gesichtspuder ab, mit dem sie ihre Aknenarben abdeckte. Sie sah angefressen aus, aber das konnte von einer Schönheitsoperation kommen, die sie kürzlich hatte machen lassen. Oder es war einfach ihr allgemeiner Gemütszustand. Sie hatte eine Menge Gründe, wütend zu sein. Marcus war ihre Highschool-Liebe gewesen. Sie hatten mit achtzehn geheiratet, mit neunzehn war sie schwanger gewesen. Zu dieser Zeit betrog er sie bereits, angezogen von Frauen, die sein Ruhm anzog.

Natürlich hatte LaDonna von den anderen Frauen keine Ahnung gehabt. Wenigstens nicht zu diesem Zeitpunkt. Sie arbeitete als Zimmermädchen in einem Hotel, als Marcus mit einem Vollstipendium auf die Duke University ging. Aufgrund der strikten NCAA-Förderregeln war ihr Gehaltsscheck das Einzige, was die Familie über Wasser hielt. Es gab viel Auf und Ab in diesen frühen Jahren, darunter eine Verletzung, die Marcus' Karriere beinahe beendet hätte und ihn sein Stipendium kostete und die dafür sorgte, dass sein erster Profivertrag auf sich warten ließ.

LaDonna hatte zu ihrem Mann gehalten. Sie hatte sich einen zweiten Job gesucht und dann noch einen dritten. Marcus hatte trainiert wie ein Verrückter und bei seinem Comeback eine zweite Saison gespielt, die so beschissen war, dass sie ihn fast aus dem Team warfen. Aber dann war etwas passiert. Er fand sein Gleichgewicht. Er wurde ein wenig erwachsener. Er hatte inzwischen ein zweites Kind, eine kränkelnde Mutter, die einen Platz im Hospiz brauchte, und einen Vater, der Wiedergutmachung leisten wollte. Marcus Rippy verwandelte sich in einen Superstar, und LaDonnas harte Arbeit machte sich endlich bezahlt.

Ihre Ehrenrunde dauerte genau eine Saison. So lange brauchte Marcus, bis er wieder ganz oben war. Die Titelseiten der Zeitschriften und die Werbeverträge folgten, und es folgte auch sein sonstiger Scheiß. In dieser ganzen Zeit hatte LaDonna ihre Tammy-Wynette-Nummer durchgezogen: *Stand by Your Man*. Sie hatte zu Marcus gehalten, als *TMZ* Fotos online stellte, auf denen er mit verschiedenen jungen Schauspielerinnen zu sehen war. Sie hatte zu ihm gehalten, als er der Vergewaltigung beschuldigt wurde – beide Male: in dem Fall, von dem Will wusste, und in dem Fall, von dem er nicht wusste. Und jetzt stand sie neben ihm, während die Blondine vom Empfang an seinem Arm klebte wie Toffee.

Angie stellte ihr Glas ab und eilte durch die Menge. Sie legte die Hand um die Taille der Blonden und grub ihre Fingernägel in den Arm des Mädchens, bevor LaDonna etwas bemerkte.

»Wenn du ihn noch einmal auch nur anschaust, kannst du dir einen neuen Job suchen«, zischte sie. »Verstanden?«

Das Mädchen verstand.

»Verzeihung, bitte?« Ditmar Wittich schlug mit dem Ring am kleinen Finger gegen sein Champagnerglas. Er sah sich um und wartete, bis es im Raum still wurde. Es wurde schnell still. Dieser Anwalt hatte Marcus Rippy vor einer schwerwiegenden Vergewaltigungsklage bewahrt. Seine Kanzlei hatte den All-Star-Deal gemanagt. Er hatte mehr Geld verdient, als auf der LED-Anzeige Platz fand, und durch die Güte des Herrn Jesus würde er die Anwesenden beim Zusammenraffen noch größeren Reichtums mitmachen lassen.

»Ich möchte bitte einen Trinkspruch ausbringen«, sagte er.

Alle hoben die Gläser. Angie verschränkte die Arme.

»Zunächst muss ich sagen, wir sind alle sehr froh, dass Marcus' Probleme aus der Welt geschafft sind.« Er lächelte Marcus an. Marcus lächelte zurück. LaDonna sah Angie an und verdrehte die Augen. »Aber heute feiern wir unsere neue Zusammenarbeit zwischen *110*, unseren internationalen Partnern und einigen der größten Sportler aller Zeiten.«

Er redete weiter, aber es interessierte Angie nicht. Sie sah sich im Raum um. Harding trank Champagner, weil er noch nicht gelb genug war. Laslo drückte sich in einer Ecke herum. Kip spielte mit seinem Ball. Zwei weitere der größeren Stars waren eingetroffen. Sie standen im hinteren Teil des Raums und überragten die Sterblichen vor ihnen, an ihrer Seite ihre hinreißend schönen Frauen.

In diesem Moment sah Angie sie.

Reuben und Jo Figaroa. Fig war nicht der größte Star, aber er war der einzige, für den sich Angie interessierte. Mit seinen zwei Meter sechs war er unter den vielen Leuten leicht auszumachen. Seine Frau Jo war schwerer zu entdecken, hauptsächlich weil sie es darauf anlegte, unsichtbar zu bleiben. Sie war zierlich im Vergleich zu den meisten Spielerfrauen. Wie eine Tänzerin gebaut. Nicht wie Misty Copeland, sondern wie die Ballerinen alter Schule, die solche dürren Bohnenstangen waren, dass sie glatt unsichtbar wurden, wenn sie sich zur Seite drehten.

Genau das versuchte Jo offensichtlich gerade. Sie stand leicht zur Seite gedreht neben ihrem Mann, ohne ihn zu berühren, den Blick zu Boden gerichtet.

Angie nahm die seltene Gelegenheit wahr, um das Mädchen zu studieren. Ihr lockiges braunes Haar. Ihre vollkommenen Gesichtszüge. Ihr anmutiger Hals und die eleganten Schultern. Sie hatte Haltung. Das war der Grund, warum man sie bemerkte. Jo bemühte sich, unsichtbar zu sein, aber sie verstand nicht, dass sie zu der Sorte Frauen gehörte, von denen man den Blick nicht wenden konnte.

»Du meine Güte, Polaski.« Harding stieß Angie den Ellbogen in die Rippen. »Warum fragst du sie nicht nach ihrer Nummer?«

Angie spürte, wie ihre Wangen heiß wurden.

»Krankes Luder.« Er stieß sie wieder an. »Sie ist ein bisschen jünger als das, was du sonst hast.«

»Leck mich.« Angie stakste zur anderen Seite des Raums, um ihn loszuwerden. Selbst mit fünfzig Leuten zwischen ihnen konnte sie sein perverses Gelächter noch hören.

Sie lehnte sich an die Wand und sah zu, wie Ditmar seinen Trinkspruch zu Ende brachte. Es war diese typisch deutsche Angewohnheit, dass er allen dabei in die Augen schauen musste. Er tat es mit Marcus. Er tat es mit LaDonna. Er tat es mit Reuben Figaroa. Er konnte es allerdings nicht mit Jo tun: Sie blickte auf ihre Champagnerflöte hinunter, ohne zu trinken. Die andere Hand spielte mit einer schlichten Goldkette an ihrem Hals. Ihre Schönheit hatte etwas Tragisches, das Angie das Herz brach.

Dale Harding mochte seine Tochter vielleicht gern ficken.

Angie wollte nur dafür sorgen, dass es ihr gut ging.

MONTAG, 20.00 UHR

Angie saß allein auf der riesigen Couch in Kips Büro. Die Lichter waren aus. Die Party oben näherte sich ihrem Ende, da alle zum Abendessen aufbrachen. Angies Schuhe standen auf dem Boden. Sie hielt ein Glas Scotch in der Hand und lauschte dem gleichmäßigen Brummen des Verkehrs, der die Peachtree entlangkroch. Montagabend. Die Leute hatten immer noch nicht genug vom Ausgehen. Es gab Clubs, Einkaufszentren, Restaurants. Die Reichen und Berühmten, die sehen und gesehen werden wollten.

110 Sports Management war im Zentrum von Buckhead angesiedelt. Eine halbe Meile weiter nördlich waren einige der teuersten Postleitzahlen im ganzen Land zu finden. Ausladende Villen mit Gästehäusern und Swimmingpools von olympischen Ausmaßen. Private Sicherheitsdienste. Schwere Eisentore. Mega-Sportstars. Rap-Stars. Leute aus dem Musikgeschäft. Drogenbarone wohnten neben Hedgefonds-Managern und Kardiologen.

Seit den 1970ern war Atlanta ein Mekka für Afroamerikaner aus der Mittelklasse gewesen. Ärzte und Anwälte machten an den traditionell schwarzen Colleges ihren Abschluss und entschieden sich zu bleiben. Viele Profisportler aus anderen Orten unterhielten ein Haus in der Stadt. Ihre Kinder sollten auf Privatschulen gehen, an denen man verstanden hatte, dass Grün die einzige Farbe war, auf die es ankam. Das war das Großartige an Atlanta. Man konnte tun, was man wollte, solange man das Geld hatte.

Angie hatte jetzt eine Menge Geld, zumindest im Vergleich zu dem, was üblicherweise auf ihrem Konto lag. Da waren die Schecks, die sie alle zwei Wochen von Kip bekam, und das Klimpergeld, das sie mit den Mädchen verdiente.

Nichts davon machte sie glücklich.

Solange sie zurückdenken konnte, hatte Angie immer nur in die Zukunft geblickt. An der Vergangenheit ließ sich nichts mehr ändern, und die Gegenwart war meist so beschissen, dass sie lieber nicht darüber nachdachte. Sie saß mit dem Zuhälter ihrer Mutter fest? Ging vorüber. Schon wieder in eine neue Pflegefamilie verlegt? War nur für den Moment. Sie wohnte auf dem Rücksitz ihres Wagens? Nicht mehr lange. Zeit war das, was sie vorantrieb. Nächste Woche, nächsten Monat, nächstes Jahr. Sie musste nur immer weiterrennen und weiter vorausschauen, dann würde sie irgendwann schließlich um diese Kurve biegen.

Aber jetzt war sie um die Kurve gebogen und stellte fest, dass da nichts war.

Was wünschten sich normale Frauen, was Angie nicht bereits hatte?

Ein Zuhause. Einen Mann. Eine Tochter.

Wie alles andere hatte sie auch eine Tochter, und sie hatte sie weggeworfen. Josephine Figaroa war siebenundzwanzig Jahre alt. Wie Angie konnte sie ebenso gut als weiß, als schwarz oder als Latina durchgehen. Sogar als arabisch, wenn sie den Leuten in einem Flugzeug Angst machen wollte. Sie war dünn. Zu dünn, aber das lag vielleicht in der Natur der Sache. Die anderen Ehefrauen der Spieler waren ständig dabei, zu entgiften oder eine Diät zu machen, sie besuchten Spinningkurse oder Schönheitschirurgen, um sich etwas absaugen, auffüllen oder wieder hochnähen zu lassen, damit sie mit den Groupies konkurrieren konnten, die ihre Männer umschwärmten. Sie hätten sich die Mühe sparen können. Ihre Männer fühlten sich deshalb nicht zu den Groupies hingezogen, weil sie schärfer aussahen als ihre Frauen; sie fühlten sich zu ihnen hingezogen, einfach weil sie Groupies waren.

Es machte verdammt viel mehr Spaß, mit jemandem zusammen zu sein, der einen für vollkommen hielt, als mit einer Frau, die sich nicht jeden Scheiß bieten ließ.

Angie wusste nicht, welche Sorte Ehefrau Jo war. Nur zweimal war sie im gleichen Raum mit ihrer Tochter gewesen, beide Male in den Büros von *110*, beide Male mit einigem Abstand, denn beide Male war Reuben dabei gewesen. Er überragte seine Frau und strahlte eine ruhige Selbstsicherheit aus. Jo schien es zu gefallen. Sie ließ nur selten seine Hand los. Sie lehnte sich an ihn und hielt den Blick gesenkt, zurückgenommen, beinahe transparent. Das Wort, das einem in den Sinn kam, war »gehorsam«, was Angie wütend machte, denn das Mädchen hatte ihr Blut in den Adern, und dieses Blut hatte nie Befehle von irgendwem angenommen.

Kate.

So würde sie ihre Tochter nennen, hatte Angie gedacht. Wie Katherine Hepburn. Wie eine Frau, die Haltung bewahren wusste. Wie eine Frau, die sich nahm, was sie wollte.

Was wollte Jo? Ihrem Auftreten nach zu urteilen, wünschte sie sich anscheinend nichts weiter als das, was sie bereits hatte. Einen reichen Mann. Ein Kind. Ein leichtes Leben. Jo war durchschnittlich, das war die traurige Wahrheit. Sie hatte eine kleine Highschool außerhalb von Griffin in Georgia besucht. Sie war intelligent genug gewesen, um es auf die Universität zu schaffen, aber nicht intelligent genug für einen Abschluss. Angie hätte gern geglaubt, dass Jo ausgestiegen war, weil sie ein freier Geist war, aber wenn man nachrechnete, kam etwas anderes heraus. Sie hatte die Universität wegen eines Mannes verlassen. Vor acht Jahren hatte sie Reuben Figaroa geheiratet. Er war zwei Jahre älter als sie und spielte bereits in der NBA. Er genoss den Ruf, als Spieler fokussiert wie ein Laser zu sein. Außerhalb des Platzes wurde er oft als reserviert und als Kopfmensch beschrieben. Er machte sich nichts aus Prominenz. Er wollte seine Arbeit anständig erledigen und dann zu seiner Familie nach Hause gehen. Offenbar war es das, was auch Jo wollte. Sie war ihm nach Los Angeles und nach Chicago gefolgt, und jetzt war sie in ihren Heimatstaat mit ihm zurückgekehrt. Sie hatten ein sechsjähriges Kind, einen Jungen namens Anthony.

An diesem Punkt endeten die öffentlich zugänglichen Informationen über Jo Figaroa. Trotz ihres Alters war Jo in keinerlei sozialen Medien präsent. Sie gehörte keinen Gruppen an. Sie ging auf keine Partys, es sei denn, sie hatten mit der Arbeit ihres Mannes zu tun. Sie verkehrte kaum mit den anderen Spielerfrauen. Sie traf sich nicht zum Lunch. Sie schlenderte nicht durch Einkaufszentren und hing nicht im Fitnessstudio herum. Die einzige Möglichkeit, wie Angie überhaupt ihre Spur verfolgen konnte, war über ihren Mann.

Vor einem Jahr hatte sich ein *Google Alert* in Angies Mail gefunden: Reuben »Fig« Figaroa wechselte zum Team von Atlanta. Dem Artikel zufolge war der Wechsel einvernehmlich erfolgt, ein Schritt, der Reubens Karriere um einige weitere Jahre verlängern konnte.

Was hatte Angie gefühlt, als sie die Nachricht las? Verärgerung zunächst. Sie wollte der Versuchung nicht ausgesetzt sein. Nur ein totales Miststück würde siebenundzwanzig Jahre, nachdem sie das Kind im Stich gelassen hatte, plötzlich in Jos Leben auftauchen. Deshalb hatte sich Angie geschworen, es bleiben zu lassen. Es konnte nichts Gutes dabei herauskommen, wenn sie versuchte, sich jetzt in das Leben ihrer Tochter zu drängen.

Aber dann hatte es eine zweite Meldung gegeben: die Figaroas zogen nach Buckhead.

Und eine dritte: Reuben Figaroa unterschrieb bei *110 Sports Management*.

Da hatte sich Angie über Dale Harding einen Job ergaunert, indem sie ihm einige Gefälligkeiten versprach, denn sie wusste, Gefälligkeiten waren das Einzige, was Dale brauchen konnte.

Warum?

Angie war kein Mensch, der Nabelschau betrieb. Reaktion war eher ihr Ding.

Und Neugier.

Sie hatte Jos Spur seit fast zwanzig Jahren immer wieder einmal verfolgt. Hintergrundchecks, Internetrecherchen, sogar ein paar Privatdetektive hatte sie angesetzt. Als Erstes hatte Angie wissen wollen, wer ihre Tochter adoptiert hatte. Das war natürliche Neugier. Wer hätte es nicht wissen wollen? Aber wie bei allem anderen in Angies Leben reichte das nicht. Sie musste sich vergewissern, dass Jos Eltern brave Leute waren. Dann hatte sie mehr über Jos Mann wissen müssen. Dann wollte sie erfahren, wer Jos Freundinnen waren, wie sie ihre Zeit verbrachte, was sie den ganzen Tag lang trieb.

Gier. Das war das bessere Wort. Angie tat das alles, weil sie gierig war. Es war derselbe Grund, warum sie es nie bei nur einer Tablette, einem Drink, einem Mann belassen konnte.

Sie würde Jos Leben nicht in Trümmer legen. Das war ein Versprechen. Für den Moment, für heute wollte Angie nichts weiter als die Stimme ihrer Tochter hören. Sie wollte sehen, ob sie den gleichen Klang hatte. Ob Jo Angies schwarzen Humor teilte. Ob sie so glücklich war, wie sie sein sollte, weil sie die gefährlichste Klippe in ihrem Leben bereits an dem Tag umschifft hatte, an dem Angie nach der Geburt Hals über Kopf aus dem Krankenhaus geflohen war.

Zweimal im selben Raum. Zweimal war Jo schweigend neben ihrem Mann gestanden.

Das Mädchen sah Reuben Figaroa nicht oft an, und das störte Angie. Nach acht Jahren Ehe musste sie ihn zwar nicht mehr ständig anhimmeln, aber etwas stimmte hier nicht. Das sagte Angie ihr Bauch. Sie arbeitete noch nicht lange für Kip, aber man brauchte keine PowerPoint-Präsentation, um die Frauen der Sportler zu verstehen. Alles, was sie hatten, hing damit zusammen, was ihr Mann mit einem Basketball zuwege brachte. LaDonna trumpfte immer groß auf, wenn Marcus am Tag zuvor auf dem Spielfeld etwas Außergewöhnliches gelungen war. Gleichermaßen ungenießbar war sie, wenn Marcus einen wichtigen Wurf verbockt hatte.

Bei Jo und Reuben war es nicht ganz so. Je mehr Aufmerksamkeit Reuben erhielt, desto mehr schien Jo sich unsichtbar machen zu wollen.

Und das Verrückte dabei war, dass Reuben Figaroa eine Menge Aufmerksamkeit zuteilwurde. Angie verstand die Fachausdrücke nicht, aber anscheinend war Reubens Position in der Mannschaft keine, auf der man berühmt wurde, er war mehr der Malocher als der Ausnahmespieler. Irgendwie war es ihm jedoch gelungen, sich unverzichtbar zu machen, ganz der Typ, der bereit war, ein Foul zu begehen, seine Mitspieler anzubrüllen oder was sonst nötig war, damit Marcus Rippy den Ball im Korb versenkte.

Alle gewannen, wenn Marcus Rippy den Ball im Korb versenkte.

Reuben war das Puzzle, das Angie zusammensetzen musste. Es enthielt nicht viele Teile. Untypischerweise strebte er nicht nach Aufmerksamkeit. Er ging nicht in Clubs oder zu Restauranteröffnungen. Er mied die Presse. Interviewer schrieben seine scheue Zurückhaltung immer einem Stottern in der Kindheit zu. Sein Background war so gewöhnlich wie der von Jo. Highschool in einer Kleinstadt in Missouri, Stipendium für Kentucky, auf den letzten Drücker einen Vertrag für die NBA, mittelmäßige Karriere, bis er vom Rippy-Zauber angesteckt wurde. Nichts von alldem war sehr erhellend. Das Einzige, wodurch Reuben herausstach, war, dass er ein Weißer in einer von Schwarzen dominierten Sportart war.

Es war nicht gut für Angie zu wissen, dass Jo einen Mann geheiratet hatte, der wie ihr Vater aussah.

Angie stellte ihr Glas auf den Tisch und sah in den dunklen Himmel hinaus. Auf dem Fenstersims waren zehn Basketbälle aufgereiht. Meisterschaftsbälle, nahm sie an, aber Angie interessierte sich keinen Deut für irgendeine Art von Sport. Die ganze Grundidee, dass Männer einem kleinen Ball hinterherjagten, langweilte sie zu Tode. Sie fand die Spieler auch nicht sonderlich attraktiv. Wenn sie einen hochgewachsenen, schlanken Mann mit perfekten Bauchmuskeln ficken wollte, konnte sie zu ihrem eigenen nach Hause gehen.

Zumindest hatte sie immer gedacht, dass sie das konnte. Will hatte auf sie gewartet. Das war sein Ding. Angie ging fort. Sie amüsierte sich ein bisschen, dann noch ein bisschen mehr, dann ein bisschen zu viel, was es nötig machte, dass sie zu Will zurückging, um sich wieder aufzuladen. Oder zu verstecken. Oder was immer sie eben tun musste, um sich neu einzustellen. Dafür war Will da. Er war ihr sicherer Hafen.

Niemals hätte sie gedacht, dass eine verdammte rothaarige Jolle in ihren ruhigen Gewässern Anker werfen würde.

Angie kapierte es. Sie verstand, was ihn anzog. Sara war ein gutes Mädchen. Sie war klug, falls es eine Rolle spielte, auf diese Weise klug zu sein. Sie stammte aus einer guten Familie und war mit Liebe aufgewachsen. Wenn eine solche Frau dich liebte, dann hieß das, dass du ebenfalls normal warst. Angie verstand, aus welchen Gründen es Will zu Saras Normalität hinzog. Er war immer so ein sonderbarer Gutmensch gewesen. Hatte im Heim freiwillig Mrs. Flannigan geholfen. Hatte bei den Nachbarn Rasen gemäht. Er wollte in der Schule gute Leistungen bringen. Hatte gebüffelt wie ein Irrer. War immer auf eine besondere Anerkennung aus. Wäre er nicht zurückgeblieben gewesen, er wäre wahrscheinlich ein Einserschüler geworden.

Es bricht mir das Herz, dass er sich so wegen seiner Legasthenie schämt, hatte Sara Tessa mitgeteilt. *Die Ironie dabei ist, dass er einer der intelligentesten Männer ist, die ich kenne.*

Angie fragte sich, ob Will wusste, dass Sara mit ihrer Schwester über sein Geheimnis sprach. Er wäre nicht glücklich darüber. Er schämte sich verdammt noch mal aus gutem Grund.

Die Lichter an der Decke flackerten. Angie sah hoch und beobachtete, wie die Neonröhren angingen. Harding schlenderte zum Getränkekühlschrank und holte eine Flasche *Bankshot* heraus. Dann ließ er sich auf das andere Ende der Couch fallen. Seine Augen waren mehr gelb als weiß. Seine Haut hatte die Struktur und Farbe eines Trocknertuchs.

»Du lieber Himmel«, sagte Angie. »Wie lange hast du noch?«

»Zu lange.« Er griff nach ihrem Scotch. Angie sah zu, wie er das Glas mit dem radioaktiv aussehenden Energydrink auffüllte.

»Dieses Zeug wird dich umbringen«, sagte sie.

»Hoffen wir das Beste.«

Beide hörten einen Basketball auf den Marmorfliesen aufprallen, und beide machten ein finsteres Gesicht.

»Wo ist Laslo?«, fragte Kip.

»Hier.« Laslo war direkt hinter ihm. Er machte ein säuerliches Gesicht. Angie hatte bei jemandem eine Gefälligkeit eingefordert, um einen Blick in die Akte des Burschen werfen zu dürfen. Laslo Zivcovik war klein und kompakt, aber er konnte gut mit dem Messer umgehen, und er zögerte nicht, es zu benutzen. Er war im Gefängnis gewesen, weil er einem Mädchen das Gesicht aufgeschlitzt hatte, aber richtig lange gesessen hatte er wegen eines Messerkampfs vor einer Bar. Jemand war im Krankenhaus gelandet. Jemand war im Leichenschauhaus gelandet.

Und jetzt war Laslo mit seinem Messer in Atlanta.

»Okay, meine Herren.« Kip hatte sich den Ball unter den Arm geklemmt und holte eine schwarze Mappe aus seinem Schreibtisch. »Wir haben ein Problem.«

Dale beugte sich vor und bediente sich von den Erdnüssen in einer Schale. »Hat Rippy noch so eine Petze vergewaltigt?«

Kip schaute gereizt drein, aber er schluckte den Köder nicht. »Ich weiß nicht, ob es euch aufgefallen ist, aber LaDonna war heute noch angepisster als sonst.«

Laslo stöhnte. Er setzte sich in den Sessel gegenüber von Angie. »Was hat sie denn diesmal auf die Palme gebracht?«

»Betrügt ihr Mann sie etwa?«, riet Angie.

»Man muss eben mehr einstecken können als nur die Kohle«, sagte Harding.

Alle außer Angie lachten. Die Typen kapierten es nie. Sie dachten immer, es ginge den Spielerfrauen nur um Geld.

»Würdest du Marcus Rippy für LaDonnas Scheckbuch ficken?«, fragte sie Harding.

»Ist das nicht Kips Job?«

»Halt's Maul, du Arschloch.« Kip saß so tief im Schrank, dass er praktisch in Narnia lebte. »Vergiss nicht, wo wir sind.«

Harding nickte. »Schon gut, ich hab's verstanden.«

Alle verstanden es. Die Sportler der Agentur *110* waren um die Welt jettende Multimillionäre, aber sie waren außerdem Kleinstadtjungs, die jeden Sonntag von ihren Mamas in die Kirche geschleift worden waren. Ihr Glaube sah über serienmäßigen Ehebruch und Kiffen hinweg, aber wenn es zwei Kerle miteinander trieben, hörte der Spaß sofort auf.

»Was treibt sie um?«, fragte Laslo und meinte LaDonna. Er versuchte, auf ihr ursprüngliches Thema zurückzukommen. »Hat sie von dem Mädchen erfahren?«

»Welchem Mädchen?« Harding war jetzt bei der Sache.

»Marcus hat in Vegas noch etwas laufen, aber das ist es nicht.« Kip warf die schwarze Mappe neben Angie auf die Couch.

Sie hob sie nicht auf.

»Es ist Jo Figaroa«, sagte Kip.

Angies Herz flatterte höchst merkwürdig. Sie hatte noch nie jemanden Jos Namen laut sagen hören. Es war fast wie Musik.

»Polaski?«, sagte Kip.

Sie setzte eine betont gleichgültige Miene auf, als sie jetzt die Mappe zur Hand nahm. Auf der ersten Seite war ein Bild von Jo. Ihr Haar war darauf kürzer. Sie hielt einen kleinen Jungen in den Armen und lächelte. Angie hatte ihre Tochter noch nie lächeln sehen.

Harding bürstete sich Erdnusskrümel von der Krawatte. »Wirft sie wieder Pillen ein?«

»Sie ist süchtig?« Angie fühlte eine Rasierklinge durch ihr Herz fahren. »Wie lange schon?«

»Sie wurde in der Highschool mal wegen Drogenmissbrauchs am Steuer aus dem Verkehr gezogen. In ihrem Handschuhfach fand man einen Berg verschreibungspflichtiger Medikamente. Valium. Percocet. Codein.«

Angie blätterte Jos Hintergrundcheck durch. Sie fand einen Vermerk über eine Festnahme als Jugendliche. Von illegalen Drogen war keine Rede.

Harding erklärte es. »Ihr Dad hatte gute Beziehungen zur örtlichen Polizei, er hat es ausgebügelt. Sie hat ein paar Sozialstunden abgeleistet. Alle haben ihren Teil bekommen.«

»Woher weißt du das?«

»Ich hab mit dem A-O gesprochen.«

Mit dem Beamten, der die Verhaftung vornahm. Angie überprüfte die Adresse in dem Bericht: Thomaston. Ein Kleinstadtpolizist würde in der Lage sein, Beweismittel verschwinden zu lassen, aber es dürfte mehr als nur eine Schmiergeldzahlung gekostet haben.

»Wie auch immer. Drogen sind nicht ihr Problem.« Kip hatte seinen Basketball gegen ein *Bankshot* getauscht. Er schraubte den Verschluss ab und warf ihn in den Abfalleimer. »Es ist Marcus.«

»Marcus?« Angie blickte von der Mappe auf. Sie bemühte sich um einen Plauderton, aber bei dem Gedanken, dass Marcus Rippy sich an ihre Tochter heranmachte, hätte sie ihm am liebsten die Augen ausgekratzt. »Was hat er mit ihr zu tun?«

»Sie sind zusammen aufgewachsen. Sie hat ihren Mann durch ihn kennengelernt hat.« Kip sagte das, als wüsste es bereits jeder. »Himmel, Polaski, liest du nie irgendwas?«

»Nicht wenn es mit Sport zu tun hat.«

»Rippy ist in Griffin aufgewachsen«, erklärte Harding. »Es gab mal eine Art Sommerliebe im Feriencamp der Juniorstufe zwischen ihm und Jo. Wir machen einen Sprung in sein Abschlussjahr. Er stand unter massiver Beobachtung der großen Clubs. Einige Teams schickten Spieler hinunter, die um ihn werben sollten. Alles rein informell, nichts, was man beanstanden konnte. Und da hat es Jo den Kopf verdreht.«

»Reuben Figaroa war einer der Spieler, die geschickt wurden, damit sie um Marcus warben«, sagte Angie. Sie hatte sich immer gefragt, wie Jo ihren späteren Mann kennengelernt hatte. Jetzt war es ihr klar. Und ihr war außerdem klar, dass Harding verdammt viel mehr über ihre Tochter wusste als sie selbst. Es war eigentlich logisch. Kip hatte Jo sicher gründlich durchleuchten lassen, bevor er Reuben Figaroa als Klienten annahm. Frauen und Freundinnen waren immer die größten Schwachstellen.

»Habt ihr Marcus gefragt, ob etwas zwischen ihm und Jo läuft?«

Sie erntete kollektives schallendes Gelächter. Niemand stellte Marcus Rippy Fragen. *110* unterhielt eine väterliche Beziehung zu allen seinen Sportlern, mit dem stillschweigenden Einvernehmen, dass die verzogenen Früchtchen jederzeit ihr Spielzeug nehmen und gehen konnten.

»So ganz verstehe ich es noch nicht«, sagte Angie. »Junior Highschool: Marcus und Jo turteln miteinander. Der Sommer ist vorbei. Sie trennen sich. Ein paar Jahre später fängt LaDonna was mit Marcus an. Sie hat sicher über seine früheren Freundinnen Bescheid gewusst. Wie ich sie einschätze, wollte sie bestimmt schon als Teenager alles wissen. Warum ist es jetzt plötzlich ein Problem?«

»Weil Jo hier ist, direkt vor ihrer Nase«, antwortete Laslo. »La D schien am Anfang kein Problem damit zu haben. Hat Jo in die Mädelsgruppe geholt. Eine Party für sie geschmissen. Sie zum Lunch ausgeführt. Aber in letzter Zeit sieht sie Jo an, als wollte sie die Kleine fressen.«

Angie wusste, das würde nicht gut ausgehen für Jo. LaDonna war eine Furie, wenn es um ihren Mann ging. Es gab das Gerücht, dass sie einmal auf einen Cheerleader geschossen hatte, der Marcus bei einer Party zu nahe gekommen war. »Was ist mit Reuben? Vermutet er etwas?«

»Wer zum Teufel kann das wissen? Der Typ ist eine Sphinx. Er hat in der ganzen Zeit, in der ich ihn kenne, vielleicht zehn Worte zu mir gesagt. ›Gute Arbeit‹ oder »›danke‹ waren übrigens nicht darunter.« Kip schüttete den Rest seines Energydrinks hinunter. Seine Kehle arbeitete dabei wie die einer Gans, die für eine Fettleber gemästet wird. Angie wusste nicht, was sie mehr nervte: wenn er mit seinem Ball spielte oder mit *Bankshot* gurgelte. Neunzig Prozent seiner Zeit tat er eines von beidem. Bis er abends Schluss machte, war seine Oberlippe rot wie ein Strandball.

»He.« Harding stieß Angie an. »Niemand nennt ihn Reuben. Er heißt Fig. Hast du seinen Lebenslauf nicht gelesen?«

»Warum sollte ich seinen Lebenslauf lesen?«

Kip rülpste. »Weil er der Mann für knifflige Situationen im Team ist. Weil er der Firma Millionen von Dollar einbringt. Weil er das Potenzial hat, sogar noch mehr einzubringen, wenn die Sache mit seinem Knie in Ordnung ist.«

»Was ist mit seinem Knie?«, fragte Harding.

Kip warf einen Seitenblick zu Laslo. »Nichts ist mit seinem Knie.«

Angie schloss die Mappe. »Okay. Und warum sind wir nun alle hier? Welches Problem sollen wir lösen?«

»Das Problem ist, dass Marcus Jo wieder näherkommt, und LaDonna gefällt das nicht, und wenn LaDonna nicht glücklich ist, ist keiner von uns glücklich.«

Angie verstand es nicht. Reuben schien ihr der besitzergreifende Typ zu sein, und Jo war offenbar ganz einverstanden damit. »Wieso glaubst du, dass sie sich näherkommen?«

»Weil ich Augen im Kopf habe.« Kip öffnete eine weitere Flasche *Bankshot*, und die leuchtend rote Flüssigkeit sprudelte auf den Boden. »Man spürte es, wenn sie zusammen sind. Wo warst du heute Abend?«

»Ich habe jedenfalls nicht versucht, Dinge zwischen zwei erwachsenen Menschen zu *spüren*.«

»Ich habe es auch gesehen.« Laslo begann, auf und ab zu laufen. Er nahm das Ganze ernst. »Marcus hat ihren Ellbogen berührt, als er ihr einen Drink gab. Auf so eine intime Art.«

»Haben wir es mit einer Tiger-Woods-Geschichte zu tun?«, fragte Harding.

»Was heißt das jetzt wieder?«, fragte Angie.

Kip sah sie an. »Du weißt, dass Tiger Woods ein Golfspieler ist?«

»Ja, ich weiß, wer er ist«, sagte Angie, auch wenn sie keine Ahnung hatte, woher.

Laslo erklärte es. »Tiger war ganz oben in seiner Sportart, dann ist seine Familie zerbrochen, und jetzt ist er an einem absoluten Tiefpunkt angekommen. Er weiß nicht mal mehr, wie man einen Schläger schwingt.«

»Warum ist seine Familie zerbrochen?«

»Das spielt keine Rolle«, sagte Kip. »Worauf es ankommt, ist, dass es bei Marcus genauso läuft. Wenn es zu Hause schlecht steht, spielt er auch schlecht. Sein Spielerfolg ist mit LaDonna verknüpft.«

Angie verstand es noch immer nicht. LaDonna war so unberechenbar wie ein Pingpongball, aber Marcus spielte seine bislang beste Saison überhaupt. »Wie das?«

»Jedes Mal, wenn sie das Wort Scheidung in den Mund nimmt, kannst du mindestens fünf Punkte von der Anzeigetafel streichen. Und wenn sie einen Anwalt anruft, die doppelte Anzahl.«

Angie hätte am liebsten gelacht, aber es war ihnen offenbar todernst.

»Fünf Punkte.« Harding nickte nachdenklich, wahrscheinlich überlegte er, wie er diese Information bei seinem Buchmacher gewinnbringend verwerten konnte. »Marcus kann ohne sie nicht spielen.«

»Weiß LaDonna um ihre Macht?«, fragte Angie.

»Was zum Teufel glaubst du denn?« Kip warf Laslo einen ungläubigen Blick zu. »Ob LaDonna es weiß!« Er schnappte sich wieder den Ball. »Sie lässt es wie eine Guillotine über unseren Köpfen schweben.«

Harding stellte den leeren Erdnussteller auf den Tisch und

wischte sich die Hände sauber. »Sollen wir Figs Frau ein bisschen Oxy unterjubeln und die Bullen rufen, damit die sie über Nacht einbuchten?«

Angies Herz schlug bis zum Hals. »Hört sich extrem an.«

Harding schien nicht dieser Ansicht zu sein. »Wozu einen Hammer benutzen, wenn man eine Axt nehmen kann?«

Sie versuchte, sich fieberhaft Gründe auszudenken, die dagegensprachen. »Weil Reuben – Fig – mit dieser Frau verheiratet ist. Weil sie ein Kind hat – sein Kind. Weil es sein kann, dass sie nicht mit Markus fickt.«

»Alle ficken mit Marcus«, sagte Kip, als wäre es das Evangelium.

»Hör zu.« Angie beugte sich vor. Sie sprach Kip an, denn das war seine Entscheidung. »Du hast gesagt, ich soll mich um LaDonna kümmern, aber das heißt, ich muss mich um alle Spielerfrauen kümmern.« Sie öffnete die Mappe, als müsste sie sich etwas in Erinnerung rufen, aber die Wahrheit war, dass sie nach jedem Strohhalm griff. »Die Frauen stellst du zufrieden, indem du keine Wellen schlägst. Wenn wir …«, sie tat, als müsste sie den Namen des Mädchens nachsehen, »… Josephine auf Entzug schicken, wird das verdammt hohe Wellen schlagen. Es wird eine große Mediengeschichte, und es wird viel Aufmerksamkeit auf sie lenken. Es wird Interviews und Paparazzi geben. Du weißt, was passiert, wenn Kameras in der Nähe sind. Die Frauen drehen durch, jede versucht, sich in den Vordergrund zu schieben. Und dann ist da noch die Frage, ob Jo überhaupt Medikamente schluckt.« Sie sah Harding an. Er antwortete mit einem Achselzucken. »Spiel es mal durch«, sagte sie. »Du jubelst ihr die Drogen unter, du rufst die Polizei, sie kommt vor einen Richter, der sie auf Entzug schickt. Was passiert, wenn sich herausstellt, sie nimmt gar nichts? Bluttests werden beweisen, dass sie clean ist. Sie wird keinen Entzug machen. Was, wenn sie stattdessen eine andere Geschichte erzählt – nämlich dass sie hereingelegt wurde?«

»Gibt es einen Rassenaspekt?«, fragte Laslo. »Ich kann nie sagen, was sie ist. Schwarz? Weiß? Latina?«

»Sie ist schön«, sagte Kip. »Das ist alles, worauf es ankommt. Niemand schert sich einen Dreck darum, wenn sich eine hässliche Schlampe beschwert.«

»Jos Mutter«, schlug Harding vor.

»Was ist mit ihr?«, fragte Kip.

»Sie haben sie hierhergeholt, nachdem der Vater gestorben war. Hat irgendwelche Herzprobleme, deshalb wollten sie, dass sie sich in der Nähe eines guten Krankenhauses aufhält. Die Mutter lebt auf Figs Kosten.«

»Dann ist es ja ganz einfach«, sagte Laslo. »Wir drohen Jo mit der Mutter. Wir erzählen ihr, Mommy wird Katzenfutter essen müssen, wenn sie nicht die Finger von Marcus lässt.«

Angie sagte das Erste, was ihr einfiel. »Wenn Jo etwas über Marcus weiß, könnte der Mutter ein noch größerer Jackpot winken. Er hat verdammt viel mehr Geld als Reuben. Er könnte die Mutter in einem Penthouse im obersten Stock des Ritz unterbringen. Ihr ein neues Herz kaufen. Was immer sie will.«

»Da hat sie nicht unrecht«, sagte Harding.

Angie warf ihm einen zornigen Blick zu. Er hatte nicht gesagt, dass sie recht hatte.

»Okay«, sagte Kip. »Was ist jetzt die Lösung, ihr Penner?«

Angie beeilte sich zu antworten, bevor es jemand anderes tat. »Ich beschatte Jo und sehe zu, was sich ergibt.« Ihr fiel noch etwas ein. »Falls sie nicht mit Marcus fickt, was läuft dann zwischen den beiden?«

Kip ließ den Ball springen. »Was sollte sie sonst von ihm wollen, außer dass sie versucht, in der Nahrungskette nach oben zu rücken?«

»Könnte sein, dass sie ihm Tabletten zusteckt. Könnte sein, dass sie ihn mit etwas aus seiner Vergangenheit erpresst. Es könnte vieles sein.« Angie musste innehalten, um zu schlucken. Sie durfte die Sache nicht mehr aus der Hand geben. »Wir können keine Lösung finden, wenn wir nicht wissen, was das Problem ist.«

»Ich neige eher wieder zu meiner ersten Idee«, sagte Harding. »Jo ist das Problem. Wenn Jo weg ist, ist das Problem weg.«

»Aber was, wenn Jo nicht allein das Problem ist?«, versuchte es Angie wieder. »Was, wenn jemand eingeweiht ist? Wenn sie mit jemandem zusammenarbeitet?«

Harding zuckte die Achseln, aber sie sah ihm an, dass er schon wieder schwankte.

»Seid doch nicht blöd.« Angie stand auf. Sie wusste, dass Kip am besten auf Aggression ansprach. »Ich finde heraus, was eigentlich los ist. Ich brauche nur ein wenig Zeit.«

»Zeit ist genau das, was wir nicht haben«, konterte Kip. »Das Training läuft wieder an. In zwei Wochen ist die Grundsteinlegung für den All-Star Complex. Ich musste Ditmar mein rechtes Ei opfern, damit Marcus im Boot bleibt. Die Sache muss schnell erledigt sein.«

Alle verstummten wieder.

Angie verstaute die Unterlagen in der Mappe. Sie musste raus hier, bevor es sich Harding wieder anders überlegte. »Lasst mich noch ein bisschen tiefer bohren, bevor wir die Axt ansetzen.«

»Du hast zwei Tage«, sagte Kip.

»So lange wird es allein dauern, bis ich mich auf den aktuellen Stand gebracht habe.« Angie zählte all die Dinge auf, die sie bereits erledigt hatte. »Ich muss ihr folgen, auspähen, wo sie ihre Zeit verbringt, ihren digitalen Fußabdruck überprüfen.«

»Ihr Handy klonen, ihre SMS lesen, die E-Mails von ihrem Computer ziehen.« Harding blinzelte Angie zu. Er war endlich an Bord. »Sie hat recht, Kip. Ich kann meinen Elektronik-Mann sofort darauf ansetzen, aber bis wir tief genug gebohrt haben, um zu wissen, was Sache ist, werden mindestens zwei Wochen vergehen.«

»So viel Zeit haben wir nicht.« Kip warf den Ball in die Luft. »Du hast eine Woche, Polaski. Du weißt, wie so etwas läuft. Entweder das Problem verschwindet oder die Frau.«

MITTWOCH, 7.35 UHR

»Sie müssen weiterfahren«, wurde Angie von einer hartnäckigen Frau in Yogahosen ermahnt. Sie hatte einen fluoreszierenden Stab in einer Hand und einen Plastikbecher mit einem grünen Gebräu in der anderen. »Diese Spur ist nur zum Ein- und Aussteigen.«

Angie blickte zu der Grundschule hinüber. Sie hatte am Randstein geparkt, und es gab kein Schild, das darauf hinwies, dass man diesen Bereich zum Ein- und Aussteigen freihalten sollte.

»Fahren Sie bitte weiter«, drängte die Frau wieder.

Hinter Angie hupte es, sie sah in den Rückspiegel. Ein schwarzer Mercedes-SUV, das kastenförmige Modell, das sechsstellig kostete. Genau das, was jede Mutti brauchte, um ihr Kind zur Schule zu bringen.

»*¿habla inglés?*«

Angie verschluckte die Messer, die aus ihrem Mund fliegen wollten. Nur weil sie in einem beschissenen Auto saß, dessen Getriebe Öl verlor, war sie noch lange kein mexikanisches Dienstmädchen.

»*Habla* leck mich«, murmelte sie und fuhr ruckartig an. Aus dem Becher zwischen ihren Beinen schwappte Kaffee auf ihre Jeans. »Verdammt.« Angie riss das Lenkrad wieder herum und fuhr aus dem Schulparkplatz. Sie bog verbotswidrig nach links ab, und weitere Hupen ertönten. Das mit der verdeckten Überwachung bekam sie wirklich fantastisch hin.

Die Peachtree Battle Avenue teilte sich mit einem Grasstreifen zwischen den Spuren, die nach Süden und Norden führten. Angie wusste nicht, wie sie wenden sollte. Sie fuhr einfach über das Gras und parkte in der breiten Mündung einer Zufahrt zu einer Villa. Nicht unbedingt das beste Versteck, aber besser als ihr Beobachtungspunkt vom Vortag, als sie so weit von der Schule entfernt gewesen war, dass sie nicht sehen konnte, wie Jo ihr Kind absetzte.

Kip wurde bereits ungeduldig. Vorgestern Abend hatte er Angie eine Woche Zeit gegeben, um herauszufinden, was Jo im Schilde führte. Nach einem Tag Überwachung ohne Erkenntnisse machte er schon Andeutungen, Dale solle die Sache in die Hand nehmen.

Es kam für Angie überhaupt nicht infrage, dass Dale übernahm.

Sie studierte die Wagenschlange auf der anderen Straßenseite. Noch mehr schwarze SUVs, ein paar BMWs und gelegentlich ein Lexus. Die E.-Rivers-Grundschule war das Taj Mahal, verglichen mit den Dreckslöchern von öffentlichen Schulen, die Angie besucht hatte. Die Kinder waren so weiß, dass sie geradezu leuchteten.

Angie war schon viele Male vor der Schule gewesen, aber noch nie so früh. Meist parkte sie in der Strip Mall auf der anderen Seite der Hauptstraße und stand auf dem Gehsteig, um die Kinder auf dem umzäunten Spielplatz zu beobachten. Sie hatte sich Jos Kind ansehen wollen. Sie wusste, wie der Junge aussah, weil es massenhaft Fotos von ihm auf Reuben Figaroas Facebook-Seite gab. Jo war auf keinem der Bilder zu sehen, aber das war nicht der Grund, warum Angie unglücklich über die Fotos war. Egal, wie sehr sich Reuben anstrengte, keine Berühmtheit zu sein, er war trotzdem eine Person des öffentlichen Lebens. Er sollte das Gesicht seines Kindes nicht allen Leuten zeigen. Es gab viele Verrückte, und jeder konnte, genau wie Angie, herausfinden, wo der Junge zur Schule ging und um welche Zeit er auf dem Spielplatz sein würde.

Das war dann wohl ihr Enkelkind. Theoretisch natürlich, nicht in Wirklichkeit. Angie war mit Sicherheit nicht alt genug, um eine Großmutter zu sein. Besonders nicht für ein Kind wie Anthony Figaroa.

Der Name war sperrig für einen Sechsjährigen, aber er schien zu passen. Anthony war wie ein kleiner Erwachsener. Seine Stirn war permanent gefurcht, er ließ die Schultern hängen und hielt den Kopf gesenkt, als wollte er sich in sich selbst verkriechen. Statt in den Pausen mit den anderen Kindern zu spielen, saß er, mit dem Rücken an die Schulmauer gelehnt, einfach da und blickte traurig auf den Spielplatz. Er erinnerte Angie an Will. Die Aura von Einsamkeit und diese Sehnsucht, gemischt mit dem, was ihn zurückhielt.

Will war sehr gut in Sport gewesen, aber es gab keine Eltern, die ihn zu Spielen fuhren oder ihm Ausrüstung kauften. Und dann war da noch die Sache mit den Narben, von denen er gezeichnet war. Wenn Will sich im Umkleideraum umzog, würde man die offenkundigen Anzeichen des Missbrauchs bemerken, ein Lehrer mischte sich ein, der Direktor, Sozialarbeiter, und plötzlich würde er sich wie unter einem Vergrößerungsglas fühlen. Nichts hasste Will mehr als das.

Anthony Figaroa teilte erkennbar Wills Abneigung gegen Aufmerksamkeit. Andererseits galt das Gleiche für seine Mutter. Angie sah, wie Jos anthrazitgrauer Range Rover auf der Haltespur vorwärtskroch. Das gleiche Schauspiel hatte Angie schon am Vortag beobachtet. Jo winkte den anderen Müttern nicht zu. Sie sprach nicht mit der Nazi-Schreckschraube in Yogahosen, die Angie verscheucht hatte. Sie machte es wie Anthony. Sie hielt den Kopf gesenkt. Sie ließ ihr Kind aussteigen. Sie fuhr weg. Nach den Tagen, an denen Angie ihre Tochter beobachtet hatte, würde Jo nach Hause fahren und die Villa erst wieder verlassen, wenn es Zeit war, Anthony abzuholen.

Es sei denn, es war Donnerstag oder Freitag, die Tage, an denen sie zum Lebensmittelladen und zur Reinigung fuhr. Angie hätte sich vieles vorstellen können, aber bestimmt nicht, dass sich ihre Tochter in eine Einsiedlerin verwandelt hatte.

Angies Wagen zeigte in die falsche Richtung, wenn sie Jo folgen wollte. Nach einem weiteren Ausritt über den graswachsenen Mittelstreifen reihte sie sich zwei Fahrzeuge hinter dem Range Rover ein, der an einer Ampel hielt. Jo hatte den Blinker nicht gesetzt, was bedeutete, dass sie in die Strip Mall fuhr. Angie ließ den Blick über die Läden schweifen. Es war nicht Jos Lebensmitteltag, und selbst wenn er es gewesen wäre, würde sie zum Kroger an der Peachtree fahren. Ihre Reinigung war am Carriage Drive. In der Strip Mall hatte um diese Uhrzeit außer dem *Starbucks* noch gar nichts geöffnet.

Die Ampel schaltete um. Jo überquerte die Kreuzung und fuhr auf den Starbucks-Parkplatz. Angie folgte in einigem Abstand. Der Parkplatz war voll. Angie rechnete damit, dass Jo sich in die Schlange für den Autoschalter einreihen würde, aber sie kreiste ein paar Mal und fand schließlich einen freien Platz.

»Nun mach schon.« Angie musste eine Frau abwarten, die mit der Nase am Handy über die Straße schlurfte, ehe sie aus dem Parkplatz des *Starbucks* fahren und ihr Auto vor der Bank auf der anderen Seite der Gasse abstellen konnte.

Sie stieg aus und spurtete in Richtung *Starbucks*. Erst als sie sah, wie Jo die Glastür öffnete, wurde ihr bewusst, was jetzt gleich geschehen würde. Sie ging in einen Coffeeshop. Sie würde an der Theke eine Bestellung abgeben. Sie würde der Frau an der Kasse danken. Es würde auf jeden Fall eine Art von Gespräch geben müssen. Angie würde endlich Jos Stimme hören. Aus diesem Grund hatte sie den Job bei Kip überhaupt nur gewollt – für diesen Moment, hier und jetzt. Sie würde ihre Tochter sprechen hören. Sie würde mittels eines lange unterdrückten mütterlichen Instinkts erahnen, ob es Jo gut ging oder nicht, und dann konnte Angie zu ihrem normalen Leben zurückkehren und brauchte nie mehr über ihre verlorene Tochter nachzudenken.

Angie öffnete die Tür.

Sie kam zu spät.

Jo hatte ihre Bestellung bereits aufgegeben. Sie stand in der Schar der Kunden und wartete, bis die Frau hinter der Theke ihren Namen aufrief.

Angie murmelte einen Fluch, als sie sich vor der Kasse anstellte. Der Kerl vor ihr war offenbar noch nie in einem Starbucks gewesen, denn er stellte Fragen über die Portionsgrößen.

Angie zog eine Flasche überteuerten Apfelsaft aus dem Kühlschrank. Sie warf einen Blick zu Jo und starrte sie dann unverhohlen an.

Sie war nicht die einzige Person, die ihre Tochter musterte. Alle Männer im Raum hatten sie bemerkt. Jo war wunderschön. Sie hatte so eine Art, die Blicke auf sich zu ziehen. Das Beunruhigende war, dass sie es entweder nicht bemerkte oder sich nichts daraus machte. Mit siebenundzwanzig hatte Angie ihr Aussehen wie einen Rammbock eingesetzt. Es gab keine Tür, die sie nicht aufbrechen konnte.

»Josephine?«, rief die Barista. »Ein großer Soja-Latte.«
Josephine, nicht Jo.

Sie nahm den Becher, sprach aber kein Wort. Ihr Lächeln war angestrengt, sie zwang sich sichtlich dazu. Sie ging mit ihrem Kaffee in den hinteren Teil des Ladens und setzte sich an die lange Theke mit Blick auf den Parkplatz. Ein Hocker weiter war ein freier Platz. Angie vergewisserte sich, dass die Frau an der Kasse nicht schaute. Dann verließ sie die Schlange und setzte sich auf den freien Platz, ehe es jemand anderes tat.

Die Theke war schmal, vielleicht dreißig Zentimeter breit. Vor dem Fenster krochen Autos zum Straßenverkauf. Der Mann zwischen Angie und ihrer Tochter tippte in seinen Laptop. Sie warf einen Blick auf den Schirm und nahm an, dass er den *Großen Amerikanischen Roman* verfasste. In einem *Starbucks*. Genau wie Hemingway.

Angie öffnete ihre Saftflasche. Sie arbeitete seit Jahren immer wieder einmal als Privatdetektivin. In ihrem Kofferraum lag ein Rucksack mit dem nötigen Handwerkszeug. Isolierband, eine kleine Plane für den Fall, dass es regnete, eine gute Kamera, ein Richtmikrofon, vier winzige Kameras, die man in Blumentöpfen oder Lüftungsschlitzen verstecken konnte. Nichts davon half ihr jetzt weiter. Sie entdeckte ein paar Plätze weiter eine Zeitung, stieß die Frau neben ihr an und nickte in Richtung des Blatts, das zu ihr heraufgereicht wurde.

Hemingway, darf ich vorstellen: Sam Spade.

Angie überflog die Schlagzeile auf der Titelseite. Sie warf einen weiteren verstohlenen Blick zu ihrer Tochter. Der Becher fiel ihr ins Auge. Mit schwarzem Filzstift war JOSEPHINE darauf geschrieben. Angie wusste, dass in einem Namen viel Bedeutung lag. Der Zuhälter ihrer Mutter hatte sie Angela genannt. Selbst jetzt noch schmeckte sie Galle im Mund, wenn jemand den Namen sagte.

Angie holte tief Luft. Sie ließ ihren Blick die Theke entlangwandern.

Jo blickte aus dem Fenster. Sie folgte ihrem Blick zu der weiß verputzten Wand der Strip Mall. Das Mädchen wartete auf etwas. Dachte über etwas nach. War beunruhigt wegen etwas. Sie ließ die Wand nicht aus den Augen. Sie saß auf ihren Händen. Dampf stieg von ihrem Kaffee auf, den sie immer noch nicht angerührt hatte. Ihr Handy lag mit dem Display nach oben vor ihr auf der Theke. Sie war angespannt. Angie hatte den Eindruck, als könnte sie die Angst der jungen Frau mit Händen greifen.

Aber dafür war sie nicht hier.

Angie schlug die Zeitung auf. Sie tat, als wäre sie am Weltgeschehen interessiert. Und dann fing sie tatsächlich an, sich dafür zu interessieren, weil sich sonst nichts tat. Die Frau neben ihr stand auf und ging. Die Schlange an der Kasse wurde kürzer und löste sich auf. Der Parkplatz begann sich zu leeren. Schließlich wechselte Hemingway zu einem überdimensionierten Sessel an einem Tisch ein Stück entfernt.

Angie blätterte ihre Zeitung um. FINANZEN.

Sie sah zu Jo.

Ihre Tochter hatte sich nicht bewegt. Sie saß immer noch auf ihren Händen. Starrte immer noch auf die leere Wand. Bebte immer noch fast vor Nervosität.

Sie waren die beiden einzigen Leute, die noch an der Theke saßen. Angie stand auf und zog auf einen Hocker um, der ein Stück entfernt stand, denn das würde jeder normale Mensch tun. Sie breitete die Zeitung aus. Sie war nicht Meryl Streep, sie konnte nicht so tun, als würde sie sich für Finanzen interessieren, daher blätterte sie zum Gesellschaftsteil um. Sie griff nach ihrem Saft, aber inzwischen war so viel Zeit vergangen, dass die Flasche warm war.

Die winzige Schrift begann vor Angies Augen zu verschwimmen. Sie sah aus dem Fenster und blinzelte. Sie sah, wie ein Wagen in die Straße fuhr. Sie hörte, wie Hemingway in seinen Laptop hämmerte.

Aus dem Augenwinkel sah sie, wie Jo zusammenfuhr. Die Bewegung war kaum wahrnehmbar. Eine halbe Sekunde später hörte Angie Jos Handy läuten. Es war genau genommen kein Läuten, eher ein Geräusch wie aus einem Science-Fiction-Film der 1950er.

Facetime.

Jos Hände zitterten, als sie den Videoanruf entgegennahm. Sie hielt das Handy tief unter ihr Gesicht. Angie konnte den Anrufer weder sehen noch seine Stimme hören. Jo hatte sich Kopfhörer in die Ohren gesteckt, hielt das winzige Mikro vor ihren Mund und sagte: »Ich bin hier.«

Angie zog ihr eigenes Handy aus der Handtasche und drückte ein paar Tasten. Sie tat, als würde sie es wieder in die Tasche werfen, aber das war eine Bewegung, die sie geübt hatte. Das Smartphone landete so, dass die Kamera auf Jo gerichtet war. Angie konnte nicht live verfolgen, was geschah, aber sie konnte sich später das Video ansehen.

»Ja«, sagte Jo. »Siehst du es?«

Angies Blick fokussierte sich auf das Zeitungspapier. Sie strengte sich an, um Jos Stimme zu hören, aber es war kaum mehr als ein Flüstern.

»Ja«, sagte Jo. »Ich verstehe.«

Angie drehte die Zeitung um. Sie fuhr mit dem Finger eine Textzeile entlang, die sie nicht lesen konnte. Jos Stimme war immer noch leise, aber sie klang ängstlich, panisch.

»Ich verstehe.«

Vor wem konnte sich Jo fürchten? Marcus Rippy kam ihr in den Sinn. Er war gern dominant. Jo war sein Typ. Das war Angie ebenfalls, aber Angie hatte auch mit siebenundzwanzig schon gewusst, wie man mit solchen Typen umgehen musste. Sie glaubte nicht, dass die kleine Josephine aus Thomaston mit irgendetwas umzugehen wusste.

»Mach ich«, sage Jo. »Danke.«

Eine spürbare Veränderung trat ein. Der Stress fiel von ihr ab. Das Gespräch war zu Ende. Jo legte das Telefon beiseite. Sie stützte die Ellbogen auf die Theke und legte den Kopf in die Hände. Erleichterung strahlte von ihrem schmalen Körper ab.

Ihre Stimme. Angie war zu sehr von dem scheuen Flüstern gefangen gewesen, um den Klang zu analysieren.

Jo fing zu weinen an. Angie hatte mit Gefühlsregungen nie gut umgehen können. Ihre Möglichkeiten beschränkten sich immer darauf, zu warten, bis es vorbei war, oder zu gehen. Sie zermarterte sich das Gehirn, wie sich ein normaler Mensch wohl verhalten würde, wenn ein paar Meter entfernt in einem *Starbucks* jemand weinte. Angie konnte das Mädchen sicher fragen, ob alles in Ordnung war. Das erschien ihr als eine angemessene Reaktion. Jos Schultern bebten. Sie war erkennbar durcheinander. Angie konnte also einfach sagen: *Alles okay mit Ihnen?* Es war eine simple Frage. Die Menschen stellten sie ständig in allen möglichen Variationen. In Aufzügen. In Toiletten. In der Schlange in einem Café.

Wie geht es Ihnen?

Angie öffnete den Mund, aber es war zu spät.

Jo stand auf. Sie fischte ihre Handtasche von der Rückenlehne des Hockers. Oder zumindest versuchte sie es. Der Riemen blieb hängen, der Hocker fiel um. Es klang wie eine Explosion in dem kleinen Raum. Hemingway eilte herbei, um zu helfen.

»Ich mach das schon«, sagte Jo.

»Ich kann ...«

»Ich weiß verdammt noch mal, wie man einen Stuhl aufstellt!«

Sie riss ihm den Hocker aus den Händen und knallte ihn zurück auf seinen Platz. Es hallte wider wie ein Pistolenschuss. Köpfe drehten sich in ihre Richtung, um zu sehen, was los war. Die Barista machte Anstalten, vor die Theke zu kommen.

»Es tut mir leid«, entschuldigte sich Hemingway. »Ich wollte nur helfen.«

»Helfen«, schnaubte Jo verächtlich. »Kümmern Sie sich um Ihren eigenen Scheiß, damit helfen Sie am meisten.«

Jo riss die Glastür auf und stakste über den Parkplatz. Sie warf ihre Handtasche in den Wagen. Als sie aus dem Parkplatz fuhr, hinterließ sie eine Gummispur auf dem Asphalt.

»Großer Gott«, sagte Hemingway. »Was war das denn?«

Angic lächelte.

Das war ihre Tochter.

MITTWOCH, 10.27 UHR

Angie fuhr im Tempo einer älteren Dame die Chattahoochee Avenue entlang. Ihr Getriebe schleifte, aber sie hatte keine Zeit, das Öl aufzufüllen. Sie hatte keine Zeit, ihre kaffeefleckige Jeans zu wechseln. Sie kam zu spät zu ihrem Treffen mit Dale und seinem Elektronik-Typen. In der Regel störte es Angie nicht, wenn sie zu spät kam, aber vor einer halben Stunde in dem *Starbucks* hatte sich alles geändert.

»Verdammt!« Angie mühte sich damit ab, den vierten Gang einzulegen. Es gab ein Knirschen, das sich als Rattern in die Kupplung fortpflanzte.

Vielleicht konnte sie Dales Typen dazu überreden, dass er ihr das Öl auffüllte. Oder sie zündete den Wagen einfach an und ließ ihn brennend vor Sara Lintons Apartmenthaus stehen. Denn nur wegen ihr musste Angie kistenweise Getriebeöl kaufen. Normalerweise würde Angie einige Wochen bei Will verbringen, ihn den Wagen richten lassen und dann weiterziehen, aber das war nun keine Option mehr, seit Rotkäppchen in ihrem Bett schlief.

Sein Name ist mein Lieblingswort, hatte Sara an ihre Schwester geschrieben.

»Scheiße.« Angie stieß eins ihrer Lieblingswörter zwischen den Zähnen hervor. Sie konnte sich nicht in ihre übliche Wut auf Sara Linton hineinsteigern. Sie machte sich zu viele Sorgen um Jo.

Sie musste sich das Video aus dem *Starbucks* noch einmal ansehen. Der Akku ihres Smartphones war fast schon leer, weil sie es so oft angeschaut hatte. Angie behielt die Handflächen am Lenkrad und balancierte das Telefon zwischen den Fingern. Sie tippte auf PLAY. »Siehst du?«, flüsterte Jo und hielt ihr Handy hoch, um dem Anrufer zu beweisen, dass sie im *Starbucks* war. »Ich verstehe – mach ich – danke.«

Bevor Angie Detective wurde, hatte sie als Streifenbeamtin

gearbeitet. Sie machte Nachtschicht, weil es dafür mehr Geld gab. Jede Schicht bestand im Wesentlichen aus zehn Sekunden Adrenalinstoß, eingerahmt von acht Stunden Sozialarbeit. Die alten Hasen nannten die Einsätze *Aktion Hühnerbein*, weil man zu irgendeiner beschissenen Wohnung gerufen wurde und dort zwei Dumpfbacken antraf, die um irgendwelchen Blödsinn wie einen Hähnchenschenkel stritten. Nicht, dass der Einsatz je ein Spaziergang war. Man wusste nie, wann ein Nachbarschaftsstreit beim Grillen zu einer Auseinandersetzung eskalierte, bei der ein Betrunkener plötzlich eine geladene Schrotflinte auf einen richtete.

Bei Einsätzen wegen häuslicher Gewalt war es genauso – nur anders. Man ging immer in der Annahme hinein, dass etwas wirklich Schlimmes passieren würde. Selbst Angie, die einen Hang zu Auseinandersetzungen hatte, hasste es, zu einem Einsatz wegen eines prügelnden Ehemanns auszurücken. Die Männer versuchten immer, sie herumzuschubsen. Die Frauen logen immer. Die Kinder weinten immer. Und am Ende konnte Angie nichts tun, als den Kerl zu verhaften, einen Bericht zu schreiben und darauf zu warten, dass sie den nächsten und den übernächsten Anruf von derselben Adresse erhielt.

Jo hatte keine offensichtlichen Wunden oder Narben. Ihr Gesicht war perfekt. Sie ging normal, nicht in der gebückten Haltung einer Frau, der die Seele aus dem Leib geprügelt wurde.

Dennoch sah Angie ihrer Tochter an, dass sie misshandelt wurde.

Die Tatsache, dass sie ihren Mann nie anschaute. Die Art, wie sie an seiner Seite klebte, nie mit irgendwem sprach, es nie wagte, den Kopf zu heben. Der Umstand, dass sie ihr Haus nie verließ, außer um zur Grundschule, in den Lebensmittelladen oder zur Reinigung zu fahren. Die folgsame Haltung, die sie in Gegenwart ihres Mannes einnahm, als wäre sie keine Person, sondern ein Anhängsel.

Vorgestern Abend, als Kip diese Versammlung einberufen hatte, weil Jo ein Problem darstellte, war Reuben Figaroa im Privatjet zu einem geheim gehaltenen Ort geflogen worden, wo der beste Orthopäde der Welt einen mikrochirurgischen Eingriff an seinem Knie vornehmen würde. Das war alles, was Angie an Information aus Laslo herausbekommen hatte. Ein verletzter Spieler war die Sorte Nachricht, die der gesamten bevorstehenden Basketballsaison ein anderes Gesicht geben konnte. Jo war zu Hause geblieben, weil alles normal aussehen musste. Sie musste den Jungen zur Schule bringen. Sie musste die Leute glauben machen, mit ihrem Mann sei alles in Ordnung.

Angie scherte sich einen Dreck um Reubens Operation. Sie interessierte sich nur dafür, was seine Abwesenheit mit ihrer Tochter machte.

Jo hatte Angst. Das war klar. Angie hielt den Beweis dafür in den Händen.

Als Jo sagte: »Siehst du?«, meinte sie: »Siehst du, wo ich bin? Genau wie du es befohlen hast.«

Als sie sagte: »Ich verstehe«, meinte sie: »Ich verstehe, dass du das Sagen hast und dass ich nichts dagegen tun kann.«

Als sie sagte: »Mach ich«, meinte sie: »Ich werde genau das tun, was du gesagt hast, und genau so, wie du es gesagt hast.«

Der schlimmste Teil kam am Ende des Videos. Tränen liefen Jo über die Wangen, den Hals. Ihre Finger zitterten, als sie das Mikro hielten. Dennoch sagte sie: »Danke.«

Reuben Figaroa. Angie hatte ihn deutlich in Jos iPhone sehen können, als sie die Kamera schwenkte, um ihm das fast leere *Starbucks* zu zeigen.

Kip hatte gesagt, Jo würde Marcus zu nahe kommen. Vielleicht war das Absicht. Jo hatte Marcus schon in der Junior High gekannt. Offenbar waren sie immer noch Freunde. Er war reich. Sie war verzweifelt. Wenn Marcus Jos Fallschirm war, dann war der Plan nicht schlecht. Die gefährlichste Zeit für eine Frau, die von ihrem Mann geschlagen wird, ist dann, wenn sie versucht, ihren Peiniger zu verlassen. Das Einzige, was die Chancen zu ihren Gunsten verändern konnte, war ein anderer Mann, der sie beschützte. Wenn Jo Marcus' Nähe suchte, dann nur, weil sie sich von Reuben löste. Dazu hatte Angie ihre Tochter also verurteilt, als sie sie im Stich ließ: zu einem Leben als Gefangene.

Angie warf ihr Handy wieder in die Handtasche. Sie wischte sich über die Augen. Der Saft im *Starbucks* musste schlecht gewesen sein. Ihre Hände schwitzten, sie hatte Magenkrämpfe.

Mit Anfang zwanzig war Angie einmal mit einem Typen zusammen gewesen, der sie geohrfeigt hatte. Und dann mit Fäusten geschlagen. Und der dann andere Dinge getan hatte, von denen sie annahm, sie würden bedeuten, dass er sie verzweifelt liebte. Die Gewalt wirkte wie ein Magnet. Das, und einen riesengroßen, starken Mann wie ein Kleinkind weinen zu sehen, weil es ihm so verdammt leidtat, dass er einem wehgetan hatte, und er würde es nie, nie wieder tun.

Bis er es dann wieder tat.

»Himmel«, flüsterte Angie. Welchen Sinn hatte es eigentlich, dass sie sich nicht in Jos Leben einmischte? Erst das Tablettenproblem und jetzt das. Sie hatte ohnehin Angies Hang zu schlechten Entscheidungen geerbt. »Verdammt!« Sie schlug mit der Handfläche auf das Lenkrad, aber nicht wegen Jo, sondern weil sie die Einfahrt in den Parkplatz verpasst hatte.

Angie kämpfte mit dem Schalthebel und versuchte gewaltsam, den Rückwärtsgang einzulegen. Die Kupplung blockierte, man konnte hören, wie die Zahnräder knirschten. Sie hatte immer noch Magenkrämpfe.

»Scheiße«, schrie sie wieder. »Scheiße! Scheiße! Scheiße!« Sie trommelte mit den Fäusten aufs Lenkrad, bis ihr der Schmerz in Schultern und Rücken fuhr.

Sie hörte auf damit. Das war verrückt: Sie rastete total aus wegen einer verpassten Abzweigung.

Einen Finger nach dem anderen legte sie ihre Hände um das Lenkrad. Sie holte tief Luft und hielt sie so lange an, wie sie konnte.

Vorsichtig legte sie den ersten Gang ein. Sie fuhr bis ans Ende der Straße und wendete in einem weiten Bogen. Als sie schließlich auf einen aufgelassenen Parkplatz rollte, hatte sie es immerhin geschafft, den dritten Gang einzulegen. Sie schaltete in den Rückwärtsgang, nur um sich zu beweisen, dass sie es konnte, und parkte auf einem der aufgemalten Stellplätze ein.

Angie beugte und streckte die Hand. So heftig auf das Lenkrad zu schlagen war nicht der schlaueste Einfall gewesen. Es fühlte sich nach einer Prellung an.

Dagegen konnte sie aber jetzt nichts unternehmen.

Angie sah zu dem massiven Betonblock von Rippys Nachtclub hinauf. Das Gebäude erinnerte an einen mumifizierten Roboterkopf. Ein Reinigungstrupp sollte es nächste Woche ein bisschen aufpeppen, aber Angie wusste nicht, wie sie das schaffen wollten. Unkraut schoss aus dem rissigen Asphalt. Überall waren Graffiti hingeschmiert. Sie hatte keine Ahnung, warum sich Dale immer hier treffen wollte. Er musste ein fürchterlicher Polizist gewesen sein. Routine war alles, was er wollte. Vielleicht kam das mit dem Alter. Oder vielleicht lag es auch daran, dass es keine Rolle spielte, ob Dale immer wieder am selben Ort auftauchte. Er hatte vor einer Woche mit der Dialyse aufgehört. Wenn das stimmte, was Angie im Internet gelesen hatte, blieb ihm noch eine Woche, höchstens zwei, und das hieß, er würde tot sein, ehe irgendwem ein Muster auffallen konnte.

Gut möglich, dass er schon tot war. Angie sah auf die Uhr in ihrem Handy. Dale hatte eine Viertelstunde Verspätung. Sam Vera, sein Elektronik-Mann, war ebenfalls nicht da. Wie kam es, dass sie der einzige Mensch zu sein schien, der noch pünktlich war?

Sie klappte die Sonnenblende herunter und überprüfte im Spiegel ihr Make-up. Ihr Eyeliner verlief. Ihr Mund konnte eine Auffrischung vertragen. Sie fand Saras Lippenstift in ihrer Handtasche. Angie drehte das goldene Gehäuse. An der Seite war ein Kratzer. Man sollte meinen, für sechzig Dollar könnte so ein Ding mit echtem Gold verkleidet sein.

Angie betrachtete den abgeflachten Stift. Sie hatte die Spitze abgeschnitten. Sie mochte ein gefährlicher Stalker sein, aber sie war nicht unhygienisch.

War sie wirklich gefährlich?

Ein paar Nachrichten auf einer Autoscheibe taten niemandem weh. Saras Zeug zu durchsuchen mochte bizarr sein, aber es war nicht absichtlich geschehen. Oder zumindest nicht geplant. Angie war zu Wills Haus gefahren, weil sie ihn sehen wollte. Nicht mit ihm reden, ihn nur sehen. Wie üblich war er bei Sara. Das war schon viele Male vorher passiert. Sie hatte den Schlüssel benutzt, den Will auf dem Sims über der Hintertür aufbewahrte. Das Erste, was Angie gesehen hatte, war sein dämlicher kleiner Hund. Betty hörte nicht auf zu kläffen. Angie hatte sie mit dem Fuß ins Gästezimmer geschoben und die Tür zugemacht. Sie war eben am Bad vorbeigekommen, als sie sah, dass Saras Make-up um das Waschbecken herum verstreut war.

Angies erster Gedanke war: Das wird Will nicht gefallen.

Ihr zweiter Gedanke war: Was zum Teufel fiel Sara Linton ein, ihr Zeug hierzulassen?

Hier.

In Wills Badezimmer. Wills Schlafzimmer. Wills Haus.

Angies Mann.

Angie klappte die Sonnenblende wieder hoch. Sie brauchte keinen Spiegel, um Lippenstift aufzutragen. Sie benutzte welchen, seit sie zwölf war. Ihre Hand wusste automatisch, was zu tun war. Dennoch überprüfte sie ihr Aussehen noch im Rückspiegel. Sie musste zugeben, dass das Zeug sein Geld wert war. Die Farbe verlief nicht. Sie hielt den ganzen Tag. Rose Cashmere war zwar nicht das, was hundertprozentig zu ihr passte, andererseits passte es auch nicht hundertprozentig zu Sara.

Angie lehnte sich zurück. Sie fuhr sich über die Lippen. Sie dachte an die anderen Dinge, die Sara bei Will gelassen hatte. Echte *Manolo Blahniks*. Sie waren zu groß für Angies Füße, die Größe wäre eher für einen Transvestiten geeignet gewesen. Schwarze Spitzenunterwäsche, was reine Verschwendung war, denn Will konnte man selbst mit einer Papiertüte auf Touren bringen. Haarklammern, die Angie hätte gebrauchen können, aber sie hatte sie weggeworfen. Scheiß auf Sara Linton. Parfüm. Ebenfalls pure Verschwendung. Will würde keinen Unterschied zwischen *Chanel No.5* und einer Handseife aus dem Drogeriemarkt bemerken.

Dann waren da die Dinge in der Nachttischschublade gewesen.

Angies Nachttischschublade.

Sie griff in ihre Tasche, holte ein Taschentuch hervor und wischte sich den Lippenstift ab. Sie kurbelte das Fenster herunter und warf das Taschentuch auf den Boden. Sie konnte sich jetzt ihren eigenen Lippenstift von *Sisley* leisten. Sie konnte es sich leisten, ihren Wagen reparieren zu lassen. Sie konnte ihre eigenen *Manolos* und ihr eigenes Parfüm kaufen.

Warum wollte sie immer nur die Dinge, die sie nicht haben konnte?

In ihrem Rückspiegel schimmerte es weiß. Dale Hardings Kia kam um das Gebäude herum. Der Wagen verlangsamte und hielt vier Stellplätze entfernt. Dale aß einen Hamburger von *McDonald's*. Die Tür ging auf. Er schob sich den Rest vom Burger in Mund und warf die Verpackung auf den Boden. Seine fleischige Hand krallte sich in das Dach. Der Wagen schaukelte, als er sich herauszwängte.

»Wo ist er?«, fragte er.

Angie zuckte übertrieben die Achseln, aber im selben Moment drehte sich Dale zur Straße um.

Sam Vera drehte mit seinem Van einen Achter über den Parkplatz. Der Idiot dachte wahrscheinlich, er würde die Lage peilen, aber in Wirklichkeit zog er nur Aufmerksamkeit auf sich. Der Wagen war mattgrau lackiert und hatte hinten einen Aufkleber der Bernie-Sanders-Kampagne: FEEL THE BERN. Das Grau war eine Grundierungsschicht, an manchen Stellen mit gelblicher Spachtelmasse durchsetzt. Das Wissen über diese Sachen hatte Angie Will zu verdanken.

Angie stieg aus.

»Hast du etwas herausgefunden?«, fragte Dale.

»Fig schlägt seine Frau.«

»Das kannst du laut sagen.« Er wusste es offenbar bereits. »Ich habe mit dem Team-Fixer in Chicago gesprochen. Sie mussten damals ein paar Notrufe aus den Berichten verschwinden lassen.«

»Und du bist nicht auf die Idee gekommen, es mir zu sagen?«

»Ist keine große Sache. Er würgt sie ja nicht.«

»Ein echter Gentleman.« Wie man Polizisten in ihrer Ausbildung beibrachte, war es bei gewalttätigen Männern, die ihre Frauen würgten, statistisch wahrscheinlicher, dass sie sie umbrachten. »Verbirgst du sonst noch etwas vor mir?«

»Kann sein. Wie sieht es bei dir aus?«

Angie wühlte in ihrer Handtasche herum, damit er ihren Gesichtsausdruck nicht sehen konnte. Dale hatte bei der Überprüfung von Jo Figaroa offenbar gute Arbeit geleistet, aber bei der Geburtsurkunde des Mädchens musste er in einer Sackgasse gelandet sein. Angie hatte im Krankenhaus einen falschen Namen angegeben.

Der Van blieb endlich stehen. Die Bremsen quietschten. Angie roch Gras. Aus dem Radio dröhnte Josh Groban.

Dale schlug mit der Faust an die Seite des Fahrzeugs. »Mach auf, du Blödmann.«

Es knallte laut, als Sam Vera die Tür seines Transporters entriegelte. Seine große, runde Brille reflektierte das Sonnenlicht. Er war höchstens zwanzig und trug ein Ziegenbärtchen, das an ein räudiges Eichhörnchen erinnerte. Er kniff die Augen hinter den Gläsern zusammen. »Beeilt euch. Ich hasse die Sonne.«

Angie stieg in den hinteren Teil des Transporters. Die Klimaanlage lief auf Hochtouren, aber das Fahrzeug war trotzdem ein riesiger Metallkasten, der in der Sonne schmorte. Sams säuerlicher Schweiß vermischte sich mit dem süßen Geruch von Marihuana. Angie kam sich vor wie im Haus einer Studentenverbindung.

Sie setzte sich auf eine umgedrehte Plastikkiste. Ihre Handtasche behielt sie im Schoß, weil überall auf dem Boden fettig aussehendes Zeug herumlag. Dale ließ sich vorn auf dem Beifahrersitz nieder und drehte sich seitlich, sodass er die anderen beiden sehen konnte. Er gab Sam ein Kuvert mit Geld. Sam begann, die Scheine zu zählen.

Angie sah sich in dem engen Raum um. Das Fahrzeug war ein mobiler Elektronikmarkt. Drähte, Metallkisten und verschiedenes Zeug, das ihr nichts sagte, ergoss sich aus dem Regalsystem, das er im Heck seines Transporters eingerichtet hatte. Er war auf elektronische Überwachung spezialisiert, aber nicht auf die von der legalen Sorte. In jeder größeren amerikanischen Stadt gab es einen Sam Vera. Er war unglaublich paranoid. Er hatte keine Skrupel, gegen Gesetze zu verstoßen. Er gab sich als harter Kerl, aber er hätte seine eigene Mutter verpfiffen, wenn ihm die Polizei je Druck machen würde. Angie hatte früher ihren eigenen Sam Vera gehabt, aber den hatte sich die NSA geschnappt, weil er irgendwo eingebrochen war, wo man nicht einbrechen sollte.

»Mylady.« Sam gab Angie ein leuchtend grünes Handy, das von schwarzem Isolierband zusammengehalten wurde. »Das ist ein Klon von Jo Figaroas Handy.«

»Das ging aber schnell.«

»Dafür bezahlt ihr mich.« Er wandte sich an Dale. »Sind die Wanzen an Ort und Stelle?«

»Ich habe sie untergebracht, während die Frau den Jungen

in der Schule abgesetzt hat.« Dales Atem ging mühsam. Er sah noch schlimmer aus als sonst. »Ich habe außerdem dieses komische Ding in ihren Laptop eingesteckt, wie du gesagt hast. Er war in der Küche. Sonst habe ich keine Computer gefunden. Keine iPads, nichts. Merkwürdig, oder?«

»Sehr merkwürdig.« Er sah Angie an. »Das Programm, das Dale auf den Laptop installiert hat, nennt sich *Shadow Tracker*, es ist wie Spyware, nur besser. Ich habe bereits sämtliche Dateien von der Festplatte auf dieses Tablet geladen.« Er zog ein zerkratztes iPad aus einem Behälter. Zwei altmodische Antennen ragten hinten heraus, sie erinnerten Angie an die alten Zimmerantennen bei Fernsehern. »Ich habe eine App darauf geladen, um den GPS-Peilsender an ihrem Wagen anzupingen. Das ist dieser Knopf hier mit dem Auto drauf. Funktioniert genau wie das Modell bei der Polizei. Kennen Sie sich damit aus?«

»Ja.«

»Sie können sie überallhin verfolgen, solange sie nicht unter der Erde ist.« Er begann, über den Schirm zu wischen und darauf herumzutippen. »Die Spyware auf ihrem Laptop funktioniert in Echtzeit. Von jetzt an wird alles, was sie auf ihrem Computer tippt, auf diesem iPad erscheinen, aber da ich bereits alle Daten darauf geladen habe, können Sie auch zurückgehen und ihre Festplatte durchsuchen. Es *ist* praktisch ihr Laptop und nicht eine Kopie davon zu einem bestimmten Zeitpunkt.«

»Du meinst, nicht wie das Ding, das du Polaski letztes Mal gegeben hast.«

Sams Augen traten aus dem Kopf. »Ich habe nicht …«

»Ich habe es ihm erzählt«, unterbrach Angie. Dale wollte ihr Sams Kontaktinformationen nur geben, wenn Angie ihm sagte, wozu sie ihn brauchte. Angie war ein bisschen kreativ bei der Frage gewesen, in wessen Laptop sie einbrechen würde. »Alles okay«, sagte sie zu Sam. »Mach einfach weiter.«

»Also gut.« Sam tippte noch ein paar Mal auf den Schirm, dann gab er Angie das iPad. »Nur damit Sie es wissen: Es ist

Hacker-Kodex, dass man seine Kunden nicht verpfeift. Sie können sich auf mich verlassen, ja?«

»Klar doch, Junge.« Dale zog einen geschmolzenen Schokoriegel aus seiner Tasche.

Angie wandte den Blick ab, damit sie nicht zuschauen musste, wie er kaute. Sie wusste immer noch nicht genau, was sie dazu gebracht hatte, Saras Laptop zu kopieren. Ihre Patientenakten waren darauf, deshalb hatte das Grady Hospital eine Verschlüsselungssoftware installiert, die Angies Fähigkeiten zur Spionage überstieg. Sam hatte ihr etwas gegeben, das sich *Dongle* nannte, ihre Passworte knackte und alle Dateien herunterlud. Angie wusste, dass sie damit eine Grenze überschritt – nicht in Bezug auf Sara, sondern auf sich selbst. Ab diesem Moment war sie nicht mehr einfach nur verärgert oder besessen, sondern sie war eine ausgewachsene Stalkerin.

War sie gefährlich?

Das wusste sie noch nicht genau.

»Steig mal kurz aus«, sagte Dale zu Sam. »Ich brauche eine Minute mit Polaski allein.«

Sam sträubte sich. »Da raus in die Sonne?«

»Du wirst nicht schmelzen, Elphaba.«

Angie lachte. »Woher zum Teufel kennst du den richtigen Namen der Bösen Hexe?«

»Hör zu«, versuchte Sam zu argumentieren. »Ich habe heikles Zeug hier drin. Für andere Kunden. Ich darf euch nicht sagen, was es ist, aber es ist absolut geheim.«

»Glaubst du, einer von uns weiß, was der ganze Kram hier überhaupt ist?« Dale langte nach hinten und stieß die Tür auf. »Steig aus.«

Sam tat immer noch beleidigt, als er schließlich aus dem Transporter sprang. Dale schlug die Tür zu. Angies Augen brannten von dem plötzlichen Helligkeitswechsel.

Dale fischte einen Joint aus dem Aschenbecher und zündete ihn mit einem Plastikfeuerzeug an. Er machte einen langen Zug und hielt den Rauch in der Lunge. Dann ließ er ihn langsam aus dem Mund quellen und sagte: »Ich war mit Delilah in *Die Hexen von Oz*.«

»Der Vater des Jahres.«

Dale bot ihr den Joint an.

Angie schüttelte den Kopf. Sie hatte bereits drei Vicodin eingeworfen.

Dale nahm noch einen Zug. Er spähte aus zusammengekniffenen Augen zu dem ganzen Elektronikzubehör. »Wenn ich mich nur mit der Hälfte von dem Zeug auskennen würde, wäre ich inzwischen Milliardär.«

Angie wusste, er wäre genau dort, wo er war, und das nicht nur wegen seines Pechs auf der Rennbahn. Männer wie Dale Harding waren nur gut darin, an einer einzigen Sache festzuhalten: der Verzweiflung.

»Hör zu, du musst mir einen Gefallen tun.«

Wenn Dale um einen Gefallen bat, gab es nur ein Thema. »Ist Delilah rückfällig geworden?«

»Nein, nichts dergleichen. Sie ist stabil.« Er sah sie streng an. »Sie wird clean bleiben, okay?«

Der Mann war komplett verblendet, aber sie sagte: »Sicher.«

»Es geht um was anderes. Um meinen Buchmacher.«

Angie hätte es sich denken können. Selbst der drohende Tod konnte einen Süchtigen nicht stoppen. Was für Delilah das Heroin war, waren für Dale die Rennpferde.

»Ich stehe mit fünfzehntausend in der Kreide«, sagte er.

»Ich weiß, dass du das Geld hast.« Dale bewahrte bündelweise Bargeld unter dem Ersatzreifen in seinem Kofferraum auf. »Nimm dir einfach ein paar Scheine.«

Er schüttelte den Kopf. »Das muss alles an Delilah gehen. Sie wird Geld brauchen, von dem sie leben kann, bis der Papierkram erledigt ist. Du hast mir versprochen, dass du dich um sie kümmerst.«

Angie lehnte sich gegen die Geräte. Drähte pikten sie in den

Rücken, aber sie fühlte sich zu beengt, um sich einen anderen Platz zu suchen. Dales Bedürftigkeit verbrauchte die ganze Luft. Er hatte irgendein Nebengeschäft mit Kip Kilpatrick laufen, sein letzter Versuch, sich Delilah gegenüber korrekt zu verhalten. Auf einem Treuhandkonto lagen zweihundertfünfzigtausend Dollar. In zwei Wochen, mit der Grundsteinlegung des All-Star Complex, würde das Geld automatisch in einen Treuhandfonds fließen, den Dale für Delilah eingerichtet hatte. Er hielt an dem Versprechen des Fonds als seiner einen Chance zur Wiedergutmachung fest. Als könnte ein großer Zahltag die tausend Gelegenheiten wettmachen, bei denen Delilah das Geld für Dales Wetten verdient hatte, indem sie die Beine breitmachte.

Angie interessierte sich nicht für Dales Wiedergutmachung, und sie hatte keine Lust, sich mit einer drogensüchtigen Hure herumzuschlagen. Der einzige Grund, warum sie Ja gesagt hatte, war, weil Dale ihr dafür den Job bei *110* in Aussicht stellte. Hätte sie für ein Kind verantwortlich sein wollen, hätte sie Jo behalten.

Dale warf den Joint wieder in den Aschenbecher. »Ich hab das hier vom Anwalt bekommen.« Er zog einen gefalteten Stapel Papiere aus der Innentasche seines Sakkos. Ein Wettschein segelte auf den Boden des Transporters. »Du musst nur noch dein Autogramm druntersetzen.«

Angie schüttelte den Kopf. »Ich bin die Falsche, Dale.«

»Ich hab dir den Job bei Kip besorgt. Ich hab keine Fragen gestellt. Du warst einverstanden, das für mich zu tun, und jetzt wirst du es auch tun.«

Sie versuchte, auf Zeit zu spielen. »Ich muss es lesen, bevor ich es unterschreibe, vielleicht mit einem Anwalt reden.«

»Nein, musst du nicht.« Er hatte einen Kugelschreiber in der Hand. »Komm schon. Zwei Exemplare. Eines für dich, eines, das der Anwalt zu den Akten nimmt.« Sie nahm den Kugelschreiber noch immer nicht. »Willst du, dass ich anfange, Fragen zu stellen? Nach deinem Mann, zum Beispiel? Oder warum du die Verschlüsselung von medizinischer Software knacken musst?«

»Dieser Wichser«, sagte Angie. Sam hatte sie also doch verpfiffen. Sie hielt Dale weiter hin. »Wie würde das funktionieren? Mit dem Treuhandfonds?«

»Der Treuhänder – das bist du – ist befugt, Geld für grundlegende Dinge wie Wohnung, Nebenkosten, Gesundheitsaufwendungen auszuzahlen. Ich will sicherstellen, dass sie immer ein Dach über dem Kopf hat.« Dann fügte er an: »Ich habe hineinschreiben lassen, dass du einen Tausender im Monat dafür kriegst, dass du dich darum kümmerst.«

Nicht zu verachten, aber auch nicht genug, um sich zur Ruhe zu setzen. Das größere Problem war, dass Angie Delilah Palmer kannte. Sie war ein egoistisches, verzogenes Gör, selbst ohne die Drogensucht. Jeder Cent, den das Mädchen in die Finger bckam, würde in einem Löffel geschmolzen und in eine Vene gedrückt werden, wenn sie noch eine fand.

Und genau deshalb nahm Angie den Kugelschreiber und unterzeichnete die Vereinbarung.

Dale lachte, als er die Unterschrift sah. »Angie Trent?«

»Was ist mit deinem anderen Problem?« Sie steckte ihr Exemplar des Vertrags in die Handtasche. »Ich gehe davon aus, dass dein Buchmacher außerdem Zuhälter ist, oder?«

»Er hat Huren an der Cheshire Bridge laufen. Das ist dein alter Tummelplatz, oder?«

In ihrer Zeit als Detective hatte Angie mit Sexfallen im Cheshire Motor Inn gearbeitet. »Das ist Jahre her. Diese Mädchen sind alle tot.«

»Du brauchst ihre Namen nicht zu wissen. Du musst nur dafür sorgen, dass sie hopsgenommen werden.«

»Ich soll das APD dazu bringen, dass sie eine Razzia an der Cheshire Bridge machen?« Sie schüttelte bereits den Kopf. Ebenso gut könnte sie verlangen, sie sollten den ganzen Sand am Daytona Beach ausheben. »Das ist bergeweise Papierkram.

Die Mädchen sind nach ein paar Stunden wieder draußen und werden nach einer Woche zur Anklage vernommen. Nie im Leben machen sie das.«

»Denny wird es tun, wenn du ihn nett darum bittest.«

Angie hasste es, dass Dale seine klebrigen Finger ständig in ihrem Leben hatte.

»Komm schon, Polaski. Schenk einem Sterbenden ein bisschen Frieden. Denny würde einen Esel ficken, wenn du ihn darum bittest.«

»Denny würde einfach so einen Esel ficken.« Sie holte widerwillig ihr Handy hervor. Angie benutzte nur Prepaid-Handys, damit sie bestimmen konnte, für wen sie erreichbar war. Sie zog Dennys Nummer aus dem Rolodex in ihrem Kopf und begann sie einzugeben. »Ich nehme an, es soll sofort passieren?«, sagte sie.

»Heute wäre gut. Die Hälfte von Icebergs Kohle steckt in der Cheshire-Sache. Wenn Denny ihn damit auf Trab hält, dass er Mädchen gegen Kaution herausholen muss, müsste mir das mindestens eine Woche Zeit verschaffen.«

Sie betrachtete seine wässrigen Augen. Das Weiße darin war wie von roten Fäden durchzogen. »Nur eine Woche? Das ist alles, was dir noch bleibt?«

»Ich habe es ausgerechnet. Wenn meine Nieren mich nicht erledigen, wird das hier dafür sorgen.« Er zog eine kleine Tüte mit weißem Pulver aus der Tasche. »Hundertprozentig rein.«

»Jeder Dealer auf dem Planeten behauptet, dass sein Kokain hundertprozentig rein ist.« Sie schrieb ihre SMS zu Ende. »Es ist wahrscheinlich ein Abführmittel.«

»Es ist echt«, sagte Dale, denn natürlich hatte er es ausprobiert. »Ich schätze, bei so viel Koks nach all den Jahren werden sie mein Herz von der Decke schaben müssen.«

»Klingt super.« Angie schickte die SMS an Denny und steckte ihr Handy wieder in die Handtasche. »Sorg dafür, dass ich nicht diejenige bin, die deine Leiche findet.«

»Versprochen«, sagte er. »Aber hör zu, du musst es mir auch noch einmal versprechen, Polaski. Du kannst dir deinen Schnitt von dem Geld nehmen, aber du sorgst dafür, dass Delilah gut aufgehoben ist, okay? Sie muss nicht auf großem Fuß leben, aber in einer hübschen Wohnung mit netten Nachbarn – nicht wie diese asiatische Schlampe Barb, mit der ich mich herumschlagen muss. Dass sie ausreichend vollwertiges Essen und Bio-Shampoo und all so Zeug hat.«

»Sicher doch.« Noch ein Versprechen, von dem Angie nicht wusste, ob sie es halten würde. »Aber wozu diese Eile? Du kannst noch ein paar Wochen rausschinden und dafür sorgen, dass alles glatt geht.«

Er schüttelte den Kopf. »Ich mach es nicht noch ein paar Wochen. Ich hab alles so satt. Das ganze Leben. Ich will, dass es vorbei ist.«

Sie nahm an, dass er es ehrlich meinte, aber die andere Sache war die, dass Dale wusste, Delilah würde stinkwütend sein, wenn sie erfuhr, dass sie das Geld nicht in einer großen Summe in die Hand bekam. Ein Tobsuchtsanfall von ihr genügte, und Dale würde kapitulieren, und deshalb musste Angie nach seinem Tod den Mumm aufbringen, den er zu Lebzeiten nicht hatte. »Warum ich? Du hast Delilah geheiratet, damit deine Exfrauen keinen Zugriff auf das Erbe haben. Problem gelöst. Du könntest einen Anwalt engagieren, der sie an die Leine nimmt. Warum muss ich ihr Banker sein?«

»Weil ein Anwalt die Hälfte von der Kohle verpulvert hätte, bis er merkt, dass sie ihn zum Narren hält. Du gibst einen Scheißdreck auf irgendwen, am allerwenigsten auf sie. Sie wird um Geld bitten und betteln, und du wirst nur sagen, sie soll dich am Arsch lecken.«

Dem konnte Angie nicht widersprechen.

»Und weil sie es ausgeben wird«, sagte er. »Sie ist zu dumm, um für die Zukunft zu planen. Sie will immer alles sofort, so viel sie kriegen kann und so schnell sie es kriegen kann.«

»Von wem sie das wohl hat?«

Dale zog es vor, sie nicht zu verstehen. »Kids wie sie kennen den Wert des Dollars nicht. Sie hat ihr ganzes Leben lang zu kämpfen gehabt, und das geht auf meine Kappe. Die Tabletten. Das Heroin. Und dann Virginia mit ihrem ganzen Mist …« Dale zog ein Handtuch aus der Tasche und schnäuzte sich. Die Tränen, die ihm aus den Augen fielen, sahen trüb aus. »Himmel«, sagte er. »Das ist diese Geschichte.« Er meinte die Tatsache, dass er bald sterben würde und dass er die Kontrolle über seinen Körper verlor. Auf *WebMD* war es als Nebenwirkung aufgeführt. Lebhafte Träume. Halluzinationen. Gedächtnisverlust. Mangelnde Koordinationsfähigkeit.

Dale schnäuzte sich wieder. Er wischte sich die Augen aus.

Angie sah zu, wie er sich abmühte, seine Emotionen in den Griff zu bekommen. Sie fröstelte, obwohl eine Gluthitze in dem Transporter war. Schmerz konnte ansteckend sein. Sie durfte ihn nicht an sich heranlassen.

»Ich will nur dafür sorgen, dass alles richtig gemacht wird«, sagte Dale.

Alles richtig zu machen war nie Angies Stärke gewesen. »Was hält mich davon ab, das Konto einfach leer zu räumen und Delilah auf dem Trockenen sitzen zu lassen?«

»Es gibt eine Aufsicht durch die Anwaltskanzlei. Du kannst nur Schecks an Vermieter, Stromanbieter und dergleichen ausstellen, aber beispielsweise nicht an *Macy's* oder *McDonald's*.«

Angie nickte, aber sie konnte sich tausend Möglichkeiten vorstellen, diese Beschränkung zu umgehen. Schritt eins: Sie verwandelte sich in eine Vermieterin.

»Du hast es mir versprochen, Angie«, sagte Dale. »Du hast mir dein Wort gegeben. Ich behaupte nicht, dass das etwas bedeutet, aber ich sage dir, ich trete viel früher ab als du, und wenn du meine Tochter verarschst, warte ich in der Hölle auf dich.«

Sie hätte nur ungern zugegeben, dass ihr die Warnung Angst

machte. »Du glaubst nicht, dass ich einen Versuch im Himmel bekomme?«

Er warf das gebrauchte Taschentuch auf den Boden. »Erzähl mir, warum du so an Figs Frau interessiert bist.«

»Weil ich dafür bezahlt werde.«

»Es ist aber kein neues Interesse.«

Angie lächelte. »Warum hast du deinen Verstand eigentlich nie in der Arbeit benutzt?«

»Dafür haben sie mir nicht genug bezahlt.« Er wischte sich mit dem Handrücken über die Nase. »Stalking kann dir zehn Jahre in einem Schwerverbrecherknast einbringen.«

Angie fragte sich, wen sie seiner Ansicht nach verfolgte. Sara natürlich, aber sie war auch Jo gefolgt. »Wie kommst du darauf, dass ich eine Stalkerin bin?«

»Ich bin nicht so dumm, wie ich aussehe, Polaski. Du hast mich um einen Job angebettelt. Dein Mann hat versucht, eine Anklage gegen Marcus Rippy zu zimmern. Ich habe ein bisschen nachgeforscht.«

Angie spürte, wie sich ihre Nackenhaare aufstellten. Sie hielt immer die Augen offen wegen Will. Dale dagegen hatte sie nicht einmal kommen sehen. »Was glaubst du, über mich zu wissen?«

»Dass du den einzigen Kerl in der ganzen Welt verarscht hast, der dich nicht für ein wertloses, eiskaltes Miststück hält.«

»Wertlos«, sagte Angie, denn das war der einzige Schlag, der saß. Als sie Wills Anklagesache gegen Rippy gegen die Wand fahren ließ, war es ausschließlich um Geld gegangen. »Hast du noch ein paar Perlen deiner Weisheit auf Lager?«, fragte sie.

»Kümmere dich um diese Geschichte mit Figs Frau. Rippy darf die nächsten zwei Wochen nicht wackeln. Mein Anwalt sagt, das Treuhandkonto ist absolut rechtmäßig. In zwei Wochen, wenn der Spaten in die Erde stößt, landen die Zweihundertfünfzigtausend in Delilahs Treuhandfonds, und sie ist für den Rest ihres Lebens abgesichert. Wenn es nicht zu diesem

Spatenstich kommt oder selbst wenn es nur einen Tag später passiert, gibt es nichts, und mein ganzes Leben war für den Arsch.« Dale stieß die Tür auf. Die Sonne zerschnitt den Wagen in zwei Hälften. »Wenn ich in die Grube fahre, will ich mir keine Sorgen machen müssen, dass mein Deal platzt, weil dieses Arschloch von Rippy seinen Schwanz nicht in der Hose behalten kann.«

»Ich kümmere mich darum«, sagte Angie, aber sie war sich nicht so sicher.

»Gut.« Das Fahrzeug schaukelte, als sich Dale ins Freie mühte. Er war benommen. Angie wusste nicht, ob es von der Hitze kam oder von dem, was ihn umbrachte. Es interessierte sie beim besten Willen nicht. Sie wusste nur, je früher Dale starb, desto früher musste sie sein Herumschnüffeln, seine kranke Art und all die anderen widerlichen Dinge an ihm nicht mehr ertragen, die sie nur runterzogen.

»Ich wieder.« Sam nahm auf der andern Kiste Platz. »Gibt es sonst noch etwas?«

Sie hielt das grüne Telefon in die Höhe, das er zusammengeklebt hatte. »Wann wird das funktionieren?«

»Sie muss eine SMS über WLAN oder aus ihrem Netzwerk bekommen. Sobald sie antwortet, wird das grüne Handy aktiviert.«

»Warum schicke ich ihr nicht einfach eine SMS?«

»Weil sie antworten muss, sonst kann das Programm nicht herunterladen. Benutzerschnittstelle. Ist zickig.«

»Kann ich ihre Gespräche belauschen?«

»Spricht denn noch jemand am Telefon?« Er schaute verwirrt drein. »Ich bin gar nicht auf die Idee gekommen, dafür etwas einzurichten. Ich meine, es gibt SMS und alles. Reicht das nicht?«

Angie hatte es satt, sich alt zu fühlen. »Was ist mit *Facetime? Skype?*«

»Tja, das ist kniffliger. Also, mit VOIP kann…«

»Ich schieb dir dieses Ding in den Hintern, wenn du dich nicht so ausdrückst, dass ich es verstehe.«

»Ich dachte, das tue ich.« Er schmollte jetzt wieder. »Bei *Facetime* und *Skype* ist es zeitversetzt. Es gibt ein Programm, das ich aus der Ferne über eine App auf ihr Telefon geladen habe. Es zeichnet alle eingehenden Videoanrufe auf, aber Sie müssen warten, bis der Anruf beendet ist, bevor Sie es sich ansehen können.«

»Und wie erhalte ich Zugang dazu?«

Er nahm ihr das Telefon sanft aus der Hand und aktivierte den Schirm. Er deutete auf eine App, die durch ein altmodisches Grammophon dargestellt wurde. »Wenn Sie da draufdrücken, bekommen Sie eine Liste. Drücken Sie auf den Videoanruf, den Sie sehen wollen, und er wird geladen. Aber erst, nachdem der Anruf beendet ist.«

»Was, wenn ich einen Anruf sehen will, der heute Morgen stattgefunden hat?«

»Da kann ich Ihnen nicht helfen. Er wird nicht in ihrem Handy gespeichert sein. Ich habe nur Zugriff auf Dinge, die bereits gespeichert sind, und auf alles, was ab jetzt passiert, genau wie bei dem Laptop.« Dann fügte er an: »Ich kann Ihnen noch ein paar Funktionen auf dem Tablet zeigen, wenn Sie es brauchen.«

Himmel, er sprach mit ihr, als wäre sie seine Großmutter. »Das Ding funktioniert wie ein normales iPad?«

»Ja, sicher.«

»Dann komme ich klar.« Angie schickte sich an, aus dem Wagen zu steigen.

»Ich habe niemandem etwas erzählt«, sagte Sam. »Von dem anderen Zeug, das ich für Sie erledigt habe.«

Angie sah ihn an. »Als Dale also sagte, dass er über die medizinische Entschlüsselungssoftware Bescheid weiß, die du mir gegeben hast, hat er einfach nur wild drauflosgeraten?«

Sams Unterlippenbart zuckte.

Angie sah sich in dem Transporter um. Herabhängende Kabel. Kisten mit Elektronikzubehör. Monitore. Tablets. Laptops.

»Suchen Sie etwas?«, fragte Sam.

»Ich stelle mir nur gerade vor, wie es hier drin wohl aussieht, wenn ich dir ins Gesicht schieße.«

Sam stieß ein nervöses Lachen aus.

Angie nahm ihre Waffe aus der Handtasche. Sie legte sie auf das iPad, die Hand um den Griff. Ihr Zeigefinger ruhte seitlich auf dem Abzugsbügel, wie sie es gelernt hatte. Oder vielleicht auch nicht. Sie sah nach unten. Der Finger war am Abzug. »Hey, bitte, Lady.« Sam hatte aufgehört zu lachen und die Hände gehoben. »Es tut mir leid, ja? Bitte erschießen Sie mich nicht. Bitte.«

»Denk dran, wie du dich jetzt fühlst, wenn du das nächste Mal über meine Angelegenheiten herumtratschen willst.«

»Mach ich. Versprochen.«

Angie steckte die Waffe wieder in ihre Tasche. Sie war zu weit gegangen. »Gib mir, was du hast.«

Er wühlte in einem der Behälter herum und zog eine Tüte Gras heraus. »Das ist alles, was ich habe.«

Angie nahm die Tüte. Sie sammelte ihre Geräte ein und stieg aus. Sam machte sich nicht die Mühe, die Tür des Transporters zu schließen. Er raste aus dem Parkplatz, bevor sie es sich anders überlegte.

Angie stieg in ihren Wagen. Sie legte das iPad und das grüne Telefon vorsichtig auf den Beifahrersitz. Sie rammte den Schlüssel ins Zündschloss. Der Motor sprang an. Die Gänge lockerten sich.

Sam war Dales Kontakt. Sie hätte den Jungen fast erschossen. Vielleicht. Wer konnte sagen, was zum Teufel sie sich dabei gedacht hatte? Angie holte die Glock aus der Handtasche. Sie ließ das Magazin herausspringen. Sie warf die Kugel in der Kammer aus, die wie eine Springbohne heraushüpfte und unter ihrem Sitz verschwand. Sie blickte in den Lauf, um sich zu vergewissern, dass die Waffe nicht mehr geladen war. Das würde ihr zumindest zu ein wenig Abstand verhelfen, bevor sie die Waffe das nächste Mal zog.

Für den Moment musste sie machen, dass sie hier wegkam.

Angie kämpfte mit der Kupplung und dem Schalthebel. Der Gang rastete ein. Sie fuhr aus dem Parkplatz. Sie konnte sich nicht entscheiden, in welche Richtung sie fahren sollte. Das grüne Telefon würde erst aktiviert werden, wenn Jo auf eine SMS antwortete. Angie musste davon ausgehen, dass Reuben der einzige Mensch war, der ihr überhaupt SMS schrieb. Laslo zufolge würde er den ganzen Tag im OP sein. Sie konnte nicht wissen, wann er aus der Narkose erwachen würde, aber sie wusste, dass er als Erstes mit Jo Kontakt aufnehmen würde. Beziehungsweise sie dazu veranlassen würde, dass sie mit ihm Kontakt aufnahm.

Damit blieb noch Sams iPad mit der Antenne auf der Rückseite. Welches Schattenprogramm Dale auch immer heimlich auf Jos Computer installiert hatte, es würde vermutlich nicht viel erbringen, was ihr weiterhalf. Wenn Reuben seine Frau nicht einmal auf einen Kaffee ausgehen ließ, ohne einen Beweis dafür zu verlangen, was sie tat, würde er mit Sicherheit auch ihre E-Mails und Internetsuchen überwachen.

Es gab nur eine Möglichkeit: Jo hatte einen Plan. Sie führte etwas im Schilde, bei dem Marcus Rippy eine Rolle spielte. Das stand für Angie fest. Das Mädchen, das in dem *Starbucks* zu Hemingway gesagt hatte, er solle sich um seinen eigenen Scheiß kümmern, war ein Mädchen, das Geheimnisse für sich behielt.

Josephine, nicht Jo.

Das war der Name, den sie der Barista genannt hatte.

Angie erkannte es als Zeichen einer Frau, die sich neu zu erfinden versuchte. Als Angie vor tausend Jahren in dem Kinderheim abgesetzt worden war, hatte sie der ersten Person, die sie Angela statt Angie nannte, ins Gesicht geschlagen.

Angela hatte ihr Zuhälter sie genannt. Angie nannte sie sich selbst.

Reuben nannte seine Frau Jo. Wenn Jo allein war, wenn sie sich ein kleines Stück Freiheit erobern konnte, nannte sie sich Josephine.

Sie hatte vor zu fliehen, und wahrscheinlich bald. Reuben würde am Sonntag zurück sein. Damit blieben Angie weniger als fünf Tage, um herauszufinden, was ihre Tochter plante. Sie sah auf ihre Uhr. Mittag.

Es gab eine Quelle, die sie noch nicht angezapft hatte: La-Donna Rippy.

Wenn man etwas über eine Frau erfahren wollte, musste man nur die Frau fragen, die vorgab, ihre Freundin zu sein.

MITTWOCH, 12.13 UHR

Angie bewegte sich im Stop-and-go die Piedmont Road entlang. Dank übermäßiger Bautätigkeit und geografischer Lage gab es keine Tageszeit mehr, zu der die schmale Straße nicht verstopft war. Sie legte den ersten Gang ein. Nach einem Abstecher bei einer Tankstelle ließ sich der Wagen jetzt problemlos schalten.

Sie sah auf dem grünen Telefon nach, ob Jo schon auf eine SMS geantwortet hatte. Kein Glück. Es gab immer noch das iPad mit der Antenne, aber Jo würde nicht so dumm sein, etwas Belastendes darauf zu hinterlassen.

Außerdem hatte Angie ihre Lektion gelernt, was das Ausspähen persönlicher Dateien anderer Leute anging. Sara hatte Tausende von Fotos auf ihrer Festplatte gespeichert, alle fein säuberlich nach Datum und Anlass geordnet. Will und Sara am Strand. Will und Sara beim Campen. Will und Sara bei der Ersteigung des Stone Mountain. Es war ekelerregend, wie glücklich Sara immer aussah – nicht nur auf den Bildern mit Will, sondern auch auf den viel älteren Fotos mit ihrem toten Mann.

Angie fragte sich, ob Will je ein Foto von Jeffrey Tolliver gesehen hatte. Seine Eier hätten sich nach innen gestülpt. Tolliver hatte unglaublich gut ausgesehen. Hochgewachsen, mit gewelltem dunklen Haar und einem Körper, von dem ihre Zunge nie genug bekommen hätte. Er hatte an der Auburn University im Footballteam gespielt. Er war Polizeichef gewesen. Man brauchte ihn nur anzusehen, um zu wissen, dass er sich mit Frauen auskannte.

Angie musste zugeben, dass Sara Linton einen guten Geschmack in Bezug auf Polizisten hatte.

Nur schade, dass sie nicht wusste, wann sie ihre gierigen Finger von ihnen lassen musste.

Angie überfuhr eine rote Ampel und bog, von einem Hupkonzert begleitet, in die Tuxedo Road ab. Sie rollte gemächlich dahin. Die Villa von LaDonna und Marcus Rippy stand am Ende eines sanft ansteigenden Hangs. Während bei den meisten Anwesen Bäume und Sträucher den Blick von der Straße versperrten, hatte LaDonna dafür gesorgt, dass das Haus sofort ins Auge stach. Ein abscheulich großes, goldenes R prangte an dem geschlossenen Tor. Das Logo hatte LaDonna selbst entworfen. Sie brachte es auf allem an, selbst auf ihren Handtüchern.

Angie fuhr vor das Tor. Sie drückte auf den Knopf für die Sprechanlage, nannte ihren Namen und wartete auf den langen Summton. Sie war schon einige Male im Haus gewesen, wenn sie LaDonna dazu bringen musste, Unterlagen aus Kips Büro zu unterschreiben. Marcus' Frau zeichnete alle geschäftlichen Schriftstücke Rippys mit ab, was sehr schlau oder sehr dumm war, je nachdem, ob man es aus LaDonnas oder Marcus' Blickwinkel sah.

Der Motor ratterte, als sie die gewundene Zufahrt hinauffuhr. Irgendwo bellte ein Hund. Wahrscheinlich der Husky der Familie, der überall hinschiss, weil sich niemand die Mühe machte, ihn auszuführen. Der Hof am Ende der Zufahrt stand voller Autos. Zwei Jaguars, ein Bentley, ein leuchtend gelber Maserati.

»Mist«, murmelte Angie. La Donna hielt Hof.

Angies Besuch war bereits angekündigt worden, es gab also kein Zurück mehr. Sie ging unter dem Säulenvorbau am Überwachungsraum vorbei, wo ein gelangweilter Expolizist ein Nickerchen machte, statt die Liveaufnahmen von den Kameras überall auf dem Grundstück zu verfolgen. Sie klopfte an die Küchentür und wartete.

Das Haus war wie ein riesiges U um einen Swimmingpool von olympiatauglichen Maßen gebaut. Alles, was die Familie brauchte, befand sich auf dem Gelände, was sich toll anhörte, bis einem klar wurde, dass man sein gesamtes Leben auf dem eigenen Grundstück verbringen konnte, ohne einen anderen Menschen zu sehen. Außer den Helfern. Von denen gab es

Dutzende, alle in graue Dienstmädchenuniformen mit weißen Schürzen gekleidet, obwohl LaDonna damals, als sie noch Hotelzimmer putzte, ihre Uniform wahrscheinlich gehasst hatte. Scheiße rollt eben immer bergab.

Angie konnte nicht sagen, ob die Dienerschaft kein Englisch sprach oder ob sie sich nur nichts zu sagen traute. Wie bei ihren früheren Besuchen hatte die Frau, die die Tür geöffnet hatte, kein Wort von sich gegeben, sondern Angie nur mit einem Kopfnicken aufgefordert, ihr über einen langen Flur zu folgen.

Die Dekoration war eine Reminiszenz an LaDonnas griechisches Erbe – Statuen, Brunnen und jede Menge Arabesken die Wände rauf und runter. So gut wie alles war mit Gold verkleidet. Die Hähne der Waschbecken waren Schwäne mit Flügeln für heißes und kaltes Wasser. Die Kronleuchter im Flur waren golden. Angie sah zu ihnen hinauf. Die Halterungen bildeten Rippys Logo nach, gebogene Rs, schwer behangen mit Kristallen, die wie Laser wirkten, wenn die Sonne auf sie traf. Angie musste den Blick abwenden. Als das Dienstmädchen sie ins Nagelstudio führte, sah sie Punkte vor den Augen.

»Bist du das, Kleine?« LaDonna winkte Angie zu sich. Ihre Fingernägel wurden von einer schlanken Asiatin leuchtend rot lackiert. Vier andere Frauen weichten gerade ihre Füße in Badesalzen ein, vier weitere Asiatinnen manikürten ihnen die Fingernägel. Im Radio lief Usher. Der Fernseher war auf einen Sportkanal eingestellt, aber der Ton war aus.

»Such dir ein Becken fürs Fußbad«, sagte LaDonna. »Das Mädchen hier macht eine tolle Pediküre.«

»Nein, danke.« Angie hätte sich eher die Nägel ausgerissen, als ihre Füße von einer Fremden berühren zu lassen. Das Leben, das diese Frauen führten, war ihr unbegreiflich. LaDonna war nicht im herkömmlichen Sinn gebildet, aber sie war intelligent genug, um zu wissen, dass sie ihre Zeit besser nutzen konnte, als sich um ein Uhr mittags die Nägel polieren zu lassen. Chantal Gordon war Tennisprofi gewesen, ehe sie ihren Schläger an den Nagel hängte, um Kinder zu bekommen. Angelique Jones war Ärztin. Santee Chadwick war die Privatbankerin ihres jetzigen Mannes gewesen, eines Vice President bei Wells Fargo. Tisha Dupree war eine Idiotin. Sie würde nie etwas Besseres als dies hier tun.

»Muss ich ein paar Papiere unterschreiben?«, fragte LaDonna.

»Ich muss Ihnen ein paar Fragen stellen.«

»Geht es um diese Schlampe in Vegas? Das Problem ist inzwischen erledigt.«

Angie wartete, bis das Gelächter erstarb. »Nein, es ist etwas anderes.«

»Setz dich, Mädchen. Du siehst erledigt aus.«

Angie setzte sich. Sie ließ ihre Handtasche auf den Boden fallen. Sie *fühlte* sich erledigt, und sie konnte nicht sagen, wieso. Eigentlich hatte sie den ganzen Tag doch nichts anderes getan, als irgendwo herumzusitzen. »Warum ist Figs Frau nicht hier?«, fragte sie.

Chantal schnaubte höhnisch. »Die Kleine trägt die Nase zu hoch, um auf das Niveau von uns Schlampen herunterzusteigen.«

»Sie wird noch stolpern, wenn sie nicht irgendwann nach unten guckt«, sagte Tisha.

Es gab das unvermeidliche peinliche Schweigen.

Schließlich fragte Angelique: »Ist Jo in Schwierigkeiten?«

»Ich weiß es nicht.« Angie studierte LaDonna. Die Frau wartete auf etwas. Wäre sie eine Katze gewesen, hätte ihr Schwanz gezuckt. »Jo bleibt anscheinend für sich. Kip macht sich Sorgen, dass etwas nicht stimmt. Er will, dass es ihr gut geht.«

»Ich habe nie mehr als zwei Worte mit ihr gewechselt«, sagte Santee. »Sie ist mir zu arrogant.«

Angelique meinte: »Menschen, die schüchtern sind, werden oft falsch interpretiert. Sie wirken sehr leicht distanziert.«

»Sie *ist* distanziert«, konterte Chantal. »Ich habe sie zum Kaffeetrinken eingeladen. Ich habe gefragt, ob sie mit mir zum Shoppen geht. Jedes Mal sagte sie: ›Ich bespreche es mit Fig und melde mich wieder.‹« Sie schüttelte den Kopf. »Das war vor einem halben Jahr. Ich warte immer noch.«

»Ich gehe mit dir zum Shoppen«, bot Tisha an.

Chantal verfolgte interessiert die Arbeit an ihren Fingernägeln.

»Sie ist zu dünn.« Angelique war Ärztin, ihr fiel so etwas auf. »Ich dachte, es liegt an dem Stress wegen des Umzugs und weil sie Anthony in eine neue Schule geben musste. Es ist eine Menge Verantwortung, mit einem Haushalt von dieser Größe umzuziehen.«

»Vor allen Dingen, wenn dein Mann keinen Finger rührt«, ergänzte Chantal. »Als Jameel und ich hierherzogen, hat dieser Mann genau einen Koffer gepackt, und in dem war nur Zeug von ihm. Ich habe ihn gefragt, was ich mit den Klamotten und dem Spielzeug seiner Kinder tun soll, mit der Küche und mit den Bädern, und er sagte nur: ›Ich hab, was ich brauche, Baby. Du machst das schon.‹«

Ringsum wurde Anteilnahme zum Ausdruck gebracht. Angie konnte sich nicht vorstellen, dass Chantal Kisten in einen gemieteten Lkw gepackt hatte. Sie hatte es Jameel wahrscheinlich heimgezahlt, indem sie die teuerste Umzugsfirma engagiert hatte, die sie finden konnte.

»Jo hat Fig jung geheiratet«, sagte Santee.

»Wer hat das nicht?«, konterte Chantal. »Ich war neunzehn. La D war achtzehn. Kommt mir eher vor, als hätte sie spät geheiratet.«

Angie sah LaDonna an. Sie beobachtete immer noch, sagte aber nach wie vor nichts.

»Jo muss froh sein, dass es bei Fig gut läuft. Marcus hat ihn als Spieler wirklich vorwärtsgebracht«, sagte Santee.

»Jo macht sich nichts aus Basketball«, stichelte Chantal.

Der ganzen Runde stockte der Atem – und es war nicht einmal gespielt.

»Woraus macht sie sich denn etwas?«, fragte Angie.

»Sie liebt Anthony«, antwortete Tisha. »Ihr ganzes Leben dreht sich um ihn.«

»Und ihre Mutter«, fügte Angelique hinzu. »Die befindet sich leider im frühen Stadium einer Herzinsuffizienz.«

»Vielleicht bleibt sie deshalb so für sich«, sagte Tisha. »Ich habe meine Mutter vor ein paar Jahren verloren. Darüber kommt man nicht so leicht hinweg. Das hängt einem nach.«

Angelique wandte sich an Angie. »Jo und Fig werden auf der Party am Sonntagabend sein. La D und Marcus veranstalten eine große Fete, bevor die Saison startet. Ich kann mit ihr reden, wenn Sie wollen.«

»Das würde ich sehr begrüßen.« Angie sah LaDonna an. Es war nie ein gutes Zeichen, wenn die Frau so schweigsam war. »Ich habe gehört, Sie haben eine nette Party für Jo geschmissen, als sie hierhergezogen ist.«

LaDonna blies auf ihre frisch lackierten Nägel. Sie hatte ein Funkeln in den Augen.

»Sie kannten Jo bereits?« Angie bemühte sich, vorsichtig aufzutreten. »Aus der Highschool?«

LaDonna scheuchte die Nagelpflegerin mit einer Handbewegung fort. »Wir sind nicht auf dieselbe Schule gegangen. Sie hat im Nachbarort gewohnt.«

»Das wusste ich gar nicht«, sagte Tisha.

»Und wie war es mit der Kirche?«

»Ja, ich glaube, sie ist in meine Kirche gegangen.«

Tisha machte den Mund auf und schloss ihn wieder.

Angie wartete. LaDonna machte es einem nie leicht. Was die Frau allerdings nicht verstand, war, dass Angie ihre Zukunft bei *110 Sports Management* egal war. Alles, was sie interessierte, war Jo. Sie sagte: »Wollen wir um die Tatsache herumschleichen, dass Marcus früher mit Jo Figaroa zusammen war, oder wollen Sie vernünftig mit mir reden und mir sagen, was los ist?«

LaDonnas Lippen waren immer noch gespitzt, weil sie auf ihre Nägel blies. »Ich würde Händchen halten und Gespräche über die Bibelstunde nicht als ›zusammen sein‹ bezeichnen.«

»Wie würden Sie es denn nennen?«

»Das geht dich einen Scheiß an.«

»Sollen wir verduften?«, fragte Santee, an LaDonna gewandt.

»Nein, lass mal, wir machen einen kleinen Spaziergang zum Pool.« LaDonna stand auf. Sie schlüpfte in ein Paar magentafarbene Stilettos. »Straußenleder« sagte sie zu Angie. »Meine Hausmarke. In Mailand handgefertigt.«

»Sunblocker nicht vergessen!«, rief Tisha. »Sonst bekommst du einen Sonnenbrand.«

LaDonna durchbohrte das Mädchen mit ihrem Stahlblick. »Hier entlang«, sagte sie zu Angie.

Angie war nicht der Typ, der jemandem hinterherlief. Sie ging Schulter an Schulter mit LaDonna den Flur entlang. Sie sah auf die italienischen Schuhe der Frau hinunter. Goldene Rs waren auf die Spitzen gestickt. Einige Fäden hatten sich gelöst, und auf der Höhe einer Zehe war ein winziger Fleck. Der Anblick dieser Mängel bereitete Angie die einzige Freude, die sie an diesem Tag bisher empfunden hatte. LaDonna hatte sie immer an das erinnert, was Zuhälter die Stallmama nannten – eine ältere Hure, die die Mädchen durch Gewalt oder Manipulation auf Spur hielt. Sie tröstete einen oder tat einem weh, je nachdem, was nötig war, damit man weiter anschaffen ging.

LaDonna setzte eine Sonnenbrille auf und öffnete die Tür nach draußen, wo es noch heißer und greller war, als Angie erwartet hatte. Sie tat einen Atemzug in der feuchtwarmen Luft. Noch immer hatte sie den Geruch des Nagellacks in der Nase.

»Was soll das werden, du Miststück?«, fragte LaDonna.

Angie lächelte, aber nur, um sie auf die Palme zu bringen. »Wie ich gesagt habe: Kip macht sich Sorgen um Jo.«

»Sie entspricht nicht dem Beuteschema meines Mannes, falls du darauf hinauswillst.« LaDonna schüttelte zur Bekräftigung den Kopf. »Marcus mag Frauen mit ein bisschen Kampfgeist. Jo traut sich nicht mal, den Mund aufzumachen.«

»Sie steht unter Figs Fuchtel.«

»Unter seiner Knute kommt eher hin.« LaDonna schnaubte höhnisch, als sie Angies Verblüffung bemerkte. »Glaubst du, ich erkenne die Anzeichen nicht?« Sie lachte. »Marcus würde nie die Hand gegen mich erheben, aber mein Daddy, der hat oft seinen Gürtel aus der Hose gezogen und mir die Haut vom Hintern geprügelt.« Sie hob den Zeigefinger. »Jo hat denselben Blick, den meine Mama immer hatte, wenn sie geschlagen wurde. Ach was, sogar wenn sie nicht geschlagen wurde. Er brauchte sie nur anzusehen, und sie …« LaDonna zog den Kopf ein und warf die Hände in die Luft, aber es war ihr nicht gegeben, verängstigt auszusehen.

»Haben Sie mit Jo darüber gesprochen?«, fragte Angie.

»Und was sollte ich sagen? ›Ich weiß, dein Mann schlägt dich. Warum zum Teufel nimmst du nicht die Hälfte seines Geldes und gehst?‹ Herrgott, das weiß sie bereits. Sie weiß es verdammt noch mal seit fast zehn Jahren. Und was hat sie unternommen?« Sie ging zu einem überdachten Grillbereich und holte eine Flasche Wasser aus einem Kühlschrank. »Es ist nicht mehr wie früher. Ein Foto, ein Video aus einem Aufzug, und sie hat die ganze Welt auf ihrer Seite.« LaDonna lachte. »Du siehst ja selbst, wie das läuft, oder? Sie kommt ständig im Fernsehen und alles, und die Leute haben Mitleid mit ihr, aber kaum ist eine Woche vergangen, geben sie ihr auf einmal die Schuld, dann heißt es: ›Seht ihr, dass sie hier gar nicht schreit in dem Video?‹, oder: ›Seht ihr, wie sie ihn hier in die Brust boxt?‹, und: ›Warum hat sie ihn auch so wütend gemacht?‹, und: ›Sie will doch nur sein Geld.‹«

Angie schüttelte den Kopf. »Mir ist nicht klar, was Sie mir sagen wollen. Soll sie gehen, oder ist sie besser dran, wenn sie bleibt?«

»Ich will sagen, dass das Mädchen kein Rückgrat hat.«

»Rückgrat zeigen hat seinen Preis«, sagte Angie. »Fig würde seinen Vertrag verlieren, wenn Jo ausposaunt, was er treibt. Dann würde kein Geld mehr hereinkommen.«

»Scheiß auf das Geld.« Sie warf Angie eine Flasche Wasser zu. »Wenn Marcus so einen Scheiß mit mir versuchen würde, würde ich für alles Gold in Fort Knox nicht bei ihm bleiben. Ich weiß immer noch, wie man ein Hotelzimmer sauber macht. Eher lebe ich mit meinen Kindern auf der Straße, als dass ich sie mit ansehen lasse, wie er mich prügelt wie einen Hund.«

Angie fragte sich, ob das stimmte. »Warum helfen Sie ihr nicht?«

»Verdammt, ich halse mir doch nicht die Scheiße von der Kleinen auf.« LaDonna trank einen Schluck Wasser. »Abgesehen davon muss ich mich um meine Kinder kümmern. Einen Haushalt führen. Ich habe einen Mann, der mich braucht. Ich vergeude meine kostbare Zeit nicht mit dem Versuch, jemanden zu retten, der gar nicht gerettet werden will.«

Aus Angies Mund kam ein Geräusch, das fast wie ein »Ha!« klang. LaDonna hatte vielleicht keine Huren am Laufen, aber sie hatte die Stallmama-Logik perfekt drauf.

»Schau mich an, Schwester.« LaDonna nahm die Sonnenbrille ab. »Schau auf meine Lippen. Hör zu, was ich dir sage. Und richte es Kip aus: Jo Figaroa gefällt, was sie hat.«

»Es gefällt ihr, geschlagen zu werden?«

»Warum sollte sie sonst bei Fig bleiben?«, erwiderte LaDonna. »Du hast die beiden noch nicht gesehen, wenn die Wut langsam in ihm hochkocht. Sie unternimmt nicht das Geringste, um ihn zu beruhigen. Im Gegenteil, sie stachelt ihn noch an. Ärgert ihn. Ohrfeigt ihn.« Sie deutete mit dem Finger auf Angie. »Genau hier, an diesem Pool, habe ich es mit eigenen Augen gesehen. Bei einer Team-Party vor ein paar Monaten. Wir lümmeln alle herum und trinken Cocktails, und Fig sagt ganz ruhig zu ihr, dass sie ihm was zu trinken holen soll. Jo hat aber keine Lust dazu. Sie sagt: ›Hol's dir verdammt noch mal selbst.‹ So etwas mag Fig natürlich gar nicht. Wir sehen alle, wie er sich ärgert. Er stößt Jo aus ihrem Sessel. Sie holt ihm den Drink noch immer nicht. Sie stänkert herum, boxt ihn in die Brust, als hätte sie keine Angst vor ihm. Wir wussten alle, was passieren würde. Fig hat ihr fast die Haare ausgerissen, als er sie ins Haus geschleift hat. Ich weiß nicht, was er mit ihr gemacht hat, aber sie hat nie wieder gegen ihn gestänkert.«

Und offenbar hatte trotz der geballten Sportler-Muskelkraft rund um den Pool niemand einen Finger gerührt, um zu verhindern, dass einer fünfzig Kilo schweren Frau die Scheiße aus dem Leib geprügelt wurde. »Fig hatte sicher schreckliche Angst, als Jo ihn geschlagen hat.«

»Ja, oder?«, sagte LaDonna. »Das ist genau das, was ich meine. Du willst raus? Dann mach ein Foto von dem Scheiß – von den Prellungen, der geschwollenen Lippe, dem blauen Auge. Stell es auf *TMZ*. Ruf einen Anwalt an.«

»Ruf einen Gerichtsmediziner an«, sagte Angie.

»Vielleicht.« LaDonna trank ihr Wasser aus und warf die Flasche in die Recyclingtonne. »Er knallt sie ab, wenn sie versucht, ihn zu verlassen. Und von dem, was Fig tun würde, wenn sie ihm seinen Sohn wegnehmen wollte, will ich gar nicht reden. Der Mann liebt seinen Jungen. Er sprengt die ganze Welt in die Luft, wenn Jo auch nur mit dem Gedanken spielt, ihn mitzunehmen.«

»Ich dachte, es ist einfach: Mach ein paar Fotos und besorg dir einen Anwalt.«

Sie sah Angie durchdringend an. »Jetzt sag mir noch mal, warum du dir so viele Gedanken um Jo machst.«

»Es ist mein Job.«

»Warum kommst du dann zu mir mit dem Scheiß?« La Donna starrte sie weiter an. »Warum hilfst *du* ihr nicht?«

Angie zuckte mit den Achseln. »Sagen *Sie* mir, was ich tun soll.«

»Erzähl Kip nichts davon, der schickt dir nämlich Laslo auf den Hals, wenn du dich in Teamangelegenheiten einmischst.«

Angie spielte den Ball zurück. »Und was dann? Auf Jos Beerdigung warten?«

LaDonna dachte darüber nach. Sie holte noch eine Flasche Wasser aus dem Kühlschrank. Sie drehte den Verschluss ab. Schließlich schüttelte sie den Kopf. »Es spielt keine Rolle, was wir tun. Selbst wenn Jo von Fig wegkäme, würde sie am Ende nur bei dem nächsten Arschloch landen, der genau das Gleiche mit ihr anstellt. So hat es meine Mama gemacht. Sie verlässt meinen Daddy endlich, sie lernt diesen Mann kennen, der ganz vernarrt in sie ist, der sich um sie kümmern will, und kaum sind sie aus den Flitterwochen zurück, wird er handgreiflich gegen sie. So läuft das, seit die Welt sich dreht. Manche Männer werden zum Schlagen geboren, und manche Frauen werden dazu geboren, Schläge einzustecken, und beide haben diese Magnete in ihrem Innern, mit denen sie sich immer und immer anziehen.« Sie sah Angie an. »Manche Menschen kommen mit einem Loch zur Welt und verbringen ihr Leben damit, es zu füllen. Manchmal sind es Tabletten, manchmal ist es Jesus, und manchmal ist es eine Faust.« Sie warf den Verschluss der Flasche in den Abfalleimer. »Sind wir fertig?«

Angie wusste, dass sie es waren, aber sie wollte die andere nicht das letzte Wort behalten lassen. »Dieses Mädchen in Vegas. Soll ich das von Laslo bereinigen lassen?«

»Das ist geregelt.«

Sie klang wie ein Mafia-Pate. »Haben Sie ihr ein Angebot gemacht, das sie nicht ablehnen konnte?«

»Ich hab ihr verdammt noch mal sämtliche Zähne eingeschlagen.«

Angie hielt LaDonnas Blick stand. Sie würde nicht diejenige sein, die als Erste wegsah. »Dann lass ich Sie mal in Ruhe.«

LaDonna schaute auf den Pool hinaus. »Tu das.«

Angie wusste, dass sie entlassen war. Auf dem Rückweg öffnete sie die kalte Flasche Wasser. Die Ehefrauen im Nagelstudio waren in heller Aufregung, aber Angie nahm einfach ihre Handtasche und ging. Sie brauchte niemanden, der sie zu ihrem Wagen brachte. Sie fuhr gerade rückwärts aus dem Hof, als ihr das grüne Telefon einfiel.

»Verdammt«, fluchte Angie, denn natürlich hatte es genau so kommen müssen.

Während sie ihre Zeit damit vergeudet hatte, mit LaDonna *Backe, backe Kuchen* zu spielen, hatte Jo eine SMS bekommen. Wichtiger noch: Sie hatte geantwortet und damit das Programm auf ihr Handy geladen, mit dem das Gerät geklont wurde.

MR: 1TOWN SUITES 1 STD

JOSEPHINE: OK

Die SMS war vor zehn Minuten abgeschickt worden.

Angie aktivierte ihr iPad. Sie rief die Software für die GPS-Verfolgung auf. Ein blauer Punkt blinkte auf dem Stadtplan und bewegte sich langsam den Cherokee Drive entlang.

Jo war unterwegs.

MITTWOCH, 13.08 UHR

Angie stand hinter dem Manager von OneTown Suites. Auf dem Schreibtisch vor ihm stand ein Monitor. Der Schirm war viergeteilt und zeigte den Blickwinkel verschiedener über das Motel verteilter Überwachungskameras. Die Eingangshalle, der Aufzug, ein langer Flur, der Parkplatz.

Durch reines Glück war das Motel keine Viertelstunde von der Villa der Rippys entfernt. Oder vielleicht steckte auch Absicht dahinter. Angie war überzeugt, Marcus hatte es schon früher benutzt. Die Zimmer wurden für jeweils eine Woche vermietet, man konnte also für ein paar Stunden massiv überbezahlen und dafür stillschweigend davon ausgehen, dass niemand Fragen stellen würde. Der Laden roch nach Diskretion zum Schnäppchenpreis. Alles war sauber und gut in Schuss, aber billig. Es war ein Ort, an den ein sehr reicher Mann vielleicht mit einem Mädchen gehen würde, das er in einem der Striplokale in der Gegend kennengelernt hatte. Für die dauerhafteren Arrangements gab es dann das St. Regis und das Ritz weiter oben in der Straße.

Angie blickte auf das Quadrat, das den Parkplatz zeigte. Jo saß immer noch in ihrem Range Rover, so wie sie es seit zwanzig Minuten tat. Genau wie im *Starbucks* saß sie auf ihren Händen. Sie blickte stur geradeaus. Sie bewegte sich nicht. Sie stieg nicht aus. Angie sah auf die Uhr. Die SMS von Marcus war vor fünfzig Minuten gekommen. Anthonys Schule würde in einer weiteren Stunde zu Ende sein. Falls Marcus Rippy ein Stelldichein eingeplant hatte, würde es schnell gehen müssen.

Der Manager tippte in die Tastatur und scrollte durch weitere Kameraansichten des Parkplatzes und des Hotels. »Wie lange noch?«, fragte er.

»So lange es dauert.«

»Na ja, genug bezahlt haben Sie ja«, sagte der Mann, eine gewaltige Untertreibung angesichts der fünf Riesen, die ihm

Angie in die Tasche gesteckt hatte. Er hätte es wahrscheinlich auch für tausend Dollar gemacht, aber Angie war in Eile gewesen und wollte keine Zeit mit Feilschen vergeuden.

Auf der Rückseite des Motels gab es zwei nebeneinanderliegende Zimmer mit einer abschließbaren Tür dazwischen. Alles, was Angie brauchte, war in ihrem Notfallrucksack. Das Richtmikrofon war so schlank, dass es unter der Tür durchpasste. Den Sender-Empfänger in die Wandsteckdose. Den Kopfhörer in die Buchse. Da Angie so schnell beim Motel gewesen war, hätte sie mehr als genug Zeit gehabt, die Kameras zu installieren, aber sie hatte diese Art Arbeit seit Monaten nicht mehr gemacht. Die Batterien hatten keinen Saft mehr.

Das Telefon am Empfang läutete. Der Manager nahm ab. Soviel Angie mitbekam, hatte ein Gast Probleme mit dem Fernseher.

Sie fing an, hin und her zu laufen. Sie wollte lieber nicht daran denken, was alles schiefgehen konnte. Sich bei einem Motel zu treffen bedeutete nicht zwangsläufig, sich in einem Motelzimmer zu treffen. Marcus fuhr einen Cadillac Escalade. Die Rückbank bot für zwei Menschen mehr als genug Platz.

Der Manager legte auf. »Ist das die Person, auf die Sie warten?«, fragte er Angie.

Sie sah zum Monitor. Marcus Rippys schwarzer Escalade war auf den Stellplatz neben Jo gefahren. Angie hielt den Atem an und rechnete damit, dass ihr ganzer Plan danebenging. Jo blieb in ihrem Fahrzeug. Marcus stieg aus seinem aus. Angie verfolgte, wie er den Parkplatz überquerte. Sein Gang war gemächlich, lässig, aber er blickte nach links und rechts, als wollte er sich überzeugen, dass ihn niemand beobachtete. Er sah sich noch einmal um, ehe er die Tür zur Eingangshalle öffnete.

Eine Glocke läutete.

»Showtime.«

Der Manager stand auf und verließ den Raum.

Angie sprang zwischen den Kameras hin und her, bis sie diejenige gefunden hatte, die den Empfangstresen abdeckte. Der Manager war da, er stopfte sich gerade noch das Poloshirt in die kurze Hose. Marcus hatte eine Baseballkappe tief ins Gesicht gezogen. Eine Sonnenbrille bedeckte seine Augen. Er war unscheinbar gekleidet, die klobige Dreihunderttausend-Dollar-Uhr fehlte an seinem Handgelenk. Er schien zu wissen, wo die Kameras waren. Er hielt den Kopf gesenkt. Er blickte nicht auf. Er steckte dem Manager ein Bündel Scheine zu, denn LaDonna überwachte jeden Cent, der auf ihren Konten ein- und ausging.

Angie hörte den Manager reden, aber sie konnte Marcus nicht hören. Ein Schlüssel wurde über den Tisch geschoben. Stadtpläne und das WLAN-Passwort wurden angeboten. Marcus schüttelte beide Male den Kopf. Die Kamera verlor ihn aus dem Fokus, als er zur Tür ging.

Die Glocke läutete wieder.

Angie wechselte zurück zur Parkplatzkamera. Marcus stand vor der Eingangstür. Er winkte Jo zu sich.

Zunächst rührte sie sich nicht. Sie schien mit einer Entscheidung zu ringen. Würde sie das tatsächlich tun? Sollte sie mit Rippy in dieses Zimmer gehen? Sollte sie wegfahren?

Endlich entschied sich Jo. Ihre Fahrertür ging auf. Sie stieg aus dem Wagen. Sie steckte die Hände in die Taschen ihrer Jeans, als sie über den Parkplatz trabte.

Der Manager klopfte an die Tür. Angie öffnete.

»Ist das der, für den ich ihn halte?«, fragte er.

»Für fünftausend Dollar ist er es nicht.« Angie begann, wahllos Stecker aus Geräten zu ziehen. Sie hatte bereits die CD-R aus dem Videorekorder genommen.

»Hey.« Der Mann hob die Hände. »Ich bin nicht zu blöd, mir was dazuzuverdienen. Ich arbeite in einem Motel an der Interstate.«

Angie dachte an die Waffe in ihrer Handtasche. Die ungeladene Waffe. Was wahrscheinlich gut war. Sie öffnete die Tür einen Spalt. Jo und Marcus stiegen in den Aufzug. Sie duckte sich hinter den Empfangstresen, bis sich die Tür schloss.

Angie wartete, bis sie hörte, dass sich der Aufzug in Bewegung setzte. Dann nahm sie die Treppe, aber sie ging langsam, denn sie durfte nicht vor ihnen oben sein. Sie hörte sie reden, als sie sich dem Treppenabsatz näherte. Ein Schlüssel glitt in ein Schloss. Eine Tür ging auf. Eine Tür ging zu.

Angie betrat den Flur und marschierte flott zu dem angrenzenden Zimmer. Sie hatte das Schloss mit WD-40 aus ihrem Notfallrucksack geölt. Der Schlüssel glitt lautlos hinein. Sie stieß die Tür in den geölten Angeln auf und hielt den Türgriff fest, damit der automatische Arm sie nicht zufallen ließ.

Die Tür zwischen den beiden Zimmern war nicht stark. Jo und Marcus unterhielten sich bereits im Nachbarzimmer. Sein tiefer Bariton ließ die Luft vibrieren. Jos Stimme war leiser, mehr wie ein Summen.

Angie setzte sich auf den Boden neben den Transceiver. Sie hielt einen der Kopfhörer ans Ohr.

»... nicht mehr«, sagte Jo. »Ich meine es ernst.«

Marcus sagte nichts, aber Angie hörte ihn gleichmäßig atmen. Sie justierte den Ton nach. Sie verfluchte sich, weil sie die Akkus in den Kameras nicht aufgeladen hatte.

»Was soll ich tun, Jo?«, fragte Marcus.

»Ich will, dass du dir das hier ansiehst.«

Ein Rascheln war zu hören, dann ein blechernes Heulen, das Angie für eine Rückkopplung hielt. Sie drehte an den Knöpfen des Sender-Empfängers. Es war keine Rückkopplung. Es war eine Frauenstimme, die wieder und wieder dasselbe Wort leierte.

»Nein-nein-nein-nein-nein-nein ...«

Angie drehte die Lautstärke auf. Der Singsang war schwach, fern, als würde er durch einen billigen Lautsprecher gefiltert. Hatte Jo den Fernseher eingeschaltet?

»Großer Gott, Jo«, sagte Marcus. »Woher hast du das?«

»Schau einfach zu.«

Schau zu.

Aber es war nicht der Fernseher. Vielleicht ein Video. Angie schloss die Augen und konzentrierte sich auf die Hintergrundgeräusche. Ein Windgeräusch, jemand der atmete, ein rhythmisches Klopfen.

Die Frauenstimme wieder.

»Nein-nein-nein-nein-nein …«

»Scheiße.« Eine Männerstimme. Außer Atem.

»Nein-nein-nein …«

»Scheiße.« Derselbe Mann wieder, erregt.

Ein zweiter Mann, tiefere Stimme. »Bring sie zum Schweigen.«

Der erste Mann: »Versuch ich ja.«

Angie setzte sich auf die Fersen, als ihr dämmerte, was sie da hörte.

Jo hatte ein Video von zwei Männern, die eine Frau fickten, die pausenlos Nein sagte.

»Mach es aus«, sagte Marcus Rippy.

Der erste Mann. Marcus Rippy war der erste Mann.

»Bitte«, sagte Marcus. »Mach es aus.«

Angie lauschte der Stille, ihr Magen zog sich schmerzhaft zusammen. Was zum Teufel trieb Jo da? Sie war ganz allein. Niemand wusste, dass sie hier war. Sie hatte gerade einem Mann mit hundert Kilo purer Muskelkraft ein Video gezeigt, in dem er einer Frau Gewalt antat, die fortwährend Nein sagte.

»Hat LaDonna das gesehen?«, fragte Marcus. Jo musste den Kopf geschüttelt haben, denn er sagte: »Da kannst du verdammt noch mal froh sein.«

»Ich will dir nicht schaden«, sagte Jo.

Angie hörte Schritte im anderen Raum. Ein Vorhang wurde zugezogen. Stille. Noch länger Stille. Angie setzte ihre Handtasche auf dem Boden ab. Sie musste ihre Waffe laden. Sie musste bereit sein.

»Was hast du damit vor?«, fragte Marcus.

Angie erstarrte. Wartete.

»Ich will einfach nur raus.« Jos Stimme klang zerbrechlich. »Das ist alles, was ich will. Ich will dir doch nichts antun. Ich will niemandem etwas antun.«

»Jo, Jo.« Marcus seufzte. Er sagte weiter nichts. Er überlegte, wie er mit dieser Geschichte umgehen sollte.

Angie versuchte, sich in Marcus Rippys Lage zu versetzen. Er war ein intelligenter Mensch. Er wurde wahrscheinlich nicht zum ersten Mal erpresst. Er benutzte auch das Motel nicht zum ersten Mal. Er kannte sich mit den Überwachungskameras aus. Er wusste, Jo würde auf den Bildern zu sehen sein, und er wusste, der Manager hatte sein Gesicht erkannt.

Angie nahm die Hand von der Waffe. Sie wartete weiter.

»Fig wird nicht zulassen, dass du ihm seinen Sohn wegnimmst«, sagte Marcus.

»Er wird, wenn er weiß, dass ich ein Video habe, auf dem man sieht, wie er eine Frau vergewaltigt.«

Nein, formte Angie lautlos mit den Lippen. Marcus war ebenfalls auf dem Video. Jo konnte doch nicht so dumm sein! Man zeigt einem Mann doch nicht ein Video, auf dem er gemeinsam mit dem Ehemann eine Frau vergewaltigt, und erwartet, dass die beiden einen einfach laufen lassen.

»Wenn Fig das sieht ...« Marcus stöhnte laut. »Jo, er wird dich verdammt noch mal umbringen.«

Jo antwortete nicht. Niemand brauchte ihr zu sagen, dass ihr Mann sie töten würde.

»Willst du Geld?« Marcus klang wütend. »Geht es darum? Versuchst du, mich zu erpressen?«

»Nein.«

»Du zeigst mir ein Video, auf dem Fig und ich uns ein bisschen amüsieren, und ...«

»Dieses Mädchen wurde vergewaltigt. Sie wurde beinahe totgeschlagen. Das GBI hat ermittelt ...«

»Du weißt, das geht nicht auf meine Kappe.« Er bemühte

sich offenbar um Beherrschung. »Komm schon, Jo. Wir haben nur ein bisschen Party gemacht, das ist alles.«

»Sie sieht aus, als stünde sie unter Drogen.«

»Sie ist ein Junkie. Sie wusste, was sie tat.«

Jo schwieg wieder. Angie lauschte angestrengt, aber alles, was sie hörte, war ihr eigener Herzschlag. Schnell. Angstvoll. Die Sache war zu gefährlich. Das Mädchen auf dem Video musste Keisha Miscavage sein. Wills Fall, den Angie an die Wand fahren ließ. Sie hatte Hunderttausende von Dollar an Schmiergeldern bezahlt. Wenn es ein Video gab, saß Jo auf einer Goldmine.

Falls sie lebend davonkam.

»Ich kann dir Geld geben«, sagte Marcus.

»Ich will kein Geld.«

»Was zum Teufel willst du dann?«

»Meinen Sohn.« Jos Stimme zitterte. »Ich will, dass meine Mutter in Sicherheit ist. Ich will mir irgendwo einen Job suchen und ein ehrliches Leben führen.«

»Wie willst du das anstellen ohne Geld?«

Jo fing zu weinen an. Angie konnte nicht sagen, ob es echt war.

»Komm«, sagte Marcus.

»Du kannst mit Reuben reden. Sag ihm, er fliegt aus der Mannschaft, wenn er mich nicht gehen lässt.« Jos Stimme brach bei den letzten Worten. »Bitte, Marcus. Wir haben eine gemeinsame Vergangenheit. Zwischen uns ist Liebe, ich weiß es. Ich versuche nicht, dich auszubeuten oder auszunutzen. Ich bitte dich als Freund. Ich *brauche* dich als Freund.«

Schweigen.

»Marcus ...«

»Du weißt, das ist nicht meine Entscheidung.«

Angie wartete darauf, dass das Mädchen aus dem *Starbucks* zum Vorschein kam und ihm erklärte, dass er nur Scheiße rede, dass er verdammt noch mal Marcus Rippy sei und tun und lassen könne, was er wollte.

Jo sagte nichts.

»Jetzt komm schon«, sagte Marcus. »Setz dich, Mädchen. Lass uns darüber reden.«

Angie hörte die Bettfedern nachgeben.

Verdammt. Er könnte sie vergewaltigen. Die Bilder der Überwachungskamera zeigten, dass Jo freiwillig in das Motel gegangen war. Marcus konnte behaupten, sie hätte ihn hereinlegen wollen. Er konnte damit drohen, es Reuben Figaroa zu erzählen, und Jos Lage wäre noch auswegloser, als sie es bereits war.

»Das Video zeigt nichts weiter, als wie ich mich ein bisschen amüsiere«, sagte Marcus.

»Ich habe das Ende gesehen. Sie hat nach ihrer Mama gefleht.«

Marcus antwortete nicht.

»Ich habe gehört, wie sie es gesagt hat, Marcus. ›Mutter.‹«

»Es ist nicht das, wofür du es hältst.« Angie betete, dass ihre Tochter die Schärfe bemerkte, die jetzt in seiner Stimme lag.

»Marcus ...«

»Ich bin nicht einmal fertig geworden, okay? Ich hatte zu viel getrunken. In dieser Nacht war viel los. Ich bin einfach gegangen. Für das, was danach passiert ist, bin ich nicht verantwortlich.«

Jo antwortete nicht.

»Ist das die einzige Kopie?«, fragte er.

Angie erstarrte. Sie legte ihrer Tochter lautlos Worte in den Mund. *Ich habe Kopien gemacht und an einen Freund geschickt. Wenn mir etwas zustößt, bekommt die Polizei sie.*

Jo sagte: »Die einzige andere Kopie ist zu Hause auf dem Laptop.«

Scheiße.

»Auf Reubens Laptop«, sagte Jo. »Er lässt ihn immer in der Küche. Er wollte, dass ich es finde.«

Marcus murmelte etwas, das sie nicht verstand. Oder vielleicht war Angie auch abgelenkt. Sie hatte das iPad mit der

Antenne im Auto, das Kopien sämtlicher Dateien auf dem Küchen-Laptop enthielt. Warum hatte sie die nicht früher angeschaut?

»Reuben ist es egal, was ich sehe, weil er weiß, dass ich zu viel Angst habe, um etwas dagegen zu unternehmen.« Jo lachte traurig. »Ich habe tatsächlich zu viel Angst. Ich hatte schreckliche Angst hierherzukommen. Diese beiden Male, als wir zusammen waren, konnte ich an nichts anderes denken, als dass er bestimmt hereinkommt und uns beiden eine Kugel in den Kopf schießt.«

Marcus blieb stumm.

»Ich darf keine Tasse Kaffee trinken gehen, ohne dass ich ihm mit meinem Handy nachweise, wo ich bin. Ich kann nachts kein Wasser trinken, weil er mir nicht erlaubt, das Bett zu verlassen und ins Bad zu gehen. Ich darf das Haus nicht ohne seine Erlaubnis verlassen. Ich darf nichts essen, was er nicht billigt. Er überprüft die gespeicherten Aufzeichnungen des Laufbands, um sich zu vergewissern, dass ich jeden Tag meine fünf Kilometer laufe. Er hat Kameras im Haus, in den Schlafzimmern, den Bädern. Neulich habe ich mich geschnitten, als ich mir die Beine rasierte, und er wusste es, bevor ich auch nur aus der Dusche kam.« Ihre Stimme klang wund, verzweifelt. »Er hält mich wie ein gottverdammtes Tier in einem Käfig, Marcus.«

»Ach, komm. So schlimm kann es nicht sein, Jo-jo. Er liebt dich.«

»Er wird mich noch zu Tode lieben.«

»Red nicht so.«

»Ich bin schon halb tot.« Jos Tonfall ließ darauf schließen, dass sie meinte, was sie sagte. »Dieses Video ist meine einzige Chance, mit Anthony wegzukommen. Wenn ich nicht bald gehe, werde ich sterben – durch Reubens Hand oder durch meine eigene.«

»Ach, sag doch nicht so was. Selbstmord ist eine Sünde.«

Angie biss sich auf die Zunge, um nicht zu schreien.

»Ich nehme an, du hast deiner Mama von alldem erzählt?«, fragte Marcus.

Jo antwortete nicht. Schüttelte sie den Kopf?

»Wie lange schleppst du das alles schon mit dir herum?«

»Zu lange.«

»Jo …«

Sie fing jetzt zu weinen an. Angie presste die Handfläche an die Tür. Sie konnte spüren, wie Jos Traurigkeit durch das Holz bis zu ihr flutete.

»Es fing schon im College an«, sagte sie. »Ich musste es abbrechen, weil er mich so massiv geschlagen hat. Wusstest du das?«

Kein Wort von Marcus.

»Meine Mitbewohnerin hat es gemeldet, und die Polizei wurde gerufen. Die einzige Möglichkeit, zu verhindern, dass Reuben ins Gefängnis kam, war, ihn zu heiraten. In dem Moment, in dem der Ring an meinem Finger war, war alles vorbei.« Sie lachte das gleiche trockene Lachen wie zuvor. »Seit acht Jahren wandere ich auf mein Grab zu. Das Einzige, was ich selbst bestimmen kann, ist, wie schnell ich hineinspringe.«

»Jo-jo, lass uns die Sache durchsprechen. Wir finden eine Lösung.«

»Ich muss Anthony von der Schule holen. Reuben will, dass ich anrufe, sobald er im Wagen ist.«

»Geh nicht. Nicht so.«

»Wenn ich zu spät komme …«

»Du kommst rechtzeitig«, sagte Marcus. »Reden wir darüber, was du tun wirst.«

»Ich weiß es nicht.« Jo klang hin- und hergerissen. »Ich kann niemandem dieses Video zeigen, ohne dich ebenfalls zu belasten, und das werde ich nicht tun, egal, wie übel du dich verhalten hast.«

»Bei meinem Leben, Jo, beim Leben meiner Kinder, es ist nicht so, wie du denkst.«

Jo antwortete zunächst nicht. Sie war offenbar im Widerstreit mit sich selbst. Was immer sie mit Marcus Rippy verband, es reichte tiefer, als LaDonna klar war.

»Ich würde gern mit diesem Mädchen fühlen«, sagte Jo. »Ich würde gern Gerechtigkeit für sie wollen, aber ich sehe nur, dass das Video für mich eine Möglichkeit darstellt, um rauszukommen.« Sie lachte schrill auf. »Was sagt das über mich aus? Was für ein Mensch bin ich, dass ich bereit bin, das Leben einer Frau für mein eigenes einzutauschen?«

»Du kennst mich, Josephine«, sagte Marcus. »Du kennst mich besser als irgendwer sonst. Unsere Bekanntschaft reicht bis in die Zeit zurück, als ich ein Junge war, und du warst mein Mädchen. Ich war nie so grob. Mit dir nicht und mit niemandem sonst. Du kennst mich.«

»Den Eindruck hatte ich nicht, als ich das Video sah.«

»Ich war nie bei dir so.« Dann fügte er an: »Damals nicht und nicht letzten Monat. Und nicht jetzt, wenn du mich lässt.«

»Marcus.«

Sie küssten sich. Angie erkannte die Geräusche. Sie schüttelte den Kopf. Was für ein irrwitziges russisches Roulette spielte ihre Tochter da?

»Nein.« Jo hatte sich offenbar von ihm frei gemacht. »Ich kann das nicht.«

»Lass das Video noch einmal laufen«, verlangte er. »Zeig mir, wo ich dieser Frau wehgetan habe.«

Angie erwartete, seine Tochter würde ihn daran erinnern, dass das Junkiemädchen in dem Video sogar unter Drogen ständig Nein gesagt hatte.

Stattdessen bat Jo: »Nimm mein Telefon. Vernichte es. Ich kann dir nichts antun. Nicht so.«

Angie musste sich so heftig auf die Zunge beißen, dass sie Blut schmeckte.

»Was passiert, wenn Fig anruft, und du meldest dich nicht?«, fragte Marcus.

Jo antwortete nicht. Angie betete, dass ihre Tochter es durchschaute. Marcus wusste, dass Fig sie mithilfe des Handys überwachte. Er wusste außerdem, dass es eine Kopie des Videos auf Figs Laptop gab. Indem er zu Jo sagte, sie solle ihr Handy behalten, baute er Vertrauen auf, und es gab nur einen Grund, warum Jo ihm trauen musste: weil er sie verraten wollte.

»Was wirst du tun, Jo?«, fragte Marcus. »Ich will dir helfen.«

»Niemand kann mir helfen. Ich habe nur Dampf abgelassen.« Angie hörte Schritte, als Jo das Zimmer durchquerte. »Ich muss Anthony abholen.«

»Du kannst mir dieses Problem ruhig aufladen«, sagte Marcus. »Ich habe mich immer um dich gekümmert. Ich hab mich diesem Lehrer in den Weg gestellt, der versucht hat, dich ins Bett zu kriegen. Ich hab dafür gesorgt, dass deine Mama wusste, du warst ein braves Mädchen.« Er hielt inne, und Angie hoffte bei Gott, dass Jo nicht nickte.

»Lass mich überlegen, wie wir das Problem mit Fig auf eine Weise lösen können, dass du bekommst, was du brauchst.«

»Es gibt keine Möglichkeit, Marcus. Nicht ohne dir zu schaden, und das werde ich nicht tun.«

»Dafür bin ich dir dankbar, aber du hast etwas Besseres verdient.« Er hielt wieder inne. »La D veranstaltet am Sonntag diese Party. Fig hat bereits zugesagt, dass ihr kommen werdet.«

»O Gott, ich halte keine Party aus!«

»Du musst dich zeigen, Mädchen. Er soll glauben, dass alles in Ordnung ist.«

»Und dann?«

»Gib mir ein bisschen Zeit, mir einen Plan auszudenken. Mir wird etwas einfallen, und ich werde mich um dich kümmern, selbst wenn es bedeuten sollte, dich und Anthony in einem meiner Häuser unterzubringen und eine Wache vor die Tür zu stellen, damit du in Ruhe über alles nachdenken kannst.«

»Oh, Marcus.« Jo klang herzzerreißend hoffnungsvoll. »Würdest du das wirklich tun? *Könntest* du es tun?«

»Gib mir einfach Zeit«, sagte er. »Ich muss mir ein bisschen den Kopf zerbrechen, was jetzt das Richtige ist.«

»Danke!« Jos Stimme klang beinahe euphorisch. »Ach, vielen Dank, Marcus!«

Sie küssten sich wieder.

Erneut war es Jo, die sich zuerst löste. »Ich muss Anthony holen. Danke, Marcus. Danke.«

Die Tür ging auf und fiel hinter Jo wieder zu.

Angie hörte ihre leisen Schritte draußen im Flur.

»Verdammte Scheiße!«, flüsterte Marcus im Zimmer nebenan. Die Matratze quietschte. Es piepste zehn Mal, als er eine Nummer auf seinem Handy wählte.

Marcus Rippy mochte sich durchaus den Kopf zerbrechen, aber Angie wusste genau, wen er anrufen würde, um die Sache zu beheben.

»Kip«, sagte Marcus. »Wir haben ein Riesenproblem.«

MITTWOCH, 15.18 UHR

Angie fuhr im Aufzug in den siebenundzwanzigsten Stock des Tower-Place-Bürogebäudes hinauf. Nicht in den achtundzwanzigsten oder neunundzwanzigsten, wo *110* seinen Firmensitz hatte, sondern in den darunter, in dem sie noch nie gewesen war. Dale hatte ihr eine SMS geschickt, sie solle ihn dort treffen. So schnell wie möglich, hatte er geschrieben.

Ihre Nackenhaare sträubten sich vor lauter Paranoia, während sie die Stockwerksanzeige verfolgte. Hatte Dale herausgefunden, dass Angie auf Jos Seite war? Er hatte einen seltsamen sechsten Sinn, besonders wenn es um Angie ging. Sie mochte keine Überraschungen. Sie drückte die Handtasche an den Körper. Sie hätte ihre Waffe laden sollen. Das fühlte sich nicht richtig an. Es gab keinen Grund, warum sie Dale auf einem anderen Stockwerk treffen sollte.

Keinen guten Grund jedenfalls.

Die Aufzugstür öffnete sich. Angie zögerte, bevor sie ausstieg. Das Stockwerk wurde gerade umgebaut. Lampen baumelten an ihren Kabeln. Gestapeltes Baumaterial und Farbeimer bildeten ein Labyrinth. Vor den Fenstern war blauer Himmel. Drinnen herrschte ein unheilvolles Halbdunkel.

Falls Angie jemanden töten sollte, war dieser Ort keine schlechte Wahl.

Sie ging zwischen fahrbaren Gerüsten und Farbkanistern umher und sah sich um. Das iPad mit der Zimmerantenne fiel ihr ein, auf das alles kopiert war, was sich auf Reuben Figaroas Küchen-Laptop befand. Angie hatte keine Zeit mehr gehabt, um nach dem Video zu suchen, das Jo Marcus Rippy gezeigt hatte. Sie nahm an, dass Marcus Kip von der Kopie erzählt hatte, und sie vermutete, Kip würde einen Weg finden, sie von dem Gerät zu löschen. Ob das bedeutete, dass es auch von dem iPad gelöscht war, wusste sie nicht. Angie konnte Sam Vera nicht zu Hilfe rufen. Er war Dales Kontakt, wie so ziemlich jeder, den sie kannte. Am Ende war ihr nichts Besseres eingefallen, als die Antenne herunterzureißen, das Ding auszuschalten und es im Safe des Motels OneTown Suites zu lassen.

Bei fünftausend Dollar Honorar hoffte sie, der Manager wäre tatsächlich nicht zu blöd, sich etwas dazuzuverdienen.

»Fortschritt«, sagte Dale.

Angie fuhr heftig zusammen. »Mann, du hast mich zu Tode erschreckt.«

Dale schien die Wirkung zu genießen. »Kip ist oben mit Rippy.«

»Warum sind wir dann hier unten?«

»Weil es hier keine Überwachungskameras gibt.«

Angie schluckte, Staub hatte sich in ihrer Kehle abgesetzt. Sie zwang sich, auf Dale zuzugehen, offen, vermeintlich arglos. »Und wozu die Nacht-und-Nebel-Aktion?«

»Irgendwas mit Rippy. Mehr weiß ich nicht.«

Ein Teil der Anspannung fiel von Angie ab. Natürlich waren sie deshalb hier. Sie hatte ja gehört, wie Marcus Kip wegen des Problems angerufen hatte. Sie hätte sich denken können, dass Kip Dale alarmierte, der wiederum sie hinzurief.

Sie sah sich um und tat dabei so, als hätte sie Ausgänge und Verstecke nicht längst ausgespäht. »Was geht hier ab?«

»Der Fortschritt«, wiederholte Dale. »*110* expandiert. Jetzt, da es mit dem All-Star Project vorangeht, brauchen sie ein ganzes Team, das sich um die Entwicklung der Marke kümmert und das dafür sorgt, dass die Sportler präsent sind und keinen Ärger machen. Laslo wird das Team leiten.«

Angie nickte, denn das war nur logisch. Sportmanagement hieß nicht nur, Verträge auszuhandeln. Diese Leute managten alle Aspekte im Leben der Sportler.

»Hast du schon von Denny gehört?«

Angie hatte Dales Problem mit seinem Buchmacher ganz vergessen. Sie sah auf ihr Handy. Denny hatte ihr vor drei Stunden eine SMS geschickt. Sie scrollte sich durch eine weitschweifige Erklärung, wie viel Mühe es machen würde, sämtliche Huren an der Cheshire Bridge hopszunehmen, ehe er zu dem einzigen Punkt kam, der zählte. »Er sagt, sie machen es heute Nacht.«

»Gut«, sagte Dale. »Ich habe dem Anwalt diesen Papierkram für den Treuhandfonds gegeben. Es ist jetzt offiziell.«

»Hast du es Delilah schon gesagt?«

Er schüttelte den Kopf. »Ich möchte, dass du es ihr sagst.«

Einer Drogensüchtigen zu eröffnen, dass sie das große Los gezogen hatte, war das Letzte, worauf Angie scharf war. Andererseits konnte es sein, dass er log, nur um des Lügens willen. Dale verarschte die Leute gern. »Wie komme ich in Kontakt mit ihr?«, fragte Angie. »Wohnt sie bei dir?«

»Sie ist in die alte Wohnung ihrer Mama gezogen. Ich dachte, Kip lässt meine Matratze im Mesa Arms sicher rausschmeißen, kaum dass ich die Augen geschlossen habe.« Er hustete in die Hand. »Falls der Job, die Bude zu übergeben, dir zufällt, geh nicht auf den Dachboden. Dort ist nur ein Haufen Papierzeug, alte Fälle und so.«

Angie hatte nicht vor, auch nur in die Nähe von Dales Haus zu gehen. »Klar.«

»Das Bad solltest du auch meiden. Aus anderen Gründen.«

Der Aufzug klingelte. Kip und Marcus unterhielten sich leise murmelnd, hörten aber auf zu reden, als sie Dale und Angie sahen. Sie bemühte sich, nicht an die Hoffnung in Jos Stimme zu denken, als Marcus davon sprach, Jo und Anthony in einem seiner Häuser unterzubringen und sie notfalls mit einem bewaffneten Sicherheitsmann vor Reuben Figaroa zu schützen.

Der einzige Mensch, den Marcus Rippy jemals schützen würde, war er selbst.

»Wo ist Laslo?«, fragte Dale.

»Nicht hier.« Kip wandte sich an Marcus. »Du solltest wieder nach oben gehen, Kumpel. Lass mich das regeln.«

Marcus schüttelte den Kopf. »Das ist nicht wie bei diesen anderen Problemen, Mann. Ich lasse nicht zu, dass du ihr was antust.«

Angie studierte Marcus Rippys Gesicht. Er sah aus, als sei er in einem Dilemma, was in gewisser Weise nachvollziehbar war, wenn man nicht bereits wusste, wie das alles ausgehen würde. Angie hatte den größten Teil ihres Berufslebens damit verbracht, Leute zu Dingen zu überreden, von denen sie wussten, dass sie falsch waren. Ob es darum ging, einen Verdächtigen dazu zu bringen, dass er sich gegen seinen Kumpel stellte, oder jemanden zu bestechen, damit er vor einem Prozess seine Aussage änderte – ausnahmslos erwies sich die Schwachstelle am Ende immer als eine Kombination aus Selbsterhaltungstrieb und Geldgier.

»Wem sollen wir nichts tun?«, fragte Dale.

Kip gab Marcus noch einmal die Chance zu gehen. Als er es nicht tat, antwortete er: »Jo Figaroa hat ein Video.«

»Wovon?«, fragte Dale.

»Geht dich einen Scheißdreck an«, sagte Marcus.

Dale sah Angie an. Sie blieb so gelassen, wie sie nur konnte.

»Es spielt keine Rolle, was auf dem Video ist.« Kip verschränkte die Arme. Angie kam zu Bewusstsein, dass es eine der seltenen Gelegenheiten war, bei denen sie ihn ohne eine Flasche Bankshot oder einen Basketball in der Hand sah. »Jo hat das Video auf ihrem Handy«, sagte er. »Das ist alles, was ihr wissen müsst.«

»Gibt es Kopien?«, fragte Angie.

»Darum kümmern wir uns.«

Das erklärte Laslos Abwesenheit. Kip hatte ihn vermutlich losgeschickt, um den Laptop zu besorgen, bevor Jo mit Anthony von der Schule nach Hause kam.

»Es gibt einen Computer …«, begann Dale.

»Die Kopie ist nicht auf einem Computer«, unterbrach Kip. »Laslo hat das geregelt, Ende der Diskussion.«

Angie dachte über die Lüge nach. Marcus hatte Kip sicher erzählt, dass das belastende Video von Reubens Laptop stammte. Die erste Frage des Agenten dürfte die nach Kopien gewesen sein. Kip hielt möglichst viele Informationen vor Dale und Angie zurück, was Angie tatsächlich sogar nützte. Dale wusste, dass der Laptop auf das iPad geklont war. Kip wusste es offenbar nicht.

»Ich kann einen Typen engagieren, der ihr das Telefon aus der Hand klaut, wenn es sein muss«, sagte Angie. »Problem gelöst.«

»Ihr dürft ihr das Handy nicht wegnehmen«, sagte Marcus. Er dachte an Jo und die Tatsache, dass Reuben sie zwang, sich bei ihm zu melden. Was auf den ersten Blick lobenswert erschien; aber wenn er wirklich um Jo besorgt wäre, wären sie alle nicht hier.

»Es geht nicht nur um das Video«, sagte Kip. »Es geht darum, dass Jo es gesehen hat. Wir können uns nicht darauf verlassen, dass sie nicht redet. Wir müssen ihr eine Lektion in puncto ›nicht aus der Reihe tanzen‹ erteilen.«

»Zeit für die Axt?«, fragte Dale.

Angie spürte, wie sich ihr Magen zusammenzog.

»Nein.« Marcus klang alarmiert. »Ihr dürft ihr nicht wehtun. Nicht körperlich.«

»Das ist nur eine Metapher. Wir werden ihr nichts tun«, sagte Kip. »Wir haben einen Alternativplan.«

»Einen Alternativplan?«, wiederholte Marcus. »Wo kommt der so schnell her? Mit wem hast du über meine Angelegenheiten geredet?«

»Wir sind dein Team, Marcus«, sagte Kip. »Wir wissen schon seit einer Weile, dass Jo ein Problem darstellen könnte.«

Angie wartete, ob jemand darauf hinweisen würde, dass Reuben Figaroa das Problem war. Als dies nicht geschah, fragte sie: »Was ist mit ihrem Mann?«

»Fig darf von alldem nichts wissen.« Marcus wandte sich an Kip. »Wann kommt er nach Hause?«

»Er darf erst morgen Abend fliegen.« Kip hielt beide Hände in die Höhe, wie ein Verkehrspolizist, der einen frontal auf ihn zukommenden Bus zu stoppen versuchte. »Und ich habe verstanden – Fig darf nichts von dem Video erfahren, oder dass Jo dich allein getroffen hat. Verlass dich darauf, Marcus, ich weiß, Fig rastet schnell aus. Wir könnten es nicht gebrauchen, wenn er zwei Wochen vor dem größten Jackpot unseres Lebens eine Mordanklage am Hals hätte.«

Marcus nickte langsam, augenscheinlich betrübt über die Tatsache, dass Geld alles andere ausstach. Angie war die einzige Person im Raum, die den Handel nicht akzeptierte. Jos Leben war mehr wert als ein Basketballspiel oder ein weiteres hochgejubeltes Immobilienprojekt.

»Was ist nun der Alternativplan?«, fragte Marcus.

Dale antwortete. »Vor langer Zeit wurde Jo mit einer Menge verschreibungspflichtiger Medikamente im Wagen verhaftet.«

»Damals in der Highschool?« Marcus schüttelte den Kopf. Er war zu seiner Rolle als Jos Retter zurückgekehrt. »Ach komm, Mann, die waren für mich. Ich hatte eine Rückenverletzung, musste aber unbedingt weiterspielen. Jo nahm es auf sich. Sie wusste, ihr würde nicht viel passieren.«

Jo hatte sich also für Rippy geopfert, dachte Angie. War das ihre Tochter, immer bereit, einem Mann zu Diensten zu sein?

»Die Umstände der Verhaftung sind noch aktenkundig. Das können wir uns zunutze machen.«

»Inwiefern?«

»Ich verstecke Oxy in ihrem Auto und rufe einen Kumpel an, und sie verbringt ein paar Tage im Gefängnis. Da hat sie dann Zeit, um über ihre Probleme nachzudenken.«

»Nichts da.« Markus schüttelte den Kopf. »Ihr könnt Jo nicht ins Gefängnis schicken. Ich erlaube es nicht. Du arbeitest für mich, Mann. Ihr alle – ihr arbeitet für mich, und ich sage Nein.«

In jeder anderen Situation hätte Angie Rippy ins Gesicht gelacht. Er hatte sich erfolgreich eingeredet, er sei ein anständiger Mensch, der leider in die Enge getrieben wurde. Sie hätte am liebsten auf die Uhr geschaut und gestoppt, wie lange es dauern würde, bis er kapitulierte. Sie tippte auf drei Minuten.

»Marcus.« Kip seufzte schwer und täuschte Frust über diese furchtbare Situation vor, der auch er sich nur höchst ungern stellte. »Ich will Jo ja auch nicht ins Gefängnis schicken. Aber die Sache ist ernst. Wir müssen einen Weg finden, wie wir Jo in die Schranken weisen, ohne Fig auf den Plan zu rufen. Sie braucht eine Axt, nicht einen Hammer.«

»Was zum Teufel soll das überhaupt bedeuten?«

»Es bedeutet, sie muss verstehen, dass es hier ums Geschäft geht.«

Kip ergriff das Wort. »Die nächsten zehn Tage sind eine sehr gefährliche Zeit für uns. Du hast gesehen, was aus den Investoren wurde, als dieser Quatsch mit Keisha Miscavage losging. Was, glaubst du, wird passieren, wenn du und Fig in einen neuen Skandal verwickelt seid? Wir reden hier nicht nur davon, dass Jo deine Karriere, dein Privatleben, deine Familie zerstört. Die Sache könnte das gesamte Projekt zum Platzen bringen.« Er zuckte in gespielter Hilflosigkeit die Achseln. »Wenn jemand so viel Macht hat, legt man sie auf Eis, statt sie nur am Reden zu hindern.«

Marcus schüttelte wieder den Kopf, aber Angie sah ihm an, dass er kurz davor war einzuknicken. »Das ist nicht richtig, Mann. Sie hat sich um Hilfe an mich gewandt.«

Kip warf Dale einen verzweifelten Blick zu. Angie schaute zur Seite, um nicht als Nächste an der Reihe zu sein. Ein paar Tage Gefängnisaufenthalt für Jo wären gar nicht so schlecht. Sie wäre vor Fig in Sicherheit. Zwei Tage würden Angie Zeit verschaffen, sich einen Plan auszudenken. Wenn es ihr gelang, mit den richtigen Bällen zu jonglieren, würde Jo am Sonntagmorgen in einem Flugzeug in Richtung Bahamas sitzen, statt zur Entziehungskur aufzubrechen.

»Verrat mir doch mal, welche Möglichkeiten wir sonst haben, Marcus«, sagte Kip. »Das ist nicht wie in Chicago. Wir können nicht ein paar Leute einschüchtern und mit Geld um uns werfen. Wenn Jo einmal damit durchkommt, dich zu erpressen, wird sie es wieder versuchen. Und man wird ihr zuhören, Mann. Willst du einen Artikel im *Rolling Stone* über diesen Scheißdreck lesen? Oder noch schlimmer: Willst du, dass sie mit einer blödsinnigen Geschichte über irgendein Video zu LaDonna geht?«

Marcus zuckte erkennbar zusammen, als der Name seiner Frau fiel. »Sie würde LaDonna nie mit hineinziehen.«

»Bist du dir sicher?«

Marcus wirkte nicht so, als ob er sich noch über irgendetwas sicher wäre.

Kip sah seine Chance gekommen. »Niemand kann wissen, was Jo vorhat. Wir müssen ihr klarmachen, dass nicht sie hier die Fäden in der Hand hält. Es ist weiß Gott nicht so, dass ich die Vorstellung genießen würde, Jo ihre Grenzen aufzuzeigen.« Er zuckte hilflos die Achseln. »Aber wenn wir ihr eine Höllenangst einjagen und sie für ein paar Tage in einer winzigen Zelle hocken lassen, mit Gefängnisfraß und ohne eine Vorstellung, wie lange es dauern wird ...« Er zuckte erneut die Achseln. »Es ist die beste Art, damit umzugehen, Marcus. Und du weißt es.«

»Was wird Fig tun, wenn er morgen Abend nach Hause kommt und feststellt, dass seine Frau im Bezirksgefängnis sitzt?«

»Mit Fig werde ich fertig.«

»Bock. Mist.« Marcus spie die beiden Worte heraus. »Mit dem wird keiner fertig. Der Bursche rastet komplett aus, wenn er wütend wird. Bei so einer Geschichte – dass Jo im Gefängnis brummt? Mann, der bringt sie nicht ins Krankenhaus, der bringt sie ins Grab.«

»Er wird eine Knieschiene tragen müssen«, sagte Kip. »Der

Arzt meint, er kann sein Bein noch eine ganze Woche lang nicht beugen.«

Angie beobachtete, wie Marcus ein Märchen zusammenzuspinnen versuchte, in dem Jo in Sicherheit war. »Was hat der Arzt noch über Fig gesagt?«, fragte er.

»Einen Monat mit der Schiene, einen weiteren Monat Physiotherapie. Er hat locker noch mal für fünf Jahre Potenzial. Aber worauf es ankommt, ist, dass es dieses Wochenende keinen Grund zur Sorge gibt. Wenn Fig aus Texas zurück ist, und Jo will vor ihm fliehen, muss sie nichts weiter tun als schnell gehen.«

Angie wusste nicht, ob Jo das Zeug dazu hatte zu fliehen, solange sie Anthony nicht bei sich hatte. Sie klammerte sich an jeden Strohhalm. »Schickt sie auf Entziehungskur. Das wird sich vor Gericht gut machen. Es verschafft ihr dreißig Tage Abstand von Fig. Dann haben wir den ersten Spatenstich hinter uns, und Jo wird es helfen.«

»Inwiefern hilft das Jo?«, fragte Marcus.

Angie hatte nicht die Absicht, es ihm zu einfach zu machen. »Solange sie auf Entzug ist, prügelt ihr niemand die Scheiße aus dem Leib. Und genau das wird passieren, wenn sie herauskommt.«

»Entzug bedeutet Therapie«, sagte Dale. »Was, wenn einer der Psychoheinis ihr einredet, sie muss sich gegen Fig wehren?«

»Wir können uns nicht mit Dingen beschäftigen, die *möglicherweise* passieren werden«, sagte Kip, obwohl sie genau das die ganze Zeit schon taten. »Hör zu«, sagte er, an Marcus gewandt, »ich mag Jo doch auch, aber wir können ihre Glaubwürdigkeit ernsthaft unterminieren mit dieser Verhaftung, okay? Niemand hört einem Junkie zu. Frag Keisha Miscavage. Außerdem weißt du genau, dass Jo Fig nicht verlassen wird. Das hat sie mindestens schon fünf Mal versucht, und das sind nur die Gelegenheiten, von denen wir Kenntnis haben.«

»Ich weiß nicht.« Marcus war offensichtlich längst überzeugt, aber er musste so tun, als bräuchte er noch ein bisschen mehr Druck.

»Ich weiß nicht, ob ich genug Vitamin B habe, um sie über den Sonntag hinaus festzuhalten«, sagte Dale. »Samstag wird schon schwer genug.«

»La D gibt am Sonntagabend eine Team-Party«, sagte Marcus. »Selbst wenn Fig bewegungsfähig wäre, würde er sie nicht vor der Party schlimm zurichten. Die Leute würden zu viele Fragen stellen.«

»Wir behalten sie also zwei Tage im Gefängnis, wir bringen sie durch die Party am Sonntag, wir schaffen sie am nächsten Morgen schnell in die Suchtklinik.«

Marcus kratzte sich am Kinn. Er wollte noch immer nicht so ohne Weiteres nachgeben.

»Die Boulevardzeitungen werden sich auf die Sache stürzen«, sagte Kip. »Ihr wisst, dass Fig die Presse hasst. Er wird sich von seiner besten Seite zeigen. Er mag einen an der Waffel haben, aber er ist nicht dumm. Das ist nicht mehr wie vor fünf Jahren. Du kannst dich nicht mehr dabei filmen lassen, wie du eine Frau grün und blau schlägst, und erwarten, dass du danach noch weiterspielst.«

Marcus widersprach nicht. »Also was das Gefängnis angeht – ich weiß nicht, Mann. Jo ist so sensibel. Sie ist nicht diese Sorte Mädchen.«

»Das ist keine große Sache. Es ist, als würde sie auf ein Wellness-Wochenende gehen.« Kips Augen leuchteten, als ihm eine Idee kam. »Das Ganze könnte sich sogar positiv für Jo auswirken. Wir sorgen dafür, dass sie Publicity bekommt. Sie können es in eine Geschichte über Jos Genesung verwandeln, dass sie ihrem Kind zuliebe clean wird, was weiß ich. Sie bekommt ein Fotoshooting, kriegt das Haar gestylt und eine Visagistin fürs Make-up. Das wird ihr gefallen!«

»Wird es nicht«, widersprach Marcus. »Jo hasst es, fotografiert zu werden. Sie will nie im Mittelpunkt stehen.«

»Noch besser«, sagte Kip. »Sie tut es, weil sie keine Wahl hat. Gute Presse für Reuben. Gute Presse für die Mannschaft.«

Marcus sah aufrichtig besorgt aus. »Ich kann mir ja noch vorstellen, dass Fig wegen seines Knies ein paar Tage wartet, aber was dann? Der Typ ist schwer bewaffnet. Er hat ein Sturmgewehr neben der Haustür hängen.«

»Er hat seit Jahren Waffen. Bisher hat er sie nicht benutzt.« Kip schien zu glauben, dass seine Logik irgendwie Sicherheit versprach. »Jo passiert schon nichts.«

»Ich sorge dafür, dass man sich im Gefängnis um sie kümmert«, sagte Dale. »Sie bekommt ihre eigene Zelle. Sie wird in Einzelhaft sein. Keine der anderen Insassinnen wird mit ihr reden. Ich kenne eine, die seit Urzeiten dort arbeitet. Sie weiß, wie man auf Mädchen aufpasst.«

Marcus starrte ihn an. »Wer zum Teufel bist du, Mann?«

»Er ist einer, der Dinge für uns erledigt«, sagte Kip.

»Er sieht aus wie eine gottverdammte Leiche.« Marcus rümpfte die Nase. »Wasch mal deine Klamotten, Mann. Du riechst nach Pisse.«

»Er war fünfundzwanzig Jahre lang Polizist«, sagte Angie. »Er weiß, wie das System funktioniert. Wenn er sagt, er kann dafür sorgen, dass Jo im Knast geschützt ist, dann wird sie es sein.«

Marcus sah Angie an, als hätte er ihre Anwesenheit eben erst bemerkt. Sein Blick wanderte an ihren Beinen nach oben, folgte der Rundung ihrer Hüfte und blieb dann an ihren Brüsten kleben. Sie wusste, dass sie sein Typ war, obwohl sie einige Jahre mehr auf dem Buckel hatte.

Diesen Vorteil versuchte Angie auszunutzen. Sie spürte, dass sich zumindest teilweise ein Plan abzeichnete, und sei es nur, um Jo Zeit zu erkaufen. »Jo geht jeden Donnerstag in den Lebensmittelladen zum Einkaufen. Das ist morgen. Dann können wir ihr die Tabletten unterjubeln und uns sicher sein, dass das Kind nicht bei ihr ist. Damit ist sie dann für zwei Tage außer Gefahr, solange sie im Gefängnis sitzt. Marcus, Sie müssen dafür sorgen, dass Jo während der Party nichts geschieht. Montagmorgen geht sie dann auf Entzug, und wir haben uns dreißig Tage Zeit verschafft. In der Zwischenzeit findet der erste Spatenstich für den All-Star Complex statt. Die Presse gibt Ruhe. Alle gewinnen.«

Marcus kaute auf seiner Lippe. Dann gab er den halbherzigen Widerstand endlich auf. »Was ist mit dem Jungen?«

»Jo darf nach der Festnahme ein Telefongespräch führen. Sie kann ihre Mutter bitten, Anthony von der Schule abzuholen und auf ihn aufzupassen, bis Fig nach Hause kommt.« Ihr Mund war so trocken, dass sie kaum genug Speichel zum Reden produzieren konnte. Der Plan sah auf dem Papier gut aus, aber er war irrsinnig riskant, hauptsächlich weil er darauf basierte, dass ein Typ mit einem unkontrollierbaren Temperament sich in der Gewalt hatte. Sie wandte sich an Kip und Marcus. »Ihr beide müsst Fig klarmachen, dass Jo für die Kameras gut aussehen muss. Es braucht nur einen kleinen blauen Fleck, oder dass sie komisch geht, und irgendein Blogger-Idiot kommt mit der Geschichte raus. Wenn Fig die Presse so hasst, wie ihr sagt, dann macht ihm deutlich, dass sie Jo mit Adleraugen beobachten werden, vor allem, wenn sie gerade aus dem Gefängnis kommt.«

»Das funktioniert«, sagte Kip. »Zwei Tage im Gefängnis. Dreißig Tage Entziehungskur. Jo sieht, wie wir ihr Leben jederzeit auf den Kopf stellen können. Fig wird sich wieder eingekriegt haben, bis sie entlassen wird. Ihr wisst doch, dass sein Jähzorn verpufft, wenn man ihm ein bisschen Zeit gibt.«

Marcus nickte bereits. »Vielleicht wacht er ja endlich auf, vielleicht denkt er, sie schluckt Tabletten, weil sie es nicht mehr aushält, wie er sie behandelt.«

Angie biss sich auf die Zunge, damit sie seinen Blödsinn nicht als solchen entlarvte.

»Okay. Gut.« Kip wandte sich an Dale. »Das Video auf dem Handy kann gelöscht werden, wenn Jo im Gefängnis ist, ja? Leider ist ein Fehler seitens der Behörden passiert, bla, bla, bla.«

»Mein Kontakt kann das per Fernzugriff erledigen«, sagte Dale.

»Gut«, wiederholte Kip. »Dale platziert also das Oxy im Auto. Ich lasse Jo durch einen von Ditmars Leuten begleiten, wenn sie dem Haftrichter vorgeführt wird, und sage ihm, er soll keinen Stunk machen, wenn man sie bis Samstag festhält.«

»Nein, ach komm, Mann. Sie soll ihr das Oxy unterjubeln.« Marcus wies mit dem Kinn in Angies Richtung. »Der Kerl da sieht aus, als wäre er schon tot, bevor ich hier rausgehe.«

Dales Mund war nur ein weißer Strich. Er mochte im Begriff sein zu sterben, aber er hatte immer noch seinen Stolz.

»Schön. Erledigt. Dann sind wir hier fertig.« Kip sprach Marcus an. »Lass uns wieder nach oben gehen. Ich muss noch ein paar Einzelheiten wegen des Spatenstichs mit dir besprechen.«

Marcus warf einen letzten Blick auf Angie, bevor er sich von Kip zum Aufzug führen ließ.

Dale wartete, bis sie fort waren, ehe er etwas sagte. »Dieses verdammte Stück Scheiße.« Er trat eine Leiter um. »Was glaubt der Kerl eigentlich, wer die Vergewaltigungsanklagen gegen ihn aus der Welt schafft? Von den beiden Fällen, die nie aktenkundig wurden, gar nicht zu reden.« Er trat noch einmal gegen die Leiter. »Ich habe mir die Hände mit Blut beschmiert, damit dieser Schwachkopf weiter mit seinem scheiß Basketball durch die Gegend dribbeln kann.«

Angie glaubte zu wissen, wie Dale an das Geld für den Treuhandfonds gekommen war.

»Sehe ich wirklich aus wie eine Leiche?«, fragte er.

»Du siehst aus, als hättest du die Grippe«, log sie. »Du kannst immer noch mit der Dialyse weitermachen.«

Dale lehnte sich an die Wand. Er war kurzatmig, weil er so wild gegen die Leiter getreten hatte. »Dreimal in der Woche immer vier Stunden in diesem grässlichen Krankenzimmer sitzen, und alle reden davon, dass sie bald eine neue Niere bekommen.«

Angie konnte sich seine weinerliche Geschichte nicht anhören. Sie musste überlegen, wie sie sich am besten um Jo kümmerte. »Ich muss gehen.«

»Warte mal. Wo ist dieses iPad? Das Klon-Teil. Ich glaube diesen Scheiß nicht, dass es auf dem Laptop keine Kopie gibt.«

»Ich habe keine Filme gesehen. Nur einen Haufen Fotos und Mailwechsel mit ihrer Mutter.«

Dale sah sie an und versuchte abzuschätzen, ob sie die Wahrheit sagte.

Angie verdrehte genervt die Augen. »Ich zertrümmere ihn mit einem Hammer. Problem gelöst.«

»Gut. Aber bring mir die Teile.«

Mist, jetzt musste sie ein neues iPad kaufen und in Stücke hauen. »Sonst noch etwas, Eure Majestät?«

»Du weißt, diese Sache mit Gefängnis und Entziehungskur ist nur eine vorübergehende Lösung.« Dale zog die Augenbrauen hoch. »Kip ist paranoid, Marcus hat eine Heidenangst vor LaDonna. Und davon werden die beiden nicht geheilt sein, wenn Jo in dreißig Tagen aus dem Hotel Junkie kommt.«

»Was willst du damit sagen?«

»Ich hab dir diesen Job besorgt. Wenn du ihn behalten willst, wirst du für mich übernehmen müssen.«

»Du meinst, ich muss meine Hände auch mit Blut beschmieren?«

»Spiel mir hier kein Theater vor, Lady Macbeth.« Dale fletschte die gelben Zähne. »Merk dir, was ich sage: Selbst wenn Jo den Mund hält, werden diese Typen paranoid werden. Sie werden immer schlechter schlafen. Sie werden sich immer mehr Sorgen machen, was Jo reden wird. Und früher oder später werden sie zu dir kommen, weil sie sich eine dauerhafte Lösung für das Problem wünschen.«

»Was zum Teufel soll das heißen?«

»Du weißt, was es heißt.«

Natürlich wusste Angie es. Er glaubte, dass Kip sie dafür anheuern würde, Jo umzubringen, womit ihrer Meinung nach bestätigt war, dass Kip schon früher Dale damit beauftragt hatte, Leute für ihn beiseitezuschaffen. Sie hoffte ehrlich, dass er mehr als die magere Viertelmillion dafür bekommen hatte, die er Delilah hinterließ.

»Hör auf deinen Onkel Dale«, riet er. »Lass es wie Selbstmord aussehen. Sie hat ein Drogenproblem. Gefängnis und Entzug können jeden wahnsinnig depressiv machen. Ein paar Tabletten, ein bisschen Schnaps, eine Badewanne, bei der sie vergessen hat, das Wasser abzudrehen, sie wird bewusstlos, geht in der Wanne unter und ertrinkt friedlich im Schlaf.«

Angie wollte schon den Kopf schütteln, aber dann fiel ihr ein, dass Dale ja nie erfahren würde, was geschah. »Danke für den Rat, Onkel Dale.«

»Warte.« Er hielt sie zurück. »Weißt du, was mich wundert? Woher du überhaupt weißt, dass Jo jeden Donnerstag in den Lebensmittelladen geht. Wo du ihr doch erst seit dieser Woche folgst.«

»Ich habe mich umgehört. Du bist nicht der Einzige, der sein Handwerk als Detektiv versteht.«

»Gut.«

»Ist das alles?« Angie wandte sich zum Gehen, aber er packte sie am Arm.

»Die brauchst du für morgen.« Dale griff in seine Tasche und zog einen verschließbaren Plastikbeutel heraus, der rund ein Dutzend grüne Pillen enthielt. OxyContin, 80 mg. Genug, um Jo ins Gefängnis zu bringen, aber nicht genug, um sie wegen Handel mit dem Zeug dranzukriegen.

»Ich weiß, du bevorzugst Vicodin«, sagte er und grinste. »Vielleicht ein wenig zu sehr?«

»Und was hat deine Nieren ruiniert? Lutschbonbons?« Angie hatte keine Lust, sich ihre Tablettensucht von ihm vorhalten zu lassen. Dale hatte im Lauf der Jahre genügend Koks geschnupft, um die Alpen damit überpudern zu können. »Wenigstens weiß ich, wann ich mich zurückhalten muss.«

»Haben die Ärzte eigentlich dieses Loch in deinem Magen wieder schließen können?« Dale setzte eine blasierte Miene auf. »Es ist die Umhüllung der Tabletten, weißt du? Frisst sich durch deine Magenschleimhäute.«

Angie riss ihm den Beutel mit dem Oxy aus der Hand. »Geh unter die Dusche, Dale. Marcus hat recht. Du stinkst nach Pisse.«

»Warum leckst du sie mir nicht ab?«

Angie hörte ihn noch im Weggehen lachen.

DONNERSTAG, 10.22 UHR

Angie schob einen leeren Einkaufswagen durch den Lebensmittelladen und hielt nach Jo Ausschau. Der Laden war zu sauber. Von dem Neonlicht taten ihr die Augen weh. Alles war auf eine aggressive Art ordentlich. Das letzte Mal war Angie mit Will in einem solchen Laden gewesen. Häuslichkeit war sein einziger Fetisch. Er kaufte alles in größeren Mengen, immer dieselben Marken mit denselben Logos, weil er zu dumm war, sich darüber zu informieren, was neu oder besser sein könnte. Angie verabscheute Häuslichkeit. Die ganze Geschichte hatte sie so gelangweilt, dass sie anfing, Dinge in seinen Einkaufswagen zu schmuggeln: Root Beer, dann Pfirsichsorbet, dann eine andere Sorte Butter. Fünf Minuten später rastete er aus wie der Roboter aus *Lost in Space*.

Wahrscheinlich übernahm Sara jetzt das Einkaufen für ihn. Bügelte seine Hemden. Machte ihm Abendessen. Brachte ihn zu Bett. Wechselte ihm die Windeln.

Angie schlenderte mit ihrem Wagen durch den Laden und entdeckte ihre Tochter in der Obst- und Gemüseabteilung. Jo hielt einen Pfirsich in der Hand und prüfte, ob er weich war. Auf ihrem Gesicht lag ein entrückter Ausdruck. Vielleicht dachte sie über ihren Plan nach, vor ihrem Mann zu fliehen. Aus diesem Grund hatte Jo Marcus das Video gezeigt. Sie dachte, er würde sich um sie kümmern, würde all das Schlimme aus ihrem Leben verschwinden lassen. Was sie jedoch nicht verstand, war, dass Marcus Rippy nichts tun würde, um Jo zu helfen, was sein derzeitiges Leben irgendwie gefährden könnte.

Selbst wenn er es gewollt hätte, würde Kip ihn nicht lassen.

Das Video war alles, was sie in der Hand hatten. Angie musste die Datei von Jos Handy kopieren, ehe die Polizei sie aufgriff. Sie traute dem Backup-iPad nicht, obwohl es ausgeschaltet und im Safe eines Motels eingeschlossen war. Sam Vera beherrschte sein Handwerk zu gut, und Angie war nicht bereit, um Jos Leben zu würfeln.

Dale war kein Hellseher, aber er verstand, wie diese Dinge abliefen. Jo war ein Unsicherheitsfaktor. Und die Leute hassten Unsicherheit, vor allem, wenn viel Geld im Spiel war. Es wäre nur eine Frage der Zeit, bis Marcus paranoid wurde und Kip verzweifelt. Laslo hatte in Boston einen Mann erstochen. Es hatte andere Drecksarbeit in Atlanta gegeben, von der sie wusste. Sein Job war es, dafür zu sorgen, dass die Züge weiterhin pünktlich fuhren. Angie konnte sich nicht vorstellen, dass er Skrupel haben würde, Jo auszuschalten. Und das bedeutete, ihrer Tochter blieb nicht mehr viel Zeit, um zu fliehen.

»Lassen Sie mich meine Mutter anrufen.«

Angie drehte es den Magen um. Jo sprach mit ihr. Sie stand gut drei Meter entfernt und hatte immer noch den Pfirsich in der Hand, die Stimme hatte sie gerade genug gehoben, damit Angie sie verstehen konnte.

»Mein Sohn ist in der Schule«, sagte Jo. »Lassen Sie mich meine Mutter anrufen, bevor Sie mich mitnehmen.«

Angie sah sich um und vergewisserte sich, dass niemand sie hören konnte. »Wovon ...«

»Ich weiß, dass Reuben Sie beauftragt hat, mir zu folgen.« Jo legte den Pfirsich weg. »Ich habe Sie im *Starbucks* gesehen. Und letzten Monat waren Sie vor der Schule meines Sohnes.«

»Es ist nicht, wie Sie glauben.«

Jo bemühte sich, furchtlos zu klingen, aber die Muskeln an ihrem Hals waren angespannt. »Ich komme nur freiwillig mit, wenn Sie mir erlauben, mich um meinen Sohn zu kümmern.« Ihre Gefasstheit begann zu bröckeln. Sie hatte eindeutig Angst. »Bitte. Er ist auch Reubens Sohn.«

Angie fühlte einen scharfen Schmerz in der Brust, eine körperliche Reaktion auf die Hilflosigkeit, die ihre Tochter spürbar empfand. »Ihr Mann hat mich nicht geschickt. Ich bin hier, um Ihnen bei der Flucht zu helfen.«

Jo lachte.

»Ich meine es ernst.«

»Verpissen Sie sich, Frau. Vergeuden Sie nicht meine Zeit.« Jo schob ihren Einkaufswagen in den nächsten Gang. Sie nahm sich eine Tüte und begann sie mit Orangen zu füllen.

»Sie sind in Gefahr«, sagte Angie.

»Ach ja?«

»Marcus ist wegen des Videos zu Kip gegangen.«

Jo lachte wieder. »Glauben Sie, ich habe mir nicht längst zusammengereimt, dass so etwas passiert ist? Der Laptop ist heute Morgen abgestürzt. Lässt sich nicht mal mehr hochfahren. Auf meinem Handy wurde alles gelöscht.« Sie öffnete ihre Handtasche, holte ihr iPhone heraus und hielt es Angie hin. »Wollen Sie es haben? Sie können es sich nehmen. Ich habe nicht einmal mehr Fotos von meinem Jungen.«

Angie schlug ihre Hand weg. »Hören Sie mir zu. Ich versuche, Ihnen zu helfen.«

»Sie können mir nicht helfen.« Jo machte kehrt und schob ihren Wagen zu den Regalen mit den Säften.

Angie folgte ihr. »Man wird Sie verhaften.«

Jo blickte erst verwirrt drein, dann verärgert. »Wofür?«

»Die haben Oxy in Ihr Auto geschmuggelt.« Angie ließ die Information weg, dass das ihr Job gewesen war. »Wenn Sie hier rausgehen, wird draußen die Polizei auf Sie warten. Man wird Sie für zwei Tage ins Gefängnis stecken.«

»Aber ...« Jo hatte diesen Gesichtsausdruck, den Angie schon früher gesehen hatte, wenn wohlhabende, einflussreiche Menschen feststellten, dass sie sich dem Gesetz beugen mussten. »Ich habe doch nichts getan.«

»Das spielt keine Rolle«, sagte Angie. »Die haben alles genau geplant. Sie wollen Ihnen eine Lektion erteilen.« Angie ließ ihr einen Moment Zeit, die Realität zu verdauen. »Sie kommen am Samstagabend wieder aus dem Gefängnis, Sie gehen am Sonntagabend mit Fig zu LaDonnas Party, und Montag früh fahren Sie in die Entzugsklinik.«

»Montag früh werde ich nicht einmal mehr laufen können.«

»Reubens Knie wird in einer Schiene stecken.« Angie spürte, wie die Worte ihr zuflossen. Sie musste Jo davon überzeugen, dass sie für ihre Sicherheit sorgen konnte. »Er wird massiv gehandicapt sein.«

»Glauben Sie, das spielt eine Rolle?« Jo schüttelte wieder den Kopf. »Vor einer Kugel in den Rücken kann man nicht davonlaufen.«

»Überall wird Presse sein. Wenn er Sie schlägt, fällt es auf.«

»Falls er Spuren hinterlässt.«

Angie mühte sich ab, sie zu überzeugen. »Sagen Sie ihm, wenn er Sie anrührt, gehen Sie in den Garten hinaus, ziehen sich aus und lassen die Fotografen dokumentieren, was er getan hat.«

»Welche Fotografen?« Jo wirkte noch panischer als zuvor. »Reuben mag die Presse nicht.«

»Die werden Sie auf Schritt und Tritt verfolgen, sobald Sie aus dem Gefängnis kommen.«

»O Gott.« Jo legte die Hand an den Hals. Ihr Atem ging flach. »Marcus hat Reuben erzählt, dass ich mich mit ihm getroffen habe. Allein.«

»Nein. Reuben weiß nichts von dem Motel, von dem Video und alldem.« Angie sah, wie die Erleichterung Jo durchflutete. »Marcus hat sich mit dem Problem an Kip gewandt. Und Kip will es so handhaben, wie ich gesagt habe.«

Tränen traten in Jos Augen. Sie war vollkommen verängstigt. »Wissen Sie, was mein Mann mit mir macht, wenn ich Aufmerksamkeit auf ihn ziehe?«

Angie konnte ihre Not nicht mehr ertragen. »Ich werde Ihnen helfen, von ihm wegzukommen.«

»Was?« Jo klang angewidert. »Sind Sie verrückt?«

»Ich werde Ihnen helfen«, wiederholte Angie, und ihr kam zu Bewusstsein, dass sie in ihrem ganzen Leben nie wahrere

Worte gesprochen hatte. Sie hatte Jo einmal im Stich gelassen, aber sie würde heute, hier und jetzt, alles tun, um ihrer Tochter einen Weg aus der Gefahr zu weisen.

»Lassen Sie mich helfen«, bat sie.

»Verpissen Sie sich, Frau.« Jo wurde wütend, genau wie man es von einem Tier in der Falle erwarten würde. »Sie lauern mir hier im Laden auf und erzählen mir, Sie seien meine Retterin, und ich soll Ihnen glauben, mein Leben für Sie riskieren, das Leben meines Sohnes? Was bilden Sie sich eigentlich ein? Was zum Teufel glauben Sie, wer Sie sind?«

Angie fehlten die Worte, um ihr zu sagen: *Ich bin deine Mutter. Ich bin der Teenager, der dich nicht großziehen wollte. Ich bin die Frau, die dich im Stich gelassen hat.*

»Ich bin eine Freundin«, sagte sie stattdessen.

»Wissen Sie, was aus dem letzten Freund wurde, der mir helfen wollte? Er ist im Krankenhaus gelandet. Wird wahrscheinlich nie wieder laufen können.«

»Wissen Sie, was aus der letzten Frau wurde, die Marcus Rippy bedroht hat?«

Jo sah zur Seite. Falls sie es nicht wusste, hatte sie zumindest eine genaue Vorstellung davon. Die Verzweiflung war wieder da, die Hilflosigkeit. »Warum sollten Sie Ihr Leben riskieren, um einer Fremden zu helfen?«

»Ich hatte eine Tochter, die in Ihrer Lage war.«

»*Hatte*«, wiederholte Jo. »Wurde sie getötet?«

»Ja«, sagte Angie, denn sie wusste, dass die meisten dieser Geschichten so endeten. »Sie wurde getötet, weil ich ihr nicht geholfen habe. Ich lasse nicht zu, dass das noch einmal geschieht.«

»Großer Gott.« Jo durchschaute die Lüge. »Sie glauben, Sie können mich auf Ihre Seite ziehen, mich dazu bringen, dass ich Ihnen vertraue? Ich habe Sie bei *110* gesehen. Wenn Sie nicht für Reuben arbeiten, arbeiten Sie für Kip Kilpatrick.«

»Sie haben recht. Ich arbeite für Kip«, gab sie zu. »Und ich erledige eine Menge üblen Scheißdreck für ihn, aber das hier werde ich nicht tun.«

»Gewissenskrise?« Jo lachte rau. Sie wusste, was Leute wie Angie taten. Sie hatte ihr ganzes Erwachsenenleben im Umfeld des Profisports verbracht. »Reuben hat ein Messer neben dem Bett liegen. Seine Pistole ist einen halben Meter von seiner Hand entfernt, wenn er duscht. Er schlägt mich.« Sie bemerkte, dass ihre Stimme zu laut war. Die Leute begannen herzusehen. »Er schlägt mich«, wiederholte sie leiser. »Er vergewaltigt mich. Er zwingt mich zu betteln, es weiter zu tun. Ich muss mich hinterher entschuldigen, weil ich ihn dazu gebracht habe, die Beherrschung zu verlieren. Ich muss mich bedanken, wenn er mir erlaubt, eine beschissene Tasse Kaffee trinken zu gehen oder meinen Sohn zu anderen Kindern zum Spielen zu bringen.«

»Dann verlassen Sie ihn.«

»Glauben Sie, das habe ich nicht versucht?« Sie wandte den Blick ab und schüttelte den Kopf. »Beim ersten Mal ging ich nach Hause zurück. Ich wohnte bei meiner Mama. Drei Tage ohne ihn. Drei Tage Freiheit. Wissen Sie, was er getan hat?« Sie sah Angie zornig in die Augen. »Er hat mich an den Haaren aus dem Haus meiner Mutter geschleift. Er hat mich beinahe totgeschlagen. Er hat mich in eine Kiste gesperrt und in seiner Garage gefangen gehalten. Und wissen Sie, was die Polizei gesagt hat, als meine Mama sie anrief, weil ihre Tochter von einem Verrückten entführt worden war? Das sei ›ein familiäres Problem‹. Das ist alles, was ich bin – ein familiäres Problem.«

Angie war nicht überrascht. Die Kleinstadtpolizisten, die Jo mit diesen verschreibungspflichtigen Medikamenten verhaftet hatten, waren wahrscheinlich dieselben, die bei ihrer Entführung weggeschaut hatten. Wenn man bereit war, einmal Schmiergeld zu nehmen, war es nur eine Frage der Zeit, bis man es wieder tat.

»Eine Wand aus Geld fängt diese Männer auf und bewahrt sie davor, etwas zu verlieren. Sie verlieren nicht ihre Frauen und nicht ihre Kinder. Ich habe es in Kalifornien versucht«, fuhr sie fort. »Ich habe es in Chicago versucht. Jedes Mal kam Reuben und hat mich zurückgeschleift. Er hat meine Mama als Druckmittel benutzt. Er hat Anthony als Druckmittel benutzt.« Jos Tonfall veränderte sich beim Namen ihres Sohnes. »Meine leibliche Mutter hat mich verlassen. Ich weiß, wie sich das anfühlt, und ich werde meinem Kind das nicht antun.«

Angie spürte, wie sich ihr Magen zusammenzog. »Wissen Sie etwas über sie?«

»Spielt es eine Rolle?«, entgegnete Jo. »Ich kann mich nicht um Hilfe an sie wenden, wenn sie das meinen. Wahrscheinlich ist sie inzwischen tot. Schon damals war sie eine Prostituierte. Ein Junkie. Genau der Abschaum, von dem man erwartet, dass er ein Baby verlässt.«

Angie holte tief Luft.

»Ich werde meinen Jungen nicht aufgeben. Selbst wenn Reuben der Vater des Jahres wäre, würde ich Anthony nicht zurücklassen. So etwas zerstört deine Seele.«

Angie musste von dem Thema wegkommen. »Welche Absicht haben Sie verfolgt, als Sie Marcus das Video gezeigt haben? Was dachten Sie, von ihm zu bekommen?«

»Geld. Schutz.« Sie atmete langsam aus. »Ohne das Video habe ich nichts.«

»Das ist egal. Es geht um das, was Sie gesehen haben. Es geht darum, dass Sie den Mund aufmachen könnten.«

»Niemanden interessiert es, was ich zu sagen habe.«

»Sie wissen zu viel«, sagte Angie. »In den Augen von Kip und Marcus ist Ihr Mund eine geladene Waffe.«

Jo holte tief Luft und atmete langsam wieder aus. »Dann bin ich jetzt also wieder genau dort, wo ich angefangen habe.«

Angie konnte die Resignation in ihrer Stimme kaum ertragen. »Ich habe einen Plan, wie wir Zeit gewinnen können, um Sie von Ihrem Mann wegzubringen.«

»Was wollen Sie tun?« Jo setzte eine finstere Miene auf.

»Glauben Sie vielleicht, Sie können es mit Reuben Figaroa aufnehmen? Blödsinn. Sie kriegen höchstens eine Waffe ins Gesicht. Dieser Mann gibt nicht nach, und er gibt nichts aus der Hand.« Sie zählte an den Fingern ab. »Ich habe keine Vollmacht für die Bankkonten, für die Investments, die Pensionszahlungen. Das Haus gehört mir nicht, mein Wagen gehört mir nicht. Bevor wir heirateten, habe ich einen Ehevertrag unterschrieben.« Sie lachte, diesmal über sich selbst. »Ich war verliebt, Baby. Ich wollte kein Geld. Ich habe mich bereitwillig in die Sklaverei verkauft.«

»Ich kann Sie herausholen«, beteuerte Angie. »Ich kann für Ihre Sicherheit sorgen.« Sie hatte die Sache schon in Teilen durchgespielt. Dales Treuhandfonds für Delilah – Angie war autorisiert, für eine Wohnung und Lebenshaltungskosten zu bezahlen. Sie konnte das Geld stattdessen für Jo verwenden. »Ich kann Ihnen einen falschen Namen verschaffen. Ich helfe Ihnen, sich zu verstecken. Sobald Sie in Sicherheit sind, besorge ich Ihnen einen Anwalt, der mit Reuben verhandelt.«

»Wie bringen Sie mich überhaupt weg?«, fragte Jo. »Das ist der schwierige Teil. Sie könnten ebenso gut sagen, Sie verstecken mich auf dem Mars, und wie ich dahin komme, überlegen wir später.«

Sie hatte recht. Reuben würde vor dem Gefängnis auf Jo warten. Er würde sie nicht mehr aus den Augen lassen, bis sie auf Entzug ging. *Falls* er sie auf Entzug gehen ließ.

»Sie kapieren es nicht, oder?« Jo wirkte aufrichtig verwundert. »Reuben macht sich nichts aus Basketball. Er macht sich nichts aus Anthony. Er macht sich im Grunde nicht einmal etwas aus mir. Worum es ihm geht, ist Macht.« Sie verringerte die Entfernung zwischen Angie und sich. »Ich tue, was immer dieser Mann will. *Alles*, verstehen Sie? Er braucht es nur zu sagen. Mit den Fingern zu schnippen. Und er hält mir trotzdem ein Messer vors Gesicht. Er schließt trotzdem die Hand um meine Kehle. Ihm geht nur dann einer ab, wenn er meine Angst sieht.«

Angie durfte gar nicht daran denken, auf welche Weise ihre Tochter erniedrigt worden war. »Sagen Sie mir eins: Was ist, wenn Anthony älter wird? Wie wollen Sie ihn dann beschützen?«

»Reuben würde seinem Sohn nichts tun.«

Angie fragte sich, ob Jo sich selbst reden hörte. »Er sieht, wie sein Daddy Sie behandelt. Er wird zum selben Typ Mann heranwachsen.«

»Nein«, beteuerte Jo. »Er ist lieb. Er hat nichts von seinem Vater an sich.«

»War Reuben nicht auch lieb, als Sie ihn kennengelernt haben?«

»Sie kommen am Samstag auf Kaution raus. Ich weiß, Reuben wird vor dem Gefängnis auf Sie warten. Und mit ihm die Fotografen. Dafür werde ich sorgen. Sie können stattdessen mit mir fahren.«

»Das ist Ihr Plan?« Jo sah entmutigter denn je aus. »Schritt zwei wird sein, dass Reuben entweder eine Waffe zieht und mir eine Kugel in den Kopf jagt, oder ich bekomme einen Anruf von seinem Anwalt, dass ich ein vorbestrafter Junkie bin und meinen Sohn nie wiedersehen darf.« Sie lachte. »Und die Kugel jagt er mir trotzdem in den Kopf.«

Sie hatte recht, aber Jo überlegte ja auch schon jahrelang, wie sie vor Reuben fliehen könnte. Angie erst seit zwei Tagen. »Was ist, wenn Sie am Sonntag zu der Party gehen?«

Sie begann, den Kopf zu schütteln, aber dann hielt sie inne. »Anthony wird bei meiner Mutter bleiben. Sie ist die Einzige, die Reuben auf ihn aufpassen lässt.«

»Können Sie sich auf der Party von Reuben entfernen?«, fragte Angie. »Wenn Sie zur Toilette gehen oder so?«

»Er wird bei den Jungs sein. Bei Marcus.« Sie erklärte es genauer. »Bei einer solchen Gelegenheit haben sie das Video aufgenommen. Es war dieses Mädchen, das Marcus wegen Vergewaltigung angezeigt hat.«

»Keisha Miscavage?«

»Ja.« Sie wischte sich die Augen. Doch die Angst konnte sie nicht fortwischen. »Sie sollten wissen, womit Sie es zu tun haben. Was sie mit Frauen machen, die nicht zählen. Dieses Mädchen stand unter Drogen. Ich weiß, sie haben ihr etwas in den Drink getan. Eine Stunde später ist sie in diesem Schlafzimmer, schlägt wie von Sinnen um sich und sagt *nein, nein, nein*. Und sie haben nur gelacht, als sie sie abwechselnd genommen haben.«

Angie wusste, wie eine Gruppenvergewaltigung ablief. Die Einzelheiten konnten sie nicht schockieren. »Sobald Sie am Sonntagabend auf der Party unbeobachtet sind, schleichen Sie aus dem Haus. Laufen Sie die Zufahrt hinunter und biegen Sie dann links ab. Da ist eine Abzweigung für einen Weg, den die Gärtner benutzen. Dort werde ich stehen und auf Sie warten.«

Jo antwortete nicht. Das ging alles zu schnell. »Warum?«

»Ich habe Ihnen von meiner Tochter erzählt.«

Jo schüttelte den Kopf, aber sie war immer noch verzweifelt genug, um einer wildfremden Frau zuzuhören. »Ich treffe Sie also an dieser Abzweigung. Und dann?«

»Ich fahre zu Ihrer Mutter und hole Anthony.« Angie ließ sich von Jos Protesten nicht beirren. »Das ist der erste Ort, an dem sie nach Ihnen suchen werden. Ich werde besser mit denen fertig als Sie.«

»Warum holen Sie nicht zuerst Anthony und treffen mich dann bei der Party?«

Angie sah ihr an, dass sie etwas brauchte, was sie diese Linie überschreiten ließ, was ihr diesen ersten entscheidenden Schritt ermöglichte. »Was, wenn Sie es nicht schaffen, aus dem Haus zu kommen, und ich habe Ihr Kind in meinem Wagen? Wie erkläre ich das? Wie erklären Sie es?«

Jo sah zu Boden. Ihr Blick zuckte hin und her. Sie kaute auf der Unterlippe. Angie erkannte die Zeichen eines inneren Kampfes. Jos Flucht von der Party würde den Plan in Gang setzen. Von diesem Punkt an gab es kein Zurück mehr. Wenn sie nicht floh, wenn sie es sich im letzten Moment anders überlegte, würde Anthony bei ihrer Mutter bleiben, Jo würde massiv verprügelt werden, und alles würde sein wie zuvor.

»Was soll ich tun, während Sie meinen Sohn entführen?«, fragte Jo.

»Ich werde unter einem falschen Namen ein Auto mieten.« Sie würde sich Delilahs Führerschein besorgen müssen, aber das sollte nicht mehr als zehn Gramm Heroin kosten. »Ich stelle den Wagen am Sonntagabend ein Stück die Straße hinunter ab. Wenn Sie die Party bei den Rippys verlassen haben, bringe ich Sie zu dem Auto. Sie fahren weiter zum OneTown Motel und warten dort auf mich. Ich fahre zu Ihrer Mutter, hole Anthony ab und bringe ihn zum Motel. Und während Sie sofort auf der Interstate nach Westen fahren, bleibe ich hier und sorge dafür, dass Ihre Spur nicht zu finden ist.«

»Und wie geht es dann weiter?«

»Wir suchen einen Anwalt, der mit Kip verhandelt, um Sie aus diesem Schlamassel zu befreien.« Sie hörte auf, bevor Jo neue Hindernisse auftürmen konnte. »Vergessen Sie nicht, dass Sie aussagen könnten, Marcus ebenfalls auf diesem Video gesehen zu haben.«

»Aussagen?« Sie wurde wieder unsicher. »Ich werde nicht ...«

»Es wird nicht dazu kommen. Was zählt, ist allein die Drohung.«

Jo presste die Lippen aufeinander. »Warum sollte ich Ihnen trauen?«

»Wem wollen Sie sonst trauen?« Angie wartete gar nicht erst auf eine Antwort, die ohnehin nicht kommen würde. »Was hätte ich denn davon, Sie hereinzulegen?«

»Das versuche ich schon die ganze Zeit herauszufinden.« Jo zupfte an der Goldkette um ihren Hals. »Ich dachte, Reuben hat Sie geschickt, um mich zu holen. Das macht er normalerweise. Aber danach kümmert er sich persönlich um mich, das überlässt er nicht der Person, die mich holt.«

»Wen schickt er, um Sie zu holen?«

»Einen Mann«, sagte sie. »Immer einen Mann.«

Angie ließ ihr Zeit, um nachzudenken.

»Wollen Sie Geld?«, fragte Jo. »Haben Sie es darauf abgesehen, auf einen Anteil von dem, was ich von Reuben bekomme?«

»Würden Sie sich besser fühlen, wenn ich um etwas bitte?«

»Ich weiß es nicht.« Sie überlegte immer noch, welchen Haken es bei der Geschichte geben mochte. »Meine Mutter kann nicht reisen. Sie hat Herzprobleme. Sie darf sich nicht zu weit vom Krankenhaus entfernen.«

»Sehen Sie mich an.« Angie wartete, bis ihre Tochter ihr in die Augen sah. Die gleiche braune Iris. Die gleiche Mandelform. Die gleiche Hauttönung. Das gleiche Haar. Sogar die gleiche Stimme.

»Wenn *ich* Ihre Mutter wäre«, sagte sie zu dem Mädchen, »würde ich Ihnen raten, Anthony zu nehmen, zu verschwinden und sich nie mehr umzudrehen.«

Jo schluckte. Ihr vollkommener Hals. Ihre straffen Schultern. Ihr Zorn. Ihre Angst. »Okay«, sagte sie. »Ich mache es.«

SAMSTAG, 4.39 UHR

Angie gähnte, als sie die Ponce de Leon Road entlangfuhr. Das verblassende Mondlicht ließ alles kreideweiß wirken. Sie war erschöpft, aber sie konnte nicht schlafen. Jos Verhaftung zwei Tage zuvor war immer noch das große Thema in den Nachrichten. Wie vorhergesagt herrschte vor dem Gefängnis großer Andrang von Pressevertretern, die auf die für diesen Tag angekündigte Entlassung warteten. Kip hatte Reuben ermahnt, nicht aus der Reihe zu tanzen. Für Montag war der Beginn der Entziehungskur arrangiert. Marcus hatte am Vorabend eine Pressekonferenz abgehalten, auf der er davon sprach, dass die Ehe von Jo und Reuben gefestigt genug sei, um sie diese Geschichte durchstehen zu lassen; die Menschen sollten sie nur in ihre Gedanken und Gebete einschließen. Ein verschwommenes Foto, auf dem Jo bei einem von Figaroas Spielen mit gesenktem Kopf auf dem Boden hockte, war die einzige Aufnahme, die sie von ihr fanden.

Sie war vorläufig in Sicherheit, wie Angie sich immer wieder sagte. Und sie musste nur noch einen Tag und einen halben unbeschadet überstehen.

Von außen betrachtet schienen Jos Chancen für eine erfolgreiche Flucht gut zu stehen. Der Plan wirkte nicht kompliziert. Es gab nur viele bewegliche Teile. Angie hatte die letzten beiden Tage damit zugebracht, ihren Beitrag zu leisten: Sie hatte Delilahs Führerschein gestohlen. Den Wagen gemietet. War die Fluchtrouten abgefahren. Hatte ein gebrauchtes iPad unter der Hand gekauft, mit einem Hammer zertrümmert und Dale die Teile geliefert. Hatte sich benommen, als sei alles in Ordnung, damit er ihr nicht zu nahe kam oder zu neugierig wurde.

Wie immer war Geld der anstrengende Teil. Angie hatte dreißigtausend Dollar auf ihrem Girokonto, aber sie konnte das Geld nicht dafür verwenden, Jo zu helfen. Zumindest nicht solange Dale noch lebte. Er konnte auf ihr Konto zugreifen. Es durfte keine auffällig großen Abhebungen in nächster Zeit geben. Angies einzige Möglichkeit war, etwas von dem Geld abzuzweigen, das Dale in seinem Kofferraum aufbewahrte, und zu hoffen, dass er es nicht bemerkte. Er hatte schon immer Geld unter dem Reserverad versteckt gehabt, vor allem, wenn seine Buchmacher hinter ihm her waren. Angie würde das Geld morgen nehmen, unmittelbar vor der Party. Sie würde nicht gierig sein. Jo musste auf ihrer Flucht nicht in Fünf-Sterne-Hotels wohnen. Ein, zwei Tausender reichten, wenn sie nach Westen fuhr und sich ein billiges Motel mit Pay-TV suchte, damit das Kind beschäftigt war.

Delilahs Identität zu stehlen war verhältnismäßig einfach gewesen. Angie hatte einen Mini-Supermarkt in Delilahs Nachbarschaft ausgespäht. Sie wusste, das Mädchen würde früher oder später auftauchen. Selbst mit Ersatzdroge war es schwer, die Finger vom Heroin zu lassen. Es machte einen hibbelig. Es machte einen hungrig. Angie hatte einen jungen Burschen dafür bezahlt, dass er sich bei dem Laden herumtrieb. Als Delilah schließlich erschienen war, hatte er ihr die Brieftasche geklaut, den Führerschein herausgefischt und eine der Kreditkarten geklont, und er war bereits abgehauen, ehe Delilah an der Kasse stand.

Angie war im Laden gewesen, als es geschah, hinter einem Cola-Werbeständer versteckt. Ein riskanter Schritt, aber sie hatte es sich nicht verkneifen können. Sie war schon immer von Delilah fasziniert gewesen. So fasziniert man von jemandem sein konnte, den man verachtete. Was machte sie so besonders? Es musste mehr als Blutsverwandtschaft sein. Dale hatte andere Angehörige, die ihn einen Dreck interessierten. Was also hatte ihn dazu veranlasst, Delilah all die Jahre zu beschützen, warum war es sein letzter Wunsch, dass sie gut versorgt sein sollte? Es musste mehr als ihre Möse sein. Das konnte sich Dale überall kaufen.

Angie musste zugeben, dass die Kleine nicht übel aussah – wenn man auf billig und trashig stand. Sie hatte es geschafft, ein wenig zuzunehmen, und sah jetzt nicht mehr wie ein Skelett aus. Sie färbte sich nicht mehr das Haar. Aber waschen mochte sie es noch immer nicht – sogar aus einigen Metern Entfernung konnte Angie erkennen, dass das Dunkelbraun eher ein fettiges Schwarz war. Die ausgefransten Haarenden fielen ihr über die Schultern, als sie ihre Einkäufe auf die Kassentheke packte. Eine Literflasche Starkbier. Zwei Tüten Käsegebäck. Eine Dose Kartoffelchips. Ein Erdnussriegel. Fruchtkaubonbons. Sie wollte noch zwei Packungen Zigaretten, denn ihren Vater an Diabetes und Nierenversagen sterben zu sehen hatte offenbar nicht die abschreckende Wirkung, die man erwarten würde.

Delilah dachte nie über Konsequenzen nach. Ihre Vorausschau reichte nicht einmal bis in die nächste Woche. Was zählte, war das Heute, der Augenblick, was immer sie in die Hände bekommen konnte, wen sie ausnehmen konnte und wie sie es zu Geld machen würde.

Wusste sie von Dales Treuhandfonds? Angie konnte es nicht sagen, aber sie wusste, dass Dale bestimmt an eine Rückversicherung gedacht hatte. Es gab noch jemanden, der von dem Fonds wusste. Jemand würde sicherstellen, dass die Kleine erfuhr, wer ihr Geld verwaltete.

Es gab nur einen weiteren Menschen, dem Dale vertraute, und Angie hoffte inständig, dass sie dieses bösartige Scheusal nie wieder zu Gesicht bekommen musste.

Angie hielt an einer roten Ampel. Sie gähnte wieder und rieb sich das Gesicht. Ihre Haut fühlte sich wie Gummi an. Nicht genug Vicodin. Sie versuchte, es wegen Sonntagabend langsam zu reduzieren. Die nächsten Stunden würden qualvoll werden, aber sie brauchte einen klaren Verstand. Sie ging den Plan noch einmal in Gedanken durch, versuchte, die Schwachstellen zu erkennen, die Probleme vorauszusehen, bevor sie auftraten.

Mit dem iPad stand und fiel alles. Es befand sich in Angies Kofferraum, in dem Rucksack mit ihrer Detektivausrüstung. Das Ding fühlte sich an, als wäre es radioaktiv. Außerdem war immer noch eine Frage offen: Jo hatte gesagt, Reubens Laptop sei gelöscht worden. Ihr Handy ebenfalls. Hieß das, das iPad würde ebenfalls gelöscht werden, sobald Angie es einschaltete? Die technische Seite konnte sie nicht einschätzen. Den Wert sehr wohl.

Sie hatte Jo nichts von dem iPad gesagt, weil sie ihr nicht traute. Die Unentschlossenheit des Mädchens war bei ihrem Gespräch in dem Lebensmittelgeschäft deutlich erkennbar gewesen, und letzten Endes hatte Jo Angies Plan nur zugestimmt, weil sie begriff, dass sie ihn in letzter Sekunde stoppen konnte: Sie musste lediglich auf der Party bleiben und sich nicht von der Stelle rühren.

Wie würde sich Jo entscheiden?

Eine weitere offene Frage. Angie war sich nicht sicher, ob ihre Tochter wirklich fliehen würde. Und wenn sie floh, würde sie dann fortbleiben? Jo hatte Reuben schon früher verlassen. Fünf Mal, soweit Kip wusste. Angie spürte, wie die Wahrheit an ihr nagte. Selbst wenn Jo von Reuben wegging, würde sie zu ihm zurückkehren, das war so sicher wie das Amen in der Kirche. Es gab nur eine einzige Möglichkeit, das zu verhindern: Man musste dafür sorgen, dass es keinen Reuben mehr gab, zu dem sie zurückkehren konnte.

Will arbeitete beim GBI, die hatten Computerspezialisten. Wenn noch ein Video auf dem iPad war, würde er einen Weg finden, darauf zuzugreifen. Er würde Marcus und Reuben ins Gefängnis befördern, und Jo konnte mit einem Anwalt daran arbeiten, den Ehevertrag zu annullieren. Oder auch nicht. Reubens Karriere wäre zu Ende, sein Leben vorbei. Jo konnte verschwinden. Sie konnte ihren monatlichen Unterhalt von Delilahs Konto kassieren und wieder aufs College gehen. Einen netten Mann kennenlernen. Noch ein Kind haben.

Angie lachte in ihrem Wagen laut auf. Wem versuchte sie hier etwas vorzumachen? Jo konnte mit netten Männern genauso wenig anfangen wie Angie. Es hatte seinen Grund, warum Angie nicht mit ihrem Mann zusammenleben konnte.

Sie wusste nicht einmal, ob sie den morgigen Tag überleben würde.

Dale Harding hatte Blut an den Händen. Laslo hatte schon früher getötet. Kip würde sich hinter seinem großen Glasschreibtisch verschanzen und nicht zögern abzudrücken. Wenn irgendeiner von ihnen herausfand, dass Angie Jo geholfen hatte, dann konnte sie laufen, so lange sie wollte, sie würde ihnen nicht entkommen.

Vielleicht war das der Grund, warum sie Will ein letztes Mal sehen wollte. Oder zumindest persönliche Gegenstände von ihm, wenn sie ihn selbst nicht sehen konnte. Seine sauberen, gestärkten Hemden berühren, die im Schrank hingen. Seine perfekt passenden Sockenpaare in der Schublade durcheinanderbringen. Seine Zahnpastatube in das falsche Loch der Porzellanhalterung stecken. Ein A in seine Seife ritzen, sodass er an sie dachte, wenn er das nächste Mal unter der Dusche stand und seinen Körper berührte.

Angie schaltete zurück. Fast wäre sie an Wills Haus vorbeigefahren. Sie hielt am Randstein vor einem Hydranten auf der gegenüberliegenden Straßenseite.

Will wohnte in einem Bungalow, der früher ein Crackhaus gewesen war und inzwischen wahrscheinlich eine halbe Million wert sein musste, wenn auch nur wegen des Grundstücks. Innen war das Haus penibel renoviert und nur in neutralen Tönen gestrichen. Sein Schreibtisch stand an einer Wand im Wohnzimmer. Ein Flipperautomat nahm den Ehrenplatz im Esszimmer ein. Das Gästezimmer war voll mit den Büchern, durch die er sich in seiner gewissenhaften Langsamkeit gearbeitet hatte, weil er glaubte, Klassiker zu lesen sei das, was normale Menschen taten.

Im Sommer mähte er jedes zweite Wochenende den Rasen. Zweimal im Jahr räumte er die Dachrinnen frei. Alle fünf Jahre strich er die Fensterrahmen. Veranden und Terrasse säuberte er mit einem Hochdruckreiniger. Er pflanzte Blumen in dem kleinen Vorgarten. Er war ein Vorortpapi, wie er im Buche stand, nur dass er nicht in einem Vorort wohnte und keine Kinder hatte.

Zumindest keine, von denen er wusste.

Die Einfahrt war wie üblich leer, denn Will verbrachte den größten Teil seiner Freizeit bei Sara. Angie hätte eine Menge Geld ausgeben müssen, um sich an dem Überwachungssystem in Saras Gebäude vorbeizutricksen, aber sie hatte alte Fotos der Wohnung auf einer Immobilienseite im Netz gefunden. Profiküche. Zwei Schlafzimmer. Ein Arbeitszimmer. Elternbad mit großer Wanne und einer Dusche mit zehn integrierten Massagedüsen.

Offenbar hatte sie die Massagedusche gern für sich allein.

Ich habe mir ein Beispiel an Mama genommen, hatte Sara vor drei Wochen geschrieben. *Während wir bei der Arbeit waren, habe ich die Maler das Bad vom Gästezimmer in Angriff nehmen lassen. Ich habe sogar neue Handtücher gekauft, die farblich passen. Will hat sich sehr über sein eigenes Bad in meiner Wohnung gefreut. Aber ehrlich gesagt: Ich hätte ihn umgebracht, wenn ich meines noch länger mit ihm hätte teilen müssen.*

Angie fragte sich, ob Will dumm genug gewesen war, um auf den Trick hereinzufallen. Anzunehmen, dass er es war. Er fiel auf eine Menge von Saras Mist herein. Wahrscheinlich hatte er ein T-Shirt mit der Aufschrift HAPPY WIFE, HAPPY LIFE.

Sie lächelte, denn heiraten konnte er Sara buchstäblich nur über Angies Leiche.

Allein schon aus diesem Grund würde sie den morgigen Tag überleben.

Sie hielt nach neugierigen Nachbarn Ausschau, ehe sie um das Haus herumging. Bei jedem anderen Besitzer würde das Gartentor quietschen, aber bei Will war alles gut geölt. Angie fand den Reserveschlüssel oben auf dem Türrahmen. Sie sperrte auf, öffnete die Tür – und sah sich zwei Greyhounds gegenüber, die sie anstarrten.

Sie waren im Schlaf zu einem Knäuel zusammengerollt, blinzelten in das gedämpfte Licht und sahen eher überrascht als erschrocken aus. Angie hatte keine Angst. Die Hunde kannten sie.

»Na, kommt«, flüsterte sie und schnalzte mit der Zunge. »Brave Jungs«, lockte sie und streichelte die Hunde, als sie aufstanden und sich streckten. Sie hielt ihnen die Tür auf. Sie gingen hinaus.

Betty kläffte.

Wills Hund stand im Eingang zur Küche und verteidigte sein Revier.

Angie schöpfte den Köter mit einer Hand vom Boden, hielt ihm mit der anderen die Schnauze zu und setzte ihn vor die Tür. Sie hatte den Hund ausgesperrt, bevor Betty noch ganz kapierte, was los war. Das kleine Miststück versuchte, durch die Hundetür wieder hereinzukommen, aber Angie blockierte die Klappe mit dem Fuß, bis sie einen Sessel davorgerückt hatte.

Betty kläffte wieder. Dann noch einmal. Dann blieb sie ruhig.

Angie sah sich in der Küche um.

Die Anwesenheit der Hunde bedeutete, dass Menschen hier waren.

Sara und Will waren zu Hause. Sie mussten zu Fuß von Saras Wohnung gekommen sein. Sie liefen ständig zu Fuß, selbst in der Sommerhitze, als wäre das Auto noch nicht erfunden worden.

Angie nahm sich einen Moment Zeit, um zu überlegen, was sie getan hatte. Was sie immer noch tat. Diesmal war ihr Stalking ein bisschen verrückt, ein bisschen gefährlicher als sonst.

War sie gefährlich?

Sie hatte ihre Handtasche im Wagen eingesperrt. Die Waffe war noch immer ungeladen. Etwas hatte sie angewiesen, das Magazin nicht einzusetzen, damit sie gezwungen wäre, all diese zusätzlichen Schritte zu machen – Magazin einschieben, den Verschluss zurückziehen, eine Kugel in die Kammer laden, den

Finger um den Abzug krümmen –, ehe sie etwas tat, was nicht mehr rückgängig zu machen war.

Angie sah auf ihren Fuß hinunter. Die Zehen angehoben, die Ferse auf dem Boden, sie war bereit, einen Schritt zu tun. Sie wippte vor und zurück. Umkehren? Weitergehen? Hierbleiben, bis jemand aufwachte?

Morgens trinkt er heiße Schokolade, hatte Sara an Tessa geschrieben. *Wenn ich aufwache, ist es, als würde ich einen Schokoriegel küssen.*

Das iPad war ebenfalls in Angies Kofferraum. Sie hatte sich auf der Fahrt hierher eingeredet, sie würde Will den Film aushändigen. Sein Türöffner, um Marcus Rippy doch noch wegen Vergewaltigung anklagen zu können. Er würde begeistert sein. Warum also hatte Angie das iPad im Kofferraum liegen lassen, wenn sie doch beabsichtigte, es Will zu geben?

Sie sah auf ihren Fuß hinunter. Die Zehen waren immer noch angehoben, sie war immer noch unentschlossen.

Wenn sie ganz ehrlich war, wusste Angie nie, was sie bei Will eigentlich wollte. Ihm das Leben versüßen? Ihm das Leben schwer machen? Oder es ihm richtig versauen, wenn Sara in die Küche kam und sich darauf freute, Schokolade von seinen Lippen zu lecken, aber stattdessen Angie vorfand?

Sie lächelte bei dem Gedanken.

Die Uhr am Herd zeigte fünf Uhr morgens. In einer halben Stunde würde Will aufwachen, um laufen zu gehen. Er hatte einen inneren Wecker, den man nicht abstellen konnte, egal, womit man ihn verführen wollte, im Bett zu bleiben.

Angie drückte die Zehen auf den Boden. Ihre Ferse hob sich. Sie ging. Sie war im Esszimmer. Sie war im Wohnzimmer. Sie war im Bad. Sie war im Flur. Sie stand vor Wills Schlafzimmer.

Die Tür war einen Spalt weit offen.

Will lag auf dem Rücken. Seine Augen waren geschlossen. Ein Lichtreflex spielte über sein Gesicht. Er hatte kein Hemd an. Er schlief sonst nie mit nacktem Oberkörper, denn er schämte sich seiner Narben, seiner Verbrennungen, seiner Verstümmelungen. Offenbar hatte sich das geändert. Der Grund dafür war zwischen seinen Beinen zu finden. Langes, kastanienbraunes Haar. Milchweiße Haut. Sara war auf den Ellbogen gestützt. Sie benutzte Hand und Mund. Doch es war ihre andere Hand, von der Angie den Blick nicht wenden konnte. Wills Finger waren mit Saras verschränkt. Er fasste sie nicht am Hinterkopf. Er zwang sie nicht tiefer.

Er hielt verdammt noch mal ihre Hand.

Angie presste die Faust auf den Mund. Am liebsten hätte sie geschrien. Sie drehte sich um und zwang sich zu einer fast unnatürlichen Ruhe. Sie ging durchs Wohnzimmer, durch die Küche, durch den Garten, durch die Einfahrt und stieg in ihren Wagen. Erst als sie die Wagentür geschlossen hatte, ließ sie es heraus. Angie öffnete den Mund und schrie, so laut sie konnte. Sie brüllte, bis sie Blut im Mund schmeckte. Sie schlug mit den Fäusten aufs Lenkrad. Sie weinte und litt so furchtbar, dass sich jeder Knochen in ihrem Leib anfühlte, als wäre er von der Wut versengt.

Sie stieg wieder aus dem Auto. Öffnete den Kofferraum. Packte die Handtasche. Fand ihre Waffe. Setzte das Magazin ein. Sie wollte den Verschluss zurückziehen, damit eine Kugel in die Kammer gelangte, aber ihre Hände waren zu glitschig vom Schweiß.

Sie betrachtete die Pistole. Die Glock war ein Geschenk, das sie sich selbst gemacht hatte, als sie den Job bei Kip bekam. Sie hätte sie besser pflegen sollen. Das Metall sah trocken aus. Früher hatte Will ihre Waffe für sie gereinigt. Er kümmerte sich darum, dass in ihrem Wagen genug Benzin war, dass das Getriebe nicht undicht war wie ein Sieb, dass sie genug Geld auf dem Konto hatte, dass sie nicht ganz allein in der Welt unterwegs war.

Er tat das alles jetzt für Sara.

Angie stieg wieder in den Wagen. Sie warf die Waffe auf die

Ablage. Das war nicht richtig. Sie bemühte sich, Gutes zu tun, Jo zu helfen, Will bei seinem Fall gegen Marcus Rippy zu unterstützen. Sie riskierte verdammt noch mal ihr Leben, um ihre Tochter zu retten. Und so wurde es ihr gedankt? Gut möglich, dass sie bereits eine Zielscheibe auf dem Rücken trug. Dale hatte eindeutig Verdacht geschöpft. Er wusste mehr, als er zu erkennen gab. Angie dachte, sie würde die Jungs um Kip hinters Licht führen, aber vielleicht führten die sie hinters Licht. Oder Jo war das schwache Glied. Von wegen, sie würde morgen Abend einfach nicht Rippys Haus verlassen. Vielleicht hatte sie Reuben bereits erzählt, was los war. Und eine Kettenreaktion in Gang gesetzt. Reuben würde es Kip sagen, Kip würde Laslo einspannen, und bis Jo aus dem Gefängnis kam, hätte Angie längst ein Messer in der Brust stecken.

Sollte Will doch ihre Leiche identifizieren. Sollte er das Messer in ihrem Herz sehen. Sollte er entsetzt erkennen, dass er sie im Stich gelassen hatte, so wie viele andere Male zuvor. Sollte er ihre kalte, leblose Hand halten und weinen.

Und sollte Sara Linton, diese Fotze, doch alles mit ansehen.

Angie fand ein Notizbuch in ihrer Handtasche und klickte die Kugelschreibermine an. Sie begann, in großen Druckbuchstaben zu schreiben:

DU VERFLUCHTES STÜCK ...

Angie starrte auf die Worte. Der Kugelschreiber hatte sich durch das Papier gedrückt. Ihr Herz schlug so heftig, dass sie es bis zum Hals hinauf spürte. Sie riss die Seite heraus. Sie versuchte, ihre Atmung zu beruhigen, das Zittern ihrer Hand zu stoppen, sich verdammt noch mal abzuregen. Sie musste es richtig anstellen. Sie konnte Will nicht mit Worten verletzen, wenn sie nicht ihre Zunge wie mit einem Rasiermesser schärfte.

Angie setzte den Kugelschreiber auf das leere Blatt Papier. Schreibschrift, schief, unregelmäßig, abfallende Zeilen. Nicht für Will, sondern für Sara.

Hallo, Baby, wenn dir das jemand vorliest, bin ich tot.

Angie füllte beide Seiten des Blatts. Als ob ein Damm in ihr gebrochen wäre. Dreißig Jahre, in denen sie ihm Rückendeckung gegeben hatte. Sich um seine Probleme kümmerte. Ihn tröstete. Sich von ihm ficken ließ. Ihn ihrerseits fickte. Will würde den Brief vielleicht nicht bald finden, aber er *würde* ihn früher oder später finden. Entweder wäre Angie dann tot, oder Sara würde ihn bedrängen, endlich reinen Tisch zu machen. Will würde zur Bank gehen. Er würde Angies Postfach entdecken. Und statt einer Spur, um mit ihr Kontakt aufzunehmen, würde er diesen Brief finden.

»Scheiß auf dich«, murmelte Angie. »Scheiß auf dich und deine Freundin, und scheiß auf ihre Schwester und ihre beschissene Familie und ihre scheiß …«

Sie hörte, wie eine Tür zufiel.

Will war auf die Veranda getreten. Er trug seine Joggingausrüstung, streckte die Arme, beugte sich in die eine Richtung und dann in die andere. Sein Halb-sechs-Uhr-Lauf. Eine Gewohnheit, die sich nie ändern würde. Angie wartete darauf, dass er ihr Auto sah, doch statt auf die Straße zu schauen, ging er auf dem Gehweg vor dem Haus in die Hocke und pflückte eine Blume aus dem Vorgarten. Er ging ins Haus zurück. Nach einer Minute erschien er mit leeren Händen und einem Lächeln auf dem Gesicht wieder auf der Veranda.

Das dämliche Grinsen würde ihm schnell vergehen. Angie stieg aus dem Wagen. Sie starrte ihn an und wartete darauf, dass er sie sah.

Zunächst bemerkte er sie nicht. Er dehnte die Beinmuskeln. Er überprüfte die Wasserflasche, die er dabeihatte. Er band seine Laufschuhe neu. Schließlich blickte er auf.

Sein Mund blieb weit offen stehen.

Angie sah ihn zornig an. Es juckte sie in den Fingerspitzen, ihm die Augen auszukratzen. Sie hätte ihm gern einen Tritt ins Gesicht verpasst.

»Angie?«, sagte er.

Sie stieg in den Wagen. Sie schlug die Tür zu. Sie drehte den Motor auf. Sie fuhr vom Randstein los.

»Warte!«, rief Will. Er rannte mit rudernden Armen hinter ihr her. »Angie!«

Sie konnte ihn im Rückspiegel sehen. Er kam näher. Schrie immer noch ihren Namen. Angie trat in die Bremse. Sie nahm die Waffe von der Ablage, stieg aus und richtete sie auf seinen Kopf.

Wills Hände schossen in die Höhe. Er war fünf Meter von ihr entfernt. Nah genug, um sie zu erwischen. Nah genug, um sich eine Kugel ins Herz einzufangen.

»Ich will nur mit dir reden«, sagte er.

Angies Zeigefinger lag unmittelbar über dem Abzug. Und auf einmal nicht mehr. Auf einmal spürte sie den Sicherungshebel unter der Fingerkuppe, dann den Abzug, und dann zog sie kräftig nach hinten.

Klick.

Will zuckte zusammen.

Es kam keine Kugel.

Die Kammer war leer. Angies Hände waren zu glitschig gewesen, um den Verschluss zurückzuziehen.

»Lass uns irgendwo hinfahren und reden«, sagte Will.

Sie starrte ihren Mann an. Alles war so vertraut und doch anders. Die schlanken Beine. Der straffe Bauch unter dem T-Shirt. Die langen Ärmel, die die Narbe an seinem Arm verdeckten. Der Mund, der sie geküsst hatte. Die Hände, die sie berührt hatten. Die jetzt Sara berührten. Die ihre verdammte Hand hielten.

»Du hast dich verändert«, sagte sie.

Er stritt es nicht ab. »Ich muss mit dir reden.«

»Es gibt nichts zu sagen«, antwortete sie. »Ich erkenne dich nicht einmal mehr.«

Er öffnete die Arme weit. »So sehe ich aus, wenn ich verliebt bin.«

Angie spürte das kalte Metall der Waffe an ihrem Bein. Der

Atem war aus ihrem Körper gewichen. Säure fraß ihren Magen auf.

Zieh den Verschluss zurück. Lad die Kugel in die Kammer. Drück ab. Schaff das Problem aus der Welt. Mach Sara wieder zur Witwe. Lösch die letzten dreißig Jahre aus, denn sie haben nicht gezählt. Sie haben nie gezählt. Zumindest nicht für Will.

Angie stieg wieder in ihren Wagen. Die Waffe wanderte auf die Ablage. Sie drückte das Gaspedal bis zum Boden durch. Ihr Körper schmerzte. Ihre Seele schmerzte. Sie fühlte sich, als hätte Will sie geschlagen. Sie wünschte, er hätte es getan. Sie geschlagen, dass sie aus dem Mund blutete. Dass ihre Augen zuschwollen. Sie wünschte, er hätte ihr die Knochen zertrümmert. Sie verflucht, sie angeschrien, gekocht vor Wut ...

Irgendetwas, das beweisen würde, dass er sie noch immer liebte.

SONNTAG, 23.49 UHR

Angie zündete sich einen Joint an. Der Mond stand voll am Himmel, fast wie ein Scheinwerfer. Sie blickte in den Rückspiegel. Nichts. Für Jo war noch nicht die Zeit gekommen, um die Party zu verlassen. Sie hatten sich um Mitternacht verabredet, einfach weil es ihnen so gut wie jede andere Zeit erschien. LaDonnas Party hatte um neun begonnen. Niemand, der wichtig war, würde vor zehn auftauchen. Zwei Stunden, um sich unter die Leute zu mischen. Zwei Stunden, damit Jo sich Reuben entziehen konnte. Oder sich wie ein Feigling drücken und bei ihrem Mann bleiben konnte.

Mitternacht.

Jo würde sich entweder in einen Kürbis verwandeln oder in Angies Tochter.

Angie blies auf die Spitze des Joints. Sie hatte beim besten Willen keine Ahnung, was Jo tun würde. Die nackte Wahrheit war, dass sie Jo Figaroa gar nicht kannte. Angie war hier, weil sie sich geschworen hatte, diese Sache bis zum Ende durchzuziehen. Was dann geschah, lag bei Jo. Das einzige sichere Ergebnis war, dass Angie so oder so die Stadt verlassen würde.

Sie blickte auf den gelben Plastikring an ihrem Finger. Die Sonnenblumenblätter waren in der Handtasche ganz zerdrückt worden. In sämtlichen Handtaschen. Angie wechselte ihre Tasche alle paar Tage, aber den Ring packte sie immer mit um – warum?

Weil er etwas bedeutete?

Ein Kinderspielzeug, aus einem Kaugummiautomaten gekauft als Ausdruck einer Beziehung, die vor fast dreißig Jahren begonnen hatte. Angie tat immer, als könnte sie sich nicht an dieses erste Mal mit Will erinnern. Mrs. Flannigans stickiger Keller. Mäusekot auf dem Boden. Die fleckige Futon-Matratze. Der Geruch von Sperma. Er war so verletzlich gewesen.

Zu verletzlich.

Wie Angst war Verletzlichkeit ansteckend. An jenem Tag war Will abgelenkt gewesen, aber Angie war diejenige, die untröstlich war. Sie hatte ihm eine Seite von sich gezeigt, die niemand je zuvor gesehen hatte und niemand seither. Sie hatte ihm vom Zuhälter ihrer Mutter erzählt. Sie hatte ihm erzählt, was danach kam. Will hatte Angie nie wieder auf diese Weise angesehen. Er übernahm die Aufgabe des Retters. Des Superhelden. Er setzte sein Leben aufs Spiel, um sie zu beschützen. Er holte sie ständig aus der Patsche. Er gab ihr Geld. Er gab ihr Sicherheit.

Was wollte er als Gegenleistung?

Nichts, soweit Angie sah. Und das war nicht die Art von Geschäft, mit der sie leben konnte. In vielerlei Hinsicht wäre es besser gewesen, Will hätte es ihr vorgehalten oder sie bestraft. Mitleid war seine einzige Belohnung. Will bat sie nie um die Dinge, für die andere Männer bezahlten, wie er wusste. Dabei wollte er es eindeutig. Er war kein Heiliger. Aber da war zu viel Wissen, zu viel klarsichtiges Verständnis des Schmerzes, der sie in diesem feuchten, einsamen Keller zusammengeschmiedet hatte.

Angie war zehn Jahre alt, als sich Deidre Polaski eine Nadel in die Vene stach und ein mehr als drei Jahrzehnte währendes Schläfchen machte. Wochenlang saß Angie neben dem komatösen Körper ihrer Mutter, schaute Seifenopern und schlief, badete Deidre und kämmte ihr das Haar. In einem Schraubglas, das hinter dem Heizkörper verborgen war, befand sich eine Rolle Bargeld. Angie kaufte davon Pizza und Knabberzeug, bis das Geld ausging. Deidres Zuhälter klopfte an die Tür und wollte seinen Anteil. Als Angie sagte, dass nichts mehr da sei, nahm er sich stattdessen ein Stück von ihr.

Ihren Mund. Ihre Hände.

Nicht ihren Körper.

Dale Harding wusste, dass man nicht dorthin schiss, wo andere Männer fürs Essen bezahlen würden.

Alle sagten immer, Dale sei ein schlechter Polizist. Doch niemand kam darauf, wie schlecht er wirklich war. Sie dachten, es sei das Saufen und seine Spielsucht. Sie wussten nicht, dass er einen Stall minderjähriger Mädchen unterhielt, die seinen Gehaltsscheck von der Stadt aufbesserten. Dass er Fotos machte. Dass er die Fotos an andere Männer verkaufte. Dass er die Mädchen verkaufte. Dass er die Mädchen selbst benutzte.

Er hatte Delilah, seine eigene Tochter, anschaffen geschickt.
Er hatte Deidre, seine eigene Schwester, anschaffen geschickt.
Er hatte Angie, seine eigene Nichte, anschaffen geschickt.
Der Mann, der vor vierunddreißig Jahren an die Tür geklopft hatte, war Dale gewesen. Angies Onkel. Ihr Retter. Ihr Zuhälter.

Deshalb wusste Angie von den Geldbündeln, die Dale unter dem Reserverad in seinem Kofferraum aufbewahrte. Fluchtgeld, so nannte er es immer, für die Zeit, wenn die Detectives, mit denen er zusammenarbeitete, ihre Ermittlungsarbeit auf ihn ausdehnen würden. Sie kamen ihm jedoch nie auf die Schliche, und mittlerweile hatte Dale mehrere Vermögen verdient und wieder verspielt. Es gab immer alleingelassene Mädchen, die man ausbeuten konnte. Es ließ sich immer noch mehr Geld machen. Und am Rande gab es immer Angie, die darauf wartete, dass er Notiz von ihr nahm.

Er war in ihrem Leben das gewesen, was einem Vater am nächsten kam.

In welchem Heim der Staat sie auch unterbrachte, egal, wie gut oder schlecht es war, Angie fand immer einen Weg zurück zu Dale. Sie wurde Polizistin für ihn. Sie kümmerte sich um seine Probleme. Sie kümmerte sich um Delilah, obwohl sie die meiste Zeit an nichts anderes denken konnte, als dem Mädchen eine Plastiktüte über den Kopf zu stülpen und zuzusehen, wie es erstickte.

Will hatte keine Ahnung, dass ein Polizist Angie auf den Strich geschickt hatte. Er war so gut, wie Dale Harding schlecht war. Will machte alles, wie es sich gehörte. Er befolgte die Regeln. Aber auch er besaß diese wilde, animalische Seite, die Angie hatte. Will mochte einen Anzug tragen und das Haar über dem Kragen enden lassen, doch sie durchschaute die Verkleidung. Sie verstand es, diesen Knopf zu drücken, der das wilde Tier zum Vorschein brachte. Im Lauf der Jahre hatte Angie immer wieder mit dem Gedanken gespielt, ihm von Dale zu erzählen. Es hatte eine Zeit gegeben, da hätte Will Dale gejagt und ihm eine Kugel in den Bauch geschossen für das, was er Angie angetan hatte.

Sie fragte sich, was er tun würde, wenn er es jetzt herausfände. Wahrscheinlich mit Sara reden. Darüber sprechen, wie tragisch Angies Leben verlaufen war. Dann würden sie schick essen gehen. Und dann würden sie nach Hause gehen und sich lieben.

Das war es, was Angie am meisten quälte. Nicht, dass sie ihm einen geblasen hatte, nicht einmal das Händchenhalten, sondern die Leichtigkeit zwischen ihnen. Diese Empfindung hatte den Raum durchdrungen.

Glück. Zufriedenheit. Liebe.

Angie konnte sich nicht erinnern, das je mit Will gehabt zu haben.

Sie sollte ihn gehen lassen. Ihm das Normalsein gestatten, nach dem er sich sein ganzes Leben lang gesehnt hatte. Nur leider tat Angie nie das Richtige, wenn sie sich verletzt fühlte. Sie neigte dann dazu, auszuteilen. Sie neigte dazu, Will so lange zu verletzen, bis er sie endlich seinerseits verletzte.

Angie drückte den Joint im Aschenbecher aus. Alles, was sie an Jo hasste, war das, was sie selbst in sich trug.

Sie sah auf die Uhr. 23.52 Uhr. Es kam ihr vor, als würde die Uhr rückwärts laufen.

Angie stieg aus dem Wagen. Die brütende Hitze trieb sie fast wieder zurück. Die Temperatur war mit dem Sonnenuntergang nicht gesunken. Ihr dünnes Baumwollkleid war kaum mehr als ein Handtuch, aber sie schwitzte trotzdem. Sie lehnte sich an den Kofferraum. Das Metall war zu heiß. Sie spazierte am Straßenrand entlang, achtete aber darauf, sich nicht zu weit zu entfernen. Ihre Nerven spielten verrückt. Sie hatte das Vicodin zu schnell heruntergefahren. Sie machte sich Sorgen um Jo. Sie hatte Angst vor Laslo. Sie hatte schreckliche Angst vor Dale. Sie machte sich Sorgen, ihr Plan, um Kip Kilpatrick auszuschalten, könnte zum Bumerang werden.

Dale sagte immer, man müsse eine Axt benutzen, nicht einen Hammer. Angie fand, dann konnte man sie auch dazu benutzen, einer Schlange den Kopf abzuschlagen.

Eine Frau schrie.

Angies Kopf drehte sich ruckartig zur Einfahrt der Rippys. Zu dem Geräusch einer Frau, die um Hilfe rief.

»Bitte!«, schrie Jo. »Nein!«

Angie ließ ihren Kofferraum aufspringen, doch sie nahm nicht die Waffe. Sie packte das Montiereisen. Sie schlüpfte aus ihren hochhackigen Schuhen und rannte die Straße entlang, genau wie Will heute Morgen hinter ihrem Wagen hergerannt war.

»Hilfe!«, schrie Jo. »Bitte!«

Angie bog in die Einfahrt. Das Tor stand offen. Das Haus war hell erleuchtet. Musik hämmerte. Es gab keine Wachleute. Niemand beobachtete die Kameras.

»Bitte!«, flehte Jo. »Helft mir.«

Reuben Figaroa schleifte seine Frau an den Haaren. Jos nackte Füße scharrten über das Gras. Er brachte sie zu dem Wäldchen abseits des Hauses. Er wollte ungestört sein.

»Hilfe!«

Angie warnte ihn nicht. Sie forderte ihn nicht auf, stehen zu bleiben. Sie hob das Eisen über den Kopf, als sie auf ihn zurannte. Bis Reuben begriff, dass sie hinter ihm war, ließ Angie die schwere Metallstange bereits mit aller Wucht auf seinen Kopf niedersausen. Die Vibration setzte sich von ihrer Hand bis in die Schulter fort.

Reuben ließ Jo los. Sein Mund stand offen. Er verdrehte die Augen und sank bewusstlos zu Boden. Angie hob das Eisen noch einmal, diesmal zielte sie auf sein Knie. Auf das mit der Schiene, an dem er operiert worden war. Ehe sie zuschlug, ging ihr durch den Kopf, dass der beste Orthopäde der Welt ihm fünf weitere Jahre prognostiziert hatte, in denen er Basketball spielen konnte, und Angie würde es mit einem einzigen Schlag zunichtemachen.

»Nein!« Jo fiel ihr in den Arm. »Nicht sein Knie! Nicht sein Knie!«

Angie versuchte, sie abzuschütteln, um diesen letzten Schlag anzubringen.

»Bitte!«, flehte Jo. »Bitte nicht!«

Angie sah auf das Eisen. Sie sah, wie die Hand ihrer Tochter ihre eigene umklammerte. Es war das erste Mal, dass Jo sie berührte.

»Fahren wir einfach«, bettelte Jo. »Fahren wir einfach.« Ihr Blick war wirr, Blut lief ihr aus Nase und Mund. Sie sah aus, als wüsste sie nicht, vor wem sie mehr Angst hatte: vor Angie oder vor ihrem Mann.

Angie zwang sich, die Hand mit der Eisenstange sinken zu lassen. Sie joggte die Einfahrt hinunter und rannte die Straße entlang. Ihre Schuhe lagen noch auf dem Asphalt. Sie hob sie im Vorbeigehen auf. Sie warf das Montiereisen wieder in den Kofferraum, und im selben Moment erreichte Jo den Wagen.

»Er muss weiterspielen können«, sagte sie. »Sein nächster Vertrag ...«

»Steig ein.« Angie warf ihre Schuhe auf den Rücksitz. Sie wollte keine Ausreden mehr hören. Schon in dem Moment, in dem Jo ging, plante sie ihre Rückkehr.

Der Motor lief bereits. Angie schnallte sich an. Jo stieg in das Auto, und Angie fuhr bereits los, ehe sie die Tür geschlossen hatte.

»Er hat mich gesehen«, sagte Jo. »Ich habe versucht ...«

»Es spielt keine Rolle.« Reuben hatte Angie erkannt. Sie hatte es in seinen Augen gesehen. Er wusste, sie arbeitete für Kip. Er wusste, sie regelte Dinge für ihn. Und jetzt wusste er, dass Angie seine Frau entführt hatte.

Jo griff nach dem Sicherheitsgurt. Die Schnalle rastete ein. Sie sah geradeaus auf die Straße. »Glauben Sie, er ist tot?«

»Er ist nur bewusstlos.« Angie sah auf ihre Uhr. Wie lange würde es dauern, bis Reuben zu sich kam? Bis er Kip, Laslo und Dale anrief?

»Was habe ich getan?«, murmelte Jo. Sie begriff es jetzt, sie verstand, welchen Preis sie für ihren Ungehorsam zahlen würde, was es sie kosten würde, in ihr Leben zurückzukehren. »Wir müssen aufhören. Wir dürfen das nicht tun.«

»Ich habe das Video«, sagte Angie.

»Was?«

»Ich habe das Video, auf dem man sieht, wie Marcus und Reuben das Mädchen vergewaltigen.«

»Woher?« Jo wartete nicht auf eine Erklärung. »Sie dürfen es nicht benutzen. Die beiden kommen ins Gefängnis. LaDonna …«

»Ich fürchte mich nicht vor LaDonna.«

»Das sollten Sie aber verdammt noch mal.«

Angie bog auf einen Parkplatz ab und hielt neben einem schwarzen Ford Fusion. »Hier ist der Schlüssel.« Angie klappte die Sonnenblende herunter und ließ den Schlüssel in Jos Schoß fallen. »Fahr zum Motel. Warte dort auf mich.«

»Wir dürfen das nicht tun«, sagte Jo wieder. »Das Video. Die bringen mich um. Die bringen Sie um.«

»Glaubst du, das weiß ich nicht?« Angie hatte die Fäuste geballt. Der Wunsch, ein wenig Vernunft in ihr Kind zu prügeln, war überwältigend. »Es ist vorbei, Schätzchen. Endstation. Es gibt kein Zurück mehr zu Reuben. Es gibt kein Zurück zu irgendwas.«

»Ich kann nicht …«

»Steig aus.« Angie beugte sich über sie und stieß die Tür auf. Sie kämpfte mit dem Verschluss des Sicherheitsgurts. »Raus aus meinem Wagen.«

»Nein!« Jo krallte sich an Angies Hände. »Er wird mich finden. Sie verstehen nicht!« Sie forschte in Angies Gesicht nach Mitleid. Als sie keines entdeckte, verzerrte Schmerz ihre Züge, und sie legte die Hände vor die Augen. Sie schluchzte: »Bitte zwingen Sie mich nicht.«

Angie sah zu, wie ihre Tochter weinte. Die schmalen Schultern der jungen Frau bebten, die Hände zitterten. Ihre Vorstellung hätte herzzerreißend auf jemanden wirken können, der ein Herz besaß.

»Lass den Quatsch«, sagte Angie. »Ich kauf es dir nicht ab.«

Jo hob den Blick und sah sie an. In ihren Augen waren keine Tränen, nur Hass. »Sie können mich zu nichts zwingen.«

»War er nett zu dir?«, fragte Angie, denn das war die einzige vernünftige Erklärung. »Du bist aus dem Gefängnis gekommen, und statt dich zu schlagen, sagte er, alles würde gut werden? Von nun an würde alles anders sein?«

Jo blähte die Nasenlöcher. Angie hatte ins Schwarze getroffen.

»Hat er dich so wieder an Bord geholt? ›Oh, Baby, ich liebe dich. Ich werde für dich sorgen. Ich lasse dich niemals gehen. Ich lasse dich niemals im Stich, wie es deine Mama getan hat.‹«

»Hören Sie auf, mir meine Mama vorzuhalten.«

Angie packte Jo am Kinn und riss ihren Kopf herum. »Hör mir zu, du dummes Stück. Reuben hat mich gesehen. Er weiß, dass ich dir helfe. Du denkst, deine Mama hat sich einen Scheißdreck aus dir gemacht? Das ist immer noch mehr als das, wonach mir im Moment zumute ist.«

Jos Tränen waren jetzt echt.

Angie verstärkte ihren Griff am Kinn des Mädchens. »Du wirst jetzt in diesen Wagen steigen, und du wirst zu dem Motel fahren, und ich hole inzwischen deinen Sohn, und dann werden wir beide verdammt noch mal machen, dass wir hier wegkommen. Hast du mich verstanden?«

Jo nickte.

Angie stieß das Mädchen von sich. »Gib mir dein Handy.«

»Ich habe es fallen lassen, als ich ...«

Angie tastete sie ab und fand das Telefon im Jos BH versteckt. »Hast du deiner Mutter gesagt, dass ich Anthony abholen komme?«

Jo nickte wieder.

»Wenn du mich anlügst ...« Angie hielt inne, denn sie konnte nichts tun, wenn das Mädchen log. »Steig aus.«

Jo war vor Angst bewegungsunfähig. »Er wird mich finden. Er wird uns finden.«

Angie packte sie und stieß sie gegen den Sitz. »Du tust das jetzt auf der Stelle, oder ich schneide deinen Sohn in kleine Stücke und schicke ihn dir mit der Post.«

»Reuben wird Ihnen alles geben, was Sie wollen.« Ihre Stimme war wie ein schrilles Quieken. »Er wird bezahlen, was ...«

»Anthony wird bezahlen.«

Tränen strömten über Jos Gesicht. Sie begriff, dass sie keine Wahl mehr hatte. Sie nickte langsam, genau wie es Angie vorausgesehen hatte. Frauen wie Jo reagierten immer nur auf Drohungen.

»Halt nicht an einem Münztelefon«, befahl Angie. »Geh nicht zu den Rippys zurück. Steig in den Wagen. Fahr zu dem Motel. Warte dort auf mich.«

Jo stieg aus. Sie öffnete die Tür des Mietautos. Angie wartete, bis sie weggefahren war, um sicher zu sein, dass sie die Piedmont Road hinunterfuhr und nicht zurück zum Tuxedo Drive.

Angie kurbelte das Fenster nach unten und warf Jos iPhone auf den Asphalt. Sie widerstand dem Drang, auszusteigen und es in den Boden zu stampfen.

»Ich wusste es«, murmelte sie.

Sie hatte gewusst, dass ihre Tochter schwach war. Sie hatte gewusst, Jo würde versuchen, einen Rückzieher zu machen.

Angie überrollte das Telefon dreimal mit ihrem Wagen, ehe sie links aus dem Parkplatz fuhr. Sie steuerte in Richtung Peachtree. Jos Mutter wohnte in einer schicken Eigentumswohnung unweit der Jesus Junction, die Reuben Figaroa bezahlte. Angie musste ruhig bleiben, wenn die ältere Frau die Tür öffnete. Und sie musste sich beeilen, denn sie hatte keine Ahnung, ob und wann Reuben das Bewusstsein wiedererlangt hatte.

Der erste Ort, an dem er nach Jo suchen würde, war bei ihrer Mutter.

Angie betrachtete sich im Rückspiegel. Ihr Haar sah schrecklich aus. Ihr Eyeliner war verschmiert. Sie strich die Linie mit dem Finger gerade. Sie durfte nicht gefährlich aussehen, wenn Jos Mutter die Tür öffnete.

War sie gefährlich?

Himmel, ja, sie war gefährlich.

Angies Handy läutete, und das Geräusch füllte den Wagen. Sie streckte die Hand nach hinten zum Rücksitz aus und fischte blind ihr Handy aus der Handtasche. Zu spät. Es hatte aufgehört zu läuten. Sie sah auf das Display.

ANRUF IN ABWESENHEIT: HARDING, DALE.

»Scheiße.« Sie hatte zu viel Zeit im Wagen mit Jo vergeudet. Zehn Minuten? Fünfzehn? Reuben war bei sich. Kip war informiert worden. Laslo war auf der Jagd. Dale glaubte, er könne sie herumkriegen, wenn er mit ihr sprach, als wäre sie immer noch ein zehnjähriges Mädchen, das er mit Süßigkeiten austricksen konnte, während er ihm den Schwanz in den Arsch rammte.

Angies Handy gab einen Pfeifton von sich: Dale hatte eine SMS geschickt.

Sie wischte über den Schirm. Ein Foto wurde geladen.

Anthony.

Die Augen weit aufgerissen. Den Rücken an eine Wand gepresst. Die lange, scharfe Klinge eines Jagdmessers am Hals.

Darunter ein Wort: ENKEL.

Angie stockte der Atem. Sie musste an den Straßenrand fahren. Ihr Herz hatte zu schlagen aufgehört. Ihr Blut gefror. Jos Kind. Ihr Enkelkind. Was hatte sie getan? Wieso geschah das?

Ein weiterer Pfeifton. Eine weitere SMS. Ein weiteres Foto.

Angies Hände zitterten so stark, dass sie das Smartphone kaum halten konnte.

Jo.

Eine Hand um ihren Hals. Den Rücken am Fenster eines Autos. Den Mund zu einem Schrei geöffnet.

Dales Text lautete: TOCHTER.

Säure stieg Angie in die Kehle und schoss bis in den Rachenraum hinauf. Sie stieß die Tür auf, ein Strom Galle ergoss sich auf den Asphalt. Ihr Magen drehte sich um. Sie schmeckte Blut und Gift.

Was hatte sie getan? Was konnte sie tun, damit das aufhörte?

Sie richtete sich wieder auf und wischte sich mit dem Handrücken den Mund.

»Denk nach«, befahl sie sich. »Denk nach.«

Dale hatte Jo entführt. Er hatte Anthony geraubt oder es von jemand anderem tun lassen. Er hatte Angie zwei Fotos als Beweis geschickt, dass sie noch lebten. Der Hintergrund war jeweils anders. Jo war in einem Wagen, Anthony vor einer getünchten Wand. Das Ganze war koordiniert, geplant, denn Dale war Angie immer zwei Schritte voraus. Er hatte Nachforschungen über Jo angestellt. Er hatte Nachforschungen über Angie angestellt. Er hatte offenbar viel Zeit darauf verwandt, das Netz zu knüpfen, in dem sie sich jetzt gefangen sah.

Sie klickte ihr Telefon an.

Sie konnte sich die Antwort denken, aber sie schickte die Frage dennoch als SMS:

WAS WILLST DU?

Dale reagierte umgehend: IPAD.

Dale hatte Angie nie getraut. Nicht in den kleinsten Dingen. Er musste die Teile des zertrümmerten iPads zu Sam Vera gebracht haben. Sam hatte festgestellt, dass es nicht der Klon war. Dale hatte sich gefragt, wieso Angie sich die Mühe machte, die Geräte auszutauschen. Und dann hatte er begriffen, dass ein Video, das Marcus Rippy loswerden wollte, verdammt viel mehr wert war als eine Viertelmillion Dollar auf einem Treuhandkonto.

Nichts hatte sich seit Angies Kindheit geändert. Sie dachte, sie hätte alles im Griff, aber in Wirklichkeit zog Dale die ganze Zeit die Fäden.

Wieder ein Pfeifton vom Handy.

Dale hatte geschrieben: NACHTCLUB. SOFORT.

MONTAG, 1.08 UHR

Dales Kia stand bereits vor dem Club. Delilah lehnte an der Kühlerhaube und rauchte eine Zigarette.

Angie war aus ihrem Wagen gesprungen, bevor er noch richtig stand. Der Asphalt war heiß unter ihren nackten Füßen. Sie hob den Arm. Die Waffe lag in ihrer Hand. Sie richtete sie auf Delilah und drückte ab.

Diesmal war eine Kugel in der Kammer.

»Scheiße!« Delilah kippte vornüber und griff an ihr Bein. Blut quoll zwischen ihren Fingern hervor. »Du verdammtes Miststück!«

Angie kämpfte gegen das Bedürfnis an, noch einmal abzudrücken. »Wo ist Jo?«

»Leck mich!«, schrie Delilah. »Sie ist tot, wenn du nicht tust, was du tun sollst.«

»Wo ist sie?«, wiederholte Angie.

»Du meinst deine Tochter?« Dale mühte sich aus dem Wagen. Sein Gesicht sah im Mondlicht beinahe völlig weiß aus. Um den Mund waren Sprenkel von getrockneter Haut. Seine Augen waren golden. Er stützte sich schwer an den Wagen. Er richtete einen Revolver über das Dach hinweg auf sie.

»Töte sie!«, schrie Delilah. »Blas ihr das scheiß Hirn raus!«

»Es ist nur eine Fleischwunde«, sagte Dale. Er war außer Atem von der Anstrengung, aus dem Wagen zu steigen. Seine Haut glänzte, aber nicht vor Schweiß. »Nimm dir ihre Waffe.«

Angie richtete die Glock auf Delilahs Kopf. »Versuch es.«

»Wenn du sie erschießt«, sagte Dale zu Angie, »erschieße ich dich, und ich bekomme immer noch, was ich will, weil ich deine Tochter habe, und du weißt, was ich mit deinem Enkel machen kann.

Angies Entschlossenheit geriet ins Wanken. Jo. Sie musste an Jo denken. Wenn sie sich vorstellte, was Dale mit Anthony machen würde, stand sie die Nacht nicht durch.

»Dee, nimm ihr die Waffe ab«, sagte Dale.

Delilah humpelte zu ihr. Sie streckte die Hand aus, aber Angie warf die Glock über den Parkplatz.

»Scheiße«, sagte Dale. »Geh und hol die Waffe.«

»Ich brauche keine Waffe.« Delilah ließ ein Klappmesser aufspringen und richtete die Klinge auf Angies Wange. »Siehst du, wie scharf das ist, du Aas? Damit kann ich dir das Gesicht aufschlitzen wie eine Wassermelone.«

»Dann tu es.« Angie blickte ihrer Cousine in die Augen. Die gleiche Farbe. Die gleiche Mandelform. Die gleiche brennende Wut, nur dass Angie auch den entsprechenden Mumm besaß. »Wenn du es nämlich jetzt nicht tust, wirst du das Messer das nächste Mal sehen, wenn ich dir die Augen aus dem Kopf schneide.«

»Ihr werdet beide einen Scheißdreck tun. Steck das verdammte Messer weg.« Dales Tonfall hätte eine Warnung sein müssen, aber Delilah wusste genau, er würde ihr nie etwas tun. »Durchsuch den Wagen«, sagte er. Als sie sich nicht rührte, wiederholte er: »Dee, bitte durchsuch den Wagen.«

Delilah klappte das Messer zusammen.

»Hey.« Dale schlug auf das Dach, damit Angie sich auf ihn konzentrierte.

Sie sah ihn an, und ihr Herz setzte aus. Für einen kurzen Moment vergaß sie, warum sie hier waren. Dale starb. Nicht irgendwann. Nicht bald. Er starb hier und jetzt. Sie konnte sehen, wie sich das Versagen aller Organe auswirkte. Seine Lippen waren blau. Er blinzelte nicht. Er hatte aufgehört zu schwitzen. Die Farbe seiner Haut erinnerte sie an die dicke, gelbliche Wachsschicht, die sie von ihrem Beistelltisch kratzen musste, wenn sie die Kerze zu lange brennen ließ. In seinen Augen war kein Funkeln, nur ein dumpfes, müdes Akzeptieren. Der Tod warf seinen Schatten in jede Furche seines runzligen Gesichts.

Angie wandte den Blick ab, damit er die Tränen in ihren Augen nicht sah.

»Deidre Will?«, fragte er.

Der falsche Name, den Angie in die Zeile MUTTER in Jos Geburtsurkunde eingetragen hatte.

»Bist du nicht auf die Idee gekommen, dass ich zu schnüffeln anfangen würde, als du mich um den Job bei 110 angehauen hast?«

Angie wischte sich mit dem Handrücken über die Augen. Wills Ring war immer noch an ihrem Finger. Sie drehte ihn herum, damit Dale ihn nicht sehen konnte. »Wo ist Jo?«

»So gut wie tot.« Delilah wühlte in Angies Handtasche. »Ich werde dem Miststück mein Messer in die Brust rammen.«

Angie riss ihr die Tasche aus der Hand. »Wo ist Jo?«, fragte sie Dale noch einmal. »Was hast du mit ihr gemacht?«

»Sie ist für den Moment in Sicherheit.« Seine Augenlider waren schwer. In seinen Mundwinkeln sammelte sich Speichel. Er hielt den Revolver schräg. »Ob es dabei bleibt oder nicht, hängt von dir ab.«

»Wo ist sie?«, wiederholte Angie.

Dale nickte in Richtung Club. Die Kette an der Tür war durchtrennt. Das Einzige, was Angie davon abhielt loszurennen, war Dales Revolver. Er würde ihn benutzen. Er würde sie nicht töten, aber er würde sie stoppen.

»Verdammt!«, brüllte Delilah. Sie wühlte im Kofferraum herum. Sie fand den kleinen Rucksack, das Getriebeöl. »Er ist nicht hier, Daddy.«

»So nennst du deinen Mann?«, fragte Angie.

»Halt's Maul, Schlampe.«

»Ihr haltet jetzt beide den Mund.« Er sah Angie an. »Wo ist das iPad?«

»An einem Ort, wo du es niemals findest.« Angie hatte ein wenig Geld aus Dales Kofferraum benutzt, um den Manager des Motels noch einmal zu schmieren. Sie wusste noch, dass sie gedacht hatte, wenn alles schiefging, sollte wenigstens Will nie das Video finden.

»Du vergisst, dass ich deine Tochter wie ein Stück Schlachtvieh verschnürt habe.«

Angie fiel nicht auf den Bluff herein. »Du wirst ihr nichts tun. Sie ist zu wertvoll.«

»Fig will sie nicht zurück. Verdorbene Ware. Sie hat ihre Entscheidung getroffen.«

Angie wusste, dass es nicht stimmte. Jo hatte es selbst gesagt. Reuben Figaroa verlor nie etwas.

»Was ist auf dem Video?«, fragte Dale.

»Mehr Geld, als du dir überhaupt vorstellen kannst«, antwortete Angie. »Wir können das zusammen regeln, Dale. Niemand muss zu Schaden kommen.«

Er lächelte. »Du willst die Beute teilen?«

»Scheiß drauf«, sagte Delilah. »Das Miststück kriegt nichts von meinem Geld.«

»Baby, halt den Mund.« Dale musste die Stimme nicht heben. Delilah wusste, dass es Dinge gab, die sie sich nicht erlauben durfte.

»Hol das iPad«, sagte Dale. »Bring es hierher. Dann können wir reden.«

Angie versuchte, mit ihm zu feilschen. »Du bist am Ende, ich kann es sehen, Dale. Du wirst meine Hilfe brauchen.«

Er zuckte die Achseln, aber ihm musste klar sein, dass ihm höchstens noch Stunden, vielleicht sogar nur Minuten blieben.

»Delilah wird nicht mit Kip verhandeln können«, fuhr Angie fort. »Du hast es selbst gesagt. Sie lässt sich mit einer Handvoll Glasperlen abspeisen.«

Delilah begann zu protestieren, aber Dale brachte sie mit einem Blick zum Schweigen.

»Sie ist Kip nicht gewachsen, Dale. Er frisst sie bei lebendigem Leib.«

»Denkst du, ich habe vor, es ihr zu überlassen?«

Angie schmeckte Galle im Mund. »Wer hat Anthony?«

»Deinen Enkel?« Delilah lachte. »Du abgefucktes altes Miststück. Hat einen zehn Jahre alten Enkel!«

»Er ist sechs«, sagte Angie. »Wo ist er?«

»Mach dir um den Jungen keine Sorgen«, sagte Dale. »Kümmere dich um dich selbst.«

»Du wirst doch nicht …« Angies Puls hämmerte in ihrem Kopf. Es gab nur einen Menschen, der ihr noch mehr Angst machte als Dale. »Wem hast du ihn gegeben?«

»Was glaubst du denn, wem?« Delilah fing wieder zu lachen an, da trat Angie ihr gegen das Knie. Das Mädchen schrie, als es zu Boden ging.

»Angela«, sagte Dale, aber es war zu spät.

Es interessierte sie nicht, dass er eine Waffe auf ihren Kopf gerichtet hatte. Angie rannte auf das Gebäude zu. Es ging nicht schnell genug. Jeder Schritt schien sie weiter wegzuführen. Sie riss die Tür auf. Die Dunkelheit im Gebäude hüllte sie ein. Sie fand keine Orientierung. Schatten wuchsen aus dem Boden.

»Jo?«, rief sie. »Jo, wo bist du?«

Nichts.

Sie blickte über ihre Schulter. Delilah hatte sich wieder aufgerappelt und humpelte unbeholfen, durch ihr verletztes Bein gebremst, auf den Eingang zu.

Angie ging tiefer in das Gebäude. Überall lag Müll. Glasscherben zerschnitten ihr die nackten Füße. Ihre Handtasche blieb irgendwo hängen. Das Leder riss auf. Langsam gewöhnten sich ihre Augen an das Dunkel. Tanzfläche. Theke an der Rückwand. Galerie über ihr. Zwei verdunkelte Fenster filterten das Mondlicht. Oben waren Zimmer.

Die Eingangstür flog krachend auf. Delilah. Ihr Umriss war im Rechteck der Tür zu sehen. Sie hatte das Klappmesser in der Hand.

»Dee!« Dales Stimme war schwach hinter ihr zu hören. »Wir brauchen sie lebend.«

»Scheiß drauf«, flüsterte Delilah, nicht an Dale gerichtet, sondern an Angie.

Angie ging in die Hocke. Sie suchte vergeblich nach etwas, womit sie sich gegen das Mädchen verteidigen konnte. Sie schnitt sich die Hände auf, aber sie war unempfindlich dafür. Crackpfeifen, Schnuller, Kondome. Nutzloses Zeug.

Delilahs Schuhe knirschten auf dem Boden.

Angie blickte auf. Die Galerie. Die Zimmer. Alle mit Türen. Nur eine davon geschlossen.

Angie rannte zur Treppe. Sie stolperte und prallte mit dem Knie gegen die Betonkante der Stufe, aber sie lief weiter. Sie musste zu Jo. Sie musste ihre Tochter retten. Sie musste ihr sagen, dass sie Anthony niemals bedrohen würde, dass er kostbar war, dass sie tun würde, was sie konnte, um ihn zu schützen, dass sie ihren Enkel nicht dem gleichen Schicksal aussetzen würde, dem Angie selbst ausgesetzt gewesen war.

Sie hatte fast das Ende der Treppe erreicht, als ihr Fuß unter ihr wegglitt. Angie fiel hart auf den Beton. Delilah hatte die Hand um ihren Knöchel gekrallt und zog sie nach unten. Angie drehte sich herum, trat, schrie, versuchte das Mädchen abzuschütteln.

»Miststück!«, schrie Delilah. Sie warf sich auf Angie. Die Klinge ihres Messers blitzte in einem Strahl von Mondlicht auf. Angie packte Delilahs Handgelenke. Die Klinge war nur Zentimeter von ihrem Herzen entfernt, sie war lang und schmal und scharf wie ein Skalpell. Delilah legte ihr ganzes Gewicht über das Messer. Angie spürte, wie die Spitze ihre Haut berührte. Ihre Arme begannen zu zittern. Beide waren schweißnass.

»Hört auf«, sagte Dale mit schwacher Stimme.

Doch sie konnten nicht aufhören. Diese Fehde ging schon zu lange. Eine von ihnen würde sterben. Und der Teufel sollte Angie holen, wenn sie es war. Delilah war jünger und schneller, aber Angie hatte zwanzig Jahre mehr Wut im Leib. Sie drückte Delilahs Hände von ihrem Herzen weg.

Es reichte nicht.

Delilah bot ihren letzten Rest Kraft auf und stieß das Messer in Angies Bauch.

Angie stöhnte. Sie hatte sich im letzten Moment wegdrehen können und die Klinge in die Seite abbekommen. Sie spürte das kalte Heft des Messers, dann riss Delilah es heraus, hob es über den Kopf und zielte auf Angies Herz.

»Stopp!« schrie Dale. »Wir brauchen sie lebend!«

Delilah hielt inne, aber sie war noch nicht fertig mit Angie. Sie schlug ihren Hinterkopf an den Beton, dann rannte sie weiter die Treppe hinauf.

Angie konnte ihr nicht folgen. Sie sah Sterne, die hinter ihren Augenlidern explodierten. Sie erbrach sich in ihren Mund und spürte, wie das Erbrochene in ihre Kehle zurücklief. Sie würde ohnmächtig werden. Sie konnte nichts dagegen tun. So würde ihr Leben also zu Ende gehen. Delilah tötete Jo. Anthony in der Hand eines Ungeheuers. Und Angie erstickte an ihrem eigenen Erbrochenen.

Will. Sie wollte, dass Will sie fand. Sein gequälter Gesichtsausdruck. Die Erkenntnis, dass sie allein gestorben war, ohne ihn.

Ein durchdringender Schrei riss Angie aus ihrer Benommenheit.

»Nein!«, schrie Jo. »Hör auf!«

Der Schrei kam aus dem tiefsten Innern, er war anders als der Schrei, wenn Reuben sie schlug. Es war der Schrei eines Menschen, der wusste, dass er sterben würde.

Angie drehte sich herum und stieß sich von der Treppe ab. Der stechende Schmerz in ihrer Seite konnte sie nicht aufhalten. Und Dales taumelnde Schritte weiter unten auf der Treppe ebenfalls nicht. Sie schoss die letzten Stufen hinauf. Sie rannte über die Galerie.

Ein Schuss fiel. Das Geräusch folgte mit einem Sekundenbruchteil Verzögerung. Angie fühlte, wie die Kugel an ihrem

Kopf vorbeipfiff. Sie hörte ein Stück Beton aus der Wand fallen. Sie drehte sich um.

Dale saß auf der Treppe, die Waffe im Schoß. Noch aus zwanzig Metern Entfernung konnte Angie ihn keuchen hören. »Halt«, sagte er, aber Angie fürchtete sich nicht mehr vor ihm. Man fürchtet nur um sein Leben, wenn man etwas zu verlieren hat.

Delilah kam aus dem Zimmer. Sie war voller Blut. Sie lachte.

»Was hast du getan?«, stöhnte Angie, aber sie wusste es bereits.

Delilah rieb sich die Hände, als könnte sie sie säubern. »Sie ist tot, du Aas. Und was willst du jetzt machen?«

Angie sah auf Delilahs leere Hände. Sie hatte das Messer in Jo stecken lassen. Ihre einzige Waffe. Ihre einzige Verteidigung. »Du blöde Fotze.« Angie packte Delilah am Arm und schleuderte sie über die offene Galerie.

Es war kein Laut zu hören.

Delilah war zu entsetzt, um zu schreien. Sie schwankte, fing sich beinahe, verlor dann jedoch das Gleichgewicht. Ihre Hände schossen nach vorn. Sie griff ins Leere. Und nun endlich schrie sie, während sie in die Tiefe stürzte.

Sie schlug mit einem scheußlichen Krachen auf.

Angie sah Dale an. Er saß immer noch da. Er hielt den Revolver mit beiden Händen und ließ sich Zeit beim Zielen, denn er würde sie diesmal nicht warnen. Er würde sie töten.

Angie rannte in das Zimmer. Sie schloss die Tür hinter sich. Der Türgriff ging ab, sie hatte ihn plötzlich in der Hand. Sie stieß gegen die Tür, doch die war zugefallen.

»Angie?«, sagte Dale. Es war ihm gelungen aufzustehen. Sie konnte hören, wie er die Treppe heraufschlurfte. »Zieh das Ganze nicht in die Länge.«

Angie schloss die Augen. Sie lauschte. Er war außer Atem, aber sie hörte seine Schritte nicht mehr. Sie hatte sich in diesem Zimmer eingesperrt. Er hatte noch vier Kugeln im Revolver.

Vier weitere Gelegenheiten, aus kurzer Entfernung ein Ziel zu treffen, das ein Blinder im Schlaf treffen würde.

Es gab nur eines zu tun.

Angies nackte Füße wateten durch Blut, als sie blind den Raum absuchte. Sie fand Jo in einer Ecke. Sie lehnte mit dem Oberkörper an der Wand. Angie tastete vorsichtig nach dem Messer und stellte fest, dass der Griff aus ihrer Brust ragte.

»Angie«, sagte Dale. Er war jetzt ganz nah. Er wusste, er musste sich nicht beeilen.

Angie setzte sich neben ihre Tochter. Kalter Beton warf sich durch den blutgetränkten Boden auf. Dale hatte Angie jeden Tag ihres Lebens getötet, seit sie zehn Jahre alt war. Diesen letzten Schlag würde sie ihm nicht überlassen. Das Messer, das ihre Tochter getötet hatte, würde das Messer sein, das Angie tötete. Sie würde es sich selbst in die Brust stoßen. Sie würde in diesem dunklen, leeren Raum verbluten. Dale würde die Tür öffnen und feststellen, dass sie bereits gegangen war.

Langsam streckte Angie die Hand nach dem Klappmesser aus. Ihre Finger schlossen sich um den Griff. Sie begann zu ziehen.

Jo stöhnte.

»Jo?« Angie war sofort auf den Knien. Sie berührte Jos Gesicht. Strich ihr das Haar zurück. »Sprich mit mir!«

»Anthony«, sagte Jo.

»Er ist in Sicherheit. In meinem Wagen.«

Jos Atem ging flach. Ihre Kleidung war glitschig von Blut. Delilah hatte ein ums andere Mal zugestochen, aber irgendwie atmete Jo trotzdem noch, redete noch, kämpfte noch um ihr Leben.

Meine Tochter, dachte Angie. *Mein Mädchen.*

»Ich kann aufstehen«, sagte Jo. »Ich brauche nur eine Minute.«

»Es ist gut.« Angie griff nach Jos Hand.

Da war keine.

Sie fühlte glatten Knochen, ein offenes Gelenk. »O Gott«, hauchte Angie.

Jos Hand war am Handgelenk fast abgetrennt. Nur Sehnen und Muskeln verbanden sie noch mit dem Körper. Angie spürte, wie das Blut im Takt des Pulsschlags aus der offenen Arterie spritzte.

»Ich kann sie noch fühlen«, sagte Jo. »Meine Finger. Ich kann sie bewegen.«

»Ich weiß«, log Angie. Eine Aderpresse. Sie brauchte eine Aderpresse. Die Handtasche hatte es ihr von der Schulter gerissen. In dem Raum war nichts. Jo würde verbluten, wenn sie nicht etwas tat.

»Lass mich nicht allein«, sagte Jo.

»Das werde ich nicht.« Angie zog ihr Höschen aus. Sie wickelte es um Jos Handgelenk und zog es so kräftig zusammen, wie sie konnte.

Jo stöhnte, aber der pulsierende Blutstrom versiegte zu einem Rinnsal.

Angie verzurrte den Knoten. Sie lauschte nach Dale, nach seinen Schritten. Sie hörte ein leises Klagen. Angie wusste nicht, ob es von Jo kam oder aus ihrem eigenen Mund.

»Bitte.« Jo lehnte sich an sie. »Gib mir nur eine Minute. Ich bin stark.«

»Ich weiß.« Angie hielt sie so fest umschlungen, wie sie sich traute. »Ich weiß, dass du stark bist.«

Zum ersten Mal im Leben hielt Angie ihre Tochter in den Armen.

Damals vor vielen Jahren hatte die Schwester im Krankenhaus sie gefragt, ob sie ihr Baby halten wolle, aber sie hatte es abgelehnt. So wie sie es auch abgelehnt hatte, dem kleinen Mädchen einen Namen zu geben. Oder die Papiere zu unterschreiben, um es freizugeben. Sie hatte sich nach allen Seiten abgesichert, wie sie es immer tat. Angie erinnerte sich daran, wie sie ihre Jeans hochgezerrt hatte, ehe sie das Krankenhaus verließ. Die Hose war noch feucht von der geplatzten Fruchtblase gewesen, und um die Mitte war sie weit wie ein Sack, wo sie zuvor stramm gesessen hatte. Sie hatte den überschüssigen Stoff mit der Hand zusammengerafft und festgehalten, als sie die Treppe zum Hinterausgang hinuntergegangen und dann ins Freie gerannt war, zu dem Jungen, der um die Ecke im Wagen wartete.

Denny, aber es spielte keine Rolle, dass es Denny war, denn es hätte jeder sein können.

Es gab immer einen Jungen, der auf sie wartete, etwas von ihr erwartete, sich nach ihr verzehrte, sie hasste. Solange sie zurückdenken konnte, war es so gewesen. Als sie zehn war, hatte Dale Harding ihr eine Mahlzeit als Gegenleistung für ihren Mund angeboten. Mit fünfzehn gab es einen Pflegevater, der gern Verletzungen zufügte. Mit dreiundzwanzig einen Soldaten, der Krieg gegen ihren Körper führte. Mit vierunddreißig einen Polizisten, der sie davon überzeugte, dass es keine Vergewaltigung war. Mit siebenunddreißig einen Polizisten, der ihr weismachte, er würde sie für immer lieben.

Will.

Für immer, hatte er in Mrs. Flannigans Keller gesagt. *Für immer*, hatte er gesagt, als er ihr den Sonnenblumenring an den Finger steckte.

Für immer dauerte nie so lange, wie man dachte.

Angie berührte die Lippen ihrer Tochter. Kalt. Das Mädchen verlor zu viel Blut. Der Messergriff, der aus ihrer Brust ragte, pulsierte im Takt des Herzschlags, manchmal wie ein Metronom, dann wieder stolpernd wie der große Zeiger einer Uhr, die bald stehen bleiben würde.

All die verlorenen Jahre.

Angie hätte ihre Tochter damals in der Klinik im Arm halten sollen. Nur dieses eine Mal. Sie hätte eine Erinnerung an ihre Berührung in dem Mädchen verankern müssen, damit es nicht zusammenzuckte und vor ihrer Hand zurückwich wie vor der Hand einer Fremden.

Sie *waren* Fremde.

Angie schüttelte den Kopf. Was sie alles verloren hatte und warum – das war ein Kaninchenbau, in den sie nicht steigen durfte. Sie musste daran denken, wie stark sie war, dass sie ein Mensch war, der sich nicht unterkriegen ließ. Sie war ihr Leben lang auf der Schneide einer Rasierklinge vor all dem fortgerannt, zu dem es die meisten Leute hinzog: ein Kind, ein Mann, ein Zuhause, eine Existenz.

Glück. Zufriedenheit. Liebe.

All die Dinge, die Will sich wünschte. All die Dinge, von denen Angie gedacht hatte, sie würde sie nie brauchen.

Jetzt begriff sie, dass ihr Fortrennen sie geradewegs an diesen dunklen Ort geführt hatte, wo sie ihre Tochter zum ersten Mal hielt – und zum letzten Mal, da das Mädchen in ihren Armen verblutete.

Vor der geschlossenen Tür war ein Scharren zu hören. In dem schmalen Streifen Licht am Boden sah sie den Schatten zweier Füße, die sich über den Boden schoben.

Angie schloss wieder die Augen. Das Gleiche hatte Dale getan, als sie zehn Jahre alt gewesen war. Er hatte vor der geschlossenen Tür zu Deidres Wohnung gestanden. Darauf gewartet, dass Angie aufmachte. Deidre zögerte nie, die Tür zu öffnen. Es war ihr egal, wer auf der anderen Seite war, solange er sie einem Schuss Heroin näher brachte.

Der zukünftige Mörder ihrer Tochter?

Ihr eigener Mörder?

Öffne die Tür und lass ihn herein.

»Angela«, sagte Dale, jetzt so wie damals.

Die Tür ratterte im Rahmen. Ein Kratzen war zu hören, Metall auf Metall. Das Lichtquadrat wurde schmaler und verschwand, als ein Schraubenzieher in die Öffnung gerammt wurde.

Klick-klick-klick, wie das trockene Feuer einer ungeladenen Waffe.

Vorsichtig ließ Angie Jos Kopf zu Boden sinken. Das Mädchen stöhnte vor Schmerz. Es lebte immer noch, hielt immer noch durch.

Angie kroch in dem dunklen Raum umher und achtete nicht auf den grobkörnigen Belag aus Holz- und Metallspänen, der sich in ihre Knie bohrte, nicht auf den stechenden Schmerz unterhalb der Rippen, den stetigen Blutfluss, der eine Spur hinter ihr bildete. Sie fand Schrauben und Nägel, und dann strich ihre Hand über etwas, das kalt, rund und aus Metall war. Sie hob den Gegenstand auf. Ihre Finger verrieten ihr in der Dunkelheit, was sie in der Hand hielt: den herausgebrochenen Türgriff. Massiv. Schwer. Der zehn Zentimeter lange Dorn ragte wie ein Eispickel heraus.

Das Türschloss klickte ein letztes Mal. Der Schraubenzieher fiel klappernd auf den Betonboden. Die Tür ging einen Spalt weit auf.

Angie stand auf. Sie presste den Rücken an die Wand hinter der Tür. Sie dachte daran, auf welche Arten sie Männer in ihrem Leben schon verletzt hatte. Einmal mit einer Schusswaffe. Einmal mit einer Nadel. Unzählige Male mit ihren Fäusten. Mit ihrem Mund. Mit ihren Zähnen. Mit ihrem Herzen.

Die Tür wurde vorsichtig noch einige Zentimeter weiter geöffnet. Die Mündung einer Waffe tauchte auf.

Sie hielt den Türgriff so, dass der Dorn zwischen ihren Fingern herausragte, und wartete darauf, dass Dale hereinkam.

»Angela?«, sagte er. »Ich werde dir nicht wehtun.«

Das letzte Mal, dass er ihr diese Lüge auftischen würde.

Sie packte Dales Handgelenk und zog ihn in den Raum. Er stolperte, wurde herumgerissen. Mondlicht spielte über sein Gesicht. Er sah überrascht aus. Er war zu Recht überrascht. Vierzig Jahre lang hatte er kleine Mädchen ausgenutzt, und nicht eines hatte sich je gegen ihn gewandt.

Bis jetzt.

Angie stieß ihm den Türgriff seitlich in den Hals. Sie spürte den Widerstand, als der rostige Dorn durch Knorpel und Sehnen drang.

Dale atmete zischend aus. Sie schmeckte den Verfall seines faulenden Körpers.

Er fiel rücklings zu Boden.

Blut spritzte auf ihre Beine.

Seine Arme waren vom Körper gestreckt. Seine Lippen leicht geöffnet. Seine Augen geschlossen. Ein letzter Atemzug entwich, nicht das Zischen einer Schlange, sondern wie ein Reifen, der langsam die Luft verlor. Eine Wolke schob sich vor den Mond, und ein langer Schatten kroch in den Raum und hüllte Dales Körper in Dunkelheit. Die Hölle hatte einen Lakaien geschickt, um Anspruch auf seine elende Seele zu erheben.

»Angela.«

Der Name riss Angie aus ihrer Benommenheit. Sie hatte Jo ihren Namen nie genannt. Jo benutzte den Namen, mit dem Dale sie gerufen hatte.

»Angela«, wiederholte Jo. Sie setzte sich langsam auf und hielt dabei das Messer mit der Hand fest. »Ich möchte meinen Jungen sehen.«

Anthony. Himmel, was würde sie wegen Anthony unternehmen?

»Hilf mir auf.« Jo gab sich alle Mühe aufzustehen.

Angie stürzte zu ihr, um ihr zu helfen. Unglaublich, welche Kraft das Mädchen noch aufbrachte.

»Ich muss meinen Jungen sehen«, sagte Jo. »Ich muss ihm sagen ...«

»Das wirst du.« Angie achtete nicht auf ihre eigenen Schmerzen, als sie Jo half, sich zu erheben. Sie machten ein paar taumelnde Schritte zusammen, bevor Jo allein weiterging. Angie konnte das Messer jetzt sehen, das bis zum Heft in ihr steckte. Jos Hand baumelte lose an ihrem Arm. Die Aderpresse war verrutscht, Blut schoss wieder heraus, spritzte über Dales Leiche. Noch mehr Blut überschwemmte den Boden. Jo sank gegen die Wand.

»Lass mir nur eine Sekunde Zeit«, sagte sie. »Ich schaffe es.«
Sie schaffte es nicht. Sie glitt an der Wand herab auf den Boden. Angie eilte zu ihr, um sie aufzufangen, aber es war zu spät. Jo sank auf der Erde zusammen, ihr Gesicht wurde schlaff, die Augen fielen zu. Nur die Lippen bewegten sich noch. »Ich schaffe es.«

Angela ließ sich von ihrer Polizeiausbildung führen. Grundlegende Triage. Keine Zeit für einen Rettungswagen. Sie musste eine Möglichkeit finden, Jos Blutung wieder zu verlangsamen, sonst würde das Mädchen es niemals die Treppe hinunterschaffen. In ihrem Wagen war eine Plane. Klebeband. Sie machte einen Schritt, dann blieb sie stehen. Das hier war ein Tatort. Zwei verschiedene Fußspuren, zwei Verdächtige. Angie hatte ihre Polizeistiefel im Wagen. Reuben Figaroa würde nach seiner Frau suchen. Nach seinem Sohn. Angie musste Jos Spuren verstecken. Dales Wagen. Die Geldbündel im Kofferraum. Delilahs Kreditkarten. Die Polizei von Atlanta. Das GBI.

Will.

Rippy war sein Fall. Man würde ihn hierherrufen. Er würde Dale finden. Er würde einen See aus Blut finden. Angie kannte ihn. Sie wusste, wie sein Verstand arbeitete. Er würde nicht aufhören zu wühlen, bis er sie alle ins Grab gebracht hatte.

»Angela«, flüsterte Jo. »Ist es Anthony?«

Ssst. Ssst.

Dales Handy vibrierte in seiner Tasche.

»Ist es mein Junge?«, murmelte Jo. »Ruft er an?«

Jos Junge wurde festgehalten, jemand drückte ihn an eine Wand und hielt ihm ein Jagdmesser an den Hals.

Angie nahm Dales Handy und presste es an ihr Ohr. Da waren Geräusche. Ein Kind weinte. Ein Zeichentrickfilm lief zu laut.

»He, Arschloch, ich verliere hier langsam die Geduld«, sagte eine Frauenstimme. »Willst du den Jungen noch, oder soll ich ihn zum Ausschlachten verkaufen?«

Feuer brannte in Angies Eingeweiden. Sie war wieder zehn Jahre alt. Verängstigt, allein und bereit, alles zu tun, damit der Schmerz wegging.

»Dale?« Die Frau wartete. »Bist du da?«

»Mama?« Angie klang auf einmal wieder wie die Zehnjährige von damals. »Bist du das?«

Die Frau lachte ihr tiefes, heiseres Lachen. »Ja, ich bin es, Baby. Hast du mich vermisst?«

GEGENWART

KAPITEL 9

Will presste den Telefonhörer ans Ohr. Er hörte den Widerhall von Angies Stimme in seinem Kopf.

Ich bin's, Baby. Hast du mich vermisst?

Lag es an dem Xanax? Will blickte auf sein Handy. ANRUFERNUMMER UNTERDRÜCKT. Er setzte sich auf und sah sich in der Kapelle um, als könnte Angie hier irgendwo sein. Ihn beobachten. Ihn auslachen. Er fühlte, wie sein Mund sich bewegte. Doch er hörte sich nicht sprechen.

»Will?« Der neckische Ton war verschwunden. »Alles in Ordnung, Baby? Hol mal Luft.«

Hol Luft.

Sara hatte unten das Gleiche zu ihm gesagt. Nur dass er diesmal keine Panikattacke hatte. Blinde, unkontrollierbare Wut erfüllte ihn. »Du gottverdammtes Miststück.«

Sie lachte. »Das hört sich schon eher nach dir an.«

Rippys Club. Angies Handtasche. Ihre Waffe. Ihr Wagen. Ihr Blut. Und jetzt die Leiche mit ihrem Ehering am Finger.

Sie hatte ihn hereingelegt. Sie war in Schwierigkeiten geraten, und wie auch immer es ihr gelungen war, sich daraus zu befreien, es hatte ihr eine Möglichkeit geboten, ihn zum Narren zu halten.

Er sagte es noch einmal: »Du gottverdammtes Miststück.«

Sie lachte wieder.

Will hätte ihr einen Schlag an den Kehlkopf versetzt, wäre sie jetzt vor ihm gestanden. Er würde sie finden. Er würde alles tun, was nötig war, um sie aufzuspüren, und das nutzlose Stück mit bloßen Händen erwürgen.

Die Tür zur Kapelle ging auf. Faith kam herein.

Will holte ein paar Mal tief Luft und versuchte, seine Wut zu schlucken. Seine Empörung. Seinen Ekel.

Faith öffnete den Mund, um zu fragen, was los sei.

Doch er gab ihr ein Zeichen, still zu sein, und sagte ins

Telefon: »Angie, warum hast du mir das angetan?«

Faith fiel die Kinnlade herunter. Sie blieb wie angewurzelt stehen.

»Warum?«, fragte Will. »Du hast den Tatort in Rippys Club manipuliert. Du hast mich annehmen lassen, du wärst tot. Du hast mich glauben gemacht, das wäre deine Leiche hier in dem Leichenschauhaus. Warum?«

Angie blieb stumm, obwohl sie einen ganzen Tag lang Zeit gehabt hatte, über ihre Antwort nachzudenken.

»Angie ...« Wills Stimme brach. Er fühlte sich wund und wünschte sich verzweifelt eine Erklärung. »Sag es mir, verdammt noch mal. Warum hast du mir das angetan, warum?«

Angie seufzte lange und genervt. »Warum tue ich irgendetwas?« Sie ratterte einige altbekannte Antworten herunter. »Ich bin ein elendes Miststück. Ich will dein Leben ruinieren. Ich mache dich unglücklich. Ich weiß nicht, wie du aussiehst, wenn du verliebt bist, denn du warst nie in mich verliebt.«

Will drehte Faith den Rücken zu, er wollte nicht, dass sie sah, wie sehr er jemanden hassen konnte. »Das reicht nicht.«

»Es muss für den Moment genügen.«

Er konnte mit dieser Situation nicht umgehen. Er würde zusammenbrechen, tot auf dem Boden enden, wenn er die Empfindungen zuließ, die in ihm hochkochten. Er versuchte, wie ein Agent zu denken, nicht wie ein Mensch, der gerade von einer Psychopathin einer grausamen Gehirnwäsche unterzogen wurde. »Wer ist die Leiche im Keller?«

»Langsam«, sagte Angie. »Sag mir erst, was es für ein Gefühl war, als du dachtest, ich bin tot.«

Will zwang sich, das Telefon nicht zwischen den Fingern zu zermalmen. »Was denkst du denn, wie es sich angefühlt hat?«

»Ich will es von dir hören.« Sie wartete darauf, dass er sprach. »Sag mir, wie du dich gefühlt hast, und ich sage dir, wer in dem Keller liegt.«

»Das finde ich auch ohne dich heraus«, sagte er. »Wir überprüfen gerade ihre Fingerabdrücke.«

»Zu schade, dass ihre Fingerkuppen aufgesprungen sind.«

»Wir bekommen die DNA.«

»Sie wird nicht in eurer Datei sein«, sagte Angie. »Du bearbeitest diesen Fall. Andere Fälle ebenfalls. Was, wenn ich dir sage, dass ich dir auf der Stelle zu einem Durchbruch auf der ganzen Linie verhelfen könnte? Du musst mir nur verraten, wie du dich gefühlt hast, das ist alles.«

»Ich will deine Hilfe nicht.«

»Natürlich willst du sie. Weißt du noch, wie ich dir beim letzten Mal geholfen habe? Ich weiß, damals warst du dankbar.«

Will durfte diese Unterhaltung nicht vor Faith führen. »Hast du Dale Harding getötet?«

»Warum sollte ich jetzt einen Mord gestehen?«

Erschöpfung zehrte an Will wie eine Krankheit. »Du meinst ›jetzt‹ im Gegensatz zu anderen Gelegenheiten?«

»Vorsicht, Baby.«

Er vergrub das Gesicht in der Hand. Dies alles geschah nicht wirklich. Sie hatte andere Leute auf diese Weise verletzt, aber niemals ihn. Er konnte einfach nicht aufhören zu fragen: »Warum? Warum hast du das getan?«

»Ich wollte, dass du weißt, wie es sich anfühlt, mich wirklich zu verlieren.« Sie schwieg für einen Moment. »Ich habe dich heute gesehen. Frag mich nicht, wo. Dein Gesichtsausdruck, als du geglaubt hast, ich sei tatsächlich tot. Ich wette, du würdest Sara nicht so vermissen.«

»Sprich ihren Namen nicht aus.«

»Sara«, wiederholte Angie sofort, denn niemand schrieb ihr vor, was sie zu tun hatte. »Ich habe dich gesehen, Will. Ich kenne diesen Blick. Ich habe ihn gesehen, als du ein Kind warst. Ich habe ihn letztes Jahr gesehen. Ich weiß, wer du bist. Ich kenne dich besser als irgendwer sonst auf dieser Welt.«

Der Brief. Sie zitierte aus ihrem eigenen Brief. »Wer ist das da unten in dem Keller?«

»Spielt es eine Rolle?«

Will wusste nicht, was noch eine Rolle spielte. Nichts spielte eine Rolle. Warum hatte sie ihm das angetan? Er hatte sie immer nur geliebt. Sich um sie gekümmert. Sie beschützt. Sie hatte das nie für ihn getan. Jetzt nicht und auch nie zuvor.

»Ist es Faith schon gelungen, eine Ortung für mich zu bekommen?«

Will drehte sich um. Faith war am Telefon und versuchte wahrscheinlich, den Anruf zurückverfolgen zu lassen.

»Josephine Figaroa«, sagte Angie.

»Wie bitte?«

»Das Mädchen im Keller. Josephine Figaroa. Meine Tochter. *Deine* Tochter. Unser gemeinsames Kind.« Sie hielt inne. »Tot.«

Will merkte, wie sich sein Mund öffnete. Sein Herz bebte so heftig, dass er sich setzen musste. Ein Kind. Ihr Kind. Ihr Baby.

»Angie«, sagte er. »Angie.«

Er bekam keine Antwort. Sie hatte das Gespräch bereits beendet.

Er legte die Hand an den Mund, und sein Atem erschien ihm kalt an der Handfläche. Angie hatte ihn von innen heraus getötet, sein Herz mit chirurgischer Präzision aufgeschnitten. Ein Kind. Eine Tochter. Mit seinen versauten Genen.

Und jetzt war sie tot.

Faith kniete neben ihm nieder. »Will?«

Er konnte nicht sprechen. Er konnte nur an ein kleines Mädchen denken, das ganz hinten in einem Klassenzimmer saß und Mühe hatte, dem Lehrer zu folgen, weil ihr dummer Vater ihr das Lesen nicht beibringen konnte.

Sie wäre am Ende genau wie Will im staatlichen Pflegesystem gelandet. Im Stich gelassen wie Will.

Wie konnte Angie nur so grausam sein?

»Will?«, wiederholte Faith. »Was hat sie gesagt?«

»Josephine Figaroa.« Er musste die Worte mit Gewalt herauspressen. »Da unten im Keller. Es ist Angies Tochter. Josephine Figaroa. So heißt sie.«

»Die Frau des Basketballspielers?« Faith rieb ihm den Rücken. »Darum kümmern wir uns gleich. Soll ich Sara für Sie holen?«

»Nein«, sagte er, aber Sara kam bereits durch die Tür hinter ihnen, und Amanda war bei ihr. Beide sahen besorgt aus.

Dann erzählte ihnen Faith von Angies Anruf, und sie wirkten sehr aufgebracht.

»Was?«, fragte Sara. »*Was?*«

Amanda sagte mit zusammengebissenen Zähnen: »Hast du den Anruf zurückverfolgt?«

»Wir konnten den Standort nicht ermitteln«, sagte Faith. »Sie muss die Zeit mitgestoppt haben.«

»Verdammt noch mal.« Amanda sah zu Boden und tat einen flachen Atemzug. Als sie wieder hochschaute, hatte sie ihr Pokergesicht aufgesetzt. »Haben wir eine Telefonnummer?«

»Sie war unterdrückt, aber wir können sie …«

»Bin schon dabei.« Amanda begann, ihr BlackBerry zu bearbeiten. »Konnte Charlie die Fingerabdrücke abgleichen?«

»Nein«, sagte Faith. »Ihre Fingerkuppen waren zu …«

»Aufgesprungen«, sagte Will. »Angie wusste das. Sie sagte, dass die DNA nicht in der Datenbank sein würde.«

»Angies Blutgruppe war am Tatort«, sagte Sara. Immer noch perplex schüttelte sie wieder den Kopf. »Ihre Handtasche. Ihre Waffe. Ich verstehe es einfach nicht. Warum tut sie das?«

»Würde Angies Tochter denn nicht dieselbe Blutgruppe haben?«, fragte Faith.

Sara antwortete nicht. Sie war verstört, genau wie am Morgen.

»Tochter?«, fragte Amanda.

Auch Will war zu keiner Antwort fähig.

»Bestimmt ist die Frage sinnlos«, forschte Amanda weiter, »aber hat Angie gesagt, warum sie das alles getan hat?«

»Sie ist ein Scheusal«, sagte Will, es war das, was die Leute seit dreißig Jahren über Angie sagten. Im Kinderheim. In Pflegefamilien. Auf ihrem Polizeirevier. Will widersprach ihnen nie, aber er glaubte ihnen auch nie. Sie kannten Angie nicht. Sie wussten nicht, durch welche Hölle sie gegangen war. Sie verstanden nicht, dass der Schmerz manchmal so schlimm war, dass einem nur leichter wurde, wenn man um sich schlug.

Doch sie hatte nie zuvor gegen Will losgeschlagen. Nicht so.

»Wenn es wirklich Josephine Figaroa ist, dann haben wir frische Fingerabdrücke in der Datei«, sagte Faith. »Sie wurde letzten Donnerstag verhaftet. Sie hatte Oxy im Wagen. Ich habe es in den Nachrichten gesehen.«

»Und Angie behauptet, diese Frau sei ihre Tochter?«, fragte Amanda wieder.

»Ja.« Will konnte ihnen nicht sagen, dass sie auch seine Tochter war. Er musste sich Klarheit verschaffen. Er brauchte Zeit, um nachzudenken. Angie hatte in so vielen Dingen gelogen. Warum sollte er ihr jetzt glauben?

»Figaroa?«, sagte Amanda. »Wieso kommt mir der Name bekannt vor?«

»Ihr Mann ist Reuben Figaroa. Ein Basketballspieler.«

»Marcus Rippy.« Amanda spuckte den Namen aus wie einen schlechten Geschmack im Mund. »Der ganze Tag verlief wie in einem gigantischen Kreis, der direkt zu ihm zurückführt.«

Will stand auf. »Der Streifenwagen kann auf Bilder der Straßenkameras zurückgreifen.«

Er wartete nicht auf eine Reaktion, sondern trabte einfach durch den Mittelgang der Kapelle und war bereits draußen auf dem Parkplatz, als die anderen das Gebäude verließen. Will zog die Beifahrertür des Polizeiwagens auf und stieg ein. Der Beamte stieß ein erschrockenes Bellen aus.

Will zeigte auf den am Armaturenbrett befestigten Laptop. »Ich brauche die Aufnahmen aller Verkehrsüberwachungskameras in dieser Gegend.«

»Die habe ich gerade für Ihre Chefin herausgesucht.« Der Beamte tippte ein paar Tasten an. »Das sind die, die Sie sehen wollen. Ich habe zwei verschiedene Blickwinkel, einen von der Straße, die vor dem Bestattungsinstitut vorbeiführt, und einen von der Straße auf der Rückseite.«

Faith öffnete die hintere Tür und ließ sich auf den Rücksitz fallen.

Amanda ging an der offenen Beifahrertür neben Will in die Hocke. »Dunlop«, sprach sie den Streifenbeamten an, »sagen Sie mir, dass Sie etwas gefunden haben.«

»Ja, Ma'am.« Dunlop zeigte auf den Schirm. »Das hier wurde aufgenommen, unmittelbar nachdem der Leichenwagen um 20.22 Uhr das Gelände verlassen hat.«

Der Fehlalarm, der zur Abholung einer nicht existierenden Leiche geführt hatte. Aber kein Streich eines anderen Bestatterlehrlings, sondern eine List, um Belcamino aus dem Gebäude zu locken.

»Hier kommt der Wagen zum ersten Mal ins Bild.« Dunlop drehte den Laptop, und Will sah die Straßenecke, den Hintereingang zur Lieferantenzufahrt. Die Nachtaufnahmen waren unscharf, die Straßenlaternen waren keine Hilfe. Um 20.24 Uhr bog Angies schwarzer Monte Carlo SS in die Gasse, die hinter dem Bestattungsinstitut vorbeiführte. Das Gesicht hinter dem Lenkrad war nur ein verwaschener Fleck. Blondes Haar blitzte unter einem schwarzen Kapuzenpullover hervor. Der Wagen verschwand aus dem Blickfeld der Kamera, als er die Gasse hinauffuhr.

Will tippte die Taste an, die das Video schnell vorlaufen ließ, um das Auto wieder einzufangen. Sechs Minuten vergingen, bis der Monte Carlo wieder die Gasse herunterkam und in die Straße einbog.

»Sie ist zum Hintereingang gefahren, wo der Aufzug ist«, sagte Faith. »Sie kam sechs Minuten später wieder heraus. Das reicht, um eine Leiche in den Kühlraum zu schaffen.«

Dunlop streckte die Hand aus und schlug wieder einige Tasten an. »Hier wird das Fahrzeug auf der Vorderseite des Gebäudes noch einmal erfasst.«

Der Monte Carlo bog auf den Parkplatz, er benutzte die Einfahrt, die fünf Meter von dem Standplatz entfernt war, wo sie sich gerade befanden. Angies Wagen rollte auf den Behindertenparkplatz. Die Fahrerin stieg aus. Das Dach des Wagens befand sich etwa in einer Höhe von einem Meter vierzig, demnach musste die Frau knapp über eins siebzig groß sein, hatte also ungefähr Angies Größe. Sie war übergewichtig, anders als Angie, oder vielleicht hatte sie sich etwas unter die Kleider gestopft. Der langärmlige Pulli musste unangenehm warm gewesen sein, doch sie behielt die Kapuze auf, hatte den Kopf gesenkt und die Hände tief in den Taschen vergraben, als sie die Straße entlangging.

»Ist es Angie?«, fragte Faith.

Will schüttelte den Kopf. Er hatte endgültig genug davon, Angie zu identifizieren.

»Könnte Delilah Palmer sein«, riet Faith. »Blondes Haar ... Allerdings hat Delilah ihre Haarfarbe oft gewechselt.«

»Dunlop, wo wird sie das nächste Mal erfasst?«, fragte Amanda.

»Nirgendwo. Sie hat entweder Glück gehabt, oder sie weiß, wo die Kameras sind.« Er tippte weitere Tasten an, ließ die Aufnahmen vorwärtslaufen und ging über verschiedene andere Überwachungskameras zurück, bevor er aufgab. »Sie könnte unter die Brücke gegangen und dann in einen Wagen auf der Interstate gestiegen sein. Zur Georgia Tech hinauf oder nach Downtown gefahren. Es gibt eine Menge blinder Flecken, wo sie ein zweites Auto geparkt haben könnte oder wo jemand auf sie wartete.« Er zuckte die Achseln. »Mann, sie könnte sogar einen Bus genommen haben.«

»Überprüfen Sie die Busse«, sagte Will, denn es klang nach einer realistischen Chance. Oder auch nicht. Er war der letzte Mensch, der Angies Verhalten vorhersagen konnte.

Amandas Knie knackten, als sie sich aufrichtete. »Erzähl mir etwas über diese Josephine Figaroa.«

»Basketballerfrau«, sagte Faith. »Oxy im Auto. Das ist alles, was ich weiß.«

»Ihr Mann ist Reuben ›Fig‹ Figaroa«, ergänzte Will. »Einer von Marcus Rippys Alibizeugen für die Nacht der Vergewaltigung. Ein Flügelspieler. Spielt sehr körperbetont. Gut beim Rebound in der Defensive. Klient von Kip Kilpatrick.«

»Dieses Loch wird einfach immer tiefer«, stöhnte Amanda.

»Hier ist ihr Führerschein.« Faith zeigte ihnen ihr iPhone. Sie hatte Josephine Figaroas Führerschein auf den Schirm geholt.

Will studierte das Foto. Dunkles Haar. Schlank und hochgewachsen. Mandelförmige Augen. Olivfarbene Haut. Sie sah aus wie Angie vor zwanzig Jahren.

Sah sie aus wie Will? Hatte sie seine Körpergröße? Hatte sie seine Probleme?

»Soweit man das überhaupt sagen kann, ähnelt das Foto der Frau im Keller.«

»Sie ist wie ein Double von Angie«, sagte Faith.

Will sagte nichts.

»Sie beide, herkommen.« Amanda winkte Collier und seinen Partner zu sich. Sie hatten sich so ruhig verhalten, dass Will sie völlig vergessen hatte. »Ng, nehmen Sie diese dämliche Sonnenbrille ab. Ich habe Sie doch die Vermisstenmeldungen durchsehen lassen. Ist Josephine Figaroa dort aufgetaucht?«

»Figs Frau?« Ngs Gesicht wirkte viel kleiner ohne die Brille. »Nein, ich habe sie nirgendwo gesehen. Der Name wäre mir aufgefallen.«

Amanda wandte sich an Faith. »Du kommst mit mir, wir reden mit dem Ehemann. Wir sehen zu, ob wir sie identifizieren können, und stellen fest, ob die Frau überhaupt vermisst wird. Ich traue Angie nur genau so weit, wie ich sie werfen kann; und verlass dich drauf, wenn sie hier wäre, *würde* ich sie werfen.«

»Figs Frau ist auf Tabletten«, sagte Collier. »Saß zwei Tage in Fulton, am Samstag ist sie wieder rausgekommen. Sollte heute Morgen auf Entzug gehen.«

»Und jetzt liegt sie mit Messerwunden in der Brust in einem Bestattungsinstitut.« Amanda stemmte die Hände in die Hüften. »Ich traue der ganzen Geschichte nicht. Angie führt uns aus irgendeinem Grund in die Irre. Sie schindet Zeit, damit sie ihr Spiel durchziehen kann.«

»Und was für ein Spiel soll das sein?«, fragte Collier. »Sind schon ne ganze Menge Leichen für ein Spiel.«

»Es ist nur eins für *sie*«, stellte Amanda klar.

»Josephine hat ein Kind.« Faith hielt ihnen wieder ihr Handy entgegen. »Ich habe die Facebook-Seite des Ehemanns gefunden. Der Junge heißt Anthony. Sechs Jahre alt.«

Anthony. Der Sohn von Josephine Figaroa, Angies Tochter. Wills Enkel?

Das Bild zeigte einen kleinen Jungen mit einem verstohlenen Lächeln.

»Seht euch die Form seiner Augen an«, sagte Faith. »Das sind starke Gene.«

Waren es auch Wills Gene?

1989. Angie saß mit mehr als einem Dutzend anderen Jugendlichen in einer betreuten Wohngruppe fest.

Außer, wenn sie sich aus dem Staub machte.

»Es gibt keinen sechsjährigen weißen Jungen, der als vermisst gemeldet ist«, sagte Faith. »Davon würden wir sofort erfahren.«

»Aber todsicher«, bestätigte Ng.

»Collier«, sagte Amanda. »Wie kommen Sie bei Ihrer Suche nach Delilah Palmer voran?«

»Das wollte ich Ihnen vorhin schon sagen. Wir haben ihren Wagen in Lakewood gefunden. Alle Fingerabdrücke wurden beseitigt.«

»Verdammt noch mal, Collier!« Faith schlug mit der flachen Hand auf den Kofferraum des Streifenwagens. »Sie haben ihren

Wagen gefunden? Ich muss mir anhören, dass Sie irgendeinen beschissenen Hotdog an einer Tankstelle gegessen haben, aber Sie bringen es nicht fertig, mir eine SMS zu schreiben, wenn ...«

Will fiel auf, dass Sara verschwunden war.

Er suchte die Vorderseite des Gebäudes ab, den Rasen, den Parkplatz. Er ging in Richtung Straße. Sie stand hinter dem Wagen, lehnte am Kofferraum und starrte ins Leere. Die Straßenlaterne legte einen Lichtkranz um sie. Ihr Gesichtsausdruck war nicht zu deuten. Er wusste nicht, ob sie durcheinander oder besorgt war, ob sie Angst hatte oder vor Wut schäumte.

Sie beendeten den Tag genau so, wie sie ihn begonnen hatten.

Will ließ den Lärm und das Geschrei und vielleicht sogar seinen Job hinter sich, weil ihn das alles nicht mehr interessierte.

»Lass uns nach Hause fahren«, sagte er zu Sara.

Sie gab ihm die Schlüssel. Er hielt ihr die Beifahrertür auf, dann ging er um den Wagen herum und setzte sich ans Lenkrad. Er parkte gerade rückwärts aus, als sie seine Hand nahm. Will spürte, wie sich sein Herz in der Brust hob. Es lag nicht an dem Xanax: Es war Saras Anwesenheit, die ihn beruhigte. Früher am Abend war sie bereit gewesen, Distanz zu ihm zu halten – nicht um ihn zu verletzen, sondern weil sie immer nur das Beste für ihn wollte.

Er sagte: »Ich glaube nicht, dass ich jetzt schon darüber reden kann.«

Sie drückte seine Hand. »Dann tun wir es auch nicht.«

DIENSTAG

KAPITEL 10

Faith blätterte in ihrem Notizbuch, während Amanda sie zu Reuben Figaroas Haus chauffierte. Ihre Einträge waren kaum eine erneute Durchsicht wert. Will hatte recht gehabt, als er sagte, darauf lasse sich kein Fall aufbauen. Faith sah jetzt, was auch er gesehen hatte: einen Haufen Pfeile und Querverweise, einen Haufen unbeantworteter Fragen. Nichts ergab einen Sinn, auch nicht, wenn man den Namen Josephine Figaroa hinzufügte. Die tote Frau war nur ein weiterer Pfeil, der indirekt zu Marcus Rippy zurückwies.

Vielleicht sollte sie einmal versuchen, alle Namen mit Angie zu verknüpfen.

Ihr Blick begann schon zu verschwimmen. Sie hob den Kopf und blinzelte. Die Straßen von Buckhead waren menschenleer. Es war fast ein Uhr morgens. Faith hatte tief und fest vor dem Fernseher geschlafen, als Amanda sie zu dem Bestattungsinstitut gerufen hatte. Sie konnte sich kaum noch erinnern, dass sie Emma zu ihrer Mutter gebracht hatte. Sie war so erschöpft, dass ihr das Gehirn wehtat, aber so war es in diesem Job nun mal. Es gab nicht so etwas wie eine vernünftige Uhrzeit, um einen Mann davon zu unterrichten, dass seine Frau tot war.

Nicht, dass Faith hundertprozentig davon überzeugt gewesen wäre, dass die Frau im Leichenschauhaus Jo Figaroa war. Es konnte ohne Frage die Frau von dem Führerscheinfoto sein, aber Angies Beteiligung verzerrte alles. Faith verfolgte im Umgang mit Lügnern die Linie, grundsätzlich nichts zu glauben, was sie sagten, egal, wie plausibel es auch klingen mochte. Das war nicht einfach. Der menschliche Verstand hatte ärgerlicherweise das Bedürfnis, im Zweifelsfall zu jemandes Gunsten zu entscheiden. Vor allem bei Leuten, die einem etwas bedeuteten.

Zum Beispiel glaubte sie Will, wenn er sagte, Angie habe ihm weiter nichts von Bedeutung erzählt, obwohl er verdammt viel

Zeit mit ihr am Telefon verbracht hatte, um lediglich den Namen des Opfers zu erfahren.

»Deine Mutter hat früher ihre Notizen immer mit Reißnägeln an die Wand gepinnt, damit wir alle veränderlichen Teile sehen konnten«, sagte Amanda.

Faith lächelte. Die Löcher von den Reißnägeln waren immer noch da. »Glaubst du, dass Jo Figaroa Angies Tochter ist?«

»Ja.«

»Und wer ist dann der Vater?« Sie erhielt keine Antwort, deshalb schlug sie selbst die Antwort vor, die auf der Hand lag: »Will?«

»Da bin ich mir nicht so sicher.« Amanda verlangsamte die Geschwindigkeit und fuhr an den Straßenrand. Sie stellte den Automatikhebel auf Parken und wandte sich Faith zu. »Erzähl mir, was du über Denny weißt.«

»Denny?« Faith schüttelte den Kopf. »Wer ist Denny?«

»Kurzform von Holden«, erklärte Amanda. »Obwohl, Denny hat zwei Silben und Holden auch. Dann ist es wohl keine Kurzform, sondern einfach nur weniger hochtrabend.«

Faith war zu müde für semantische Erörterungen. »Lass uns einfach bei Collier bleiben.«

»Fang von vorn an. Was hat er getan? Wie hat er sich präsentiert?«

Faith musste einen Moment nachdenken, um ihren Tag zu rekapitulieren. Eine Ewigkeit schien vergangen zu sein, seit sie Will heute Morgen vor der Tierklinik abgeholt hatte – streng genommen gestern Morgen, da es ja schon nach Mitternacht war.

Sie erzählte Amanda von der ersten Begegnung mit Collier und Ng vor Rippys Club, von der endlos langen Zeit, die sie bei Dale Hardings Leiche mit ihm verbracht hatte, von den SMS, nach denen sie so klug war wie zuvor, den weitschweifigen Ausführungen über sein Privatleben, den ständigen sexuellen Anspielungen und seiner Verweigerung, den Fall wie ein Erwachsener zu diskutieren.

»Ich traue ihm nicht«, räumte Faith ein. »Er drängt uns ständig, in Richtung eines mexikanischen Heroinkartells zu ermitteln. Er hat mir nicht erzählt, dass sie Delilahs Wagen gefunden haben, aber er hat mir von jeder uninteressanten Hure erzählt, mit der er in Lakewood gesprochen hat.«

»Ng sagte, sie hätten gerade einen Fall von häuslicher Gewalt bearbeitet, als sie zu dem Nachtclub abkommandiert wurden, oder?«, fragte Amanda.

Faith versuchte angestrengt, sich an seine genauen Worte zu erinnern. »Er sagte, es sei ziemlich brutal gewesen, was bedeutet, dass sie wahrscheinlich im Krankenhaus waren. Das Grady Hospital ist nicht weit entfernt von Rippys Club, rund zehn Minuten Fahrt zu dieser Morgenstunde. Es erscheint mir logisch, dass sie auf die Meldung reagiert haben.«

»Der Notruf kam um fünf Uhr morgens«, rief ihr Amanda ins Gedächtnis. »Würdest du freiwillig am Ende deiner Schicht einen Leichenfund in einem Lagerhaus untersuchen?«

Faith zuckte mit den Achseln. »Immerhin ein toter Polizist. Die Streifenbeamten haben Harding erkannt. Für einen Cop verlängerst du deine Schicht sehr wohl.«

»Stimmt«, gab ihr Amanda recht. »Was stört dich noch an ihm?«

Faith hatte Mühe, ihr Bauchgefühl in Worte zu fassen. »Er taucht ständig auf. Er war bei Will, als sie die unbekannte Frau in dem Bürogebäude gefunden haben. Er hat ihn nach Hause gefahren. Er war heute Abend bei dem Bestattungsinstitut. Was hatte er dort verloren?«

»Collier und Ng sind unsere Verbindungsbeamten zum APD. Sie arbeiten an dem Fall mit. Es leuchtet schon ein, dass man sie wegen des Wagens benachrichtigt hat.«

»Ja, vermutlich.« Faith versuchte es mit der naheliegenden Antwort. »Vielleicht ist Collier einfach ein Idiot, der immer die Treppe rauffällt. Sein Vater war schon bei der Polizei. Er hat anscheinend Beziehungen.«

»Milton Collier war zwei Jahre lang bei der Polizei«, sagte Amanda. »Er hat von einem Zwanzig-vier einen Fünfzig-eins abbekommen und zwei Finger verloren, bevor er einen Sechzig-drei absetzen konnte.«

Faith griff auf ihr verschüttetes Wissen über Notfallcodes aus der Steinzeit der Funkkommunikation zurück: Colliers Dad war von einem Verrückten mit einem Messer angegriffen worden und hatte ein paar Finger verloren, ehe Verstärkung eintraf. »Und?«

»Milton stieg aus, er ließ sich für dienstunfähig erklären. Seine Frau war Lehrerin. Sie kamen über die Runden, indem sie Pflegekinder aufnahmen. Dutzende. Collier war eines von ihnen. Schließlich adoptierten sie ihn.«

»Was?«, sagte Faith verblüfft, denn Collier hatte so ziemlich in allen Dingen mehr von sich preisgegeben, als sie wissen wollte, einschließlich seinem verdrehten Eiersack in der Highschool, aber er hatte kein Wort davon gesagt, dass er genau wie Delilah aus dem staatlichen Pflegesystem kam.

Genau wie Angie.

»Waren Collier und Angie jemals unter einem Dach untergebracht«, fragte Faith. »Zum Beispiel als sie siebzehn war und schwanger?«

»Tja, das ist eine interessante Frage, nicht wahr?« Amanda verriet die Antwort nicht, aber Faith wusste, sie würde es erfahren. »Was hat Angie bei dem Telefongespräch mit Will sonst noch gesagt?«

»Es war sehr kurz«, log Faith, denn der Anruf hatte knapp unter drei Minuten gedauert. »Ich bin sicher, sie hat einige Zeit damit verbracht, ihn zu verhöhnen.«

»Warum, glaubst du, hat sie das getan?«

»Weil sie ein schrecklicher Mensch ist.«

Amanda sah sie scharf an. »Sie ist gerissen, *das* ist sie. Lass unseren Tag heute noch mal Revue passieren. Angie hat uns die ganze Zeit im Kreis rennen lassen. East Atlanta. Lakewood. North Atlanta. Will hat sich in Midtown herumgetrieben. Du bist bei Harding festgehockt. Ich war bei Kilpatrick. Noch schlimmer: Angie hat Will aus der Gleichung genommen, was strategisch brillant war. Will kennt sie genau, er könnte unser bester Verbündeter sein, um herauszufinden, was Angie wirklich vorhat, aber sie hat ihn vollkommen nutzlos gemacht. Du hast gesehen, in welcher Verfassung er in dem Keller war.«

Faith hatte mitbekommen, wie gebrochen Will gewesen war, und schlimmer noch, sie hatte es nicht ertragen können. Er hatte so merkwürdig gekeucht, als würde er keine Luft bekommen, und Faith war nach draußen gerannt, damit er sie nicht weinen sah.

»Denkst du, Angie macht ihn absichtlich seelisch fertig, damit er nicht dahinterkommt, was sie wirklich im Sinn hat?«

»Wenn ich einen Kurs über Psychospielchen halten müsste, würde ich dieses Theater in meinen Lehrplan aufnehmen.«

Amanda selbst war weiß Gott auch nicht schlecht in Psychospielchen. »Okay. Angie spielt mit ihm. Zu welchem Zweck?«

»Sie erkauft sich Zeit.«

»Wofür?«

»Tja, das ist die 64.000-Dollar-Frage, nicht? Was genau führt Angie Polaski im Schilde?«

Faith glaubte nicht, dass sie die Antwort je erfahren würde. So müde und ausgelaugt, wie sie war, wäre sie im Moment vermutlich nicht mal in der Lage, sich selbst die Schuhe zu binden, geschweige denn herauszufinden, warum Angie Polaski all diese schrecklichen Dinge tat.

»Geh es mit mir durch«, forderte Amanda.

Widerstrebend sah Faith wieder in ihre Notizen. »Harding wird Sonntagnacht ermordet. Angie inszeniert den Tatort so, dass es aussieht, als wäre sie, Angie, ermordet worden, aber in Wirklichkeit ist es Jo Figaroa, die wahrscheinlich dieselbe seltene Blutgruppe B negativ hat wie ihre Mutter Angie.«

»Hm.« Ausnahmsweise war ihr Amanda nicht einen Schritt voraus gewesen. »Glaubst du, Angie hat Jo ermordet?«

Faith wusste es nicht. »Sie ist ein Scheusal, aber dass sie ihr eigenes Kind tötet, kann ich mir dann doch nicht vorstellen.«

»Ich auch nicht, aber Harding könnte Jo getötet haben, und dann hat Angie Harding getötet. Oder es zumindest versucht, mit diesem Türgriff«, sagte Amanda. »Und wie ging es weiter?«

»Angie schafft Jos Leiche aus dem Club. Sie zündet Dales Wagen an, was sich sehr nach Angie anhört, wenn sie wütend ist, und sie wird mächtig wütend gewesen sein, nachdem Dale ihr Kind getötet hatte.« Faith durfte an ein solches Szenario mit ihren eigenen Kindern gar nicht denken. Der Erdboden wäre für tausend Jahre vergiftet. »Der Notruf kommt am Montagmorgen um fünf. Am Montagabend dann übergibt uns Angie Jos Leiche in dem Bestattungsunternehmen und ruft Will an, um ihn zu quälen.«

»Sara schätzt Josephines Todeszeit auf etwa Mittag, maximal ein Uhr.«

»Das ist untypisch konkret für Sara.« Faith kritzelte die Uhrzeit an den Zettelrand. »Wenn Josephine zwischen zwölf und eins starb«, fiel ihr auf, »muss Angie sie seither im Kofferraum des Wagens gehabt haben, bis sie die Leiche kurz vor halb acht in das Bestattungsinstitut schaffte.«

»Es gab viel Blut auf dem Rücksitz, alles B negativ, und ein wenig im Kofferraum, das laut Sara post mortem aus der Brustwunde geflossen sein könnte.«

Faith schauderte bei der Vorstellung, wie abgebrüht man sein musste, um durch die Gegend zu gondeln, während das eigene Kind auf dem Rücksitz verblutete.

»Es geht um das Timing«, sagte Amanda. »Angie spielt aus irgendeinem Grund auf Zeit. Deshalb hat sie bis zum Abend gewartet, um sich der Leiche zu entledigen.«

»Oder es gab eine Änderung in ihrem Plan«, vermutete Faith, aber im Grunde hatte sie keine Ahnung. Sie verstand sehr gut, was Amanda vorhin gemeint hatte, denn wahrscheinlich war Will der einzige Mensch, der Angie durchschaute. Der wusste, was sie antrieb. Der wusste, wozu sie fähig war. Aber es war nicht nur Will, mit dem sie ihre Spielchen trieb. »Angie hat schon früher Mordfälle bearbeitet. Sie weiß, wie das ist. Das viele Blut und die Gewalt machen einen irre, egal, wie oft man es schon miterlebt hat. Man hat eine Heidenangst, dass man etwas übersehen könnte. Man kann nicht abschalten, man kann nicht schlafen, selbst wenn es Zeit dafür wäre. Und wenn man dann noch die persönliche Betroffenheit einbezieht, hat sie uns praktisch in eine Art Guantanamo versetzt.«

»Ich kann nur wiederholen, was ich heute Morgen schon sagte«, warf Amanda ein. »Wir übersehen etwas ganz Wesentliches.«

»Vielleicht hat Reuben Figaroa eine Erklärung zu bieten.« Faith klappte ihr Notizbuch zu. Von ihrer Logik war nichts mehr übrig. »Nachher werde ich sicher nicht mehr schlafen können. Ich könnte glatt eine von deinen Xanax-Pillen vertragen.« Sie sah Amanda an. »Wieso hast du die überhaupt eingesteckt?«

»Nur ein kleiner Trick aus den alten Zeiten.« Amanda drehte sich wieder zum Lenkrad. »Wenn du es mit einem Verdächtigen zu tun hast, der zu nervös ist, um zu reden, bröselst du ihm eine halbe Tablette in den Kaffee. Er wird ein bisschen lockerer und unterschreibt irgendwann auf der gestrichelten Linie.«

»Mir fallen sechzehn verschiedene Gründe ein, warum das illegal ist.«

»Nur sechzehn?« Amanda lachte, als sie wieder auf die Straße bog. »Frag deine Mutter. Sie war diejenige, die auf die Idee gekommen ist.«

Faith konnte sich vorstellen, dass ihre Mutter das in den Siebzigerjahren getan hatte, aber sie konnte sich nicht vorstellen, dass Amanda es zum jetzigen Zeitpunkt tat, was bedeutete, dass sie wieder einmal einer Frage ausgewichen war. Doch in sie zu dringen überstieg im Moment Faith' Kräfte. »Wie gehen wir bei Reuben vor? Überbringen wir eine Todesnachricht, oder ist es eine Vernehmung? Seine Frau wird seit mindestens Sonntagabend vermisst. Er hat es nicht gemeldet.«

»Wir sollten die Sache handhaben wie jeden anderen ungeklärten Tod einer Ehefrau«, sagte Amanda. »Der Mann ist der erste Verdächtige. Es werden mehr Frauen von ihren Lebenspartnern getötet als von jeder anderen Tätergruppe.«

»Wieso, glaubst du, habe ich aufgehört, mich mit Männern zu treffen?«

Die Bemerkung war als Witz gemeint gewesen, doch Amanda warf ihr einen ernsten Seitenblick zu. »Lass dich durch diesen Job nicht von Beziehungen abbringen, Faith.«

Faith betrachtete Amanda jetzt aufmerksam. Es war schon das zweite Mal in ebenso vielen Tagen gewesen, dass sie versucht hatte, ihr einen Ratschlag in Bezug auf Männer zu geben. »Woher kommt das jetzt?«

»Aus Erfahrung«, erwiderte Amanda. »Glaub einer Frau, die schon sehr lange in diesem Job ist. Es ist simple Statistik. Männer begehen die brutalsten Verbrechen. Jeder weiß das, aber nicht jeder wird tagtäglich im richtigen Leben damit konfrontiert, so wie du und ich. Ruf dir in Erinnerung, dass Will ein anständiger Mann ist. Zumindest wenn er sich nicht benimmt wie ein Sturkopf. Charlie Reed ist außergewöhnlich – was du allerdings nicht wiederholen solltest. Die Sache mit dir und Emmas Vater hat nicht funktioniert, aber er ist trotzdem ein anständiger Kerl. Dein Vater war ein Heiliger. Dein Bruder kann ein Arschloch sein, aber er würde alles für dich tun. Jeremy ist in jeder Beziehung perfekt. Dein Onkel Kenny ist ...«

»Ein Betrüger und Frauenheld?«

»Pass auf, dass du vor lauter Bäumen den Wald nicht mehr siehst, Faith. Kenny betet dich an. Er ist ein guter Mensch, es hat nur mit uns beiden nicht funktioniert. Aber irgendwo da draußen ist jemand, mit dem es bei dir klappen könnte. Lass dir durch die Arbeit nicht etwas anderes suggerieren.« Sie trat auf die Bremse. »Wie war gleich noch die Nummer?«

Faith hatte nicht bemerkt, dass sie bereits im Cherokee Drive angekommen waren. Sie zeigte auf einen großen steinernen Briefkasten ein paar Häuser hinter dem Country Club. »Da.«

Amanda bog in die Einfahrt. Ein riesiges schwarzes Tor hinderte sie an der Weiterfahrt. Sie drückte auf den Klingelknopf und winkte diskret in die Überwachungskamera, die in den hohen Büschen befestigt war, die das Haus vor neugierigen Blicken schützten.

Die Figaroas liebten offenbar ihre Ungestörtheit. Faith schätzte, dass die Rasenfläche vor dem Haus für ein Footballfeld gereicht hätte. Dennoch konnte sie das Licht im Erdgeschoss brennen sehen. »Sie sind schon wach. Glaubst du, die Presse hat Wind von der Sache bekommen?«

»Wenn ja, ist der Kreis der Verdächtigen für eine undichte Stelle sehr klein.«

Collier wieder. Er tauchte überall auf. Wenn er Angie kannte, hieß das, er kannte auch Dale Harding? Und wenn Harding und Angie die Sorte Polizisten waren, mit denen Holden Collier verkehrte, was sagte das dann über ihn aus?

Faith war ein großer Fan von Sippenhaft.

Sie fragte Amanda: »Hast du je von einer Frau namens Virginia Souza gehört?«

Amanda schüttelte den Kopf.

»Collier hat sie erwähnt.« Faith holte ihr Handy aus der Tasche und las Colliers SMS-Verlauf noch einmal durch, bis sie den Namen fand. »Virginia Souza. Collier hat sie aufgestöbert, weil sie in Delilahs Viertel auf den Strich ging, wahrscheinlich hatten sie also denselben Zuhälter. Angeblich ist sie vor einem halben Jahr an einer Überdosis gestorben, aber die Information stammt von Collier, und ich traue Collier nicht, weil er durch und durch verlogen ist.«

»Du klingst manchmal sehr wie deine Mutter.«

»Ich wünschte, ich könnte genau sagen, ob das ein Kompliment ist oder nicht.« Faith durchsuchte die Datenbank nach Virginia Souzas Vorstrafenregister. »Ah, hier. Siebenundfünfzig Jahre alt, ein bisschen in die Jahre gekommen für eine Hure. Tausendmal wegen Prostitution verurteilt, das geht zurück bis in die späten Siebziger. Kindesgefährdung. Vernachlässigung eines Kindes. Beihilfe zur Ausbeutung eines Kindes. Nichts davon hat Collier erwähnt.« Faith bekam fast einen Krampf im Daumen, als sie durch die elende Vergehensliste der Frau scrollte. »Mehrere Verhaftungen wegen Trunkenheit und ungebührlichen Benehmens. Keine Drogenvergehen, was seltsam ist, nachdem die anderen Mädchen behaupteten, sie sei vor einem halben Jahr an einer Überdosis gestorben. Oder vielmehr sagt Collier, die Mädchen hätten es behauptet. Zwei tätliche Angriffe, beide gegen Minderjährige – von denen hat mir Collier erzählt. Verdacht auf Entführung einer Minderjährigen. Noch einmal Verdacht der Ausbeutung Minderjähriger. Sie hat es wirklich mit Jugendlichen. Bekannte andere Namen: Souz, Souzie, Ginny, Gin, Mama.«

»Die Stallmama«, sagte Amanda. »Sie ist die rechte Hand ihres Zuhälters.«

»Macht Sinn, wenn man ihr Alter und ihre Vorstrafen bedenkt. Diese ganzen Angriffe auf Jugendliche könnten den Hintergrund haben, dass sie den Job des Zuhälters erledigt und dafür gesorgt hat, dass niemand im Stall aus der Reihe tanzt.«

»Wofür brauchen diese Leute so lange?« Amanda drückte ein zweites Mal auf den Klingelknopf und behielt den Finger so lange darauf, dass klar war, sie würde nicht wieder wegfahren. »Hast du eine Telefonnummer?«

Faith wollte gerade nachsehen, als sich das Tor öffnete.

»Na endlich«, sagte Amanda.

Die Zufahrt machte eine Kurve nach links und führte sie zu einer frei stehenden Garage für sechs Fahrzeuge an der hinteren Ecke des Hauses. Amanda hielt auf dem Vorplatz neben einem Tesla SUV. Markierungen auf dem Asphalt verwandelten den Platz vor der Garage in ein Mini-Basketballfeld mit einem Korb, der tief genug hing, um vermuten zu lassen, dass Reuben Figaroa es für seinen sechsjährigen Sohn angelegt hatte.

»Kip Kilpatrick«, sagte Amanda.

Faith sah den Sportagenten in einer offenen Tür stehen. Sein Anzug glänzte so stark, dass er die Außenbeleuchtung des Hauses reflektierte. Er warf eine Flasche mit seinem bevorzugten grellroten Energiedrink von einer Hand in die andere und beobachtete, wie Faith und Amanda vorfuhren. Will hatte die Dummdreistigkeit des Mannes unterschätzt. Faith roch sie an ihm wie Moder in einem Keller.

»Dann wollen wir mal«, sagte Amanda.

Sie stiegen beide aus. Amanda ging auf Kilpatrick zu. Faith warf einen Blick durch die Fenster in den Garagentoren. Zwei Ferraris, ein Porsche und ganz hinten ein anthrazitgrauer Range Rover, derselbe Fahrzeugtyp, der auf Jo Figaroa zugelassen war.

»Mr. Kilpatrick«, sagte Amanda. »Was für eine Freude, Sie zweimal an einem Tag zu sehen.«

Er sah auf seine Uhr. »Genau genommen sind es zwei Tage. Gibt es einen besonderen Grund, warum Sie so spät noch einen Klienten von mir aufsuchen?«

»Was halten Sie davon, wenn wir das im Haus mit Mr. Figaroa besprechen?«

»Was halten Sie davon, wenn wir das hier draußen mit mir besprechen?«

»Ich finde es merkwürdig, dass Sie überhaupt hier sind, Mr. Kilpatrick. Machen Sie einen späten Hausbesuch?«

»Sie haben fünf Sekunden, um entweder zu erklären, warum Sie hier sind, oder von Mr. Figaroas Grundstück zu verschwinden.«

Amanda hielt einen Moment inne, damit sich die Machtverhältnisse verschieben konnten. »Ich suche eigentlich nach Josephine Figaroa. Sie ist anscheinend verschwunden.«

»Sie ist auf einer Entziehungskur«, sagte er. »Heute Morgen aufgebrochen. Ich habe sie persönlich ins Auto verfrachtet.«

»Können Sie mir den Namen der Einrichtung sagen?«

»Nein.«

»Können Sie mir sagen, wann sie zurückkommen wird?«

»Nein.«

Amanda rannte nur selten gegen eine Wand, aber Faith sah ihr an, dass sie gegen Kilpatricks Leugnen nicht ankam. »Wir haben vor zwei Stunden eine Leiche gefunden, die als Josephine Figaroa identifiziert wurde.«

Kilpatrick ließ die Flasche fallen, sie zersprang auf dem Asphalt. Rote Flüssigkeit spritzte über den Boden, auf seine Schuhe, seine Hose. Er rührte sich nicht. Er registrierte das Malheur kaum. Er war aufrichtig schockiert.

»Mr. Figaroa muss die Leiche eindeutig identifizieren«, sagte Amanda.

»Was?« Kilpatrick schüttelte den Kopf. »Wie ist ... Was?«

»Brauchen Sie eine Minute Zeit?«

Er sah zu Boden und bemerkte die zerbrochene Flasche. »Sind Sie sicher?« Er schüttelte immer weiter den Kopf, und Faith konnte beinahe hören, wie er sich selbst dazu brachte, sein Anwaltsgesicht wieder aufzusetzen. »Ich kann sie identifizieren. Wo soll ich Sie treffen?«

»Wir haben ein Foto, aber es ist ...«

»Zeigen Sie es mir.«

Amanda hatte ihr BlackBerry bereits in der Hand. Sie zeigte ihm das Foto, das sie vom Gesicht der Frau im Leichenschauhaus gemacht hatte.

Kilpatrick zuckte zusammen. »Großer Gott. Was ist ihr zugestoßen?«

»Um das herauszufinden, sind wir hier.«

»Großer Gott.« Er wischte sich mit dem Ärmel über den Mund. »Großer Gott.«

Ein Schatten strich über den Eingang, fast unwirklich und unheilvoll, wie ein Monster in einer Gruselgeschichte.

Reuben Figaroa trat heraus und achtete sorgsam darauf, sich die Schuhe nicht nass zu machen. Er trug einen stark verknitterten grauen Anzug mit blauem Hemd und schwarzer Krawatte. Rasierter Schädel. Dunkler Oberlippenbart plus Ziegenbärtchen. Er war erschreckend groß, sein Kopf streifte beinahe an den Türrahmen. Außerdem hatte er ein Halfter mit einer Schlagbolzenschusspistole vom Typ Sig Sauer P320 an seinem schwarzen Gürtel. Er trug die Waffe vorn am Körper und machte weiß Gott den Eindruck, als wüsste er mit ihr umzugehen.

»Mr. Figaroa«, sagte Amanda, »können wir bitte mit Ihnen sprechen?«

Reuben streckte die Hand aus, die dreimal so groß war wie die von Amanda. »Lassen Sie mich das Bild sehen.«

»Nein, Mann«, warnte Kilpatrick. »Das willst du nicht sehen, glaub es mir.«

Amanda gab Reuben ihr BlackBerry. Das Telefon wirkte in seiner gewaltigen Pranke wie ein Päckchen Kaugummi. Er hielt den Bildschirm dicht vors Gesicht und betrachtete die Aufnahme mit schief gelegtem Kopf. Faith war an Wills Körpergröße gewöhnt, aber im Vergleich zu ihm war Reuben ein Riese. Alles an ihm war größer, kräftiger, bedrohlicher. Er hatte nur fünf Worte zu ihnen gesprochen, aber alles in Faith sagte ihr, dass diesem Mann nicht zu trauen war. Er blickte auf ein schockierendes Foto seiner toten Frau, aber sein Gesicht zeigte nicht die geringste Gefühlsregung.

»Ist das Ihre Frau Josephine Figaroa?«, fragte Amanda.

»Jo. Ja, das ist sie.« Er gab Amanda das Telefon zurück. Er schien sich sicher zu sein, was die Identifizierung betraf, aber er blieb absolut emotionslos. »Bitte kommen Sie herein«, sagte er mit ausdrucksloser Stimme.

Amanda konnte ihre Überraschung über die Aufforderung nicht verbergen. Sie warf Faith einen Blick zu, bevor sie das

Haus betrat. Kip Kilpatrick ließ erkennen, dass er als Letzter hineingehen würde, aber nicht weil er ein Gentleman sein wollte. Er wollte Faith im Auge behalten, was für sie in Ordnung war. Sie stellte sicher, dass er mitbekam, wie sie die Ruger AR 556 musterte, die an der Tür lehnte. Das Gewehr war mit allen Schikanen ausgestattet. Magazingriff. Mündungsfeuerdämpfer. Rückklappvisier. Laser. Dreißig-Schuss-Magazin.

Reuben führte sie einen langen Flur mit Steinfliesen entlang. Er hinkte, da sein Bein in einer Metallschiene lag. Faith begrüßte das langsame Tempo durchaus, denn es gab ihr Gelegenheit, sich umzuschauen. Nicht, dass es viel zu sehen gab. Das Haus war buchstäblich makellos. Keine Fotografien an den nackten weißen Wänden. Keine Sportschuhe an der Tür. Kein Wäschehaufen im Waschraum. Kein Spielzeug auf dem Boden.

Faith war es egal, ob jemand in einer Luxusvilla oder einer Schuhschachtel wohnte, aber wenn man mit einem Sechsjährigen unter einem Dach lebte, dann lebte man mit seinem ganzen Mist. Sie sah keine fettigen Fingerabdrücke, keine abgestoßenen Bodenleisten und keine Spur aus Keksbrümeln, die alle Kinder aus unerfindlichen Gründen hinter sich herzogen.

Das Wohnzimmer war genauso kahl. Dabei handelte es sich nicht um einen offenen Grundriss. Es gab keine Sichtlinie zur Küche, nur den Blick auf ein paar geschlossene Türen, die überallhin führen konnten. Keine Vorhänge milderten die Wirkung der raumhohen Fenster. Keine Kunstwerke oder Pflanzen verliehen dem Raum Wärme. Das gesamte Mobiliar bestand aus nacktem Stahl und weißem Leder, alles im Maßstab eines Basketballspielers angefertigt. Der Langflorteppich war weiß. Der Boden war weiß. Falls hier ein Kind wohnte, musste es hermetisch versiegelt sein.

»Bitte.« Reuben deutete zur Couch. Er wartete nicht, bis sich die Frauen setzten. Er nahm den Sessel, in dem er mit dem Rücken zur Wand saß. Im Sitzen war er etwa so groß wie Faith im Stehen. Seine Augen hatten eine merkwürdige Farbe, es war beinahe ein Konföderierten-Grau. Ein langes Pflaster klebte seitlich an seinem rasierten Schädel. Die Beule darunter war so groß wie ein Golfball.

»Was ist mit Ihrem Kopf passiert?«, fragte Faith.

Er antwortete nicht. Er sah sie nur mit einem Ausdruck von höflichem Desinteresse an, so wie ein Löwe vielleicht eine Ameise betrachten mochte.

»Danke, dass Sie mit uns sprechen wollen«, sagte Amanda. »Ich bedaure Ihren Verlust sehr.« Sie setzte sich auf die Couch – oder vielmehr auf deren vordere Kante, damit sie mit den Füßen noch den Boden berührte. Kilpatrick lümmelte in einem anderen Sessel, seine Füße baumelten in der Luft. Er wirkte mitgenommener als Jos Ehemann, der Schreck war immer noch nicht ganz aus seinem Gesicht gewichen.

Reuben sah weiterhin Faith an und wartete darauf, dass sie sich setzte.

»Danke, ich bleibe gern stehen.« Sie wollte nicht gezwungen sein, sich aus einem dieser Sitzmöbel zu mühen, falls etwas schiefging.

Es gab viele Dinge, die hier schiefgehen konnten.

Sie hatte ein weiteres Gewehr hinter der Eingangstür entdeckt, ein AK-47, das aussah, als wäre es mit einem Bump-Fire-Schaft ausgerüstet, was es praktisch zu einer legalen Maschinenpistole machte. Eine zweite Handfeuerwaffe befand sich in einer schwer aussehenden Glasvitrine auf dem Kaffeetisch: eine weitere Sig Sauer, diesmal vom Typ Mosquito.

Amanda hatte einen fünfschüssigen Revolver in ihrer Handtasche. Faith hatte ihre Glock im Beinhalfter. Mit Reuben Figaroas Bewaffnung konnten sie nicht mithalten. Er saß, den Ellbogen auf der Lehne, in seinem Sessel, sodass seine Hand nur wenige Zentimeter von der Sig an seiner Hüfte entfernt war.

»Was ist mit Jo passiert?«, fragte Reuben.

»Das wissen wir nicht genau«, gab Amanda zu. »Die Autopsie steht noch aus.«

»Wann wird die gemacht werden?«

»Heute Vormittag.«

»Wo?«

»Im Leichenschauhaus des Grady Hospital.«

Er wartete auf weitere Einzelheiten.

»Die Gerichtsmedizinerin der Polizei von Atlanta wird sie durchführen, aber vom Georgia Bureau of Investigation wird jemand anwesend sein, um zu assistieren.«

»Ich möchte ebenfalls dabei sein.«

Kilpatrick setzte sich auf. »Er steht unter Schock«, sagte er zu Amanda. »Natürlich will er nicht dabei sein, wenn seine Frau obduziert wird.« Er warf Reuben einen warnenden Blick zu.

»Wann ist sie gestorben?«

»Vielleicht kann uns Mr. Figaroa zuerst erzählen, wie er den gestrigen Montag verbracht hat?«

»Sie werden nicht …«, begann Kip, aber Reuben hob die Hand, um ihn zum Schweigen zu bringen.

»Als Erstes war ich Montag früh bei meinem Arzt. Wie Sie sehen, hatte ich vor Kurzem eine Knieoperation. Ich musste zu einem Nachsorgetermin. Dann gab es eine geschäftliche Besprechung mit Kip, danach hatten wir zusammen einen weiteren Termin mit meinem Anwalt Ditmar Wittich. Den Rest des Tages war ich dann bei meinen verschiedenen Banken. *City Trust. Bank of America. Wells Fargo.* Kip kann Ihnen die Nummern meiner Berater geben.«

»Natürlich darf ich Ihnen bei keiner der Personen, die Fig getroffen hat, sagen, worüber sie gesprochen haben, aber ich kann die Uhrzeiten verifizieren lassen«, sagte Kip. »Es wird Bilder der Überwachungskameras in den Banken geben. Wahrscheinlich werden Sie eine richterliche Anordnung brauchen.«

»Damit fehlt mir immer noch die Zeit von Montagabend bis jetzt«, sagte Amanda zu Reuben. »Verzeihen Sie, aber es kommt mir seltsam vor, dass Sie um zwei Uhr morgens noch immer einen Anzug tragen.«

»Genau deshalb habe ich Sie am Tor warten lassen«, sagte er. »Ich hätte es unangemessen gefunden, Ihnen im Pyjama die Tür zu öffnen.«

Amanda nickte und verzichtete auf den Hinweis, dass dieser Anzug aussah, als hätte er ihn schon den ganzen Tag getragen.

»Wo hat man sie gefunden?«, fragte Reuben.

Amanda beantwortete die Frage nicht. »Ich hatte gehofft, Sie könnten uns helfen, was den zeitlichen Rahmen angeht.« Sie wandte sich an Kilpatrick. »Sie sagten, Sie hätten Jo am Montagmorgen in ihr Auto verfrachtet?«

»Bildlich gesprochen.« Kilpatrick begriff, dass er sich in eine missliche Lage gebracht hatte. »Ich habe den Wagen am Sonntagabend für sie vollgepackt. Ich weiß nicht, wann sie am Montagmorgen gefahren ist.« Sein Blick ging ständig nervös zu Reuben. »Zuletzt habe ich sie also am Sonntagabend gesehen. Wir waren auf einer Party.«

»Sie ist selbst und in ihrem eigenen Wagen zur Entziehungskur gefahren?«, fragte Faith.

Kilpatrick hatte Faith einen Blick in die Garage werfen sehen, in der Jo Figaroas Range Rover stand. »Das weiß ich nicht mehr.«

»Und wann haben Sie sie zuletzt gesehen?«, wollte Amanda von Reuben wissen.

»Sonntagabend«, antwortete Kilpatrick, bevor sein Klient es tun konnte. »Reuben war ebenfalls auf der Party. Genau wie Jo. Sie ist früher gegangen. Hatte Kopfweh, wollte packen, keine Ahnung. Reuben hat ein paar Schmerztabletten genommen, als er nach Hause kam, es war Sonntagnacht, nach der Party. Am Montagmorgen ist er aufgewacht und nahm an, dass Jo bereits zu ihrer Therapie aufgebrochen war. In einem Mietwagen mit Chauffeur, weil ihr Range Rover noch da war.« Er improvisierte wild drauflos. »Sie wissen ja, dass man bei einer Entziehungskur in den ersten zwei Wochen nicht zu Hause anrufen darf, deshalb konnten wir nicht wissen, ob sie wohlbehalten in der Klinik angekommen ist.«

Amanda hätte alle möglichen Löcher in die Geschichte schlagen können, aber sie nickte nur.

»Wer hat sie getötet?«, fragte Reuben.

»Wir sind uns nicht sicher, dass sie ermordet wurde.«

»Aber das Foto«, sagte Reuben. »Jemand hat sie ins Gesicht geschlagen.« Er wandte den Blick ab. Seine geballten Fäuste hatten die Größe von Fußbällen. Es war das erste Mal, dass er eine Gefühlsregung wegen seiner Frau erkennen ließ. »Wer hat sie getötet?«

»Miss Wagner«, warf Kilpatrick ein. »Ich denke, Sie sollten wissen, dass Jo von Oxycodon abhängig war. Ziemlich massiv. Fig hatte keine Ahnung davon, bis sie verhaftet wurde. Deshalb ist sie auf Entzug. Hatte sie vor, auf Entzug zu gehen.« Er schluckte und war eindeutig durcheinander. »Sie sollten nach ihrem Dealer suchen. Unterweltkreise …«

Faith dachte daran, was Will darüber gesagt hatte, dass Angie junge Mädchen mit Drogen versorgte. Dass es ihre Art gewesen sei, zu verhindern, dass sie für das Zeug auf den Strich gingen. Hatte sie Jo Figaroa ebenfalls mit Drogen versorgt?

»Sie haben eine eindrucksvolle Waffensammlung.« Amanda sah sich um und tat, als hätte sie das Arsenal bisher nicht bemerkt. »Ist das ein Hobby von Ihnen, oder sind Sie wegen Ihrer Familie besorgt?«

Reuben richtete seine stahlgrauen Augen auf sie. »Ich kümmere mich hervorragend um meine Familie.«

»Miss Wagner«, sagte Kilpatrick, »Sie sind sicher mit dem *Georgia House Bill 60*, Paragrafen eins bis zehn vertraut. Polizeibeamte dürfen gesetzestreue Bürger nicht nach Schusswaffen und Waffenscheinen fragen, auch nicht nach anderen Waffen, seien sie offen sichtbar oder verborgen. Besonders nicht in einem Privathaus.«

»Hat Jo sich von Anthony verabschiedet?«, fragte Faith.

Reuben kniff die Augen wieder zusammen. »Ja.«

Faith wartete, aber offenbar hatte er nicht vor, noch mehr zu sagen. »Ist Anthony hier?«

»Ja.«

»Können wir mit ihm sprechen? Vielleicht hat seine Mutter ...«

Ein Telefon läutete, ein durchdringendes Geräusch, bei dem Faith' Hand aus irgendeinem Grund zu ihrer Waffe fuhr. Auch Reubens Hand bewegte sich, er griff sehr langsam in seine Tasche und zog ein iPhone hervor. Faith sah Kilpatrick an. Er saß angespannt auf der Kante seines Sessels und wartete. Reubens Augen waren nicht mehr so stahlhart. Seine beinahe versteinerte Haltung bekam einen leichten Sprung.

Alle sahen zu, wie er das Handy an sein Ohr hielt.

»Nein«, murmelte er. Er wartete. »Nein«, murmelte er noch einmal. Er beendete das Gespräch. Er schüttelte einmal den Kopf in Richtung Kilpatrick. Danach steckte er das Telefon nicht weg, was Faith nur recht war, denn sie zog es vor, wenn seine dominante Hand beschäftigt blieb. »Entschuldigung«, sagte er. »Eine persönliche Angelegenheit.«

»Reuben?« Eine ältere schwarze Frau hatte eine der Türen aufgestoßen. Sie war tadellos gekleidet und trug eine Perlenkette. »Soll ich deinen Gästen Tee oder Kaffee bringen?«

»Nein danke, wir haben alles.« Reuben strich seine Krawatte glatt. »Wir haben alles.«

Die Frau zögerte, dann verließ sie den Raum wieder.

Der Wortwechsel hatte nur Sekunden gedauert, aber Faith hatte bei einem Blick in das Gesicht der Frau gesehen, dass ihre Unterlippe zitterte.

»Das ist Jos Mutter«, erklärte Kilpatrick. »Sie hat Herzprobleme. Wir warten, bis sie in einer besseren Verfassung ist, bevor wir es ihr sagen.«

»Verzeihen Sie mir«, sagte Amanda, »aber wurde Josephine adoptiert?«

Reuben hatte seine Fassung wiedergewonnen. Er war so emotionslos wie zuvor. »Ja. Schon als Baby. Sie hat ihre leibliche Mutter nie kennengelernt.«

»Wie traurig.« Amanda hustete in die Hand. Sie klopfte sich auf die Brust und hustete noch einmal. »Es tut mir leid, Ihnen Umstände zu machen, aber könnte ich wohl ein Glas Wasser haben?«

»Ich hole es.« Faith setzte sich in Richtung Küche in Bewegung.

Reuben machte Anstalten aufzustehen, aber Kilpatrick sagte: »Ist in Ordnung.«

Faith sah, warum es in Ordnung war, sobald sie die Küche betrat. Runder Kopf. Eng sitzende schwarze Kleidung. Laslo Zivcovik saß an der Kücheninsel und aß Eiscreme aus der Verpackung. Die Frau, die Miss Lindsay sein musste, stand auf der anderen Seite. Sie wrang ein weißes Geschirrtuch in den Händen, die Vorgänge im Raum nebenan beunruhigten sie sichtlich. Die Perlen waren nicht der einzige Hinweis auf ihre Identität für Faith gewesen. Die Unterlippe der alten Dame hatte genauso gezittert wie von Will beschrieben.

»Was für eine tolle Küche«, sagte Faith, obwohl sie bei näherem Hinsehen eher einem Toberaum in einer Nervenheilanstalt glich. Die Schränke waren weiß. Sämtliche Armaturen waren hinter weißen Blenden verborgen. Die Marmorarbeitsfläche ergoss sich wie ein Wasserfall auf den Marmorboden. Selbst die offene Treppe auf der Rückseite des Raums war von einem schmerzhaft strahlenden Weiß.

»Danke.« Miss Lindsay faltete das Geschirrtuch. »Mein Schwiegersohn hat sie entworfen.«

Das erklärte einiges. Reuben Figaroa hätte ebenso gut selbst eine Marmorplatte sein können. »Muss viel Arbeit machen, sie in Schuss zu halten, vor allem mit einem kleinen Jungen im Haus. Ihre Tochter hat bestimmt eine Menge Hilfe.«

»Nein, sie macht alles allein. Putzt das Haus. Kocht. Macht die Wäsche.«

»Das ist viel Arbeit«, wiederholte Faith. »Vor allem mit einem kleinen Jungen.«

Laslos Löffel fiel klappernd auf die Arbeitsfläche. »Brauchen Sie etwas von hier?«, fragte er Faith. Sein Bostoner Akzent klang, als hätte er sich Watte in die Backen gesteckt.

Ein Glas Wasser zu holen würde nicht lange genug dauern, deshalb sagte Faith: »Ich habe angeboten, beim Teemachen zu helfen.«

»Ich hole den Kessel.« Miss Lindsay öffnete und schloss verschiedene Schranktüren, was Faith verriet, dass sie nicht oft hier zu Besuch war.

»Hallo.« Laslo klopfte mit dem Löffel auf die Theke, damit Miss Lindsay zu ihm hinsah, und zeigte dann auf einen Heißwasserspender, was bedeutete, dass Laslo schon öfter hier gewesen war.

»Diese ganzen neumodischen Spielereien.« Miss Lindsay holte Tassen aus einem Schrank. Weiß. Riesig. Wie für Reuben Figaroa gemacht, wie alles andere in diesem Haus.

Faith füllte die Tassen mit heißem Wasser. Die Küchentheke war so hoch, dass sie den Impuls verspürte, sich auf die Zehenspitzen zu stellen. Sie fragte Miss Lindsay: »Sind Sie hier, um auf Ihren Enkel aufzupassen?«

Die Frau nickte, sagte aber nichts.

»Sechs Jahre alt – dann muss er also in der ersten Klasse sein.« Faith füllte eine weitere Tasse. »Das ist wirklich ein wunderbares Alter. Alles ist so aufregend, sie sind die ganze Zeit so lustig und fröhlich. Man möchte sie am liebsten für immer festhalten.«

Miss Lindsay verfehlte die Theke. Die Tasse zersprang wie Eis auf dem Marmorboden, weiße Scherben schossen in alle Richtungen.

Einen Moment lang bewegte sich niemand. Sie starrten einander an wie in einer Art Revolverduell, bis Laslo zu der alten Dame sagte: »Gehen Sie nach oben, meine Liebe. Ich mache das weg.«

Miss Lindsay sah Faith an. Ihre Unterlippe zitterte wieder.

Faith sagte: »Ich glaube, Sie haben gestern meinen Partner kennengelernt, Will Trent.«

Laslo stand auf. Seine Stiefel knirschten auf den Keramikscherben. »Gehen Sie nach oben und sehen Sie nach Anthony. Sie wollen doch bestimmt nicht, dass er von dem ganzen Lärm hier unten aufwacht und sich fürchtet.«

»Natürlich.« Sie biss sich auf die Lippe, um das Zittern zu stoppen. »Guten Abend«, sagte sie zu Faith.

Ihr Gehstock klapperte über den Boden, als sie zu der rückwärtigen Treppe ging. Sie drehte sich noch einmal zu Faith um, dann begann sie den mühsamen Aufstieg. Eine Ewigkeit schien zu vergehen, bis ihre Füße außer Sicht waren.

Laslos Stiefel zermalmten die zerbrochene Tasse, als er an die Küchentheke zurückkehrte. Er nahm den Löffel, schaufelte sich Eiscreme in den Mund und schmatzte. Seine Augen waren auf ihre Brüste gerichtet. »Hübsche Titten«, sagte er.

»Ihre auch.«

Faith trat die Schwingtür mit dem Fuß auf, sie wusste, man würde den Schuhabdruck sehen. Amanda war bereits aufgestanden und hielt ihre Tasche in der Hand. »Danke, Mr. Figaroa«, sagte sie. »Wir melden uns wieder. Noch einmal mein herzliches Beileid.«

Kilpatrick begleitete sie nach draußen, ließ sie im Flur jedoch vorangehen, als befürchtete er, sie könnten sonst irgendwohin verschwinden und etwas entdecken, das er nicht wegerklären konnte.

An der Tür sagte er zu Amanda: »Wenn Sie weitere Fragen an Fig haben, rufen Sie mich auf meinem Handy an. Die Nummer steht auf meiner Karte.«

»Er wird die Leiche zweifelsfrei für uns identifizieren müssen. Eine DNA-Probe wäre ebenfalls hilfreich.«

Kilpatrick grinste höhnisch bei dem Vorschlag. Kein Anwalt rückte freiwillig die DNA eines Klienten heraus. »Machen Sie noch einmal ein Foto, wenn Sie sie gesäubert haben. Danach sehen wir weiter.«

»Wunderbar«, sagte Amanda. »Ich freue mich darauf, Sie schon in ein paar Stunden wiederzusehen.«

Kilpatrick wollte nicht aufhören zu grinsen. »Ach ja, diese offizielle Vernehmung von Marcus, zu der Sie Ditmar gestern überredet haben – die wird nicht stattfinden. Rufen Sie Ditmar an, wenn Sie mir nicht glauben.«

Er schlug die Tür nicht zu, denn das war nicht nötig.

Amanda hielt ihre Handtasche auf dem Weg zum Wagen, als wollte sie sie erwürgen.

Faith ging rückwärts und sah zu den Fenstern im ersten Stock hinauf. Nirgendwo brannte Licht. Keine Miss Lindsay spähte hinter einem Vorhang hervor. Faith hatte das gleiche Gefühl, das Will auch schon beschrieben hatte: Etwas stimmte mit ihr nicht.

Sie stiegen in den Wagen. Beide Frauen schwiegen, bis sie auf den Cherokee Drive bogen.

»Nichts erfahren von der Mutter?«, fragte Amanda.

»Laslo war da. Was war das mit diesem Anruf?«, fragte Faith. »Kilpatrick wäre vor Nervosität fast an die Decke gegangen.«

»Ja, es wird immer seltsamer.« Sie fügte an: »Reuben Figaroa ist ein zorniger Mensch.«

Bei jedem anderen hätte Faith erwidert: »Du merkst aber auch alles.« Die Waffen, die überall im Haus herumlagen. Die Operationssaal-Ästhetik. Reuben Figaroa war wie eine wandelnde Checkliste für einen kontrollsüchtigen Ehemann. Ob er die Grenze zur Gewalttätigkeit überschritt, war eine offene Frage. Zumindest war es nachvollziehbar, dass seine Frau auf dem Weg zum Lebensmittelladen Tabletten schluckte.

Aber warum war sie ermordet worden?

»Sein Alibi wird wasserdicht sein«, sagte Amanda. »Das ist dir hoffentlich klar. Und ist es nicht außerordentlich praktisch, dass er den ganzen Tag mit Leuten verbracht hat, die aus dem einen oder anderen Grund schon von Berufs wegen dazu verpflichtet sind, den Mund zu halten?«

»Angie ist schuld an ihrem Tod«, vermutete Faith. »Darum dreht sich das Ganze. Nicht Marcus Rippy oder Kilpatrick oder Reuben oder wer immer. Angie hat einen starken Auftritt hingelegt, so nach dem Motto *Überraschung, ich bin deine Mutter!*, und Jo dazu verleitet, etwas zu tun, das sie schließlich das Leben kostete.«

»Pass auf, dass du nicht den Schwanz mit dem Hund wackeln lässt«, warnte Amanda. »Ich mache mir Sorgen wegen des Sohns, Anthony. Selbst ich weiß, dass Spielzeug im Haus herumliegen müsste, oder wenigstens sollten ein paar schmutzige Fingerabdrücke auf dem Glastisch zu sehen sein.«

»Ein Rucksack, Schuhe, Malbücher, Wachsmalkreiden, Matchbox-Autos, Dreck.« Faith hatte vergessen, wie viel Dreck Jungen ins Haus schleppten. Sie waren wie ein Fusselroller für jedes Schmutzpartikel im Universum. »Wenn in diesem Haus ein Sechsjähriger lebt, dann muss seine Mutter den ganzen Tag damit verbringen, hinter ihm herzuwischen. Und sie tut es übrigens ganz allein. Miss Lindsay hat bestätigt, dass Jo keine Hilfe im Haus hat. Sie kocht, sie putzt, sie erledigt die Wäsche, genau wie eine echte Hausfrau.«

»Jo ist Sonntagnacht verschwunden. Jetzt ist es praktisch Dienstagmorgen. Wir gehen mal davon aus, dass der Ehemann keine Toiletten putzt. Hat Miss Lindsay das Saubermachen übernommen?«

»Ich kann mir nicht vorstellen, wie. Sie kann sich mit ihrem Gehstock kaum bücken. Aber du hast recht, dass etwas mit Anthony nicht stimmt. Ich habe wegen des Jungen alle Knöpfe bei ihr gedrückt, und ohne Laslo hätte sie sich bestimmt geöffnet.« Faith fiel etwas ein. »Wir könnten die Schule anrufen. Sie geben Informationen über Schulschwänzer heraus. Ich vermute, er ist auf der E. Rivers. Das ist eine öffentlich finanzierte Privatschule für reiche weiße Kids.«

»Es ist noch zu früh. Vor sechs Uhr morgens wird dort niemand sein.«

Bei der Erwähnung der Uhrzeit gähnte Faith reflexartig.

»Ich möchte mit diesem unbekannten Opfer sprechen, das Will in dem ehemaligen Bürogebäude gefunden hat. Sie muss etwas gesehen haben. Woher hatte sie das viele Koks?«

Faith gähnte immer noch. Zu viele Informationen prasselten zu schnell auf sie ein. Ihr Gehirn rotierte wie ein Kreisel.

»Figaroa wirkte bei der Identifizierung mit dem Foto, als hätte er nicht den geringsten Zweifel. Wie konnte er so sicher sein? Der Kopf der Frau hat die Größe einer Wassermelone. Sie wurde übel zugerichtet.«

»Und da ist noch eine Sache.« Amanda zeigte auf die Uhr am Autoradio. »Es war nach zwei Uhr morgens, als wir dort ankamen. Sie waren alle wach und angekleidet. Kilpatrick war da und trug einen Anzug. Reuben trug einen Anzug. Laslo war da. Die Schwiegermutter hatte ihre Perlenkette noch angelegt. Alle Lichter brannten im Haus. Sie waren aus einem bestimmten Grund aufgeblieben.«

»Kilpatrick wusste nicht, dass Jo tot ist«, sagte Faith.

»Nein«, stimmte Amanda zu. »Er war geschockt, als ich es ihm sagte. Das kann man nicht spielen.«

»Figaroas Knie war in einer Stützschiene. Aber er hatte außerdem diese Beule am Kopf. Jemand hat ihm schwer eins übergebraten.«

»Jo?«

Faith lachte, aber nur aus Verzweiflung. »Angie? Delilah? Virginia Souza?«

»Die Kalaschnikow an der Eingangstür sah aus, als sei sie auf Automatik umgerüstet.«

»Das Gewehr an der hinteren Tür kann hundert Schuss in sieben Sekunden abgeben.« Faith schüttelte den Kopf. »Was zum Teufel geht in diesem Haus vor?«

»Konzentrier dich. Kilpatrick und Laslo sind Problemlöser,

Leute, die dazu da sind, Ärger aus der Welt zu schaffen. Welches Problem sollten sie heute Abend lösen?«

»Wenn wir Kilpatrick abkaufen, dass er von Jos Tod nichts wusste, dann war das nicht der Ärger, um den sie sich gekümmert haben. Miss Lindsay war am Montagnachmittag bei Kilpatrick. Dort hat Will sie gesehen. Sie war sehr aus der Fassung.«

»Ihre Tochter wurde wegen Drogenbesitzes verhaftet.«

»Ja, sicher, aber das war letzten Donnerstag. Am Samstag kam Jo schon wieder aus dem Gefängnis. Ihre Mutter war mit einem neuen Problem bei Kilpatrick. Einem Montagsproblem. Einem Nachdem-Harding-getötet-wurde-Problem. Einem Die-Tochter-ist-verschwunden-aber-wir-sagen-sie-ist-auf-Entzug-Problem.« Faith fiel noch eine Auffälligkeit ein. »Sie ist zu Kilpatrick gegangen, nicht zu Reuben.«

»Dieser Anruf, den Reuben vor ein paar Minuten bekam. Das war merkwürdig.«

»Es hatte den Anschein, als würden sie alle auf einen Anruf warten, selbst Miss Lindsay. Kaum hatte das Telefon geläutet, streckte sie den Kopf aus der Küchentür, um zu erfahren, was los war.« Sie sah Amanda an. »Wenn es bei dem Anruf nicht um Jo ging, dann kann ich mir nur eines denken, was Miss Lindsay derart beunruhigen würde: Anthony.«

»Zähl zwei und zwei zusammen, Faith. Reuben Figaroa war am Montagmorgen in Kilpatricks Büro. Anschließend trafen sich beide mit seinem Anwalt. Den restlichen Tag verbrachte Reuben bei drei verschiedenen Banken, und jetzt sind sie alle am frühen Morgen vollständig bekleidet bei ihm zu Hause versammelt und warten auf einen Anruf. Was sagt dir das?«

»Lösegeld«, sagte Faith. »Angie hat ihren Enkel entführt.«

KAPITEL 11

Will lief während der morgendlichen Visite der Ärzte vor dem Krankenzimmer der unbekannten Frau auf und ab. Er hatte die Hände in den Taschen und fühlte sich seltsam belebt, beinahe freudig erregt, obwohl er letzte Nacht nicht geschlafen hatte. Er dachte jetzt klarer als irgendwann in den letzten sechsunddreißig Stunden. Offenbar glaubte Angie, ihn mit ihren Psychospielchen verarschen zu können, aber sie hatte weiter nichts bewirkt, als sein Verlangen, sie zur Strecke zu bringen, wie einen Laserstrahl zu fokussieren.

Und er würde sie zur Strecke bringen, denn er wusste genau, was sie getan hatte.

»Will?«, sagte Faith. »Was machen Sie denn hier?«

Er blieb nicht einmal stehen, um sich zu erklären. Alles, was ihm in den letzten sieben Stunden im Kopf herumgegangen war, brach explosionsartig aus ihm heraus. »Ich habe mir meine Aufzeichnungen von der Vergewaltigungsermittlung gegen Rippy noch einmal angesehen. Reuben Figaroa war Rippys Hauptalibi auf der Party, und Jo Figaroa war das Hauptalibi ihres Mannes. Angie wusste das. Sie war außerdem dahintergekommen, dass Jo ein Junkie war, und Junkies sind leicht zu manipulieren. Sie brachte Jo dazu, ihren Mann zu erpressen. Wenn Jo Reubens Alibi erschütterte, dann war auch Rippys Alibi zum Teufel, und das ganze Konstrukt fiel in sich zusammen. Doch statt nachzugeben und zu bezahlen, ging Reuben zu Kilpatrick. Kilpatrick beauftragte Harding, das Problem zu lösen. Harding informierte die Polizei, damit sie Jo festnahmen, und als sie das nicht zum Schweigen brachte, machte er kurzen Prozess, indem er sie tötete.« Will konnte ein Lächeln nicht unterdrücken, denn alle Hinweise waren von Anfang an da gewesen. »Angie rief mich an, damit ich die Sauerei hinterher wegmache, denn das tut sie immer.«

Faith schwieg einige Augenblicke und fragte schließlich: »Woher sollte Angie von den Zeugenaussagen wissen?«

»Sie waren in meinen Unterlagen zu Hause. Sie muss sie gesehen haben. Ich weiß, dass sie sie gesehen hat.« Will kam zu Bewusstsein, dass er zu schnell und zu laut sprach. Er bremste sich. »Sie hat die Zeugenaussagen vertauscht. Sie kennt mein System mit der Farbcodierung, und sie hat sie absichtlich vertauscht, um mich wissen zu lassen, dass sie sie gelesen hat.«

»Wo ist Sara?«

»Unten, sie sieht bei der Autopsie zu.« Er packte Faith am Arm. »Hören Sie mir zu. Angie hat ihr Druckmittel verloren, als Jo starb. Sie versucht, uns dazu zu bringen ...«

»Wir glauben, dass Angie ihren Enkel entführt hat.«

Will lockerte seinen Griff um ihren Arm.

»Er war gestern nicht in der Schule. Heute ist er ebenfalls nicht erschienen.«

Will sah sie forschend an und versuchte zu verstehen, woher das nun kam. »Er könnte erkältet sein oder ...«

»Kommen Sie hier herüber.« Sie führte ihn zu den Stühlen gegenüber der Schwesternstation und zwang ihn, sich zu setzen. Sie selbst aber blieb vor ihm stehen, überragte ihn sogar, und dann erzählte sie ihm alles, was sie und Amanda herausgefunden hatten.

Wills Hochgefühl, weil er den Fall geknackt hatte, begann in dem Moment in Rauch aufzugehen, als sie berichtete, wie Miss Lindsay den Kopf zur Tür hereingestreckt hatte, als das Telefon läutete. Als sie schließlich damit fertig war, die letzten Stunden zu rekapitulieren, saß Will mit hängendem Kopf und vollkommen ernüchtert da und wrang die Hände.

Alles, was sie sagte, ergab absolut Sinn. Die Anwälte und Banker. Die gespannte Erwartung rund um das Telefongespräch. Die Tatsache, dass Angie den Tod ihrer Tochter herbeigeführt hatte und trotzdem noch versuchte, Kapital aus der Sache zu schlagen.

Was war nur los mit ihm? Wie hatte er einen derart verachtenswerten Menschen lieben können?

»Sie könnten recht damit haben, dass der Erpressungsplan danebenging«, sagte Faith. »Nur als Harding Jo aus dem Weg räumte ...«

»... hat Angie erkannt, dass Anthony der perfekte Ersatz war.« Will rieb sich mit beiden Händen das Gesicht. *Survival of the Fittest.* Angie blieb nie stehen, sie marschierte immer weiter. Sie zerbrach sich nicht den Kopf wegen irgendwelcher Konsequenzen, weil sie nie lange genug blieb, um sich mit ihnen herumschlagen zu müssen.

»Ich habe Collier geschlagen«, sagte er.

»Das dachte ich mir schon. Ich wünschte, Sie hätten härter zugeschlagen.« Sie verdeckte mit dem Handrücken ein gewaltiges Gähnen. »Wir werden Colliers Seite des Falls noch einmal aufrollen müssen. Er hat gelogen, was Virginia Souza angeht. Sie ist nicht an einer Überdosis gestorben. Letzte Woche war sie noch putzmunter. Wir haben Aufnahmen einer Überwachungskamera beim Gefängnis, wie sie die Kaution für eine Achtzehnjährige hinterlegt, die wegen Ansprechens von Männern verhaftet wurde. Delilah Palmer ist nach wie vor unsere einzige handfeste Spur. Sie könnte Opfer sein, sie könnte Täterin sein. So oder so wird ihr Zuhälter der Erste sein, an den sie sich um Hilfe wendet. Wir müssen Virginia Souza finden. Wenn sie wirklich die Stallmama ist, die rechte Hand des Zuhälters, dann wird sie wissen, wer Delilahs Zuhälter ist. Und wenn wir den Zuhälter haben, haben wir Delilah.«

»Agent Trent«, sagte der Arzt. »Sie können jetzt mit der Patientin sprechen, aber machen Sie es kurz und bringen Sie sie nicht noch mehr auf, als sie es bereits ist.«

»Worüber ist sie denn so aufgebracht?«, fragte Faith.

Der Arzt zuckte die Achseln. »Kostenloses Essen. Saubere Laken. Schwestern, die sie bedienen. Kabelfernsehen. Wir haben ihr gesamtes Blut ausgetauscht, deshalb ist sie wahrscheinlich zum ersten Mal seit Jahrzehnten clean. Sie war seit zwanzig Jahren auf der Straße. Wir sind wie das *Ritz* für sie.«

»Danke.« Faith wandte sich an Will. »Bereit?«

Will wollte aufstehen, aber ihm war, als würde er von Bleigewichten niedergedrückt. Die Taubheit vom Vortag war wieder da. Jede Minute verlorener Schlaf forderte ihren Tribut. »Wir können nichts unternehmen, oder? Wegen Anthony? Sein Vater hat ihn nicht als vermisst gemeldet. Wir können nicht verlangen, ihn zu sehen, denn wir haben keinerlei Beweise, dass etwas nicht stimmt. Reuben ist umzingelt von Anwälten, die ihm seine Rechte erklären, und wenn er so ein Kontrollfreak ist, wie Sie sagen, wird er darauf bestehen, alles selbst in die Hand zu nehmen.«

»Amanda arbeitet daran, eine richterliche Anordnung zum Abhören seines Handys zu bekommen«, sagte Faith. »Sie hat vier Autos vor seinem Haus. Wenn jemand wegfährt, wird er verfolgt. Aber Sie haben recht, wir beide können im Moment nichts anderes tun, als unsere Seite des Falls zu bearbeiten.«

Will spürte, wie der Elefant von letzter Nacht wieder zögerlich einen Fuß auf seine Brust setzte. Er schüttelte ihn ab. Er würde sich nicht noch einmal so erniedrigen wie in dem Bestattungsinstitut. »Angie behauptet, Jo sei meine Tochter. Sara sagt, meine Blutgruppe schließt mich zumindest nicht aus.«

»Glauben Sie Angie?«

Er antwortete mit der einzigen Wahrheit, die ihm zu Angie einfiel. »Ich kann an nichts anderes denken, als dass ich ihren Kehlkopf zertrümmern möchte, damit ich die Panik in ihren Augen sehen kann, während sie langsam erstickt.«

»Das ist eine beunruhigend konkrete Vorstellung.« Faith' Gesichtsausdruck verriet Will, dass sie versuchen würde, ihn zu bemuttern. »Warum fahren Sie nicht nach Hause und ruhen sich ein bisschen aus? Es waren ein paar harte Tage. Ich kann unsere Unbekannte hier allein vernehmen. Amanda wird auch jede Minute hier sein. Sie sollten wahrscheinlich sowieso nicht mit einer potenziellen Zeugin sprechen.«

»Die Sache ist schon nicht mehr ganz astrein. Ich habe sie

schließlich gefunden.« Will stand auf. Er richtete seine Krawatte. Er musste es machen wie Angie und immer weitergehen. Wenn er sich durch Stress unterkriegen ließ, wenn er noch so eine blöde Panikattacke bekam, würde er nie mehr mit erhobenem Kopf durchs Leben gehen. »Bringen wir es hinter uns.«

Er ließ Faith vorangehen. *Jane Doe 2* war eines der drei unbekannten Opfer auf der Station. *Jane Doe 1* lag in einem ruhigen Zimmer am Ende des Flurs. Vor der Tür von *Jane Doe 3* hielt ein Polizist Wache. Das Grady war Atlantas einziges öffentlich finanziertes Krankenhaus. Es gab eine Menge namenloser Patienten hier.

Ihre spezielle *Jane Doe* lag in einem winzigen Raum hinter einer schweren Holztür, die sich nicht ganz schließen ließ. Die Tür hatte eine Glasscheibe. Apparate pumpten und zischten. Ein Monitor überwachte ihre Herzschläge. Das Licht im Raum war an. Die Frau hatte zwei geschwollene blaue Augen, denn das passierte nun einmal, wenn eine Nase vollständig einbrach. Die oberen zwei Drittel ihres Kopfes waren schwer bandagiert, nur Mund und Kinn schauten hervor. Fettiges braunes Haar quoll zwischen der Gaze hervor. Zwei Dränagen, durchsichtige Plastikbeutel, die abfließende Körpersekrete und Blut aus der Wunde auffingen, hingen links und rechts neben ihrem Gesicht. Sie erinnerte Will an den Colo-Klauenfisch aus den *Star-Wars-Filmen*.

Jane hörte abrupt auf, ihren Pudding zu essen, als Faith und Will hereinkamen. »Lassen Sie diese Tür auf. Ich will nicht als 'ne weitere Schwarze enden, die unter rätselhaften Umständen in Polizeigewahrsam stirbt.«

»Erstens sind Sie nicht in Polizeigewahrsam«, sagte Faith, »und zweitens sind Sie nicht schwarz.«

»Verdammt.« Jane rieb an ihrem weißen Arm. »Wie hab ich es dann hingekriegt, mein Leben so gründlich zu verpfuschen?«

»Ich nehme an, dass persönliche Entscheidungen eine Rolle spielten.«

Die Frau stellte den leeren Becher weg und lehnte sich ins Kissen zurück. Ihre Stimme war heiser. Sie war älter, als Will zunächst gedacht hatte, näher an fünfzig. Es war ihm ein Rätsel, wie er auch nur einen Moment geglaubt hatte, sie könnte Angie sein.

»Was wollt ihr?«, fragte *Jane*. »In ein paar Minuten werde ich mit dem Schwamm gewaschen, und danach läuft im Fernsehen eine Sendung, die ich sehen will.«

»Wir wollen über Sonntagabend mit Ihnen reden.«

»Was ist heute?«

»Dienstag.«

»Heilige Scheiße, was war ich bekokst.« Die Dränagebeutel schlugen gegen ihre Wangen, als sie lachte. »Am Sonntag, Schlampe, da war ich auf dem Mond.«

Faith warf Will einen Blick zu, der ausdrückte, dass ihr für so etwas die Geduld fehlte.

»Ich glaube, wir haben die Sache falsch angepackt«, sagte Will zu der Frau. »Ich bin Special Agent Will Trent vom GBI. Das ist meine Kollegin Faith Mitchell.«

»Nennen Sie mich *Dr. Doe*, wo ich doch in einem Krankenhaus bin.«

Will bezweifelte, dass die Frau einen Ausweis bei sich hatte, und er konnte ihre Fingerabdrücke nicht nehmen, ohne sie zu verhaften, was wiederum eigene Probleme schuf. »Also gut, *Dr. Doe*«, sagte er. »Sonntagnacht wurde jemand in dem Gebäude ermordet, das gegenüber von dem liegt, in dem wir Sie am Montagmorgen gefunden haben.«

»Erschossen?«, fragte die Frau.

»Das wissen wir nicht genau. Haben Sie denn einen Schuss gehört?«

Jane sah ihn herausfordernd an. »Wussten Sie, dass mindestens einmal im Jahr ein Hund jemanden erschießt?« Sie schien das für eine nützliche Information zu halten. »Wenn Sie mich fragen, sollte man sich echt zweimal überlegen, ob man sich einen Hund hält. Aha.« Sie sah an Will vorbei. Amanda stand in der Tür. »Der Käpt'n kommandiert immer aus dem hintern Teil des Schiffs.«

Amanda quittierte das Kompliment mit einem Nicken. »Agent Mitchell, warum wurde diese Verdächtige noch nicht nach unten auf die Gefängnisstation verlegt?«

»Sie meinen die ohne Fernseher und Schwammwäsche?«, fragte Faith.

»He, ihr verdammten Miststücke, ihr müsst nicht gleich den Verteidigungsfall ausrufen.« *Jane* mühte sich in eine halb sitzende Position. »Also gut, ich hab Informationen. Was schaut für mich dabei raus?«

»Sie haben noch einen Tag auf der Intensivstation, dann werden Sie nach unten auf eine normale Patientenstation verlegt. Dort kann ich Ihnen ein paar zusätzliche Tage verschaffen. Anschließend werden Sie in ein Behandlungsprogramm aufgenommen.«

»Ach nee, ich brauch kein Programm. Sobald ich hier rausgehe, bin ich wieder auf Koks. Aber die Extratage nehm ich gern mit. Und ich krieg sie von Ihnen, weil ich nämlich in dem Gebäude war, als es passiert ist.«

»In dem Bürogebäude?«, fragte Will.

»Nein, in dem Dingsbums, dem mit der Galerie.« Ihre braunen Zähne waren zu sehen, als sie unter ihrem Verband lächelte. »Jetzt bin ich auf einmal interessant, was?«

Faith verschränkte die Arme. »Um welche Zeit sind Sie dorthin gekommen?«

»Ah, Scheiße.« Sie klopfte auf ihr Handgelenk. »Die haben mir meine *Rolex* geklaut. Welche Zeit? Woher soll ich wissen, um welche Zeit, du Kuh? Es war dunkel draußen. Es war Vollmond. Es war Sonntag.«

Faith trat ein paar Schritte zurück, damit Amanda übernehmen konnte. Die Zeugin hatte erkennbar etwas gegen sie.

Amanda sagte: »Fangen Sie mit dem Schuss an.«

»Ich war in dem Bürogebäude auf der anderen Straßenseite und hab mich gerade für die Nacht hingelegt, ja? Da hör ich diesen Schuss und denk mir: Was zum Teufel war das denn? War es vielleicht 'ne Fehlzündung von einem Auto? Oder war es irgendein Gangster, worauf ich jetzt nicht gerade scharf wäre?« Sie hustete Schleim aus der Kehle hoch. »Jedenfalls lieg ich da und überleg, was ich machen soll. Und dann beschließe ich, ich muss nachschauen gehen, weil wenn da irgend so ein Bandending abläuft, dann sollte ich besser zusehen, dass ich meinen Arsch rausschaffe, verstehen Sie?«

Amanda nickte.

»Ich bin im dritten Stock, hübsch eingemummelt zum Schlafen, deshalb dauert es 'ne Weile, bis ich unten bin. Das Haus ist eine gottverdammte Todesfalle. Bevor ich unten aus der Tür raus bin, hör ich ein Auto mit quietschenden Reifen wegfahren.«

Will biss sich auf die Unterlippe, damit ihm kein Fluch entfuhr. *Jane Doe* war zu spät gekommen.

»Sie haben gehört, wie ein Auto den Schauplatz verließ«, stellte Amanda klar.

»Richtig.«

»Haben Sie den Wagen gesehen?«

»So halbwegs. Er sah schwarz aus, mit Rot untenrum.«

Angies Wagen war schwarz mit roten Streifen.

Jane sagte: »Aber da war noch ein Auto auf dem Parkplatz. Weiß, sah irgendwie ausländisch aus.«

Dale Hardings Kia.

»Also geh ich wieder nach oben zu meinem Schlafplatz. Muss ich mich nicht einmischen, wenn da irgendwelche Autos mit Karacho davonfahren. Ich war lang genug auf der Straße, um einen Deal, der schlecht ausgeht, zu erkennen, wenn ich einen seh.«

Will war einen Moment lang enttäuscht, aber *Jane* hatte noch nicht zu Ende erzählt.

»Ich lieg also wieder in meiner Koje und mach mir so meine

Gedanken, und nach 'ner Weile denk ich: Scheiße, vielleicht hab ich einen Fehler gemacht. Das ist eine Gegend, in der viel gehandelt wird. Ich hab ein bisschen Kohle in der Tasche. Da unten steht ein Auto vor dem Gebäude, ein anderes Auto ist gerade weggefahren ... Sieht aus, als wär ein Dealer da drin, oder? Simple Logik.« Sie setzte sich wieder im Bett auf. »Ich schleich also zurück über den Parkplatz und geh in das Gebäude, und es ist stockdunkel da drin. Die Fenster sind getönt oder so was. Ich tappe blind herum, und dann gewöhnen sich meine Augen langsam an das Dunkel, und ich seh dieses Mädchen auf dem Boden. Erst dachte ich, sie ist tot, und hab angefangen, ihre Taschen zu durchsuchen, aber dann hat sie sich bewegt, und ich hab einen Mordsschreck gekriegt.«

»Wir reden vom Erdgeschoss, nicht von der oberen Etage?«, fragte Amanda.

»Korrekt.«

»Wo genau lag sie?«

»Keine Ahnung, verdammt. Da bräuchte ich einen Plan von dem Bau. Ich hab auch nicht darauf geachtet, ich war gerade in das Gebäude spaziert und zack, lag sie da.«

»Wie sah sie aus?«

»Dunkles Haar. Ein weißes Mädchen. Sie lag auf der Seite. Kann Arme und Beine nicht bewegen, kann kaum den Kopf bewegen, aber sie stöhnt so vor sich hin, und ich denk mir, okay, das war's, ich mach, dass ich hier wegkomme, nur: Das geht nicht, denn in diesem Moment fährt wieder ein Auto auf den Parkplatz.«

»Dasselbe Auto?«

»Ja, aber diesmal hab ich es richtig gesehen. So eine eckige Nase, wie ein älteres Modell. Aber ich bin keine Autoexpertin, okay?«

Angies Monte Carlo war schwarz mit einer eckigen Front. Warum war sie zurückgekommen? Warum war sie überhaupt weggefahren?

Amanda fragte: »Wie viel Zeit war inzwischen vergangen? Seit der Wagen das erste Mal weggefahren war.«

»'ne halbe Stunde vielleicht? Keine Ahnung. In meiner Branche stempelt man keine Stechuhr. Das Auto steht also vor der Tür«, fuhr *Jane* fort, »deshalb hab ich mich nach hinten verdrückt. Ich hab mich hinter dieser Bar, oder was das ist, versteckt und rausgespäht. Und ich seh diese andere Schlampe reinkommen. Groß, weiß, langes Haar wie die erste. Dünner. Fragt mich nicht, wie ihr Gesicht ausgesehen hat, denn wie zum Teufel soll man das in dem Laden erkennen? War wie in 'nem Scheißgrab da drin.« Sie zeigte auf den Krug auf dem Nachttisch. »Kann ich davon was kriegen?«

Will war am nächsten dran, deshalb schenkte er ihr Wasser in einen Styroporbecher ein.

Jane trank und zögerte die Spannung mit einem lauten Schluckgeräusch hinaus. »Okay, diese zweite Schlampe kommt also rein, und sie ist stinkwütend, ja? Tritt gegen alles Mögliche. Flucht. Scheiß dieses, scheiß jenes.«

Eindeutig Angie. Aber warum war sie so wütend? Was hatte sie verbockt?

»Sie marschiert die Treppe rauf, als ginge es gegen Hitler, wenn Sie wissen, was ich meine. So mit ganz harten Schritten.« Die Frau stellte den Becher ab. »Ich höre sie oben, keine Ahnung, was sie treibt. Sie wirft Sachen herum. Rennt in Räume und wieder raus. Verschiebt irgendwas.«

Sie hatte den Tatort inszeniert. Falsche Spuren gelegt.

»Sie hatte eine Taschenlampe, sagte ich das schon?«

»Nein«, sagte Amanda.

»Eins von diesen kleinen Dingern, die wahnsinnig stark leuchten. Deshalb bin ich schön in Deckung geblieben, ja? Wollte nicht, dass das Licht auf mich fällt, wer weiß, was das Miststück getan hätte.«

Sie verstummte.

»Und weiter?«, bohrte Amanda.

»Ach so, ja, schließlich ist sie die Treppe wieder runtergekommen. Sie flucht noch ein bisschen herum und tritt die Tussi auf dem Boden mit dem Fuß. So richtig fest. Und die Tussi stöhnt laut, ›aahhhh‹. Und dann wurde es interessant.«

Wieder verstummte *Jane*.

»Ziehen Sie es nicht in die Länge«, warnte Amanda sie.

»Schon gut, ich will nur ein bisschen meinen Spaß. Ich komm nicht oft dazu, mit Leuten zu reden.« *Jane* trank noch einen Schluck Wasser. »Die Schlampe steht also einfach da und hört der anderen eine Weile beim Stöhnen zu. Schaut auf sie runter, als wollte sie sagen: ›Du elendes Stück Scheiße.‹ Und dann, zack, packt sie die Tussi einfach am Bein und fängt an, sie aus dem Gebäude zu schleifen. Und, Mann ...« Sie schüttelte den Kopf. »Die Tussi hat ja schon die ganze Zeit gestöhnt, aber als die Schlampe an ihrem Bein gezerrt hat, da hat sie zu schreien angefangen.«

Wills Kiefer schmerzte. Hatte Angie ihre eigene tödlich verwundete und bewegungsunfähige Tochter aus dem Gebäude geschleift?

»Dann kommt die Schlampe *noch mal* rein und fängt an, Sachen rumzuwerfen.«

Um die Tatsache zu verschleiern, dass sie einen Körper über den Boden geschleift hat.

»Danach geht sie dann wirklich. Das Nächste, was ich höre, ist eine Autotür, die zugeschlagen wird. Mehrere Autotüren, die zugeschlagen werden.«

»Könnte es ein Kofferraum gewesen sein?«, fragte Faith.

»Seh ich aus, als hätte ich Radar-Ohren oder was? Es waren einfach eine Menge Teile an einem Auto, die zugeknallt wurden.« Sie wirkte gereizt. Sie mochte es eindeutig nicht, wenn Faith Fragen stellte. »Jedenfalls hör ich dann so eine Art Fauchen, so ein mächtiges ›Wuuuschhhh‹, und als ich zu den Fenstern schau, seh ich Flammen in die Höhe schießen, obwohl die Fenster getönt waren.« Sie fuchtelte mit den Armen. »Sie waren einfach überall.« Sie ließ die Hände sinken. »Das war's. Dann ist das Auto weggefahren.«

»Haben Sie sonst noch jemanden gesehen?«, fragte Amanda.

»Nein, ehrlich. Nur die Schlampe, die Tussi und das Feuer.«

»Keine Kinder?«

»Was zum Teufel hätte ein Kind dort verloren gehabt? Es war mitten in der Nacht. Da gehören Kinder ins Bett.«

»Sie sind nicht nach oben gegangen, um nachzusehen, was die erste Frau dort oben getan hat?«

Jane fuhr sich mit der Zunge über die Lippen. »Na ja, kann schon sein. Aus reiner Neugier.«

Amanda machte eine kreisende Handbewegung, um sie zum Fortfahren aufzufordern.

»Da oben war ein Typ. Nicht tot, aber so gut wie. Das Licht war besser dort, weil die Fenster direkt gegenüber von der Galerie liegen.«

»Und?«

»Der Kerl war ein verdammtes Walross. Schlief richtig tief, aber wie gesagt – er war nicht tot. Aber nah dran. Das konnte man sehen. Zumindest konnte *ich* es. Ich hab schon ein paar Leute sterben sehen in meinem Leben. Hatte sich bereits vollgepisst. Und in seinem Hals steckte ein Türgriff. Wie dieser Typ im Fernsehen. Kennen Sie das noch?« Sie schnippte zweimal mit den Fingern wie in der *Addam's Family*.

»Lurch«, sagte Will. »Aber ich glaube, Sie meinen Frankenstein.«

»Richtig.« Sie blinzelte ihm zu. »Ich wusste, du bist hier der mit dem Köpfchen, Süßer.«

»Ich bin schon gespannt, wie das Koks ins Spiel kam«, drängte Amanda.

»Das war in der Jackentasche von dem Typ.« Sie klopfte sich auf die Brust. »Wenn ich in die Hocke gegangen bin und den Arm weit ausgestreckt hab, konnte ich es rausholen, ohne dass ich was von dem Blut abbekam. Zwei verdammte

Gramm. So viel Koks hatte ich seit meiner Kindheit nicht mehr gesehen.«

»Und Sie sind also wieder auf die andere Straßenseite gegangen, weil ...«

»Ich konnte nicht dort bleiben, wo der Typ doch gerade starb. Das ist einfach komisch. Und ich wusste auch nicht, ob die Schlampe nicht noch mal zurückkommt. Sie war ja schon mal gefahren und wiedergekommen, verdammt.« *Jane* begann, Styroporstückchen aus dem Becher zu brechen. »Ich bin also wieder auf die andere Straßenseite geschlichen und hab gefeiert, bis die Sonne rauskam. Dann sind die Bullen angerückt, und ich dachte: Scheiße, ich verzieh mich lieber ein Stück weiter nach oben. Irgendwie konnte ich dann nicht mehr aufhören, bis ich ganz oben war. Mann, dieses Koks war hundert Prozent rein.«

Will sah, wie Faith die Augen verdrehte. Alle Dealer behaupten, dass ihr Kokain rein ist.

»Und das war's?«, fragte Amanda. »Sie lassen nichts aus?«

»Hm, ich glaub nicht, aber man kann nie wissen, oder?«

Amanda tippte in ihr BlackBerry. »Ich werde Ihre Aussage von einem anderen Agenten aufnehmen lassen. Er wird einen Zeichner mitbringen, die beiden werden die Nacht noch mal mit Ihnen durchgehen und versuchen, Ihrem Gedächtnis auf die Sprünge zu helfen.«

»Hört sich nach einer Menge Stress an.«

»Betrachten Sie es als Teil Ihrer Sie-kommen-aus-dem-Gefängnis-frei-Karte.« Amanda machte Will und Faith ein Zeichen, ihr nach draußen zu folgen. Sie entfernten sich einige Schritte vom Zimmer der Frau und blieben vor der Schwesternstation stehen.

»Glauben wir ihr?«, fragte Faith.

»Charlie hat einen Blutfleck im Erdgeschoss gefunden und dachte, er könnte von Nasenbluten stammen«, sagte Amanda.

»Angie dürfte wissen, wie man einen Tatort inszeniert«, sagte Will.

»Ich versuche es gerade in den Kopf zu kriegen«, sagte Faith. »Irgendwie ist Jo in dem Raum oben ausgeblutet, aber dann hat sie es ins Erdgeschoss hinuntergeschafft, wo sie zusammengebrochen ist. Angie fährt aus irgendeinem Grund weg. Sie kommt aus irgendeinem Grund wieder. Sie schleift Jo zu ihrem Monte Carlo, fackelt Dales Kia ab und fährt wieder weg?« Nach einem Moment fügte sie an: »Und lässt ihre eigene Tochter sechs Stunden lang im Kofferraum marinieren?«

Will unterdrückte den Impuls zu sagen, dass Angie so etwas nicht tun würde.

»Ich stoße auf eine Menge Widerstand bei dieser Erlaubnis, Figaroas Telefon abzuhören«, sagte Amanda. »Überwachung des Grundstücks von außen ist genehmigt, aber auch nur mit knapper Not. Niemand außer Laslo hat das Haus verlassen. Sie haben ihn zum Frühstückholen zu *McDonald's* geschickt. Er hat drei Becher Kaffee gekauft und drei Frühstücksmenüs.«

»Drei, nicht vier, das heißt, es war nichts für Anthony dabei«, sagte Faith. »Lasst mich meine Notizen holen, ich muss das noch einmal mit euch durchgehen.«

Will hatte keine Lust auf ein weiteres Rekapitulieren.

Er sah an Faith vorbei und tat nur so, als würde er zuhören. Er beobachtete, wie die Schwester etwas in einen Tabletcomputer tippte. Alle Patientenakten im Grady waren digitalisiert. Das Whiteboard hinter der Schwesternstation war noch altmodische Technik. Sie schrieben von Hand Patientennamen auf und aktualisierten ihren Status, damit sie immer auf dem Laufenden blieben. Will sah, wie die Schwester zu der Tafel ging und den Schriftzug *Jane Doe 1* löschte. Sie schrieb mit rotem Filzstift einen neuen Namen hin. Alles in Großbuchstaben, was es Will erleichterte, ihn zu lesen. Es half außerdem, dass er den Namen schon einige Male gesehen hatte.

»Delilah Palmer«, sagte er.

»Was ist mit ihr?«, fragte Amanda.

Er deutete zu der Tafel.

Die Schwester hatte gehört, was er gesagt hatte. »Häusliche Gewalt. Ihr Freund ist nicht auffindbar. Sie kam mit einem Messer in der Brust in die Notaufnahme.«

»Wann?«, fragte Faith.

»Montag früh, unmittelbar vor Beginn meiner Schicht.«

»Ich dachte, wir haben die Notaufnahmen auf Opfer mit Stichwunden überprüft«, sagte Will.

»*Wir* eben nicht.« Faith klang wütend. »Olivia«, wandte sie sich an die Schwester, »seit ich gestern Abend hier war, lief die Patientin bei euch unter *Jane Doe 1*. Was hat sich geändert?«

»Der Pfleger hat ihre Sachen durchgesehen, bevor er sie zum Verbrennungsofen hinunterbrachte. Er fand ihren Führerschein.« Olivia setzte die Kappe auf den Filzstift. »Sie ist immer noch im künstlichen Koma, Sie können sie also nicht vernehmen. Außerdem dachte ich, dass sich sowieso das APD um den Fall kümmert.«

»Wer ist der zuständige Beamte?«, fragte Amanda.

»Ich kann nachsehen.« Olivia zog ihr Tablet zurate. Ein Lächeln trat auf ihr Gesicht. »Ach, es ist Denny. Denny Collier.«

KAPITEL 12

»Subarachnoidalblutung«, sagte Gary Quintana. »Klingt irgendwie nach Spinnen.«

»Es ist ein spinnenartiges Gewebe«, erklärte Sara. »Aber im Wesentlichen bedeutet es, dass sie eine Blutung in diesem Teil des Gehirns hatte.«

»Ah, super. Verrückt.« Gary las weiter in Josephine Figaroas vorläufigem Obduktionsbericht. Was immer Amanda gestern Morgen zu dem jungen Mann gesagt hatte, es hatte erkennbar Eindruck gemacht. Seine Hemdsärmel waren nicht aufgekrempelt. Er trug eine Krawatte statt seiner schweren goldenen Halskette. Selbst sein Pferdeschwanz war kastriert worden. Er ragte nicht mehr stolz aus dem Hinterkopf, sondern war zu einem ordentlichen Knoten zusammengedreht.

Sara vermisste den Pferdeschwanz.

»Okay.« Gary las laut aus der Schlussfolgerung vor. »Todesursache ist eine Epiduralblutung. Was ist das?«

»Es ist eine weitere Art von Hirnblutung.« Sara sah ihm an, dass er mehr wissen wollte. »Sie hat eine Kopfverletzung durch äußere Einwirkung erlitten. Der Schädel brach, und die mittlere Hirnhautarterie ist gerissen, die von der äußeren Halsschlagader abzweigt und hilft, das Gehirn mit Blut zu versorgen. Das Blut hat den Raum zwischen Dura mater und Schädel gefüllt. Das Schädelvolumen ist unveränderlich, da sich der Schädel nicht ausdehnen kann. Dieses ganze Blut hat daher zu viel Druck auf ihr Gehirn ausgeübt.«

»Und was passiert dann?«

»Im Allgemeinen verlieren die Patienten vorübergehend das Bewusstsein. Zum Zeitpunkt der Verletzung gehen sie typischerweise für ein paar Minuten k. o. Dann wachen sie auf und zeigen ein normales Maß an Bewusstsein. Deshalb sind diese Blutungen so gefährlich. Die Leute haben starke Kopfschmerzen, aber sie sind bei klarem Verstand, bis die Blutung so weit fortschreitet, dass sie das Gehirn stilllegt. Ohne Behandlung fallen sie in ein Koma und sterben.«

»Wow.« Gary sah auf die Bahre mit Figaroas Leiche. Sie standen im Flur vor dem Leichenschauhaus des APD, das im zweiten Untergeschoss des Grady Hospital untergebracht war. Die Bahre stand an der Wand und wartete auf den Abtransport. Dank einer Charge minderwertigen Crystal Meths herrschte Hochbetrieb in der Gerichtsmedizin.

»Sie hat sicher die Hölle durchgemacht«, sagte Gary.

»Das hat sie.«

Er wandte sich wieder dem Bericht zu. »Was ist mit ›Fraktur der Halswirbelsäule‹? Das klingt auch richtig übel.«

»Es ist übel. Sie dürfte gelähmt gewesen sein.«

»Ihr Herz war ebenfalls geprellt.« Er runzelte die Stirn, verstört über den Befund. »Jemand hat sie massivst verprügelt.«

»Nicht unbedingt«, erklärte Sara. »Die Schädelfrakturen sind gleichmäßig verteilt. Rippen und Halswirbelsäule sind gebrochen, wie Sie schon sagten, aber die Brustwirbel und die langen Knochen sind es nicht. Und sie hat eigentlich nur auf einer Körperseite Prellungen, ist Ihnen das aufgefallen?«

»Ja, aber was bedeutet es?«

»Dass sie sehr wahrscheinlich aus großer Höhe gefallen ist oder gestoßen wurde. Die Halswirbelfrakturen verraten es. Die bekommt man nicht durch Schläge. Sie ist aus mindestens sechs, sieben Metern Höhe gefallen und ist seitlich auf den Boden geprallt. Ihr Schädel brach, die Arterie ist gerissen, und ein paar Stunden später ist sie dann an der Hirnblutung gestorben.«

»Diese Galerie in dem Club war ungefähr in zehn Metern Höhe.« Gary sah Sara mit einem Ausdruck von Ehrfurcht an. »Wow, Dr. Linton. Das ist ziemlich cool, wie Sie das alles wissenschaftlich abgecheckt haben.« Er gab ihr den Bericht. »Danke, dass Sie mir so vieles erklären. Ich würde es wirklich gern lernen.«

»Ich bin froh, dass Amanda Sie für meine Abteilung abgestellt hat.«

»Ja, und sie hat mich dazu gebracht, mich ein bisschen herauszuputzen.« Er strich über die Krawatte. »Ich muss repräsentieren, verstehen Sie? Der Fokus sollte auf die Opfer gerichtet sein, nicht auf mich.«

Sara fand, das war ein vernünftiger Rat. »Ich sehe besser mal nach, wo die anderen stecken, und kläre sie über die Obduktionsbefunde auf. Haben Sie noch Fragen?«

»Na ja, es ist nur, weil sie hier so im Flur liegt. Glauben Sie, es wäre in Ordnung, wenn ich sie wieder in den Kühlraum bringe?«

»Ich finde, das wäre sogar sehr nett.« Sara klopfte ihm auf die Schulter, ehe sie sich auf den Weg zur Treppe machte. Die Intensivstation befand sich sechs Stockwerke weiter oben, aber die Aufzüge im Grady brauchten immer ewig, und sie musste Amanda eher früher als später finden.

Amanda zu finden hieß natürlich, gleichzeitig auch Will zu treffen. Sara nahm eine unwillentliche Reserviertheit bei sich wahr. Sie wusste noch immer nicht, was sie vom Ausklang der letzten Nacht halten sollte. Will hatte im Auto nicht reden wollen, aber kaum waren sie zu Hause gewesen, hörte er nicht mehr auf damit. Er hatte nicht geschlafen. Beinahe manisch hatte er Theorien entwickelt, die alle darauf hinausliefen, dass sich die Katze in den eigenen Schwanz biss. Er war wütend auf Angie. Er war zutiefst verletzt, ob er es nun zugab oder nicht. Alles, was aus seinem Mund kam, drehte sich entweder um Angie oder vermied das Thema konsequent. Sara betrachtete ihn mit den Augen der Ärztin und hätte ihm gern eine Arznei verabreicht und dieses Mal auch dafür gesorgt, dass er sie nicht wieder ausspuckte. Als seine Freundin dagegen wollte sie ihn einfach nur in die Arme nehmen und alles tun, damit es ihm besser ging. Und dann hatte sie ihn mit den Augen der Frau betrachtet, die schon einmal verheiratet gewesen war und wusste, wie eine gesunde Beziehung aussah, und sie hatte sich gefragt, worauf zum Teufel sie sich da eingelassen hatte.

Sara zog die Tür zur Intensivstation genau in dem Moment auf, als ein Mann brüllte: »Na und, verdammt noch mal?«

Holden Collier riss die Arme in die Luft. Von seiner jungenhaften Leutseligkeit war nichts mehr zu sehen, und das war kein Wunder: Amanda, Faith und Will bedrängten ihn massiv. Zwei Sicherheitskräfte des Grady Hospital standen mit der Hand an der Waffe in der Nähe.

»Warum sollte ich einen Fall häuslicher Gewalt melden, wenn wir nach ungeklärten Stichverletzungen suchen?«, fragte Collier und fuchtelte wieder mit den Händen. »Die Sache ist geklärt. Der Freund war es. Sie will seinen Namen nicht sagen. Was sollte ich tun?«

»Erzählen Sie es mir noch einmal.« Amandas Tonfall war stahlhart. »Von vorn.«

»Unglaublich.« Collier gestikulierte weiter.

Sara wusste nicht, was man Collier vorwarf, aber sein Unschuldstheater wirkte reichlich überzogen.

»Ich war bereits mit einem Täter in der Notaufnahme«, sagte er. »Ich übernahm den Fall von häuslicher Gewalt. Die Frau blutete stark, aber sie konnte ihre Geschichte noch erzählen. Der Freund war mit einem Messer auf sie losgegangen. Sie wollte mir nicht sagen, wie er heißt, wo sie wohnt, was auch immer. Die gleiche Scheiße wie üblich. Sie kam in den OP. Ich schrieb den Bericht. Ich bat die Schwestern, mich anzurufen, wenn sich ihr Zustand veränderte. Das ist mein Job.« Er war noch nicht fertig. »Sie sind so verdammt darauf fixiert, mir was anzuhängen, dass Sie nicht mal sehen, worum es in diesem Fall wirklich geht.«

»Dann sagen Sie mir, worum es geht.«

»Rippys Club ist ein Fixertreff. Überall gibt's dort Banden-Tags an den Wänden. Harding hat einen Scheißeimer in seinem Schrank. Er hatte Drogenkuriere aus Mexiko am Laufen, und es hat ihn das Leben gekostet. Ende der Geschichte.«

»Was ist mit Ihrer Beziehung zu Angie Polaski?«, fragte Amanda.

Sara biss sich auf die Unterlippe. Sie hätte ihre gesamten Ersparnisse dafür gegeben, den Namen dieser Frau nie mehr hören zu müssen.

Amanda sagte: »Von Sonntagabend bis Montagmorgen haben Sie dreimal mit einem Prepaid-Handyanschluss telefoniert. Eines der Gespräche dauerte immerhin zwölf Minuten.«

»Ich habe mit einem Informanten gesprochen. Er benutzt ein Prepaid-Handy. Das tun sie alle.«

»Wer ist der Informant? Ich will seinen Namen.«

»Mir reicht das hier jetzt.« Collier hatte endlich begriffen, dass er sich nicht herausreden konnte. »Wenn Sie mich befragen wollen, habe ich ein Recht darauf, dass mein Gewerkschaftsvertreter anwesend ist.«

»Rufen Sie ihn an, Denny. Denn genau das wird passieren.«

»Kann ich gehen?«

»Wir melden uns.«

Er stapfte davon und nahm auf seinem Weg zur Treppe kaum Notiz von Sara.

Faith hatte die Hände in die Hüften gestemmt. Sie war wütend. Amanda war wütend. Will sah genauso aus wie die ganzen letzten vierundzwanzig Stunden: wie ein Reh, das vom Scheinwerferlicht erfasst wird.

»Dr. Linton«, sagte Amanda. »Was haben Sie für uns?«

»Nichts, was Ihnen gefallen wird.« Sara tat es leid, dass sie schon wieder die Überbringerin schlechter Nachrichten war. »Laut vorläufigem Obduktionsbericht starb Josephine Figaroa an einer Hirnblutung. Die Stichwunden in ihrer Brust waren sehr flach und wurden ihr post mortem zugefügt, deshalb gab es keine Blutung. Der Schnitt auf ihrer Wange wurde ihr ebenfalls erst nach ihrem Tod zugefügt, daher auch hier kein Blut. Ihre Fingerspitzen sind nicht von der Hitze aufgesprungen, sondern jemand hat sie mit einem Rasiermesser aufgeschlitzt, vermutlich um ihre Identität zu verschleiern – was keinen Sinn ergibt, aber das ist Ihr Gebiet. Auch das geschah erst nach ihrem Tod, weil es hier ebenfalls keine Blutung gab.«

Amanda stellte klar: »Sie wollen also sagen, das Blut am Tatort stammt nicht von der Frau, die gerade dort unten obduziert wurde?«

»Genau. Alle ihre Blutungen waren innere Blutungen. Ich tippe auf einen Sturz, wahrscheinlich ist sie von dieser Galerie gefallen. Charlie sagte, im Erdgeschoss sei ein wenig Blut gewesen. Es stammt vermutlich aus ihrer Nase. Sie hat noch mehrere Stunden gelebt, war aber wahrscheinlich gelähmt, bevor die Hirnblutung sie getötet hat.«

Amanda wirkte nicht überrascht, was allerdings bei ihrem Talent zum Pokerface nicht verwunderlich war. Was Sara jedoch verwirrte, war, dass auch Faith und Will nicht sonderlich verblüfft zu sein schienen.

»Wäre es möglich, dass es ein zweites Opfer am Tatort gab?«, fragte Amanda.

»Absolut. Der Club war in den letzten Monaten stark frequentiert. Jede Person, die auch nur rudimentäres Wissen über Spurensicherung besitzt, könnte uns eine Zeit lang hinters Licht führen. Zumindest bis die Laborergebnisse, Fingerabdrücke und so weiter vorliegen würden, und das kann Wochen, wenn nicht Monate dauern.«

»Haben Sie irgendwelche Spuren von einem Kind gefunden?«

»Ein Kind?« Sara war verwirrt. »Ein kleines Kind, meinen Sie? Ein Baby?«

»Sechs Jahre alt«, sagte Faith. »Ein Junge, er wird vermisst. Wir glauben, dass Angie ihn entführt hat.«

Saras schaute zu Will und erwartete, ihn auf den Boden starren zu sehen, aber stattdessen blickte er ihr direkt in die Augen. Auf seinem Gesicht lag eine Härte, die sie nicht an ihm kannte. Das Manische von letzter Nacht war verschwunden. Zorn hatte vollständig Besitz von ihm ergriffen.

»Wir glauben, dass Angie einen Erpressungsplan mit Jo ausgeheckt hatte«, sagte er. »Jo kam dabei aber ums Leben, deshalb versucht Angie, den Enkel als Druckmittel zu benutzen.«

»Aber Sie war doch diejenige, die dir erzählt hat, dass Jo tot ist. Du wusstest noch nicht einmal von Jos Existenz, geschweige denn, dass sie Angies Tochter ist. Warum hätte sie dir diese Information zukommen lassen sollen?«

»Weil bei dem Plan irgendwas schiefgegangen ist.« Es war offenkundig, dass Will nur Vermutungen aussprach, aber er klang vollkommen überzeugt davon, dass Angie einmal mehr das Leben eines anderen Menschen zu ihrem eigenen Vorteil aufs Spiel gesetzt hatte.

»Kommen Sie mit mir«, sagte Amanda. Sie führte Sara in ein Zimmer, vor dem ein Polizist Wache stand. Das Licht war gedämpft. Sara überflog die technische Ausrüstung: Herzmonitor, Infusionsschlauch, Katheter, Nasensonde, Reagenzglas. Der rechte Arm der Patientin war mithilfe von Kissen höher gelegt – nicht zu tief, damit das Blut nicht in die Finger strömte, nicht zu hoch, damit es ausreichend zirkulierte. Die Hand war dick von Verbandsmull mit Dränagen umhüllt. An den Fingerspitzen waren Sauerstoffmessgeräte.

»Man hat ihr die Hand wieder angenäht«, sagte Sara.

»Ja.«

Sara betrachtete das Gesicht der Frau. Braunes Haar. Olivfarbene Haut. Die Augen waren geschwollen, aber sie zeigten trotzdem die unverwechselbare Mandelform.

»Sie wurde als eine Jane Doe aufgenommen, aber heute Morgen hat man ihren Ausweis gefunden. Sie heißt Delilah Palmer.«

Der Name kam Sara bekannt vor. Statt Amanda weitere Fragen zu stellen, ging sie zur Schwesternstation und bat darum, sich ein Tablet borgen zu dürfen. Sie hatte immer noch ihre Privilegien am Grady. Olivia, die Schwester, kannte sie von früher.

»Das Wartezimmer müsste leer sein«, sagte Olivia.

Sara verstand den Wink. Es war nie gut, wenn vier Leute auf der Intensivstation den Flur verstopften.

Sie gingen alle zu dem leeren Warteraum hinunter. Will wich nicht von Saras Seite. Seine Schulter berührte ihre. Er versuchte, sich zu vergewissern, dass die Verbindung noch intakt war. Dem war so, aber sie brachte es nicht fertig, es ihn wissen zu lassen.

Sara nahm auf einem der Stühle Platz. Sie loggte sich in das System ein und überflog CT, Röntgenbilder, MRT und ärztliche Aufzeichnungen.

Endlich ergab etwas einen Sinn.

»Nun?«, fragte Faith.

Sara fasste die Informationen aus dem Krankenblatt zusammen. »Man hat ihr sechzehn Messerstiche zugefügt, hauptsächlich in den Oberkörper, zweimal in den Kopf. Die Spitze des Messers brach an ihrem Schlüsselbein ab, was die Reichweite der Klinge verringerte und wahrscheinlich der Grund ist, warum Herz und Leber verfehlt wurden. Der Darm wurde perforiert. Der linke Lungenflügel ist kollabiert. Was von dem Messer übrig war, wurde in ihrem Brustbein stecken gelassen. Der erste Hieb muss gegen den Arm gegangen sein.« Sara hielt ihren eigenen Arm in die Höhe, so wie sie es gestern Morgen schon getan hatte. »Der Angreifer kam frontal auf sie zu. Sie nahm eine Verteidigungshaltung ein. Das Messer schnitt durch ihr Handgelenk und trennte es beinahe ab. Sie dürfte mit den Armen gerudert haben, um sich vor dem Angriff zu schützen, wodurch das Blut wie aus einem Schlauch überallhin spritzte. Zum Glück für das Opfer durchtrennte die Klinge auch die Speichen- und Ellenarterien. Ich sage *zum Glück*, weil sich die Arterien zusammenziehen, wenn sie durchschnitten werden. Aus diesem Grund scheitern Selbstmorde auch oft. Wenn man die Arterie durchtrennt, zieht sie sich in den Arm zurück und stoppt die Blutung fast genau so, wie wenn man bei einem Gartenschlauch das Ende zusammenpresst, um den Druck zu stoppen.«

»Daher stammt das viele Blut, richtig?«, fragte Will.

»Eine solche Menge Blut könnte definitiv von dieser Art Verletzung herrühren.« Sara studierte die Röntgenbilder noch einmal. »Es war nicht das erste Mal, dass sie angegriffen wurde. Sie hat mehrere ältere, verheilte Frakturen im Gesicht und am Kopf. Zwei Armbrüche, wahrscheinlich im Abstand von einigen Jahren. Das sind klassische Anzeichen für Misshandlung.«

»Ist Palmers Blutgruppe angegeben?«, fragte Amanda.

»Man hat sie bestimmt, als das Opfer in die Notaufnahme kam. Sie ist B negativ. Die Blutgruppe ist vererbt. Man braucht entweder eine Mutter oder einen Vater mit B, sonst hat man sie nicht.«

»Wie Angie«, sagte Faith.

Amanda fragte: »Können Sie frühere Krankenhausaufnahmen von Delilah Palmer einsehen?«

Sara ging zum Homescreen zurück und fand tatsächlich Delilah Palmers medizinische Vorgeschichte, die noch nicht in das Krankenblatt der Intensivstation übertragen worden war. »Palmer kam vor zweiundzwanzig Jahren hier zur Welt. Staatliche Vormundschaft. Überdosen. Entzündliche Unterleibserkrankungen, fünfmal. Bronchitis. Hautinfektionen. Nadelabszesse. Heroinsucht. Sie hatte vor zwei Jahren ein Baby. Moment mal.« Sara ging zu den Bauchscans von vor zwei Nächten zurück. »Okay, dem aktuellen Krankenblatt nach, das am Sonntagabend angelegt wurde, hat Palmer, die in dem Bett am Ende des Flurs liegt, eine Kaiserschnittnarbe.« Sie blätterte zurück. »Aber auf dem älteren Blatt steht, dass Palmer vor zwei Jahren auf natürlichem Weg ein Kind zur Welt gebracht hat, was mit einer Dammrisswunde in Einklang stehen würde, wie sie die Leiche unten im Keller aufweist – die Leiche, die Angie in dem Bestattungsinstitut zurückgelassen hat.« Sie blickte auf. »Die Leiche im Keller wies Anzeichen für langjährigen Gebrauch von Drogenspritzen auf, bei der Frau am Ende des Flurs hier oben, die angeblich Delilah Palmer ist, findet sich dagegen überhaupt kein Hinweis auf Drogenkonsum.« Sara fand, sie hätte lange gebraucht, um es zu begreifen. »Die Leiche unten im Keller ist Delilah Palmer. Jo Figaroa ist hier auf der Intensivstation. Angie hat ihre Identitäten vertauscht.«

»Genau das glauben wir auch.« Faith zeigte ihr zwei Fotos auf dem iPhone. »Rechts, das ist Jo Figaroa. Die auf der linken Seite ist Delilah Palmer.«

Sara betrachtete die beiden Frauen gründlich. Die Ähnlichkeit war fast unheimlich. »Sind sie verwandt?«

»Wer weiß?«, sagte Faith. »Sie waren beide übel zugerichtet. Figaroas eigener Mann hat sie sogar verwechselt.«

Sara verzichtete auf den Hinweis, dass es Will auch nicht anders ergangen war.

»Wir haben eine Zeugin, die gesehen hat, wie Angie die Palmer in ihren Kofferraum verfrachtet hat«, sagte Faith. »Ich muss davon ausgehen, dass Angie die Leiche verstümmelt hat, damit wir sie nicht anhand der Fingerabdrücke identifizieren können.«

»Warum sollte Angie wollen, dass wir Jo Figaroa für tot halten?«, fragte Sara.

Will antwortete ihr. »Sie zieht irgendeine Gaunerei durch, das ist die einzige Erklärung. Dank unserer Jane Doe konnten wir die Ereignisse von Sonntagnacht rekonstruieren. Harding stirbt. Josephine ist dabei zu verbluten. Angie bringt Josephine eilig ins Krankenhaus, aber anstatt aus der Stadt zu verschwinden oder sich zu verstecken, fährt sie zurück zum Club, um Delilah wegzuschleppen und den Tatort zu manipulieren. Das ist eine Menge Arbeit für jemanden, der nicht gern viel arbeitet. Ich garantiere dir, am Ende von alldem steht irgendeine Art Zahltag.«

Sara war überwältigt von Abscheu. Das Tablet lag auf dem Stuhl neben ihr. Sie hatte Angies Spiele satt, und sie war die Einzige in der Gruppe, die sich in der luxuriösen Lage befand, einfach gehen zu können.

Will schien zu spüren, dass sie am Ende ihrer Kräfte war. »Es tut mir leid.«

Sara wollte ihm keinen Vorwurf machen. Wenn jemand unter Angies Machenschaften gelitten hatte, dann war es Will. »Hast du eine Ahnung, wo sie sein könnte? Wo sie möglicherweise ein Kind festhalten würde?«

Er schüttelte den Kopf, und ihr wurde bewusst, wie idiotisch die Frage gewesen war. Wenn sie wüssten, wo Angie war, würden sie in diesem Moment schon ihre Tür eintreten.

»Wir können nur hoffen, dass sie, nachdem er ihr Enkel ist ... *Ach du Scheiße* ...« Faith brachte den Satz nicht zu Ende. »Sie ist hier!«

Alle drehten sich gleichzeitig um.

Angie war gerade aus dem Aufzug getreten. Sie hob den Kopf, sah sie alle in der Wartezone sitzen, und ihr Mund öffnete sich im Schock. Sofort wollte sie in den Aufzug zurück, doch die Türen schlossen sich bereits. Sie hastete zur Treppe.

Sie war nicht schnell genug.

Will war in dem Moment losgerannt, als er sie entdeckt hatte. Binnen Sekunden hatte er sie eingeholt. Sein Arm schoss vor. Seine Finger hakten sich in ihren Kragen. Angie wurde am Hals rückwärts gerissen, verlor das Gleichgewicht und landete auf dem Boden. Er riss sie hoch und schleuderte sie förmlich ins Wartezimmer. Stühle krachten ineinander, kippten um. Er zerrte sie wieder vom Boden, holte mit der Faust aus. Das Einzige, was ihn daran hinderte, sie in Stücke zu schlagen, waren die beiden Wachleute, die ihn von hinten ansprangen, als müssten sie einen Stier niederringen.

»Will!« schrie Faith und stürzte sich in das Getümmel. Sie stieß ihn an die Wand. »Hören Sie sofort auf!« Sie keuchte schwer. »Schluss damit«, sagte sie dann etwas leiser, aber es war klar, dass sie nicht zulassen würde, was er offenbar gern getan hätte. »Beruhigen Sie sich, okay? Sie ist es nicht wert.«

Will schüttelte den Kopf. Sara wusste, was er dachte. Sie zu töten war es wert. Sie zu verletzen war es wert.

Sara sagte: »Will.«

Er sah sie an, in seinen Augen loderte Feuer.

»Tu es nicht«, bat sie und wünschte zugleich, er würde es tun.

Das Feuer erlosch. Der Klang ihrer Stimme schien ein wenig Spannung von ihm zu nehmen. Er hob wie kapitulierend die Hände und sagte zu Faith: »Alles in Ordnung.«

Faith trat einen Schritt zurück, achtete aber darauf, zwischen ihm und Angie zu bleiben, falls er es sich noch einmal anders überlegte.

»Scheiße, Baby.« Angie hockte auf dem Boden und kicherte, als wäre dies alles ein großer Spaß. Sie wischte sich Blut von Mund und Nase. Auf ihrem Shirt war noch mehr Blut, aber es stammte nicht von ihrem Gesicht. »Als du das letzte Mal so über mich hergefallen bist, waren wir beide nackt.«

»Verhaftet sie«, sagte Amanda.

»Weswegen?«, fragte Angie. »Weil ich vor einem Haufen Zeugen von einem Polizisten verprügelt wurde?« Angie hob das Shirt an, um den Schaden zu begutachten. Seitlich an ihrem Körper war eine Wunde mit einer groben Naht geschlossen worden. Durch Wills Angriff war sie wieder aufgegangen. »Kennt jemand einen Arzt?«

»Ich rühre sie nicht an!«, sagte Sara.

Angie lachte wieder und schüttelte den Kopf. »Großer Gott.«

»Wo ist Anthony?«, fragte Will. »Wer bewacht ihn?«

Angie stützte die Handflächen auf den Boden und stemmte sich hoch. Die Handtasche rutschte ihr von der Schulter, es war eine weitere billige Fälschung. »Wer ist Anthony?«

Will riss ihr die Handtasche vom Arm.

»He!«

Er hielt sie mit einer Hand auf Abstand und warf die Tasche Faith zu.

Angie griff nach seiner Hand, aber Will zog sie zurück, als hätte sie ihn mit Säure verätzt. Er war sichtlich um Beherrschung bemüht. Die nackte Wahrheit war, dass Sara sich noch immer wünschte, er würde sich *nicht* beherrschen.

»iPhone, iPad.« Faith legte den Inhalt der Handtasche auf zwei Stühlen aus. »Aufklappbares Handy. Fünfschüssiger Revolver, einmal abgefeuert. Verschreibungspflichtiges Medikament.« Sie warf die Flasche Sara zu. »Taschentücher. Lippenstift. Kleingeld. Visitenkarten. Krimskrams.«

Sara besah sich das Pillenfläschchen. Das Rezept stammte von einer Tierklinik an der Cascade Road und war für ein Haustier namens Mooch McGhee ausgestellt. Keflex, was in Ordnung ging, wenn man ein Hund war und nicht MRSA bekommen konnte. Sara stellte die Flasche auf den Stuhl. Sollte Angie doch selbst dahinterkommen.

»Entsperren Sie es.« Faith hielt Angie das iPhone hin. »Auf der Stelle.«

»Leck mich.«

Will nahm das Handy und entsperrte es mit dem zweiten Versuch. Er gab es Faith wieder zurück, die sofort zur Anrufliste ging.

»Colliers Nummer ist da«, sagte sie. »Zweimal letzte Woche. Dreimal am frühen Montagmorgen, was mit den Zeiten auf seinem Handy übereinstimmt.«

Damit war in Bezug auf Collier alles klar. Noch ein Mann, dessen Leben Angie zerstört hatte.

»Es gibt hier eine Menge Gespräche – eingehende und ausgehende – von einer 770er-Nummer, also nördliches Georgia und die Vororte von Atlanta.« Faith drückte auf die Rückruftaste. Sie ließ es eine volle Minute läuten, bevor sie auflegte. »Niemand nimmt den Anruf an. Keine Mailbox.« Sie ging das Verzeichnis noch einmal durch: »Folgende Verbindungen gibt es unter der 770er: eingehend um ein Uhr vierzig am Montagmorgen, ausgehend zweiunddreißig Sekunden später. Dann eine halbe Stunde später noch einmal ausgehend. Um vier Uhr früh eingehend, und noch ein eingehender Anruf gestern um Viertel nach eins. Dann siebzehn ausgehende Anrufe über den gestrigen und heutigen Tag verteilt.«

»Wen versuchst du zu erreichen?«, fragte Will.

»Meine Mama«, sagte Angie.

Amanda hatte ihr eigenes Handy hervorgeholt. »Ich probiere eine Inverssuche.«

Faith ging zu den SMS. »Folgende Kommunikation fand zwischen dem Klapphandy in ihrer Tasche und Angies eigenem Handy statt. Um null Uhr zwanzig am Sonntag schreibt sie: WAS WILLST DU? Das Klapphandy schreibt zurück: IPAD. Dann ein paar Sekunden später: NACHTCLUB. SOFORT.« Faith scrollte nach oben und wartete darauf, dass ein Foto heruntergeladen wurde.

Faith blieb vor Überraschung der Mund offen stehen. Sie zeigte den anderen den Bildschirm vom Handy.

Sonntagnacht um null Uhr sechzehn hatte Angie ein Bild übermittelt bekommen, das Josephine Figaroa mit dem Rücken an ein Wagenfenster gepresst zeigte. Eine Männerhand hielt ihren Hals umklammert. Sie sah aus, als würde sie schreien. Darunter stand das Wort TOCHTER.

Faith scrollte wieder nach oben. Ein zweites Bild, dieses um null Uhr fünfzehn abgeschickt. Es zeigte ein kleines Kind, in dessen Hals die Spitze eines großen Jagdmessers gedrückt wurde. Das Wort darunter lautete ENKEL.

Sara legte die Hand aufs Herz. Die Todesangst des Jungen traf sie, als würde sie ihn im Arm halten. »Wo ist er?«

Angie zog eine Augenbraue hoch, als wäre der Aufenthaltsort des Jungen nur ein weiteres Rätsel.

»Wo …« Sara zwang sich, nicht weiterzusprechen. Angie nährte sich von Schmerz.

Faith ging die gesendeten Nachrichten auf dem Klapphandy durch. »Das erste Foto, das ich euch gezeigt habe, das von Jo Figaroa, wurde mit diesem Klapphandy hier aufgenommen. Das Foto von Anthony wurde dagegen von derselben 770er-Nummer an das Klapphandy weitergeleitet, die Angie die ganze Zeit zu erreichen versucht hat.«

»Die 770er-Nummer gehört zu einem Prepaid-Gerät.« Amanda hatte offenbar bei ihrer Inverssuche eine Antwort erhalten. »Wir arbeiten mit der Telefongesellschaft daran, herauszufinden, von welchem Mast es sendet.«

»Wer hat dieses Bild von Anthony geschickt?«, fragte Will. »War es Delilah Palmer? War es Harding?«

Angie ignorierte ihn.

Faith nahm das iPad zur Hand. Sie legte den Finger auf den Startknopf.

»Nicht«, sagte Angie und klang zum ersten Mal besorgt. »Sie dürfen es nicht einschalten.«

»Warum nicht? Wurde Ihr Enkel deshalb entführt? Wegen etwas, das auf diesem iPad ist?«

Angie presste die Lippen aufeinander. Sie starrte auf Faith' Finger am Startknopf.

»Schalten Sie es an«, sagte Will.

»Nein.« Angie streckte die Hand aus, um sie aufzuhalten, aber Will stieß sie weg. »Wenn Sie den Strom einschalten, werden die Dateien gelöscht«, sagte Angie.

»Welche Dateien?«

Angie antwortete nicht.

»Sie lügt«, sagte Will. »Schalten Sie an.«

»Nur zu«, forderte Angie sie heraus. »Die Dateien werden weg sein, und wir werden Anthony nie wiedersehen.«

»Sollen wir es riskieren?«, fragte Faith.

Amanda seufzte. »Bei diesem Verkehr dauert es eine Stunde, den iPad ins Computerlabor zu bringen. Wir wissen nicht, wo der Junge ist. Wir wissen nicht, ob sie die Wahrheit sagt. Die Dateien könnten bereits gelöscht sein. Oder wir schalten das Gerät ein und löschen sie dabei.«

»Schrödingers Katze«, sagte Will.

Angie verstand die Anspielung sichtlich nicht, was Sara ein Siegesgefühl vermittelte, denn sie verstand sie sehr wohl.

»Man braucht nichts weiter als einen Faraday'schen Käfig«,

sagte Sara. »Also eine geerdete Metallabschirmung, die elektrische Felder blockiert. Deshalb funktionieren Handys nicht in einem Aufzug. Fahren Sie ins Tiefgeschoss hinunter und bleiben Sie im Aufzug, dann können Sie das iPad ohne Signalstörungen einschalten.«

Angie schnaubte höhnisch. »Und darauf fährst du ab, oder was?«, sagte sie zu Will.

»Ja«, antwortete er. »Darauf fahre ich ab.«

Angie verdrehte die Augen. Sie presste immer noch die Hand auf ihren Bauch. Blut sickerte zwischen den Fingern hervor. »Auf was guckst du?«

Sara war nicht fähig zu antworten. Sie war noch immer von derselben Wut beherrscht, die sie verfolgte, seit Charlie ihnen mitgeteilt hatte, dass die Glock auf Angie registriert war. Jeder schöne Moment, den Sara mit Will erlebte, würde immer von Angie überschattet sein.

»Oje.« Angie zog eine Schnute. »Die kleine Sara ist verstimmt. Wird es wieder einen *Bambi*-Zwischenfall geben?«

Sara versetzte ihr eine schallende Ohrfeige.

Angie hob die Hand, um zurückzuschlagen, aber Faith fing sie am Handgelenk ab, drehte ihr den Arm auf den Rücken und stieß sie gegen die Wand. »Vergessen Sie nicht, wie viele Menschen sich gefreut haben, als sie hörten, dass Sie tot sind.«

»Vergessen Sie nicht, wie viele sich *nicht* gefreut haben.« Angie riss ihren Arm los und rieb sich das Handgelenk. »Gebt mir mein Zeug wieder. Ich gehe.«

»Du gehst nirgendwohin«, sagte Will. »Wer hat Anthony? Ich weiß, dass du ihn nicht hast.«

Sie schüttelte den Kopf und lachte, als wäre er zu dumm, um es zu kapieren.

»Du hast in deinem ganzen Leben noch nie irgendwen siebzehn Mal angerufen. Du hast es versaut, oder? Du hast Anthony verloren, und jetzt versuchst du, ihn zurückzuholen. Deshalb hast du mir weisgemacht, das sei Jo bei dem Bestattungsunternehmer und nicht Delilah. Du wolltest, dass ich zu Reuben Figaroa gehe, damit er gezwungen ist, eine Suche nach Anthony einzuleiten.« Er rückte ihr unangenehm nahe auf den Leib, wie er es bei jedem Verdächtigen machen würde. »Dein Plan war danebengegangen, und deshalb musste ich herausfinden, dass sein Sohn verschwunden ist.« Er kam ihr noch näher. »Wir sind jetzt hier. Wir wissen, Anthony ist verschwunden. Wir wissen, Reuben Figaroa wird erpresst, wenn er ihn zurückhaben will. Sag mir, was du weißt. Lass mich helfen, die Sache hinzubiegen.«

»Was zum Teufel kümmert es dich, Will?« Sie stieß ihn mit beiden Händen von sich. »Ich kriege das schon hin, okay? Ich kann auf mich selbst aufpassen und auch auf meine Familie, so wie ich es mein ganzes beschissenes Leben lang getan habe, ohne die geringste Hilfe von dir.«

Wills Kiefermuskeln verkrampften sich. »Das Leben deines Enkels steht auf dem Spiel.«

»Du bist doch derjenige, der mich davon abhält zu tun, was ich tun muss!«

»Angie, bitte. Lass mich dir helfen. Ich will doch nur helfen!« Er klang verzweifelt. »Wenn das mein Enkel ist da draußen, dann habe ich eine Chance verdient, ihn kennenzulernen.«

»Netter Versuch.« Sie rückte von ihm ab. »Jo ist nicht von dir. Es sei denn, du hättest meine Hand geschwängert.« Sie warf Sara einen stechenden Blick zu. »Und wenn so was möglich wäre, dann müssten deiner Freundin ja massenhaft Embryos aus dem Mund hüpfen.«

Sara spannte jeden Muskel im Leib, um nicht wieder zuzuschlagen.

»Hast du die Nachricht gelesen, die ich Will hinterlassen habe?«

»Ja.«

Angie war sichtlich verwirrt, weil nicht mehr kam.

»Bitte, Angie«, sagte Will. »Da draußen ist ein kleiner Junge. Dein Enkel. Vielleicht alles, was du an Familie hast. Sag uns, wie wir ihm helfen können.«

»Seit wann interessiert dich Familie?« Sie schnaubte verächtlich. »*Ich* bin deine Familie. Ich blute verdammt noch mal, und es kümmert dich nicht einmal.«

Will holte sein Taschentuch hervor und drückte es auf Angies Seite.

Sara spürte ihr Herz, als sie sah, wie Will sie so sanft berührte.

»Es tut mir leid«, sagte er zu Angie. »Ich wollte nicht, dass es so läuft. Du hast recht. Es ist mein Fehler.«

Angie warf einen Blick zu Sara. Echt oder nicht, sie wollte sichergehen, dass Wills Unterwürfigkeit ein Publikum fand.

»Ich weiß, ich habe dich verletzt«, sprach Will weiter. »Es tut mir leid. Bitte, Angie.«

Angie wandte den Blick von Sara ab, jedoch nur, damit sie Wills Verzweiflung aufsaugen konnte.

»Bitte«, wiederholte Will. Sara hätte ihm das Wort gern aus dem Mund gerissen. Sie hasste dieses Flehen. »Bitte.«

Angie atmete kurz aus. »Weißt du, wie schlimm es alles für mich war?« Angie legte ihre Hand auf Wills. Sara hätte nicht genau sagen können, ob sie am Zusammenbrechen war oder Will nur zum Narren hielt – wie üblich. »Weißt du, was ich alles tun musste? Nicht nur diese Woche, sondern vorher schon?«

»Es tut mir leid, dass ich nicht für dich da war.«

»Es war Harding, Will. Als Deidre damals ins Koma fiel, war Harding der Mann auf der anderen Seite der Tür.«

Die Worte waren ein Schlag für Will. Das war nicht gespielt. »Du hast gesagt, der Mann sei tot.«

»Er ist es jetzt.«

Der Schock hatte Will beinahe sprachlos gemacht. »Angie ...«

»Was er mir angetan hat ...« Angies Stimme war leise, bedrückt. Sie konnte sehen, welche Wirkung ihre Worte auf Will hatten. »Er hat es auch Delilah und vielen anderen Mädchen angetan. Jahrelang. Ich konnte ihn nicht aufhalten.«

»Warum hast du es mir nicht gesagt?« Er streckte die Hand aus und strich ihr das Haar zurück. »Ich hätte etwas unternehmen können. Dich beschützen.«

»Ich hab solche Scheiße gebaut, Baby.« Angie sog scharf die Luft ein. Sie weinte. »Ich weiß, ich habe mit dir gespielt, aber das war nur, um Jo zu schützen. Ich musste ihr Zeit im Krankenhaus erkaufen, Zeit, in der sie gesund werden konnte, während ich daran arbeitete, Anthony zurückzuholen.«

»Ich habe es jetzt kapiert«, sagte er. »Ich verstehe.«

»Ich weiß nicht, warum alles so schiefging ...« Sie schluckte schwer. »Dale war immer schlauer als ich. Immer viel stärker. Er hat mich wieder gemein manipuliert. Er und Mama, wie sie es immer getan haben. Und ich bin immer darauf reingefallen.«

»Wir können Anthony immer noch zurückholen«, sagte Will. »Lass mich dir helfen.«

»Ich hätte nur noch sechs Tage gebraucht. Dann hätte ich Anthony holen können, mich um Jo kümmern, sicherstellen, dass sie glücklich bis ans Ende ihrer Tage leben.« Angie schniefte. »Menschen haben es doch verdient, glücklich bis ans Ende ihrer Tage zu leben, oder? Menschen brauchen ...« Ihre Stimme brach. »Ich darf ihn nicht verlieren, Baby. Ich habe Jo einmal im Stich gelassen. Ich darf ihr Kind jetzt nicht verlieren.«

»Wir werden ihn nicht verlieren.« Er legte ihr die Hände auf die Schultern und sah ihr in die Augen. »Als du sagtest, deine Mama hat dir das Foto von Anthony geschickt, meintest du Virginia Souza, richtig?«

Angie erstarrte.

»Richtig?«, wiederholte er.

Sie entzog sich ihm mit einem Ruck. »Du verdammtes Arschloch.«

Wills Gesicht ließ tiefe Befriedigung erkennen. Ausnahmsweise war es ihm gelungen, sie zu manipulieren.

»Dale Harding war Angies Zuhälter«, sagte er zu Amanda. »Virginia Souza war seine dienstälteste Hure.« Er wischte sich die Hände an seinem Hemd ab, als wären sie dreckig. »Virginia hat Anthony. Sie ist diejenige, die das Bild gemacht hat. Sie ist es, die ihn festhält.«

Angie funkelte ihn zornig an. »Ich hasse dich.«

Er betrachtete sie mit einem Ausdruck äußerster Verachtung. »Gut so.«

Amanda wandte sich an Angie. »Wo ist Virginia Souza?«

»Fick dich selbst, du vertrocknete alte Schlampe.«

»Also gut. Das war's dann mit dem freundlichen Empfang.« Amanda sah Faith an. »Bring sie nach unten in die Gefängnisstation. Ein Arzt soll sich um sie kümmern.«

»Nein!« Angie geriet in Panik. »Lassen Sie mich hier oben bleiben. Fesseln Sie mich in Handschellen an Jos Bett, wenn es sein muss.«

Amanda versuchte es noch einmal. »Wo ist Virginia Souza?«

»Sie wird ihm nichts tun. Der Vater hält das höchste Gebot.« Sie hatte die Arme tief an ihrem Bauch verschränkt und drückte in die Wunde, damit weiter Blut floss. Sie versuchte es noch einmal mit Will. »Auf diesem iPad ist ein Video. Eines, das viel Geld wert ist. Virginia wusste, dass ich es habe. Sie sagte, sie würde Anthony gegen das iPad tauschen. Ich sollte sie gestern früh treffen, aber sie hat mich reingelegt.«

Will blieb ungerührt. »Virginia hat Reuben Figaroa direkt angerufen. Deshalb wolltest du, dass ich eingreife. Ich hole Anthony für dich zurück, und wie geht es dann weiter? Du verkaufst, was auf dem iPad ist?«

»Das Geld interessiert mich einen Scheißdreck. Das weißt du, Baby.«

Amanda fragte ein drittes Mal. »Wo ist Virginia Souza?«

»Glaubt ihr etwa, ich suche nicht nach ihr?«, fauchte Angie. »Sie ist untergetaucht. Sie ist an keinem ihrer üblichen Aufenthaltsorte. Niemand wird mir verraten, wo sie ist. Sie haben

Angst vor ihr. Und das zu Recht.« Angie wischte sich wieder die Augen. Ihre Tränen sparte sie grundsätzlich für sich selbst auf. »Man kann ihr nicht trauen. Sie ist ein kaltherziges Luder. Es ist ihr egal, wenn jemand zu Schaden kommt, vor allem, wenn es Kinder sind.«

Sara biss sich in Anbetracht der Ironie auf die Zunge.

»Da ist noch etwas«, sagte Faith zu Angie. »Warum sind Sie hierhergekommen?«

»Um mich von Jo zu verabschieden, für den Fall, dass …« Angie blickte in den Flur »Ich habe immer auf die Suchmeldung im Rundfunk gewartet, aber sie kam nicht.«

»Reuben wird ihn nicht als vermisst melden«, sagte Faith. »Er versucht, die Sache selbst zu regeln.«

»Das dachte ich mir.« Angie nahm ein Papiertaschentuch aus ihrer Handtasche. »Ich wollte zu ihm nach Hause fahren und ihm eine Kugel in den Kopf jagen.«

Die beiläufige Art, mit der sie ihren Plan beschrieb, einen Menschen zu ermorden, ließ Sara frösteln.

Angie schnäuzte sich und zuckte wegen des Schmerzes in ihrer Seite zusammen.

»Ohne Reuben würde das iPad wieder ins Spiel kommen. Ich hätte tun können, was ich ursprünglich vorhatte. Das iPad gegen Anthony tauschen.«

»Bei Kip Kilpatrick?«, vermutete Faith.

Angie versuchte immer noch, Wills Aufmerksamkeit zu gewinnen. Er sah sie absichtlich nicht an. »Ich weiß, ich habe es verpfuscht, Baby«, sagte sie. »Aber ich habe nur versucht, meiner Tochter zu helfen. Sie weiß nicht einmal, wer ich bin.«

Wills Gesicht blieb wie versteinert. Angie hatte keine Ahnung, was sie ihm angetan hatte. Sara hoffte nur, diese neu gewonnene Klarsicht würde die aktuelle Krise überdauern.

Amandas Handy läutete. Sie lauschte kurz und sagte dann an die anderen gerichtet: »Reuben Figaroa hat sein Haus verlassen. Laslo Zivcovik ist bei ihm im Wagen. Sie fahren auf der Peachtree nach Westen. Haben gerade die Piedmont überquert. Wir verfolgen sie mit drei Fahrzeugen, das vierte bleibt vor der Villa.«

»Er fährt nicht nach Downtown, sondern in die Gegenrichtung, zu den Einkaufszentren«, sagte Faith. »Öffentliche Orte. Viele Menschen. Wenn ich eine Übergabe arrangieren müsste, würde ich es dort tun.«

Amanda sah auf ihre Uhr. »Die Plaza macht gerade erst auf. Viel wird dort noch nicht los sein.«

»Er kundschaftet den Ort aus. Deshalb hat er Laslo mitgenommen«, sagte Angie. »Reuben ist ein Kontrollfreak. Er glaubt, seine Frau wurde ermordet. Jemand hat seinen Sohn geraubt und fordert Geld. Deshalb wollte ich es über Kip abwickeln. Ich habe Virginia erklärt, dass Reuben sie erschießen wird, falls er die Gelegenheit dazu bekommt.«

»Ich weiß nicht, wie schnell ich ein Einsatzkommando dort haben kann«, sagte Amanda. »Das Revier von Buckhead kann uns kräftig unterstützen. Wir haben drei Agenten in drei Autos. Wir befinden uns am Ende der Rushhour. Es dauert eine Stunde, bis wir in Buckhead sind. Wir können teilweise Blaulicht und Sirene einsetzen, aber ...«

»Auf dem Dach steht ein Hubschrauber«, sagte Sara. Sie war schon bei Nottransporten mitgeflogen. »Das Shepherd Spinal Center hat einen Hubschrauberlandeplatz. Das verkürzt Ihre Anreisezeit auf eine Viertelstunde.«

»Perfekt«, sagte Amanda. »Faith, fessle Angie mit Handschellen ans Bett und lass sie durch das APD bewachen. Aber es darf niemand sein, der Verbindung zu Collier hat. Will kommt mit mir im Hubschrauber. Er ist der bessere Schütze, und Reuben kennt sein Gesicht noch nicht.« Sie warf Will ihre Wagenschlüssel zu. »Mein Gewehr ist im Kofferraum. Die Magazine sind im Autosafe. Bringen Sie meinen Schnelllader und eine Packung Munition mit.«

Instinktiv umklammerte Sara Wills Arm. Das ging zu schnell. Amanda sprach davon, auf Menschen zu schießen. Menschen, die zurückschossen. Sara wollte nicht, dass er ging. Sie wollte ihn nicht verlieren.

Will legte die Hand an Saras Wange. »Wir sehen uns zu Hause, wenn alles vorbei ist.«

KAPITEL 13

Will studierte den Plan an der Wand des Sicherheitsbüros von Phipps Plaza. Es gab tausend Möglichkeiten, wie die Übergabe zwischen Reuben Figaroa und Virginia Souza außer Kontrolle geraten konnte. Deshawn Watkins, der Sicherheitschef des Einkaufszentrums, umriss ein paar davon für Amanda.

»Es gibt vier verschiedene Zugänge, um direkt zu Ebene drei zu gelangen.« Deshawn zeigte auf drei Rolltreppen und den Aufzug, der alle drei Ebenen im Hauptatrium bediente. »Dann gibt es zwei weitere Rolltreppen, wenn Sie durch das Kaufhaus *Belk* gehen, eine rauf, eine runter. Dann gibt es diesen Aufzug hier im *Belk* direkt und einen weiteren Aufzug beim Eingang von der Straße. Keiner der Aufzüge fährt bis zur Tiefgarage, außer diesem hier. Und diesem.«

»Wir befinden uns also praktisch in einem Sieb«, sagte Amanda und schaute auf ihre Uhr. Sie gingen davon aus, dass das Treffen zur vollen oder halben Stunde stattfinden würde. »Es ist elf Uhr sechzehn«, sagte sie zu Will. »Wenn es Mittag wird, müssen wir die Sache neu überdenken. Wer weiß, wie viele Leute hier zum Lunch auftauchen werden.«

»Die meisten Leute, die in den Läden arbeiten«, sagte Deshawn. »Und eine Menge Kids außerdem. Um zwölf Uhr dreißig ist hier alles voll.«

Will rieb sich das Kinn, während er die Karte an der Wand studierte. Der Grundriss war ihm bekannt. Er war öfter mit Sara im Phipps gewesen, als ihm lieb war. Das Einkaufszentrum umfasste drei Stockwerke, aufeinandergestapelt wie eine Hochzeitstorte, wobei der kleinere obere Rang nach vorn verschoben war. Ein kreisförmiges, offenes Atrium ging durch alle drei Ebenen. Die Geländer waren aus Glas mit lackiertem Holz und goldenen Handläufen. Der Aufzug hatte eine Glaswand. Will fühlte sich unwillkürlich an Marcus Rippys Nachtclub erinnert, auch wenn das Ambiente gegensätzlicher nicht hätte sein können. Die Böden hier glänzten vor Sauberkeit, und Oberlichte ließen viel Sonnenlicht einfallen.

Reuben Figaroa saß im Gastrobereich auf der dritten Ebene, wie schon die ganze Zeit, seit sie hier waren. Er hatte einen guten Ort für den Austausch gewählt. Oder vielleicht hatte ihn auch Virginia Souza ausgesucht. Selbst an einem Mittwoch war das oberste Stockwerk ein Mekka für Vorschulkinder. Das *Legoland Discovery Center* bot jeden Mittwochvormittag ein Spielprogramm für Kleine. Im Kino lief ein Zeichentrick-Marathon. Doch Kinder waren nicht das einzige Problem. Es gab einen großen, offenen Gastrobereich mit mehreren Fast-Food-Restaurants. Über den Rest der Mall verteilten sich ältere Herrschaften, die gern bummelten, und natürlich die Kunden, die in den mehr als hundert Läden ihre Einkäufe erledigten.

Hätte Will ein Kind gegen Geld tauschen müssen, würde er es hier tun.

Andererseits wussten sie nicht, ob Reuben Figaroa überhaupt einen Austausch beabsichtigte.

Ein öffentlicher Ort. Ein herrschsüchtiger Mann mit vielen Waffen. Ein verängstigter kleiner Junge. Eine Frau, die ihr ganzes Leben lang Kinder verletzt hatte.

Die Sache konnte wie am Schnürchen laufen oder zum Albtraum werden.

Will ging in Gedanken das Best-Case-Szenario durch: Souza spaziert mit Anthony in die Mall. Die Guten schnappen sich das Kind und geben es seinem Vater zurück. Das zweitbeste: Souza geht ihnen auf dem Weg zum Gastrobereich durch die Lappen, sie tauscht Anthony gegen das Geld, die Polizei treibt sie auf der zweiten Ebene in die Enge und verhaftet sie.

An das Worst-Case-Szenario wollte Will gar nicht denken, es war das Szenario, in dem Reuben, der kein Problem damit hatte, Frauen zu schlagen, Vergeltung forderte. In dem Virginia Souza eine Schusswaffe oder ein Messer und ein Kind in ihrer

Gewalt hatte. In dem sie an einen zweiten Ort fuhren, der sich jeder Kontrolle entzog.

Dann war da noch Laslo.

Und die Möglichkeit, dass Souza eine Komplizin hatte.

Als Stallmama hatte sie eine Auswahl an jungen Frauen, die tun würden, was sie von ihnen verlangte. Jede von ihnen – oder zwei oder drei – konnte sich als eine der jungen Mütter im Gastrobereich ausgeben.

Souzas Mädchen waren gewitzt von einem Leben auf der Straße. Sie erkannten einen Polizisten in Zivil, wenn sie einen sahen. Sie konnten Souza warnen. Sie würden ihr Rückendeckung geben, wenn der Handel schiefging. Sie waren alle so brutal wie Angie, hart, gemein und wild entschlossen, alles zu tun, was nötig war, um ihre Familie zu schützen.

»Sie wird nicht die Aufzüge nehmen«, sagte Amanda. »Die sind kein schneller Fluchtweg.«

»Es würde keinen Sinn machen, bis zur Tiefgarage hinunterzufahren.« Deshawn zeigte wieder auf den Plan, zu dem Glasaufzug im Atrium. »Sie müsste zwei Stockwerke nach unten gehen, dann ist das hier der nächstgelegene Ausgang. Aber wir können verhindern, dass die Aufzüge bis in die Tiefgarage fahren, wenn Sie es wollen.«

»Tun Sie das«, sagte Will. »Reuben hat doch diese Knieschiene. Er wird sich nicht schnell bewegen können«, ergänzte er, an Amanda gewandt.

»Hoffen wir, dass es nicht Reuben ist, dem wir aus dieser Mall folgen«, sagte sie, dann fragte sie Deshawn: »Wie kommt man nun also hier raus? Mit einer Rolltreppe auf die zweite Ebene hinunter und dann?«

»Wenn wir die Tiefgarage aus dem Spiel nehmen, kommen Sie nur über Ebene eins raus«, erklärte Deshawn. »Es gibt zwölf ebenerdige Eingänge direkt zur Straße. Jeweils drei im *Belk*, *Saks* und *Nordstrom*. Dann haben wir zwei weitere Ein- und Ausgänge am Monarch Court und einen zur Avenue of the South.

Von beiden haben Sie nicht weit zur Peachtree oder zur Interstate. Ich würde diesen Ausgang beim Parkservice nehmen.«

»Klingt schlüssig«, sagte Amanda. »Reubens Wagen steht vor dem *Saks*. Er geht rechts zur Tür raus, steigt in den Wagen und dann ab auf die Interstate.«

»Oder nach Hause«, sagte Will, aber Amandas Blick verriet ihm, dass sie das nicht für wahrscheinlich hielt.

Ihr Funkgerät klackte. Sie ging auf die andere Seite des Raums, um sich mit dem Team abzusprechen. Zwölf uniformierte Beamte des Reviers Buckhead waren über die Plaza verteilt. Das Einsatzkommando war auf dem Dach und observierte die Gebäude an der Ecke. Der Sicherheitsdienst des Einkaufszentrums drehte seine üblichen Runden, um keinen Verdacht zu erregen. Drei der GBI-Agenten aus den Fahrzeugen vor Reubens Haus drückten sich in der Nähe der Rolltreppen herum. Der vierte beschattete Laslo, der seit anderthalb Stunden die Plaza inspizierte.

Angie hatte recht gehabt in Bezug auf Reuben Figaroa. Er war zu früh gekommen, um sich einen taktischen Vorteil zu verschaffen. Was gut war, denn es hatte auch Amanda die Zeit verschafft, ihre Leute zu postieren.

Wills größte Sorge war, dass Virginia Souza das Gleiche getan haben könnte.

Sie konnten die Frau nur anhand des Polizeifotos von ihrer letzten Verhaftung vor vier Jahren identifizieren. Mit dem langen und strähnigen braunen Haar und dem verschmierten Make-up sah sie aus wie das personifizierte Klischee einer alten Hure. Wenn Souza so schlau war, wie Angie behauptete, würde sie wissen, dass sie in einem solchen Aufzug nicht in die Phipps Plaza spazieren konnte. Dafür war das Einkaufszentrum zu schick, sie würde sofort auffallen.

»Wir können das Wartungsteam kommen lassen«, sagte Deshawn, »vielleicht eine Sperre vor dieser Rolltreppe aufbauen, damit es aussieht, als wäre sie defekt.«

»Ich fürchte, das könnte ihn misstrauisch machen«, sagte Will.
»Er sieht nicht nervös aus.«
»Nein«, sagte Will, aber das war nicht notwendigerweise gut. Ein gefasster Mann war ein Mann, der sich entschieden hatte.

Sie konnten Reuben festsetzen, dafür brauchten sie nicht einmal einen Grund. Aber Souza hatte möglicherweise einen Späher, der sie warnte, und sie würden Anthony das nächste Mal tot in einem Rinnstein oder im Internet sehen.

Will sah zu der Batterie hochauflösender Monitore an der Wand. Es waren Farbmonitore, und man musste sich nicht durch die verschiedenen Überwachungskameras klicken. Der größte der sechzehn Bildschirme, in der Mitte der Wand, zeigte Reuben Figaroa.

Er saß im hinteren Teil des Gastrobereichs, ein Stockwerk oberhalb von Wills Standort. Das offene Atrium war seitlich von ihm. Nach dieser Seite konnte er unmöglich entkommen, auch ein Basketballstar überlebte keinen Sturz über drei Stockwerke. Glücklicherweise waren die Tische unmittelbar um ihn herum frei – die anderen Kunden machten einen weiten Bogen um ihn. Insbesondere die Mütter schienen einem Mann nicht zu trauen, der allein an einem Ort saß, wo sie mit ihren Kindern hingingen.

Reuben war inkognito gekommen, eine Mütze der Falcons auf dem kahlen Schädel. Auf dem Tisch vor ihm stand ein Laptop. Um seine Größe zu kaschieren, saß er zusammengesunken auf seinem Stuhl. Sein Schnauzer und der Ziegenbart hatten sich beinahe zu einem Vollbart ausgewachsen, denn er war einer dieser Männer, die sich alle vier Stunden rasieren mussten. Er trug ein schwarzes T-Shirt und schwarze Jeans, nicht unbedingt ein Kampfanzug, aber nahe daran. Eine große Sporttasche stand zu seinen Füßen. Wegen des T-Shirts wussten sie, dass er keine Waffe am Körper trug, aber die Tasche war groß genug, um Platz für ein Gewehr, eine Handfeuerwaffe oder eine Maschinenpistole zu bieten. Oder für alle drei.

Amanda hatte das Funkgerät weggesteckt und sagte zu Will: »Laslo hat die Plaza gerade verlassen. Er hat den Wagen zum *Ritz-Carlton* gefahren. Er parkt dort auf der Servicespur. Die Übergabe steht unmittelbar bevor.«

Deshawn sagte: »Figaroa wird das Zentrum durch das *Nordstrom-Kaufhaus* verlassen, um zum *Ritz* zu kommen.«

»Ich sage dem Einsatzkommando Bescheid.« Amanda gab Will das Funkgerät und wandte sich zur Tür. »Faith ist auf dem Weg nach oben. Ich nehme meine Position ein. Will, halten Sie sich bereit, überall hinzugehen, wo Sie gebraucht werden. Doppelt genäht hält besser.«

Deshawn griff nach einem Telefon auf dem Schreibtisch und sagte zu Will: »Ich sage meinen Leuten im *Nordstrom* Bescheid, dass wir glauben, es wird rundgehen bei ihnen.«

Will beobachtete die Monitore. Das Sicherheitsbüro lag direkt neben einer Rolltreppe, die zum obersten Geschoss führte. Amanda hielt sich am Handlauf fest, als sie hinauffuhr. Wie Reuben war sie getarnt, sie trug einen pastellblauen Trainingsanzug und ein weißes T-Shirt, beides hatte sie in einem der Läden gekauft. Ihre große Handtasche war leer bis auf ihren Revolver und drei Schnelllader. Sie trug eine Brille und auf dem Kopf ein weißes Sonnenhütchen, wie es ältere Damen trugen. Wie alle anderen im Team hatte sie einen Knopfhörer im Ohr, der als Zweiwegefunkgerät funktionierte, indem er die Vibration in ihrem Kiefer auffing, sodass kein sichtbares Mikrofon nötig war.

Statt auf Reuben zuzugehen, nahm sie an einem der Tische vor dem Kaufhaus *Belk* Platz, rund zwanzig Meter entfernt. Sie saß mit dem Rücken zu ihm. Phil Brauer, einer der Agenten aus den Überwachungsfahrzeugen, befand sich bereits an dem Tisch und hatte zwei Tassen Kaffee vor sich stehen. Die beiden fielen hier in keiner Weise auf, ein Ehepaar im Ruhestand, das viel Zeit hatte.

»Wir sind auf Position«, sagte Amanda.

Deshawn sagte zu Will: »Sind Sie sicher, dass wir den Laden nicht einfach räumen sollen?«

»Dann ist sie gewarnt.«

»Aber so ist es ein enormes Risiko.«

»Wir haben jemanden im *Legoland* und jemanden im Kino. Wir machen in dem Moment alles dicht hier, in dem es so aussieht, als könnte es Ärger geben.«

»Was ist mit den Leuten, die hier sitzen?« Deshawn deutete auf den Monitor, der den Gastrobereich zeigte. »Das sind mindestens ein Dutzend Personen.«

Will hatte neun gezählt, einschließlich einem Tisch mit vier jungen Müttern samt Babys in Kinderwagen. Amanda hatte sich zwischen den Frauen und Reuben Figaroa platziert. »Wenn wir diesen Jungen heute nicht zu fassen bekommen, wird ihn die Frau, die ihn in ihrer Gewalt hat, an den nächstbesten Pädophilen verhökern.«

»Du lieber Himmel.« Deshawn musste die Mitteilung erst verdauen. »Wie sieht Ihr Plan aus, wenn sie mit dem Kind zu fliehen versucht, ihn als Geisel nimmt oder so?«

Will klopfte auf das Gewehr über seiner Schulter.

»Großer Gott.«

Faith betrat den Raum. Sie trug das schwarze Kostüm, das sie immer im Wagen liegen hatte, statt ihrer GBI-Kluft aus blauer Bluse und Kakihose. Ihre Pistole lag verdeckt an der Hüfte. Sie nickte Deshawn zu und fragte Will: »Wie sieht es aus?«

»Amanda ist hier mit Brauer. Sie hat sich zwischen Reuben und diesem Tisch platziert.« Er zeigte auf die vier jungen Mütter. Sie lachten. Eine von ihnen fütterte ihr Baby. Eine andere telefonierte.

»Wenn nötig, können sie im *Belk* Deckung suchen«, meinte Faith.

»Einer von unseren Leuten ist im *Legoland*«, sagte Will. »Das Sicherheitspersonal wird das Tor herunterlassen, wenn es Ärger gibt. Sie beschäftigen die Kinder schon die ganze Zeit im hinteren Teil des Areals, wo eine Geburtstagsparty stattfindet. Vorne ist der Souvenirladen, hier ist also nicht mit Problemen zu rechnen. Das Gleiche gilt für das Kino. Der Zeichentrickfilm endet um Mittag herum, aber wir haben Polizisten im Saal, am Imbissstand und am Ausgang zur Plaza und verhindern notfalls, dass die Kinder herauskommen.« Er zeigte ihr den Plan an der Wand. »Wir haben die Rolltreppen hier, hier, hier und hier abgedeckt.« Er zeigte auf die entsprechenden Punkte. »Laslo steht auf der Straßenseite gegenüber. Das Einsatzkommando ist draußen.«

»Die Jungs machen ihre Sache gut. Ich habe sie nicht gesehen.«

»Wir haben den Geschäftsführern aller Läden Souzas Polizeifoto gegeben und ihnen eingeschärft, sich ihr nicht zu nähern. An das Verkaufspersonal wollten wir das Foto nicht geben, das führt nur zu Gerede.«

»Sie wird nicht aussehen wie auf dem Foto.«

»Es ist alles, was wir haben.«

Faith sah zu Reuben Figaroa. »Mir gefällt diese Sporttasche nicht. Selbst für eine Million Dollar in bar müsste sie nicht so groß sein.«

Will folgte ihrem Blick zu den Monitoren. Reuben saß immer noch am Tisch und starrte in seinen Laptop. »Wir haben einen unserer Leute in seine Nähe gesetzt, aber er hat Reuben irritiert, also mussten wir ihn wieder abziehen.«

»Er konnte nicht feststellen, was in der Tasche ist?«

»Nein, aber Reuben sieht sich anscheinend Bilder von seiner Frau und dem Kind auf dem Laptop an, er scrollt sie ein ums andere Mal durch.«

»Wer ist das?«

Will sah zu dem großen Monitor. Eine junge Frau ging auf Reuben zu. Sie nahm drei Tische entfernt Platz und hielt den Kopf über ihr Smartphone gebeugt. Weiße Kopfhörerkabel verschwanden in ihrem Haar. Sie trug das, was auch die meisten anderen jungen Mütter hier trugen, eine Art Fitnessstudio-Aufzug.

Reuben sah sich die Frau lange an, ehe er sich wieder seinem Laptop zuwandte.

Faith sagte: »Sie trägt die falschen Schuhe.«

Will betrachtete die roten Schuhe. Es waren Slipper. »Sie meinen, weil sie keine Sneaker trägt?«

»Eine Frau, die an einem Mittwochvormittag in ihren Fitnesssachen in einem Einkaufszentrum herumsitzen kann, kauft ihre Schuhe nicht bei *Walmart*.« Nach einer kurzen Pause fügte sie hinzu: »Und warum ist sie hier, wenn sie kein Kind dabeihat?«

Will studierte die anderen Frauen im Umkreis des Gastrobereichs. Ausnahmslos hielten sie entweder ein Baby im Arm oder zerrten ein Kleinkind vom *Legoland* fort.

»Es ist elf Uhr achtundzwanzig«, sagte Deshawn.

»Grüne Jacke«, sagte Faith und trat näher an die Monitore. »Das ist doch eine Frau, oder nicht?«

Eine androgyn aussehende Frau wartete vor dem Aufzug im Erdgeschoss. Sie trug eine dunkle Sonnenbrille und eine Baseballmütze der Braves, die sie tief in die Stirn gezogen hatte. Ihre Jeans waren dunkelblau. Die dunkelgrüne Jacke war fast bis zum Hals geschlossen. Ihre Hände steckten in den Taschen.

»Sie arbeitet nicht hier«, sagte Deshawn. »Jedenfalls nicht so, dass es mir aufgefallen wäre.«

»Ist das Souza?«, fragte Faith. »Sie könnte das Kind anderswo haben, vielleicht in einem Auto in der Tiefgarage.«

Ein zweiter Schauplatz. Der schlimmste anzunehmende Fall. Will griff zum Funkgerät. »Wir brauchen eine geräuschlose Durchsuchung der Tiefgarage. Seht nach, ob Anthony in einem geparkten Fahrzeug ist.«

Die Frau drückte noch einmal den Knopf für den Aufzug, dann steckte sie die Hand wieder in die Jackentasche. Ihre Bewegungen hatten etwas Verstohlenes, sie war erkennbar nervös.

Will meldete es über Funk an Amanda. »Es gibt möglicherweise jemanden im Aufzug. Grüne Jacke. Halten Sie sich bereit.«

»Zehn-vier«, sagte Amanda

»Sie sieht nicht jung aus, oder?« Faith berührte den Monitor praktisch mit der Nase. »Ihre ganze Körperhaltung. Sie telefoniert nicht und hört keine Musik. Und es ist zu heiß für diese Jacke.«

»Wir werden ihr Gesicht sehen, wenn sie den Aufzug betritt«, sagte Deshawn.

Die Tür ging auf. Grüne Jacke blickte nicht auf, als sie hineinging. Sie hielt den Kopf gesenkt und die Hände weiter in den Taschen vergraben. Die Tür begann sich zu schließen, aber nun schoss ihr Arm vor und hielt sie auf.

»Mist«, sagte Faith. Eine weitere Frau betrat den Aufzug. Hochgewachsen, blonder Pferdeschwanz, in ein T-Shirt mit V-Ausschnitt und eine kurze Laufhose gekleidet. Sie versuchte, einen zweisitzigen Kinderwagen in den Aufzug zu bugsieren. Ein Säugling lag im Vordersitz. Ein kleines Mädchen, das wie eine Figur aus dem *Lego*-Film gekleidet war, schlief im hinteren Sitz.

»Das gefällt mir nicht«, sagte Faith. »Das sind zwei Kinder. Zwei Geiseln.«

Sie beobachteten, wie sich Grüne Jacke bückte, den Kinderwagen vorne packte und in den Aufzug hob. Es gab einen Austausch von Freundlichkeiten, ehe sich die Tür schloss. Sie fuhren schweigend zur obersten Ebene.

»Sie blickt noch immer nicht in die Kamera«, sagte Faith. »Niemand hält die ganze Zeit den Kopf so gesenkt.«

Will setzte das Funkgerät an den Mund. »Grüne Jacke kommt gleich aus dem Aufzug.«

Phil Brauer stand vom Tisch auf. Er warf seinen Kaffeebecher in den Abfalleimer. Die Aufzugtür öffnete sich. Grüne Jacke half der Blonden, den Kinderwagen herauszumanövrieren, und ging dann in Richtung Kino. Brauer nahm an einem anderen Tisch Platz. Er hielt sein Handy ans Ohr. Will hörte seine Stimme über Funk. »Ich kann es nicht sagen wegen der Mütze, aber sie hat dunkles Haar, und das Alter könnte hinkommen.«

Alle beugten sich zu den Monitoren vor. Grüne Jacke stand vor dem Kassenschalter und las auf der Tafel darüber die Anfangszeiten der Filme.

»Ist sie es?«, fragte Faith. »Ich kann nicht …«

»Kontakt«, sagte Amanda.

Reuben Figaroa stand auf.

Die Blondine mit dem Tandem-Kinderwagen befand sich auf der anderen Seite seines Tisches.

Virginia Souza.

Die ältere Hure hatte sich geschickt zurechtgemacht. Sie hatte ihr Haar honigblond gefärbt, statt es zu bleichen. Ihr Make-up war unaufdringlich. Ihre Kleidung betonte den Körper, gewährte aber nicht zu viele Einblicke. Der Pferdeschwanz ließ sie jugendlicher aussehen. Sie war schon früher hier gewesen und hatte in Ruhe die anderen Frauen studiert, um sicherzugehen, dass sie nicht auffiel.

»Es ist Anthony«, sagte Faith.

Sie hatte recht. Anthony saß im hinteren Sitz des Kinderwagens. Er war rosa gekleidet, und seine Beine waren angewinkelt, weil er zu groß für den Sitz war. Die Augen waren geschlossen, aber sie hatten die Form von Angies Augen. Seine Haut war die von Angie.

Will sprach ins Funkgerät. »Sie ist es. Sie hat Anthony und einen Säugling in dem Kinderwagen. Es gibt eine zweite Frau, wahrscheinlich zur Absicherung, drei Tische weiter, rote Schuhe.«

Amanda sagte: »Alpha-Team, Delta-Team, dichtmachen.«

Damit riegelte sie das *Legoland* und das Kino ab.

»Was reden sie?«, fragte Faith. »Sie stehen nur da.«

Es gab offenbar einen knappen Wortwechsel zwischen Figaroa und Souza. Will sah, dass die Fäuste des Mannes geballt waren. Er blickte ständig zwischen seinem Sohn und Souza hin und her, als könnte er sich nicht entscheiden, ob das Vergnügen, sie zu töten, es wert war, Anthony zu verlieren.

»Sie hat ihm von ihrer Rückendeckung erzählt«, vermutete Faith. »Nur deshalb hat er sich noch nicht auf sie gestürzt. Die Frau in den roten Schuhen muss eine Waffe haben.«

»Das iPad«, sagte Will, denn er wusste, wie diese Frauen tickten. »Souza will mehr Geld von ihm erpressen. Sie glaubt, sie kann das iPad von Angie bekommen.«

Amanda funkte dazwischen. »Brauer hat eine SMS geschickt. Er kann sie nicht hören. Er kann nicht sehen, was die Frau in den roten Schuhen treibt. Sieht jemand ihre Hände?«

»Sie hat ihr Smartphone im Schoß«, antwortete Will.

»Die Handtasche«, sagte Faith, denn wie fast alle Frauen hier hatte auch die Frau in den roten Schuhen eine Handtasche bei sich, die leicht Platz für eine Schusswaffe bot.

Phil Brauer drehte sich zur Seite, er hielt sein Handy von sich gestreckt, als könnte er sonst ohne Brille etwas nicht lesen, und schielte an dem Gerät vorbei, um nach der Person in der grünen Jacke zu sehen.

Sie stand immer noch da und studierte den Spielplan des Kinos. Sie hatte immer noch die Hände in den Taschen.

»Sie setzen sich«, sagte Faith.

Reuben hatte auf seinem Stuhl Platz genommen. Er saß nicht mehr so zusammengesunken da wie zuvor, sondern hielt die Schultern gerade. Seine Beine waren so lang, dass seine Knie bis zur anderen Seite des kleinen Tischs reichten. Souza musste einigen Abstand von ihm halten, wenn sie ihm gegenübersitzen wollte. Ihr Mund bewegte sich unablässig. Sie schien blind für die Wirkung zu sein, die ihre Worte hatten.

»Das dauert zu lange«, sagte Faith. »Sie hat ihr Leben lang Männer bedient. Warum sieht sie nicht, dass er kurz davor ist zu explodieren?«

»Geh doch einfach rein.« Deshawn klang verzweifelt. »Niemand ist bewaffnet. Wieso tut ihr nichts?«

»Man braucht keine Waffe, um ein Baby über die Brüstung der Galerie zu werfen.«

»Großer Gott.«

Will spähte mit zusammengekniffenen Augen zum vorderen Sitz des Kinderwagens. »Kann jemand feststellen, ob sich das Baby bewegt?«

Faith schüttelte den Kopf. »Wo ist die Packung Windeln, das Nuckelfläschchen, wo sind die zusätzlichen Decken, die Feuchttücher?«

»Sie meinen, es ist nicht echt?«

»Warum sollte sie ein Baby mitnehmen? Sie machen zu viel Mühe.« Dann sagte sie noch einmal: »Das dauert zu lange.«

Reuben Figaroa schien der gleichen Ansicht zu sein. Er hielt seine Hände im Schoß umklammert. Er griff nicht nach der Sporttasche. Er sprach nicht. Er funkelte Souza nur zornig an, während sie ihm Vorträge hielt. Seine Wut saß wie eine dritte Person am Tisch. Souza hatte entweder keine Ahnung, was sie tat, oder sie ging davon aus, dass alle Macht bei ihr lag.

Reuben Figaroa mochte es nicht, wenn Frauen Macht hatten.

»Die Frau in den roten Schuhen steht auf.«

Die junge Frau ging jetzt in Richtung Rolltreppe. Sie drückte ihr Telefon ans Ohr.

Will wandte den Blick nicht von Virginia Souza. Sie warnte Reuben, stellte ihm ein Ultimatum. Ihr Zeigefinger stieß in seine Richtung. Sie schien nicht zu bemerken, dass sich ihr Stuhl bewegte, dass er immer näher an den Tisch rutschte.

Will sagte: »Er hat seine Füße an ihren Stuhlbeinen eingehakt.«

»Was macht er da unter dem Tisch?«

Reubens Hände arbeiteten an etwas, packten etwas aus.

Will setzte das Funkgerät an den Mund.

Es ging so schnell, dass er nicht einmal mehr dazu kam, den Knopf zu drücken.

Souzas Stuhl wurde mit einem Ruck nach vorn gerissen, sodass sie zwischen Rückenlehne und Tisch eingeklemmt war. Reuben stieß ihr ein großes Messer direkt in den Hals. Ihre Hände fuhren nach oben, doch er packte ihre Handgelenke und hielt sie mit einer Hand fest, während er ihr mit der anderen das Messer ein ums andere Mal unter dem Tisch in den Bauch rammte.

»Scheiße«, zischte Faith.

Blut lief an Souzas Stuhl hinunter. Sie sackte zusammen. Reuben stand mit seiner Sporttasche auf und streckte die Hand nach Anthony aus.

»Vorsicht!«, schrie Deshawn.

Die Person in der grünen Jacke richtete eine Waffe auf Reuben. Einen Derringer Snake Slayer mit Doppellauf aus Edelstahl. Zwei Schüsse aus dem Colt würden zehn Projektile einer .38er Spezialmunition in die Luft jagen.

Phil Brauer lief auf die Frau zu, aber es spielte keine Rolle mehr: Reuben zog eine Sig Sauer aus der Sporttasche und schoss ihr in den Kopf.

»Alles dichtmachen!«, befahl Amanda. »Sofort!«

Will rannte aus dem Büro, das Gewehr schlug gegen seinen Rücken. Faith war unmittelbar hinter ihm. Sie waren fünfzig Meter vom Atrium entfernt und ein Stockwerk unter dem Gastrobereich. Er hatte das Gefühl, sich auf einem Laufband zu befinden, während er die weite Öffnung umrundete. Jeder Schritt vorwärts warf ihn zwei zurück. Faith sauste die Rolltreppe zur dritten Ebene hinauf. Will lief um die andere Seite des Atriums herum. Er riss sein Gewehr nach vorn, rutschte auf den Knien über den Boden und bezog gegenüber von Reuben Figaroa Stellung.

Der Lauf von Wills Gewehr lag auf dem Geländer auf. Er hatte das Auge am Visier. Die Waffe war entsichert. Sein Zeigefinger ruhte ausgestreckt auf dem Abzugsbügel.

Er holte tief Luft.

Vierzig Meter.

Er hätte ihn im Schlaf getroffen, aber Reuben hielt Anthony an die Brust gedrückt, sein riesiger Arm quetschte die Rippen seines Sohnes. Der Lauf der Sig Sauer war an Anthonys Schläfe gepresst.

»Fallen lassen!«, rief Amanda.

Sie stand breitbeinig da und richtete den Revolver auf ihr Ziel, das fünf Meter entfernt war. Faith hatte die Rolltreppe gestoppt und lag nun flach auf den Stufen. Phil Brauer kniete hinter einem Tisch. Sie hatten ein Dreieck gebildet, in dessen Zentrum Reuben gefangen war. Wie Will suchten sie alle nach einer Gelegenheit zum Schuss. Wie Will fanden sie keine. Anthonys Körper deckte Herz, Lunge und Bauch seines Vaters ab, jede Stelle, an der man ihn mit einem Schuss außer Gefecht setzen konnte.

»Zurück mit euch, verdammt noch mal!«, schrie Reuben.

Will blickte durch das Zielfernrohr des Gewehrs. Reuben hatte den Zeigefinger am Abzug. Ein Zucken, und Anthonys Leben wäre zu Ende. Will wusste, dass Amanda die gleiche Checkliste durchging wie er selbst. Wenn sie Reuben ins Bein schoss, konnte er immer noch abdrücken. Wenn sie auf seinen Kopf zielte und ihn verfehlte, konnte er immer noch abdrücken. Selbst wenn sie seinen Kopf traf, konnte er immer noch abdrücken. Und wenn ihr nur der geringste Fehler unterlief, konnte es passieren, dass sie einen sechsjährigen Jungen erschoss.

»Sie sind umzingelt«, sagte Amanda. »Sie kommen hier nicht mehr raus.«

»Gehen Sie mir verdammt noch mal aus dem Weg.«

Will spannte alle Muskeln. Reuben hatte die Reflexe eines Sportlers. Er konnte die Waffe sekundenschnell aus dem Handgelenk herumreißen und auf Amanda schießen, und Will wäre genauso weit wie zuvor.

Reuben ging auf Amanda zu. Er hinkte mit seiner Knieschiene. »Geh zurück, du Miststück.«

»Sie müssen das nicht tun.« Amanda wich zurück. Wills Sicht

war versperrt, als sie vor dem Aufzug vorbeikam. »Legen Sie die Waffe weg, und wir können reden.«

Reuben ging weiter, Anthony an die Brust gedrückt. Will bewegte sich gegenläufig zu ihm und betete um freie Schussbahn.

Reuben drückte den Aufzugknopf. »Ich werde hier rausgehen.«

»Setzen Sie den Jungen ab«, sagte Amanda. »Setzen Sie ihn ab, und wir reden.«

»Halt verdammt noch mal die Fresse!«

Als er seinen Vater schreien hörte, erwachte Anthony aus seiner Erstarrung. Er riss die Augen auf, als er begriff, was gerade geschah, und begann dann selbst zu schreien, ein hoher, schriller Laut wie von einem Tier, das in die Falle gegangen ist.

Die Aufzugtür öffnete sich, und Reuben ging hinein. Will hatte zwar freie Schussbahn durch die Glaswand des Aufzugs, aber er konnte dennoch nicht schießen. Selbst aus dieser Entfernung wäre es nicht sicher, ob die Kugel nicht durch Reuben hindurchgehen und Anthony töten würde.

Die Tür schloss sich.

Will joggte um das Atrium herum. Der Aufzug passierte seine Ebene, und er rannte zur nächstgelegenen Rolltreppe. Sie fuhr aufwärts, aber Will trippelte auf ihr nach unten und wäre auf den Metallstufen fast zu Fall gekommen. Er stützte sich auf das Geländer, hob die Beine und schwang sich das restliche Stück nach unten.

Seine Beine berührten genau in dem Moment den Boden, in dem die Aufzugtür sich öffnete.

Anthony heulte und wand sich in den Armen seines Vaters. Reuben hatte Mühe, das Kind und die Waffe gleichermaßen festzuhalten, er schrie den Jungen an, er solle endlich still sein. Will rannte geduckt, mit der Rückseite der Rolltreppe als Deckung. Den Schaft des Gewehrs hielt er an die Schulter gepresst und spähte mit einem Auge weiter durch das Visier.

Anthony hörte nicht auf, wild um sich zu schlagen und zu

strampeln, und erwischte seinen Vater mit einem Fußtritt am verletzten Knie. Reuben ließ den Jungen fallen.

Will wirbelte herum und drückte ab.

Die Welt stand still.

Der Rückschlag hieb den Gewehrschaft in Wills Schulter. An der Mündung des Laufs blitzte es auf. Die Patrone wurde seitlich ausgeworfen. Die Kugel durchschnitt die dichte Luft wie ein Messer, das einen Sack Mehl aufschlitzt.

Reuben Figaroas Schulter wurde nach hinten gerissen. Er krachte gegen die Aufzugtür und glitt zu Boden.

Wills Blick folgte ihm nach unten, indem er auf ein Knie ging. Sein Abzugfinger war für den nächsten Schuss bereit, aber Anthony hielt ihn davon ab.

Reuben hatte die Sig auf den Rücken seines Sohnes gerichtet. Er hielt die Waffe sehr ruhig.

Will hatte die falsche Schulter getroffen.

Reuben sagte: »Komm hierher, Junge.«

Will war fünf Meter von Anthony entfernt. Reuben nicht einmal einen.

»Anthony«, sagte Will. »Lauf.«

Anthony rührte sich nicht.

Will schob sein Knie über den Boden, um einen besseren Schusswinkel zu erhalten. Reuben war auf beiden Seiten durch die Nische für den Aufzug geschützt. Ein Schuss, der ihn ausschaltete, würde von vorn kommen müssen.

»Stopp.« Reubens Blick ging zwischen Anthony und Will hin und her und dann weiter zu Faith.

Sie war auf der anderen Seite der Rolltreppe. Ein weiteres Dreieck, wieder mit Reuben im Zentrum. Will hörte, wie sich die Schritte von noch mehr Beamten näherten, aber er wagte es nicht, den Blick von Reuben Figaroa zu nehmen.

»Anthony«, kommandierte Reuben. »Komm hierher, Junge.«

Faith sagte: »Anthony, Schätzchen, komm zu mir. Alles wird gut.«

Will rutschte noch ein wenig weiter. Sein Finger krümmte sich um den Abzug.

»Auf der Stelle jetzt, verdammt noch mal!« schrie Reuben.

Anthony machte einen Schritt rückwärts.

Will nahm den Finger vom Abzug.

Reuben legte den verwundeten Arm um seinen Sohn, und Anthony sank gegen ihn, sein Kopf versperrte den Blick auf das Gesicht des Vaters. Der Lauf der Sig lag nun wieder an der Schläfe des Jungen. Anthony wehrte sich nicht. Er sagte nichts. Er hatte gelernt, sich still zu verhalten, wenn sein Vater wütend war. Seine Angst drückte sich im Zittern der Unterlippe aus, wie bei seiner Adoptivgroßmutter, und in dem resignierten Blick, den er von Angie geerbt zu haben schien.

Wenn sie mit Will über Missbrauch sprach, erzählte sie nichts davon, sondern äußerte sich nur in Form von Ratschlägen: *Du musst nichts weiter tun als warten, bis es vorbei ist.*

Anthony wartete auf das Unvermeidliche. Die Schreie. Die Schläge. Das blaue Auge. Die aufgeplatzte Lippe. Die schlaflosen Nächte, in denen er darauf wartete, dass die Tür aufging.

»Zurück.« Reuben musste sich auf die Schulter seines Sohnes stützen. Er keuchte schwer. Blut floss aus dem Einschussloch direkt unterhalb des Schlüsselbeins. Sie waren in der gleichen ausweglosen Situation wie zuvor im oberen Stockwerk, nur dass Reuben inzwischen noch verzweifelter war.

»Legen Sie die Waffe weg«, sagte Will. »Sie müssen das nicht tun.«

»Scheiße.« Reubens Hand begann zu zittern. An seinem anderen Arm lief das Blut hinunter. Die Muskeln in seiner Brust und seinen Schultern waren hart von Krämpfen. »Womit haben Sie mich getroffen?«

»Hornady 60 Grain TAP URBAN.«

»Taktische Anwendung für die Polizei.« Reubens Augenlider wurden schwer. Sein Gesicht glänzte vor Schweiß. »Reduzierte Durchschlagskraft für den innerstädtischen Einsatz.«

Will stieß sich mit dem hinteren Fuß ab, um das Knie vorzuschieben. Er durfte nicht von der Seite kommen. Er musste näher heran. »Klingt ganz so, als wüssten Sie gut Bescheid über Munition.«

»Haben Sie den Snake Slayer gesehen, den diese Schlampe vorhin gezogen hat?«

»Hatte wahrscheinlich Bonds Kaliber .410 in der Kammer.«

»Ein Glück, dass ich sie gestoppt habe.« Reuben blinzelte sich den Schweiß aus den Augen. Will überlegte, ob der Mann vielleicht schon unscharf sah. In der Nähe des Schlüsselbeins gab es eine Reihe wichtiger Blutgefäße. Sara würde Bescheid wissen. Sie würde den Schaden bei der Autopsie vermerken, denn wenn Figaroa Angies Enkel tötete, würde er nicht lebend hier herausgehen.

»Reden wir darüber«, sagte Will. »Sie werden eine Operation brauchen. Ich kann Ihnen helfen.«

»Keine Operation mehr.« Er schüttelte den Kopf. Er blinzelte inzwischen langsamer. Er hielt Anthony nicht mehr so fest im Arm. Die Mündung der Sig zeigte leicht nach oben, aber Reuben konnte seinem Sohn immer noch eine Kugel ins Hirn jagen.

Will rutschte näher.

Faith machte ein Geräusch. Anthony sah zu ihr. Will sah nicht hin. Er wusste, sie versuchte, den Jungen zu sich zu locken.

»Lassen Sie das.« Reuben richtete die Waffe geradeaus.

»Wie hoch ist die nötige Abzugskraft bei dieser Sig? Zweieinhalb Kilo? Drei?«

Reuben nickte.

»Warum nehmen Sie den Finger nicht vom Abzug? Sie wollen doch sicher keinen Fehler machen.«

»Ich mache keine Fehler.«

Will rückte wieder ein Stückchen näher. Noch drei Meter. Wenn Reuben sich nur ein klein wenig zur Seite bewegte, war Will nahe genug für einen Kopfschuss. Für einen, den er abgab.

Oder für einen, den er erhielt. Will durfte der Waffe in Reubens Hand nicht trauen. Es war wieder genau wie zuvor im oberen Stockwerk: Eine schnelle Bewegung aus dem Handgelenk, und er konnte Will töten. Und im nächsten Moment Anthony.

»Sie sind in keiner sehr guten Verfassung, Mann«, sagte Will.

»Nein«, stimmte er zu. Der Arm um Anthony begann wieder zu erschlaffen. Der Junge hätte sich von ihm lösen können, aber Reuben konnte immer noch feuern. Auf Anthony. Auf Will.

»Lassen Sie uns reden«, wiederholte Will. Er schob sich noch einige Zentimeter näher, das Gewehr im Anschlag. Achtundneunzig Zentimeter Waffe. Eine Hand am Griff, eine am Schaft. Will ließ seine Hand am Lauf weiter hinuntergleiten. Wenn die Waffe losging, würde sie ihm die Schulter ausrenken. Er wölbte den Rücken für die Illusion von zusätzlichem Spielraum.

»Ich kann meinen Jungen nicht alleinlassen«, sagte Reuben.

Will durfte das Kind nicht ansehen. Er durfte nicht sehen, wie Angies Augen ihn anblickten. »Sie müssen Anthony nicht mitnehmen.«

»Hier hat er doch nichts mehr«, sagte Reuben. »Jo ist nicht mehr da. Meine Karriere ist vorbei. Wenn dieses Video veröffentlicht wird, war's das mit meiner Freiheit.«

»Sehen Sie, wie nah ich bin?«

Reubens Augenlider flatterten. Er richtete die Sig neu aus.

»Ich könnte abdrücken.«

»Das könnte ich auch.« Reubens Atem ging flach. Sein Gesicht hatte keine Farbe mehr. Will konnte jede einzelne Pore erkennen, jedes einzelne Barthaar. »Ich werde meinen Jungen nicht alleinlassen.« Er schluckte. »Jo würde das nicht wollen. Ihre richtige Mutter hat sie nach der Geburt verlassen. Sie würde ihren Sohn nie im Stich lassen.«

Und wieder schob Will sich ein wenig näher. Er dachte daran, warum Reuben das tat, wie der Machtverlust sein ganzes Leben aus der Bahn geworfen hatte. »Wie kann ich das beenden, Reuben?«, fragte er. »Sagen Sie mir, wie ich Ihren Sohn retten kann.«

»Wer hat sie getötet?«

Will überlegte, welche Lüge er ihm am besten erzählte, was ihn davon abhalten würde, seinen Sohn zu ermorden. Dass Jo noch am Leben war, dass Reuben etwas hatte, wofür es sich lohnte weiterzuleben? Dass Jo tot war, aber die Frau, die für ihren Tod verantwortlich war, sich in Polizeigewahrsam befand? Dass sie versucht hatte, Lösegeld für ihren eigenen Enkel zu erpressen?

Reuben verlor die Geduld. »Wer, Mann? Wer hat Jo getötet?«

»Die blonde Frau von oben.« Er konnte nicht sagen, ob er die richtige Entscheidung getroffen hatte, aber er musste jetzt dabei bleiben. »Sie heißt Virginia Souza. Sie ist eine Prostituierte, der Jo im Gefängnis begegnet ist. Sie hatten Streit. Souza hat sich an ihr gerächt.«

Zu Wills großer Erleichterung begann Reuben zu nicken, als würde ihm die Erklärung einleuchten. »Ging es um Drogen? Haben sie deshalb gestritten?«

»Ja.« Will bewegte sich noch einige Millimeter nach vorn und dann noch ein paar. Seine Hand glitt weiter am Lauf entlang. Zu weit, um noch gefahrlos den Schaft festzuhalten. Jetzt konnte er die Waffe auf keinen Fall mehr abfeuern. »Souza wusste, dass Jo reich war, dass sie Geld hatte. Sie folgte ihr zu der Party. Sie hat sie entführt. Und Anthony auch.«

Reuben nickte wieder. Der Grund war offensichtlich. Seine Frau hatte ihre Sucht geheim gehalten. Dann hielt sie sicher auch andere Dinge geheim. »Das Miststück ist jetzt tot.«

»Das stimmt.«

»Jo auch.« Er hielt inne, um zu schlucken. »Sie hat mich betrogen. Sie hat alles verraten, was wir zusammen aufgebaut haben. Sie hat nicht auf mich gehört.«

»So sind Frauen eben.«

»Sie nehmen und nehmen immer nur und spucken dich irgendwann aus, als wärst du ein Nichts.«

Die Mündung der Sig hatte sich erneut nach oben geneigt,

aber wieder nicht so weit, dass ein Schuss Anthony verfehlen würde. Reuben schwankte. Seine Muskeln zuckten. Seine Nerven waren aufs Äußerste gespannt. Er konnte aus Versehen abdrücken oder geplant. Ob die Waffe auf Anthony oder auf Will zeigte, wenn es passierte, würde eine Gratwanderung werden.

»Hör auf, dich zu bewegen«, sagte Reuben.

»Tu ich doch gar nicht.« Will schob sich nach vorn.

Reubens Adamsapfel hüpfte auf und ab, als er schluckte. »Sie hat es vor mir verheimlicht. Die Tabletten. Sie hat dieses Video gestohlen. Ich weiß, sie ist diejenige, die es gestohlen hat. Sie hat mein Leben zerstört. Und das von meinem Sohn.« Er schluckte wieder. »Mein Sohn.«

Will war jetzt nahe genug. Er konnte nur eins von beidem packen: die Waffe oder Anthony.

Anthony oder Will – alles lief darauf hinaus, in welche Richtung die Waffe zeigte.

»Ist in Ordnung.« Reuben sah Will jetzt an, in seinen Augen lag kein Ausdruck mehr. Sein Mund stand offen. Seine Lippen waren blau. Er hatte Mühe, Luft zu holen. Er blinzelte, langsam. Er blinzelte noch einmal, noch langsamer. Er blinzelte ein drittes Mal, und Will warf sich auf Reuben, sein Arm schoss vor, und er stieß mit dem Handrücken Anthony zur Seite.

Reubens Kopf explodierte.

Heißes Blut spritzte Will ins Gesicht und an den Hals. Er hatte Knochensplitter im Mund, in der Nase. Seine Augen brannten. Er fiel rückwärts und ließ das Gewehr los. Er fuhr sich mit beiden Händen ins Gesicht. Muskelfasern und Gewebe blieben zwischen seinen Fingern kleben. Er nieste. Blut spritzte auf den Boden, doch er konnte es kaum sehen. Er stand auf und torkelte rückwärts, als könnte er sich von dem Blutbad entfernen, doch das Blutbad war auf ihm.

»Will!« Amanda riss ihn am Arm vorwärts. Er stolperte, fiel über seine eigenen Füße. Sie zerrte ihn weiter quer über das Atrium und dann in einen Flur, wo er gegen Wände prallte. Er war vollkommen blind. Unter seinen Füßen spürte er Teppichboden. Er wollte die Augen öffnen, aber er konnte es nicht. Splitter schnitten in seine Hornhaut, Fragmente von Reuben Figaroas Knochen, Zähnen und Knorpel.

»Beugen Sie sich vor.« Amanda stieß ihn nach unten.

Kaltes Wasser strömte über sein Gesicht und in seinen Mund. Klumpen von Hirnmasse glitten von seiner Haut herab. Er sah Licht. Er blinzelte. Weißes Porzellan, ein hoher Wasserhahn. Sie waren auf einer Toilette, und er stand über das Waschbecken gebeugt. Will streckte die Hand zum Seifenspender aus. Er riss ihn von der Wand. Der Beutel platzte auf. Er nahm ganze Hände voll Seife und schrubbte sich Gesicht und Hals. Er riss sich das Hemd vom Leib. Er schrubbte seine Brust, bis die Haut wund war.

»Stopp«, sagte Amanda. »Sie tun sich noch weh.« Sie packte seine Hände und zwang ihn aufzuhören, ehe er sich die Haut vom Leib schälte. »Es ist gut«, sagte sie. »Holen Sie Luft.«

Will wollte nicht Luft holen. Er hatte es satt, ständig gesagt zu bekommen, dass er Luft holen sollte. Er streckte den Kopf unter einen anderen Wasserhahn über einem sauberen Waschbecken. Er spülte sich den Mund aus. Das Wasser war rosa, als er es ausspuckte. Er rieb sich das Gesicht, zerkratzte sich die Haut und vergewisserte sich immer wieder, dass keine Stücke von Reuben Figaroa mehr in seinen Augen, seiner Nase, seinem Mund oder seinem Haar waren.

»Trinken Sie noch mehr Wasser.«

Er klaubte etwas aus seinem Ohr. Ein roter Splitter, ein Teil eines Backenzahns.

Will schleuderte den Zahn an die Wand. Er stützte sich mit beiden Händen auf das Becken. Sein Atem brannte wie Feuer in seinen Lungen. Seine Haut brannte. Noch immer bildete er sich ein, dass Blutstropfen an Gesicht und Hals hinunterliefen.

»Es ist gut«, sagte Amanda.

»Ich weiß, dass es gut ist.« Er schloss die Augen. Es war nicht gut. Überall war Blut. In den Waschbecken. In Lachen auf dem Boden. Auf der Toilette war es eiskalt, er zitterte.

»Anthony?« Er biss die Zähne zusammen, damit sie nicht klapperten.

»Er ist in Sicherheit. Faith ist bei ihm.«

»Großer Gott«, murmelte Will. Er versuchte, seine Atmung zu regulieren, die Kontrolle über seinen Körper wiederzuerlangen. Er kniff ein Auge zu. »Ich war mir nicht sicher, ob Faith freie Schussbahn haben würde.«

»Doch, hatte sie. Ich ebenfalls. Wir hatten alle freie Schussbahn. Aber er kam uns zuvor.« Amanda zog Papierhandtücher aus dem Spender. »Reuben Figaroa hat sich selbst getötet.«

Will hob überrascht den Kopf.

»In der Sekunde, in der Anthony fort war, hat Reuben sich die Waffe unter das Kinn gesetzt und abgedrückt.«

Will starrte sie ungläubig an.

Sie nickte. »Er hat sich selbst erschossen.«

Will versuchte, sich die Szene noch einmal zu vergegenwärtigen, aber alles, woran er sich erinnerte, war die flüchtige Befürchtung, Anthony könnte sich verletzen, als er ihn aus dem Weg stieß.

»Sie haben alles richtig gemacht, Will«, sagte Amanda. »Reuben Figaroa hat seine Wahl getroffen.«

»Ich hätte ihn retten können.« Will wischte sich das Gesicht mit einem Handtuch ab. Das raue Papier fühlte sich an wie eine Katzenzunge. Er blickte nach unten und rechnete damit, Blut zu entdecken, aber da war nur ein dunkler Wasserfleck.

Wischte Faith in einer anderen Toilette Anthonys Gesicht sauber?

Als die Waffe losgegangen war, war der Junge nicht weiter von Reuben entfernt gewesen als Will. Wie viele Jahre würde Reubens Sohn noch spüren, wie glitschige Klumpen vom Gehirn seines Vaters an seiner Wange hinabrutschten? In wie vielen Nächten würde er schreiend aufwachen, weil er befürchtete, an der grauen Substanz und den Knochenteilchen zu ersticken, die er in die Nase eingeatmet hatte?

»Will«, sagte Amanda. »Wie hätten Sie ihn retten sollen?«

Will schüttelte den Kopf. Er hatte die falsche Entscheidung getroffen. Er hatte es im Innersten gespürt, als er die Lüge ausgesprochen hatte. »Reuben hätte die Waffe weggelegt, wenn ich ihm die Wahrheit über Jo gesagt hätte. Dass sie nicht tot ist. Dass es etwas gibt, wofür es sich lohnt weiterzuleben.« Er knüllte das Papierhandtuch zusammen. »Sie haben gehört, wie er sagte, dass er Anthony nicht alleinlassen wolle, dass Jo es nicht wollen würde. Er hätte niemals abgedrückt, wenn er gedacht hätte, dass er noch eine Chance auf eine intakte Familie hat.«

»Oder er hätte Sie stattdessen erschossen. Oder wäre von einem von uns erschossen worden, weil er zwei Stockwerke über uns eine Frau erstochen hat. Er hat einer weiteren Frau in den Kopf geschossen. Er hat fast ein Jahrzehnt lang seine Frau geprügelt. Er hat damit gedroht, seinen eigenen Sohn zu töten. Wie kommen Sie auf die Idee, es hätte so etwas wie ein romantisches Band zwischen Reuben Figaroa und seiner Frau gegeben, und wenn Sie es auf magische Weise heraufbeschworen hätten, wäre alles gut ausgegangen?«

Will schmiss das Papierhandtuch in den Abfalleimer.

»Wenn man jemanden liebt, gibt man sich nicht alle erdenkliche Mühe, ihn zu verletzen. Man foltert ihn nicht. Man terrorisiert ihn nicht oder zwingt ihn, in ständiger Angst zu leben. So funktioniert Liebe nicht. So funktionieren normale Menschen nicht.«

Will brauchte den Hinweis nicht, dass Reuben und Angie vom selben Schlag waren. »Danke, aber ich glaube, ich setze beim heutigen Gleichnis aus.«

Amanda antwortete nicht. Sie blickte auf seine nackte Brust. Die kreisrunden Narben, wo sich Zigarettenglut in sein Fleisch gefressen hatte. Die schwarzen Tätowierungen von den Verbrennungen durch Stromschläge. Die Frankenstein-Nähte um die Hauttransplantate, wo sich eine Wunde nicht schließen wollte.

In der Zeit vor Sara hätte er sich sofort hastig wieder bedeckt. Jetzt fühlte er sich nur noch enorm unwohl.

Amanda zog den Reißverschluss ihrer Jacke auf. »Ich habe Sie an den Besuchstagen beobachtet.«

Besuchstage. Sie meinte im Kinderheim. Will hatte sich immer auf die Besuche gefreut, bis er irgendwann anfing, sie zu fürchten. Alle Kinder wurden gebadet und für potenzielle künftige Eltern nach draußen geführt. Und am Ende wurden die Kinder, die wie Will waren, wieder hineingeführt.

»Ich durfte Sie nicht adoptieren. Ich war eine alleinstehende Frau. Eine, die Karriere machen wollte. Unfähig, für etwas zu sorgen, das über einen Kaktus hinausging.« Sie legte ihm ihre Jacke um die Schultern und ließ ihre Hände auf ihnen liegen. Sie sah ihn im Spiegel an. »Ich habe die Besuche beendet, weil ich das Verlangen nicht ertrug. Nicht mein eigenes, das schmerzlich genug war, aber *Ihr* Verlangen hat mir das Herz gebrochen. Sie wünschten sich so sehr, dass jemand Sie auswählt.«

Will sah auf seine Hände hinunter. Um die Nagelbetten war verkrustetes Blut.

»Ich habe Sie ausgewählt. Faith hat Sie ausgewählt. Sara hat Sie ausgewählt. Lassen Sie das genug sein. Akzeptieren Sie für sich, dass Sie es wert sind.«

Er kratzte mit dem Daumennagel das Blut von der Nagelhaut. Seine Haut war noch immer rosa. Er zitterte wieder von der Kälte. »Sie wird allein sein.«

Sie half ihm in die Jacke. »Wilbur, Frauen wie Angie werden immer allein sein. Egal, wie viele Menschen um sie herum sind.«

Er wusste das. Er hatte es sein ganzes Leben lang gesehen. Selbst wenn Angie bei ihm war, hielt sie Distanz. »Glauben Sie, wir können sie vor Gericht bringen, weil sie Delilah im Kofferraum ihres Wagens sterben ließ?«

»Mit *Jane Doe* als unserer einziger Zeugin? Keine Bilder einer Überwachungskamera, keine DNA, keine belastenden Fingerabdrücke, kein rauchender Colt, nichts, was *Jane Does* Aussage stützt, kein Geständnis?« Amanda lachte nur. »Denny wird derjenige sein, der leidet. Ich kann dafür sorgen, dass er nicht ins Gefängnis kommt, aber er wird seinen Job verlieren, seine Pensionsansprüche, seine Vergünstigungen.«

Will wollte kein Mitleid mit Collier haben, doch er hatte es. Er wusste zu gut, wie es sich anfühlte, wenn Angie einen den Wölfen zum Fraß vorwarf.

»Lassen Sie mich das machen.« Sie versuchte, den Reißverschluss der Jacke zu schließen, bekam ihn über seiner Brust jedoch nicht zu. Unten war sie zu kurz. Der Saum saß über seinem Nabel. »Ich muss Ihnen noch ein Hemd kaufen, bevor Sie da rausgehen. Sie sehen aus wie ein philippinischer Sexsklave.«

Der Spruch war als Abschied gedacht, aber er konnte sie noch nicht gehen lassen.

»Es wird nie auf sie zurückfallen, oder?«, sagte er. »Die Leute, die sie verletzt. Der Schaden, den sie anrichtet.«

»Glauben Sie mir, Will, das Leben lässt einen immer für seine Persönlichkeit bezahlen.« Amanda lächelte ihn wehmütig an. »Es fällt jede Sekunde des Tages auf sie zurück.«

ZEHN TAGE SPÄTER: SAMSTAG

KAPITEL 14

Sara stand in der Küche und aß eine Schale Eiscreme, während sie die Mittagsnachrichten schaute. Nach zehn Tagen des Spekulierens gab Ditmar Wittich endlich ein Interview. Er saß vor einem maßstabsgetreuen Modell des All-Star Complex und ereiferte sich, dass das Projekt immer noch eine gute Idee sei. Er hätte ebenso gut Blindtext sprechen können. Der Reporter interessierte sich eindeutig nur für Sätze, in denen die Worte Rippy oder Figaroa vorkamen.

»Der Komplex würde der Stadt Tausende von Jobs einbringen«, sagte Wittich.

Sara stellte den Fernseher stumm. Von dem deutschen Akzent abgesehen, war ihr schleierhaft, wie Will auf den *Goldfinger*-Vergleich kam. Wittich hatte eher etwas von *Stromberg*.

Sie schüttete den Rest der Eiscreme in die Spüle. Wahrscheinlich nicht die beste Wahl zum Mittagessen, aber definitiv besser als Alkohol am helllichten Tag. Als sie wieder zum Fernsehgerät sah, war der Schirm zwischen Wittich und diesem Video geteilt, das inzwischen unter dem Titel »Rippy-Randale« lief. Sara hätte gern weggesehen, aber sie konnte es nicht. Kaum jemand auf der ganzen Welt konnte es. Irgendwer beim GBI hatte die Datei von Angies iPad der Presse zugespielt. Amanda war auf dem Kriegspfad, was nach Saras Einschätzung bedeutete, dass sie selbst wahrscheinlich die Übeltäterin war.

Angie hatte recht behalten, dass das Video vernichtend war, wenn auch wahrscheinlich aus anderen Gründen als von ihr vermutet.

Der Film, den Reuben Figaroa gedreht hatte, als er zusammen mit Marcus Rippy eine unter Drogen gesetzte Keisha Miscavage vergewaltigte, hatte sämtliche Klickrekorde im Internet gebrochen. Unglücklicherweise redeten die Leute jedoch über nichts anderes als über die letzten drei Sekunden des Videos, als außerhalb des Kamerabereichs eine Tür aufgerissen wird, eine Hand vorschießt und Reubens iPhone wegschlägt und eine Frauenstimme etwas kreischt, das unverkennbar mit dem Wort »Scheißkerl« beginnt.

Der verschwommene rosa Wischer, bevor das Video abbricht, ist mit bloßem Auge kaum wahrzunehmen, aber wenn man es in Zeitlupe laufen lässt, sieht man einen handgenähten italienischen Lederstiletto, der gegen Keisha Miscavages Kopf tritt. Der Straußenlederschuh ist leuchtend magentafarben. An der Spitze ist ein goldenes R aufgestickt.

Will hatte den Schuh sofort erkannt. Er hatte eine Schwäche für Schuhe. Er erinnerte sich, dass LaDonna Rippy die Stilettos bei der einzigen Vernehmung getragen hatte, der sie und ihr Mann sich im Zuge der Ermittlungen wegen Vergewaltigung ausgesetzt hatten.

Marcus Rippy war inzwischen außerordentlich gesprächig. Er hatte sich gegen seine Frau gewandt und beteuerte, er und Reuben hätten sich nur ein wenig mit Keisha amüsiert. Das Video schien ihm recht zu geben. Keisha stand unter Drogen, aber sie wies äußerlich keinerlei Spuren von Verletzungen auf, bis LaDonna den Raum betrat. Laut Marcus war sie es gewesen, die den wirklichen Schaden angerichtet hatte.

So sah also Wills neuer Fall aus: LaDonna hatte Keisha geschlagen. LaDonna hatte sie über Stunden hinweg gewürgt, getreten und mit Fausthieben traktiert. LaDonna hatte für die Prellungen an ihrem Rücken und ihren Beinen gesorgt und sie in das Koma geprügelt, mit dem sie eine Woche lang im Krankenhaus lag.

Die forensischen Befunde stützten diesen Tathergang. LaDonnas DNA stimmte mit dem Schweiß und dem Speichel überein, die man an dem Opfer gefunden hatte. Keishas DNA fand sich in den Blutflecken auf LaDonnas rosa Schuhen. Die Anklage war kein Selbstläufer – das war es nie, wenn jemand so viel Geld wie die Rippys hatte –, aber es gab zusätzlich ein gut dokumentiertes Verhaltensmuster.

LaDonna Rippy war eine eifersüchtige Frau. Will hatte drei frühere außergerichtliche Einigungen ausgegraben, bei denen Opfer für ihr Schweigen bezahlt worden waren. Eine Frau in Las Vegas konnte ihre Geschichte immer noch erzählen, obwohl LaDonna ihr den Kiefer gebrochen und die Zähne eingeschlagen hatte. Eine andere Frau in einem fünfzehn Jahre alten Fall in South Carolina kündigte ein Enthüllungsbuch an. Es würde weitere Fälle geben, denn es gab immer weitere Fälle. Wie es schien, sah Marcus Rippys Frau einem längeren Gefängnisaufenthalt entgegen.

Ob Marcus Rippy das gleiche Schicksal bevorstand, würde eine Jury entscheiden. Wenn ein Mann eine Frau vergewaltigte und schlug, wurden immer alle möglichen Entschuldigungsgründe vorgebracht. Wenn eine Frau den Schaden anrichtete, war davon viel weniger zu hören.

Doch in diesem deprimierenden Sumpf durfte Sara nicht wieder versinken. Sie machte den Fernseher aus. Sie rief ihre Songliste auf und wählte Dolly Parton aus. Sie stieß den Staubsauger mit dem Fuß in die Küche. Sie krempelte die sprichwörtlichen Ärmel auf und begann, die Küchenschränke leer zu räumen, um sie auszuwischen.

Damit war sie wieder auf ihrem normalen Niveau der Stressbewältigung, allerdings hatte Sara in der Zwischenzeit eine Menge Zeit damit verbracht, auf der Couch zu liegen, *Buffy* im Fernsehen anzuschauen und viel zu viel Alkohol zu trinken. Will war vollauf damit beschäftigt gewesen, den Fall Reuben Figaroa abzuschließen und neue gegen LaDonna und Marcus Rippy zu eröffnen. Da er immer spät von der Arbeit kam und früh wieder rausmusste, hatte er die Nächte bei sich zu Hause verbracht, um Sara nicht um ihren Schlaf zu bringen. Doch sie brachten einander um viel mehr als nur Schlaf. Da war noch etwas, das schlecht lief. Sara wusste aus ihrer Ehe, dass die einzige todsichere Methode, nicht mehr miteinander zu schlafen, darin bestand, nicht mehr miteinander zu schlafen.

Nicht, dass Sex mehr als eine vorübergehende Lösung gewesen wäre. Es gab immer noch das größere Problem, was mit Angie und Will geschehen war, und mit Will und Sara, und Sara konnte es allein nicht lösen.

Das Telefon läutete. Sie stieß sich den Kopf an einer Schublade und ließ ein paar saftige Flüche los, ehe sie nach dem Gerät auf der Anrichte griff.

»Ich bin's«, sagte Tessa. »Ich bin in einer Telefonzelle. Wir haben vier Minuten, bis mir das Geld ausgeht.«

Sara machte die Musik aus. »Wieso rufst du aus einer Telefonzelle an?«

»Weil deine teure Nichte mein Handy in dem Loch im Außenklo versenkt hat.«

Sara legte die Hand vor den Mund, um das Lachen zu unterdrücken.

»Ja, es ist wirklich komisch, dass mein Telefon in der Scheiße gelandet ist, und ich werde die Hand da reinstecken müssen, um das verdammte Ding wieder rauszuholen.« Bei Tessas Missionstätigkeit ging es eher um praktische Hilfe für die Menschen als um eine gepflegte Ausdrucksweise. »Ich bin hier buchstäblich im Busch. Ich kann nicht einfach in einen Handyladen spazieren und ein neues kaufen.«

»Wo ist die Kleine jetzt?«

»Wahrscheinlich kritzelt sie gerade meine Bücher voll und zerschneidet meine Klamotten.« Tessa seufzte. »Nein, sie ist bei ihrem Vater, der sicherstellt, dass ich sie nicht umbringe. Und erzähl mir nicht, dass ich in ihrem Alter genauso schlimm war. Das durfte ich mir schon ausführlich von Mama anhören.«

Tessa war tatsächlich genauso schlimm gewesen, aber die Erwähnung ihrer Mutter genügte, damit Sara die Lust verging, ihre Schwester aufzuziehen. »Ich habe mir auch so einiges anhören dürfen.«

»Sie macht sich Sorgen um dich.«

Sara setzte sich auf die Küchentheke. »Es gibt einen feinen Unterschied zwischen sich Sorgen machen und sich selbstgerecht aufführen.«

»Wie war das noch mit dem Glashaus und den Steinen?« Tessa wechselte das Thema, bevor Sara eine schnippische Antwort einfiel. »Hast du schon das große Gespräch mit Will geführt?«

Das große Gespräch. Die Abrechnung. Sara fürchtete sich ebenso davor wie Will.

»Ich habe es vermieden, ihn zu drängen. Diese ganze Geschichte mit Reuben Figaroa und Anthony und ...« Sie musste Tessa nicht an die Einzelheiten erinnern. Die Geschichte von dem Geiseldrama im Einkaufszentrum hatte es sogar bis nach Südafrika geschafft. »Ich kann jetzt nicht daherkommen und sagen: ›Tut mir ja leid, dass du einen grauenhaften Selbstmord aus nächster Nähe miterleben musstest, aber lass uns über unsere Beziehung sprechen.‹«

»Früher oder später werdet ihr es tun müssen.«

»Wozu?«, fragte Sara. »Folgendes wird passieren: Ich werde sagen, was ich zu sagen habe, und er wird viel nicken und zu Boden starren oder an mir vorbeischauen, er wird sich das Kinn reiben oder an seiner Augenbraue zupfen. Und am Ende wird er nichts davon erzählt haben, wie er sich fühlt, denn er glaubt, wenn er einfach so tut, als gäbe es kein Problem, dann ist alles in Ordnung.«

»Ach soooo ...«, sagte Tessa gedehnt. »Du hast mir nicht erzählt, dass Will ein Mann ist. Jetzt ergibt alles auf einmal sehr viel mehr Sinn.«

»Haha.«

»Schwesterherz, du erzählst mir ein ums andere Mal, dass er nicht reden will, aber über was redest *du* denn mit ihm?«

»Ich sagte doch, ich will ihm im Moment nicht zusetzen.«

»Du weißt, was ich meine«, entgegnete Tessa. »Ich sehe dich vor mir, wie du ganz stoisch und logisch bist und ihn glauben lässt, das Ganze sei eine Art mathematisches Problem mit einer Lösung x oder y, während du innerlich halb stirbst. Aber du schaffst es nicht, ihn das wissen zu lassen, weil du befürchtest, du könntest wie ein Ritterfräulein in Nöten wirken.« Sie hielt inne, um Luft zu holen. »Schau, nichts ist falsch daran, ein Ritterfräulein zu sein. Es geht hier gar nicht um Mann oder Frau. Es geht um menschliche Bedürfnisse. *Du* kümmerst dich gern um ihn. *Du* hast gern das Gefühl, gebraucht zu werden. Es ist keine Sünde, wenn du Will das Gleiche in Bezug auf dich zugestehst.«

Sara wusste, was als Nächstes kommen würde, noch bevor Tessa es aussprach.

»Du musst ihm zeigen, wie du dich fühlst.«

»Tess, ich ...« Sie musste mit der Wahrheit herausrücken, und sei es auch nur ihrer Schwester gegenüber. »Ich weiß, das klingt jetzt kleinlich, aber ich will mir nicht vorkommen, als wäre ich nur seine zweite Wahl.«

Tessas Antwort kam zögernd. »Will ist deine zweite Wahl.«

Sie meinte Jeffrey. »Das ist nicht das Gleiche.«

»In vielerlei Hinsicht ist es schlimmer für Will. Es steht außer Frage, dass du noch mit Jeffrey zusammen wärst, wenn er noch lebte. Zu Wills Gunsten spricht dagegen, dass Angie noch lebt, er sich aber entschieden hat, mit dir zusammen sein zu wollen. Deshalb ist es im Grund mehr wie bei einer Scheidung, und du musst dich mit seiner zickigen Exfrau abfinden, womit du dich in Gesellschaft von genau der Hälfte der weiblichen Bevölkerung befindest.«

Sara legte den Kopf an den Küchenschrank. Sie sah aus den Fenstern im Wohnzimmer. Der Himmel war von einem beinahe schmerzhaft klaren Blau. Sie fragte sich, wie Will seinen Samstag verbrachte. Bei ihrem oberflächlichen Telefongespräch gestern Abend hatten beide von Zukunftsplänen getönt, über die sie beide jedoch nicht allzu begeistert zu sein schienen.

»Jeder Mensch schleppt Dinge mit sich herum«, sagte Tessa. »Du hast deine Vergangenheit mit Jeffrey. Ich habe mein eigenes Päckchen zu tragen. So ist es nun mal. Falls du weiterziehst, wird der nächste Mann auch wieder Dinge mit sich herumschleppen. Sogar der Papst schleppt Dinge mit sich herum, und Jeffrey hat es auch getan. Du hast es ihm nie vorgehalten.«

»Weil er zu mir gehörte«, sagte Sara, und sie begriff, dass es das war, was sie am meisten verletzte. Sie war eifersüchtig. Sie wollte nichts an Will mit irgendwem teilen müssen. Nicht seine Gedanken. Nicht sein Herz. Nicht seinen Körper. Sie wollte ihn ganz für sich.

»Weine nicht, Sara.«

»Ich weine nicht«, log Sara. Dicke, dumme Tränen liefen ihr übers Gesicht. Rein theoretisch konnte sie alle Gründe nachvollziehen, warum Will nicht der Richtige für sie war. Aber dann stellte sie sich vor, ihn zu verlieren, und ihr fiel kaum noch ein Grund ein, morgens überhaupt aufzustehen.

Das Telefon begann zu piepsen, die Vorwarnung, dass die Gesprächszeit in dreißig Sekunden vorüber war.

»Hör zu«, sagte Tessa. »Du kennst deine Optionen. Du kannst zu Will fahren und ihm sagen, dass du ihn liebst und dein Leben mit ihm teilen möchtest und dass du ohne ihn unglücklich bist.«

»Oder?«

»Oder du kannst wieder Dolly Parton auflegen und deine Küchenschränke zu Ende putzen.«

Sara schaute sich um. Sie sollte sich wirklich etwas einfallen lassen, um nicht gar so berechenbar zu sein. »Gibt es keine dritte Option?«

»Fick ihn, dass ihm die Haare von den Eiern fallen.«

Sara lachte.

Sie warteten beide schweigend auf die drei kurzen Pieptöne, bevor die Verbindung unterbrochen wurde.

Sara legte auf. Sie sah wieder aus dem Fenster. Ein Vogel segelte durch die Luft, und seine Flügel flatterten im Wind. Sara vermisste ein Vogelhäuschen im Garten. Sie dachte an die

Häuser, die sie vor einer Ewigkeit mit Will besichtigt hatte. Sie hatte sich vorgestellt, wie sie an den Wochenenden die Nektarspender für die Kolibris auffüllte, Wäsche aufhängte und auf der Veranda las, während Will an seinem Auto herumschraubte.

Als sie alle zusammen in dem Warteraum im Grady standen, hatte Angie zu Will gesagt, sie wolle dafür sorgen, dass ihre Tochter glücklich bis an ihr Ende leben könne.

Sara konnte das für Will tun. Sie konnte ihm alles geben, wenn er sie nur ließe.

Die Hunde rührten sich auf der Couch, sprangen auf und wanderten zur Tür. Sie wedelten mit dem Schwanz, denn sie kannten die Person draußen.

Saras erste Überlegungen kamen ganz instinktiv. Ihr Haar war zu einem altmodischen Knoten hochgesteckt. Sie schwitzte vom Putzen. Ihr Gesicht war rot vom Weinen. Sie trug ein schäbiges T-Shirt und abgeschnittene Jeans. Ihr BH war ein uraltes, formloses Ding. Sie waren noch nicht so lange zusammen, dass Will sie jemals so gesehen hätte.

Sie sprang von der Küchentheke, weil sie hoffte, es ins Badezimmer zu schaffen, bevor er die Tür öffnete.

Sie schaffte es nur bis ins Wohnzimmer.

»Hallo.«

Sara drehte sich um.

Er hatte einen Stapel Imbiss-Speisekarten in der Hand. »Die lagen im Flur.«

»Mein Nachbar ist verreist.«

Er ließ die Speisekarten auf den Esszimmertisch fallen und hielt den Schlüssel für ihre Wohnung in die Höhe. »Ist es noch in Ordnung, wenn ich den benutze?«

»Natürlich.« Sara zerrte an ihrer kurzen Hose und strich ihr T-Shirt glatt. Will kam offensichtlich von zu Hause. Er trug Jeans und eines seiner Laufhemden. Tessas dritte Option schoss ihr durch den Kopf.

»Faith hat mich gerade angerufen«, sagte er. »Kip Kilpatrick ist vor rund zwanzig Minuten gestorben.«

Sara wusste, dass der Mann seit einem Tag im Krankenhaus lag. Er war wegen mannigfacher Symptome eingeliefert worden. »Haben sie inzwischen herausgefunden, was mit ihm los war?«

»Er hat große Mengen Ethylglykol zu sich genommen. Man findet es in Frostschutzmitteln und …«

»Getriebeöl.« Sara erinnerte sich an die auffällige rote Flasche in Angies Kofferraum. »Sie wird damit durchkommen, oder?«

»Es ist mir egal. Ich meine, es macht mir etwas aus, weil ein Mensch gestorben ist. Auch wenn er ein Arschloch war.« Er zuckte die Achseln. »Faith sagt, der Energydrink war schuld. Er ist rot, genau wie die Getriebeflüssigkeit, und anscheinend schmeckt er so süß, dass Kilpatrick nichts gemerkt hat. Die Hälfe der Flaschen in seinem Bürokühlschrank waren präpariert.«

»Clever.«

»Ja.«

Beide schwiegen.

Sara schien es, als hätten sie in den letzten eineinhalb Wochen in Variationen immer Gespräche wie dieses geführt. Sie sprachen über etwas Schreckliches, das Angie getan hatte. Sie sprachen über die Arbeit. Einer von ihnen schlug dann meist vor, essen zu gehen, wo sie sich dann noch verkrampfter unterhielten, bis Will sich entschuldigte, weil er heimmüsse, um noch irgendwelchen Papierkram zu erledigen, während Sara zu sich nach Hause fuhr und an die Decke starrte.

»Und, was gibt es noch Neues?«, fragte sie. »Es ist Mittag. Bist du hungrig?«

»Ich könnte etwas vertragen.«

»Ich habe nichts im Haus. Wenn wir ausgehen wollen, muss ich erst duschen.«

»Ich vermisse dich.«

Sara war schockiert von seiner Direktheit.

»Ich vermisse deine Stimme. Ich vermisse dein Gesicht.« Er ging auf sie zu. »Ich vermisse es, dich zu berühren. Mit dir zu reden. Bei dir zu sein.« Er blieb ein, zwei Meter vor ihr stehen. »Ich vermisse die Art, wie du deine Hüfte bewegst, wenn ich in dir bin.«

Sara biss sich auf die Unterlippe.

»Ich versuche, dir Zeit zu geben, aber ich habe den Eindruck, es funktioniert nicht. Als müsste ich einfach anfangen, dich zu küssen, bis du mir vergibst.«

Wenn es nur so einfach wäre. »Liebling, du weißt, dass ich nicht böse auf dich bin.«

Er steckte die Hände in die Taschen. Er sah nicht an ihr vorbei. »Ich habe Ende nächsten Monats einen Gerichtstermin. Es gibt etwas, das nennt sich Scheidung per Veröffentlichung. Man setzt eine Bekanntmachung in die Zeitung, und wenn man sechs Wochen lang nichts von der Gegenseite hört, kann der Richter die Scheidung aussprechen.«

Sara runzelte die Stirn. »Warum hast du das nicht schon früher getan?«

»Mein Anwalt sagte, es würde nie dazu kommen. Richter machen das nicht gern auf diese Weise. Sie lassen sich nur höchst selten darauf ein.« Er zuckte die Achseln. »Ich habe Amanda gebeten, eine Gefälligkeit einzufordern und für mich einen Richter zu besorgen, der es tut.«

Sara wusste, wie schwer es Will fiel, um Hilfe zu bitten.

»Bitte verzeih mir, dass ich Dinge vor dir verheimlicht habe«, sagte er. »Ich weiß, es ist ein schwerwiegendes Problem, wenn ich dir alles Mögliche nicht erzähle, und es tut mir leid.«

Sie wusste nicht, was sie sagen sollte, außer: »Danke.«

Doch er war noch nicht fertig. »So, wie ich aufgewachsen bin, musste man die schlimmen Dinge verheimlichen. Vor allen. Es ging nicht nur darum, ob Leute dich mochten oder nicht mochten. Wenn man seine Gefühle auslebte oder etwas Falsches sagte, wurde es an den zuständigen Sozialarbeiter weitergegeben, und der Sozialarbeiter schrieb es in deine Akte, und die Leute – potenzielle Eltern – wollten normale Kinder haben. Sie wollten keine Problemfälle. Du hattest also die Wahl. Entweder du hast dir erlaubt, richtig böse zu sein, quasi um ihnen zu zeigen, dass es dir egal war, ob sie dich aussuchten oder nicht. Oder du hast deine Probleme für dich behalten und ... gehofft.«

Sara traute sich nicht, etwas dazu zu sagen. Er sprach so selten über seine Kindheit.

»Bei Angie war es so, dass sie bei allem, was ich ihr erzählt habe, eine Möglichkeit fand, es auf mich zurückfallen zu lassen. Eine Möglichkeit fand, mich damit zu verletzen oder dafür zu sorgen, dass ich mir dumm vorkam oder ...« Er zuckte wieder die Achseln, wahrscheinlich weil die Auswahl endlos war. »Deshalb habe ich alles für mich behalten, egal, wie wichtig oder belanglos es war, denn auf diese Weise habe ich mich geschützt.« Er sah immer noch nicht zur Seite. »Ich weiß, du bist nicht Angie, und ich weiß, ich bin kein Kind mehr, das in einem Heim lebt, aber was ich sagen will, ist, dass es eine Gewohnheit von mir ist. Dass ich dir Dinge nicht erzähle. Es ist kein Charakterzug. Es ist eine Macke. Und es ist etwas, das ich ändern kann.«

»Will.« Sara wusste nicht, was sie sonst sagen sollte. Wenn er ihr das alles vor zwei Wochen erzählt hätte, hätte sie sich in seine Arme geworfen.

»Das hier habe ich dir mitgebracht.« Er holte einen Schlüssel aus seiner Tasche und schob ihn über die Anrichte. »Ich habe die Schlösser ausgewechselt, eine Alarmanlage installiert und die Kombination meines Safes geändert. Ich habe mich von allem abgekoppelt, was mit Angie zu tun hat.« Er hielt wieder inne. »Ich verstehe, dass du Zeit brauchst, aber du musst auch verstehen, dass ich dich nie, nie gehen lassen werde. Niemals.«

Sie schüttelte den Kopf, weil es so sinnlos war. »Ich weiß

deine Gefühle für mich zu schätzen, aber es hängt mehr daran als das.«

»Eigentlich nicht«, beteuerte er, wie er es immer tat. »Wir müssen es nicht auseinanderklauben, denn alles, was zählt, ist, was wir füreinander empfinden, und ich weiß, dass du mich liebst, und du weißt, dass ich dich liebe.«

Alles, was Sara sah, war ein gigantischer Kreis. Er entschuldigte sich, weil er nicht reden wollte, und sagte dann, es sei besser, wenn sie nicht redeten.

»Jedenfalls werde ich jetzt gehen«, sagte er schließlich, »damit du Zeit hast, darüber nachzudenken, und mich vielleicht auch zu vermissen beginnst.« Er hatte die Hand an der Türklinke. »*Ich werde da sein, wenn du dich entschieden hast.*«

Die Tür fiel hinter ihm ins Schloss.

Sara starrte ihm nach. Sie schüttelte wieder den Kopf, ja sie konnte überhaupt nicht aufhören, den Kopf zu schütteln. Sie war wie ein Hund mit einer Zecke im Ohr. Es machte sie rasend, wie kryptisch er sich ausdrückte.

»Ich werde da sein, wenn du dich entschieden hast.«

Was sollte das nun wieder bedeuten?

»Da« wie in dem allgemeinen »Ich bin für dich da« oder in dem Sinn, dass er tatsächlich physisch auf der anderen Seite der Tür auf ihre Entscheidung wartete?

Und wieso war es überhaupt allein ihre Entscheidung? Sollte die Zukunft ihrer Beziehung nicht etwas sein, worüber sie gemeinsam entschieden?

Das würde nie geschehen.

Sie drehte sich zur Küche um. Töpfe und Pfannen waren über den Boden verteilt. Der Staubsaugerschlauch war voller Hundehaare. Sie würde ihn abwischen müssen, bevor er mit den Küchenschränken in Berührung kam. Oder sie ließ es für heute einfach bleiben, ging unter die Dusche, legte sich auf die Couch und wartete, bis sie sich vernünftigerweise den ersten Drink genehmigen konnte.

Die Hunde folgten ihr zum Bad. Sie stellte die Dusche an. Sie legte ihre Sachen ab. Sie betrachtete den Wasserstrahl, ging aber nicht darunter.

Wills Worte liefen in einer Endlosschleife in ihrem Kopf. Die Erinnerung wirkte auf ihre Verärgerung, als würde ein Streichholz über einen Feuerstein reiben. Alles, was er zu bieten hatte, waren Pyrrhussiege. Er ließ sich endlich von Angie scheiden, aber Angie würde trotzdem da sein. Er hatte seine Schlösser ausgewechselt, aber Angie würde einen Weg ins Haus finden, so wie zuvor schon. Er hatte jetzt eine Alarmanlage. Angie würde den Code kennen, so wie Will den Code gewusst hatte, um ihr Handy zu entsperren. Er sagte, er würde Sara nie verlassen. Na und? Angie auch nicht. Es war wieder nur Wills Wunschdenken, dass man einfach lange genug abwarten musste, und alles würde wie durch Zauberhand in Ordnung kommen.

Sara stellte die Dusche ab. Sie war so frustriert, dass ihre Hände zitterten. Sie zog ihren Bademantel an, als sie ins Schlafzimmer zurückging. Sie griff zum Telefon, um Tessa anzurufen, aber dann dachte sie an das Plumpsklo. Und dann fiel ihr ein, dass es sinnlos wäre, ihre Schwester anzurufen, weil die nur sagen würde, was auf der Hand lag: dass Will ihr auf seine übliche verquere Art gerade all das gesagt hatte, was sie seit anderthalb Jahren von ihm hatte hören wollen. Und ihre Reaktion war gewesen, ihn einfach zur Tür hinausspazieren zu lassen.

Sara setzte sich aufs Bett.

Idiot, dachte sie, aber sie wusste nicht, ob sie sich selbst oder Will meinte.

Sie musste die Sache logisch angehen. Wills Erklärung von vorhin konnte auf zweierlei Weise interpretiert werden: Erstens, er würde versuchen, offener zu sein, aber er würde sich eher Nadeln in die Augen stechen, als über ihre Beziehung zu reden. Oder zweitens, warum sollten sie darüber reden, was sie wollten, wenn sie bereits alles hatten, was sie brauchten?

Eins oder zwei. X oder Y.

»Verdammt«, murmelte Sara. Das Einzige, was noch schlimmer war, als sich eingestehen zu müssen, dass ihre Mutter recht hatte, war, wenn ihre kleine Schwester recht hatte.

Sara stand vom Bett auf. Sie zog den Bademantel straff zu, als sie wieder in den Flur ging. Sie kam am Wohnzimmer vorbei. Die Hunde folgten ihr zur Tür und stellten die Ohren auf, als Sara zur Türklinke griff.

Ihre Entschlossenheit begann zu wanken.

Was, wenn Will nicht dort stand, wenn sie die Tür öffnete?

Zu viel Zeit war vergangen. Fünf Minuten? Zehn? Er würde nicht noch immer da draußen stehen.

Was, wenn *da* woanders bedeutete?

Die Logik hatte sie im Stich gelassen, also musste sie sich auf das Schicksal verlassen. Wenn Will nicht im Flur war, würde sie seine Abwesenheit als Zeichen auffassen. Als Zeichen dafür, dass es nicht sein sollte. Dass sie eine Närrin war. Dass Angie gewonnen hatte. Dass Sara sie hatte gewinnen lassen, weil sie sich zu krampfhaft auf das konzentrierte, was sie zu wollen glaubte, statt zu schätzen, was sie hatte.

Zeig ihm, was du empfindest.

Tessa hatte ihr geraten, sich verletzlicher zu zeigen. Konnte man verletzlicher sein als beim Öffnen einer Tür, wenn man nicht wusste, was man auf der anderen Seite vorfinden würde?

Sara löste den Gürtel ihres Bademantels.

Sie zog die Nadel aus ihrem Haar.

Sie öffnete die Tür.

EPILOG

Angie setzte sich auf eine hölzerne Bank im Park. Die Latten waren eiskalt. Sie hätte ihren Mantel anziehen sollen, aber das Januarwetter war dieses Jahr eine verrückte Mischung aus eiskalt im Schatten und sengend heiß in der Sonne. Angie hatte absichtlich eine Bank im Schatten der Bäume gewählt. Sie versteckte sich nicht, aber sie wollte auch nicht gesehen werden.

Ihr Beobachtungsposten gewährte ihr einen freien Blick auf Anthony auf der anderen Seite des Parks.

Ihr Enkel. Nicht in Wirklichkeit, nur rein technisch.

Er saß auf der Schaukel, umgeben von mindestens zehn anderen Kindern. Seine Beine hatte er kerzengerade nach vorne gestreckt, den Kopf in den Nacken gelegt. Er lachte hellauf, während er versuchte, immer höher zu schwingen. Angie war alles andere als eine Expertin, aber sie wusste, genau so sollte sich ein Sechsjähriger benehmen. Er sollte nicht allein an einer Mauer sitzen und zuschauen, wie die anderen Kinder ihren Spaß hatten, sondern mittendrin sein, umherrennen, fröhlich sein wie der Rest der Bande.

Sie hoffte, der Junge würde sich seine Fröhlichkeit sehr lange bewahren können. Sechs Monate waren vergangen, seit sich Reuben Figaroa getötet hatte. Anthonys Mutter wäre fast gestorben. Er war von einem eiskalten Scheusal zwei Tage lang festgehalten worden. Sie waren weggezogen von Atlanta, zurück nach Thomaston, wo die Familie seiner Mutter lebte. Er war in einer neuen Schule. Er musste neue Freundschaften schließen. Sein Vater war immer noch in den Nachrichten, da immer neue Sünden von Reuben Figaroa ans Licht kamen.

Aber hier schwang sich Anthony auf der Schaukel in die Höhe. Kinder waren wie Gummibänder. Sie schnappten ganz schnell in die ursprüngliche Form zurück. Erst mit den Jahren begannen die Erinnerungen sie auszuleiern.

War Jo dabei, in ihre ursprüngliche Form zurückzukehren?

Angie blickte an der Schaukel vorbei und studierte die Gruppe der Mütter an ihrem gewohnten Picknicktisch.

Jo saß bei ihnen, aber am Rand. Ihr Arm war in einer Schlinge, die weit unten an der Taille festgeschnallt war. Angie kannte die Prognose nicht, aber sie fasste es als gutes Zeichen auf, dass Jos Hand immer noch dran war. Sie fasste es außerdem als gutes Zeichen auf, dass sie sich endlich den anderen Müttern angeschlossen hatte. Der Park war ein regelmäßiger Nachmittagstreffpunkt. Jo hatte sich monatelang höflich lächelnd abseits gehalten und ihnen über ein Buch oder eine Zeitung hinweg aus mehreren Tischen Entfernung zugenickt. Dass sie jetzt tatsächlich bei ihnen am Tisch saß, sie ansah, mit ihnen sprach, musste doch ein Fortschritt sein.

Angie hatte seit der Nacht, in der Delilah Jo zu ermorden versuchte, nicht mehr mit ihrer Tochter gesprochen. Zumindest nicht so, dass Jo es hören konnte. Das Letzte, was Angie zu ihr gesagt hatte, als sie Jo im Grady Hospital ablieferte, war eine Liste von Anweisungen gewesen. Angie hatte auf dem Weg ins Krankenhaus bereits Denny angerufen. Ng war ebenfalls dabei, deshalb mussten sie sich eine halbwegs glaubhafte Geschichte ausdenken: Jos Freund habe sie verletzt, er sei verschwunden, sie wolle seinen Namen nicht nennen, sie wolle ihn nicht anzeigen, ihr eigener Name sei Delilah Palmer.

Jo hatte ihre Rolle gut gespielt, aber sie wusste nichts von den anderen Dingen, die Angie getan hatte, wie etwa, dass sie das Chaos am Tatort aufgeräumt und mithilfe ihrer Polizeiausbildung ein völlig falsches Bild vom Hergang gezeichnet hatte. Oder dass sie Delilah auf den letzten und elendsten Ritt ihres Lebens geschickt hatte.

Angie schauderte immer noch, wenn sie zu lange an das dachte, was sie mit Delilahs Leiche angestellt hatte. Nicht, dass sie sie sterben ließ, denn das hatte das Miststück verdient. Aber die Verstümmelungen …

Denn Angie war gefährlich, das ganz sicher, aber sie war nicht krank.

Wichtig war am Ende, dass der Zweck die Mittel heiligte. Jo war der lebende Beweis dafür. Im Wortsinn – sie lebte. Von allem anderen wusste Angie nichts. Jos Hand würde hoffentlich heilen, aber manche Wunden schlossen sich nie, egal, mit welcher Salbe man sie behandelte.

Angie konnte nur raten, was im Augenblick im Kopf ihrer Tochter vor sich ging. Jo hatte wohl immer noch Schuldgefühle wegen Reuben. Und noch schuldiger fühlte sie sich wahrscheinlich, weil sie froh war, dass er tot war. Sie war sicher besorgt wegen Anthony, wegen der kurzfristigen und langfristigen Schäden, die ihm drohten. Sie machte sich vermutlich noch keine Sorgen um sich selbst, aber sie fühlte sich mit Sicherheit bloßgestellt, weil die ganze Welt wusste, was ihr Mann ihr angetan hatte. Was er Anthony angetan hatte. Keisha Miscavage. Anderen Frauen, denn in den Monaten nach dem Selbstmord waren allmählich immer mehr Opfer aus der Versenkung aufgetaucht. Marcus Rippy und Reuben Figaroa hatten quer durchs Land Frauen unter Drogen gesetzt und vergewaltigt. Es gab möglicherweise bis zu dreißig Opfer.

Angie fragte sich, ob Jo eine Art Trost aus dem Wissen bezog, dass er die Frauen nie geschlagen hatte, die er vergewaltigte. Das war etwas, das er sich ganz allein nur für Jo aufhob.

Wenn man Bilanz ziehen wollte, und Angie war der Mensch, der so etwas tat, war Keisha Miscavage die wahre Gewinnerin. Der Umstand, dass jeder Mensch, der einen Computer besaß, ihre Vergewaltigung googeln konnte, hatte das Mädchen nicht eingeschüchtert. Angie hatte Keishas Geschichte in den Nachrichten verfolgt. Sie studierte wieder. Sie blieb clean. Sie hielt Vorträge vor anderen Studenten über die Tat. Man glaubte ihr jetzt, oder zumindest glaubten ihr die meisten Leute. *Eine Frau, die einen Mann der Vergewaltigung beschuldigte, war ein* durchgeknalltes Luder. *Zwei* Frauen, drei Frauen, ein paar Dutzend Frauen – dann war vielleicht doch etwas dran.

Anthony sprang von der Schaukel. Er landete nicht auf den Füßen, sondern voll auf dem Hinterteil. Jo war sofort auf den Beinen, doch Anthony ebenfalls. Er wischte sich den Sand vom Po, hüpfte viermal im Zickzack und war auf und davon.

Jo setzte sich erst wieder, als sich Anthony für den Seilgarten als nächstes Spiel entschieden hatte. Sie hatte ihre Hand auf die Brust gelegt. Die anderen Frauen neckten sie offenbar wegen ihrer Besorgnis. Jo lächelte, aber sie hielt den Kopf gesenkt, schon dieses geringe Maß an Aufmerksamkeit ließ sie auf der Hut sein.

Angie wünschte sich, Jo wäre mehr wie Keisha. Dass sie in die Welt hinausging. Allen Leuten klarmachte, dass sie ihr den Buckel runterrutschen konnten. Dass sie mutig für ihre Sache eintrat, stark war wie ihre Mutter. Dass sie etwas anderes tat, als nur den Kopf einzuziehen und sich zu verstecken.

War es Schüchternheit? War es Angst?

Während der vergangenen Monate hatte Angie im Kopf einen Brief an Jo aufgesetzt. Dessen Inhalt stand nicht ständig im Vordergrund ihres Denkens, sie war keineswegs fixiert auf ihn. Es war vielmehr so, dass sie zum Beispiel ihr Zeug packte, um in eine andere Wohnung zu ziehen, oder in ihrem neuen Wagen die Straße entlangfuhr, und dabei fiel ihr plötzlich eine Zeile ein, die in den Brief passen würde:

Ich hätte dich behalten sollen.

Ich hätte dich niemals gehen lassen dürfen.

Ich habe dich in dem Moment geliebt, als ich miterlebt habe, wie du dieses Arschloch im Starbucks *angeschrien hast, denn da wusste ich, dass du meine Tochter bist.*

Angie war klar, dass sie den Brief natürlich nie schreiben durfte. Nicht wenn sie wollte, dass Jo ihr Happy End bekam. Die Versuchung war durchaus da. Angie war egoistisch genug, sie war kaltherzig genug, und sie hatte fraglos bewiesen, dass es ihr nichts ausmachte, das eine oder andere Opfer in ihrem

Kielwasser zurückzulassen. Für den Augenblick reichte es ihr jedoch, das zu tun, was sie immer getan hatte: ihre Tochter aus der Ferne zu beobachten.

Jo machte den Eindruck, als würde sie in Ordnung kommen. Sie ging mehr aus. Manchmal landete sie in dem Café nicht weit von Anthonys neuer Schule und blieb stundenlang sitzen, einfach weil sie es konnte. Dann wieder ging sie zur Kirche und setzte sich ganz hinten in eine Bank, legte die Hände gefaltet in den Schoß und blickte auf das Buntglas hinter dem Altar. Es gab Tanten und Cousins und alle möglichen lärmenden Menschen, mit denen Angie um nichts auf der Welt Weihnachten und Thanksgiving hätte verbringen wollen. Anthony besuchte eine Privatschule zwei Countys entfernt. Sie waren finanziell abgesichert. Jo hatte zwar keine Vollmacht für irgendein Konto Reubens gehabt, aber sie war immer noch mit ihm verheiratet gewesen, als er sich auf die feige Tour davongemacht hatte, und so hatte sie alle seine Geldanlagen, Immobilien, Autos und das Barvermögen geerbt.

Angie hatte ihre eigene Erbschaft gemacht. Von ihrem Onkel, was einer gewissen Ironie nicht entbehrte, da Dale sie nie anerkannt hatte, bis Deidre fort gewesen war und er sie auf den Strich schicken konnte. Die Geldbündel, die Angie aus dem Kofferraum seines Kia genommen hatte, beliefen sich auf insgesamt achtzehntausend Dollar. Zusammen mit dem Geld auf ihrem Konto besaß sie rund fünfzigtausend, von denen sie leben konnte, bis sie sich überlegt hatte, was sie mit dem Rest ihres Lebens anfangen wollte.

Wieder als Privatdetektivin arbeiten? Oder als Betrügerin? Wieder Mädchen anschaffen lassen? Tabletten verhökern? Zurück nach Atlanta?

Nicht für einen Moment, seit sich Deidre mit Drogen ins Koma befördert hatte, war es Angie so vorgekommen, als hätte sie eine Wahl. Seit ihrem zehnten Lebensjahr war Dale immer da gewesen, hatte sie herumgestoßen, gelockt oder durch die

Gegend geohrfeigt. Selbst wenn es ihr gelang fortzulaufen, hatte Virginia sie immer wieder in den Schoß der Familie zurückgeholt.

In ihrem imaginären Brief an Jo erklärte Angie, wie Dale und Virginia sie in ihre Fänge bekommen hatten. Dass sie nur vier Jahre älter als Anthony gewesen war, als es passierte. Dass sie verletzlich gewesen war. Verängstigt. Dass sie absolut alles getan hatte, um sie bei Laune zu halten, weil sie alles waren, was sie auf dieser Welt hatte. Vielleicht würde sie sogar LaDonna Rippy zitieren. Dem Miststück stand eine schwere Zeit im Gefängnis bevor, weil sie sich nicht von diesen Schuhen hatte trennen können, aber sie hatte nicht unrecht gehabt, was das Wesen des Verlusts anging. Manche Menschen hatten ein Loch in ihrer Mitte, das sie ihr ganzes Leben lang zu füllen versuchten. Mit Hass. Mit Pillen. Mit Intrigen. Mit Eifersucht. Mit der Liebe eines Kindes. Mit einer Männerfaust.

Angie hatte das Loch in Jo verschuldet. Dieser Wahrheit musste sie sich stellen. Jo war von ihren Adoptiveltern großgezogen worden. Sie hatte ein normales Leben geführt. Doch in der Sekunde, in der Angie ihr Baby in diesem Krankenhauszimmer aufgab, begann Jo zu zerbrechen. Es heißt immer, Frauen würden ihre Väter heiraten. Angie hatte das niederschmetternde Gefühl, dass Jo sich zu Männern hingezogen fühlte, die eher wie ihre Mutter waren.

Es gab nicht viele Entschuldigungsgründe, die sie vorbringen konnte, aber Folgendes hätte Angie ihrer Tochter gesagt: Schlechtigkeit kommt nicht plötzlich und auf einen Schwung. Die Dominosteine fallen einer nach dem anderen. Du verletzt versehentlich jemanden, und es bleibt ohne Folgen für dich. Dann versuchst du es absichtlich, und du wirst noch immer nicht verstoßen. Und dann wird dir klar, je mehr du den Leuten wehtust, desto besser fühlst du dich. Also fährst du fort, sie zu verletzen, und sie bleiben weiter bei dir, und die Jahre vergehen, und du redest dir ein, die Tatsache, dass sie immer noch zu dir halten, kann nur bedeuten, dass es in Ordnung ist, wenn du ihnen Schmerzen bereitest.

Aber du hasst sie dafür. Für das, was du ihnen antust. Für das, was sie dir antun.

Eine kräftige Brise fuhr plötzlich durch Angies dünnes Shirt. Sie sah zu dem Baum hinauf. Eine Platane, nahm sie an, vielleicht dreißig Meter hoch. Stücke von abgestorbenem Laub und dürre Ranken verliehen dem Blätterdach das Aussehen eines Haarnetzes. Ein mächtiger Stamm, flache Wurzeln. Die Art von Baum, die bei aller Großartigkeit in einem schweren Sturm schließlich umstürzen würde.

»Anthony!«, rief Jo laut und klar.

Er kletterte gerade die Rutsche hinauf. Er machte schuldbewusst kehrt und winkte zur Entschuldigung, als er wieder hinunterrutschte. Jo kehrte langsam an den Tisch zurück. Sie schüttelte den Kopf und lächelte dabei. Kein strahlendes Lächeln, bei dem man die Zähne sah, sondern eher eines, das ausdrückte, am Ende könnte vielleicht doch noch alles gut werden.

Würde für Angie alles gut werden?

Sie dachte so viel daran, einen Brief zu schreiben, dabei war der einzige Brief, der zählte, der, den Will ihr hinterlassen hatte.

Sobald die Polizei sie laufen ließ, war Angie zu ihrem Postfach geeilt. Sie musste den letzten Scheck von Kip Kilpatrick einlösen, bevor sein Konto gesperrt wurde.

Der Scheck war nicht da.

Stattdessen hatte sie einen Brief von Will vorgefunden.

Keinen Brief eigentlich. Mehr eine Nachricht. Kein Kuvert. Nur ein gefaltetes Blatt Papier aus einem Notizbuch. Er hatte nicht den Computer benutzt. Er hatte mit Kugelschreiber geschrieben. Dabei schrieb Will nichts mehr mit der Hand außer seiner Unterschrift. Er schämte sich zu sehr. Das letzte Mal hatte Angie seine Handschrift in der Highschool gesehen, bevor es Computer gab und bevor irgendwer wusste, was Legasthenie war, und alle dachten, seine kindlichen, schiefen Buchstaben und seine Rechtschreibfehler würden auf einen niedrigen IQ hindeuten.

Typisch für Will, war seine Nachricht kurz und bündig, so kurz wie alles, was Angie auf Saras Windschutzscheibe hinterlassen hatte.

Es ist vorbei.

Drei Worte. Alle unterstrichen. Ohne Unterschrift. Sie sah ihn an seinem Schreibtisch bei sich zu Hause sitzen und die Nachricht studieren, über der Rechtschreibung schwitzen, unfähig zu sagen, ob alles stimmte, aber zu stolz, um jemanden zu bitten, es für ihn zu überprüfen.

Sara wusste sicher nichts von der Nachricht. Das war etwas zwischen Will und Angie.

»Mama!« Der durchdringende Schrei ließ sie zusammenzucken. Drei kleine Mädchen begannen herumzurennen und aus Leibeskräften zu brüllen. Es schien keinen besonderen Grund dafür zu geben, aber es war ansteckend. Bald schon schrien alle Kinder.

Das Stichwort zum Aufbruch für Angie.

Sie ging in Richtung Parkplatz. Die Sonne wärmte sie rasch. Ihr Wagen war eine Corvette älterer Bauart, die sie im Internet ersteigert hatte. Das Geld stammte von einem Vorschuss, den sie auf Delilah Palmers Kreditkarte genommen hatte. Es war ja nicht so, als würde das kleine Miststück auf der Rechnung sitzen bleiben. Komischerweise erinnerte der Wagen Angie an Delilah. Die Reifen waren schlecht. Der Lack blätterte ab. Trotzdem gab der Motor ein bedrohliches Grollen von sich, wenn sie den Schlüssel umdrehte.

Im Innenraum hing ein Hauch von Parfüm. Nicht vom Vorbesitzer, sondern von Angie. Sie hatte immer noch eine halbe Flasche von Saras *Chanel No. 5*. Der Geruch passte nicht ganz zu ihr, andererseits passte er wahrscheinlich auch nicht zu Sara.

Angie behielt ihre Platzhalterin weiter im Auge.

Sie hatte sich von Sam Vera mit der gleichen Technik ausstatten lassen, mit der er Reuben Figaroas Computer geklont hatte. Die Inhalte von Saras Laptop wurden jetzt in Echtzeit aktualisiert. Sie schrieb immer noch widerlich schmalzige E-Mails über Will an ihre Schwester.

Wenn er mich in den Armen hält, kann ich an nichts anderes denken, als dass ich wünschte, es wäre für immer.

Angie hatte gelacht, als sie die Zeile las.

Für immer dauerte nie so lange, wie man dachte.

DANKSAGUNG

Mein erster Dank geht wie immer an meine Lektorin Kate Elton und meine Agentin Victoria Sanders. Meine Filmagentin Angela Cheng Caplan vervollständigt diesen Kreis. Ich möchte außerdem Bernadette Baker Baughman und Chris Kepner bei VSA danken. Sehr zu schätzen weiß ich Liate Stehlik, Dan Mallory, Heidi Richter und die Kollegen bei HarperCollins USA, ebenso wie meine fantastischen, engagierten Verleger überall auf der Welt. Ein besonderer Dank geht an meine Übersetzer, die den Übergang zusammen mit mir vollzogen haben. Es ist mir sehr wichtig, dass meine Leser das größtmögliche Lesevergnügen empfinden, und ich bin dankbar, dass das Team immer noch mit Volldampf arbeitet, um dies zu gewährleisten.

Dank an Dr. David Harper für all das medizinische Zeug, das Sara wie eine echte Ärztin klingen lässt. Dr. Judy Melinek hat mich auf eine wirklich verrückte und gruselige Idee gebracht (danke, Judy!), Patricia hat mich unverbindlich juristisch beraten. Dona Roberts und Sherry Lang, die früher beim GBI waren, und Vickye Prattes, vormals beim APD, waren sehr hilfreich bei Fragen des polizeilichen Vorgehens. Alle Fehler gehen zu meinen Lasten.

Nicht zuletzt bin ich wie immer meinem Daddy dankbar dafür, dass er sich um mich kümmert, wenn ich in den Bergen an meinen Büchern schreibe. Und D. A., die sich um mich kümmert, wenn ich zu Hause bin.